原版插图本

美国悲剧

上

［美］西奥多·德莱塞（Theodore Dreiser）◎著

An American Tragedy

潘庆舲◎译

CTS 湖南文艺出版社
PUBLISHING & MEDIA HUNAN LITERATURE AND ART PUBLISHING HOUSE

博集天卷
CS·BOOKY

图书在版编目（CIP）数据

美国悲剧. 上册 /（美）德莱塞（Dreiser，T.）著；潘庆舲译. — 长沙：湖南文艺出版社，2014.5
书名原文：An American Tragedy
ISBN 978-7-5404-4893-6

Ⅰ. ①美… Ⅱ. ①德… ②潘… Ⅲ. ①长篇小说–美国–现代 Ⅳ. ①I712.45

中国版本图书馆CIP数据核字（2011）第059377号

上架建议：青少年阅读·经典名著

美国悲剧·上册

作　　者：	[美] 西奥多·德莱塞（Theodore Dreiser）
译　　者：	潘庆舲
出 版 人：	刘清华
责任编辑：	丁丽丹　刘诗哲
监　　制：	陈　江　毛闽峰
特约编辑：	薛　婷
版式设计：	崔振江
封面设计：	张丽娜
内文排版：	大汉方圆文化发展中心
出版发行：	湖南文艺出版社
	（长沙市雨花区东二环一段508号　邮编：410014）
网　　址：	www.hnwy.net
印　　刷：	三河市鑫金马印装有限公司
经　　销：	新华书店
开　　本：	880mm×1270mm　1/32
字　　数：	1000千字
印　　张：	27
版　　次：	2014年5月第1版
印　　次：	2014年5月第1次印刷
书　　号：	ISBN 978-7-5404-4893-6
定　　价：	59.60元（上、下）

（若有质量问题，请致电质量监督电话：010-84409925）

《美国悲剧》：美国梦的殉葬品

目录
Contents

《美国悲剧》：美国梦的殉葬品*

德莱塞继承了各个时代和各个国家的小说家的传统而集其大成，20世纪任何美国作家都无法与之匹敌。作为生活纪实者，德莱塞可与托尔斯泰、菲尔丁、巴尔扎克等作家相媲美。

——美国著名批评家乔治·斯奈尔

20世纪二三十年代美国文学揭开了一个新时期。这是美国小说的黄金时代，这二十年间，群星灿烂，异彩纷呈，出现了空前的繁荣。当时，西奥多·德莱塞（1871—1945）异军突起，驰骋文坛，独领风骚。他既是20世纪美国文学史上第一位杰出的作家，也是美国现代小说的先驱。在美国文学史上，他不带偏见地率先如实描写了新的美国城市生活，厥功奇伟。他拥有许多忠实的追随者，其中甚至包括他的同时代人舍伍德·安德森（1876—1941）等名家，他们都在他的周围茁壮成长，受到读者的青睐。这个新秀群落不断地推出力作，使二三十年代成为美国文学史上最富有成果的时期。他们中间，诸如辛克莱·路易斯（1885—1951）和多斯·帕索斯（1896—1970）等名家无不深知，是德莱塞为他们的创作开辟了道路。此时刚开始文学生涯的司各

---

* 源自美国著名批评家、哈佛大学教授F.O.马蒂逊对《美国悲剧》一书的评论。

特·菲茨杰拉德（1896—1940）甚至称誉德莱塞是当代美国最伟大的人物。

　　1930年，路易斯在诺贝尔文学奖的颁奖仪式上所致的答词中，向全世界昭示了德莱塞在美国文学史上的伟绩。作为获此殊荣的第一位美国作家，路易斯在答词中称，德莱塞才是理应荣膺诺贝尔文学奖的最佳人选。他说："德莱塞常常得不到人们的赏识，有时还遭人忌恨，但跟任何别的美国作家相比，他总是独辟蹊径，勇往直前，在美国小说领域里，为从维多利亚时期和豪威尔斯式的胆怯与斯文风格转向忠实、大胆和生活的激情扫清了道路。没有他披荆斩棘开拓的功绩，我怀疑我们中间没有哪一位——除非他心甘情愿去坐牢——敢把生活、美好和恐怖通通描绘出来。"因此，美国评论家认为，德莱塞忠于生活，大胆创新，突破了美国文坛上传统思想禁锢，解放了美国小说，给美国文学带来了一场革命，并且把他跟福克纳、海明威并列为第一次世界大战后美国仅有的三大小说家。

　　德莱塞又是美国文学中第一位来自底层社会、非盎格鲁—撒克逊血统的重要作家。本来，美国作家中出身贫寒的并不罕见，毕竟都属于美国社会内部的"自己人"。然而，德莱塞是出生于印第安纳州特雷霍特市郊的一个德国移民家庭，显然是一个地地道道的外人。他秉性刚烈，桀骜不驯，曾经自嘲为"以实玛利，一个流浪汉"[①]，意谓化外之民，备受歧视。德莱塞的父亲是一位虔诚、古板、平庸无能的天主教徒，当年为了逃避兵役流亡到美国，婚后生下了十几个子女，不幸经常失业，而且胸襟狭隘，执迷不悟，对待子女犹如暴君，以致大多数子女沦入不正经的生活，甚至堕落。其中保罗·德莱塞是个例外，他原先仅仅是个闯江湖的滑稽艺人，后来成了流行歌曲作家，红极一时。不消说，他在弟弟德莱塞心目中是成功的榜样。德莱塞的母亲，秉性温柔，克勤克俭，是来自宾夕法尼亚州具有斯拉夫血统的孟诺派的新教徒。德莱塞八岁时，目不识丁的母亲为生活所迫，带着他和其他三个幼小的孩子离开了家乡，在中西部从一个市镇流浪到另一个市镇。因此，子女们经常被迫辍学。他们一家人始终过着极其窘困而又遭人非议的生活。德莱塞的童年饱尝贫困无知之苦。那段辛酸的生涯，后来他全都写进了《美国悲剧》的开头几章里去。

　　1887年，他初次独自来到了芝加哥，先后在餐馆和五金公司干粗活儿，

[①] 《圣经》中一人物，为亚伯拉罕与夏甲之子。夏甲为亚伯拉罕之妻撒拉的使女，后来夏甲与以实玛利被撒拉逐走，住在旷野里。见《旧约·创世记》第16章第1节至第6节，第15节至第16节，第21章第9节至第14节。

尽管如此，他还是被这个充满兴奋和刺激的大城市里的生活吸引。1889年，他在一位好心的中学老师慷慨资助下，进入印第安纳大学念书，无奈次年即辍学，到芝加哥某地产公司和家具公司当收账员。他整日挨门逐户去收钱，接触到了底层社会各种人物和阴暗面，为日后创作积累了丰富素材，也决定了他的创作中的悲剧意识和自然主义色彩。正如舍伍德·安德森所指出的："大概世上自古以来存在过的一切抑郁、阴暗和沉重，在他笔下都有所反映……他神情沮丧，他不知道该如何改变生活，因而他描绘生活一如所见——真实，毫不伪饰。"1892年，德莱塞进入了报界，开始记者生涯，先后在芝加哥《环球报》、圣路易斯《环球—民主报》和《共和报》任职。那时节，新闻工作往往成为许多作家的练武之地。德莱塞在芝加哥还目睹了一边是花天酒地，一边是赤贫如洗的社会现实。他亲眼看见贫穷如何受人鄙视，伪善如何畅行无阻。于是，德莱塞执意要对他目睹的现状进行道德评价，这不仅十分自然，而且从主观上来说就是他思想、感情和认识的开端，从而引导他去构思创作自己的小说。1895年，德莱塞寓居纽约，正式从事写作，同时编辑杂志，经常往来于芝加哥、圣路易斯、托莱多、克利夫兰、匹兹堡等各大城市，视野较前更为深广地接触到当时现实生活中各个不同的层面。他亲眼看见了贫民窟、酗酒、色情、凶杀、拐骗、抢劫……使他更进一步深刻认识到美国的现实是一种"残酷的、不公道的现实"，是一个"毁灭的过程，而幸福只不过是幻想而已"。由于这些真相没法儿在报刊上反映出来，德莱塞就铁了心，抛弃了新闻记者的工作而开始写作，来揭发社会上不公平的事情。

说实话，他的审美能力没有经过系统的培养，德莱塞全凭个人天赋与勤劳，自学成才。从青少年时代起，他只要有机会接触到书籍，就会废寝忘食地埋头阅读。在几部自传体的作品中，他情不自禁地追忆往昔读书的乐趣。比如说，他在奥索小镇图书馆里曾经读过莎士比亚、欧依达、《汤姆·琼斯》、劳拉·琼·利比、华莱士的《本·赫尔》、狄更斯、卡莱尔，还有笛福的《摩尔·弗兰德斯》，这些都给年轻的心灵留下不可磨灭的印象。最有意思的是，人们一直把德莱塞尊称为现实主义或自然主义的大师，但德莱塞本人一概加以否认，一再声明年轻时他"压根儿没读过左拉的书"。事实上，对德莱塞的创作具有决定性影响的是巴尔扎克。德莱塞在《自述》中回忆道，读了法国伟大现实主义作家巴尔扎克的作品，对他说来，不啻一场"文学道路上的革命"。他说，在相当长一段时间里，"我简直跟巴尔扎克，以及他笔下的人物一同吃饭、一同睡觉、一同做梦、一同呼吸，脑子里装的是他的想法，眼里看到的是他描绘的城市。"后来，在匹兹堡卡内基图书馆里，他觉得巴尔扎克"突然给我打开了一道吸引我走向生活的新的大门"。德莱塞说，"这才是个有眼力、有思想、有感受的作家，通过他，我看到了如此广阔的景象，简直使我惊讶得目瞪口呆——通过法国人的眼睛，我看到了整个巴黎，整个法国，整个生活。"德莱塞认为，"巴尔扎克的哲学推理有点儿夸张，却十分出色；他处理各种重大社会、政治、历史，以及宗教问题都是从容不迫，得心应手；他凭借自己的天才，显示出好像对各种问题都有直接而又无可辩驳的知识；这一切就像天才和预言家的真本领，深深地吸引着我，使我着了迷。但愿我也能具有这样一种洞察力！"殊不知，就在德莱塞对巴尔扎克钦佩得五体投地之时，他"却不知不觉地对自己所处的世界获得了一种新的形象的认识"，十分惊异地发现，"在这里（美国）竟和那里（法国）一样，都有可资描写的事物。"换句话说，年轻的德莱塞早已下了决心，要用巴尔扎克式的方法来描写美国生活。以上这些自述，对我们了解德莱塞从事文学创作之前的思想基础是极为重要的。此外，他还如饥似渴地研读过史蒂文森、大仲马、托尔斯泰、爱伦·坡、司各特、萨克雷、哈代、欧文、霍桑、显克维支等名家的作品，深深地被这些文学大师塑造的人物感动，从而产生了急欲表现美国形形色色的社会生活的创作激情。由此可见，尽管有人说德莱塞文学修养欠佳，但事实上，他早已成竹在胸，做好了充分的创作准备。

20世纪，德莱塞的第一部长篇小说《嘉莉妹妹》在美国文坛上一出现，就产生强烈反响。作者在小说中通过"外来妹"嘉莉的发迹与高级经理郝斯特伍德的败落，对当时流行的社会道德传统标准提出了挑战，使这位默默无闻的年轻作家与他笔下的女主人公嘉莉妹妹"全都成了世界文学中的人物"。正如路易斯赞扬《嘉莉妹妹》所说："它像一股强劲的自由的西风，席卷了株守家园、密不透风的美国，自马克·吐温和惠特曼以来，头一次给我们闷热的千家万户吹进了新鲜的空气。"另一方面，《嘉莉妹妹》也使作者很长一段时间内一直受到责难和攻击，因为那时美国正经历着一场急剧的社会变革，从自由资本主义过渡到垄断资本主义，同时也是整个美国文学沉湎于理想主义的时代，许多作家热衷于描写人生的乐观方面。正如豪威尔斯所说的："生活中笑吟吟的一面，那正是美国的特色。"小说被视为消遣品，作品中往往充满虚无缥缈的理想或浪漫色彩，而对生活中的现实，主要是贫富两极分化，掠夺者与被掠夺者之间生活状况悬殊，以及种种丑恶现象，则根本被熟视无睹。德莱塞在《嘉莉妹妹》中却如实揭示了美国社会生活的阴暗面，结果作者不断地受到迫害，小说竟被列为"禁书"，不准在美国出版。尽管如此，德莱塞还是坚持认为，"生活就是悲剧……我只想按照生活的本来面目来描写生活"，他"宁愿饿着肚子跑到纽约格林尼治村来写几部反映真实的小说"。他就凭着那股傻劲，锲而不舍地坚持着，"一年接一年，写出了他生动有力的小说，描写被压迫的妇女，暴露巧取豪夺的美国金融家，或是剖析中产阶级下层的各种惨痛的悲剧"。这些小说包括德莱塞的四部第一流作品，即长篇小说《嘉莉妹妹》（1900年）《珍妮姑娘》（1911年）《金融家》（1912年，"欲望"三部曲之一）《美国悲剧》（1925年），以及《巨人》（1914年，"欲望"三部曲之二）《"天才"》（1915年）《堡垒》（1946年）《斯多亚》（1947年，"欲望"三部曲之三），总计长篇小说八部，短篇小说集四部，戏剧诗歌各两部，特写、散论、政论七部，留下了巨大的、珍贵的文学遗产。

过去，美国文学界对德莱塞的文体时有争议。诚然，他写得不那么文雅精致，有时行文滞重。但是，正如不少评论家所指出的，他的作品并不是全然如此。在很多情况下，德莱塞的描写是极其成功的。事实上，有不少章节，他写得严谨紧凑，文采斐然。就以《美国悲剧》为例，尽管小说容量大，头绪纷繁，但在很多章节里，作者还是完全能写出简洁乃至于优秀的华彩乐章来。比如，本书第三卷第十三章描写案发后克莱德在伯父家中引起一场激烈的争论，德莱塞在短短的篇幅之中叙述得清晰、洗练，而又富于层次感，要不是大手笔，是断乎写不出来的。本书第二卷，主要描述克莱德与贫家女、阔小姐之间的三角恋情，不消说，德莱塞又成了一位能干练达、循循善诱的新闻记者。德莱塞在《美国悲剧》结尾处几个场景的描写，更有一种能言善道的特点。德莱塞特别擅长塑造人物，像嘉莉妹妹、珍妮姑娘、克莱德、赫斯德伍德和考珀伍德等，都已成为美国文学中的典型。特别重要的是，德莱塞善于通过大量的细节来展现人物的社会背景，使他的小说不仅具有生活真实感，而且生动地再现了一个历史时代。历经半个多世纪的论争、研究和比较，德莱塞在美国文学史上的重要地位，越来越被评论家和广大读者确认。1990年，美国评论家理查德·林杰曼指出："德莱塞是美国小说家中最富有美国气魄的……有过一个时期，他就是美国文学中唯独堪与欧洲文学大师们相提并论的美国作家。"

德莱塞独具慧眼，很早就发觉美国报刊上大肆渲染的凶手案中，凶犯通常并不是仅仅出于仇恨，而是被一种想在社会上出人头地的强烈欲望驱使。因此，德莱塞认为，这恰好是向美国虚伪的道德标准提出的强有力控诉。这类凶杀案总是与私恋事件有牵连。德莱塞从1914年起仔细地研究过十几起此类案件，其中即有切斯特·吉莱特于1906年在纽约州边远地区，荒无人烟的大比腾湖上溺死女友格雷斯·布朗一案。案发后，切斯特被判处死刑。但在德莱塞看来，像切斯特这些人之所以会杀人，多半是因为他们头脑简单，抵御不了美国人那种羡慕荣华富贵的世俗欲念的引诱。在德莱塞看来，造成杀人惨案的不光是罪犯本身，而主要该归咎于美国这个社会，因为当时美国社会崇尚那种仅仅接纳少数人的荒谬绝伦的价值观念，并对两性关系怀着如此病态的恐惧心理。切斯特案，后来成为德莱塞《美国悲剧》（原名《海市蜃楼》，后改今名）的主要故事框架。当然，作为小说家，德莱塞以波澜壮阔的社会画面为背景，采用大量细节塑造人物，将凶手犯罪的前因后果及其复杂矛盾的内心世界栩栩如生地展现在读者眼前。小说主要故事虽以切斯特一案为原型，在某种程度上本来带有推理悬疑小说的一些特点，但是，可以肯定，德莱塞的兴趣重点并不在于案件的侦破，而是在于研究当时"美国梦"的一个受害者。当时美国社会确实有许多青年人，特别是那些出身低微、家境贫困的穷小子，无不梦想在社会上出人头地，或者一夜之间突然发迹，成为百万富翁；或者痴心妄想，期望有朝一日能高攀上富家女，有钱有势，享尽荣华富贵。大肆渲染这类题材的文艺作品充斥当时的美国文坛。德莱塞在某种程度上虽也采用了这么一个关于"美国梦"的寓言（有时也叫一个关于美国人生的传说），但他反其道而行之，将它的大团圆结局颠倒了过来。显而易见，圆了这"美国梦"的可以说是少之又少，大多数人只落得遗恨终生，甚至丧失性命。德莱塞在他的小说中说得很清楚："在我们这个世界上，看来万物的活动都被局限在一定范围内或一定环境里，好像一超出范围就注定没法儿在这个绕日运行的星球上生存似的。"德莱塞在20世纪20年代写的这部巨著，直至进入高科技信息化时代的今天，依然发人深省，具有巨大的现实意义。

德莱塞在《美国悲剧》中描写了主人公克莱德·格里菲斯受到社会邪恶影响，逐渐蜕变堕落为凶杀犯，最后自我毁灭的全过程。小说共分三卷。第一卷描写克莱德这个天真幼稚的青年人怎样受到外部世界的腐蚀与毒害，逐渐演变成为一个玩世不恭、怙恶不悛的人，一直到出了车祸碾死女孩，逃离堪萨斯城为止，这是小说故事的准备阶段。第二卷描写克莱德与富商伯父萨缪尔·格里菲斯邂逅后，以穷亲戚的关系来到莱柯格斯厂内充当工头助手，随后陷入与穷女工罗伯达、阔小姐桑德拉的三角恋情。为了高攀桑德拉，克莱德甘愿违背自幼接受的基本道德准则，牺牲了罗伯达，通过翻船阴谋谋杀了这个被他诱奸

6

而怀孕的年轻女工。事后，克莱德落荒而逃，逍遥法外。第三卷主要描写案发之后，克莱德如何被捕入狱，受审和定罪，其间还穿插着美国两党和司法机构利用克莱德一案大搞政治投机的丑闻。最后经过终审判决，克莱德被送上了电椅。小说结尾处，还描写牧师出场，为临终之前克莱德寻求灵魂拯救的故事。小说内容并不新颖，但在一个像德莱塞那样具有同情心和悲剧感的大作家手中却成了杰作。

要全面地评析《美国悲剧》，拙文，显然难以胜任，所以只好扼要地做一些介绍。《美国悲剧》的主人公克莱德，是正如德莱塞所说的属于"欲望强烈，但是资质可怜"的那一类人，按照悲剧的传统标准，根本不是一个英雄人物。他从小就反对父母的宗教狂热，当上侍应生，大饭店的富有和豪华使他眼花缭乱。在他比大多数人敏感而极易受外界影响的头脑里，似乎觉得，人生在世就是追求金钱和美女。无奈他个人所作所为却表现得极其软弱无力，竟被称为"思想上和道德上的懦夫"。他陷入了究竟是忠于罗伯达，还是追求桑德拉的极大矛盾，最终成为"美国梦"的牺牲品。小说问世的20世纪20年代，美国社会崇尚伪善的侈谈，并没有好好地去培养青年一代。美国的实利主义使青年人认为，有了金钱便能占有一切，包括美色在内，因此，《美国悲剧》就是对当时社会现实的一个严厉控诉。

1915年，德莱塞到故乡特雷霍特旧地重游，追忆往事，搜集素材，为创作小说做准备，1919年开始动笔，1925年《美国悲剧》由波尼与莱弗赖特出版公司正式出版，立即轰动全国，这在他还是生平头一遭。国内外许多名家，诸如亨利·门肯、舍伍德·安德森、H.G.威尔斯、阿诺德·贝内特等人，都在各传媒纷纷撰文，啧啧称赞。作家约瑟夫·伍德·克鲁奇（1893—1931）甚至赞扬了德莱塞的风格，称《美国悲剧》为"我们这一代最伟大的美国小说"。更令人匪夷所思的是，连过去一味责难的反对派斯图亚特·谢尔曼也著文赞扬说："这部小说描写得如此大胆，如此机智，如此彻底，如此真实，因而也就具有如此深刻的道德感染力，我不知道在美国小说中有哪一部可以与之相比拟。"

随着岁月的流逝，《美国悲剧》显示出它越来越巨大的现实主义影响。最有说服力的一个实例，就是历来敬佩德莱塞的黑人作家理查·赖特（1908—1960），后者的名作《土生子》最明显受到了《美国悲剧》的影响。《美国悲剧》问世几十年后，著名文艺评论家欧文·豪重读小说，依然热情洋溢地著文指出："从小说家的首要任务是描绘出一幅既可信而又有重要内涵的想象中的社会画面来说，德莱塞是美国的巨人之一，是美国仅有的屈指可数的巨人之一。小说在叙述中一次又一次严厉地抨击社会，深深地沉浸在人的痛苦里，并把人们在狂热时下意识的各种不定型的欲望深挖出来，这一切都使我深为感动和震惊……《美国悲剧》的画面波澜壮阔，气势磅礴，完全可以说是一部杰作。"

1931年，《美国悲剧》由西尔维亚·西德尼编导拍摄成影片。当时在好莱坞任职的苏联著名导演爱森斯坦（1898—1948）也把《美国悲剧》改编成电影剧本，可惜未能契合派拉蒙影片公司的意愿。但是，爱森斯坦毕竟慧眼识珠，十分欣赏整部小说"就像哈德逊河那样浩瀚无际……像生活本身一样广阔无比"，认为小说的整个结构形成了"无比准确、无比客观的史诗"。

及至1951年，由乔治·斯蒂文斯导演、好莱坞巨星蒙哥马利·克利夫特与当时年仅十九岁的"玉女"伊丽莎白·泰勒联袂主演根据《美国悲剧》改编的影片，片名《如日中天》（A Place in the Sun），立时在全美国走俏。记得译者访美期间，不论在各大城镇书店里，或者在音像出租公司，乃至于社区公共图书馆，《如日中天》录像带赫然在目，陈列在经典作品书架上。由此可见，哪怕在信息化高科技空前发达的当今美国，德莱塞的作品在广大受众群体里依然不乏知音。2000年初公布的20世纪好莱坞100部最佳影片名单中，《如日中天》榜上有名。我想，一部作品历经将近一个世纪的考验，算得上是实至名归的经典之作。当今世界物欲横流，人心浮躁，有那么多的人对"美国梦"仍然心驰神往，只要世界上产生"美国梦"的根源还没有彻底消除，人们就将一如既往地从德莱塞的不朽之作中受益。

现在德莱塞的作品早已进入了世界文学宝库。德莱塞的所有重要作品几乎都译成了中文。他的成名作《嘉莉妹妹》和代表作《美国悲剧》，新中国成立后已列为我国大学文科必读作品。近年来，中国还出版了不少评述研究德莱塞生平与创作的论著，对德莱塞的研究也在不断深入。由此可见，德莱塞的作品不仅是畅销世界的名著，也为我国作家、艺术家、知识分子和广大读者情有独钟，而且是研究20世纪美国文学及其社会历史画卷不可不读的现代经典著作。

我国著名资深翻译家和学者型出版家包文棣同志（辛未艾）生前多次诚邀我翻译《美国悲剧》，时在20世纪80年代末。当时，我已译过好几部美国文学长篇名著，深知德莱塞这部鸿篇巨制乃是描写"美国梦"小说中的佼佼者，非同寻常，难度极大，但被老友包公高瞻远瞩、热心介绍外国文学名著这种执着精神感动，只好勉为其难地接受下来。开译之后，个中甘苦难以尽言，三易寒暑始告竣事。是时，上海译文出版社曾就拙译《美国悲剧》印发过彩色广告，1994年、1995年两次印行，总数达八万册，足见颇受专家、读者厚爱。

荏苒十余载，中南博集天卷文化传媒有限公司为了纪念美国现代小说的先驱与美国现代小说三大巨头之一的德莱塞和宣扬他的不朽业绩，向新世纪我国广大读者，特别是年青一代郑重推荐德莱塞的经典名著代表作《美国悲剧》，委实令人钦佩。译者在此深表谢忱。

上海社会科学院文学研究所 研究员、资深翻译家

潘庆舲

1994年春初稿于沪西茅丹庐

2014年4月补识于上海圣约翰名邸

VOX·CLAMANTIS·IN·DESERTO·

BOOK 1

懵懂青年的堕落

Chapter 1　夏夜赞美诗

暝色四合的一个夏日夜晚。

一个拥有大约四十万居民的美国城市的商业中心区，崇楼高墙，森然耸起——像这样的崇楼高墙，说不定到将来仅仅足资谈助罢了。

这时，相当冷清的大街上正有一小拨人。一个是五十上下身材矮胖的男子，浓密的头发从他那顶圆形黑呢帽底下逸出来。他其貌不扬，随身带着一台沿街传教与卖唱的人常用的手提小风琴。跟他在一起的有一个女人，约莫比他小五岁，个子比他高，体形不如他粗壮，但身子骨结实，精力挺充沛。她的面容和服饰都很平常，可也不算太丑。她一手牵着一个七岁的男孩，一手拿着一本《圣经》和好几本赞美诗。跟这三人在一起的还有另外三个人，他们各自走在后边，一个十五岁的女孩、一个十二岁的男孩和一个九岁的女孩——他们个个很听话，但是一点都不精神，只不过尾随着罢了。

天气很热，但是弥散着一丝恬适的倦意。

他们正走在跟一条峡谷似的街道相交成直角的那条大街上，那儿行人如织，车辆似梭，还有各路电车叮叮当当地响着铃，在摩肩接踵的行人和车辆的急流中向前驰去。不过，这小拨人对此仿佛毫不在意，一心只想从身边擦过的那些争先恐后的车辆和行人中间挨挤过去。

他们走到了同下一条大街交叉的路口——其实只是两排高大建筑物中间的一条过道——这时，已是阒然无人了。那男人一放下风琴，女人马上把它打开，支起乐谱架，摆上了一本薄薄的大开本赞美诗。随后，她把那本《圣经》

递给那个男人，往后一挪，同他站成一排。十二岁的男孩就把一把小小的轻便折凳放在风琴跟前。那个男人——正是孩子们的父亲——睁大眼睛，似乎蛮有信心地往四下里扫了一眼，也不管有没有听众，就开腔说："我们先唱一首赞美诗。凡是愿意颂扬上帝的，就不妨跟我们一块儿唱。赫思德，劳驾你来弹琴，好吗？"

年龄最大的女孩，身材相当苗条，但是尚未完全发育，她一直尽量装出漠不关心、泰然自若的样子来。不过，一听到这话，她就坐到轻便折凳上，一面翻《赞美诗》，一面弹起琴来。这时，她母亲说："我看，今晚最好就唱第二十七首《耶稣之爱抚何等甘美》。"

这时，各种不同身份、不同职业、正往家走的行人，发现这小拨人这么仓促登场，有的只是迟疑地也了他们一眼，有的干脆驻足观看他们究竟在要什么把戏。那个男人一看这种犹豫不定的态度，显然以为这下子已把行人的注意力吸引住了（尽管还有点儿举棋不定），于是抓紧机会对他们开讲了，好像他们是特地上这儿来听讲的。

"得了，我们大家就一块儿唱第二十七首《耶稣之爱抚何等甘美》。"

那个小姑娘一听这话，就开始在风琴上弹这首乐曲，奏出了一个虽然准确但很微弱的曲调；同时，跟着她相当激越的女高音一块儿唱的还有她母亲的女高音和她父亲相当可疑的男中音。其他几个孩子则从风琴上一小摞书里拿来赞美诗，有气无力地跟着一块儿哼唱。他们唱诗的时候，在街头那些难以形容、冷眼围看的人们，两眼凝望着——如此微不足道的一家人，竟然当众同声高唱，抗议人世间无处不在的怀疑与冷漠——这样的怪事让他们都怔住了。有人对弹琴小姑娘相当柔弱、尚欠丰满的身段发生了兴趣或同情；也有人对小姑娘父亲那副迂拙的寒酸相感兴趣或为之动怜，他那双没精打采的蓝眼睛和松弛的肌肤、差劲儿的体形，足以说明他早已落魄潦倒了。这一拨人里，只有母亲身上显露出那么一种魄力和决心，哪怕是盲目或错误的，使她一生交不上好运，好歹也能保住自己。她同另外几位相比，更多地流露出这么一种信仰坚定的神态，虽然无知，但不知怎的总是令人敬佩。你要是细心观察她，看到她把自己那本赞美诗搁在身边，两眼凝视前方的神态，一定会说："是的，她就是这样的人，不管她有什么缺点，也会尽量按照她的信仰去做的。"她的一颦一笑、一举一动都说明：她对那个明确无误地主宰一切、观照一切的上帝是赞不绝口的，她对上帝的智慧和仁慈也是坚信不疑的。

耶稣的爱拯救我的整个身心，
上帝的爱指引我的脚步前进。

　　她就在两旁巍然耸立的崇楼高墙中间，略带鼻音，响亮地歌唱着。

　　那个男孩子不停地两脚替换站着，两眼低垂，充其量只是在三心二意地哼唱。他是瘦高个儿，头和脸长得真逗人——白净的肌肤，乌黑的头发，同其他几位相比，他好像特别善于观察，肯定更加敏感。显而易见，他对自己目前处境的确感到恼火乃至痛苦。他最感兴趣的，显然是世俗而不是宗教，虽然他还没有充分意识到这一点。反正最能正确地说明他此时此刻的心态不外乎是眼下要他干的这一套，肯定不合他心意。他太年轻了，他的心灵对形形色色的美和享乐确实太敏感了，不过，这些东西也许跟主宰他父母心灵的那个遥远朦胧的幻想境界简直就是格格不入。

　　说实话，这个男孩子家里的生活境况，以及他迄至今日在物质上和心灵上的种种遭际，都不能使他相信他父母似乎如此坚信和传播的那一套教义真的是那么实在，那么有力量。相反，他们的生活，至少是物质生活，好像多少让人发愁。父亲总是到各处，特别是到离这儿不太远、和母亲合办的"传道馆"去向会众诵经、布道。据他所知，他们还向各种各样对传道感兴趣，或是乐善好施的商人敛钱，看来这些商人对这一类慈善事业居然还很相信。尽管这样，但这一家人的日子过得老是"紧巴巴"，好衣服从来没有穿过，许多在别人看来似乎平平常常得很的安乐享受，他们都还没沾过边。可是父母亲还不时地颂扬上帝对他们，乃至于芸芸众生的慈爱和关怀。显然在哪儿出了些毛病吧。这一切眼下他还闹不清楚，可他对母亲还是不由肃然起敬：要知道，母亲的那种毅力和热忱，以及她的温柔，对他都富有吸引力。尽管传道工作很忙，家累又很重，她总是尽量显出乐呵呵的样子来，或者说她至少还能撑得住。尤其在衣食极端紧缺的时候，她照例用极为坚定有力的语调说："上帝会赐予我们的。"或者说："上帝会给我们指引出路的。"不过，他和孩子们都看得很清楚，尽管他们家里一向急需上帝垂爱恩赐，上帝却始终没给他们指引出一条看得清清楚楚的出路来。

　　今晚，他跟自己的姐妹和弟弟一块儿走在这条大街上，心里巴不得他们从此再也不用干这玩意儿，或者说至少是他自己最好能不参与。这一类事，人家的孩子压根儿就不干。再说，干这类事，不知怎的好像很寒碜，甚至于低人一等。在他被迫走上街头以前，人家的孩子早已不止一次地大声招呼过他，还讥笑过他父亲，就是因为他父亲老是在稠人广众之中宣扬他的宗教信

仰，或者说是他那坚定不移的宗教信念。那时候他还只有七岁，就因为他父亲每次跟人说话，一开口总要"赞美上帝"，他便听到附近街坊小孩们乱嚷嚷："赞美上帝的老家伙格里菲斯来了。"有时候，孩子们还在他背后大声喊道："喂，你这个小不点儿，弹风琴的就是你姐姐吧。她还会弹别的玩意儿吗？"

"他干吗要到处说什么'赞美上帝'？人家压根儿就不说呀。"

正是多年来恨不得一切都跟人家一模一样的心态，既捉弄了他父母的那些孩子，同时也使他感到苦恼。他的父亲也好，他的母亲也好，跟人家就是不一样，因为他们俩整日宗教不离口，到如今终于把宗教当作生意经了。

这一天晚上，在那车辆如梭、人流如织、高楼耸立的大街上，他觉得真害羞，自己竟从正常的生活氛围里给拖出来，被人嘲弄，丢了丑。那时，一辆辆漂亮的小轿车从他身边疾驰而去；游手好闲的行人，都在各自寻找（对他来说只好胡乱揣度的）那些乐事去了；成双配对的快活青年男女，说说笑笑，吵吵闹闹；还有那些小孩儿瞪着眼直瞅他——这一切都使他很苦恼，他觉得：倘若跟他的生活，或者说得更确切些，跟他们一家人的生活相比，人家的生活就是有点儿不一样，反正要好得多，美得多。

这时候，大街上游荡不定的人们，在他们周围不断变换，看来也意识到，让这些孩子参与其事，从心理学观点来说，实属大错特错了。因为人群中间有一些人相互用胳臂肘轻推，以示不屑一顾；有一些世故较深、态度冷漠的人，扬起眉毛，只是轻蔑地一笑；还有一些人较有同情心，或者阅历较多，却认为犯不着让这些小孩子也登场。

"他们这拨人，几乎每天晚上，我在这儿总能看到。反正一星期得有两三回吧，"说这话的是一个年轻的店员，他和女友刚见了面，正陪着她上餐厅去，"我估摸，这拨人不外乎以宗教为名，搞什么骗人勾当吧。"

"那个最大的男孩子，可不乐意待在这儿。他觉得怪别扭的，这我一眼就看出了。要是这小子自己不乐意，硬要他出来，那就实在没道理。不管怎么说，这一套玩意儿反正他是一窍不通。"这些话，是一个年龄四十上下、常在市商业中心区游食的流浪汉，正在向一个貌似温和的过路行人说的。

"是啊，我看一点儿都不错。"那个过路行人一面随声附和道，一面仔细端详这个男孩子与众不同的表现。那个男孩子只要一抬起头来，便流露出忸怩不安的神情来，人们心中自然就会联想到：本来，侍奉这种含意深奥的神灵圣事只有年岁较大、善于内省的人最为合适，可现在硬要不懂事的孩子在公开场合出现，那就有点儿不厚道和徒劳无益了。

殊不知，实际情况果然如此。

至于这个家里的其他一些人——那最小的男孩子和女孩子，他们年纪太小，说真的根本不懂得眼前这一切是怎么回事，或者，对他们来说反正也无所谓。那个弹风琴的大女儿倒是显得满不在乎，对她本人的出场和用歌声博得观众青睐却很得意。因为不仅是围观的陌生人，就连她父母也都不止一次地给她鼓气，说她的歌声很甜美动人，其实这话说得并不完全正确。要知道，她的嗓门儿不见得有那么好。她父母也并不真正懂得音乐。论体质，她苍白、柔弱，也是不过尔尔；心智上更看不出有什么真正潜力或深度。想必她自以为这是一个绝好场合，让自己出出风头，引起人们注意注意罢了。至于她的父母，他们决心竭尽全力，净化人们的心灵，使之超凡脱俗，只要赞美诗一唱完，父亲便开始老调重弹，说什么只要充分得到上帝的怜悯、基督的爱和上帝对罪人的宽恕，罪人就可以摆脱沉重地压在他心头的痛苦，从而得到种种欢乐。

"在上帝看来，人人都是有罪的，"他说，"除非他们虔心忏悔，除非他们信奉基督，接受基督对他们的爱和宽恕，要不然他们永远感受不到心灵上健全、洁净的幸福。啊，我的朋友们！基督为你们而生，为你们而死，每天他时时刻刻都同你们走在一起，不论白昼和黑夜，清晨和黄昏，总是在照看你们，赋予你们力量，去克服你们在人世间时刻都有的艰辛和忧患，你们只有对上面这个道理真的大彻大悟了，心中才会感到安宁和满足！啊，要小心留神那些围在我们身边的罗网和陷坑！幸亏我们知道：基督永远与我们同在，劝导我们，帮助我们，激励我们，还给我们包扎伤口，使我们得以身心健全，这是足以告慰大家的！啊，那种安宁、满足、舒适和光荣，正是我们诚心祷祝的！"

"阿门！"他的妻子郑重其事地应答了一声。女儿赫思德，全家人管她叫爱思达，深感他们家里人人都需要得到众人尽量多的援助——也跟着她母亲应答了一声。

最大的男孩子克莱德还有两个较小的孩子，他们只是两眼瞅着地面，偶尔对他们父母也瞅上一眼，心中暗自思忖：他说的这些话可能句句正确、重要，可是不知怎的总不像生活中其他的一些事那么有意义，那么吸引人。他们听这一套太多了，在他们这些年轻而热切的心灵看来，他们期望于生活的显然要比在街头和教堂里传道高得多。

后来，第二首赞美诗一唱过，格里菲斯太太也讲了话，顺便提到他们在附近一条街上传过道，而且为了宣扬基督教义还做过祈祷，随后唱了第三首赞美诗，散发了一些阐述教会拯救灵魂的小册子，接着，父亲阿萨就把听众们的自动捐款一一敛了起来。他们合上小风琴，把轻折凳叠好交给克莱德，《圣经》和《赞美诗》由格里菲斯太太收起来，套上皮带的风琴则挂在老格里菲斯肩头上，于是他们一行人朝传道馆径直走去了。

在这段时间里，克莱德一直在暗自琢磨：这个玩意儿他再也不乐意干了。他觉得刚才他和他父母都显得很愚蠢，而且不大正常。像他这样被迫卷了进去，要是让他的反感充分表达出来，那他就会说出"低级"这个词儿来；一句话，只要有办法，他再也不愿干这个了。硬是把他拽住不放，对他们究竟有什么好处呢？他的生活不应该是这样的。人家的孩子都用不着去充当他的那种角色。他比过去更坚决地思考着要来一次反抗，以后自己就再也用不着像现在这样抛头露面了。姐姐要是乐意，那让她去就得了，反正这一套她是喜欢的。妹妹和弟弟都太小，也许还无所谓。可是他呢……

"我觉得，今晚人们的注意力好像要比往常更多一些。"格里菲斯一边走，一边对身旁的太太这样说。醉人的夏日夜晚的微风使他心境为之一爽，因此，他在解释过路行人照例漠不关心的神情时也就比较包涵。

"是的，星期四那天，只有十八个人要小册子，今儿晚上却有二十七个人。"

"基督的爱最终必胜，"做父亲的说这些话，既安慰他的太太，也算是聊以自慰，"世俗的欢乐和忧患主宰着许许多多的人，不过，只要他们到了悲痛欲绝的时候，我现在撒下的这些种子里头有些就生根发芽了。"

"这个我相信。正是这种信念经常使我顶住了，没有倒下去。悲痛和深重的罪孽终于会让某些人看到自己误入了歧途。"

这时，他们走进了一条狭窄的小街，刚才他们就是从这小街走出来的。他们从拐角处径直走过十多户人家，就进入一座黄澄澄的木头平房，它那宽大的窗子和大门上两块玻璃都已漆成灰白色。两个窗子和那双门上几个小方格里横写着："希望之门。非英国国教徒独立传道馆。祈祷时间：每星期三、六，晚八时至十时；星期日，十一时、三时、八时。欢迎参加。"在这些字样下面，每个窗子上都有这么一句话：上帝就是爱，底下还有一行小字：你多久没给母亲写信了。

这小拨人一走进那不起眼的黄澄澄的大门，影子就不见了。

Chapter 2　穷孩子克莱德

　　刚才给读者粗略介绍的这一家人，说不定有一段与众不同、多少有些特殊的家史，这是完全可以想象得到的，实际上也果然是这样。说实话，这样一家人，是在诱发心理和社会动机及其反应方面都呈现出反常状态的家庭之一，倘要阐述个中奥秘，不但需要心理学家，而且需要化学家和物理学家的娴熟技巧。先说说这个一家之主阿萨·格里菲斯吧。他是属于体内机能不够健全的一类人，是某种环境和某种宗教学说的典型产物，没有自己的主见，或者说没有自己的胆识，不过，他很敏感，因此也非常容易动感情，但是一点儿都没有务实的观念。至于他对生活究竟怀有什么样的憧憬，他感情上究竟会有什么样的反应，说实话，这些都很难说得清。另一方面，正如前面已经说过，他的妻子性格比较坚强，可她也不见得事事都拿得出比他更正确、更实际的高见来。

　　这一对夫妇的身世，要不是因为它给了他们那个十二岁的儿子克莱德·格里菲斯很大影响，本来不必在这儿做特别的交代。先不说这个小伙子有个显著特点，就是比较爱动感情，喜欢罗曼蒂克情调（他的这个特点，更多的来自父亲，而不是来自母亲），他对生活却独具慧眼，有着较为活跃的想象力；他心中在不时地琢磨着，一俟有机会，说不定就可以改善自己的境况；要是万事顺遂的话，说不定他就可以到那些地方去见识见识世面，那时他过的将是另一种生活了。克莱德行年已有十五，使他特别苦恼的一件事（以后长时间里一回想起它也仍深感苦恼）就是：他父母的行业，或者说专门职业，在众人心目中显得太寒碜了。在他整个少年时期，父母在各个城市，比如说大瀑布城、底特律、密尔沃基、芝加哥，最近还有堪萨斯城，主办传道馆，或者在街头布道；一般人，至少是他所遇见的那些男孩子和女孩子，照例都看不起他和他的兄弟姐妹，显然因为他们就是这样一对父母所生的子女。有好几回，他竟然在路上跟这些孩子里头这一个或那一人干起仗来（这使他父母大为不满，因为他们从来都不赞成这样放肆的表现）。可是不管打败了也好，还是打赢了也好，他每次总是意识到：父母的这个行业正是被人瞧不起的——毕竟太寒碜、太卑微了。因此，他总是在暗自思忖：有一天，到了他能够出人头地的时候，自己又该怎么办呢？

事实证明，克莱德的父母对自己子女前途的想法是不切实际的。他们根本不懂得，某种实用知识或是专门职业的训练，对他们的每一个孩子来说，都是至关重要，或者说也是必不可缺的。相反，他们满脑子只想到给全世界传播福音，却忘了让自己的孩子们在哪一个地方上学念书。他们经常从这个地方搬到那个地方去，即使孩子们念书正念得很顺当，为了传教工作有更广阔、更优越的活动天地，有时也得搬家。有的时候，他们的传教活动几乎完全得不到收入，阿萨从他最拿手的两件事——莳花艺草和推销新产品——又挣不到多少钱，这时他们差不多已是食不果腹，衣不蔽体，孩子们自然也就辍学了。面对这样的窘况，不管孩子们会有怎么个想法，阿萨夫妇始终保持乐观，至少他们硬是相信而且毫不动摇地虔信上帝及其垂爱恩赐。

这一家人的住所兼传道馆够阴沉沉的，足以使有一点儿生气的少男少女都提不起精神来。那是一座暗淡无光、毫无艺术情趣的破旧木头房子；他们占用的是整个长长的底楼。它坐落在堪萨斯城独立林荫大道以北、特鲁斯特大街以西市区内，确切的街名或地名叫比克尔。这条街很短，通向虽然稍微长些，但同样是难以描述的密苏里街。传道馆附近这一带还依稀让人不太愉快地回想起昔日生意兴隆的景象，如今这里的商业中心区早已移到西南方向去了。在离这里五个街区的地方，有一些热心宗教的人和劝人改宗的人每周两次举行露天聚会。

这座房子的底楼，正好面对着比克尔街，还可看到一些同样阴沉沉的木结构房子的阴沉沉的后院。底楼前头这部分，已隔成一个四十英尺长、二十五英尺宽的大厅，里面摆上大约六十把木折椅，一个诵经坛，一幅圣地巴勒斯坦地图，还有二十五张印好尚未装框的箴言，作为墙头的装饰品，其中一部分就是：

酒能使人亵慢，浓酒使人喧嚷，凡因酒错误的，就无智慧。

——《箴言》第20章

拿着大小的盾牌，起来帮助我。

——《诗篇》第35篇第2节

"你们作我的羊，我草场上的羊，乃是以色列人，我也是你们的　神，这是主耶和华说的。"

——《以西结书》第34章第31节

神啊，我的愚昧，你原知道，我的罪愆不能隐瞒。

——《诗篇》第69篇第5节

你们若有信心像一粒芥菜种，就是对这座山说，"你从这边挪到那边"，它也必挪去，并且你们没有一件不能作的事了。

——《马太福音》第17章第20节

耶和华降罚的日子临近万国。

——《俄巴底亚书》第15节

因为恶人终不得善报。

——《箴言》第24章第20节

酒发红，在杯中闪烁，你不可观看，虽然下咽舒畅，终究是咬你如蛇，刺你如毒蛇。

——《箴言》第23章第31、32节

这些庄严有力的祈求，好像是悬在抹上灰渣的墙壁上的金银挂盘。

这一层极其普通的底楼后面尚有四十平方英尺，那块地方错综复杂，但又别致地一一隔开，成为三个小卧室和一个客厅，这个客厅既望得见后院，也望得见与后院相差无几、毗邻的一些院子里的木栅栏。此外还有一间恰好十英尺见方的厨房，同时也兼做餐室；一间贮藏室，里面置放着传道用的小册子和赞美诗集，以及盒子、箱子和家里一时不用但又被认为有价值的一些零星什物。这个特殊的小房间紧挨在传道大厅后面，格里菲斯夫妇在讲道以前，或是在讲道之后，或是有要紧的事商量的时候，照例要到这里来。不过也有的时候，他们来这里沉思默想或者做祈祷。

克莱德和他的姐姐，还有他的弟弟，三天两头看到他们的母亲或者父亲，有时单独，有时两人一道，跟一个被遗弃了的或者稍有悔罪之意的人谈话。这些人是来这里寻求忠告或者帮助的，往往多半来寻求帮助。有时，正好他的父母手头特别紧，孩子们就看见他们俩待在这里冥思苦索，或者正如阿萨·格里菲斯常常在一筹莫展时所说的，就是要"祷告上帝给他们指出一条出路来"。后来，克莱德心中开始琢磨这实在也是无济于事的。

他家周围整个地区，也都是那样阴暗、凋敝，克莱德一想到自己住在这个地区，就很腻味，更别提经常要向人恳求帮助，自己也不得不参与其事，为了支持起见，还得经常祷告上帝和感谢天恩。

爱尔薇拉·格里菲斯太太在嫁给阿萨以前，只不过是一个没受过教育的农场姑娘，即使长大成人，也很少想到过宗教这一类事情。哪知道她一爱上了他以后，就好像中了他传播福音和劝人改宗的毒。以后，不管他要担多大的风险，或者玩弄种种稀奇古怪的花招，她总是欣喜若狂地追随他。后来，她知道自己能说会唱，居然还能利用她已知道的"上帝所说的话"去影响、开导、支配别人，不免感到沾沾自喜，对此她也就多少有些心安理得，乐意继续干下去了。

偶尔也有少数几个人跟着这两位传教士径直来到他们的传道馆，或者是因为听他们在街头传道时提到过这个传道馆，事后才登门的。这些稀奇古怪、心神不安，乃至于神经错乱的人，眼下是哪儿都有。由于克莱德目前还不能自立，多年来他就只好到各式各样的宗教集会上陪伴他的父母了。到这里来的各色人等——十之八九为男人——有穷困潦倒的工人，有无业游民，有酒鬼和流浪汉，还有那些孤苦无告、奇丑无比的人——看来他们就是因为没有别的地方可去，这才逛到这里来。对这些人，克莱德与其说有好感，还不如说生气。他们一向证明上帝、基督或是神灵怎样把他们从这个或那个困境中拯救出来，可他们从来没说过他们自己拯救过别人的事。他的父母总是唠叨着说"阿门"和"光荣归于上帝"，接着唱赞美诗，最后传道馆的正当开支要靠募集捐款。捐款的数目，据他估算，少得可怜，只够维持他们现有的各式各样的传道活动。

有关他的父母，只有一件事真的使他感兴趣，那就是：在东部某处——在一个叫作莱柯格斯的小城，据他所知，靠近尤蒂卡①——有一位伯父，亦即他

① 纽约州中部一城市。

父亲的哥哥。他伯父的生活境况跟他们显然大不一样。伯父名叫塞缪尔·格里菲斯，是个有钱人。克莱德从父母偶尔闲谈中多次听说过，这位伯父只要随他高兴，就肯给某个人一点儿帮助。他还是一个精明而又严厉的商人；他在莱柯格斯有一所巨邸和一个生产领子和衬衫的大工厂，雇用工人不少于三百人；他有个儿子，年纪想必与克莱德相差无几；还有好几个女儿，少说也有两个，据克莱德猜想，他们在莱柯格斯一定都过着奢靡的生活。以上所有这些消息，显然都由那些认识阿萨及其父兄的人捎到西部来的。在克莱德的想象中，这位伯父想必是好像克里塞斯①那一类人，在东部过着舒适奢靡的生活。可是在西部这里——堪萨斯城，他跟他的父母、兄弟姐妹的生活，一言以蔽之，依然是那么可怜、乏味，仅仅够糊口罢了。

不过，克莱德很早就看得清清楚楚，除了他能自立以外，别无他法可想。他在十五岁时，甚至更早一些，他就知道他自己的教育，还有他的姐妹、弟弟的教育，不幸全被他父母耽误了。由于那些家境较为殷实的少男少女都接受过专门技能的教育，他要克服自己的困境自然就更难了。在这样的情况下，他一开始该从哪儿着手呢？其实，他在十三四五岁时，就开始浏览各种报纸了，可是他家里从来不许看报的（因为看报已被视作太世俗的事了）。他得悉眼下到处需要熟练技术的人，或是受过专门职业训练的学徒，不过当时他对此不是很感兴趣。正如一般美国青年的想法，或者普通美国人的人生观一样，克莱德觉得自己应凌驾于纯粹体力劳动者那一类人之上。天下居然还有这样的事！那些比他好不了多少的小伙子都当上了店员，杂货铺的帮手，以及银行和地产公司里的会计和助手，难道说他就得去开机器，砌砖头，学做木工、泥水活儿和水暖管子工吗！要是叫他身穿旧衣服，每天一清早爬起来，就像那些人一样不得不去干那些平淡无奇的事情，岂不是太低三下四，如同他迄至今日的生活一样窝囊吗？

克莱德既穷而又很爱虚荣，很骄傲。他就是自命不凡的那一号人。他虽然是家中一员，但他跟家人从来就合不来，甚至于对有养育之恩的人也从来没有深切感激之情。相反，他喜欢仔细琢磨他的父母，虽然并不太尖锐或者太刻薄，是对他们的素质和能力有了充分了解。不过，尽管他对别人很有判断力，对自己的前途心中却始终没有谱，即使到了十六岁那年，也才只有一些尚在摸索的试探性的想法。

顺便提一下，就在这时候，性的诱惑，或者干脆说性感，不知不觉地开始

---

① 克里塞斯是公元前6世纪小亚细亚吕底亚国极富的国王。

在他身上显露出来了。对于异性的美、异性对他的吸引力，以及他对异性的吸引力，他早已产生了强烈的兴趣，同时，他也为此感到很烦恼。再说，很自然地，与此同时产生的衣着和仪表这类问题也开始给他带来不少烦恼——瞧他自己的外表是怎样的，而人家的小伙子的外表又是怎样的？如今，他一想到自己的衣服不行，又不能打扮得更漂亮些以便自己更吸引人，就觉得很痛苦。生来就是穷，既没有人帮助过你，自己又没有能耐助自己一臂之力，那该有多么可怜啊！

他只要见到镜子，总要把自己仔细端详一番。他相信自己模样儿长得并不太难看，端正大方的鼻子，白白净净的高额角，油光锃亮的波浪形黑头发，乌溜溜的眼睛有时含有几分忧郁。可是由于他家里的不幸，父母的职业性质，以及种种人际关系，真正的朋友他不仅过去没有过，而且，依他看，现在也不见得能找到。这一事实越来越诱发他的心情坠入抑郁，亦即所谓忧郁症，对他的将来自然毫无好处。这反而促使他想要反抗，但有时候精神上又萎靡不振。尽管他的仪表说真的很讨人喜欢，吸引力也比一般人更大，可是，当那些社会阶层与他迥然不同的年轻姑娘偶尔向他投以一瞥时，他就因为一想到自己父母的德行，往往误解了她们的用意。其实，她们这种轻蔑而又存心逗引的神色，不外乎是要试探一下他对她们到底是喜欢呢，还是毫无意思；他这个人究竟是好样儿呢，还是个胆小鬼。

不过话又说回来，即使在他连一个子儿还都没有挣到之前，他也一直在暗自思忖：要是他像别的小伙子那样也有一条好一点儿的衣领、一件漂亮一点儿的衬衫、一双好看一点儿的皮鞋，还有一套做工考究的衣服、一件阔气的大衣，该有多好啊！高级衣服、漂亮房子，以及手表、戒指和别针等等，多少小伙子一一拿出来出风头啊！还有那些像他那样年龄的男孩子，现在都是花花公子！有些与他同龄的男孩子，做父母的真的给他们买了汽车，供他们兜风去呢。克莱德看见他们像蝇子似的在堪萨斯城大街上飞来飞去，而且他们身边有漂亮女郎陪着，他却什么都没有，而且，他是从来未曾有过啊。

不过，世界上可做的事情多着呢，幸福、得意的人儿也是到处都有。现在的克莱德，他该怎么办呢？到底走哪一条路呢？究竟应该选定哪一行，学好了将来使他出人头地呢？这些他都说不上来。他毕竟还闹不清楚。就连他那古里古怪的父母，也是孤陋寡闻，没法儿给他点拨一下。

Chapter 3　私奔的姐姐

克莱德正在给自己寻找一个切实的解决办法，恰好这时家里遇到了一些麻烦事，使他心绪越发灰暗了。其中有一件事就是：他的姐姐爱思达跟一个难得上堪萨斯城演出、闪电式地爱上她的演员离家私奔了（尽管他相当疼她，但说实话，他们俩之间毫无共同语言）。这一件事弄得格里菲斯全家人多么灰心丧气，也就不用说了。

爱思达事件的真相是这样的。尽管她是在严格的教育之下长大，有时似乎对宗教和道德还怀着满腔热忱，但其实，她只不过是一个情感丰富、意志薄弱的女孩子，她心里究竟在想些什么，连她自己也说不清。她虽在那个特殊的环境中生活着，可她压根儿和它格格不入。如同绝大多数人只是整日嘴上笃信宗教一样，她从很小的时候起，就不假思索地把这些宗教信条都接受下来了，到如今，乃至于在以后，爱思达也还是一点儿都不理解它们的意义。至于这些天天重复念叨的宗教信条究竟包含什么意思，反正有了家训、教规，以及"天启"的真理，她早已用不着自己去独立思考了；只要别的学说，别的情况，以及来自外界的或者甚至出自内心的一些冲动还没有同上面那些东西发生冲突，那她就可以高枕无忧了。可是话又说回来，一旦真的发生了冲突，由于她的宗教观不是建立在个人信仰，或者个人气质倾向的基础之上，大概经受不住这一冲击，那也是早就可以预料的结论。因此，爱思达的思想感情未必和她的弟弟克莱德不同，原来也是一天到晚从这儿到那儿飘忽不定。一会儿想到爱情，一会儿又想到享乐生活，一会儿却想到了那些跟自我克制、自我牺牲这类教义也许根本不相干的事情。一句话，她整个内心世界，以及她所有的梦想，都把人们宣扬的所有宗教教规通通抵消了。

可是，她毕竟没有克莱德那种毅力，也没有他那种反抗性。她基本上是个随波逐流的人，朦朦胧胧地渴望着漂亮的衣服、鞋帽和缎带之类的东西，而宗教教规或宗教观念则不准她梦想追求这些东西。不论在上午或下午放学以后，或是在傍晚，在那些长长的、五光十色的街道上，常有一些可爱的姑娘一面手挽手大摇大摆地闲逛着，一面还在交头接耳，窃窃私语。也有一些男孩子，固然有些滑稽笨拙，可是透过他们那种鲜活蹦跳而又十分可笑的动物本性，显露出了隐藏在所有年轻人的思想和行动后面的求偶的那种执着、本能的渴望。而她自己呢，当她不时地看到一些求爱的人，或是专门调情取乐的人，逗留在大街拐角处或大门口，用一种炽烈渴求的目光直瞅着她，她自己心里不由得也有一种激动，一种神经源性质的颤动，它大声渴求着人世间所有看得见、摸得着的东西，而不是有关天堂的那些令人难以置信的玩笑话。

那些年轻人向她投来的眼色，好像一道看不见的光，穿透了她整个的身心，就是因为她出落得很讨人喜欢，而且每时每刻都在增姿添色，长得越来越吸引人了。再说，年轻人的心态已在她心中引起共鸣，这些神妙的、不可思议的化学反应，便成为人世间一切道德和不道德的基础。

却说有一天，她正在放学回家路上，有一个年轻人（这种人能说会道，通称拈花惹草的浪荡子）竟然凑上来跟她搭讪，恐怕多半是她自己显露出的一种神色和一种心态惹出来的。反正什么都遏制不住她，因为她哪怕不是个情种，从天性上来说还是百依百顺的。不过，她的家教历来很严，要求她务必保持端庄、谨慎、纯洁等等，因此，至少说这一回还不至于有马上失足的危险。只是经过这一次进攻，以后的进攻也就接踵而至，何况都被她接受了，或者说她并没有很快地躲避闪开。于是，这些进攻便一步逼一步地把她的家教所筑成的那堵冷漠围墙推倒了。她本人也变得行动诡秘，还向父母隐瞒自己的所作所为。

偶尔也有一些年轻人，不管她乐意不乐意，竟然跟着她一起边走边谈了。她一向非常害羞，开头至少有一阵子常常把他们甩在一边，不予理睬。可如今，她那种过分的羞态终于被他们摧毁了。她心里巴不得有一些新的巧遇，梦想着自己跟什么人来一场漂亮、快活、惊人的恋爱。

这种心态和欲念在她心里缓慢有力地日益增长之后，终于来了这么一个演员。他是个爱好虚荣、漂亮而又兽性十足的那种人，一味讲究穿着、气派，可是品德不好（他格调不高，缺乏礼貌，甚至也许连真正的柔情都没有），但他身上有一种非常强烈的男性魅力。短短一个星期里，仅仅见过一两次面，他居然就使她完全神魂颠倒，坠入情网，说真的，她样样都听他的随意摆布了。事实上，他压根儿不疼爱她。尽管这个人并不聪明，可他认为她只不过是又一个黄花闺女罢了——长得相当漂亮，显然是性欲强、毫无经验、一两句甜言蜜语准能上钩的傻丫头——只要来上一番虚情假意，说什么她要是做了他的妻子，赶明儿管保带她上大城市逛逛，过上更加无拘无束、自由自在的生活就得了。

不过，乍一听，他所说的话倒是很像出自一个忠贞不渝的情人之口。他对她说得明明白白，要她马上跟他一块儿走，成为他的新娘——现在就走，切莫磨蹭。眼下像他们这样两个人既然有缘在此相遇，干吗还要白白地拖延时间呢？至于就在此地结婚是有困难的，其原因他不好说——反正这要牵扯到他的一些朋友——不过在圣路易，他倒是有一个朋友做牧师，可以给他们证婚。以后，她就会有从来没有见过的漂亮衣服，形形色色妙不可言的奇遇，以及卿卿我我的缱绻柔情。她还可以跟他一块儿旅游去，饱览一下这个大千世界。她只要好好地照应他，就再也用不着发愁了。这些话她都信以为真，看作真情流露的山盟海誓；而在他看来，只不过是他过去惯用，往往又很灵验的老一套花言巧语罢了。

短短的一个星期里，他们利用早晨、午后和夜晚零星的时间见面，这套不难耍弄的魔术终于获得成功了。

在四月里一个星期六夜晚，克莱德为了逃避照例要在周末举行的传道活动，独自去商业中心区溜达，很晚才回家。他一下子就发现父母因为不知爱思达的下落而非常焦急。她在当天晚上传道时，还照常弹琴，唱赞美诗，看来一切都很正常。结束以后，她回到了自己房间，说她身体不大舒服，打算早点儿上床。到了晚上十一点钟，克莱德刚好回到家里的时候，母亲无意中往她房里张望了一下，却发现她不在房里，附近地方也找不到她。她的房间里已有一点儿空荡荡的样子——有些小首饰和衣服给带走了，一只常用的旧手提箱也不见了——首先引起了她母亲的注意。随后，在家里到处搜寻，结果也都找不着她；于是，阿萨走到了大街上，往四下里张望。本来传道馆空着的时候，或是在关门之后，有时候她也曾独个儿出门的，也有的时候，她就在传道馆前面闲坐或是伫立一会儿。

尽管这样搜寻，还是一无所得。克莱德和阿萨一起，先是跑到大街上拐角处去找，随后沿着密苏里大街径直去。哪儿都不见爱思达的影儿。他们深夜十二点钟才回来。从那以后，全家人对她自然就越来越揪心了。

开头，他们认为，说不定她事先没有关照就到什么地方溜达去了。可是，等到十二点半，最后到一点、一点半，还是不见爱思达的影儿。他们正要去报警，这时克莱德走进了她的房间，发现她那张小木床上有一张条子，用别针扎在枕头上——这一纸短信，就在母亲的眼皮底下也没看见。他马上走了过去，心里一面好奇，一面在揣度。因为他常常暗自琢磨，假定说他想要偷偷地不告而别，究竟该用什么方式告诉他的父母才好。他知道，除非全部计划乃至于每一个细节事先都让他们了解，他们是绝不会同意他离去的。而现在呢，爱思达终于失踪了。当然，以后他自己说不定也会留下这样的"告父母书"。他捡起了这张条子，急急乎要看，偏巧他母亲走了进来，发现他手里拿着一张条子，就大声嚷嚷："那是什么呀？是一张条子吗？难道就是她写的？"克莱德把条子交给了她，她把它摊开来，赶紧看了一遍。本来他母亲那张健壮的大脸盘一向黑里透红，这时他发现，她转身朝外屋走去时，脸色已经煞白。她那张相当大的嘴巴，紧紧地抿成了一条有力的直线。她那结实有力的大手，高高地举起那张小小的便条，已经有一点儿发抖了。

"阿萨！"她大声惊呼，往隔壁房间走去。阿萨正在那里，白花花的鬈发好像心烦意乱地盘缠在他那滚圆的脑袋周围。她说："看看这个吧。"

克莱德跟在母亲后面，看见父亲有些紧张不安地用他又短又肥的手拿着那张条子。本来他的嘴唇一向疲沓无力，又因年岁渐老，中间开始皱缩，说来真怪，这会儿却一个劲儿地抽动起来。凡是了解他身世的人，一定会说，这正是他一生中屡遭不幸打击时的一种表情，不过此刻尤为突出罢了。

开头，他只发出"Tst！Tst！Tst！"的声音，是舌头与上颚之间的吸入音——这在克莱德听来未免太软弱无力了。接下来又是一连声："Tst！Tst！Tst！"他的脑袋已开始东摇西晃。随后，他说："喂，你说，她干吗会做出这样的事来？"说完，他又转过身来，直瞅着他的妻子，她也无可奈何地直瞅着他。后来，他就背着双手在房间里踱来踱去，他的两条短腿迈着无意识而又古怪的大步，脑袋又来回地摇晃，而且再一次发出一连声徒呼奈何的"Tst！Tst！Tst！"

格里菲斯太太给人的印象一向比她丈夫要深刻得多，如今处于这种尴尬的境地，果然表现得很不一样，确实更加有魄力。对于人生的激愤、不满，以及显然是一种肉体上的痛苦，有如一个看得见的影子在她身上掠过。她的丈夫一站起来，她马上伸过手去，把那张条子接住，两眼又一次直瞅它，脸上立刻露出严峻、痛苦而又心烦意乱的表情。她的这种举止态度，就像一个心神极度紊乱而又不满的人，虽然在狠命地使劲儿，但还是解不开一个有形的结；同时又想要自己保持镇静，心中不再愤愤不平，到头来却依然苦恼、怨恨。按说她长年累月一贯虔诚地从事传道工作，根据她那低得可怜的是非标准来看，仿佛觉得，她自己实在应该免遭这类不幸的了！当这种彰明昭著的恶行尚在的时候，她的上帝、她的基督，究竟都上哪儿去了？为什么他没有帮助她呢？这一点他该如何解释呢？他在《圣经》里说过的那些预言呢？他要永远指引众人呢，还有他明明白白说过的仁慈呢？

克莱德清楚地看到，面对这样巨大的灾祸，她想把个中原委找到是极其困难的，至少在眼前做不到。不过，最后一定会找到的，这一点，当然，克莱德心里也是明白的。因为她和阿萨正如所有的热心宗教人士一样，根据他们那种盲目的二元论观点，坚信灾祸、错误和不幸跟上帝一概无涉，同时又认定上帝是至高无上的、主宰一切的力量。将来他们会在别的什么地方找到祸根——某种邪恶、奸险、欺骗的力量，有违上帝的全知全能，照旧诱惑和欺骗人们——说到底，归罪于人们心中的谬误和邪恶。虽然人心也是上帝造出来的，可是，他并不抑制它，因为他根本不愿抑制它。

不过此时此刻，她只是在心中充满痛苦和愤怒。可她的嘴唇既不像阿萨那样抽动，她的眼睛也不像他那样露出深切的悲痛。她往后退了一步，有点儿气呼呼地把爱思达的信又细看了一遍，然后对阿萨说："她跟人私奔了，可她又不言语一声……"她突然语塞了，一想到孩子们——克莱德、朱丽娅和弗兰克全都在场，而且个个好奇地、全神贯注地、心中怀疑地凝视着她。"上这儿来，"她对她丈夫说，"我要跟你说句话。孩子们，你们还是先睡去吧。我们一会儿就回来。"

于是，她和阿萨一起急匆匆地走进了传道馆大厅后的那个小房间。孩子们听见母亲扭电灯开关的声音。接下来听见父母压低声音在谈话。这时，克莱德、朱丽娅和弗兰克面面相觑，只不过弗兰克还太小——仅仅十岁——恐怕说不上完全懂得这是怎么回事。甚至朱丽娅也不见得非常明白。不过，克莱德毕竟见过一点儿世面，又听到母亲说的"她跟人私奔了"那句话，所以说，就他心里最透亮了。爱思达对这一套腻味透了，就像他一样。也许正是他在大街上看见过的、挽着漂亮姑娘的那类花花公子——爱思达就同此种人一起私奔了。不过，上哪儿去了？此人到底是个什么样的人呢？那张便条上想必说了一些，但是母亲没让他看。她一下子就把便条拿走了，可惜那时他没有一声不响地先看一下！

"你说，她这一去，就永远不会回来吗？"他趁父母一走出房间，就怀疑地问朱丽娅。看来朱丽娅也茫然不知所措。

"我怎么会知道呢？"她有些恼火地回答说，她为父母的不幸和这种鬼鬼祟崇的神情，以及爱思达的所作所为觉得很难受，"她什么都没有跟我说过。我想，她要是真的跟我说了，准会感到害臊。"

朱丽娅在诉诸感情方面要比爱思达或克莱德冷静些，对父母一向体贴入微，所以也就比她姐他们更伤心。诚然，她对这件事的意义并没有完全理解，不过，她有些猜测，因为她跟别的女孩子偶尔也扯过，哪怕是扯得非常谨小慎微。可现在最使朱丽娅生气的，则是爱思达所选择的这种出走的方式，竟将父母、弟弟和她自己全抛弃了。她干吗要这样出走，干出这种事来，害得父母这样忧心如焚？这有多可怕呀！屋子里一片凄惶的气氛。

父母在小房间谈话的时候，克莱德也在暗自寻思，因为现在他正在急切地探索思考人生问题。爱思达干的到底是怎么回事？难道说这就是骇人听闻的私奔那类事，或者两性之间不堪入耳的那类事，正如大街上和学校里的男孩子时常窃窃私语的？他一想到这里，就不寒而栗。要是真的这样，该有多丢脸！说不定她再也不会回来了。她跟一个不知是什么样儿的男人一起逃走了。反正这种行为，对一个女孩子来说，当然是要不得的。过去他常常听人说，凡是男孩子和女孩子、男人和女人之间，一旦建立了堂堂正正的关系，最后导致的结果只有一个——结婚。他们这一家人本来就有其他的种种苦恼，可是现在，爱思达居然还干出私奔这种丑事来，真可以说是祸不单行。他们这一家人的生活本来就够惨的，如今又出了这件事，当然，只会变得更惨了。

不一会儿，父母从小房间走出来了。格里菲斯太太依旧绷着脸，怪不自然的，可是毕竟有些变了，也许是脾气收敛了一些，无可奈何地听天由命了。

"爱思达觉得最好还是离开我们，反正是暂时的。"她看见孩子们都在好奇地等着，起先只说了这些话，"现在，你们压根儿不用替她担心，再也用不着净想这件事啦。我相信，过一阵子她准回来的。她决定按自己的意愿干一阵子，反正总有什么原因呗。但愿是主的旨意就好啦！""主啊我们赞美你的名字！"阿萨马上插嘴说，"过去我还以为她同我们在一块儿很幸福，可现在看来，她并不觉得是这样。依我看，她应该自个儿去见一见世面才好。"（阿萨又一连声发出"Tst！Tst！Tst！"）"不过话又说回来，我们可不能把她想得太糟糕了。这对现在来说是没有什么好处。只有爱和仁慈才能正确指引我们。"不过她说这句话时，声调有些严峻，不知怎的，是违心之言吧，她说话的声音还是照原样倒吸气音，"我们只能希望她很快就明白她这种举动该有多么傻、多么轻率，于是回家。现在她走的那条路别指望她会得到幸福的。这既不是主指引的路，也不是主的旨意。她太年轻了，她做了错事。不过，我们可以宽恕她。我们一定要宽恕她才对。我们的心必须向她敞开，充满温情和慈爱。"她说这些话时，仿佛是向大伙说的，不过，她的脸色和声调是严厉、阴郁、冷峻的。

"得了，你们都去睡吧。现在我们只能每天早上、中午、晚上虔心祷祝，但愿她不要遇到什么灾祸。是的，我真巴不得她没有干这件事就好了。"最后，她添了这么一句话，显然跟她刚才说的这番话不大协调。说真的，这时候她并没有想到孩子们还在她跟前——她是一心只惦着爱思达啊！

可是阿萨呢！

如此窝囊的一位父亲——这就是克莱德后来常常想到的看法。

除了他自己的痛苦以外，看来他唯一关注的，就是他的妻子更加深沉的痛苦。他自始至终只是傻乎乎地伫立在一边——矮矮的个儿，白花花的鬈发，露出一副窝囊相。

"是的，主啊，我们赞美你！"他不时插嘴说，"我们的心必须向她敞开。是的，我们可不能马上判断是非。我们只能往最好的一面想。是的！是的！赞美上帝——我们必须赞美上帝！阿门！哦，得了！Tst！Tst！Tst！"

"要是有人问起爱思达上哪儿去了，"格里菲斯太太顿住了一会儿，接下去说。她睬也不睬她的丈夫，而是冲着向她围拢来的子女们说的，"我们就说：'她到托纳旺达看望我娘家的亲戚去了。'当然啰，这不完全是实话，可是现在她究竟在哪儿，真相究竟又是怎样，我们也都不知道——反正说不定她会回来的。所以嘛，在我们还没有完全了解清楚以前，可千万不能说她的坏话，更不能做出任何伤害她的事来。"

"是啊，赞美上帝！"阿萨有气无力地应了一声。

"好吧，在我们还没了解清楚以前，要是有谁问起来，就照我刚才说的回答，那就得了。"

"一定这样。"克莱德在旁帮衬着说。朱丽娅也跟上说了一句："好吧。"

格里菲斯太太顿住了一会儿，脸上露出坚定而又内疚的神色，直瞅着孩子们。这时，阿萨又发出一连声"Tst！Tst！Tst！"随后就把孩子们都打发睡觉去了。

说真的，克莱德很想知道爱思达信里说些什么，不过，根据他长时间的经验，他相信母亲绝不会让他知道的（除非母亲愿意告诉他），于是他又回到了自己房间，因为他觉得自己太疲乏了。要是还有一线希望找到她，他们为什么不再去找一下呢？现在，就在此时此刻，她究竟在哪儿呢？是在哪儿搭上了火车吗？显然，她根本不乐意让人们找到她。也许她像他自己一样感到不满吧。最近他暗自思忖，想要到什么地方去，同时心中纳闷，家里对这件事会有什么看法；可是如今他还在家里，爱思达她倒是先跑掉了。这件事对他将来的思想观点和行动到底会有什么影响呢？说真的，不管他的父母心里有多难过，可他始终看不出，她这一走就是天大的灾祸，至少从"走"的观点来说，并不是这样。这只不过是一个事实，暗示这里的家境每况愈下罢了。传教这种工作，根本毫无意义。宗教热忱和传道这套玩意儿，也没有多大用处。它也挽救不了爱思达啊。显然，她像他本人一样对这一套玩意儿也不是特别相信的。

Chapter 4 　在冰激凌店做学徒

　　克莱德由于做出了上面这个结论，就比过去更加棘手地来考虑自己的前途问题。他考虑后的主要结果就是：他必须给自己出出点子，而且得越快越好。到目前为止，他能找到的工作充其量只是十二到十五岁的男孩子有时干的一些零活儿。每年夏天的几个月里，帮着送报纸的人派报；整整一个夏季，在小杂货铺地下室里干活儿；入冬后有过一阵子，每逢星期六，开箱拆包，搬弄商品。就这样，他每个星期可挣到优厚的报酬——五美元，那时在他看来，这一数目几乎好像是偌大的一笔财产了。他觉得自己有钱了，也就不时地去看戏、看电影，坐在票价低廉的剧院最高的楼座，根本不管父母的反对（在他们看来，戏和电影不仅是尘世俗物，而且邪恶透顶），所以，像这样的一种娱乐消遣方式，他也非得瞒过他们不可。不过，谁也阻止不了他。他觉得，这钱是他自己的，他爱怎么花就怎么花，甚至还把小弟弟弗兰克一块儿带去。弗兰克自然乐滋滋跟着他去，而且始终闭口不说。

　　同年晚些时候，他想退学，因为他早就觉得自己上学太迟，总是赶不上去。于是，他就在本市一家专售廉价品的小杂货店里觅到一份工作，给卖汽水的店员当助手。这家小杂货店正好毗邻剧院，因而沾光不少。这里是克莱德上学必经之地，因此，挂在那里的一块"招收学徒"的广告牌子首先引起了他的注意。后来，克莱德跟那个后来他在其手下学生意的年轻人谈了一谈，假装自己不仅十分愿意，而且办事很能干。他从这次谈话中获悉：如果说这套本领他学到了家，就包管挣大钱，每星期可挣十五美元，最多甚至高达十八美元。据说第十四街和巴尔的摩大街的交叉路口的斯特劳德铺子里，有两个伙计就挣这么多的钱。他上门应聘的那一家商号只肯给十二美元，也就是绝大多数店铺的标准薪资。

可是人家当即告诉他，要学好这一套本领，是需要一定时间的，还要得到行家的热心点拨才成。他要是乐意上这儿干活儿，开头就算每个星期五美元。这时，克莱德听后脸一沉。得了吧，干脆就给六美元。说不定他很快就学会这套本领，能调制各种美味的饮料，并在各式各样的冰激凌里添上果汁、甜食等等，做成圣代①。当学徒嘛，一开头不外乎是洗涤杯盘，把饮料柜台所有的机器设备和工具擦拭干净；更不必说，每天清晨七点半，打开店门，打扫店堂，掸去尘土，还有小杂货铺老板派给他的送货差使。有的时候，他手里没有活儿，而他的顶头上司——一位名叫西伯龄先生的，是个充满自信、闲话又多的年方二十的时髦小青年——生意太忙，实在照顾不了，因此，调制那些一般性的饮料——柠檬水、可口可乐等等，根据营业需要也就会叫克莱德代劳了。

于是，克莱德跟母亲商量以后，决定把这份有趣的工作接下来。首先，据他暗自估摸，在那里冰激凌有的是，他想吃多少，就有多少，不必自己掏钱，这是一大优点，不容忽视。其次，那时他已经看出，反正这是进门学生意、学本领的第一步——做生意这一套本领，也正是他所短缺的。再说还有一点，在他看来，也不见得是对他完全不利的，那就是，这个铺子里要他一直上班到深夜十二点钟，而白天可以补上几小时作为调休。这么一来，晚上他就不在家，晚上十点钟那个夜间祷告他终于可以不参加了。除了星期天，他们再也不会叫他一块儿做礼拜去了，甚至星期天也不行，因为听说他星期天下午和晚上也得照常上班去。

再说，这个专管冷饮柜台的店员经常收到隔壁剧院经理送来的免费入场券。加上小杂货铺有一道边门，与剧院的大厅相通——这种关系，对克莱德来说，真是太有吸引力了。能在一个与剧院关系如此密切的小杂货铺里忙活，看来是蛮有意思的。

此外，还有一个最大的优点，使克莱德既高兴，但有时也会失望，那就是，赶上演日场的那些日子里，不论开场前和散场后，照例有一群群年轻姑娘上这儿来，有独个儿的，也有几个人在一起的，她们坐在柜台跟前，咭咭地笑着闲聊，有时还对着镜子拢一拢头发，再涂上一点儿脂粉，描一下黛眉。克莱

---

① 圣代（音译），盛在杯里的加水果、蜜汁或其他作料的冰激凌。

德虽说是个乳臭未干、涉世不深和不谙异性的毛头小伙子，可是一见到这些年轻姑娘，对她们的姿色，以及她们的泼辣、自负、可爱的模样儿，总是百看不厌的。这可以说是他生平头一遭，一面忙着擦洗杯子，灌满盛放冰激凌和糖浆的容器，将一杯杯柠檬水和橘子水摆进托盘里，一面几乎不断地有机会从近处仔细端详着这些年轻姑娘。她们简直令人不可思议！她们多半穿得都很漂亮，外貌也很标致，戴着戒指、别针和好看的帽子，披着名牌大衣，脚蹬精美的皮鞋。他还能常常偷听到她们正在闲扯的那些有趣的事儿——比方说，茶会啦、舞会啦、宴会啦、她们刚看过的演出啦，还有她们打算不久就去玩儿的地方，有在堪萨斯城里，也有本城近郊，今年和去年的时装款式到底有哪些不同，正在本市演出或者即将来到本市演出的某些男女演员——主要是男演员迷人的魅力。直至今日，这些事情在他自己家里都是从来没有听到过的。

这些年轻的美人儿里，还有不是这一位，就是那一位，时常由某个男士陪伴着，这种男士身穿晚礼服和与之配套的衬衫，头戴高筒礼帽，系上蝴蝶结领饰，手上是白羊皮手套，脚下则是漆皮鞋——这种装束打扮，在当时克莱德心目中，真是最高贵、最漂亮、最豪放、最有福祉了。要是自己能那么雍容大方地穿上这样的衣装服饰，该有多好！要是自己能像这么一个时髦小伙子一样跟一个年轻姑娘窃窃私语，该有多好！那真可以说是到了渐臻至美的境界啊！那时候，他觉得，只要他连这样的行头打扮都还没有，那么，哪一个漂亮姑娘也不会瞅他一眼的。显而易见，这些东西是非备不可的。只要他有了这些东西，能有这样穿戴打扮，嘿，难道说他不就是稳稳当当地踏上了通往幸福之路吗？人世间的一切欢乐，不消说，赫然展现在他面前。亲昵的微笑！还有偷偷地握手，也许一只手臂搂住某个年轻姑娘的腰肢，亲吻，婚约，以后，以后……

这一切就像在漫长岁月之后突然射来的一道天启的灵光。在这些漫长岁月里，他一向跟着父母走街串巷，当众传道，露天祈祷，或是坐在小教堂里净听那些稀奇古怪、莫可名状的人——都是令人泄气和惊惶不安的人——说基督怎样拯救了他们，上帝又是怎样帮助了他们。现在，他肯定要从这一层次中脱身出来。他要好好地干活儿，把钱积攒下来，做一个了不起的人。这一套简单而美妙的老生常谈，无疑具有神灵变形①的一切光彩和奇迹，这好像在沙漠迷途、渴求活路的倒霉鬼面前突然呈现海市蜃楼一样。

---

① 参见《圣经·新约·马太福音》第17章："耶稣……就在他们面前变了形象，脸面明亮如日头，衣裳洁白如光。"

可是，过不了多久，克莱德很快就相信，他在这种特殊的岗位上也有一种苦恼，那就是，他在这里虽然可以学会调制饮料等许多东西，每个星期准能挣到十二美元，可是那一直使他五内俱焚的渴望和虚荣不是马上就能如愿以偿的。原因是顶头上司亚尔培特·西伯龄已下了决心，务必使他的窍门尽量不外传，同时最轻松省力的工作又给他自己留着。而且，他跟小杂货铺老板有一致的看法，就是认为：克莱德除了帮他照料一下冷饮柜台以外，还应该听从老板的吩咐，去干诸如跑腿之类杂活儿。这么一来，克莱德在他几乎整个工作日里便忙得不可开交了。

一句话，克莱德不能从这一工作中马上得到什么好处。他依然没法儿使自己比过去穿戴得更好些。最糟糕的是，有一件事总是在他心里萦绕不去：原来，他挣的钱少得很，各种应酬交际也少得很。几乎少到这样程度，就是说，他一离开了家，就感到非常寂寞，而且不见得比在家里寂寞少一些。爱思达的出走好像给父母的传道工作泼了冷水；又因为她至今还没有回来，他听说，家里由于想不出更好的办法，正在考虑从这里迁走，迁往科罗拉多州的丹佛。可是此时此刻，克莱德已有打算，决不跟他们一块儿走。他反问自己：这可有什么好处呢？到了那儿，也不外乎又是一套传道的玩意儿，跟此地还不是一模一样？

克莱德一向住在家里，也就是在比克尔街传道馆后面的那所房子里，不过那个地方他可恨透了。打从十一岁起，他家一直在堪萨斯城，可他始终不愿把他那些小朋友带到他家里，或是他家附近的地方。为了这个缘故，他总是回避那些小朋友；不论走路也好，玩儿也好，总是孤零零一个人，或者跟弟弟和姐妹们在一起。

可是转眼之间，他已有十六岁了，完全可以独自谋生，应该跳出这种生活圈子了。只是至今他挣到的钱可以说寥寥无几——还不够他一个人过活呢——何况现在他自己还没有一手本事或者勇气，所以也找不到更好的理由。

不过，后来父母开始谈到迁居丹佛的时候，说过也许他在那里能找到工作，但是没承想他会不愿意去。他向他们暗示说，他还是不去的好。他喜欢堪萨斯城，换个城市有什么好处呢？如今他有了工作，说不定将来会找到更好的机遇。不过，他的父母一回想起爱思达和她的遭际，就对他这么年纪轻轻独自一人去闯天下，将来会有什么结果，不免产生怀疑。要是他们都走了，他会住到哪里去呢？跟谁住在一起呢？他的生活会受到什么影响，有谁能像父母那样，经常挨在他身边，帮助他，点拨他，引导他沿着那条正道前进呢？所有这一切，都是值得考虑的。

不过，现在举家迁往丹佛的日子似乎一天比一天逼近了，对他来说，显得尤为紧迫。偏巧这时候，那位西伯龄先生由于常常向女性大献殷勤，过于露骨，没过多久就被老板开除了。于是，小杂货铺里来了一个瘦骨嶙峋、冷若冰霜的新上司，不打算要克莱德当他的助手。因此，克莱德就决定离开——不过不是马上就走，而是要利用跑外勤的机会，看看自己能不能找到别的事。有一天，他正在东张西望，设法另谋出路的当口儿，忽然想到，何不到本市一家大酒店所管辖的那家首屈一指的大杂货店附设的冷饮部去，干脆找那里的经理谈一谈。那家大酒店是一幢十二层楼的大厦，在他看来，这就是奢靡、舒适最完美的样板。它的窗户总是垂挂着厚厚的窗帘，大门口（过去他从来不敢朝门里东张西望）有一顶由十分华丽的玻璃和铁架制成的天篷。还有一道大理石砌成的走廊，两旁都是棕榈树。平时他常常走过那家大酒店，怀着孩子般的好奇心暗自纳闷，不知道这么一个地方里面的生活究竟是什么样儿。在那大门口，一天到晚总有那么多的出租汽车和私人汽车停在那儿。

今天，他因为要给自己另觅高枝，迫不得已，这才闯进了那家杂货店。杂货店坐落在巴尔的摩大街、面向第十四街、地段极佳的拐角处。他看见靠近门口的一座小玻璃亭子里有一个女出纳员，就去问她这里卖汽水的柜台由谁负责。他那试探和游移不定的神态，以及他那双深沉的、仿佛在恳求人的眼睛，一下子使她发生了兴趣，随即直觉地揣摩他正在找事，这个女出纳员便说：“哦！西科尔先生，在那儿，他是本店经理。”她朝一个三十五岁上下、个儿矮矮的但是穿着很讲究的男人那边点点头。此人正在一只玻璃柜顶上别出心裁地布置新颖化妆品。克莱德走到他身边，心里还在迟疑不定，真不知道人家找事由该怎样启齿，同时又看到此人正在埋头干自己的活儿，所以只好先站在一边，两只脚替换站着。后来，那位经理觉得好像有人不知怎的老是在他身边转悠，这才侧过身来，问：“有什么事吗？”

“请问贵处的柜台要不要添一个卖汽水的助手？”克莱德向他投去了一个眼色，让自己的迫切心情显露得再清楚也没有了，“要是有这样的职位，请您高抬贵手给了我吧。我正求之不得呢。”

“没有，没有，没有。”经理回答说。他这个人长着金黄色头发、碧澄的眼睛、白净的肌肤，精力很充沛，只是脾气有点儿火暴，喜欢跟人抬杠。他正要走了，可是看到克莱德脸上掠过一阵失望和沮丧的神色，就侧过身来又问了一句：“从前在这种地方干过儿活吗？”

“没有在这么漂亮的地方干过活儿。没有，先生。”克莱德回答说，不由得被他周围的景象惊倒，"眼下我是在第七街和布鲁克林大街拐角处克林克尔先生的铺子里忙活，那儿跟贵处比，就算不上什么了。要是可能的话，我倒是很希望另找个好地方呢。"

"嗯，"对谈者听他这么天真地给自己的店铺捧场，心里相当高兴，就继续说，"哦，这倒是完全可以理解的。不过嘛，目前我这儿没有什么事给你做。我们不是常常换人的。不过，你要是愿意在酒店里当侍应生，我倒可以指点你上哪儿去寻找。里面的酒店正好要添一个侍应生。那儿的领班向我说过，他正需要找一个伙计。我想，这个好歹也抵得上在卖汽水的柜台上当助手吧。"

此人一看克莱德突然喜形于色，就接下去说："不过，你千万别说这是我叫你去的，因为我根本不认识你。你到了里头，只要去楼梯底下找斯夸尔斯先生，他会告诉你一切的。"

克莱德一听，像格林–戴维逊这么气派宏伟的一家大酒店里，他居然还有可能得到工作的机会，先是目瞪口呆，继而兴奋得有点儿哆哆嗦嗦了。接着，他向这位好心人谢了一声，径直向这家杂货店后面通往酒店大厅①的那条绿色大理石过道走去。他一进去，就见这么一个漂亮大厅，他一辈子都没见过；因为自己太穷，又加上胆小，从来不敢窥视一下这种美轮美奂的世界，所以不由得感到这里比他从前所见过的任何地方还要有趣。四下里豪华极了。他脚底下踩的是黑白分明的小方格大理石铺就的地面。头上是镶铜、彩绘的鎏金天花板。许多黑色大理石柱子，望过去宛如一片树林，一根根既像地面那么锃亮，又像玻璃一样光滑。这些大理石柱子一直延伸，通向三个出口处，一根在右边，一根在左边，一根径直对着达尔林普尔大街。柱子中间有彩灯，有雕像，还有地毯、棕榈树、软椅和长沙发、面对面双人沙发，各种陈设应有尽有，不一而足。一句话，这里就是集一切粗俗的奢靡陈设的大成，正如有人挖苦地说过，旨在使"其孤高傲世推向大众"。其实，在一座繁华的美国大城市里，对一家顶呱呱的大酒店来说，这样的陈设也可以说是太奢侈了：不论客房和过道也好，还是大厅和餐厅也好，全都陈设得太富丽，反而没有简朴、实用的雅趣。

克莱德站在那里，凝神扫视了一下大厅，只见那里人群成堆——有些是女人和小孩，不过，他又细看一下，最多的还是男人，有的在走来走去，有的伫立着，也有的坐在椅子上聊天或者闲着无事，还有的是两人成对或者独自一

---

① 按我国宾馆用语，也可叫"大堂"。

人。一些挂着厚实的帷幔、陈设漂亮的小凹室里，有的摆上了写字台和报架，有一个是电报室，有一个是售货亭，还有一个是鲜花铺；那里也麇集着一群群人。本市牙科医生正在这里开代表大会，其中有不少人偕同妻子儿女到格林-戴维逊酒店团聚；不过，克莱德既没有察觉到这一点，更不会懂得这些代表大会的开会方式及其重大意义，反正依他看，这家大酒店平日里都是这个样子的。

克莱德怀着敬畏和惊异的神情，直瞪着两眼扫视了一下，然后想起了斯夸尔斯这个名字，这才到楼梯底下写字间去找他。在克莱德右边有一座两侧黑白相间、分成两段的宽大楼梯，拐了个大弯，一直通往二楼。在这两段楼梯之间，一望可知就是酒店办公室，因为里面有很多职员。不过，在最近的这段楼梯后面，紧挨他刚才擦身而过的那面墙有一张高高的写字台，那里站着一个年纪跟他差不离的年轻人——此人身上穿了一件缀着许多黄铜纽扣的茶色制服，头上是一顶丸药盒子似的圆形小帽，贴在耳边歪戴着，显得很帅的样子。这会儿他正拿着铅笔，忙着往一本摊在面前的簿子上登记。此外还有几个同他年龄相仿的小伙子，穿着跟他同样的制服，有的坐在他身旁的一个长条凳上，也有的来来去去，有时候拿着一张纸片、一把钥匙或是一张什么便条之类跑回来交给此人，然后坐到了长条凳上，显而易见在听候下一次吩咐，看样子，用不了多久就要轮到的。那个穿制服的年轻人站在一张小写字台后面，台上有一部电话机，几乎在不断地嗡嗡响。他一听清楚来电要求，就按按他面前那只小铃，或者喊一声"上来一个"，于是，长条凳上坐着的头一个侍者马上应声往前走去。这些侍者一听完吩咐，就急匆匆地从这边或那边的楼梯上楼，或者直奔某一个出口处或是某一部电梯。整日都看得见他们陪送客人，手里提着皮包和手提箱，或者拿着大衣和高尔夫球杆之类东西。还有一些侍者去了不一会儿就回来了，两手托着盛放饮料的盘子，或是拎着小包之类的东西，正要送到楼上的某一个房间去。要是他运气好能被这么一家大酒店录用，赶明儿差遣他去干的显然就是这一类活儿吧。

何况，这里一切都是那么轻快活泼，生气勃勃，因此，他心里真巴不得自己走运，能在这里找到一个职位。不过，他果真能这样走运吗？斯夸尔斯先生又在哪儿呢？他走到小写字台旁那个年轻人跟前，开口问道："请问您我该上哪儿，才找得到斯夸尔斯先生？"

"这会儿他正好来了。"那个年轻人一面回答说，一面抬起头来，用他那双敏锐的灰眼睛打量着克莱德。

克莱德朝他指点的方向定神一看，见到一个二十九岁或三十岁的人正在走过来。此人矫健活泼，显然见过不少世面。他身材颀长，思路敏锐，面孔瘦削，衣服穿得整整齐齐。克莱德见了，不仅对他印象很深，而且马上感到畏缩——真是好一个精明鬼啊。他的鼻子又长又细，眼睛很尖锐，还有他的薄嘴唇，尖下巴。

"刚才打这儿走过的那个披着苏格兰格子呢围巾、花白头发的高个儿，你看见了没有？"他停下来就问写字台跟前那个助手。那个助手点点头，"得了，他们告诉我，说他就是兰era雷尔伯爵。他今早上刚到，随身带着十四只大箱子和四个仆人。好气派！原来他是苏格兰一个大人物。不过，我听人说，他出外旅行是不用这个名字的。他在这儿登记的是布伦特先生。你看见过那种英国佬派头吗？他们当然是顶呱呱，头一流，嗯？"

"您说得对！"他的助手恭顺地回答说。

直到此刻，他才侧过身来瞥了克莱德一眼，不过依然没有理睬他。倒是他的助手走过来帮了克莱德的忙。

"那个年轻小伙子，正在那儿等着要见您呢。"那助手向他做了说明。

"是你要找我吗？"领班斯夸尔斯转过身来问克莱德，看了一下他那套蹩脚的衣服，同时又把他上下仔细端详。

"是杂货店里那位先生对我说的，"克莱德开始说话了，其实，他不大喜欢他面前那个人的派头，不过，他一定要设法让对方尽可能地对他留下好印象，"这是说，他说我不妨问问您，我能不能在这儿找到一个当侍应生的机会。目前我在第七街和布鲁克林街拐角处的克林克尔先生开的那个杂货店里帮工，不过，我很想离开那儿。他说您也许可以——这就是说——他估摸着您这儿有个空缺，正要添人。"瞧克莱德面前这个人——那双冷冰冰的、一味琢磨他的眼睛使他窘困极了，甚至连气都透不过来，只好一个劲儿地往喉咙里直咽口水。

他生平头一遭才想到：如果想要成功，他就得阿谀奉承，博取人家的欢心，不外乎做一点儿什么事，说一些什么话，叫人家欢喜他呗。于是，他对斯夸尔斯先生先装出一心要讨好的笑脸，接下去说："要是您乐意给我一个机会，我可一定使劲儿地干，并且一定很听话。"

克莱德面前这个人只是冷冰冰地瞅了他一眼，不过，此人心里鬼主意不少，又会耍些小手腕，以便达到个人目的。谁圆滑灵活，善于跟人打交道，他就喜欢谁。所以，他本来打算摇摇头一口回绝了，可现在他只是这么说："不过，你对这种工作一点儿经验还没有吧？"

"是的，先生，不过，我只要拼命地学，不是很快就学会了吗？"

　　"哦。让我想一想，"那个侍者领班一面这样说，一面半信半疑地搔搔头，"这会儿我没有工夫跟你多谈。星期一下午你再来一趟吧，到时候我可以见你。"他说完，一转身就走了。

　　克莱德就这样独自一人被甩在一边，闹不清这是什么意思，只好两眼直瞪着，心里暗自纳闷。此人是不是真的叫他星期一再来呢？是不是有可能……他一转过身来，连忙往外走，浑身上下激动极了。事成了！他要求这个人在堪萨斯城这家最漂亮的酒店里给他一个职位，对方居然叫他星期一再来找他。嘿！这是什么意思？难道说人们真的让他跻身于这么一个豪华世界，而且居然能一蹴而就？真的会这样吗？

Chapter 5　应聘大酒店

这一切使克莱德顿时胡思乱想起来。到这么了不起的地方干活儿，对个人前途会意味着什么？他在这方面的梦想只好让人揣度去吧。他对奢华的想法基本上是那样极端、错误、粗俗——仅仅是一些痴心妄想，一种受压抑、得不到满足，至今还只好悬想臆测、聊以自慰的白日梦呓罢了。

他回到杂货店，工作一切照常，下班后，他便回家吃晚饭，睡觉。可是如今，一到星期五、星期六、星期日和星期一下午，他就想入非非了。不论做什么事，他总是心不在焉；杂货店里他的上司有好几次都不得不提醒他，要他"醒一醒"。下班以后，他并不直接回家，而是往北走，到第十四街和巴尔的摩大街拐角处仰望着那家大酒店。在那里，即使到了深更半夜，三个入口处（每个入口处正对着一条大街）都站着一个看门人；看门人身上穿着缀着很多纽扣、长长的茶色侍者制服，头上戴着帽檐高高、帽舌长长的茶色帽子。里面呢，就在有凹槽、缀圈环的法国绸窗帘后面，依然是灯火辉煌，附近地下室一隅那个点菜的餐厅和供应美国式烤肉的酒吧吧间，这时也还没有打烊。四周有很多出租汽车和私人汽车，而且总有笙歌弦乐的声音，真不知道是从哪儿传出来的。

他是在星期五晚和星期六、星期日早晨，一连好几次仔细打量了这家酒店以后，星期一下午就按照斯夸尔斯先生的意思又一次到这里来了。没承想，此人对他十分粗鲁无礼，因为这时此人几乎把他忘得一干二净了。不过，考虑到他当时确实需要帮手，并且认为克莱德也许可以胜任，因此就把他带到楼梯底下他那间小办公室里，摆出一副顶头上司的派头和完全无动于衷的样子，开始盘问他的出身和住处，从前是在什么地方，做过什么事，他父亲又是靠什么谋生的。这最后一个问题叫克莱德感到特别发窘，因为他毕竟有自尊心，而且羞于承认自己父母开办传道馆，并在街头布道。于是，他随机应变回答说（有时这也是实情），他父亲给一家洗衣机和绞衣机公司兜揽生意，赶上星期日布道。有关传教的事干脆说开了，倒是一点儿也没有让这位领班产生不满，因为克莱德根本不像是个眷恋家园而又循规蹈矩的人。他问克莱德能不能从目前任职的那家店里取得一份推荐书，克莱德回答说可以。

斯夸尔斯先生接下去告诉他这家酒店店规很严格。过去有很多小伙子，由于欣赏这里的场面和气派，接触了原先不习惯的过分奢靡的生活——尽管斯夸尔斯先生并没有使用这些字眼——他们就冲昏了头脑，误入歧途。有些侍应生，挣了一点儿外快就不知自爱。他经常出于无奈，只好把他们辞退。他要的侍应生，必须是听活、懂规矩、手脚快、见了人都要彬彬有礼的。他们必须经常保持仪表服饰整洁，每天准时上班——一分一秒也不能迟到——整天都得精神抖擞，把工作做好。不论是哪一个侍应生，自以为挣了一点儿钱，就可以跟人调情取乐，或是顶嘴抬杠，或是晚上外出赴舞会，结果第二天不能准时上班，或是精疲力竭，做起事来拖拖沓沓、懒懒散散的，那他就别想在这里再待下去。"这种人——我是要把他开除的，而且得马上开除才行。"斯夸尔斯先生决不容许胡来一气的，"以上这些是必须在现在一开头，也可以说是最后一次地通通向你交代清楚了。"

克莱德不断地点头表示同意，并不时急急乎地插进去几句"是的，先生"和"不会的，先生"。到最后，他还立下保证，说他根据自己的思想秉性，是决不会出格、干出斯夸尔斯先生方才列举的种种恶行劣迹的。随后，斯夸尔斯先生继续介绍酒店店规，说侍应生每月只发工钱十五美元，另外免费供膳，在地下室侍者专用的餐桌用膳。不过，无论哪一个侍应生，只要给客人做点儿什么事，比方说，拎一下皮包，送去一壶水，或是干了一点儿别的小差使，客人就会给他一点儿小费，而且往往给得很阔气，也许是十个美分的银币，也许是十五个或二十个美分，有时候还要多一些。这一消息对克莱德说来，真是最惊人的一大发现。据斯夸尔斯先生说，这些小费合在一起，每天平均四到六块美元，不会比这再少，有时候还要多一些。克莱德心里有了谱，这一笔进项真是太惊人了。他一听说有这么大的数目，心儿就一下子突突地跳，差一点儿连气都透不过来了。四到六块美元！嘿！这就是说，每个星期有二十八到四十二块美元呀！他几乎不敢相信这是真的。何况，每个月还有十五块美元薪资，免费供膳呢。斯夸尔斯先生介绍时说，侍应生穿的漂亮制服是用不着自己掏钱的，不过，这些制服既不能穿到外面去，也不准往外拿走。斯夸尔斯先生继续介绍说，他的工作时间是这样的：星期一、星期三、星期五、星期日，从清晨六点干到中午为止，然后休息六小时，再从傍晚六点一直干到半夜。星期二、星期四和星期六，他只要从中午干到下午六点，这样转天有一个下午或是一个晚上就归他个人支配。不过，他一日进几次餐，一概都在工作时间以外。每班按照规定上班时间开始之前十分钟，克莱德就得穿好制服，准时前来站队，听候他的顶头上司检查。

当时，斯夸尔斯先生心里还想到一些别的事情，他却一字不提。他知道反正会有人替他说的。于是，他接下去说："我想，你现在就乐意上班，是不是？"本来克莱德一直仿佛有点儿头昏目眩似的坐在那儿，现在一听到他猛地问这句话，不免感到太突然了。

"是的，先生，是的，先生。"克莱德回答说。

"敢情好！"说罢，他就站了起来，打开他们进来时刚关上的那道门。"奥斯卡，"他向坐在长条凳头上那个侍应生招呼了一声，马上就有一名个儿相当高、稍微有些胖、身穿整洁紧身制服的年轻人敏捷地应声而起，"把这个小伙子带去——你叫克莱德·格里菲斯，是吧？——领他到十二楼制服间去，你看，雅可布能不能给他找出一套合身的制服。如果找不到合身的，就让他明天来改一改。我说，西尔斯比穿过的那一套，也许他穿差不离吧。"

随后，他掉过头来，冲写字台前那个一直望着他们的助手说："反正我得让他先试一试再说。"他又说，"今儿晚上叫一个伙计先教他一下，或是等到他上班时教他也行，去吧，奥斯卡。"他关照那个带领克莱德的侍者说。当克莱德和奥斯卡径直走向一部电梯、不见踪影的时候，他对他的助手找补着说："他干这一行还是个新手，不过，我看他准对付得了。"随后，他就走过去，把克莱德的名字记入薪水册。

这时，克莱德在这位新的良师的管教下，正洗耳恭听一大套他从来没有听到过的情况。

"你要是以前没有做过这种事，也用不着害怕。"这个年轻人一开头就这样说。后来克莱德才知道，此人姓赫格伦，来自新泽西州泽西城，他说话时总有那种外地人的怪腔怪调，喜欢比画打手势等等，也都是从那里带来的。他身材高大，精力充沛，淡褐色头发，脸上长着雀斑，待人和气，口若悬河。他们走进了标着"职工专用"字样的电梯。"这玩意儿也没啥难的。我头一次在布法罗做事，那是在三年以前，在拿（那）以前，我对这种希（事）也是嘛（什么）也不疼（懂）。你次药（只要）留点儿神看比个（别个）人，看看大们（他们）怎么做，就得了。拿（那）么你听明白了没有？"

论教育程度，克莱德虽然比他的这位向导也高不了多少，可是他一听见此人嘴里说什么"嘛也不疼"和"次药"，以及什么"希"、"拿"和"比个"诸如此类的词儿，心里不由得感到非常别扭。不过此时此刻，只要有人给他献上一点儿殷勤，他心里都会万分感激，何况，眼前这位分明是好心肠的良师态度又是如此和蔼可亲，所以，不管什么事，克莱德也都能原谅他了。

"不管谁做啥希（事）情，你先留神看着，你懂吗。直到你学会了才算数，你懂吗。拿（那）就是这么回希（事）。铃声一响，你正好坐在长条凳头上，那该是轮到你了，你懂吗，你马上就得一跃而起，赶快上去。这里大（他）们就是喜欢你动作快一些，你懂吗。不管啥时候，你一看见有人进门来了，或是拎着皮包从电梯里出来，偏巧你正坐在长条凳头上，你就赶快奔过去，不管领班按铃了没有，或是喊没喊'上来一个'。有的时候他实在太忙了，或是照顾不了，他就要你主动去做，你懂吗。希希（事事）要留心，引（因）为你拿不到手提包，你就得不到小费，你懂吗。不管拿（哪）一个，带着皮包或是别的什么东西，我们都得赶过去给大（他）们拎着，除非大（他）们硬是不让你拎，你懂吗。"

"不过，不管是拿（哪）个客人进来，你务必守在账台旁边等着，一直到客人订好了房间。"他们坐电梯上楼的时候，克莱德这位良师还喋喋不休地念叨着，"差不多每个客人都要订一个房间。在火（然后），账房先生就会给你一把钥匙，拿（那）么，你次药（只要）把手提包之类的东西送进房间就得了。此外，你次药（只要）把浴室和厕所里的灯一一打开（要是房间里有的话），好让大（他）们知道它们在啥地方，你懂吗。赶上是白天，你就得把窗帘卷起来，晚上则把窗帘放下来，再要看看房间里有没有毛巾，没有的话，就要通知女侍者。这时候大（他）们要是还不赏给你小费，你就得走了。不过在大多数情况下，除非你遇到一个很吝啬的家伙，你次药（只要）再磨蹭一会儿，找个借口，你懂吗。摸弄一下开门的钥匙，或是试拉一下门上的气窗，你懂吗。在火（然后），次药大（只要他）们心中有数了，就会给你小费。要是大（他）们还不给，拿（那）你就完蛋了，就是这样，你懂吗。你可千万别露出不开心的样子，不作兴那样，你懂吗。拿（那）时，你就下来，除非大（他）们说要冰水或是什么东西的，你的希（事）就算做完了，你懂吗。你再回到长条凳上去，要快。这玩意儿可一点儿都不难做的。只是不管什么时候，你都得要快，你懂吗。客人有进来的，有出去的，千万不要错过一个，这才是最要紧的巧（窍）门儿。

"等到大（他）们发给你制服，你上班以后，可别王（忘）了每次下班临走前，给领班一块钱，你懂吗。一天你值两个班，就得给两块，次（只）值一个班，就给一块，你懂吗？这就是本酒店的规矩。我们在这儿一块做事，就药（要）像拿（那）样。你药（要）保住这只饭碗，就飞（非）得拿（那）样不可。不过，总共也就花去那些。剩下来的，就全是你自个儿的了。"

克莱德明白了。

他暗自估摸一下：他那二十四或是四十二美元里头显然有一部分就不翼而飞了，总共是十一二美元。不过，这又算得了什么！剩下来的，不是还有十二到十五美元，甚至还更多一些吗？况且还有向他免费供给膳食和制服呢。好心肠的老天爷啊！这简直是上了天国呀！过去向往奢华生活，现在真的如愿以偿了！

来自泽西城的赫格伦陪着他到达十二楼，走进一个房间，看见有个头发花白、皱皮疙瘩的小老头儿正在值班，简直看不出此人年龄有多大，脾气又是如何。他马上拿出一套相当合身的制服给了克莱德，要是没有其他吩咐，就可以不必再改了。克莱德一连试了好几顶帽子，有一顶他戴上挺合适，歪戴在一边耳侧，真是帅极了，只不过赫格伦照样关照他："你得把拿（那）头发剪一剪。最好后头剪掉一些。太长了。"其实他还没有开口说这话以前，克莱德心中早就想到这一点了。戴上新帽子，他的那头长发当然不大合适。这时，他一下子讨厌他的那头长发了。随后，他便下楼，向斯夸尔斯先生的助手惠普尔先生报到。惠普尔先生说："好极了。制服很合身，你说是吗？那就得了，你上六点的班。五点半报到，五点三刻穿好制服，以备检查。"

临了，赫格伦关照他马上脱下制服，送到地下室公共更衣室，向看管的人领取一个小柜。克莱德一一照办。随后，他心里激动到了极点，急匆匆地走了出来。先去理了发，然后向全家报告了这个大喜讯。

赶明儿他要在格林-戴维逊大酒店当侍应生了。他将要穿上一身制服，而且是一身很漂亮的制服。他将要挣到多少钱，他开头并没有如实告知母亲。不过，据他心里估摸，开头反正总在十一二块以上，现在他还说不准。因为他现在突然看到了自己马上就可以经济独立，尽管还无力赡养全家，但就自己一个人来说，好歹没问题了。他可不乐意使事情复杂化，因为他要是把薪资的实际数目和盘托出，家里当然就会向他要钱。他倒是说过膳食不用自己掏钱，因为这就是说，往后他不在家吃饭了，而这对他来说乃是正中下怀。再说，将来他经常在这家酒店的豪华气氛中过日子，只要他乐意，也就根本不必一定要在半夜十二点以前赶回家去。还可以穿上好衣服，说不定会交上一些有趣的朋友，嘿嘿，那才是其乐融融啊！

当他东奔西走在干杂活儿的时候，他忽然心里涌上了又一个巧妙而又诱人的念头：往后他只要乐意去剧院，或是上其他什么地方，晚上就用不着回家了。他可以待在闹市区，说他有事就得了。何况膳食不用自己掏钱，还可以穿上好衣服。想想，多美！

仅仅想到这些，就使他感到那样惊喜若狂，因此他连想都不敢多想了。他最好还得等着瞧。是的，他得等着瞧，就在这个无限美好的妙境里，他能得到的究竟有多少东西。

Chapter 6　见识富豪们的生活

　　当时明摆着的，格里菲斯夫妇——阿萨和爱尔薇拉对经济和社会问题特别缺乏经验，思想根源上也就跟克莱德的种种梦想完全吻合了。无论阿萨也好，还是爱尔薇拉也好，他们一点儿都不知道他要接手的这份工作的真正性质如何，对此他们跟他一样的无知。他们也不知道，这份工作在道德、心理、经济或是其他方面会对他产生哪些影响。因为他俩一辈子都没有下榻过四等以上的旅馆。他俩也从来没有去过一家高级饭馆，因为这种高级饭馆原来并不是为他们这些经济水平极差的人开设的。他俩也从来没有想到过，就克莱德那种年纪和脾性的孩子来说，除了替客人把行李箱包从旅馆门口搬到账房间，又从账房间搬到旅馆门口以外，还可能会有别的什么工作，或者别的跟人交际的机遇。他俩天真地认为：这一类工作，不论在哪儿，工钱必定是微乎其微，比方说，每个星期给个五六美元就得了，也就是说，实际上比克莱德按照他的能耐和年纪应得的报酬还要少一些。

　　格里菲斯太太看问题一向比她的丈夫实际些，对克莱德和其他的孩子的经济利益非常关注。她心中暗自纳闷，真不知道克莱德换了个新地方怎么就突然如此兴高采烈起来。根据克莱德自己的说法，到那里上班时间要比过去长，薪水嘛，即使假定说稍微多点儿，比过去也多不了很多，当然啰，他已经暗示过，这一回他进了旅馆，也许将来有希望提升到较高的职位，比方说，当上一个职员什么的，不过，他可不知道何年何月才能如愿以偿啊，而原来那个地方肯定能使他较快地实现自己——至少是赚钱的愿望。

　　不过星期一下午，他急匆匆地回来，说他找到了这个职位，马上得换上领带和硬领，理完发赶回去报到。这些她都看到了，心里也就觉得宽慰一些了。因为过去她从来没看见他对什么事表示过这样高兴；这件事让他比较称心了一些，而不是像过去有的时候那样闷闷不乐。

　　可是现在他上班的时间很长，从早上六点钟起，一直到深更半夜。除了偶尔有几个晚上，他没有工作，而又想要些回家的时候，他才回来得早些。那时他会费心解释说他下班早了一点儿，那神态也是极度不安的。只要他不是在睡觉、穿衣或脱衣的时候，可以说他每时每刻都恨不得马上能离开自己的家，这不由得使他母亲和阿萨感到困惑不解。酒店！酒店！他老是急匆匆地赶去酒店上班，他口口声声地说他非常喜欢这家酒店，还认为自己干得蛮不错。这种工作比围着汽水柜台转反正好得多了，他也许不久还能多挣一些钱呢。至于有多少，他还说不准，但是除此以外，要么是他不乐意说，要么是他说不出道道来。

　　格里菲斯夫妇——孩子们的父母时时刻刻都觉得，由于爱思达出走一事，说实话，他们应该离开堪萨斯城，应该举家迁往丹佛。可是克莱德比过去更加坚决，说他不愿意离开堪萨斯城。他们要去就去呗，可他现在有了一个肥缺，自然要牢牢地守住它。他们要是搬走了，他就不妨上哪儿去找个房间，而且他照样会过得很好。这个想法他们一点儿也不赞成。

　　就在这个时候，克莱德的生活却发生了多么大的变化！从头一天晚上的五点三刻，他来到惠普尔先生面前，顶头上司对他表示满意——不仅仅因为新制服很合身，而且因为他的整个模样儿也不错——打从这时起，他就觉得世界完全变了样。他在大厅里紧挨总账房间后面侍应生集合的过道里，和另外七个小伙子站成一排，经过惠普尔先生检查后，等到时钟敲了六下，这时，他们这一拨八个人一齐迈开步子，走过通向楼梯另一侧（惠普尔先生的写字台就设在这里）休息室的那道门，然后拐弯从总登记处前面绕了过去，走向对面的那条长条凳。有一位名叫巴恩斯先生的接了惠普尔先生的班，履行副领班的职责。侍应生们便坐了下来，克莱德坐在末尾，不过他们马上听候传唤，依次去干各式各样的差使。与此同时，惠普尔先生率领的那拨歇班人员，照例被带到后面侍应生集合的过道，然后就地解散了。

　　"丁零零！"

　　领班写字台上铃声一响，头一个侍应生马上跑了过去。

　　"丁零零！"铃声又响了，第二个侍应生也应声一跃而起。

　　"上来一个！""快去中门！"巴恩斯先生大声喊道。第三个侍应生顺着长长的大理石地面朝中门溜了过去，接住一位来客的手提包。这个客人白花花的连鬓胡子和不合年龄、色调鲜明的苏格兰呢行装。克莱德这双即使还不内行的眼睛也在一百英尺开外早就看见了。眼前立刻浮现出一个神秘而又神圣的幻象——小费！

"上来一个！"巴恩斯先生又在大声喊道，"去看看九一三号房间要些什么。我说大概要冰水呗。"第四个侍应生马上就去了。

克莱德在长条凳上一个劲儿地往前挪，紧挨着那个曾经奉命前来点拨他的赫格伦，眼睛、耳朵和神经几乎浑身上下都紧张起来，以致连气也透不过来，而且一个劲儿地哆嗦。后来，赫格伦终于开了腔，说道："喂，别紧张哟。只要沉住气，你懂吗。你准行。你这副得（德）行，正像我当初一开始时一样——全身哆嗦得好厉害。不过拿（那）样是药（要）不得的。到了这儿，你就得不慌不忙。你该做到好像你不管哪一个人都没看见似的，只是一心注意你眼前该做的事。"

"上来一个！"巴恩斯先生又在大声喊道。赫格伦还在说些什么，但克莱德几乎没心思听下去了。"五号房间要纸和笔。"第五个侍应生马上就去了。

"要是客人要纸和笔，该上哪儿找去？"他赶紧恳求赫格伦指点一下，仿佛临终前的人在苦苦哀求似的。

"我跟你说，就在管钥匙的账房那里。他就在靠左边那儿。他会给你的。要冰水，就上刚才我们站队集合的过道去，在拿（那）一头，你懂吗，你会看到有个小门。那个家伙会给你冰水，可你下一回就得给他十个美分，要不然，他就要冒火了。"

"丁零零！"领班的铃声又响了。第六个侍应生一言不发地前去听候吩咐了。

"现在还得要记住，"赫格伦因为下一个就要轮到他自己了，这才最后一次地提醒克莱德，"假如大（他）们要喝什么，你就上餐厅那边的酒吧间去取。千万要把酒名老（闹）清楚，要不然大（他）们就要恼火。今儿晚上你要是引领客人到房间去，就得把窗帘拉下来，把灯一一拧开。你要是上餐厅给客人取什么东西，先得问一下那边的领班。小费嘛全归你，你懂吗。"

"上来一个！"赫格伦霍地一跃而起，走了。

这下子克莱德便成了头一号。那四号已经又挨在他身边坐下了，目光尖锐地在东张西望着，看哪儿需要人。

"上来一个！"这是巴恩斯先生的喊叫声。克莱德马上站了起来，走到他跟前，真是谢天谢地，这当口儿幸亏没有客人拎着手提包进来，不过，他又很担心叫他去做也许是他不懂的，或是他不能很快就能完成的差使。

"去看看八八二号房间要些什么。"克莱德冲那两部电梯中标明"职工专用"的一部直奔了过去。他心里琢磨是应该乘这一部吧，因为刚才他就是搭这部电梯上十二层楼的。可是，从旅客的快速电梯里走出来的另一个侍应生提醒他，说他走错了。

"上客房去吗？"他说，"就搭客人的电梯。那两部是给职工或是携带行李的人搭乘的。"

克莱德连忙改正自己的错误，赶过去说："八楼。"

电梯里没有其他的人，开电梯的黑人马上招呼他说："你是新来的，是不是？以浅（前）我可没见过你。"

"是的，我才进店呢。"克莱德回答。

"嘿，你准不会腻味这个店呗，"那个年轻小伙子和颜悦色地说，"我说，谁都不会腻味这个大酒店。你是说上八楼吧？"他停了一下，克莱德就走出了电梯。这时，他心里太紧张了，顾不上问清楚该往哪一边走，就连忙去看房间号码，寻找了一会儿，才断定自己走错过道了。他脚下是柔软的棕色地毯，两旁是柔和的奶油色墙壁，嵌在天花板里的则是雪白的滴溜滚圆的电灯。这一切，在他看来，都是达到了至臻至美的境界，显示了那么一种高贵的社会地位，几乎令人难以置信。与他从前见过的相比，真有十万八千里远呢。

最后，他找到了八八二号房，战战兢兢地敲敲门。隔了一会儿，才有一个人从半掩着的门里招呼他，此人身穿一套蓝白条子内衣，露出矮胖粗壮的半边身子，以及连在一起的半个圆圆的、红光满面的脑袋，还有一只眼梢上略带鱼尾细纹的眼睛。

"这是一张一块的美钞，小伙计，"好像是那只眼睛在说话，接着便伸出来一只手，手里拿着一张一块的美钞。那是一只红彤彤、胖乎乎的手，"你上服饰店去，给我买一副吊袜带，波士顿吊袜带，真丝的。快一点儿回来。"

"是，先生。"克莱德回答说，一手把钱接住。门关上了，克莱德急匆匆地沿着过道直奔电梯而去，心里暗自纳闷这服饰店是个什么样儿的。虽说他已有那么大的年纪——十七岁了，这样一个店名于他却是陌生得很，从前他甚至连听都没有听说过，或者至少是没有注意过这个店名。要是此人说

"男子服装用品商店"，那他一听就懂了，可现在此人关照他到服饰店去，他真不知道那是怎么回事。他额头上沁出一些冷汗，两个膝盖也在瑟瑟发抖。见鬼！如今怎么办呢？他能不能问问别人，哪怕是问问赫格伦，不要显得好像……

他摁了一下电梯按钮。电梯开始下来了。服饰店，服饰店，突然，他眉头一皱，灵机一动。假定说他不知道服饰店是怎么回事，那又有什么了不起？反正此人要的是一副波士顿真丝吊袜带。上哪儿去寻找波士顿真丝吊袜带呢——当然到百货店去，那里是销售男子用品的地方，那还用说嘛，准是男子服装用品商店。他一溜小跑，奔出去寻找这么一家商铺。下去的时候，他看见开电梯的另一个和颜悦色的黑人，就开口问道："你可知道本店附近哪儿有男子服装用品商店？"

"本大楼里就有一家，领班。正好在南大厅外面。"那个黑人回答说。克莱德至此才松了一口气，便急急忙忙赶到了那里。不过，他身穿这套紧身制服，头戴那顶很怪的帽子，自己觉得总有一点儿稀奇古怪的样儿。他仿佛老是在担心他那顶圆圆的、紧扣脑勺的小帽，说不定会掉下来。他不时偷偷地使劲儿把它往下扣一扣，急急乎地奔进一家门口灯光通明的服饰店，大声嚷嚷："我要一副波士顿真丝吊袜带。"

"得了，小伙子，这就是呗，"一个油嘴滑舌的矮个儿掌柜说。此人脑门光秃，脸色红润，戴着一副金边眼镜。"是替酒店里客人买的，是吗？得了，就算它七十五个美分吧，这儿十个美分是给你的，"此人一边这么说，一边包扎，把那一块美钞扔进钱柜里，"我对你们这些侍应生一向是特别优待的，因为我知道你们下回还会来做成我的生意。"

克莱德手里拿着那十个美分和纸包，真不知道该怎么个想法呢。那副吊袜带的价钱想必是七十五个美分，此人就是这么说的。因此，只要把二十五个美分找头交还那位客人就得了。那么，这十个美分就归他自己了。再说，也许，此人真的还会另外再赏给他一点儿小费呢。

他急忙赶回酒店，直奔电梯而去。一支弦乐队正在演奏一支曲子，悦耳的乐声在大厅里荡漾着。他看见那里的人们有的走过来，有的走过去。他们穿着那么精美讲究，神态那么从容自在，跟大街上或是别处的人群简直大异其趣。

电梯门开了。好几位客人走了进去。随后进去的，是克莱德跟另一个好奇地看了他一眼的侍应生。到了六楼，那个侍应生走了出来。克莱德和一位老太太是在八楼才走出了电梯。他急急忙忙赶到他那位客人的房门口，轻轻地敲了两下。此人把门打开，身上比刚才穿得多少齐整一些。这时，他穿上了长裤，正在刮脸。

"回来了，嗯？"他大声说道。

"是的，先生，"克莱德一面回答说，一面把纸包和找头交给他，"那掌柜的说是七十五个美分。"

"他简直是个强盗。不过，得了吧，找头你照例拿着。"客人一面回答说，一面把那二十五个美分给了他，顺手把门关上了。克莱德伫立在那里，刹那间简直愣住了。"三十五个美分，"他暗自寻思道，"三十五个美分呀。"只不过短短地跑了这么一趟。难道说这里的事儿，真的样样都是这个样吗？真的，不会这样的。这是不可能的，绝不会老是这个样。

随后，他两只脚踩着地毯上松软的柔毛，他的那只手正把钱紧紧地攥在口袋里，他真恨不得长啸尖叫，或者放声大笑。真有意思，三十五个美分——仅仅干了这么一丁点儿小事。这个人给了他二十五个美分，那个人也给了十个美分，而他压根儿也没有做多少事啊。

他一到了底层，就急匆匆地走出了电梯。乐队的曲子又把他迷住了，那衣香鬓影的人群，也使他飘飘然了。他穿过那些令人惊异的人群，又回到了他刚才离开的长条凳那里。

打这以后，他又被传唤，去替一对上了年纪、仿佛是农场主的夫妇拎三只手提箱包和两把雨伞；他们已在五楼订好了一套房间，包括一个小客厅、一间卧室和一个浴室。他发现，一路上他们两眼直瞅着他，始终一言不发。克莱德一进他们的房间，马上打开房门边的电灯，把窗帘拉了下来，把手提箱包搁到行李架上，那个有点儿笨头笨脑、已届中年的丈夫——他蓄着络腮胡子，一望可知举止十分稳重，把克莱德仔细端详了一番，最后才这么说："小伙计，你好像很讨人喜欢，而且灵活得很，我可得要说，比我们过去碰到过的那些人要好。"

"我当然并不认为，酒店就是孩子们该去的好去处，"他那心爱的妻子叽叽喳喳地说。她不但个儿大，而且胖得圆滚滚的，这时正忙于察看连在一起的那个房间，"当然，我决不会让我们家的孩子到酒店里工作。那些人的所作所为就够你瞧的了。"

"不过，你听着，年轻小伙子，"那男人接下去说，一面把外套放好，一面在裤袋里掏钱，"你就下楼去，给我买三四份报纸，要是买得到这么多的话；此外，还要捎上一瓶冰水；你一回来，我就给你十五个美分。"

"这家酒店要比奥马哈那家好得多，孩子他爹，"妻子言简意赅地找补着说，"这里的地毯和窗帘也要漂亮些。"

克莱德虽说还是一个新手，这时也禁不住暗自发笑。不过表面上他装得一本正经，看来他的内心活动一点儿也都没有露出痕迹来，只是拿着一些零钱就走了出去。不一会儿，他拿着冰水和所有能买到的晚报回来了。于是，他得了那十五个美分，笑眯眯地走了。

不过，就拿这个很不平常的夜晚来说，这才不过是刚刚开始，因为他回到长条凳上还没有落座，又被传唤到五二九号房间去，仅仅是叫他上酒吧间去取饮料：两瓶姜汁汽水和两瓶汽水。这一次叫他的，是一拨穿穿漂亮时装的少男少女。他们正在房间里说说笑笑，吵吵闹闹，里头有一位把门儿稍微打开一条缝，以便吩咐他去干些什么事。不过因为壁炉架上有一面镜子，他不仅看得见这一拨人，还看见身穿白色衣帽的一位漂亮姑娘，坐在一张椅子边上，有个年轻人正斜靠在椅子上，一条胳臂搂住她的纤腰。

克莱德两眼直勾勾地瞅着，虽然还得竭力装出目不旁视的样子来。不过，拿他这时的心态来说，这种情景仿佛透过天堂的大门往里窥探似的。这个房间里，都是一些少男少女，论年龄，不见得比他大多少，正在有说有笑，甚至他们喝的并不是冰激凌汽水这一类东西，而是他的父母一向表示反对，据说还诱使人走向毁灭的那类饮料，看来这一拨青年人对此倒是满不在乎。

他连忙下楼，到酒吧间去，取了饮料和一张发票就回来了。他们把钱给了他，饮料一美元，小费二十五个美分。那诱人的情景，他又乜了一眼。不过这会儿只有一对伴侣，踩着其他两对伴侣吹着口哨和哼唱着一支乐曲节拍，正在婆娑起舞。

不过，除了他来到各个房间里对形形色色的客人匆匆地投以一瞥以外，同样引起他莫大兴趣的，乃是酒店进门大厅里永不停息的活动全景，总记账房后面那些职员的种种分工职责——有管客房的，有管钥匙的，也有管函件的，此外还有出纳和助理出纳等。大厅四周围还有各式各样的摊位——花铺、报亭、烟铺，以及电报室、出租汽车营业处等，这些地方的所有经管人员，在他看来，真怪，个个都散发出这个大酒店的特殊气味。而在这些摊位周围和中间，不论是在走动或是坐下来的，净是那些神气活现的男男女女，以及年轻的小伙子和姑娘，个个穿戴得那么入时，而且个个红光满面，踌躇满志。还有那些汽车和其他车辆，有的都是在晚宴时和夜深时开到的，借着门外令人炫目的灯光，他才能看得到。还有他们搭在身上的披肩、皮毛围脖和其他类似的东西，往往由其他侍应生和他自己拿着，走过进门大厅，送上汽车，或是送至餐厅，或是送上电梯。反正克莱德看得出来，这些东西总是用极为珍贵的料子做

成的。该有多么豪华气派啊。由此可见，要想当富翁，当社会上了不起的人物，意味着要有钱，这不就是一清二楚了吗？那时也就意味着，你爱怎么办就可以怎么办了，而别人，如同他克莱德这号人就会殷勤侍候你。所有这些奢侈品，你也通通有了。那时你爱上哪儿，你爱怎么个去法，你又爱在什么时候去——一切一切都随你高兴就得了。

Chapter 7　年轻侍应生

　　因此，在当时所有可能对克莱德产生——不管是对他的发展有利也好，有害也好——影响的因素中，如果考虑到他的脾性，其中对他危害性最大的，也许就数这一家格林—戴维逊大酒店了，因为在美国两大山脉①中间，哪儿也找不到一个在物质生活上比这里还要奢靡无度，或者粗俗无味的地方了。这里的咖啡茶室，一律陈设软椅，光线虽然暗淡，仿佛有点儿阴沉沉的，但到处点缀着各色彩灯，令人赏心悦目，依然不失为一个理想的幽会之地。当时不但那些毫无经验却又急于调情取乐的时髦女郎，一见这种豪华景象就为之心醉神迷，而且连那些经验丰富，也许姿色渐衰的美人儿，一想到自己的容颜，就何妨不好好利用一下那些摇曳不定的幽暗灯光呢。再说，这家大酒店，如同绝大多数大酒店一样，总是顾客盈门，他们都是一些热衷名利而又野心勃勃的男人，尽管他们年龄、职业各不相同，却都认为：在热闹有趣的时刻，如果说不是一天来两次的话，至少也得有一次来这儿抛头露面，以便为自己树立声望，表示他是上流社会名人，或是豪放不羁，或是拥有巨富，或是情趣高雅，或是善于博取女人欢心的男人，或者干脆说，他就是以上种种特点皆备于一身的人。
　　克莱德来这里工作不久，这些跟他一起共事、与众不同的侍应生，其中有好几个经常跟他一块儿坐在那条被他们叫作"跳凳"上的，就告诉他说，甚

---

① 落基山脉和阿巴拉契亚山脉之间的地区，亦即泛指整个美国。

至还有某一种社会败类，一些道德腐败、被社会遗弃的女人，也在这里出没无常，她们一心只想挑逗与勾引他们这些侍应生，进而同她们发生不正当的关系。其实，他来了没有多久，他们就把这一现象的各式各样的实例都指给他看了，至于那究竟是怎么回事，开头克莱德还闹不明白。所以，他只要一想到这事，就觉得恶心。可是后来有人对他说，有好几个侍应生，特别是不跟他在一块儿值班的某一个年轻的侍应生，据说全都"上了钩"（这是另一个侍应生形象化的说法）。

仅仅是大厅里和酒吧间闲扯淡那一套，更不用说餐厅和客房里的场面，就足以使任何一个既没有经验又没有判断是非能力的人相信，对于任何一个有了一点儿钱，或者一点儿社会地位的人来说，一生中最要紧的事情，莫过于上剧院、看球赛，或是去跳舞、开汽车兜风、设宴请客，或是到纽约、欧洲、芝加哥、加利福尼亚去玩。既然这些侍应生在昔日的生活中对舒适享受或高雅情趣一无所知，至于奢华无度那就更谈不上了，因此，他们如同克莱德一样，不仅喜欢把他们在本店所见到的一切加以夸大，而且认为好像这种突然时来运转，使他们自己也有份儿沾这一切的好机会了。这些有钱人，究竟是什么样的人？他们干了些什么，就应该享受如此奢侈无度的生活？而那些看起来同他们一模一样的人，干吗就一无所有呢？这后一种人，与那些飞黄腾达的人之间差别干吗会如此之大呢？凡此种种，克莱德都想不通。不过，这些想法在每一个侍应生心里都曾经一闪而过。

与此同时，这里议论得最多的，就是他们所赞赏的那一种女人（或者年轻姑娘）。她也许囿于自己身处的社会环境，可是因为有钱，就可以闯入这样一个花天酒地的大饭店，凭借她所具有的诱惑、微笑和金钱等手段，居然博得了这里年轻人中一些小白脸的欢心，更不必说她们私下求婚的风流逸事了。

比方说，转天下午跟克莱德坐在一起值班，那个名叫拉特勒的年轻小伙子——是酒店大厅的侍应生——看见一个约莫三十岁、衣着整洁、身段苗条的碧眼金发美人儿，身上披着裘皮大衣，胳臂上偎着一只小狗，走了进来。拉特勒先是用胳臂肘轻轻地推推克莱德，随后冲美人儿那边点点头，低声说："看见她了吗？叫人上钩，她可真是个快手。哪天有空，我就把她的事讲给你听呗。嘿，什么事她干不出来！"

"那她怎么啦？"克莱德急于知道她的底细，便开口问道。因为他觉得她美极了，简直太迷人了。

"哦，没什么，不过嘛，打从我上这儿干活儿算起，她已经跟这儿八个人都搞过了。她迷上了多伊尔。"这是指大厅的另一个侍应生，这时，克莱德早已注意过他，觉得论文雅、风度和仪表，此人可以说深得切斯特菲尔德①的三昧，堪称当今青年人的楷模，"可是没有多久，现在呢，她跟别人搞上了。"

"是真的吗？"克莱德大吃一惊地问，心里却在纳闷，这种好运会不会也落到自己头上来。

"千真万确，"拉特勒接下去说，"她就是这一号人，永远不会嫌多的。听人说，她的丈夫在堪萨斯那边做很大的木材生意，不过，他们早就不住在一块儿了。她在六楼开了一套最讲究的房间，不过多半是不住在那里。这是女茶房告诉我的。"

这一个拉特勒，个儿又矮又胖，不过长得倒还漂亮，脸上总是带笑，说话圆滑，待人殷勤，而且很讨人喜欢，克莱德一下子就被他吸引住了，恨不得跟他多拉点儿交情。拉特勒也回报了他这种感情，因为他觉得克莱德很天真，又缺少经验，所以，他也很乐意为他略尽微劳。

他们正说着话，忽然被传唤人的铃声打断了，后来再也没有提到那个放荡不羁的女人，不过，刚才这一席话，给予克莱德很大的影响。这个女人的外貌很讨人喜欢，打扮也非常讲究，她的肌肤洁白如玉，一双眼眸老是亮闪闪。拉特勒刚才告诉他的话难道说是真的吗？她多漂亮！他坐在那里，两眼凝视着，面前浮现出一个朦朦胧胧、使他神经末梢也为之呵痒的幻象，其意义甚至连他自个儿都不愿意招认呢。

再说说那些侍应生的脾性和人生观吧。那个金塞拉，个儿矮胖粗壮，脸蛋也很光滑，只是克莱德觉得他有一点儿迟钝，不过模样儿还算好看，而且孔武有力，赌起钱来听说简直神极了。开头三天，他倒是心甘情愿，把他所有的业余时间全都用来点拨赫格伦的新徒弟克莱德。倘若与赫格伦相比，他就是一个温文尔雅、善于辞令的好后生，不过，克莱德觉得，他比不上拉特勒那样吸引人，也没有后者那样富于同情心。

还有那个多伊尔——埃迪·多伊尔，克莱德一开头就发觉他特别有趣，而且对他产生了嫉妒心理，因为他长得非常好看，身材匀称，举止潇洒飘逸，声音柔和悦耳。他有一种难以名状的风度，凡是同他打过交道的人，一下子都会喜欢他，不论是柜台里的职员，还是那些进门来向他问这问那的客人，都是如此。他的皮鞋和衣领整洁齐正，梳着最时髦的发型，搽过

---

① 切斯特菲尔德（1694—1773），英国政治家与作家，在英国此人常常作为讲究礼仪而又风流的典型人物。

油，一溜儿光滑，活像一位电影明星。克莱德一开头就为他那衣饰方面的审美情趣完全倾倒了———一套特别精致讲究的棕色衣帽，同时还配上棕色的领带和短袜。克莱德心里想，他自己也应该穿上那样一件配上棕色腰带的外套。他应该有一顶棕色帽子，还应该有一套缝制得那么精致、那么迷人的衣服。

首先向克莱德介绍本店工作概况的那个年轻人赫格伦，同样对他产生了一种与别的侍应生所给予他的影响并非毫无联系，而又迥然不同的影响。赫格伦在侍应生中要算是年龄较大、经验较为丰富的一个，对其他侍应生的影响也比较大，因为他对自己酒店里本职工作以外的一切事情都持乐呵呵、满不在乎的态度。赫格伦的教育程度和模样儿都不如其他小伙子，可是他具有强烈的贪婪和冲劲的脾性，加上他在花钱和玩乐时又慷慨大方，还有他的勇气、体力和胆量，都是多伊尔、拉特勒或是金塞拉所望尘莫及的。他的气力和胆量，有的时候几乎完全丧失了理性——这一切使克莱德对他特别感兴趣，特别着了迷。据他后来对克莱德说，他父亲是个瑞典佬，烤面包师傅，好几年前，在泽西城把他母亲遗弃了，就让她听天由命去。因此，奥斯卡和他妹妹玛莎都没有受过很好的基本教育，也没有结交过什么体面的朋友。他实在出于无奈，就在十四岁那年搭上货车车皮离开了泽西城，打从那起，一直独自在外谋食。他同克莱德一样，几乎丧心病狂似的急于投入自以为就在身边的一切欢乐的旋涡中去，并且准备进行任何探险活动，可是他缺少克莱德所特有的那种害怕后果不堪设想的心理。此外，他还有一个朋友，名叫斯帕塞，年纪比他稍微大些，是给堪萨斯城里一个富翁开汽车的，有时偷偷地把车子开出来，捎上赫格伦到附近各处兜风去。这种交情尽管说起来有悖常规，也不正大光明，可赫格伦总觉得此人真是了不起，比周围这些人之中的某一些人有能耐得多；他给这个人的形象添上了一种在他们看来跟他们所感受到的实际情形大相径庭的光彩。

赫格伦不像多伊尔那样讨人喜欢，他要博得女人的青睐也就不那么容易了。有些女人果然被他勾引住了，却远不是那么妖艳动人，可他对类似这样的艳遇还是特别沾沾自喜，并且经常大肆吹嘘。克莱德由于缺乏经验，也就对赫格伦的话特别信服。因此，赫格伦几乎一开头就喜欢克莱德，觉得这个小青年也许是他的忠实听众了。

赫格伦看见克莱德时常紧挨自己身旁坐在长条凳上，就继续点拨他、开导他。只要你懂得怎样生活的话，堪萨斯城就是个好地方。从前，他曾经在布法罗、克利夫兰、底特律、圣路易各大城市谋生过，不过，他对哪一个地方都没有什么好感，主要是——他当时不愿意说穿了的一个事实——因为他在那些地方都不如在这儿有奔头。他洗过碗，擦过汽车，做过管子工的助手，也还干过不少其他的活儿，后来，终于在布法罗干上了饭店这一行。随后，有一个也在饭店干活儿的年轻人（如今此人已不在这儿了），奉劝他来堪萨斯城。可是，来到此地后又如何呢：

"嘿，先说说这家酒店小费，可真不少，你上哪儿也得不到这么多，拿（那）我心里很明白。最主要的一点是在这儿做事的人可好呀。你待大（他）们好，大（他）们也待你好。我上这儿已一年多了，我可没发过牢骚。斯夸尔斯拿（那）个小子挺不错，只要你不给他惹麻烦就得了。他这个人是铁面无情的，可他也得替他志（自）个儿着想，拿（那）是不用说的。可是，他从来都不无缘无故把人开掉，拿（那）我也是很清楚的。至于说别的希（事）嘛，拿（那）也再简单都没有啦。你的活儿一干完，你的时间就归你自己的了。这儿的伙计们，都是好的，个个都是乐呵呵的。大（他）们既不是吹牛大王，叶（也）不是大财迷。哪儿要是有什么——比方说，晚会呀，以及类似拿（那）样玩意儿——大（他）们就来了，差不多个个都来。要是希（事）儿不顺当，大（他）们既不唠唠叨叨，也不会哭鼻子。拿（那）个我心里都很清楚，意（因）为我跟大（他）们在一块儿待过已有好多回了。"

他给克莱德留下这样一个印象：这些年轻小伙子都是最好的朋友，也可以说是知己，只是多伊尔除外。其实，此人只是有点儿孤芳自赏，可也还说不上是自高自大。"追他的女人简直太多了，说穿了就这么回事。"可有时候，他们哪儿都去玩，他们一块儿上舞厅，他们一块儿来到河边某个地方聚餐、赌钱，他们又一块儿到某个名叫"凯特·斯威尼"的寻欢作乐的场所——那儿有一些漂亮女人——以及诸如此类的地方。像这样一大堆信息，从来也没有灌进过克莱德的耳朵，如今却使他陷入沉思、梦想、怀疑、忧虑，乃至于扪心自问，真不知道从这一切之中能不能发现什么明智、魅力和乐趣，也不知道他自己能不能参与其间。因为他从自己的生活中接受的教育可不是这个样子呀！此刻他洗耳恭听的所有这一切，既使他大喜过望，可又不免产生了极大的怀疑。

再说那个托马斯·拉特勒吧。乍一看，人们就会说，此人未必会伤害他人，从而成为冤家对头。他身高不过五英尺四英寸，胖乎乎的，黑油油的头发，橄榄色的肌肤，眼睛像一泓碧水那么透亮，而且非常和蔼可亲。克莱德后来才知道，此人也是贫苦家庭出身，因此不论在社会地位和物质利益方面，他从来也没有得到过任何好处。不过，他自有办法使这些年轻人个个喜欢他——

简直喜欢到这样的程度，就是说几乎每一件事都要跟他商量。他是威奇塔人，最近才迁居堪萨斯城。他母亲是个寡妇，主要依靠他和妹妹赡养。他们俩还处在幼年发育时期，就亲眼见到他们心爱的、秉性善良而又富于同情心的母亲遭到了负心丈夫的摈弃和虐待。有时候他们连饭都吃不上。不止一次，他们因为付不出房租被撵了出去。汤姆和妹妹不论上哪一所公学，就读的时间都长不了。后来，到了十四岁的时候，他便偷偷地出走，来到堪萨斯城，干过各式各样的零活儿，最后才算踏进了格林－戴维逊这家大酒店，随后，他母亲和妹妹就从威奇塔迁居到堪萨斯城，跟他住在一块儿。

不论是大酒店的奢华气派，或是他很快就混熟了的这些年轻人，克莱德对这些固然印象很深，可是，克莱德觉得印象更深的，莫过于那有如大雨倾盆而下的零星外快。这些子儿扔在他的右裤口袋里，早已积成一小堆了，有十美分银币，有镍币，有二十五美分银币，甚至还有半块美元银币。就算在头一天，这些零钱也在不断地增加，到九点钟，他口袋里已有四块多钱；到十二点下班时，他已经有六块半钱了，等于他往昔一周的进项。

得了这么多钱，他当时心里明白，只要给斯夸尔斯先生一块美元就得了，赫格伦关照过不必多给。仅仅是一晚上有趣的——是的，愉快、迷人的工作，剩下来的五块半美元就全归他自个儿的了。他简直不敢相信这是真的。说实话，这听起来很荒唐，好像在讲《一千零一夜》里阿拉丁的故事①。可是，到了这第一天十二点整，不知哪儿的锣声喧喧响，接下来是一阵脚步声，出现了三个年轻人：一个是来接替写字台跟前巴恩斯的，另两个是听候领班吩咐的。在巴恩斯一声令下，换班的八个人便站了起来，列队齐步往外走了。在过道外，解散以前，克莱德走到斯夸尔斯先生身旁，交给他一块美元。"那敢情好，"斯夸尔斯先生说了一声，别的就什么也没有说。随后，克莱德就跟众人一块儿下了楼，来到自己的更衣柜前，换好衣服，出了大门，走到黑乎乎的大街上。一阵幸运的感觉，以及为了未来的幸运而意识到的责任感，使他惊喜若狂，以至浑身上下有些哆哆嗦嗦，甚至于头昏目眩了。

只消想一想，如今他终于真的找到了这样的一个职位。也许每天他都挣得到这么多钱呢。他开始向家里走去，头一个念头就是要好好睡一觉，第二天早上才能精神抖擞地上班去。继而一想，第二天去酒店上班可以迟至十一点半

---

① 《阿拉丁和神灯》是《一千零一夜》中一名篇，叙述主人公穷孩子阿拉丁终于找到了一盏神灯。由于神灯有求必应，阿拉丁因此一下子富了起来。

以前，于是，他踅进一家通宵营业的经济小饭馆，喝一杯咖啡，吃了一点儿馅儿饼。这时，他心里一个劲儿想的是，第二天他只要从中午起一口气干到六点为止，打那以后，就可以一直歇到转天清晨六点，那时，他又可以挣到更多的钱，就有许许多多的钱供他自个儿花了。

Chapter 8　衣冠楚楚

　　如今克莱德最关心的是，怎样把他挣来的钱的大部分给自己积攒起来。因为从他一开始工作、挣钱起，家里就认为他会从他挣到的钱中拿出相当大的一部分——至少是过去他那份比较少的薪水的四分之三来贴补家用，可是现在呢，他要是一说每星期至少可挣二十五美元，甚至更多一些——而且每月薪水十五美元和免费供膳还都不算在内，那么他的父母肯定指望他拿出十或十二美元来。

　　可是很久以来，他一直怀着一种愿望，想要把自己打扮得富有引诱力，就像任何一个衣冠楚楚的年轻人那样。如今他已有了这样的机会，他就经不住那种诱惑，首先要把自己打扮起来，而且得越快越好。因此，他决定告知母亲，说他每日可得的小费合起来才不过一美元。为了个人得到更大自由、便于安排自己业余时间，他又说明，除了每隔一天要加一次班以外，还得经常给生病的或是另有任务的侍应生顶替上班。他还这样说，经理部要求所有的侍应生即使在店外也要像在店里那样穿戴得整整齐齐。他可不能老穿身上那套衣服去酒店上班。他说，这些事斯夸尔斯先生已向他暗示过了。不过，他又说，店里有一位侍应生似乎要减轻他的压力，给他指点了一个地方，凡属他急需的一切东西，那儿通通都能马上买到。

　　他母亲对上面这类事简直是一无所知，因此也就听信了他的话。

　　可问题远不是这些呢。眼下他每天都要打交道的就是这一类年轻人。倘若同克莱德相比，他们由于阅世较深，与这种奢侈和邪恶的生活接触又多，早已沾染了某种淫荡乃至于邪恶的习气，而克莱德对此至今还完全是门外汉，不由得为之目瞪口呆，开头甚至仍怀有羞怯的厌恶心理。比如，赫格伦就对他说过，这一拨人（如今克莱德也是其中一员了）里头，有相当一部分人每月照例都要合伙纵酒狂欢一番，特别是在发月薪那天晚上。根据他们当时的兴致和手边有的现钱，他们通常总是在那两家相当有名气可又不大高雅的通宵营业的酒家中任择其一。从他们的言谈中克莱德逐渐获悉，他们喜欢结成一伙，常在深夜大吃大喝，然后照例到市中心那家不免有些俗丽的舞厅勾搭女人去。要是这一手勾不起大伙儿的兴致，他们就干脆奔向那家名声颇臭——他们却认为是闻名遐迩的妓院（这种妓院往往都伪装成了寄宿宿舍）。正如他们常常吹嘘的，在那里只要从他们手边的现钱中稍微拿出一些来，妓院里哪一个姑娘就都可以让你"随意挑选"。由于他们年轻无知，出手大方，而且个个长得相貌堂堂，和蔼可亲，照例备受欢迎。这些形形色色的妓院老板娘与女人为了做生意起见，自然千方百计地吸引他们下次再度光临，所以也就特别殷勤周到地招待他们。

到目前为止，克莱德的生活一向枯燥乏味，同时，几乎对任何一种寻欢作乐的形式他都跃跃欲试，因此，不管是谁说起寻芳猎艳或者寻欢作乐的事，他一开头就侧耳细听，真是太过瘾了。这倒不是说他赞成这一类放浪形骸的行径。老实说，这种事一开头还让他感到恼火和苦闷，因为他认为那跟他这么多年来所见所闻，以及硬是要他接受的信仰大相径庭。然而，他自幼时就在郁郁寡欢和备受压制的生活环境中长大，现在这种变化和解脱与他的过去形成了多么鲜明的对比！这就使他在想到所有这一切的时候情不自禁地渴望着也能享受一下花样繁多和五光十色的生活乐趣。他对自己的所见所闻有时虽然心中颇不赞同，听的时候却露出热切和同情的神态。那些年轻人见他如此富于同情心，如此和蔼可亲，就争先恐后地邀他到各处去玩——上剧院、去餐馆，或是到他们哪一位家里去，凑上两三人打纸牌，甚至撺掇他到那些猥亵下流的场所去，开头克莱德坚决不肯去那里。不过，赫格伦和拉特勒这两个人他是很喜欢的，后来他跟他们也都厮混熟了，因此，他们邀他到弗里塞尔酒家去吃"开心饭"——用他们的话来说，就是大宴会，他就答应一准去。

"明儿晚上，我们上弗里塞尔吃每月一次的'开心饭'，克莱德，"拉特勒对他说，"你也乐意去吗？你还一次没去过呢。"

这时候，克莱德早已迎合了店里这种热乎乎的气氛，就不像自己原先那样迟疑不定了。他竭力仿效多伊尔（对此人他已仔细地研究过，并且收获甚大）给自己置了一整套崭新的服装，包括棕色衣帽、大衣、短袜、别针和皮鞋，尽量打扮得像那些点拨他的师傅。而且这一套服装对他很合适，非常合适，简直是太合适了，他一辈子还没有像此刻那样富有吸引力，不仅是他的父母，就连他的弟妹也因这一变化而深为惊讶，乃至于目瞪口呆了。

克莱德怎么会一下子就这样阔气起来呢？他现在穿的这一整套衣饰要花多少钱呢？难道说他居然会糊涂到这样地步，为了一时摆阔，背了债花钱，就把将来的收入作抵押吗？也许将来他还得花钱啊，别的孩子们也需要置东西啊。这家饭店叫他干活儿时间那么长，每天都是深夜才回来，工钱却又那么少，再看看那里的风气，对他来说是不是个合适的地方呢？

所有这些问题，他回答得都很巧妙，说一切都会好起来的，而他在那里的工作也不太吃力。他的衣服压根儿也不算太漂亮，他母亲不妨去看看别的侍应生就得了。他花的钱也不算太多，他买这些东西反正都是分期付款的，以后可以慢慢地拨还。

不过，这个晚宴，连他自己都认为完全是另一回事。他心里在想，估计晚宴时间一定拖得很晚，就会使他迟迟不归，那他又该怎样向父母解释呢？拉特勒说过，反正差不多要到下半夜三四点才散，不过嘛，他当然可以随便什么时候先走。那么，好意思把大伙儿扔下，自个先走吗？可是，他妈的，他们十之八九都不像他那样住在家里，即使说像拉特勒那样的人虽也在家里住，可他们的所作所为做父母的一点儿都不过问。不过话又说回来，赴类似那样迟至深夜的宴会到底是不是明智之举？这些小伙子——赫格伦、拉特勒、金塞拉、希尔个个都喝酒，压根儿不把它当一回事。在这样的场合他们照例都喝酒，只有他一人认为即便稍微呷上一口就有很大危险性，他这种想法想必太傻了吧。再说，他要是不想喝，自然也就用不着喝嘛。他先走好了，家里要是问他的话，就不妨推托他的工作非得干到很晚不可。偶尔有一次回家晚些，这又算得上什么呢？难道说现在他不是个成年人了吗？难道说他挣的钱不是比家里随便哪一位还要多吗？难道说自此以后他还不该爱怎么办就怎么办吗？

他开始体会到个人自由的快乐，要亲自品尝品尝令人心醉神迷的浪漫史。如今，母亲的任何警告怎么也阻止不住他了。

Chapter 9　克莱德参加"入门晚宴"

　　于是，有克莱德参加的那个有趣的宴会，正如拉特勒所说的，就在弗里塞尔酒家举行。克莱德跟这些年轻人早就谈得很合辙，所以，他心里简直高兴到了极点。反正他的新生活已经来到了。仅仅一两个星期以前，他还是孤零零的，没有一个朋友，在年轻人中几乎连一个熟人也都没有！想不到没有多久，此刻的他跟这有趣的一伙人共进晚餐了。

　　这个酒家由于反映了年轻人的幻想，看起来要比它的实际情况耐人寻味得多。其实，它只不过是一家地地道道的老式美国小酒店罢了。四壁挂满了男女演员的签名照片，以及各个时期的戏剧海报。由于这里的菜肴烹调得特别味美可口——更不用说那位笑容可掬的现任经理——这家小酒店便成了过往的演员、政客，以及当地商贾云集之地。此外，还有尾随他们之后的普通顾客，这些人只要一发现哪儿有新玩意儿，即使跟他们一向熟悉的饭菜稍微有点儿不一样，也常常被吸引过来了。

　　这些侍应生不止一次地听马车夫和出租司机说过弗里塞尔酒家是本城最好的馆子之一，因此，他们每月一次的聚餐会也就安排在这里了。每盘菜品价格从六十美分到一美元。咖啡和茶都是整壶端上来，你乐意喝什么，就有什么。一进门，就在大餐厅左侧有一个光线较暗、天花板较低、带有壁炉的房间，通常只有男客人饭后来到这儿歇一歇，坐一坐，抽抽烟，看看报。而使这些来自格林-戴维逊大酒店的年轻人最艳羡不已的正是这个房间。他们在这里欢宴，不知怎的觉得自己老成持重，见多识广，格外神气，从而成为真正见过世面的人了。拉特勒和赫格伦（现在克莱德非常爱慕他们）和其他大多数人都很满意，认为整个堪萨斯城再也没有比它更好的馆子了。这一天，他们中午领了薪水，下午六点下了班，就在酒店外拐角处紧挨着克莱德当初上门求职的杂货店的地方集合，然后欢欢喜喜、热热闹闹地一块儿出发了——有赫格伦、拉特勒，保罗·希尔、戴维斯·希格比（此人也是本店年轻的侍应生）、阿瑟·金塞拉，以及克莱德。

"圣路易来的拿（那）个家伙，昨儿个跟总账房开了个大玩笑，也（你）们听说过没有？"他们才上路，赫格伦就马上冲大伙儿问道，"上星期六，他从圣路易打来了电报，是给大（他）们夫妇俩预订一整套房间，包括一个客厅、一间卧室、一个学（浴）室，而且关照房间里要摆上鲜花。是管钥匙的师傅吉米刚才告诉我的。而（后）来，他果然来了，登记的时候，他说他本人和他的年轻小姑娘是夫妻两口子，嘿，拿（那）个小妞儿也真的够好看呢，我亲眼看到大（他）们的。喂，伙计们，也（你）们也听着，好不好？而（后）来，到了星期三，也就是说，他在这儿已住了三天了，大（他）们开始对他有点儿怀疑——要知道他的一日几餐都要送到房间里，还有这样拿（那）样的事。而（后）来，他下楼到了记账房，说他太太药（要）去圣路易，所以，他用不着拿（那）一整套房间，次药（只要）一个单间就得了。还说在她上火车以前，要把他的箱子和她的手提包通通搬进新开的单间去。可是拿（那）只箱子压根儿不是他的，也（你）们明白吗，偏巧就是她的。她呢压根儿就没有九（走），她对这希（事）一点儿都不知道。反正药九（要走）的是他。而（后）来，他急匆匆地溜九（走）了，明白吗，却把她和她的箱子全甩在房间里，连一个子儿也美（没）留下，也（你）们明白吗？于是，大（他）们把她和她的箱子全个（扣）下来，她呀又是哭，又是久（叫），给朋友们打电报，还得把钱付清才行。也（你）们见过这样的事吗？还有那些鲜花，都是玫瑰花啊。再说房间里开过六顿饭，他还喝过酒，通通都得付钱。"

"是呀，你说的那个人，我也知道，"保罗·希尔大声嚷了起来，"我还上楼给他送过酒呢。我觉得这家伙有点儿假。他这个人太圆滑，说话嗓门又太大，而且他给的小费只有十美分。"

"我也想起他来了，"拉特勒大声喊道，"那天，他叫我下去，把所有星期一的芝加哥报纸都买来，才给了我十美分，我一下子就看出他好像是个骗子。"

"可不是，大（他）们真的上他的当啦。"这是赫格伦在说话，"现在大（他）们一个劲儿地想从她身上把钱抠捉（出）来。也（你）们见过这种希（事）没有？"

"我看她才十八岁，最多也不过二十。"直到此刻，一声不吭的阿瑟·金塞拉插进来说了一句。

"喂，克莱德，他们这两个人你见过没有？"拉特勒问道。对于克莱德，他一向热心照顾，此刻竭力鼓励克莱德说说话。

"没有哪，"克莱德回答说，"这两位我准是错过了。我已想不起见过哪一位了。"

"哎哟哟，你错过了这一个，就等于是错过了一个头等人物：高高的个儿，身穿黑色常礼服，头戴圆顶宽边黑礼帽，低低地拉到眼边，脚上还套着淡灰色鞋罩。开头，我还以为他是一个英国公爵什么的，瞧他走路的神气，手里还拄着拐杖，真帅。这种人只要一摆出英国佬那套派头，说话时嗓门儿又大，净向周围每一个人发号施令，包管每回都能蒙混过去。"

"说得对，"戴维斯·希格比发表了自己意见，"那种英国派头，这玩意儿可真不赖。有的时候，我觉得也不妨拿过来给自己装装场面。"

他们一行人已经拐了两个弯，走过两条街，排成一字形，迈进了弗里塞尔酒家的大门。见到灯光下闪闪发亮的细瓷杯碟，银质餐具和各种面孔，还听见席间一片嘈杂的谈笑声、杯盘碰击声，这使克莱德大为感动。除了格林－戴维逊大酒店以外，他从来没有到过这么闹哄哄的地方，而且是跟这些见多识广、经验丰富的年轻人一块儿来的。

他们径直走到沿墙根配备皮椅的一排桌子跟前。侍者领班一见拉特勒、赫格伦、金塞拉几位老主顾，索性把两张桌子拼在一块，把黄油、面包和玻璃杯一一端了上来。他们就围着桌子依次入座，克莱德和拉特勒、希格比靠墙坐，赫格伦、金塞拉和希尔则坐在对面。

"得了吧，我希（先）来一杯高级的曼哈顿鸡尾酒。"赫格伦好像有点儿馋涎似的大声嚷嚷着，同时又举目四顾，觉得这会儿他真的成了一个了不起的人物。他的肌肤是淡红略带褐色，一双碧蓝眼睛很机灵，淡红略带棕色的头发竖立在前额，一眼望去，有点儿像一只昂首高鸣的大公鸡。

阿瑟·金塞拉一到这里，就如同克莱德一样，仿佛一下子快活起来，并且由于眼前这一盛举，好像心情格外舒畅。他煞有介事地把衣袖往上将一将，抓起一份菜单，瞄了一下后面开列的各种酒名，大声嚷道："好吧，先来味儿淡一些的马丁尼鸡尾酒，倒是更合我的胃口！"

"得了，给我先来一点儿兑汽水的威士忌。"保罗·希尔一本正经地说，同时仔细地看着肉类的菜单。

"今儿晚上，我才不喝你们的鸡尾酒，"拉特勒乐呵呵而又很坚决地说着，不过听得出多少带一点儿矜持的语调，"我说过今儿晚上不想多喝，那就不多喝呗。我只想来一杯莱茵酒，兑上一些塞尔查矿泉水就够了。"

"我的老天哪，也（你）们听他胡诌拿（那）一套吗？"赫格伦深为不满地嚷了起来，"他要先喝莱茵酒。可他一向喜欢喝曼哈顿鸡尾酒。你突然出了什么毛病，汤米？我希（记）得你说过今儿晚上要玩个痛快呢。"

"现在我还是这么说，"拉特勒回答说，"可是不把这儿的酒通通喝完，难道就不能玩个痛快吗？今儿晚上我要节制些，不打算喝醉。只要我脑子清醒，明儿早上就不会挨骂了。上一回，我差点儿上不了班。"

"这倒是实话，"阿瑟·金塞拉大声嚷道，"我也不想喝得太多了，弄得自己昏头昏脑的，不过这会儿就让我为这担心，不免为时太早。"

"你怎么样，希格比？"这时，赫格伦又问那个眼睛滴溜滚圆的年轻人。

"我也要曼哈顿鸡尾酒，"他回答说，随后就昂起头来，瞅了一眼站在他身旁的侍者说，"运气怎么样，丹尼斯？"

"哦，没得话说的，"侍者回答说，"这几天运气都不坏。酒店里怎么样？"

"很好，很好。"希格比乐呵呵地说，一面在仔细地看菜单。

"你呢，格里菲斯？你要喝什么？"赫格伦开口问，因为他是大伙儿推选出来的司仪，点菜、付账、给小费，全归他负责，这会儿他是在履行自己职责。

"是谁，是我吗？哦，哦……"克莱德大声嚷道，这一问让他感到有点儿不安，因为到现在为止——事实上就是说到此刻为止——比咖啡、冰激凌汽水刺激性更强的东西，他从来还没有沾过唇边。这些年轻人点鸡尾酒和威士忌时那种活泼老练劲儿，不免使他大吃一惊。当然啰，他是绝不会走得那么远的，不过，从这些年轻人的言谈之中，他早就知道：他们在眼前这种场合确实喝酒的，因此，他很难想象自己怎能退缩不前。要是他什么也不喝，他们会对他有怎么个想法呢？自从跟他们厮混在一起以后，他一直在试着要表现得像一个见过世面的人，跟他们完全一个样。可是，他也清清楚楚地感觉到，这么多年以来自己总是不断地受到开导，说喝酒和跟坏人交朋友该有多么"可怕"。虽然许久以来，他一直都在暗中反抗父母经常循循善诱的所有基督教《圣经》经文和箴言，对他们始终在想尽办法去拯救的那些乌合之众——窝囊废和落伍者也是历来疾恶如仇，认为他们全是不值一提的垃圾。尽管如此，现在他还得要三思而行。他到底应不应该喝酒？

所有这些念头只是一瞬间在他心底汹涌而起，他稍微迟疑了一下，就接下去说："怎么啦，我……哦，我说我也来一点儿莱茵酒，兑些塞尔查矿泉水吧。"依他看，这是最不费劲儿而又最稳妥的说法。赫格伦和所有其他的人都一个劲儿地说过，兑上塞尔查矿泉水的莱茵酒，酒性温和，甚至没有任何害处。况且拉特勒也要喝这个呀——这样，他选定的这种酒就不算太显眼，在他看来也不算太可笑了。

"你们听听他此（这）个吧？"赫格伦惹人注目地嚷了起来，"他说他也要兑矿泉水的莱茵酒。得了吧，我看还是请别位想想办法，要不然此（这）个晚宴到八点半可就散伙。"

戴维斯·希格比，此人外表好似和善，实际上却十分尖酸刻薄，而又喜爱喧闹，这时侧过身来，向拉特勒示意说："泥（你）一开头马上就要莱茵酒兑塞尔查矿泉水，到底嘛意思，汤姆？泥（你）不让我们今儿晚上玩个痛快吗？"

"哦，我不是已经向你们解释过了，"拉特勒说，"再说，上一回我上那个窝儿去，才进去的时候，身边还有四十块钱，等我出来的时候，连一个子儿都没了。这一回，我自个儿可要留点儿神。"

"那个窝儿？"克莱德一听到这个活儿，心中不由得暗自思忖起来。这么说来，晚宴以后，他们个个吃饱喝足了，就要去一个所谓"窝儿"的地方，准是一个下流场所。这是毫无疑问的，他知道"窝儿"这两个字包含什么意思。那里一定有女人，坏女人，邪恶的女人。那时要是他们指望他——能不能——难道说他也会吗？

现在是他生平头一遭必须对自己以下这么一个渴望做出抉择的时候了。许久以来一直有一个令人心醉神迷的大秘密摆在他面前，使他神魂颠倒，而又困惑害怕；而他总是如饥似渴地想要对它有一个更为确切的了解。尽管他对以上种种问题，以及普通妇女问题已经思考得很多，可是，他从来没有以现在这种方式跟哪一个女人接触过。而现在，现在……

突然间，他觉得自己后背，乃至于全身上下，仿佛隐隐约约地一阵冷、一阵热。他的手和脚骤然发烧，随后分泌出湿黏黏的东西。于是，他的腮帮子和额角一下子都涨得火红一般。这些连他自己也都能感觉得到了。种种稀奇古怪、瞬息即逝、令人陶醉而又困惑不安的思绪在他心中来回激荡。他浑身上下的肌肤毛发末梢都在微微战栗，他眼前浮现出一幅幅画面——都是些酗酒后纵欲胡闹的情景。尽管他马上就使劲儿地想把它们从自己脑际驱赶出去，可是枉然徒劳，这些情景还是不断地返回来。再说，他心里也巴不得它们返回来。可他又并不是巴不得那样。所有这一切，他经过反复思考，不免感到有点儿害怕。呸！难道说他连一点儿胆量也都没有吗？瞧别的小伙子，他们可都没有临阵感到困惑不安呀。他们心里正乐开了花呢。他们正说着他们上次一块儿去时闹过的一些洋相，大伙儿还逗着玩笑呢。可是万一他母亲知道了，又会怎么个想法？他的母亲啊！这会儿他既不敢想他的母亲，也不敢想他的父亲，就毅然决然地把他们从自己脑际撵了出去。

"喂，金塞拉，"希格比喊道，"太平洋街那个窝儿里那个红头发小妞儿要你跟她一块儿私奔到芝加哥，你总还记得吧？"

"当然啦，我记得！"笑哈哈的金塞拉回答说，一面喝着刚端来的马丁尼鸡尾酒，"她甚至撺掇我离开酒店，干脆改行，而且，她答应帮我做什么买卖来着。她还对我说，只要我厮守着她，什么事都不用我干。"

"是啊，赶明儿你什么事都不用干，只干一件事就得了。"拉特勒大声说道。

这时，侍者已把克莱德要的一杯兑塞尔查矿泉水的莱茵酒端到他面前。所有这些话他听了很有劲儿，但同时感到紧张、困惑而又着了迷，于是端起酒杯，呷了一口，觉得味儿还算温和，合口味，就一仰脖把它喝干了。只是由于他这时忧心忡忡，所以没有意识到自己酒已经喝干了。

"真是好样的，"金塞拉用最最热和的口吻说，"可见你喜欢这玩意儿。"

"是啊，还不坏。"克莱德回答说。

赫格伦看见他一仰脖把酒喝干，觉得对克莱德这种初出茅庐的黄口小儿得多鼓鼓气，于是招呼侍者："喂，杰利！"他用手一遮，低声说，"这个再来一杯，要大杯的！"

晚宴就这样继续进行着。他们把各种各样有趣的话题，比方说，过去的男女私情、过去的行当，以及过去斗胆包天的种种勾当都讲完了。这时候，克莱德经过相当充分的时间仔细琢磨过所有这些年轻人之后，他认为自己并不像他们所想象的那么幼稚，或者说即使幼稚的话，至少比他们里头绝大多数人要乖觉些，智力上也要聪明些。他们这拨人算什么？他们有什么抱负？依他看，赫格伦爱虚荣，吵吵闹闹，傻头傻脑，稍微恭维几句，就能一下子把他收买过来。至于希格比和金塞拉，这两个人都是有趣的漂亮小伙子，他们常常奚落克莱德外行而沾沾自喜，希格比稍微懂一点儿汽车，因为他有个叔叔做汽车生意。金塞拉是个赌徒，甚至因为会掷骰子而显得神气活现。再说拉特勒和希尔，克莱德老早就看清楚了，他们干上侍应生这一行已是心满意足，只想一直干下去，别无他求。可是他呢，即使眼前也不相信侍应生这一行会让他永远都有兴趣。

同时，他心中又有一点儿忐忑不安地琢磨着一个问题：他们一会儿出发到他从来没去过的地方，去干他过去连想都不让自己想的那些玩意儿。他想，是不是最好一出大门，自己先找个借口溜之大吉，还是开头跟着他们随大流走一程，随后到某个拐角处偷偷地转回家呢？因为他早就听说过，有时候就是在这些地方得了一些最可怕的病，因为就是这样干过那些下流邪恶的勾当，人们最后不都是惨遭死亡吗？所有这些问题母亲在传道时都讲过，他虽然也听见了，但是，对此他并没有什么直接体会。不过，再看看这里的小伙子们，主意既定，谁都没有感到惴惴不安，这就足以驳倒上述说法了。相反，他们对这种事还那么兴高采烈、津津乐道，说穿了无非如此罢了。

说实在的，拉特勒现在很喜欢克莱德，更多的是因为克莱德观看、询问、倾听时流露的那种神态，而不是因为他所做过哪些事，或是说过哪些话。拉特勒不时用胳臂肘轻轻地推推他，笑着问："怎么样，克莱德？今儿晚上该正式入门了吧？"说完，脸上堆满笑容。有时，他看见克莱德闷声不响，心事重重，就说："克莱德，别害怕，不会把你全吃掉的——最多不过咬你一口罢了。"

本来赫格伦一直在自吹自擂，殊不知，他一听到拉特勒这句暗示话，就马上接过茬说："你不会一辈子都是这样的，克莱德。拿（哪）一个都得变嘛，不过，万一碰上麻烦，我们全同你在一块儿，就得了。"

克莱德这时心里既紧张，又有点儿恼火，于是顶嘴说："喂，你们二位别胡扯了。捉弄得也够了吧。你们拼命夸口你们懂的比我多得多，这有什么用处？"

拉特勒就给赫格伦眨眨眼，暗示他不要再说了，随后对克莱德低声耳语说："得了，伙计，别生气嘛。你也知道，我们只不过是开开玩笑罢了。"克莱德因为很喜欢拉特勒，心就一下子软下来，后悔太傻，泄露了自己的真实看法。

可是，最后到了十一点钟，他们早已吃饱、喝足、谈够了，就拔脚要走，由赫格伦领头，这一帮子出了大门。他们那种下流的诡秘行径并没有促使他们严肃地思考一番，或是在心灵上、道德上引起自我反省，乃至于自我鞭笞，而是恰好相反，他们竟然有说有笑，仿佛等待他们的只是一场美妙无穷的娱乐消遣似的。这时，他们还喜欢旧事重提，使克莱德听了既反感，又惊讶，特别是扯到某一次寻花问柳的经历，似乎逗得他们个个心花怒放。说的是，他们从前逛过一回他们叫作"窝儿"——名为"贝蒂娜公馆"的地方。原是在当地另一家旅馆里任职的、有个名叫"平基"①·琼斯的浪荡子带领他们去的。此人和另一个名叫伯明翰的，还有这个发酒疯的赫格伦，在那儿恣意纵欲，大闹恶作剧，差点儿被抓了起来。克莱德听他们讲到这些恶作剧时，觉得从这些小伙子的素质和整洁的外表来看，似乎极不可能干出这等事来——可是，他们的恶作剧毕竟太粗野、太卑劣了，使他禁不住感到一阵恶心。

"你们记不记得，我跑出来的时候，二楼那个姑娘把一罐子水直往我身上泼呀。"赫格伦放声大笑，嚷了起来。

"还有二楼那个大胖子，赶到大门口来看热闹呢。你们还记得吧？"金塞拉笑眯眯地说，"我敢打赌，他心里想也许失火了，或是发生骚乱了。"

"还有你跟那个名叫'皮吉'②的小胖姑娘。记得吧，拉特勒？"希尔一面尖叫着，拼命想要说下去，一面又哈哈大笑，连气都喘不过来。

"拉特勒喝得醉醺醺，两只脚都站不稳。哦——嗬！"赫格伦大吼一声，"后来他们两个一块儿从台阶上滚下来啊。"

"那全得怪你，赫格伦，"在金塞拉旁边的希格比说道，"要是你不要'软鞭子'那玩意儿，我们怎么也不会被人撵了出来。"

"老实说，我真的喝醉了。"拉特勒抗议说，"那全得怪他们那儿卖的蹩脚烈性威士忌。"

"那个身材瘦长、蓄着络腮胡子的得克萨斯人，你一辈子也忘不了吧？瞧他咯咯大笑那副德行呀！"金塞拉又找补着说，"别的家伙反对我们，可他没有一块儿帮着出力，还记得吧？"

"我们没有全被人撵到大街上，也没有被警察逮住，真是了不起。嘿，嘿，那天晚上多美！"拉特勒回忆说。

可是他们泄露的这些秘闻，使克莱德听后有点儿头晕目眩了。"软鞭子"！那只不过是指其中一件事罢了。

他们也许指望他也会跟着他们一块儿胡闹取乐。那可办不到。他可不是那种人。他的父母要是听说这些骇人听闻的事，又会做何感想呢？可是——

他们边说边走，不觉来到了一条幽暗而又相当宽敞的大街某一所房子跟前，有不少马车和汽车停放在沿着一个或一个以上街区马路两旁。离这儿不远的一个大街拐角处，有几个年轻人正伫立在那里谈天。对面还有更多的人。再

---

① 此处系英文译音，意谓"粉红色"。

② 此处系英文译音，意谓"小猪崽儿"。

过不到半个街区，他们看见两个警察在闲扯淡。虽然哪个窗子里或是气窗里都没有透出灯光来，可是说来也真怪，依然让人感到一种栩栩如生、光彩夺目的生活气息。这一点就是在这条幽暗的大街上，也还是可以感觉到的。出租汽车一个劲儿地摁着喇叭，飞驰而过，两辆老式带篷马车不停地来来去去，车窗帘子拉得严严实实的。不时听到砰砰的大门响，一会儿关上，一会儿撞开，一会儿又关上了。屋子里一道亮光，有时穿透户外一片黑暗，可又倏忽不见了。这天晚上，满天星星当空照。

后来，谁都一言不发，赫格伦在希格比和希尔的陪同下走到了这所房子跟前，然后拾阶而上，按了一下门铃。眨眼间，就有一个全身穿红的黑人小姑娘来开门，并且殷勤地招呼他们说："晚上好。请，请，请进！"于是，他们六个汉子一下子从她身边簇拥过去，穿过一道道隔开这一个小小的前厅和各个主要房间的天鹅绒厚帷帘。克莱德发现自己置身在一个灯火辉煌，但又相当俗气的大客厅（会客室）里，墙壁上挂着不少镶着金边镜框的裸体和半裸体女人画像，还有好几面高高的窗间壁穿衣镜。客厅里铺上了鲜红的厚地毯，并且随便地摆上许多镀金椅子。客厅后部，挂着一些令人目眩的红色帐幔，前面置放一架镀金竖式钢琴。不过，这里仿佛见不到什么客人或是住在同院的人，只有那个黑人小姑娘。

"各位请坐。别客气。我这就去叫太太。"说完，她就一溜小跑，往左直奔楼上，一个劲儿地喊道："哦，玛丽！萨迪！卡罗琳！客厅里到了好几位年轻的先生。"

这时候，客厅后部一扇门里走出来一个脸色苍白、细高挑儿的女人，年纪在三十八到四十岁之间，身姿挺秀，举止文雅，聪明伶俐，但又好像喜欢发号施令。她穿着透明、朴素的衣服，露出淡淡的倦容，强作欢颜地说道："哦，你好，奥斯卡，是你呀，是不是？还有你，保罗。你好！你好！戴维斯！各位千万别客气。范妮一会儿就到。她会给各位端上一些喝的。我刚从圣乔请到一位新钢琴师，是个黑人。你们想听他弹吗？他可弹得棒极了。"

她一转身回到客厅后部，大声喊道："喂，萨姆！"

这时，有九个年龄和容貌各不相同的姑娘，从后面另一侧楼梯首尾相接，快步走下。一望可知，她们中间没有一个年龄超过二十四五岁的，她们身上的衣着打扮，克莱德从来没有看见别处的女人穿过。她们下楼的时候，个个都是有说有笑。显然觉得自己非常得意扬扬，而且，对自己的模样儿一点儿都不害羞。不过，在克莱德看来，她们有些人打扮得相当别致。她们的服装，从绣阁里最艳丽、薄如蝉翼的透明长睡衣，一直到虽然比较素淡却也同样袒胸裸肩的舞会晚礼服，应有尽有。她们的体态、身段、容貌，各不相同——比方说，苗条的、丰腴的，或适可而止的；体形有高个儿，也有矮个儿；有浅黑的、白嫩的，或者介于二者之间适中的肤色。不论岁数大小，她们看起来都很年轻。她们一笑起来，又是那么亲昵，那么迷人。

"哦，你好，我的心肝儿宝贝儿呀！你好？要跟我跳舞吗？"或是说，"你要喝点儿什么吗？"

Chapter 10　克莱德的堕落

　　虽说克莱德过去一直虔心灵修，笃信的《圣经》上的箴言与他此刻所见所闻都是水火不相容，理应表示深恶痛绝，可是，由于他天性那么喜好犬马声色、罗曼蒂克，对于性又是那么饥渴难忍，所以现在，他不是感到厌恶，反而是着了迷。这些姑娘几乎个个体态丰腴，富于肉感，尽管主宰她们躯体的头脑也许很迟钝，一点儿也没有浪漫情趣，可是眼下依然把克莱德深深地吸引住了。毕竟眼前就是一种粗俗的肉体美，一无遮盖，唾手可得。随你跟哪个姑娘亲近，都用不着克服心中的不安情绪，或是冲破某些禁规戒律。其中有一个长得黑里俏的美人儿，穿着一袭红黑相间的衣裙，额前饰着一条红缎带，看来跟希格比厮混得很熟，因为她早已跟他在后面房间里，随着钢琴上疯狂地弹出的一支爵士乐曲一块儿跳起舞来了。

　　这时，拉特勒已坐在一把镀金椅子里，膝上有一个浅褐色头发、碧蓝眼睛、细高挑儿的姑娘懒洋洋地斜卧着——不免使克莱德大吃一惊。而且她正抽着一支香烟，用她金色的轻便鞋按钢琴弹奏出的曲调在轻轻地打拍子。此时此刻，他仿佛觉得自己真的置身于惊人的阿拉丁式的阿拉伯神话世界。还有，在赫格伦面前，站着一个德国型，或是斯堪的纳维亚型的姑娘，她长得又丰满，又漂亮，两手叉腰，两脚却八字形撇开。这时，她正在问——克莱德听得出，她是在一个劲儿地提高嗓门："今儿晚上，你跟我温存一番，好吗？"可是，赫格伦显然并没有被这种挑逗激动，泰然自若地摇摇头，于是，这个姑娘往金塞拉那边走去了。

克莱德正在边看边想的时候，有一个长得相当妩媚动人的碧眼金发女郎，年纪不会在二十四岁以下，可是在克莱德看来比实际年龄显得年轻些，她端来一把椅子，挨在他身边坐下，说："你不想跳舞吗？"他心神不安地摇摇头，"我就教你，好吗？"

"哦，反正我学不好的。"

"哦，这个可不难，"她接下去说，"走吧！"可他还是一口回绝了，虽然他对她那种殷勤劲儿相当高兴。于是，她又找补着说："那么，就喝一点儿怎么样？"

"当然可以。"他有点儿献殷勤似的同意了。于是，她马上招呼那个黑人小姑娘转身过来充当侍女。不一会儿，一张小圆桌就摆在他们面前，桌上放着一瓶威士忌苏打水。克莱德一见此状，不由得感到惊异和困扰，几乎连话都说不出来了。他口袋里有四十美元，可是他听别人说，这里的酒每瓶至少也要两美元。试想他怎么能买高价酒给这类女人喝！他家里母亲和弟弟妹妹，因为入不敷出日子可难过呢。不过，他到底还是买了好几瓶，钱都付了，心里老是觉得上当，即使不算狂饮作乐，也不免有点儿惊人的浪费了。可是，话又说回来，他既然来到这里了，好歹也得硬撑到底。

再说，这时他已看出这个姑娘确实很标致，她身上穿一件德尔夫特蓝色天鹅绒晚礼服，脚上穿着轻便鞋和长袜子，色彩配得很好。她戴着一副蓝色耳环，脖子、肩膀和胳臂都丰满而又光泽。最叫克莱德心慌意乱的是她的胸衣领口很低，他几乎不敢往她那儿看。她的双颊和嘴唇都涂了脂粉口红，一望可知，就是烟花女的标志。不过，她似乎并不胡搅蛮缠，说实话，颇有人情味。她还津津有味地一个劲儿望着他那双深沉、乌黑而又显得紧张不安的眼睛。

"你也是在格林-戴维逊工作，是吗？"她开口问。

"是的，"克莱德回答说。他竭力装出自己对这里一切并不陌生的样子，仿佛他对此地和此类场面早就习以为常，"你怎么会知道的？"

"哦，我认识奥斯卡·赫格伦，"她回答说，"这儿他常来。他是你的朋友吧？"

"是的，也就是说，他跟我一起在酒店工作。"

"可这儿你还没来过呢。"

"没有呢。"克莱德连忙接住说，不过心里不觉有点儿疑惑不解。她干吗要说他从前没有来过呢？

"我想你没来过呗。因为那帮小伙子我八成儿都见过，可是我从来没见过你。你不久前才到酒店工作，是吧？"

"是的。"克莱德说着，对她这一句话不免有点儿反感，因此，他前额两道眉毛马上皱起了疙瘩，不停地上下翕动着——每当他心里紧张，或是陷入沉思的时候，就会不由自主地有这种时而绷紧、时而松弛的表情，"那又怎么啦？"

"哦，没什么。我只不过是胡猜罢了。我说，你跟别的小伙子不大一样，看起来你就是有点儿不同。"她既想巴结又怪别扭地笑了。此时此刻她的这种笑和她的这种心态都让克莱德猜不透。

"怎么个不一样？"他脸一沉，气呼呼问她，就随手端起酒杯，喝起酒来了。

"有一点我敢说猜对了，"他的问话她压根儿没听见，只顾自己说，"像我这样的姑娘，你不怎么喜欢，是吧？"

"哦，不，我很喜欢。"他含含糊糊地说。

"哦，不，你才不喜欢吧。我看得出来。不过，我呀还是喜欢你。我喜欢你的那双眼睛。你跟所有那些家伙可不一样。你好像比他们文雅些，心肠好些。这我看得出来。你跟他们就是不一样。"

"哦，我可不知道。"克莱德回答说，经她一恭维，心里真是乐滋滋的，可是额角上依然像刚才那样皱起疙瘩。这个姑娘也许不至于像他原先设想的那么坏吧。她比其他那些姑娘要聪明些，稍微文雅些。她的装束打扮也不是那么俗不可耐。而且，她不像缠住赫格伦、希格比、金塞拉和拉特勒的那帮子姑娘那样扑倒在克莱德身上。这时候，这拨年轻小伙子都坐在椅子里，或是软椅里，姑娘们都偎坐在他们膝上。而且每一对伴侣面前，都置放一张各有一瓶威士忌的小圆桌。

"你们看，谁在那儿喝威士忌！"金塞拉是冲那些正在洗耳恭听他说话的人说的，两眼却向克莱德眨巴着。

"哦，你不用怕我，"那个姑娘接下去说，这时克莱德两眼直瞅着她的手臂和脖子，还有她那过于袒裸的胸脯，他浑身发冷，却又黯然销魂，"我不久前才做这个生意。要不是过去运气太坏，我才不会上这儿呢。要是有办法，我宁可跟家里亲人待在一起，只不过他们现在不要我了。"她煞有介事地两眼俯视着，可心里多半在琢磨，克莱德这个没有经验的小笨蛋，好一个乳臭未干的黄口小儿！同时，她也想到刚才看见他从口袋里掏钱，数目相当可观。而且，她想到他长得多么好看，虽算不上漂亮，个头也不大，却很惹人喜爱。可是偏巧这时候，克莱德心里在惦念着爱思达，真不知道她上哪儿去了，此刻她又在哪儿。她现在会怎么样——有谁知道呢？她会有什么遭遇呢？眼前这个姑娘，也许就碰到过如同爱思达那样的不幸吧？一种出自肺腑却又不免有些鄙视的同情心，在他心中油然而生。他两眼直瞅着她，仿佛要说："你这个可怜的女人啊。"不过，他一时还不敢说，再也不敢向她问这问那了。

"你们这些小伙子，也就是说到这种地方来逛逛的人，总是把我们每一个人想得都非常坏。我可了解你们。其实，我们可并不像你们所想象的那么坏。"

克莱德又在不断地皱眉头了。也许，她可不像他所想象的那么坏吧。她是一个下流女人，这是不用说的，虽然丑恶，可是很漂亮。事实上，他不时地举目四顾，觉得满屋子姑娘哪一个都没有像她那样更叫他喜欢的了。而她呢，也觉得克莱德比别的小伙子好得多，谈吐也很文雅，这一点她已经看清楚了。这样的恭维话，果然正中要害。于是，她马上给他斟酒，劝他一起喝。这时候，另有一拨年轻小伙子进来了，另有其他姑娘从后面的神秘之门走了出来，迎接他们。他看见赫格伦、拉特勒、金塞拉、希格比，全都鬼鬼祟祟地直奔后面挂上厚厚的帷幕与大厅隔开的楼梯，一转眼就不见了。正当这另一拨年轻人进来的时候，这个姑娘就把他请到后面灯光更为幽暗的房间，坐在一把长长的软椅里。

两人坐定以后，她就紧紧地偎着他，来回抚摩他的手，到后来用一只胳臂挽住他的胳臂，同他的身子紧贴一起，还问他想不想看看二楼一些房间的陈设该有多么漂亮。他，一看这会儿只剩下他一个人在这里，同他一块儿来的那伙人没有一个会看见他的，再说，这个姑娘仿佛一往情深地紧偎着他，因此，他就让她带领，登上挂着帷幕的后面楼梯，径直走进了一个粉红和蓝色相映成趣的小房间，同时，他心里却一直在琢磨，只要迈出这荒唐而危险的一步，最后很可能使他遭到灭顶之灾。也许，他还会传染上一些令人害怕的病呢。也许她向他要钱，他还付不起。现在他害怕她，害怕自己，说真的，对世界上的一切都害怕。而且，由于以上种种惧怕和良心的谴责，他一下子紧张起来，几乎连一句话都说不出来了。不过话又说回来，他去还是去了。他一进去，门就锁上了。这个耐人寻味的、丰腴优美的维纳斯女神一转过身来，就把他紧紧地搂住了，随后，她神色从容地站到一面映出她全身倩影的穿衣镜前，让她自己和他都可以看得清清楚楚，她已开始宽衣解带……

Chapter 11　克莱德情迷霍丹斯

这一次冶游，如同它对初次涉足这一如此陌生世界的新手一样，会对克莱德产生多么大的影响，不用说，那是可以想象得到的。尽管他那强烈的好奇心和难以预料的欲念终于将他引到了那么一个地方，使他屈服了，可是，由于他耳濡目染的那些道德观念，以及他个人确认不符合审美要求的种种禁条，他依然不能不认为，这一切确实是堕落和邪恶的行为。他的父母在传道时，就说过这些事通通是下流可耻的，想必很有道理吧。可是事后回想起来，那次猎艳和那个世界，在他心目中毕竟闪烁着某种粗鄙、异端的美和世俗的魅力。这一印象只要还没有被其他更有趣的事情冲淡，他在回想这一段经历时，就不能不觉得津津有味，乃至于其乐无穷。

此外，他也一直在暗自思忖，如今自己既然能挣到那么多钱，他为什么不可以爱上哪儿就上哪儿，爱干什么就干什么呢。要是他不愿意再去，那就不必去了，不过，说不定他还可以到另外一些并不那么下流、保不住高雅一点儿的地方去。他再也不会像上次跟着那一拨人去了，最好还是单独给自己寻找一个姑娘——就像他见过西伯龄和多伊尔所结识的那一档次的女郎。因此，尽管他一想到前夜的事，就有烦恼不安的思绪，可他很快找到了这种新的欢乐的源泉（当然不是以头一次冶游场面作为背景的）。他一定要像多伊尔那样，给自己寻找到一个放荡不羁、不信宗教的姑娘，把自己的钱都花在她身上。而且，他几乎在焦急不安地等待机会，以便满足自己的愿望。

不过，当时让克莱德更感有趣、对他更为有利的是，赫格伦和拉特勒虽已发觉克莱德怀有优越感，或者说也许正因为如此，他们对他更感兴趣，尽量讨好他，不论在琢磨什么寻欢作乐这类事，务必让他参与进来。事实上，在他头一次冶游以后不久，拉特勒便邀请克莱德到自己家里，克莱德一看就知道，拉特勒一家人的生活方式跟自己家里迥然不同。在格里菲斯家里，一切都是非常严肃而又谨小慎微，受到教规与教义束缚的，他们常常保持宁静的心境。然而拉特勒家里与此恰好相反。跟拉特勒住在一起的母亲和妹妹，尽管没有什么特别的宗教信仰，但她们也并不都是毫无道德观念的人，她们对待生活的态度却非常豁达大度，或者如一位道德家所说——放纵。她们谈论道德或是品行时，从来不提出什么明确的准则。因此，拉特勒和那个比他小两岁的妹妹路易斯，现在他们不论做什么事，都是随自己一时高兴，而根本不是三思而行的。不过，多亏他妹妹相当聪明，很有个性，不肯随便委身于人。

最最有意思的是，克莱德自己尽管有些教养，对他周围一切多半看不顺眼，但他还是为生活中放浪形骸的粗鲁画面倾倒。现在他置身于如此的环境之中，至少不会像从前那样身不由己了；他可以随意到过去不让去的地方，也可以做过去不让做的事情。让他特别高兴，因而茅塞顿开的——也可以说，他再也不必半信半疑了，因为过去他对那些年龄跟自己相仿的姑娘究竟有多大魅力，使她们为之倾倒，自己一直没有把握，不觉有些紧张，可现在他心中有数了。截至此时为止，尽管最近赫格伦一伙人带他去初游爱神的殿堂，但他依然认为自己跟那些姑娘周旋简直没有本领，也可以说没有魅力。那些姑娘只要跟他站在一块儿，或者来接近他，就足以使他产生退避三舍的想法，使他不由得打寒噤，或者心儿突突地跳，一般年轻小伙子都会谈笑逗乐，这种本领虽然他生来也有一点儿，可是到时候偏偏倏忽不见了。现在他多次到拉特勒家做客之后，很快就发觉，他已经能够得到充分的机会测试自己这种羞怯不安的情绪究竟能不能加以克服。这里是拉特勒和他妹妹路易斯的朋友们聚会的中心。他们兄妹俩看待生活的观点多少是一致的。跳舞、打纸牌和相当公开、一点儿都不害臊的调情取乐，在这儿是习以为常了。直到此刻为止，克莱德真的没有想到，作为一个母亲，对待道德和品行诸问题，居然可以像拉特勒太太那样，一概装聋作哑、漠不关心。他简直不能想象天底下哪有这样一位母亲，竟然会赞成拉特勒太太家里那种两性之间如此自由的朋友关系。

经过拉特勒好几次热情相邀以后，克莱德很快就觉得自己已是他们这一小拨人中的一员。不过，从某个观点来看——从这一拨人的一些想法来看，以及从他们所说的蹩脚英语来看，他对这一拨人还是看不起的。可是，再从另一个观点来看，他们那种自由自在、放荡不羁的派头，以及他们热心交际活动和相互应酬的那种劲儿却把他吸引住了。因为他可以利用这些机会，只要他高兴，只要他有胆量，就能找到一个属于他自己的姑娘，这对他来说还是生平头一遭呢。是的，就是通过拉特勒兄妹俩，以及他们一些朋友的好心相助，克莱德的希望很快实现了。事实上，这件事在他到拉特勒家里初次做客时就开始了。

路易斯·拉特勒在一家绸布店工作，回家吃晚饭往往迟一些。这一次，她直到七点才回来，家里吃饭的时间也就往后推迟了。刚才路易斯有两个女朋友来过，想找她商量一些事。她们发现她还没有回家，只有拉特勒和克莱德在那里，也就毫无拘束地留下了。哪知道，她们一下子就对克莱德和他身上那套新装产生了很大兴趣。由于克莱德一想到女人简直如饥若渴，见了女人却又很羞怯，这时他心里紧张极了，不知怎的流露出了孤高自赏的神态，竟被她们误解为这是克莱德身上优越感的一种表现。现在，她们既然被他这种神态吸引住了，就不妨故意炫耀一下她们该有多么迷人——以姿色来勾引他。她们那种粗俗的活泼劲儿和毫不害臊的态度，他倒是觉得很吸引人；没过多久，他就被一个名叫霍丹斯·布里格斯的魅力吸引住了。霍丹斯这个姑娘如同路易斯一样，就是一家大商店里一个粗俗不堪的售货员，只因为她长得黑俏，就自以为了不起。反正克莱德一开头就感到她很粗鄙、庸俗，与他多年来梦寐以求的那类姑娘简直相去太远了。

"哦，她还没回来吗？"拉特勒刚把霍丹斯请进来，她一看见克莱德正凭窗远眺，就大声嚷嚷着，"那不是太倒霉了吗？得了吧，我们就只好等她呗，要是你们不介意的话。"她说最后这句话的时候，故意卖弄风骚，明明白白地在说，谁敢不欢迎我们光临呢？拉特勒家餐室里有一个没有生火的壁炉，赭色壁炉架上竖了一面镜子，这时，霍丹斯就对着镜子搔首弄姿，尽情地欣赏自己的容貌。她的朋友格里达·米勒接着说："哦，当然啰，我们只好等她呗。我希望在她没有回来以前，你们别撵我们走。我们俩可不是来吃饭的，我们还以为你们早就吃过了。"

"你打哪儿学的这个话儿，'撵我们走'？"拉特勒挖苦地说，"仿佛你们不肯走，人家就把你们两个一块儿撵走似的。快坐下，打开留声机，要不然随你们的便就得了。马上吃晚饭了，路易斯一会儿就回来。"他把克莱德介绍给她们以后，就回到餐室去继续看刚才放下的报纸。克莱德一看这两位姑娘的容貌和神态，突然觉得，自己仿佛有如一叶孤舟正在尚未记入海图的海面上随风漂流。

"哦，别跟我提吃的事！"格里达·米勒大声嚷道。这时，她正不动声色地打量着克莱德，可心里仿佛正在七上八下地思考此人究竟值得不值得追求。最后她认定是值得的，便开口说："可今儿晚上我们还得要吃的，不管冰激凌、蛋糕、馅儿饼和夹肉面包都行。我们是特地来提醒路易斯，叫她先别吃得太饱了。汤姆，你知道吧，吉蒂·基恩今儿个生日，她要请客，准备了大蛋糕还有许许多多东西。过一会儿你也去，是吧？"末了，她嘴上是这么说的，心里却想的是克莱德，可不可以也邀他一块儿去呢？

"这个我可没想到，"拉特勒泰然自若地说，"我和克莱德打算吃过饭就上剧院看戏去。"

"哦，真傻。"霍丹斯·布里格斯插嘴说，一心要把注意中心从格里达·米勒转移到自己身上。她还伫立在镜前，这时侧过身来，向大家——特别是克莱德迷人地一笑，心想她的朋友大概已在勾引他吧："本来你可以跟我一块儿去跳跳舞，却硬要看戏去，依我看，那就太傻啦。"

"当然啰，你们三个——不管是你们俩，还是路易斯就是只想跳舞呗，"拉特勒回嘴说，"真怪，你们从来都不想歇一会儿。我一天到晚老是东奔西跑，说真的，巴不得这会儿坐下来透口气。"有的时候，他倒是很实事求是的。

"哦，别让我坐下歇着，"格里达·米勒说，一面高傲地一笑，随后抬起左脚，顺势一滑溜，好像就要翻翻起舞似的，"本星期约会可多着呢。嘿，真够呛！"她把眼睛和眉毛往上一扬，两手紧攥在胸前，显出无可奈何的神态，"今年一冬还得跳这么多的舞，真吓人——霍丹斯，是吧？星期四晚上、星期五晚上，还有星期六和星期日晚上。"她卖弄风骚地掰着指头说，"嘿，够呛！真吓死人。"她特别讨好地向克莱德笑了一笑，仿佛向他寻求同情似的。"你猜，我们那天晚上是在哪儿，汤姆？路易斯和拉尔夫·索普，霍丹斯和伯特·格特勒，还有我和威利·巴西克都上韦伯斯特大街佩格兰舞厅去了。哦，说实在的，你也该去那儿，看看那一大拨人。萨姆·谢菲尔和蒂利·伯恩斯也在那儿。我们跳呀跳，一直跳到第二天凌晨四点。我只怕我的两条腿快断了。我可不记得咱有这么累过呢。"

"哦，真够呛！"霍丹斯插嘴说，一面马上抓住机会，举起两臂，仿佛做戏似的，"我还以为第二天上午可上不了班呢。我两眼模模糊糊，几乎连顾客都看不清。这可叫我妈急坏了！真吓人！至今她神志还没恢复过来呢。平时星期六和星期日晚上去跳，她还不怎么反对，可是现在一星期里天天晚上都跳，而第二天早上七点我还得照常起床——对不起——要不然，她就嘀嘀咕咕没个完！"

"我倒也不怪她，"拉特勒太太插话说，这时她正好托着一盘土豆和一些面包走了进来。"你们两个要是不多多休息休息，准要病倒的，路易斯也是一样。我可一个劲儿地对她说，要是她再不多睡一会儿觉，她的工作就准保不住了，再说，她的身体怕是也顶不住的。可她就是像汤姆一样也不听我的话，只当压根儿没这回事呢。"

"哦，干我这一行的人，你就别指望能每天早早地回来，妈。"拉特勒拢共只说了这么一句。霍丹斯·布里格斯又找补着说："好家伙，要是叫我在家待上一晚，那可要把我憋死了。工作了一整天，可也得让我乐一乐嘛。"

克莱德心里想，这个家该是多么轻松愉快啊。多么落落大方，多么满不在乎。瞧这两个姑娘的神气，该有多么性感，多么热情。显而易见，她们的父母也是什么都不在意的。要是他也有一个就像霍丹斯·布里格斯那样长着一张富于肉感的小嘴、一双明亮而又厉害的眼睛的漂亮姑娘，该有多好！

"每星期我只要有两晚上早睡就够了，"格里达·米勒淘气地说，"我父亲说我简直是疯了，不过，我觉得多睡反而对身体不好。"她闹着玩儿，一边说，一边哈哈大笑起来，尽管有些话她说的都是土话俚语，可克莱德还是听得津津有味。反正从这里就可以看到青春、快活、自由和热爱生活。

正在这当口儿，前门开了，路易斯·拉特勒急匆匆地走进来。她是个衣着整洁、生气勃勃、中等身材的小姑娘，披着一条红衬里的披肩，一顶蓝色软呢帽低低地拉到眼梢边上。她比哥哥显得更为活泼，浑身有劲儿；她身段虽比她的两个女友柔软，模样儿却是一样漂亮。

"哦，看谁在这儿！"她大声嚷嚷着，"你们这两个丫头找上门来，还比我先到，是不是？唉，今儿晚上因为账面上出了一点儿差错，给拖住了。我就得上出纳那儿说明去，虽然那绝不是我的差错，是人家把我写的字认错了，"这时，她才头一次发现了克莱德，便说，"我准知道这一位是谁，是格里菲斯先生嘛。汤姆常常念叨你。我心里老是纳闷，干吗他不早点把你带来。"克莱德听了心里喜滋滋的，就咕哝着，他也巴不得自己能早点儿跟拉特勒一家人见见面。

不过，那两位客人跟路易斯一块儿走进了前面的一个小卧室，商量了一会儿，马上出来了。由于主人几次热情相邀，她们就决定留下来。其实，用不着坚邀，她们也会留下来的。克莱德一见到她们在场，就非常兴奋，特别带劲儿，而且急于想给她们一个好印象，往后好跟这些姑娘亲密地来往。这三个姑娘觉得他富有吸引力，也急于博得他的好感，因此就使得他生平头一遭泰然自若地跟异性交际应酬，有说有笑了。

　　"我们是特地来关照你，千万别吃得太饱，"格里达·米勒侧过身来，冲路易斯笑着说，"可是，现在你看，我们自个儿倒是又在吃了。"她开怀大笑，"吉蒂家里会有馅儿饼和蛋糕，什么好吃的都有。"

　　"哦，得了，最痛快的是听说我们还得要跳舞呢。哦，我只好说请老天爷保佑了。"霍丹斯插话说。

　　克莱德留意到，她的那张小嘴特别惹人喜爱，每当她笑的时候，嘴儿轻轻地一撇，那种迷人劲儿让克莱德又惊又喜，简直不能自已了。在他看来，她那一举一动，一颦一笑，都是很讨人欢喜的——简直是令人完全倾倒。是的，她那股迷人的魅力，确实使他很快把刚拿来的咖啡一口喝下去，差一点儿噎住了。他放声大笑，觉得自己真的是乐不可支了。

　　这时，她就侧过脸来，对着他说："你们瞧，是我叫他乐成这个样子。"

　　"哦，瞧你的能耐，岂止这些。"克莱德大声嚷嚷着。他忽然灵机一动，勇气也一下子来了。由于她施加给他的影响，他猛地觉得自己胆大如牛，尽管还带有几分傻劲儿。于是，他接下去说："嘿，我一看见这么多漂亮的脸蛋儿，真的要晕头晕脑了。"

　　"哎哟哟，你可用不着这样快就上她们的当，克莱德，"拉特勒出于好心告诫他说，"这些拆白党会拼命地追你，她们想上哪儿，就让你带她们上哪儿。一开头你最好不要就这样呀。"果然不出所料，路易斯·拉特勒并不因为她哥哥刚才说的话就觉得害臊，她说："格里菲斯先生，你会跳舞，是吗？"

　　"不，我不会。"克莱德回答。路易斯这一问使他马上头脑清醒了。觉得在这拨人中间才发现自己这一不足之处，心中非常懊恼，"不过，我现在的确巴不得能跳才好。"他先是望望霍丹斯，然后望望格里达·米勒，带着几分恳求的神气，套近乎地继续说。可是，谁都佯装没有注意到他到底最喜欢哪一位，虽然霍丹斯由于捷足先登不免心里有些雀跃。她并不认为自己对他十分中意，不过，她一出场，就这么光彩照人地一下子压倒了她的那两个对手，毕竟值得暗自庆幸。这一点连她的女友也感觉到了。"这不是太糟了吗？"此刻她因为深信克莱德最喜欢自己，所以，她有点儿满不在乎，乃至于自视甚高地说，"要是你会跳，那你和汤姆两个就可以跟我们一块儿去。吉蒂家里几乎动不动就跳舞。"

　　克莱德开始泄气了，而且马上形之于色。试想一下，这儿的几个姑娘里头，她原是最吸引他的一个，现在她却易如反掌地把他，连同他的美梦和心愿都一块儿抛弃了，只是因为他不会跳舞。这一切都得怪他那该死的家庭教育。他觉得自己泄了气、受了骗。连跳舞都不会，在她们眼里岂不是大傻瓜吗？路易斯·拉特勒也露出一点儿困惑、冷漠的神色。不过，格里达·米勒，虽然她要博得克莱德青睐还比不上霍丹斯，她却给他解了围，说："哦，那跳舞可并不难学嘛。只要你高兴，饭后我教你几分钟就会了。你只要记住几个步法就得了。那时候你要是高兴，就不妨跟我们一块儿去。"

克莱德听后很高兴，连忙道谢，说他已下了决心，今后一有机会就要学会它，不论是在这里还是在别处。他扪心自问，为什么不早点儿进跳舞学校呢？不过，他心中最痛苦的是在他已表白过自己喜欢霍丹斯之后她还表现出那种看似冷淡的神态。也许就是因为刚才提到的、跟她一块儿去跳舞的那个伯特·格特勒，才使他不可能引起霍丹斯的兴趣吧。这等事他总是这么不走运。唉！

不过，晚饭刚吃完，大家还在聊天的时候，首先打开唱机，放上舞曲唱片，把手伸过来向他邀舞的正是霍丹斯，她决心不让她的对手占上风。其实，她对克莱德并不是特别感兴趣或是着迷，至少不像格里达那样为了他禁不住心慌。不过，要是她的女朋友打算利用这样的方式把他征服，难道说她还不该先下手为强？克莱德却误解了霍丹斯态度上这一变化的原因，以为她比他想象中还要喜欢他，正在这当口儿，她便拉住了他的手，心想，此人简直太扭扭捏捏了。尽管这样，她还是叫他把右手搂在她腰里，左手在她肩膀上方握住她的右手，要他注意她的脚和自己的脚，并且开始示范，做了几个跳舞的基本动作。殊不知，他一时太性急，心中也太感激了——几乎紧张到了令人可笑的程度——使霍丹斯很不喜欢，觉得此人不免有些单纯，而且太稚嫩了。与此同时，他身上毕竟也有他的可爱之处，使她乐于助他一臂之力。不一会儿，他已经能相当轻快自如地跟她跳舞了。后来他又跟格里达和路易斯跳了一会儿，不过心里总是巴不得跟霍丹斯跳。最后，大家公认他的舞步已经相当熟练，只要他愿意去，就可以跟她们一块儿跳舞去了。

克莱德一想到只要同霍丹斯接近，还能再跟她跳舞，心中就来了很大的劲儿，所以，不管这时已有三个年轻人（其中包括那个伯特·格特勒在内）来陪她们一块儿去，克莱德跟拉特勒事先还约定一起去看戏，可他仍然情不自禁地表示要跟大伙儿一块儿去。既然这样，拉特勒最后只好同意，取消看戏的打算了。不一会儿，他们就出发了。这时，霍丹斯是由伯特·格特勒陪着的，克莱德因为不能同她在一起走，心里很恼火，因而也就憎恨他的这个情敌。幸好路易斯和格里达对他相当亲切，使他心里稍微舒畅一些，于是，他就竭力向她们俩献殷勤。拉特勒发觉他特别喜欢霍丹斯，就抓住单独跟他在一起的时机，对他说："最好别死追霍丹斯·布里格斯。依我看，她只不过是卖弄风骚罢了。

她随便支使了格特勒这一伙人，也许她只不过逗逗你，你休想从她那儿得到些什么。"

可是这种出于至诚的善意规劝并没有使克莱德头脑清醒一些。不论是见到她也好，还是由于她那微笑的蛊惑，她那一举手，一投足，充满青春的魔力和活力，竟使他完全神魂颠倒了。若是她再对他一笑，一瞥，一握手，无论要他献出什么或者做些什么，他都甘之如饴。殊不知，他眼前结识的这位姑娘，对自己奋进目标，不会比一只飞蛾知道得更多，只不过到了她认为既方便而又有利的时机，她便去利用一下同她自己年龄相仿或者稍大一些的男孩子，以达到寻欢作乐，或者获取一些她所心爱的衣服这一目的罢了。

这次聚会不外乎是年轻人追求爱侣时期常见的一次热情迸发罢了。吉蒂·基恩的家只不过是在一条寒碜的街上一所小房子，街的两旁都是十二月里光秃秃的树木。不过，在克莱德看来，因为有一张漂亮的脸蛋儿已使他热恋不已，这里仿佛充满了罗曼蒂克的色彩、氛围和欢乐。而且，他在这里见到的少男少女——拉特勒、赫格伦和霍丹斯这一类型的少男少女——毕竟真正体现出了精力充沛、潇洒自如与热心大胆的素质，他只要能具备这些素质，即使要他把心掏出来，他也乐意。说来也怪得很，他虽然有点儿神经紧张，可是交上了这些新朋友，他就很快成为这里欢乐人群中的一员了。

这一次，他觉得是个机会，不妨开开眼，看看这一类型少男少女究竟怎样寻欢作乐，这种场面他过去可没有见过，这究竟算是幸运还是不幸，那随你怎么说就得了。比方说，有一种色情舞蹈，路易斯、霍丹斯和格里达都跳得如痴似醉，简直是满不在乎，一点儿也不害臊。与此同时，这些年轻人中有许多人后裤袋里都带着一小扁瓶威士忌，不仅是他们自己喝，还给别人喝——管他是少男还是少女。

因为有了酒助兴，一下子闹得更欢了，他们之间就更加亲热了，调情取乐也更加大胆了——霍丹斯、路易斯和格里达全都参加。有时候他们也发生争吵。克莱德看见这一个或是那一个小伙子在门背后搂抱一个姑娘，或是躲进一个僻静角落里，坐在椅子上，把一个姑娘紧紧地抱在自己怀里，或是同她一起躺在沙发里，低声轻语，说一些无疑让她高兴听的话，凡此种种，在这里看来都是司空见惯的事。固然他始终没有发现霍丹斯也有这样的事，可他还是看到她毫不迟疑地在好几个年轻小伙子的怀里偎坐过，或是到门背后同几个为了她而争风吃醋的人说悄悄话。有时候，这不免让他泄气而又恼火，觉得自己再也不能同她交往了——她这个人太卑劣，太庸俗，太轻率了。

人家多次请他喝酒，他也都喝了，为的是表示自己善于交际应酬，并不比别人差。后来他一反常态，壮起胆来，居然以半是规劝、半是谴责的口吻说到了霍丹斯那种过于放肆的行为。

"原来如此，你真会卖俏呀，不管戏弄谁，你都满不在乎，是吧？"这是半夜一点过后，他正在跟她跳舞时说的。一个名叫威尔肯斯的小伙子正在一架音色不正的钢琴上弹着曲子伴舞。她露出亲切而又卖俏的神态，打算教给他一种新舞步，随后却给他挤了一个愉快而又富于肉感的眼色。

"卖俏吗？你说说什么意思？我可不明白。"

"哦，你还不明白？"克莱德回答说，有点儿火了，不过还是竭力装着假笑，掩饰自己真实的心情，"我听人说起过你，你把他们都戏弄了。"

"哦，我怎么啦？"她相当生气地抢白说，"嘿，我好像还没有把你怎么戏弄，是不是？"

"得了吧，别生气，"他半是规劝、半是谴责地说，也许担心自己把话说得太过头，很可能要完全失去她，"可我并没有什么别的意思。你也不否认，你让这么多小伙子跟你调情吧。反正他们好像都很喜欢你呢。"

"哦，当然啰，他们都喜欢我。可是，这叫我怎么办？"

"得了，我这就告诉你吧，"他突然心里一激动，就带点儿吹嘘味道，不假思索地冲口而说，"我在你身上花的钱，可以比他们哪一个还要多。我有的是钱。"刚才他还想到自己口袋里安安稳稳地搁着五十美钞。

"哦，我可不知道。"她不以为然地说。但她对所谓钱财之事非常关心，与此同时，使她得意扬扬的，就是说，她有能耐叫小伙子差不多个个都像烈火上身似的。其实，霍丹斯并不是太聪明，而且轻浮得很，自以为富于魅力，见了镜子，禁不住左顾右盼，欣赏自己的眼眸、秀发、脖子、双手和身姿，还要练一练她那特别诱人的微笑。

克莱德虽说稚嫩，但长得相当富于吸引力，这一点她也不能无动于衷。她喜欢逗弄类似这样的黄口小儿。依她看，他有点儿傻。不过，他是在格林-戴维逊工作的，穿得也很讲究，他说他有钱，自然乐意在她身上花钱。别的小伙子，尽管她挺喜欢，可他们当中有些人就是没有多少钱可供挥霍。

"许多有钱的人，都乐意在我身上花钱呢。"她把头往上一昂，两眼一闪一闪，脸上又露出了她那最诱人的微笑。

克莱德马上脸一沉。她那蛊惑的一颦一笑，已使他招架不住了。他先是眉头皱紧，随后又舒展开来，两眼露出欲火中烧和苦恼的闪光，以及他对清贫生活的宿怨。毫无疑问，霍丹斯说的全是真话。事实上，的确有人比他还要有钱，而且要舍得花钱。刚才他是在吹嘘，太可笑了。何况这会儿她正在嘲笑他呢。

过了半晌，他有气无力地继续说："我想，你这话说得倒是不错。不过，他们可不会像我那样喜欢你吧。"

这一片肺腑之言，使她听后得意非凡。说到底，他这个人还算不坏。他们在悠扬的乐曲声中翩翩起舞。

"哦，我并不是到哪儿都像我现在那样随便跟人逗笑。这儿的男男女女全是自己人，都很熟嘛。我们到哪儿都是在一块儿，你可千万别见怪。"

她这是在巧妙地撒谎，不过，这么一来，他总觉得舒服一些。"嘿，只要你待我好，我什么都乐意给呀。"他简直如疯似狂地、不顾一切地恳求她，"我从没见过比你更好的姑娘。你太漂亮了。我已被你迷住了。你跟我一块儿出去吃饭，饭后我再带你去看戏，好吗？明儿晚上，还是星期天，你乐意去吗？这两个晚上我休息，其他晚上我都要上班。"

她先是迟疑了一会儿，因为即便到了此刻，她还说不准自己究竟乐意不乐意让这种关系继续下去。且不说其他几个人吧，单是格特勒心里就酸溜溜的，一个劲儿地盯着她。即使说克莱德乐意为她花钱，但她也许最好不要跟他缠在一起。现在，他早已心急如焚，恐怕将来麻烦也许还会更多呢。与此同时，她那卖弄风骚的第二天性也不会让她丢掉他，要是那样的话，他就可能一下子落入格里达或是路易斯手中！因此，她终于同他约定下星期二见面。不过，今儿晚上他可不能上她家去，也不能送她回家——因为已有格特勒先生护送她。可是下星期二，六点半，她将在格林-戴维逊附近等他。他还对她说，那时他们不妨先到弗里塞尔酒家吃晚饭，饭后上离那儿只有两街区的利比剧院去看歌舞喜剧《海盗》。

Chapter 12　想入非非的克莱德

这次相识，在某些人看来也许太微不足道了，对克莱德来说却是至关重要的大事。到目前为止，他还没见过一位如此妩媚动人的姑娘竟然向他俯赐青睐——至少他自己就是这样认为的。如今，他终于找到了一位漂亮姑娘，对他很感兴趣，答应陪他一块儿去吃饭、看戏。也许，她真的是个卖弄风骚的姑娘，和谁都说不上真心相待，也许一开头他还不能指望她就专一于他，不过谁知道呢？谁又能说得准呢？

下星期二，她果然遵约在格林-戴维逊附近第十四街和威恩多特街拐角处跟他见了面。他是那么受宠若惊、那么兴奋、那么狂喜，连自己乱成一团的思想感情，也几乎很难理出个头绪来了。不过，为了表示他与她完全般配，克莱德把自己打扮得几乎太奇特、太华丽了——一头发搽了油，系上蝶形领结与崭新丝围巾，脚下穿着短丝袜，那双专门为这次约会买的闪闪发亮的棕色皮鞋更为显眼。

不过，当他与霍丹斯再次相见时，她对这些东西到底注意了没有，他就说不准了。因为，她注意的毕竟只是她自个儿的外貌，而不是他的外貌。再说这是惯用的花招，故意让克莱德久等，直到将近七点钟才来。她的姗姗来迟，使他的心情一时间极度沮丧。因为假定说，要是她这些天来对他早已不感兴趣，因而再也不乐意跟他见面呢？得了，那他当然就不跟她来往了。不过，那也足以证明：尽管他现在穿上漂亮衣服，也有钱可以挥霍了，可他还是不能让像她那样一个漂亮姑娘发生兴趣。他暗自思忖，他非交一个漂亮的女友不可——如果是不漂亮的，他就不要。拉特勒和赫格伦看来都不计较女友漂亮不漂亮，可是对他来说那是一种癖好。如果仅仅满足于找到一个不漂亮的姑娘，那他一想到这里，几乎就恶心。

可是此刻，他伫立在黑乎乎的大街交叉口，四周许许多多广告招牌和灯光照得几乎令人目眩，成百的过往行人总是来去匆匆，很多人的脸部表情都说明，他们心里想的是寻欢作乐和约会。而他呢，也许只有他一个人不得不往回走，上别处去，孤零零一个人吃饭，孤零零一个人去看戏，孤零零一个人回家，然后第二天早上再去上班。正当他认定自己倒霉透顶的时候，暮然间，离这儿不远的地方，从人群里现出了霍丹斯的脸孔和身影。她打扮得很俊俏，身穿一件黑天鹅绒短外套，衣领和袖口是茶色带红，头戴一顶圆鼓鼓的天鹅绒苏格兰宽顶无檐便帽，边上还有一个红色皮扣子，两颊和唇边略敷脂粉口红。一双眼眸忽闪忽闪的。如同往常一样，看来她还是露出踌躇满志的神气。

"哦，你好，我来晚了，是不是？我可实在没办法。你看，我忘了还有个约会，那也是我的一个朋友，嘿，还是一个顶呱呱的小伙子；我到六点钟才想起来我有两个约会。天哪，这真叫我为难了。这样，你们两个，我得决定先会见哪一位才行。我正要给你打电话，想改到另一个晚上，忽然想起你六点以后就不在那儿了。汤姆也是六点一过就走了。可查理总在那儿，直到六点半才下班，反正有时候还要晚一些。何况他是个呱呱叫的好小子，从来不发脾气，也不嘀嘀咕咕的。本来他也要带我一块儿去看戏、吃饭。他在奥菲亚剧院管香烟摊。所以，我就给他打了个电话。不用说，他老大不高兴呀。不过，我告诉他说，我会改到另一个晚上同他见面。怎么样，现在你该高兴了吧？为了你，硬是让查理那样一个漂亮小伙子落空，你说我对你够意思吧？"

她一眼就看出，只要她一说到别的小伙子，克莱德眼里就马上露出惊恐、嫉妒，而又有点儿惧怕的神色。她一想到自己能使他嫉妒，心里就很高兴。她知道她终于把他征服了。于是，她把脑袋往上一昂，微微一笑，就跟他在街上一块儿往前走去。

"你来了，不用说，你是够意思的了。"他很勉强地说了这么一句话，尽管她一提到查理这个"呱呱叫的好小子"似乎使他的心都堵了。这样一个又漂亮又任性的姑娘，难道说他就掌握不住她吗？"嗨，今儿晚上你真是美极了。"他又勉强地说了一句。他居然能说出这么一句口彩，连自个儿也吃惊，"你这顶帽子，还有这件外套，太合身了，我真喜欢。"他两眼直愣愣瞅着她，露出爱慕的闪光，溢满了一种热切的渴望。他很想吻她——吻她那朱唇小口——只是在这里他还不敢，不论在哪儿，谅他也没有这份胆量。

"难怪你有这么多的约会，还得一一回绝呢。你太漂亮了。要不要戴几朵玫瑰花？"这会儿，他们正走过一家鲜花铺。他一看见玫瑰花，就想起要送一点儿东西给她。他听赫格伦说过，女人就喜欢男人给她献殷勤。

"哦，当然啰，玫瑰花我可喜欢，"她回答说，一面走进鲜花铺，"或者就来点儿紫罗兰吧。这种花很美。依我看，跟外套相配就更好看啦。"

她很高兴，想到克莱德竟然还有买花这种闲情逸致，还有他说了那些恭维她的话。与此同时，她相信他这个小伙子对女人知之甚少，也许压根儿都不了解。她喜欢的是经验比较丰富的年轻人和成年人，既不是这么容易就向她俯首帖耳，也不是那样易如反掌即可掌握住的。不过，她也不能不想到，克莱德是她所熟知的那些男人中的佼佼者——举止态度比他们文雅些。所以，尽管在她眼里他有点儿笨拙，她还是有雅量包涵他，且看他以后怎样。

"哦，这些花真漂亮呀！"她大声嚷嚷着，随手捡起一大束紫罗兰，给自己别在身上，"我说，我就戴上吧。"克莱德付钱的时候，她伫立在镜子前搔首弄姿，又按照自己的嗜好把花儿别好。直到最后她认为满意了才转过身来，大声说："得了，走吧！"随即挽起了他的胳臂。

克莱德对她那副毫不客气的神气不免有点儿吃惊，一时简直不知道再说些什么才好。不过，他也用不着着急，霍丹斯全神贯注的只是她自个儿罢了。

"嘿，我跟你说，上星期我简直是一晃而过。每天晚上都是舞会，直到第二天凌晨三点钟才回家。星期天几乎跳到快要天亮呢。我的天哪，昨儿晚上的舞会这才够劲儿。你去过伯克特舞厅没有？就是在吉福德渡口那边的，你知道吗？哦，那地方可漂亮，离第三十九街比格布罗不太远。夏天跳舞，冬天结了冰，就在室外溜冰，或是在冰上跳舞。还有那个小乐队，可棒极了。"

克莱德只顾欣赏她那噘动的小嘴、闪亮的眼睛和迅捷的手势，却很少留意她所说的话。

"华莱士·特朗跟我们在一块儿。嘿，他这小子真把人逗死呢。后来我们坐下来吃冰激凌，他就上厨房去，把自己的脸抹黑了，戴上侍者的围裙和大褂，回过来侍候我们。那真是个令人发笑的小鬼。他还用碟子和勺儿耍把戏，真逗人。"

克莱德叹了一口气，因为他远不及这个天才特朗那样有天赋。

"后来，星期一早上，我们大家回去的时候，差不多快四点了，可我七点还得起来。我简直累得快死了。我差点被炒鱿鱼了，要不是店里那些好人，还有那位贝克先生，我包管被炒鱿鱼了。他是我们的部主任，你知道吧，老实说，我真的叫这个可怜的人吃足了苦头。我在店里真是够调皮捣蛋的。有一天，我午后迟到了，另一个姑娘就替我按规定时间在我的考勤卡上打孔，你知道吗，不料这时他正好走了进来，看见了她。后来，已是午后两点钟，他就对我说：'听我说，布里格斯小姐，'他一向称我布里格斯小姐，因为我不许他叫别的名字。我要是让他随便叫的话，那他就会乱来一气，'叫别人给你的考勤卡上打孔是不算数的，往后少来这一套，人家都不是傻瓜啊。'我听了只好哈哈大笑起来。尽管有时候他对我们都会发火，可是我照样把他弄得服服帖帖的。所以，他对我多少比较客气，你知道吗，他怎么也不肯开掉我，说真的，他才不乐意呢。我就对他说：'听我说，贝克先生，你可不能用这种口气对我说话。我可不是回回迟到呀。说穿了，偌大的堪萨斯城，我并不是只能在贵处工作。要是偶尔迟到一下，我就得听你唠叨，那你干脆把我送牢房就得了，明白吗？'我绝能容忍他用那种口气对我说话。我心里正琢磨着会有啥结果，他却马上软下来了。他只是说：'得了，反正我已警告过你了。下次说不定你要是被蒂尔尼先生瞧见了，那你就得上别的铺子去试试了。'他知道他这是在虚张声势，这一点我也是心照不宣。我只好咯咯大笑起来。两分钟后，我就看见他跟斯科特先生在一起仰天大笑。不过，说真的，嘿，我有时候也真能逗弄人。"

这时候，她跟克莱德终于走到了弗里塞尔酒家。一路上，他几乎没有说话，倒也使他感到很轻松自在。他破天荒头一回感到扬扬得意的，就是他能陪女友到这样阔气的地方去吃饭。说真的，现在他已开始品尝个中况味了。他心里急巴巴地，真想也能沾上一点儿罗曼蒂克情调。由于她对自己估计很高，竭力强调自己同这么多寻欢作乐的年轻男女交往密切，就使他觉得，截至此刻为止，仿佛自己压根儿没过上一天好日子。他马上想到了她刚才对他说过的那些事：在比格布罗附近的伯克特舞厅，在冰上溜冰跳舞，还有查理·特朗——同她约定今晚见面的那个香烟摊的年轻掌柜，还有那位一见她就几乎含情脉脉、舍不得开掉她的贝克先生。他眼看着她一点儿也不考虑到他的钱袋，只按自己的口味点菜的时候，就赶快端详了一下她的脸蛋、她的身段，以及她的双手从手腕到指尖的模样儿，使人一望可知她的整个手臂该有多么纤巧圆浑，还有她那高高耸起、丰满的胸脯，她那眉毛的曲线，她那光滑的脸颊和下巴颏儿长得完美的那种魅力。此外，她说话时那种矫揉造作、光滑流畅的声调也有某种味儿，不知怎的吸引了他，使他心烦意乱。他觉得，那是很动人的。哎哟哟，老天哪，这样一个姑娘要是能完全属于他，该有多好！

霍丹斯在这酒家如同在街上一样，照样唠唠叨叨地谈她自己的事，看来她压根儿没注意到，此刻她是在克莱德心目中很了不起的这个地方吃饭。当她不是对镜欣赏自己的时候，她就仔细地看菜单，决定点哪些她爱吃的菜，薄荷冻羊肉，不，她不爱吃蛋卷，牛肉她也不爱吃——哦，得了，还有冬菇熘肉片。末了，她又添上了芹菜和花菜。此外，她还想喝点儿鸡尾酒。哦，是的，克莱德听赫格伦说过，吃饭要是不喝一点儿酒，就太没意思了，所以，他就毫不迟疑地提议喝一点儿鸡尾酒。霍丹斯喝完一杯又喝上一杯之后，仿佛比从前更热和、更快活、更饶舌了。

不过，克莱德注意到，她自始至终同他还是保持着一种多少有点儿冷淡的、客观的态度。要是他怯生生地想要稍微转换一下话题，谈谈他们两人的关系，以及他对她的一往情深，问问清楚她是不是真的爱上了别的小伙子，她就会公开说所有的男朋友她真的都喜欢，一下子就把他甩了。她说他们都那么可爱，个个都待她那么好。他们非得这样不可，要不然，她就再也不睬他们了。正如有一次她所说："给他们拴上一只洋铁罐。"① 她那活灵灵的眼睛忽闪忽闪，脑袋昂然地晃动着。

克莱德已被这一切迷住了。她的表情、她的佯装、她的颦蹙，乃至于她的姿态，都富于性感、令人想入非非。看来她喜爱捉弄人，随便允诺，让自己受到某种指控和评定，然后又不肯承认，推说这一切全属子虚乌有，装作她对自己只是极其谨慎以外，好像什么都不知道似的。一般地说，克莱德只要有她这个人在身边，心里就感到激奋、宽慰了。这是一种折磨，但也是一种甜蜜的折磨。他老是在心心念念，想得干着急了，他只要能紧紧地搂住她，吻她的嘴，甚至同她咬得紧紧的，该有多美！用自己的嘴吻她的嘴！不停地吻她！紧紧地搂住她风姿绰约的身段，抚爱她！有时，她那双故意泪汪汪的眼睛直望着他，说真的，他感到有点儿疲软无力，几乎产生厌恶。他只是梦想着：不论自己的魅力或是金钱的威力，他硬是要使她爱上自己。

不过，即使他陪着她看戏，随后再送她回家，克莱德还是看不出有什么显著的进展。在利比剧院看《海盗》演出时，霍丹斯因为对克莱德尚未产生稳定的兴趣，说真的，始终注意剧情发展，她所说的，全是从前她看过的一些类似的剧目，以及她对那些男女演员的评论意见，此外，她还提到是哪个小伙子带她去看戏的。克莱德既然不能拿自己的经历同她比试高低，自然也不敢同她斗智取胜，所以，他就只好随声附和她的意见了。

---

① 此处意谓霍丹斯玩弄男性，有如美国顽童的恶作剧，即常常给狗尾巴拴上一只洋铁罐。

　　可是，她自始至终都在暗自思忖她眼前的新胜利。因为她一来早就不讲德行，二来知道他好歹有一点儿钱，他又乐意把它花在她身上，所以，她就算计着：只要可能的话，就抓住他，使他一直巴结奉承她，无非如此而已——那倒也是够痛快的了。与此同时，她不妨照样我行我素，尽情跟别人一块儿寻欢作乐；赶上她得不到别处足够有趣的邀请，可能出现空当的时候，就不妨让克莱德给她买这买那，为她效劳，陪她消愁解闷。

Chapter 13　姐姐的秘密

　　就像以上所说的情况，至少持续了四个月。克莱德同她初次相识以后，便一直在用他大部分的闲暇竭力设法让她如同眼下看上去她对待别的小伙子那样对他感兴趣。与此同时，他既说不准她到底会不会对哪一个人有真诚的感情，也不能相信她与他之间只存在一种天真无邪的朋友关系。不过话又说回来，她毕竟是那么迷人，使他糊里糊涂地认为：要是他的猜想正确的话，最后她也许会喜欢他的。霍丹斯身上透出一种富于性感和瞬息多变的味儿，以及她通过种种姿势、脾气、声调和服饰所显示出的一腔情欲，已使他如此迷恋不已，说实在的，他舍不得抛弃她。

　　一句话，他是一个劲儿地傻追她。她呢，一见此状，就索性把他扔在一边，有时候躲着他，使他最多只能跟她一块儿玩玩。与此同时，她还情愿讲给他听自己和别的一些小伙子的交际活动，让他觉得自己再也无法继续只用这样的方式追求她了。一气之下，他居然对自己发誓说，从此以后再也不去看她了。说实话，他同她交往，原是一点儿好处都没有的。可是下次又见到了她，只见她的一言一行、一招一式依然是冷冰冰、不好不坏的样子，他的勇气也就倏忽不见了——同她断绝往来，他实在想也不敢想。

　　与此同时，凡是她需要的东西，或是心里想的东西，都给克莱德讲了，一点儿都不害臊。开头是一些小玩意儿，比方说，一只新粉扑、一支口红、一盒香粉，或是一瓶香水。后来呢，尽管她对克莱德只不过表示了一两回躲躲闪闪、半推半就的亲昵行为：情意绵绵地偎在他怀里，这种动作看起来好像大有希望，但事实上常常让他落了空。她照样有胆量，敢于在不同的时间，以不同的方式，向他提到过什么钱包、罩衫、拖鞋、长袜、帽子等东西，说她要是有钱的话就要买。而他呢，为了继续讨好她、巴结她，也就去买了，虽然有时家里有事要用钱，他手头实在也是抠得够紧的。不过，到了第四个月月底，他才开始明白：她对他的好感，同他们刚开始相识时相比，显然没有什么进步。一句话，他正在进行一场热烈、几乎是痛苦的追求，但又没有什么明确的、可望成功的预兆。

再说说他的家吧。格里菲斯一家如今陷入了烦躁和抑郁，几乎不可自拔，同过去毫无二致。因为爱思达失踪以后，一家人至今依然心情沮丧。只不过克莱德的情况更要复杂，还有一种让他们感到难过乃至于恼火的神秘感。因为在格里菲斯家里，只要一涉及性的问题，天底下父母的态度就数格里菲斯夫妇最神经质了。

这一点，在围绕着爱思达的秘密上特别能看出问题。她出走了，至今也没有回来。克莱德与弟妹们好歹知道，家里一直没有得到任何有关她的信息。不过，克莱德注意到，她失踪后头几个星期里，父母特别焦急不安，非常揪心的是，她究竟上哪儿去了，为什么她不写信来。后来不知怎的，他们突然不再忧心忡忡了，变得好像完全听天由命似的，至少不像前一时期因为看来毫无希望而感到无比苦恼了。个中道理他说不上来。这一转变已是很明显的，也没有人对此做过任何说明。稍后，克莱德注意到，有一天母亲跟一个人在通信，这在她是很少见的。因为她结交的朋友和业务联系都很少，平时极其难得收到或者寄发一封信。

可是，他到格林-戴维逊大酒店后没多久，有一天下午，他比往常回家早些，发现母亲正低着头看信。信显然是刚收到的，看来对她来说非常重要。也好像同某一件必须保密的事有联系。因为她一见到他，就马上不看了，脸涨得通红，显然很慌张不安，站起来把信收了起来，压根儿也没说她刚才在看什么。不过，出于某种原因，也许就是所谓直觉吧，克莱德认为这封信说不定是爱思达寄来的。可他又说不准。毕竟他站得太远，没法儿看清笔迹。不过，不管怎么说吧，母亲后来就没有向他再提这件事。瞧她那种神色，好像并不希望他多问，何况他们之间的关系那样拘谨，他也不会想到再去问她。他只是在心中暗自纳闷，后来把这件事几乎（但不是全部）忘得一干二净了。

又过了一个月或是五个星期，正当他在格林-戴维逊工作干得比较熟练，开始喜欢霍丹斯·布里格斯的时候，有一天下午，母亲突然向他提出了一个很怪的问题。他刚下班回来，她就把他叫到传道馆大厅，既没有说明为什么叫他来，也没有直截了当地说明她觉得他现在已有力量给她一点儿帮助，而是两眼直勾勾地盯着他，忐忑不安地对他说："克莱德，你知道不知道，叫我怎能马上就敛到一百美元？"

克莱德听了大吃一惊，几乎不相信自己的耳朵。因为，就在一两个星期以前，仅仅向他提出四五美元以上的数目，也还被看成是要不得的。他母亲想必也明白。可如今，她一开口这样问他，显然以为他或许能助她一臂之力。不错，反正他的衣着打扮和他的整个派头，就说明他已过上好日子了。

当时，他首先想到的，不消说，就是他的衣着打扮和他的举止品行——母亲早已看在眼里，并且认为他把自己的收入对她瞒着不说。这固然有一部分也是实情，不过，最近克莱德态度大变，母亲也不得不对他采取一种较前截然不同的态度，同时，对她往后能不能管得住他也不免开始有点儿犯疑。近来，也可以说，打从他觅到这个新事由以来，她觉得出于某种原因，他看来好像变得聪明些，信心多了些，自卑感少了，喜欢我行我素，自作主张。儿子这些表现，使她感到困惑不安，但又暗自高兴。因为，克莱德敏感而又心神不定的天性似乎一向是她猜摸不透的大问题，如今看到他能往自立方向发展，自然也很不错；固然有时候，见他最近身上服饰打扮过于漂亮了，她心里不免感到困惑，怀疑他莫非交上了什么样儿的朋友。不过，反正他的工作时间很长，又很费精神，而且他挣的钱看来都已花在衣服上了，她觉得确实找不出理由来发牢骚。她脑际忽然又闪过一个念头：他也许开始有点儿自私，对自己的舒适享受想得太多了。不过，想到他长期以来过着苦日子，如今他偶尔想要乐一乐，反正她也不好意思责备他。

克莱德还闹不明白她真正的意图何在，只是两眼直瞅着，大声嚷道："哦，叫我上哪儿去寻找这一百美元，妈呀？"他心里琢磨着，他找到的财源很可能被这一前所未闻而又莫名其妙的要求消耗殆尽，脸上顿时露出苦恼和怀疑的神色。

"我并不指望我要的整笔钱都叫你去寻找，"格里菲斯太太很委婉地说，"我有一个计划，我想，可以敛到大部分的钱。不过，我的确要你帮我出出主意，看不足部分叫我怎么去张罗。反正我只要有一点儿办法，就绝不乐意找你父亲去说。何况如今你也长大了，可以给我帮点儿忙了。"她露出一种赞许而又感兴趣的神情望着克莱德，"你父亲做生意没能耐，"她接下去又说，"此外，近来他也把心操碎了。"

这时，她那疲乏的大手正从她脸上掠过，克莱德对她如今陷入困境深为同情，只是不知道这究竟是怎么回事。先不说他是否乐意拿出这么一笔钱来，或者也可以说，他是否拿得出这么一笔钱来，反正他对这件事的底细怀有很强的好奇心。一百美元！数目可不小！

不一会儿，他母亲又接下去说："我可把我心里一直琢磨着的事全告诉了你啦。我必须弄到一百美元，可是干什么用的，现在我还不能告诉你或是告诉任何人，你也不必追问我。我的桌子里有你父亲的一块老式金表，此外还有我的一只赤金戒指和别针。这些东西要是拿出去卖了或是抵押了的话，至少值二十五美元。再说，还有那套纯银刀叉和银碟子、银壶——这些纪念品克莱德本来就熟悉，单是那些银碟子就值二十五美元——我相信这些东西合在一块儿，少说也值二十到二十五美元。我心里在琢磨，你能不能把这些东西交到你大酒店附近哪一家当铺去，此外，我说，你能不能暂时每星期多交给我五美元。"克莱德马上脸一沉，"我不妨找我的一个朋友——常来我们传道馆的默奇先生，你是认识的，可以把钱先交给我，凑足一百美元，将来你给我的钱，我就可以拿来归还他。我自己手头上还有十美元。"

她两眼直望着克莱德，好像说："哦，目前我有困难，你当然不会看着我不管。"克莱德心也软下来了，尽管他原来想把挣来的钱差不多全给自己花销。事实上，他同意把这几件小玩意儿送到当铺去，并在当铺给的钱与一百美元的差额还没有偿还以前，暂时多给五美元。不过，他对这个额外的要求还是情不自禁地感到愤愤不平，因为他仅仅是在不久前才挣到了这么多钱。而且依他看，母亲提出的要求越来越多了——如今每星期要十美元。克莱德心想，家里老是出差错，短这个、缺那个，说不定以后又提出一些什么新要求来。

他拿着这些小玩意儿，送进了他找到的最殷实的一家当铺，按物开价，四十五美元，他就如数收讫了。这笔钱连同母亲的十美元，就是五十五美元，再加上她向默奇先生暂借的四十五美元，总共一百美元。他想了一想，这也就是说，今后有九个星期他每星期就得给她十美元，而不是五美元。现在他老是巴不得自己生活享受，乃至于穿着打扮都要跟从前迥然不同，所以，他一想到这里，自然是极不愉快的。不过，他还是决定满足母亲的要求。他毕竟应对母亲有所报恩。过去，母亲为了他和弟妹们做出了许多牺牲，他可不能太自私了。要知道那是要不得的。

不过，现在他脑海里有一个萦绕不去的想法，那就是：父母既然向他求援要钱，就应该对他比从前更加关心体贴才好。先讲一件事吧，就以他晚上回家的时间来说，他好歹来去都应该享有更多自由。何况现在他的穿着是自己买的，吃饭由酒店包了，依他看，那笔花销也不小啊。

可是不久突然有了另一个问题。原来是这样的：就在筹措一百美元以后不久，他在蒙特罗斯街上遇见了他母亲。那是本城最穷的街道之一，位于比克尔街以北，两旁是鳞次栉比的木头房子、两层楼的出租房子和许多不带家具的小公寓房子。格里菲斯一家人穷固然穷，要是一想到住在这样的一条穷街上，也会觉得有失自己身份。这时，他母亲正从这一排房子中还算不上破烂透顶的一户人家的台阶往下走，这所房子底楼窗上挂着一块显眼的牌子，写着"备有家具的房间出租"。那时候，她没有转过身来，没有看见克莱德正穿过街道。她径直向隔开一两户人家的另一座房子走去，那里也挂着备有家具的房间出租的牌子。她上下打量了一下房子的外表，就顺着台阶拾级而上，按了一下门铃。

克莱德开头以为母亲是在寻访一个什么人，可是住址她记不确切了，不过，当他正在过街朝她走去的时候，女房东把头探出门外，他听见母亲开口问："你有房间出租吗？""有的。""有浴室吗？""没有。不过二楼有一个浴室。""每星期房租多少？""四美元。""我可以看一看吗？""当然啰，请进。"

格里菲斯太太好像迟疑了一会儿。这时，克莱德已伫立在下面，离她不到二十五英尺，正抬头直望着她，等待她转过身认出他来。不过，她并没有转身，就走进去了。克莱德一时感到好奇，两眼直盯着她。本来嘛，母亲给别人寻找房子，也是不足为奇的，不过，按说她常去救世军或者基督教女青年会，现在怎么去这条穷街寻找呢？开头他想在这里等一下，问母亲来这里干什么，无奈有几件事急着要办，他就走了。

当天晚上，他回家换衣服，看见母亲在厨房里，就开口问她："今儿早上，妈，我看见你在蒙特罗斯街上。"

"是的。"过了半晌，母亲才回答。不过，他发觉她大吃一惊，好像这个消息一下子把她怔住了，这在过去他是从没见过的。她正在削土豆皮，不觉好奇地望了他一眼。"哦，那怎么啦？"她找补着说，虽然从容自若，但脸上还是刷地涨红了。据他揣测，这事对她来说肯定异乎寻常，她那惊惧的神色，不用说，引起了克莱德的注意。"你走进了一户人家，依我看，是去寻找一个备有家具的房间吧。"

"是的，我正是去寻找呢。"格里菲斯太太回答说。直到此刻，她还说得这么简捷明了，"有个人得了病，又没有钱，我得给他寻找一个房间。不过，这事也不太容易寻找。"她一转身就走了，好像不想再谈下去似的。克莱德虽然一眼看透了她的心情，但还是情不自禁又添上了一句："唉，这样一条街上，哪能寻找到房子呢。"反正他在格林-戴维逊大酒店的新工作，早就促使他形成了一种与以前迥然不同的人生观。母亲并没有答话，他也就到自己房间换衣服去了。

约莫一个月以后，有一天晚上，他在密苏里大街上正往东走去，又见他母亲从不远的地方迎面走来。借着街上一长溜小铺里不知是哪一家的灯光，他看见她手里拎着一个相当沉的老式手提包（这个手提包一直搁在家里，长期废置不用）。她一见他走过来（正如后来他这样回想道），就突然停住，拐进一座三层楼砖砌公寓房子的门廊，等他走了过去，大门已关上了。他把门打开，看见昏暗灯光下有一段楼梯，也许她拾级而上了。不过，他到这里以后，还没有进一步调查，因为他始终说不准她是不是进去访客的，这一切来得又是那么迅雷不及掩耳。不过，他躲在附近一个拐角处等着，终于看见她走出来了。看来她就像刚来时那样，小心翼翼地先往四下里扫了一眼才走的，这使他越发感到好奇了。因此，他心中暗自思忖，一定是她故意躲避，不让他看见的。可是为什么呢？

他脑际掠过头一个闪念，就是想转过身来跟她走，因为他对她那些奇怪的行动相当惊奇。后来，他转念一想，要是她不希望他知道她现在所做的事，也许还是少管闲事为好。不过，瞧她那副躲躲闪闪的德行，不由得使他更加感到好奇。为什么他母亲不愿他看见自己拎着手提包上某个地方呢？如此鬼鬼祟祟、躲躲闪闪的作风，不符合她的秉性（他自己的秉性却与妈妈大相径庭）。他心里马上就把这次邂逅，同上次见到妈妈在蒙特罗斯街一所出租房子走下，以及见到妈在看信的事和四处筹措一百美元的事通通联系在一块儿了。妈到底上哪儿去？她要捂着的，究竟又是什么事呢？

他对这一切进行了种种猜测，但他还是不能断定这件事同他本人或是家里哪个人有一定联系。约莫一星期后，他走过巴尔的摩街附近的第十一街，觉得好像看见了爱思达，或者至少是一个跟她活脱儿一模一样的姑娘，不论在哪儿见到，都会把她当作爱思达，她的身材与走路的姿势也跟爱思达毫无二致。不过，克莱德觉得这一回看见，仿佛她显得老相些。她来去匆匆，在人群中一晃就消失了，他来不及看清楚是不是真是爱思达。虽然仅仅是匆匆一瞥，但是好像两眼突然豁亮似的，他一转过身想要赶上她，谁知道当他走近的时候，她早已不见影儿了。不过，他深信没错儿，他见到了她。他径直转回家，在传道馆遇到母亲就说他肯定看见爱思达了，她准定又回到堪萨斯城了。他可以指着老天爷起誓，他是在第十一街和巴尔的摩街附近看见她的，至少他认为他看见的是她。他母亲有没有听说过有关她的消息呢？

说来也真怪，他觉得，他母亲听了这个消息后，她的态度正是他始料未及的。至于他自己对爱思达的突然失踪和如今又突然出现，真可以说是百感交集：惊讶、高兴、好奇和同情。也许母亲就是用那一百美元把她接回来的？他心中忽然掠过这么一个闪念——至于他为什么会有这个闪念，这个闪念又是从哪儿来的，他就说不清了。他心里只是暗自纳闷。不过果真是这样的话，那么，她为什么不回到自己家里呢？至少也得通知一声家里说她已经回来了。

他原来以为母亲一定会像他那样大吃一惊和迷惑不解——急急乎要想打听个仔细。殊不知适得其反，他觉得，母亲听了这个消息显得很窘困，茫然不知所措，好像她听到的正是她早已知道的事，真不知道此刻她该如何表态才好。

"哦，你真的看见了？是在哪儿？你说刚才吗？是在第十一街和巴尔的摩街拐角处？哦，这不是很怪吗？这事我可一定要告诉阿萨。要是她回来了，可又不来家里，那才怪呢。"他看到她眼里显露出的不是惊异，而是困惑不安的神色。她的嘴如同她平时茫然失措、陷入窘境时那样奇怪地翕动着——不仅仅是嘴唇，甚至连牙床也在哆嗦着。

"唔，唔，"过了半晌，她找补着说，"这事也真怪呀。也许是哪一个姑娘的模样儿长得很像她吧。"

可是，克莱德用眼梢斜着她，不相信她真像她佯装的那样惊诧。后来，阿萨进来了，克莱德还没有动身上酒店去。他听见他们谈这件事的时候很冷淡，好像满不在乎似的，根本不像他意料之中那么吃惊。过了片刻，才叫他进去，把他所看见的情况详细谈谈。

后来，仿佛有意让他解开这个谜似的，有一天，他恰巧遇见母亲正在斯普鲁斯街上走，这次她胳臂上挽着一只小篮子。最近他注意到，她总是有规律地在早上、午后或是傍晚外出。这一回，她还没来得及看到他，他却早已瞧见了她那粗壮得出奇的身形，穿着她老是穿的那件棕色旧外套。他就踅进了默克尔街，等她走过，那里正有一个报摊，好歹让他隐蔽一下。她一走过，他就尾随在她后面，两人相隔半排房子的距离。她在达尔林普尔街拐进博德里街——其实就是斯普鲁斯街延伸出来的，不过倒也并不太丑陋。那一带房子很旧，都是早年的旧宅，现已改成供膳、备有家具的出租房子。他看见她走进了其中一所，倏忽就不见了。不过，她在进门前，照例往四下里张望了一下。

待她进门后，克莱德就走到那所房子跟前，仔细地打量了一番。他母亲上这儿来干什么？她看望的是谁？为什么他会产生那么大的好奇心，连他自个儿都说不清。不过，从他好像在街上看见过爱思达时起，他心里总是模模糊糊地感到：所有这一切也许跟她有点儿关系。此外还有那些信、那一百美元，以及蒙特罗斯街上备有家具的出租房子。

博德里街那所房子斜对面，有一棵躯干壮硕的大树，如今在冬天的寒风里，树叶早已枯凋殆尽。树旁有一根电线杆，两者紧傍在一块儿，他伫立在后面，人们就看不见他。而他利用这个有利的角度，可以看到这所房子的好几个窗口，边上的、临街的、底楼的和二楼的。他抬头仰望楼上一个临街的窗子，只见他母亲正走来走去，好像已是熟不拘礼似的。过了半晌，他猛吃一惊，居然看见爱思达走到两窗之中的一个窗口，把一包东西放在窗台上。她好像身上只穿一件淡色晨衣，要不就是披着一块披肩吧。这一回，他准没有看错。他认出了就是她，还有他母亲跟她在一块儿，真的叫他大吃一惊。不过话又说回来，她究竟做过了什么事，使她不得不要回来，还得这样躲避家人呢？难道说她丈夫，也就是跟她私奔的那个人已经把她抛弃了吗？

他急急乎想把事情的底细闹清楚，就决定在户外等候片刻，看他母亲是不是会出来，随后他自己看望爱思达去。他心里恨不得再见到她，很想一下子识破这个秘密。他等呀等，心里一直在暗想：他一向喜欢爱思达，可是如今她来到这儿，鬼鬼祟祟地躲了起来，好不奇怪！过了一个钟头，他母亲出来了，她的那只篮子显然已经空了，因为她拎在手里好像毫不费力似的。她如同刚来时一样，小心翼翼地往下里张望了一下，脸上露出最近以来常有的迟钝但又忧心忡忡的神色——一种崇高的信仰和恼人的疑虑的混合物。

她正沿着博德里街往南向传道馆走去，克莱德两眼直愣愣地望着她。等到看不见她的影儿以后，他才转过身来，走进了这所房子。里面正如他原先猜想的那样，他看见了好几个备有家具的房间。有一些房间门上的牌子贴着房客的名字。他早已知道爱思达住在楼上东南角临街的一间，也就径直走去，敲了一下门。果真没有错儿，只听见室内一阵轻轻的脚步声，又过了一会儿，不用说，里面正在匆忙地拾掇一下，然后房门轻轻地开了，隙着一条缝，爱思达探出头来张望，先是惶悚，继而惊恐不安，轻轻地喊了一声。她定神一看，原来就是克莱德，所以也用不着探询和小心提防了。她马上把房门敞开。

"哦，克莱德，"她大声嚷嚷着，"你怎么会找到我的？我正好在惦着你呀。"

克莱德马上拥抱她，吻她。这时，他发觉她变化相当大，不免感到有点儿惊诧、不满。她比前时瘦了，苍白，眼窝几乎深陷，身上穿的也不比她出走前好。她显然紧张不安，心情抑郁。此刻他脑海里闪过的头一个闪念，就是她丈夫在哪儿呢？为什么他不在这儿？他现在怎么啦？克莱德举目四顾，又把她仔细端详一番，发现爱思达露出慌乱不安的神色，当然还是相当高兴同弟弟重逢。她的嘴唇微微翕动，因为她想笑一笑，表示欢迎，不过，从她那双眼睛看得出，她心里正在竭力解决一个难题。

"我想不到会在这里见到你，"他一松手，她就马上找补着说，"你没看见……"她说了半句就顿住了，差一点儿把一个她不乐意公开的消息说漏了嘴。

"是的，当然，我也看见了——我看见妈了，"他回答说，"所以我才知道你住在这儿。我刚看见她走出来，还有，我从窗口看见你在这儿。"（可他不承认自己跟踪监视母亲已有一个钟头了）"不过，你什么时候回来的？"他接下去说，"干吗你不让我们弟妹知道你的事儿，真怪。嘿，你可敢情好啊，一走几个月——音信全无。你好歹也得给我写封短信啊。我们俩一向志趣相投，是不是？"

他两眼直望着她，露出多疑、好奇和恳求的神色。她呢，先是竭力回避，继而闪烁其词，真不知道该想些什么，或者说些什么。

她终于开口说："我还不知道敲门的是谁呢。谁都没有来过这儿。不过，我的老天哪，瞧你多神气，克莱德。现在，你穿上漂亮衣服啦。你个儿也长高啦。妈告诉我，说你现在在格林-戴维逊工作。"

她不胜艳羡地望着他。克莱德也定神凝视着她，感触很深，同时对她的遭际始终不能忘怀。他一个劲儿地望着她的脸庞、她的眼睛，以及她那瘦削的身躯。当他一看到她的腰肢和她憔悴的脸儿，马上感到她的情况不妙。她快要生孩子啦。因此，他突然心里又想道：她的丈夫——至少可以说，那个跟她私奔的人——现在在哪儿呢？据母亲说，当初她留下的便条上说她就是结婚去的。可是，他现在才闹明白她还没有结过婚呢。她被遗弃了，孤零零地住在这寒碜的房间里。这一点他已看见了，感到了，而且明白了。

他马上想到，这就是他一家人生活遭遇中最典型的事件。他刚开始独立生活，很想做一个了不起的人物，在社会上发迹，过上快活的日子。爱思达也做过这样尝试。她为了自己想出人头地，头一次冒着这么大的风险，最后却得到了这样一个结局，这不免使他感到有点儿伤心和愤懑。

"你回来多久了，爱思达？"他迟疑不定地一再问道。他几乎也不知道现在该说些什么才好，因为，既然他已经来了，看到她目前的境况，他就开始觉察到随之而来新的开销、麻烦和苦难，真是悔不该当初自己太好奇了。他干吗急急乎赶到这儿来呢？如今，当然啰，他非得帮助不可。

"哦，还没有多久，克莱德。到现在，我想，将近一个月，不会更多的。"

"我也是这么想的。大约一个月前，我看见你在巴尔的摩街附近第十一街

上走过，对吗？当然啰，我看见的就是你。"他说话时已不像开头那样高兴，这一变化爱思达也注意到了。这时，她点了点头，表示肯定，"我知道，我看见你了。当时，我跟妈说了，可她好像不同意。而且，她并没有像我预料的那样吃惊。个中原委，现在我才明白啦。她的一言一行，好像也不乐意我跟她谈这件事似的。不过，我知道我并没有看错。"他两眼直瞅着爱思达，样子怪怪的。他对这件事居然有先见之明，不禁感到相当得意。不过，这时他又为之语塞了，真不知道再说些什么才好，同时心里也在纳闷刚才自己说的这些话是不是有什么意义，或者包含什么重要性。看来这些话未必对她会有什么实际帮助。

而她呢，简直不知道该怎么办。对自己的实际情况只字不提呢，还是全都向他坦白承认？所以，她就不知道说些什么才好，不过好歹也得说一点儿呗，反正克莱德一望可知她目前的窘境委实是很可怕的。他那多疑的眼色，简直使她受不了。后来，与其说给母亲，还不如说给自己解围，她终于开口说："可怜的妈。你千万别以为她行动奇怪，克莱德。你知道，说实话，她也不知道该怎么办。当然，一切全是我的错。当初我要是没有出走，也就不会让她吃够苦头。她本来就不怎么会跟这类事打交道的，而且她一向过的是苦日子。"她猛地背过身去，她的肩膀开始颤抖，腰部也在起伏。她两手捂住脸，低下头来，他知道，她在悄无声息地抽噎了。

"哦，你怎么啦，姐姐，"克莱德大声嚷道，马上走到她身旁，这会儿替她感到非常难过，"你这是怎么回事？你干吗要哭？难道说跟你一块儿走的那个人没有同你结婚吗？"

她摇摇头，啜泣得更厉害了。这会儿，克莱德马上意识到了他姐姐的处境在心理上、社会上，以及生理上所包含的全部意义。现在她遭到不幸，怀了孕，而且没有钱，没有丈夫。那就充分说明了为什么最近他母亲一直在寻找房子，为什么她设法向他筹措一百美元了。她替爱思达和她的窘境感到羞耻，其原因不仅仅怕外人有什么看法，而且怕他本人以及朱丽娅和弗兰克，也许还有爱思达的遭遇会给他们带来的影响。因为正如人们所说的，这类事是不正当的、不道德的。为了这个缘故，她就竭力设法把这件事隐瞒起来，只是胡乱编造，虚应故事罢了。当然，女儿的事使她非常吃惊，同时又非常为难，然而她不走运呗，她编出来的没法儿自圆其说。

这时，克莱德又心烦意乱，迷惑不解了。不仅是因为他姐姐的窘境可能影响到身居堪萨斯城的他和家里其他人，而且因为他觉得母亲对这件事所采取的欺骗态度乃是心理失常，甚至有点儿不道德。这件事就算她不是存心欺骗他，至少也是对他躲躲闪闪，因为她早已知道爱思达住在这儿。再说，这件事他也不是对她一点儿都不同情，绝不是这样。类似这样的欺骗行为，当然啰，原是未始不可，即便像他母亲那样笃信宗教的老实人，也在所难免——至少他是这么想的。这件事绝不能让人人都知道。他当然不能让外人知道爱思达的处境。他们会有什么想法？他们会怎样议论她和他自己呢？他的家境不是本来已够困难了吗？因此，爱思达啜泣时，他就伫立在那里，两眼直愣愣地望着，茫然不知所措。她呢，也知道他心中全是为了她这才迷惑不解，羞不可言，所以哭得更厉害了。

"唉，真难哪！"克莱德说。他心里很烦，但过了半晌对她又表示相当的同情，"如果说你不是爱他，恐怕你也就不会跟他一块儿出走，对吗？"这会儿他正想到了他自己和霍丹斯·布里格斯，"我为你感到难过，爱思①。当然啰，我为你难过，不过，现在哭一点儿也没有用，对吗？天无绝人之路。你等着吧，一切都会好起来的。"

"哦，我明白，"爱思达啜泣着说，"但是我太傻了。我吃了那样的苦头，还连累了妈和你和你们大家。"她哽住了。过了半晌，她才又找补着说，"他跑了，撇下我一个人在匹兹堡一家旅馆里，身边连一个子儿都没有，"她接下去说，"要不是妈，我真不知道该怎么办呢。我给她写了信，她给我寄来一百美元。我在一家餐馆干了一阵子，直到我再也干不下去为止。我不想给家里写信，说他离开了我。我觉得难为情呗。可是后来，我开始感到实在难受，那时真不知道还有什么别的办法。"

她又哭了起来。克莱德至此才了解母亲为她做过和想做的一切，一方面替爱思达难过，另一方面也替母亲难过——而且更加难过，因为爱思达多亏还有母亲疼爱她，母亲自己呢，却几乎没有人帮助她。

"我现在不好去工作，因为我一时还工作不了，"她接下去说，"而且妈不要我现在就回家，因为她不愿让朱丽娅、弗兰克，还有你知道。这也是对的，我明白。当然啰，是对的。可是她什么都没有，我也是。再说，有时候，我在这里多寂寞啊，"她眼里噙着泪水，嗓子眼儿又哽住了，"唉，我过去就是太傻了。"

这时，克莱德觉得自己好像也想大哭一场。生活有时候就是那么奇怪，那么无情。想一想，这么多年来生活是怎样折磨他啊！就在不久以前，他还是一无所有，也总是想要出走。可是，爱思达终于出走了，且看她碰上了什么遭

———
① 克莱德对爱思达的昵称。

遇。他不知怎的，突然想起她在商业中心区两旁崇楼高墙中间，坐在他父亲那架沿街布道的小风琴前唱赞美诗，那时她看起来显得多么天真，多么善良。唉，生活该有多么严峻。反正这世道也真太残酷。世界上简直是无奇不有！

他两眼直瞅着她和她这个小房间，临了，他对她说：现在她不会感到孤单了，他往后还要来，只是请她千万不要告诉母亲他来过这里。今后她如果需要什么，不妨去找他，尽管他挣的钱也算不太多。随后，他就走了。他在去酒店上班的路上，心里老是在想所有这些事该有多惨，悔不该刚才跟踪母亲，要是他什么都不知道多好。不过话又说回来，反正事情迟早要败露的。他母亲也不能永远瞒住他，说不定她最后还不得不向他要钱呢。不过，那个家伙太卑鄙，他先是拐走姐姐，然后把她扔在一座陌生的大城市里，身边连一个子儿都没有。他突然迷惑不解，回想起了几个月前被遗弃在格林-戴维逊酒店，连房钱、饭钱都付不出的那个姑娘。当时，他和其他侍应生都觉得这事滑稽得很——他们对其中的色情部分津津乐道，特别加以渲染。

不过，是啊，现在这事涉及他自己的姐姐了。有人竟然像对待那个姑娘一样对待他的姐姐。不过这件事现在他反正觉得已经不像方才听到她在房间里号哭时那么可怕了。他举目四顾，这是一座热气腾腾、光彩夺目的城市，只见人群杂乱、充满无限活力，还有他工作所在的那家快乐无比的大酒店。可见生活还不算太坏啊。此外，他还有他自己的恋爱，还有霍丹斯，还有各式各样的赏心乐事。爱思达的事也想必好办。她将会恢复健康，一切都会好起来的。不过话又说回来，只要一想到他自己还有这么一个家，家里总是这么穷困潦倒，而且连一丁点儿远见都没有，以至接连不断地发生这件事、那件事——比方说，在街头传道，有时付不出房租，他父亲靠上街卖毯子、卖钟表来糊口；还有爱思达的出走，竟得到眼前这样的结局。唉，怎么了得！

Chapter 14　霍丹斯的渴望

　　这一件事的前因后果，使克莱德特别对两性问题比过去思考得更多，而且绝不按照正统观念。他谴责姐姐的情人如此无情地遗弃了她，可是他也不认为姐姐自己就没有过错。当时是她同他一块儿走的。现在克莱德从她那里了解到，她同他出走前一年，此人在堪萨斯城待过一星期，就是在那时跟她相识的。第二年，此人又回到这里，待了两个星期，可这一回，是她自己去找他的。至少克莱德心里是这样怀疑的。因为他自己热衷于追求霍丹斯·布里格斯，并且心中在打她的主意，他当然不会说两性关系本身有什么过错。

　　现在依他看，麻烦倒不是在这件事本身，而是在于他们对这件事的种种后果事先没有想到，或者一无所知。要是爱思达对她自己的意中人，以及对自己同他发生这样一种关系的后果事先了解得更多些，那她就不至于陷入目前的惨境了。当然啰，像霍丹斯·布里格斯、格里达、路易斯这一类女人，怎么也不会让自己像爱思达那样陷入这样的绝境。说不定她们也会那样？绝不会的，她们太精明呀。他心中把她同她们相比，至少她现在是在吃苦。依他看，本来她应该处理得更明智些。因此，他对她的态度就开始逐渐变得严厉起来，尽管他对姐姐也并不见得是漠不关心。

　　可是，目前只有一件事正使他激动、苦恼，乃至于发生变化，那就是他已经被霍丹斯·布里格斯弄得神魂颠倒了——除此以外，再也没有别的事能使年龄、气质与他相仿的年轻人更加心乱如麻了。说实在的，他跟她接触得不多几次就觉得，她是过去他梦寐以求的那类女性的完美化身。她是那么灵活、自负、迷人，而且确实漂亮。他觉得，她眼里好似迸闪出火花星子。她让自己的两片朱唇不停地翕动，同时两眼无动于衷地凝视前方。简直令人心荡神移，仿佛她压根儿不想他似的，可是一下子激起了他的情焰与狂热。说真的，有时候使他感到浑身无力，头昏目眩，血管里好像有一股股烈火流过，无情地灼烧着他，而这只能称之为意识之中的欲望——本是一种痛苦而又无可奈何的事情，因为他同霍丹斯之间的关系，除了拥抱、接吻以外，但不能越雷池一步。同时，他对她在某种程度上说还有点儿拘谨与顾虑；而她呢，实际上非常厌恶这些年轻的崇拜者，尽管她总是没法儿在他们身上激起以上这种心态。她真正疼爱，而且时刻留心寻找的正是那样一种年轻小伙子，那就是说，他能够把她所有的虚情假意和优越感一扫而空，从而迫使她——哪怕有违她的意志——就范。

事实上，霍丹斯心中始终在摇摆不定：究竟喜欢他呢，还是不喜欢他。因此，克莱德总是对自己半信半疑；他这种心态特别使她沾沾自喜，但她又决不让他对她完全死了心以至最终离弃了她。每当她跟他一块儿去参加晚会，或是赴宴，或是看戏时，他总是始终表现得特别机智圆通，从不过分武断。而她突然变得那么驯顺、那么诱人，连最最求全责备的恋人也会感到高兴。这样往往持续到黄昏行将逝去，那时，她在自己家，或是她在那里过夜的别的女孩子家，大门口、房门口，突然转过身来，毫无理由地或者根本不加解释，仅仅跟他握握手，或是漫不经心地拥抱一下，或者接吻一下，就把他打发走了。碰到这种时候，克莱德还是傻呵呵的，妄想迫使她屈服，从她那里攫取到他如饥似渴的抚爱，那么，她就会像一只恶狠狠的猫，怒咻咻地一转过身来不睬他，或是让自己从他怀里挣脱出来，一时间仿佛产生一种强烈的敌意，其原因似乎连她自己都说不上来。看来，她主要的心理因素就是她不愿事事受他驱使支配。而他呢，一来是已被她弄得神魂颠倒，又加上过分害怕失掉了她，所以表现得软弱无力，往往怀着阴郁、沮丧的心情，不得不乖乖地走了。

不过，她对他的吸引毕竟太强烈了，离开她时间久了，他就受不了，所以又情不自禁地赶到最容易同她相遇的地方去。这些天来，尽管他同爱思达晤面后已产生相当紧张的后果，事实上，他对霍丹斯依然浸沉在热切、甜蜜而又富于性感的梦幻之中。只要她能真心疼爱他，该有多好。入夜，他在家躺卧床上，心里却在想着她，想着她的脸，她的嘴和眼睛的表情，她身段的曲线，她走路时或跳舞时的姿态，她的身影有如映在银幕上，在他眼前一一闪过。他梦见她美滋滋地在他身旁，紧偎着他，她那可爱的身子全都属于他。然后，在最后的关键时刻，好像她就要整个委身于他了，蓦然间他一惊醒，发现她早已倏忽不见，只不过是一场幻梦罢了。

可是与她有关的一些客观情况，好像预示他有可能成功。先说她如同他一样，也是穷人家出身。她父亲是修机器的师傅，还有她的母亲，至今一家人也只能勉强糊口度日。她自幼起就要啥没啥，但凭着自己的小聪明，弄到一些花里胡哨的小饰物和蹩脚的衣服。她的社会地位是那么低下，至今充其量只能同肉铺子、面包房小伙计这一类人——也就是说，在她家街坊附近常见的顽童，以及净找一些零活儿干的那一类男孩子来往。不过即使那时，她早已懂得她可以而且应该利用自己的外貌和魅力谋利。事实上，她确实这么做了。这些小伙子中就有不少人为了弄钱供她吃喝玩乐，甚至偷盗行窃都干。

当她年龄稍长，可以工作了，她才同她现在喜欢的那一伙男孩子或成年人有来往。那时她恍然大悟，原来自己不必过分迁就人家，只要小心行事，就能得到比她过去更好的衣着服饰。只不过她实在太放荡，酷爱寻欢作乐，所以她不大愿意把自己的优势与寻欢作乐截然分开。恰好相反，她一面故意喜欢那些她想加以利用的人，而另一方面又不愿向那些她不喜欢的人卖弄风情，这样，她不时地感到苦恼。

以克莱德为例，她并不太喜欢他，可她又禁不住想要利用他。他乐意给她买一些看来她喜爱的小东西——比方说一个拎包、一条披巾、一只钱包、一双手套。只要她提出的要求合情合理，或者接受下来自己并不觉得背了过多的人情债就得了。不过，凭她那聪明乖觉劲儿，她一开始就明白，除非她能对他百依百顺，在某一个时候给予他如饥似渴盼着的那种最后酬报，否则她就根本不能永远拢住他。

一想到这里，最让她动心的是，看来克莱德很乐意为她破财，也许她能从他那里弄到一些更值钱的东西——比方说，一件价格昂贵的漂亮衣服，或是一顶帽子，乃至于市面上常见陈列也有人穿戴的裘皮大衣，至于她常在各商号橱窗里见了眼红的金耳环和手表，那就更是唾手可得了。

克莱德发现姐姐爱思达以后不久，有一天，霍丹斯正漫步在第十五街交叉口附近的巴尔的摩街上，那儿是本城商业区最豪华商店集中之地。当时正值正午时分，同她在一起的有她店里的女同事多丽丝·特兰因。霍丹斯在本市一家规模较小、并非第一流的皮货行橱窗里看见一件海獭皮外套，依她看，正适合自己的体态、肤色和气质，也是她认为需要花大力气充实自己那个空空如也的衣橱的东西。这件外套并不太贵，也许一百美元左右，不过款式挺别致，使她心中不由得这样设想：她一旦穿上了它，就更能勾勒出自己体态的那种迷人的魅力。

　　她一想到这里，就异常激动，竟驻步不前，大声嚷了起来："啊，这么帅的精美短外套可从来没见过！哦，瞧这袖子，多丽丝，"她猛地一把抓住了同伴的胳臂，"瞧这领子，还有外套衬里！还有那些口袋！哦，我的老天哪！"她赞不绝口，简直欣喜若狂，浑身上下都哆嗦了，"哦，它太漂亮了，真不知道该怎么说呢。正是我多少天来一心向往的外套啊。哦，你是我心中的小宝贝儿！"她媚态十足地嚷了起来，心里一个劲儿地琢磨着眼前这件短毛皮外套，以及她站在橱窗跟前的神态和这副神态给过往行人留下的印象，"啊，要是我也能有这么一件多好！"

　　她竟在狂喜之中鼓起掌来，这时，商店老板的大儿子伊萨多·鲁宾斯坦正伫立在她目光见不到的地方，已注意到了她的姿态和狂喜劲儿。他马上决定，只要她来打听价钱的话，那么这件短毛皮外套至少要比原价多出二十五乃至于五十美元，虽然店里原价是一百美元。"就这样得了！"他咕哝着。不过，此人是带有一点儿罗曼蒂克的好色之徒，心里还在琢磨着，从爱情视角来说，这么一件外套真不知道该有多大的交换价值。比方说，像这么一个漂亮女郎，但是穷，偏偏又爱虚荣，为了这么一件外套，总会使她不得不俯首听命吧？

　　霍丹斯在整个午休时间里大饱眼福后，终于走了，可心里依然在梦想着。她还在暗中思忖，以满足她那炽烈的虚荣心，她要是穿上这件外套，一定会使人倾倒。不过，她可没有去店里打听价钱。因此，第二天她觉得非要再看一次不可，于是，她又去了，这回是独个儿去的，心里倒也不认为自个儿就买得起。相反，她只是在模模糊糊地算计着，假定说这件外套价钱相当低，那她又该怎样把它弄到手。当时，她心里并没有在打哪一个人的主意。不过，当她又一次看见了那件外套，也看见正在店堂里和颜悦色地端详着她的小鲁宾斯坦先生，她终于闯了进去。

　　"您喜欢这件外套，嗯？"她推门进去时，鲁宾斯坦就这样献殷勤地说，"哦，我说，这就足见您有眼力呗。这是只有本店才能陈列出来的最最高贵的短毛皮外套之一。它可真美哦。像您这样的漂亮女郎，一穿上它，这才好看！"他从橱窗里把外套取出来，高高地举了起来，"昨天您一个劲儿地看它的时候，我就看见您啦。"他眼里忽闪着垂涎欲滴的光芒。

　　霍丹斯觉察到这一点，心里想，自己不如摆出一副比较冷淡，但又不是完全不友好的姿态，说不定比一味亲热反而使她能得到更大尊敬和奉承。于是，她只说了一声："是吗？"

　　"是啊，那还用说嘛。那时我马上就对自己说，这位小姐真识货，一见它就知道，真有眼力呀。"

听了这些奉承话，她心里不由得感到美滋滋的。

"您看！您看！"鲁宾斯坦先生接下去说，一面把外套来回转悠着，还端到她面前晃动，"今儿个您走遍堪萨斯城，哪儿还找得到同它相比的外套？您看这绸衬里，地地道道的马林森绸。还有这些斜衣兜，还有这些纽扣，您说所有这些玩意儿合在一块儿，不就成了一件与众不同的外套吗？今儿个在全堪萨斯城，压根儿找不到像它这样的外套了——一件也找不到，包管不会有的。这是我们店自个儿设计的，而且我们的款式是从不重复雷同的。我们店一向维护顾客的权益。劳您大驾，上这边来。"他把她领到店堂间后边的三联镜跟前，说："像这么一件外套，还只好让模样儿最合适的人穿——那样穿起来的效果也就最好了。让我给您试一试吧。"

霍丹斯在精心设计的耀眼灯光之下，看到自己身穿这件外套确实格外迷人。她昂起头来，身子一扭，转了一圈，一只小耳朵埋在裘皮外套里；而鲁宾斯坦先生则伫立在一旁，无限爱慕地凝视着她，几乎在不断地搓手。

"敢情好，"他接下去说，"您看看。这会儿您说说，怎么样，嗯？我不是早说过这仿佛是特地为您精心缝制的吗？可以说是您的一大发现，真是难得碰上的，您在本城再也找不着第二件啦。您要是找得着，我把这一件奉送给您就得了。"他走过来贴近她身旁，他那两只胖乎乎的手一齐伸出来，掌心一概向上。

"哦，穿在我身上，我不能不承认确实漂亮，"霍丹斯说，她那颗爱虚荣的心渴望这件外套，简直难受极了，"不过，像这样的裘皮服装，反正穿哪一件我都合适。"她在试衣镜前一次又一次地来回扭腰转圈，压根儿把他忘了，自然也忘了自己这样热衷此物，同他讨价还价时会不会有什么影响。随后，她又找补着说："那要多少钱呢？"

"哦，这可是货真价实，两百美元一件的外套。"鲁宾斯坦先生真够精明的，一开头是这么说的。稍后，他觉察到霍丹斯脸上忽然掠过一阵心里只好放弃不买的阴影，就连忙说下去："听起来价钱好像挺贵的，不过，本店当然不会卖得这么贵呗。我们的售价是一百五十美元。不过话又说回来，这件外套要是在贾雷克那儿，那您就得出那么多钱，说不定还要更多呢。本店不属于那个市口，所以也用不着付高额房租。可是这件外套，完全是绝对值两百美元的。"

"哦，我说你们要价太高了，简直是吓人。"霍丹斯脸色不快地大声嚷嚷，开始把外套脱下来。她感到好像生活中几乎所有一切最珍贵的东西都被剥夺殆尽了，"嘿，在比格斯和贝克那儿，按照这个价钱就可以随便拣了，不管是四分之三的貂皮外套，还是海獭皮外套，款式也是最时髦的。"

"这有可能，这有可能。不过，绝不是这样的外套，"鲁宾斯坦先生一口咬定重复说，"请您再看一眼。看看这衣领。您刚才是说那儿能找到这样的外套吗？您要是能找到，我自己先把那件上衣替您买下来，再转手以一百美元卖给您就得了。老实说，我们这件外套完全是特制的。是赶当令时节到来以前，就在夏天，专门仿照纽约一家店里最漂亮的外套精心制作的，完全是第一流，包您再也找不到这样好的外套。"

"哦，不管你怎么说，反正一百五十美元我可买不起。"霍丹斯郁郁不乐地说，一面披上她那件皮领子、皮袖口的绒面呢旧短大衣，侧身朝店门口挤了出去。

"等一会儿！您喜欢这件外套？"鲁宾斯坦先生乖觉地说。他心中有数，即使是一百美元，谅她也买不起，除非有哪一个男人给她的钱袋装得满满的，"这件外套的确值两百美元。我就跟您实话实说吧，本店的定价就是一百五十美元。不过，既然您已是这么喜欢它，您要是能出一百二十五美元，我就卖给您得了。这反正就像半送半卖呢。像您这样一位女郎，当然啰，不难找到十来个年轻小伙子，他们都乐意掏钱买下来，送给您啰。我知道，您要是对我好，那我自个儿也会掏钱买下来，送给您的。"

他殷勤地对她露出满脸笑容。霍丹斯一觉察到从他嘴里说出来的这句话的意思，就很反感。她稍微往后挪了一步。与此同时，她对其中恭维她的话倒也不是完全不高兴。不过，她毕竟还没有那样鄙俗透顶，乃至于不拘是谁都可以送东西给她啊。的确，还没有达到这样的程度，如果说有的话，也必须是她喜欢的人，或者至少是她能随便驱使的人。

不过，在鲁宾斯坦先生正在说这话的时候，以及说过这话以后，她心里已开始琢磨她所喜欢的那些年轻小伙子，竭力断定他们里头有谁最可能在她迷人的魅力的诱惑下给她买下这件外套。比如说，奥菲亚烟摊的查理·威尔肯斯，他当然自以为对她极端忠诚，但是如果没有很大的还报，谅他也未必会买给她这么珍贵的礼物。

还有另一个年轻人罗伯特·凯恩——个儿高高的，总是乐呵呵的，对她也关怀备至，在本地电力公司一个分支机构工作，不过，他仅仅是个记记账的小职员，进项也不多，而且他太节俭了，动不动就讲他将来要如何如何。

此外，还有那个伯特·格特勒，也就是克莱德同她初次见面的那天晚上陪她去跳舞的那个年轻人。不过，此人充其量只是个浮荡子弟，一心只知道跳舞，在这样关键时刻是断乎不可信赖的。他仅仅是一家皮鞋店里的推销员，每周大约挣二十美元，连一个铜子儿都要计较的。

可是毕竟还有克莱德·格里菲斯，此人好像确实有钱，而且乐意为她花钱，说得上是豪气大方了。这时，她的思路就是这样飞也似的运转着。可她又扪心自问，她到底能不能一下子诱使他买下这么一份贵重的礼物呢？她对他并不是太好，常常对他表示冷淡。因此，她对他是完全没有把握的。尽管如此，她还伫立在商店那里，琢磨着那件外套一来要多少钱，二来又有多美，不知怎的她心中老是在想克莱德。鲁宾斯坦一直站在一边瞅着她，凭他的经验，已模模糊糊地猜到了她正面临着一个什么样的难题。

"哦，小乖乖，"他终于开腔说，"我看得出您很想买这件外套。好极了，我也很想让您能有这么一件外套。现在，我就把我出的一个好点子告诉您。这可仅仅是对您一个人来说的，对本城其他的人我就不干啦。那就是说，在最近几天以内——星期一，或是星期三，或是星期五，不拘在什么时候，您交给我一百一十五美元，只要外套还在这儿，您包管拿走就得了。我甚至于还可以特别照顾。我会专门给您先把它保留一下。您说怎么样？直到下星期三，或是星期五为止。人家谁都不会对您比这更为照顾的了，可不是吗？"

他得意地笑着，耸耸肩膀，瞧他那种德行，仿佛他果真给了她很大的恩惠似的。而霍丹斯呢，走出了店门，心里在想，要是她能够以一百一十五美元买下这件外套，那她就算是做成了一笔惊人的买卖了。而且，毫无疑问，堪萨斯城里穿得最最漂亮的女郎就数她霍丹斯了。只要她能在下星期三，或是下星期五以前，设法弄到一百一十五美元就得了。

Chapter 15　裘皮大衣的陷阱

　　霍丹斯心里很明白，克莱德正越来越渴望她最后的屈尊俯就，殊不知，这是属于另外两个人享受的特殊权利，尽管她永远也不会向他承认这一点。现在每次见面，克莱德总是要求她实实在在地对他表表态。要是她真的有一点儿爱他，那她为什么又拒绝了他这个或那个要求——比方说，不让他痛痛快快地吻她，不让他痛痛快快地搂抱她。她同别人约会总是守约，可是同克莱德相会照例要失约，或者干脆拒绝同他约会。那么，她同别的这些人究竟是什么关系呢？她真的喜爱他们胜过喜爱克莱德吗？事实上，他们每次相遇时常常谈到的总是他们结合的问题，尽管不免谈得还有点儿含糊不清。

　　霍丹斯心中暗自高兴。克莱德由于对她的欲念没法儿得到宣泄而深感痛苦，她是造成他痛苦的根源，同时又完全掌握了减轻痛苦的权力——这里带有一种施虐淫的特点，而克莱德自我受虐淫式地对她的渴望则是它赖以滋生的土壤。

　　不过，如今她急欲弄到这件外套，克莱德的重要性，在她看来开始有增无减了。虽说仅仅在前一天早上，她还花言巧语地通知克莱德，说下星期一以前她大概不能同他见面，因为每天晚上她都有约会。可现在这外套问题已明摆在她面前，她就急急乎地想方设法如何安排马上同他会面，可又不能显露出自己太心急的表情来。她早已决定，到时候如果有可能的话，好歹也要说服他给她买这件外套。当然啰，她就得彻底改变自己对待他的态度，也就是说要变得更加亲昵，更加迷人。虽然她真的还没有暗自思忖过甚至现在就准备顺从他的要求，不过，在她心里萦绕不去的正是这么一种想法。

开头她怎么也想不出该怎么办才好。她怎么能在今天，或者至迟明天见到他呢？她该怎样向他说明她需要这件礼物，或者像她最后暗自思忖的那样说成需要向他借钱呢？也许她可以向他暗示，他不妨借钱给她把这件外套买下来，以后她会慢慢地归还他（不过，她心中也明白，只要她把外套拿到手，那她就根本用不着再归还了）。要不然，如果说他手头一时没有这么多钱，那她不妨说，她可以跟鲁宾斯坦先生讲好分期付款，再由克莱德按期付清。至此，她忽然转念一想，她应该琢磨一下，怎样用甜言蜜语诱惑鲁宾斯坦先生，让她按优厚条件购得这件外套。她回想起他说过，只要他知道她将会待他好，他也会乐意给她买这件外套的。

关于这一切，她心中首先想到的计划，就是建议路易斯·拉特勒出面，在今天晚上邀请她哥哥、克莱德和另一个经常跟路易斯一起伴舞名叫斯卡尔的年轻人，都到她原先打算同她更为喜欢的一个烟摊伙计一块儿去的那家舞厅。现在她只好取消原先定好的约会，独自一人跟路易斯和格里达一块儿去了，推托她原先说好的舞伴病了。那就会给她一个机会跟克莱德一块儿提前退场，拉着他去鲁宾斯坦的铺子。

不过，霍丹斯毕竟具有蜘蛛网罗飞虫的气质。她预见到，事后路易斯很可能会向克莱德或拉特勒解释，说今晚的舞会是霍丹斯出的主意。克莱德甚至还可能向路易斯无意中谈起外套的事，她觉得，这是绝对要不得的。她不愿意让她的朋友们了解她是怎样给自己张罗的。因此，她就决定她不能用这样方式求助于路易斯或是格里达。

当她真的为如何邂逅一事发愁的时候，克莱德刚好下班回家路过这里，顺便走进了她工作的商店，打算约她星期日见面。霍丹斯喜出望外，脸上露出非常迷人的微笑，非常亲昵地向他挥手致意。这时，她正忙着接待一位顾客。不过，她一下子就完事了，走到他身旁，一只眼睛乜着店里那个讨厌的会客、到处巡视的稽查员，一面大声嚷道："我心里正惦着你呢。你可没有惦着我，是吧？交换一下好消息吧。"说完，她又低声说，"别显出你在同我说话的样子。瞧我们稽查员在那边。"

这时，克莱德已被她说话时那种异乎寻常的媚态迷住了，至于她同他打招呼时的热情微笑，就更不用提了。于是，他一下子心花怒放了。"我没有惦着你吗？"他乐呵呵地回答说，"难道说我还惦着别人吗？你听着！拉特勒说我在时时刻刻惦着你呢。"

"哦，他这个人呀！"霍丹斯说，轻鄙地嘴唇一抿，露出怒咻咻的样子。

因为，说来也真怪，她本来对拉特勒此人就不怎么感兴趣，这一点她自己心里也很清楚。"他满以为自己准会令人倾倒，"她找补着说，"我知道很多姑娘都不喜欢他呢。"

"哦，汤姆是顶呱呱的，"克莱德作为忠实的朋友马上申辩说，"只不过他说话时就那副德行呗。他可喜欢你呢。"

"哦，不，他才不是呢，"霍丹斯回答说，"不过，我可不打算谈他。今儿个晚上六点钟，你有事吗？"

"哎哟哟！"克莱德失望地大声说，"你是说你今儿晚上有空，是吗？哦，真可惜！我还以为你天天晚上全有约会呢。可我得上班呀！"他真的叹了一口气，伤心地想：今天也许她愿意同他一起消磨一个夜晚，他却不能利用这一大好机会。可霍丹斯一发现他很失望的样子，心中暗自高兴。

"哦，我虽然有约会，可我不想去了，"她接下去说，轻蔑地努努嘴，"本来我是用不着失约的。不过，你要是有空，我也就不去了。"克莱德一听，高兴得心怦怦直跳。

"哦，我真是巴不得今晚能不去上班呀。"他接下去说，一面望着她，"你明儿晚上有空吗？明儿晚上我休息。我这是特地赶来问你，星期日下午也许乘汽车一块儿兜风去，你去不去？赫格伦的一个朋友有车，是一辆'帕卡德'，而且星期日我们大伙儿都有空。他要我寻找一拨人开车到至善泉去。他是个呱呱叫的小伙子。"他之所以这样说，原是因为霍丹斯仿佛露出不太感兴趣的神色，"你不大了解他，说真的，是个呱呱叫的小伙子。好吧，这事下次再跟你谈。明儿晚上，怎么样？我明儿晚上休息。"

霍丹斯因为稽查员又踅来这里，就佯装拿出一些手绢让克莱德挑选。她心里暗想，真可惜，还得挨过整整二十四小时，才能带他一块儿去看那件外套，那时她方才有机会使她的预谋得逞。同时，她又佯装好似拟议中的明儿晚上约会很为难，比他想象的还要难得多。她甚至装出自己是不是有空也都说不准的样子。

"你只管假装在挑选手绢，"她接下去说，心里很怕稽查员也许踅过来，把他们的谈话搁断了，"明儿晚上我已另有约会，"她显出考虑得很周到的样子说，"可我还不知道能不能取消。让我想一想，"她假装在深思熟虑之后才说，"哦，我想总可以吧，"后来她又说，"反正我就尽力而为，就是这么一次呗。你到第十五街和大街的拐角处，六点一刻——哦，不，你最早还得六点半到，是吗？我也还得尽量争取去。事先我可不能说定，不过，我总得尽力而为。我想，我是能去的。这你满意了吗？"她向他投去一个非常迷人的微笑，克莱德简直开心得不能自已了。只要想一想，为了他，她终于把另一个约会取消啦。她眼里露出爱抚的闪光，嘴角边含着微笑。

"再对也没有啦，"他大声嚷嚷，把格林-戴维逊大酒店里侍应生的俚语也说漏了嘴，"当然啰，到时我一定去。你能不能答应我一个要求？"

"什么要求？"她小心翼翼地问。

"你来时就头戴这顶小黑帽儿，下巴颏儿结一条红色缎带。好吗？那样你才显得真俏。"

"嘿，你真会恭维呀，"她咯咯笑了起来。要逗弄克莱德可太容易了，"敢情好，我戴就戴吧，"她找补着说，"不过，现在你该走了。瞧那老家伙踅过来了。我知道，他准会发牢骚的。不过我可不在乎。六点半，嗯？再见。"她转过身去招呼一位新顾客。那是一个老妇人，她耐心地等了很久，想打听细纱布在哪儿有卖。而克莱德呢，因为突然得到这一意外的赏光，几乎高兴得颤抖起来，就喜滋滋地朝最近的一个出口处走去。

他对这次突然受宠并不感到特别奇怪。转天傍晚六点半整，在雨点一般光芒四射的、高悬的弧形灯光的照耀下，她翩然而至。他马上发现，她戴的正是他最喜爱的那顶帽子。而且克莱德从来没有看到她显得那样迷人、活泼、亲热。他还来不及说她有多美，或是说她戴那顶帽子他有多高兴，她早已抢先说了："我说，你真的成了我的心肝儿宝贝儿啦，所以，我才失约食言。我又戴上这顶我不喜欢的破帽儿，只为了使你高兴。我怎么会那样的，连自个儿都不明白。"

他粲然一笑，好像他已取得了一大胜利。难道说他最后真的会成为她的心肝儿宝贝儿吗？

"你要是早知道你戴了那顶帽子多俏，霍丹斯，恐怕你就不会小看它了，"他赞赏地鼓励她说，"你可没想象过，戴了它你的模样儿有多美啊。"

"哦，是吗？戴了这顶破玩意儿？"她嘲笑说，"我说，要你心里高兴，当然不难。"

"还有你的一双眼睛，简直就像软绵绵的黑天鹅绒，"他热乎乎地一个劲儿说，"真是美极了。"这会儿他正想到格林-戴维逊大酒店挂着黑天鹅绒的一个小凹室。

"哦，今儿晚上你真是够意思，"她咯咯地笑了起来，想逗弄一下克莱德，"看来我还得为你干点儿什么。"克莱德还来不及回话，她就开始讲纯属捏造的一段事，说她同某一个据说交际广阔的年轻人，名叫汤姆·基尔里的原有约会。这些天来，此人老是一步不离地盯住她，请她去吃饭、跳舞。今儿晚上她决定干脆"甩掉"他，当然啰，是因为喜欢克莱德，至少这次是这样。她还打电话给基尔里，对他说今儿晚上不能同他见面了——约会就干脆取消了。可是，当她走出专供职工上下班的出入口时，她还是看到了有个人在等着她，不用说，就是汤姆·基尔里。此人衣冠楚楚，身穿一件漂亮的灰色拉格伦式大衣和鞋帽，还有他的那辆小轿车。要是她高兴的话，本来他就要带她上格林-戴维逊大酒店去。他真是好一个堂堂正正的男子汉。可是，她并没有去。反正今儿晚上不行。不过再说，她要是没有耍诡计躲过他，他就可能把她缠住不放了。幸好是她先瞥见他的，她就从另一条路跑了。

"说实在的，你真该看看，当时我的一双小腿在萨金特街飞似的跑，身子一忽闪，拐过弯，溜进了贝利大楼。"她扬扬自得地描述她如何慌张脱逃的情景。她把她自己和那个了不起的基尔里绘声绘色地说了一通，竟使克莱德迷迷糊糊，对她胡编出来的这一套信以为真了。

随后，他们朝第十街附近，威恩多特街上的加斯比酒家走去。最近克莱德才听说这一家餐馆比弗里塞尔酒家好得多。霍丹斯不时驻步不前，往一些商店橱窗张望，还说她真的巴不得找到一件她穿着合身的外套，现在她穿的这件已经旧了，非得马上另置新的不可。这样一种困境，使克莱德不禁心中纳闷，她是不是示意他给她买一件。他心里还在琢磨，既然她短缺外套，要是他买一件给她，也许还能推动他们俩的关系向前发展。

殊不知，鲁宾斯坦时装店已近在咫尺了，陈列橱窗里光亮夺目，把那件裘皮外套照得纤毫毕露。霍丹斯按照预定计划停住了脚步。

"喂，你看那件短外套多可爱，"她开腔说，露出欣喜若狂的样子，仿佛她刚看到它的美就被吸引住了，从她整个神态表明了她第一次鲜灵灵的印象，"哦，这个最可爱、最精美的短外套，不是你从没有见过的吗？"她继续说下去。她心里越是渴望得到它，她那演戏的才能也越是得到了发挥，"哦，你瞧那领子、那衣袖，还有那衣兜。这些最最时髦的东西，不都是你从没有见过的吗？我的一双小手，只要一伸进去，就觉得挺暖和的。"她用眼角斜乜着克莱德，看看他对它有没有产生如同她希望那样深刻的印象。

果然，克莱德被她浓厚的兴趣激动了，怀着好奇心，正在仔细地打量着这件短外套。毫无疑问，这是一件漂亮短外套——漂亮得很。不过，嘿，这样一件外套，要卖多少钱呀？难道说霍丹斯一个劲儿地要他注意这件外套，就为了让他买下来给她吗？不过，买这外套至少得花两百美元。反正这一类东西的价钱究竟是多少，他也闹不清。这样一件外套，当然啰，他买不起。特别在最近，他外快中相当大的一部分已被母亲拿去给了爱思达。不过，听她的口气好

像让他心里明白，此刻她寄厚望于他的正是这么一件东西。开头，他的心就凉了半截，几乎连话都说不出来了。

他伤心地暗自寻思，要是霍丹斯真心要的话，当然啰，准能找人——比方说，她刚才提到过的年轻人汤姆·基尔里给她买的，而糟就糟在她正好就是这一号女郎。要是他不买给她，而别人给她买了，那她就会瞧不起他，无非是因为他没有钱给她买这个东西。

她大声嚷嚷着："只要得了这样一件外套，我还有啥舍不得给的呢！"让他听了感到非常惊恐和不满。本来她并不打算在此刻这样开门见山地说出来，因为她原想把她隐藏在心底的想法非常巧妙地说给克莱德听。

克莱德尽管没有处世经验，人也说不上精明，但对她这句话的含义很能心领神会。这是说——这是说——暂时他还不怎么愿意把这句话的含义给予正确理解。现在啊——现在啊——只要他能知道那件外套的价格那多好！他已觉察到她正在寻找什么办法把这件外套弄到手。不过，他有什么办法呢？怎么办呢？只要他能够设法给她弄到这件外套，只要他答应她，比方说，过一些日子给她弄到这件外套，只要花费不太多，那时又会怎么样呢？他有没有这个胆量就在今儿晚上，或是比方说，在明天，等他得知外套的价格以后干脆对她说开了，只要她同意，反正不管外套也好，还是她真的想要别的什么东西，他通通都会买给她。只不过他一定要有把握，看准她绝不会像前时那样，在一些小事上存心要弄他。不，他绝不愿意给她买了外套到头来却什么回报都得不到，这可绝对要不得！

他站在她身旁，一想到这里，真的兴奋得浑身战栗起来了。而她呢，站在那儿，两眼直瞅着外套，心里在想：除非他放聪明些，给她弄到这件外套，又能领会她真正的意思——她为了这件外套打算怎样付出代价的——否则的话，得了吧，那时同他就算是最后了结啦。他别以为连这一点儿小事都不能，或者是不想给她出力的人，她霍丹斯还会照样同这种人厮混在一起。这可绝对要不得！

他们继续朝加斯比酒家走去。进餐时，她自始至终几乎什么事都不讲，却一个劲儿地说那件外套有多么好看，穿在她身上一定漂亮极了。

"相信我吧，"这时，她有些不服气地说道，因为她已感到克莱德对自己有没有能力给她买外套也许信心还不足，"我一定得寻找什么办法把那件外套弄到手。我想，要是我走进店里去，和鲁宾斯坦先生讲定分期付款，先付下一笔相当多的钱，那他们店里马上就会给我的。不久前，我们百货商店里有一个女售货员就是这样把外套买来了，"转眼间，她又在撒谎了，希望借此引诱克莱德也助她一臂之力。不过，克莱德生怕这玩意儿价钱太大，犹豫不定，没有说出他究竟打算怎么办。他甚至连这一类东西的价钱也都猜不出来，也许是两百美元，乃至于高达三百美元。他生怕现在一口答应下来，往后他也许办不到。

"你不知道这玩意儿要卖多少钱，是不是？"他紧张不安地说，同时心里在想，要是这次他送她一点儿现钱，她却没有给他一点儿保证，那他还有什么权利指望从她那里得到比过去更多的回报呢？他心里也明白：过去她是怎样以甜言蜜语引诱他给她买这买那，到头来甚至还不让他吻一吻她。克莱德一想到往日里她好像觉得可以随意玩弄他，就很气愤，脸上刷的涨红了，心中十分恼火。不过，此刻他又想起，她刚才说过，不拘是谁，只要给她弄到那件外套，那她什么事都乐意干——好像她说的就是这么个意思。

"不——不知道。"开头她有点儿犹豫不决，一时很为难，不知道说出真正的价钱好呢，还是索性把价钱说得更高些。因为明摆着，如果她要求分期付款，鲁宾斯坦先生也许就会把价格抬得更高了。不过话又说回来，她要是把价钱说得太大，说不定克莱德也就不愿帮她的忙了，"不过，我可知道当然不会超过一百二十五美元。要不然，我也就不愿意买了。"

克莱德舒了一大口气。毕竟还不是高达两三百美元。他心里就在琢磨着：要是她能跟店里讲好，先付相当大的一笔，比方说，五十或是六十美元，在以后两三个星期里，好歹他也能设法凑齐付清。不过，要是整整一百二十五美元必须一次付清，那霍丹斯还有一段时间要等呢，而且，除此以外，他还得先闹清楚他是不是能得到实实在在的报答才成。

"那倒是个好主意，霍丹斯，"他大声嚷嚷说，不过没有说明为什么他很赞同这个办法，"为什么你不那样做呢？为什么你不先问问清楚价钱，先付多少钱？也许我能帮你一点儿忙。"

"哦，那可太好了！"霍丹斯禁不住鼓起掌来，"哦，你果真能帮忙？哦，这不是太棒了吗？现在我才知道我会得到那件外套的。我知道，只要我能同他们店里讲好分期付款，他们一定会给我的。"

正如克莱德预料和担心的那样，她早已完全忘掉了这样一个事实：正是由于他，她才能买那件外套。可是现在这一切，就正如他当初预料到的一模一样。事实上由他来付钱，这在霍丹斯看来是理所当然的了。

可是过了一会儿，她发觉他脸色沉了下来，就找补着说："哦，你这样帮我的忙，你是天底下最漂亮、最可爱的人，可不是吗？你尽管放心，这件事我可怎么也忘不了的。你等着瞧吧，你也用不着后悔的，你只要等着瞧就得了。"她眼里突然向他露出快活甚至慷慨大方的闪光。

尽管克莱德也许太年轻稚嫩，但他并不是悭吝的人，所以，她也要酬谢他，现在她已做出了这样的决定。只要她一拿到这件外套，想必这件事在一周以内，最迟也不超过两个星期就能实现，那时她就要对他特别温存，多少让他乐一乐。为了有力地说明她的这个想法，让他更好地了解她的真心实意，她就凝神注视着他，使他充满了希望，同时，甚至让她眼里迸射出温柔的泪水汪汪的闪光。这么一点儿罗曼蒂克的小动作，竟然使他心神不安，怅然若失。在她面前，他简直受宠若惊，甚至还有一点儿惶悚，因为在他的想象之中，她那目光里暗示着一种令人心慌意乱的旺盛活力，恐怕他也是没法儿应付的。此刻他在她面前却感到有点儿软弱无力，也有一点儿胆怯，当他想到她那真正的情爱可能意味着什么的时候。

尽管如此，这时他还是说，如果这件外套不超过一百二十五美元，又可以分期付款，第一次先付二十五美元，以后各次付五十美元，那他还是可以设法张罗的。她回答说，她打算明天就去打听一下。也许她会说服鲁宾斯坦先生，只要先付二十五美元，马上就把外套给她；要不然，就在第二个周末给他，那时节几乎全都付清了。

当她从酒家走出来的时候，她真的对克莱德充满了感激之情，像小猫咪喵喵叫似的向他轻声耳语道，这件事她永远忘不了，他只管等着瞧就得了——她还一定第一次穿着这件外套给他看。那时他要是不上班，也许他们就上什么地方吃饭去。要不然，在下星期日汽车出游以前，她肯定拿到了这件外套。这次汽车出游，与其说是克莱德，还不如说是赫格伦提议的，不过说不定会延期。

她提议不妨到某一家舞厅去。两人起舞后，她猥亵地紧贴着他，后来还暗示出一种心意，竟然也让克莱德感到有点儿战栗和惊惶。

他后来回到了家里，有如梦幻似的回味着这一天的情景，满意地认为，第一期付款不会有什么困难，哪怕是要五十美元也行。因为，如今就在霍丹斯这许诺的刺激之下，他打算向拉特勒或是赫格伦移借二十五美元，等到外套款项付清以后再归还他们。

可是，啊，多么美的霍丹斯！她那魅力，她那令人倾倒、难以抑制的无限喜悦啊。只要想一想，她终于在顷刻间就要属于他啦。这分明是恍如置身于梦幻之中，难以置信的事果真变成了事实。

Chapter 16　克莱德内外交困

　　霍丹斯说话是算数的，转天真的找鲁宾斯坦先生去了。她使出了她与生俱来的全副佻巧本领，闪烁其词地向他摊开了如今她的难处：能不能网开一面，按照定价一百一十五美元，以分期付款的优厚办法让她把外套拿走呢？鲁宾斯坦听了马上摇头，一本正经地说，这里可不是分期付款的商店。他要是做这样的生意，尽管可以把外套标价两百美元，就会有人立刻把它买去的。

　　"不过，要是先付五十美元，我就得马上拿走这件外套。"霍丹斯抢白说。

　　"敢情好。只不过尚欠六十五美元，由谁来担保呢？多久给呢？"

　　"下星期给二十五美元，再下星期给二十五美元，下下星期再给十五美元，不就全清了。"

　　"当然啰。不过，假定说你拿走这件外套以后，万一转天汽车把你撞倒了，你一下子被撞死了。那又怎么办？我的钱上哪儿去要呢？"

　　唉，这可是个棘手的问题。说真的，她也没有办法证明由谁替她的外套付钱。而且，事前得办一大套麻烦的事儿，先订一个合同，再由一个真正殷实可靠的人——比方说，一个银行家来担保。不，不，鲁宾斯坦店里是不办分期付款的。这里一概现金买卖。所以嘛，外套卖给她只要一百一十五美元，不折不扣的一块钱也不能少。少一块也不行。

　　鲁宾斯坦先生舒了一口气，又继续说下去。后来，霍丹斯问他能不能她先付给他现款七十五美元，余下四十美元一周内付清。这样，他就可以把外套交给她，让她一块儿带回家吧？

"不过嘛，一星期，一星期，等一个星期，又算得了什么呢？"鲁宾斯坦先生大力撺掇她，"要是你下星期或是明天能付给我七十五美元，余下四十美元在一星期内或是十天内全部付清，那干吗不再等一星期，把整笔一百一十五美元一起带来呢？到那时，外套就是您的了，什么麻烦也都没有。外套就给您留在这儿。明天，您再来给我二十五或者三十美元作为定金，我就把外套从橱窗里取出来，干脆给您锁好，什么人都看不见这件外套了。下一个星期或是下下个星期以内，把余欠的带来。那外套就归您了。"鲁宾斯坦先生把这个复杂的程序解释了一遍，好像这挺难懂似的。

不过，他刚才所讲的的确理由很充足。霍丹斯实在没有什么好反驳的了，这就像在她的兴头上泼了一大瓢凉水，只要想一想外套硬是不能马上拿走。不过，她一走出时装店，又神采奕奕起来了。因为，规定的期限反正很快就会过去的，要是克莱德很快能信守自己的承诺，外套就是她的啦。目前最要紧的是要他掏出二十五或是三十美元来，以便敲定这一项妙不可言的协议。不过，她觉得还需要一顶新帽子来配这件外套，所以就决定说标价是一百二十五块美元，而不是一百一十五美元。

这个结果告诉克莱德以后，他经过通盘考虑，认为非常合理。自从上次霍丹斯找他谈过以后，他心里一直很紧张，这下子才算松了一大口气。因为，说到底，要在头一个星期内张罗三十五美元以上的款项，他实在是一筹莫展。宽放到下一个星期，多少好办些，因为，他心里暗自琢磨，他打算不妨向拉特勒移借二十或二十五美元，加上自己可能挣到的二十或二十五美元的小费，也就足以偿清第二期的付款了。到第三个星期，他打算向赫格伦至少借十或十五美元，保不住多借一些，要是那样还凑不足，他就只好把几个月前买的一块表送进当铺，可得十五美元。最少绝不会低于此数，因为当初这块表就标价五十美元呢。

不过，他又转念一想，还有爱思达在她那寒碜的房间里，等待着她那仅有的一次恋爱史的极端不幸的结局。他又扪心自问，既然他很怕卷入爱思达，以及全家钱财收支问题中去，那她怎么去对付那些开支呢？至于赚钱这类事，不用说，现在他父亲也帮不了母亲忙，而且历来一直都是如此。不过，万一这副不轻的担子落到他身上来，那他该怎么对付？他父亲干吗老是穿街走巷，叫卖钟表、毯子，还要在街头传道呢？说到底，他父母干吗不能放弃传道这个想法呢？

不过，据他所知，现在家里的困境没有他的帮助是解决不了的。他的这个想法，在他同霍丹斯商定后的第二个周末就得到了证实。那时，他正巧在自己卧室穿衣服，口袋里还有五十美元，打算下个星期日交给她，哪知道他母亲冲他卧室张望了一下，说："克莱德，你出门前我有话要跟你说。"他觉察到她说话时面有忧色。事实上，这几天来，他一直觉得她正碰上了一件确实费劲儿的事。可他自己一直在想：他的钱财如今几乎抵押殆尽，也就无力相助了。要不然，他就得失掉了霍丹斯。这个他当然不干。

不过话又说回来，他又怎样能搬出一些名正言顺的理由来，说不能帮母亲一点儿小忙呢。尤其是他身上穿的讲究衣着，还有他一个劲儿地往外跑的德行，动不动推托到酒店里忙工作去了，其实也许并不像他所想象的那样能瞒过他母亲。当然啰，仅仅两个月前，他答应过每星期多给母亲十美元，拢共五个星期，事实上他也说到做到了。不过，这么一来也许使母亲认为：他有的是富余的钱真拿得出来，哪怕当时他竭力向她解释过这些钱都是他硬挤出来的。不过，即使他多么想帮母亲一点儿忙，心里仍在犹豫不定，阻碍他的正是他对霍丹斯那种没法儿压抑的欲念，因此，他也就做不到了。

不一会儿，他走进了起坐间，母亲照例马上领他坐到传道馆里的一条长条凳上——近来这个屋子总是让人感到那样灰溜溜、冷清清的。

"我本想不跟你谈这件事，克莱德，可我再也没有别的办法了。除了你，我再也没有别人好指靠，因为现在你长大成人了。不过，你务必答应我绝不告诉别人——不管是弗兰克、朱丽娅，还是你父亲。我不想让他们知道，爱思达已经回到堪萨斯城，而且处于困境，对她我简直不知道怎么办。我只有那么一点儿钱，你父亲又压根儿帮不了我什么忙。"

她疲乏而又忧心忡忡，手一掠过额角，克莱德就知道紧接着是怎么回事了。他想先假装自己并不知道爱思达在城里，反正他这样假装已经很久了。不过，此刻他母亲既然照实说了出来，他倘要继续佯装不知，那就非得装作大吃一惊不可。因此他说："是的，我知道。"

"你知道了吗？"母亲大吃一惊，问道。

"是的，我知道了，"克莱德又说了一遍，"那天早上，我正从博德里街走过，恰好看见您走进那幢房子，"他说话时心情平静极了，"后来，我又看见爱思达探出头来往窗外张望。因此，等您走了以后，我就走了进去。"

"这事有多少日子了？"她这样问，不外乎是多争取一点儿让自己考虑的时间。

"哦，我想，大约在五六个星期以前。以后，我去看过她两次，不过，爱思达不让我再提那件事了。"

"Tst！Tst！Tst！"格里菲斯太太一个劲儿地发出咂嘴声，"那你知道她那倒霉的事吧？"

"是的。"克莱德回答说。

"哦，这可是在劫难逃啊，"她有点儿听天由命似的说，"那你没有跟弗兰克或是朱丽娅说起过吧？"

"没有。"克莱德若有所思地回答说。他心里想，他母亲竭力想要保守秘密，到头来还是归于失败。不论她也好，还是他父亲也好，压根儿都不会哄骗人。他认为自己比双亲可要精明得多。

"哦，你万万不要跟他们说呀，"母亲一本正经地关照他，"依我看，最好还是不让他们知道。现在不说也已经够糟了。"她嘴一撇，找补着说。这时，克莱德心里却只想着自己与霍丹斯。

"只要想一想，"不一会儿，她又接下去说，眼里好像弥漫着一片灰蒙蒙的愁雾，"是她使她自己和我们吃这样的苦头的。难道说那是我们造的孽吗？说到底，她还受过教育与培养，'罪人的道路'……"

她摇摇头，使劲儿地搓着自己的两只大手，克莱德两眼直瞪着，心里琢磨着，目前的困境有可能连累他。

她坐在那里，对自己在这件事中所扮演的角色觉得相当泄气、尴尬。说真的，她的骗人伎俩与常人如出一辙。眼前的克莱德对她这一套弄虚作假的策略早就一清二楚。她不免显得虚伪和愚蠢。不过，她至今还一直在设法不让他，不让他和家里其他人卷进去。可不是吗？现在克莱德长大了，该懂得这一层意思了。现在她就进一步解释说，为什么她要这么办，又说她觉得这一切该有多么可怕。同时，她又解释了此刻为什么这事她非得向他求助不可。

"爱思达的月子也很近了。"突然间，她生拉硬拽地说道。她说这话时，既不能看，至少似乎是不愿看着克莱德，不过，她还是决意尽可能直截了当地说了，"她马上就得请一个医生，还要雇一个人，我不在时可以照料她。我这就得上哪儿寻找钱去——至少五十美元。你能不能设法弄到这笔钱，向你那些年轻朋友移借，暂借几个星期，行不行？反正你知道，你很快就能归还的。在你还清以前，你住房的钱就不用给我了。"

她两眼直望着克莱德，神色显得那样焦急、紧迫，所以他就觉得浑身上下已被这一请求的令人信服的威力震撼了。他还来不及说些什么，来加重在她脸上反映出来的内心忧伤，她又找补着说："上次的钱也是为了她，你知道，就是让她回来，当时她的——她的——"她迟疑了一会儿，想要挑选一个恰当的词儿，不过最后还是接下去说，"丈夫已在匹兹堡把她抛弃了。我想，那事她已经告诉过你了。"

"是的，她告诉过我了，"克莱德心情沉重而又忧郁地回答。当然啰，爱思达的境况显然是严重的，只不过从前他就是不愿好好地思考罢了。

"怎么啦，妈？"他大声说道。他一想到口袋里的五十块美元和它预定的用途，心里就非常烦恼，这数目恰好是他母亲急需的数目，"我可不知道我办得到还是办不到。我对酒店里伙计们还不怎么了解，从没开口借过钱。再说，他们挣的钱也并不比我多。也许我能借到一点儿钱，只不过很不好看。"他说到这儿哽住了，就咽下一口唾沫，因为向自己母亲撒谎可是不易啊。事实上，过去他对这么棘手的事从来没有撒过谎，而且是如此卑鄙地撒谎。此刻他口袋里正有五十美元，一面是霍丹斯，另一面则是他母亲和姐姐，而这一笔钱就能解决他母亲的问题，就像解决霍丹斯的问题一样绰绰有余，而且更加用在刀刃上。要是不帮助母亲呢，这太可怕了。说真的，他怎么能一口拒绝她呢？他心神不安地舔着嘴唇，一只手抚着额角，因为他由于内心不安，脸上早已汗涔涔了。在这种情况之下，他觉得自己尴尬，卑鄙，不中用。

"眼下你自个儿能给我一点儿钱，好吗？"他母亲几乎在恳求。因为爱思达处在那样的情况下，少不了要准备许多东西，急需现钱，可她的钱又是那么少。

"没有，我没有，妈。"他说，满面羞惭地看了一眼母亲，接着眼光马上望着别处；要不是他母亲自己精神恍惚，也许会从他脸上识破他的虚伪来。其实，由于他替母亲难过，自己这时也感到一阵自怜、自卑掺杂在一起的痛苦。丢掉霍丹斯，这是他怎么也不能考虑的。她非得属于他不可。可他母亲显得那么孤单，那么毫无依靠。这太可耻了。他真的太低下，太卑鄙。说不定将来有一天他会为这事受到惩罚吧？

他竭力在想想不能有别的办法，即在五十美元以外另敛一些钱周济她。要是他时间更充裕一点儿——宽放他一两个星期，该有多好！要是霍丹斯不是正好现在提出要买外套这件事，该又多好！

"我照实对您说，我这算是尽了力。"他继续说，显得十分可笑而又灰不溜丢的样子；而这时他母亲正发出一连串"Tst! Tst! Tst!"失望的声音，"难道说五美元能帮您什么大忙呀？"

"嘿，反正总有点儿用处呗。"她回答说，"我说，毕竟是聊胜于无。"

"得了，这几块钱反正我可以给您，"他说，心里琢磨这点儿钱可用下星期的小费补上，但愿这一周内交上好运气，"让我再看看下星期有什么办法。也许下星期我能给您十美元。可我现在还说不准。上次给您的钱，部分是我万不得已借来的，至今还没有归还人家，要是我这会儿再去借，人家心里会想——得了，您一定明白这是怎么回事。"

母亲叹了一口气，心里想，她不得不样样都靠自己这个儿子，怪可怜的。而且是正当他刚刚见世面的时候。往后他对这一切会有怎么个想法？对她、对爱思达、对整个家庭，又会有什么想法？因为，尽管克莱德有他自己的抱负、勇气与渴望，谋求自立，可她觉得他这个人体质不怎么太结实，道德上或心智上也不是完全靠得住。他是那么神经过敏，而又富于感情，有时看来与其说像他母亲，还不如说更像他父亲。而且，他动不动就非常激动，使他流露出紧张和痛苦的样子，好像不论哪一种情绪，他都招架不住似的。也正是她，不论过去或现在，一直把爱思达和她丈夫，以及他们共同不幸的生活所造成的痛苦绝大部分都让他来忍受。

"哦，你要是没有办法，那就说没有办法，得了，"她说，"让我再去想想别的法子呗。"不过，眼前反正她看不到还有什么出路。

Chapter 17　一场汽车郊游

　　有关汽车出游的事，原是赫格伦通过他的一个当汽车司机的朋友提出来的，约定在下个星期日，可后来又宣布计划改变了。那辆车子——一辆豪华的大帕卡德，不是随便什么一辆车子——约定的那天弄不到手，那么，要使用它就只能到本星期四或星期五，或者根本就不用它。这事当初向大家解释过了的，只不过部分符合实情。原来这辆汽车车主是一个名叫金巴克的先生，此人是个上了年纪的大富翁，这时正在亚洲旅游。有一点不符合事实的，就是这个年轻人压根儿不是金巴克先生的司机，只不过是金巴克先生某牧场里一个管理人斯帕塞的那个放荡不羁、游手好闲的儿子。这个儿子一心想把自己说成比牧场管理人儿子来头更大。有时他担任牧场的守卫，所以有机会进入汽车间，就决定挑选一辆最漂亮的车子开出去兜兜风。

　　是赫格伦出的主意，让他和他酒店里一些朋友一块儿参加这一次有趣的旅行。不过，邀请刚向大家发出，就传来了一个消息，说金巴克先生一两周内可能要回来了。因此，威拉德·斯帕塞立即决定，最好还是不要再用这辆车子。金巴克先生突然回来，也许使他措手不及了。他把这困难告诉了急急乎筹划这次旅行的赫格伦，后者完全否定了他的这个想法。为什么不再使用一次这辆汽车呢？他早已把他所有的朋友对这次出游的兴致鼓了起来，如今当然不愿叫他们扫兴。于是，出游定在下星期五，从午休起一直玩到下午六点。如今霍丹斯既然有自己的盘算，所以就决定陪同（自然也在被邀请之列）克莱德一块儿去了。

不过，正如赫格伦向拉特勒和希格比关照过的：既然使用这辆车未经主人同意，所以务必在远一点儿的地方集合——男的在第十七街与西望处附近一条僻静的街上会合，再从那里走到便于姑娘们集合的地方，亦即第二十街和华盛顿街的交叉路口。从那里起，他们可以开足马力，经过西花园道、汉尼拔桥，往东北方向奔哈莱姆、北堪萨斯城、米纳维尔，然后经过利伯蒂、莫斯比到至善泉。他们的主要目的地，是那里的一家小旅馆——威格沃姆，位于至善泉这边一两英里处，全年开业。实际上，它既是一家餐厅，也是舞厅和旅馆。那里有一架维克多牌手摇留声机，一架沃利来牌自动钢琴，可供跳舞时伴奏。那里时常见到类似这样的青年旅游团，来过多次的赫格伦和希格比都把它说成呱呱叫的好地方。不但吃得好，去那里的公路也棒极了。附近有一条小河，至少夏天可以划船和钓鱼。到了冬天，小河一封冻，就有人溜冰了。眼下正是一月份，自然路上铺满了雪，不过车子不算难开，而且四周风景美极了。离至善泉不远，有一个小湖泊，每年一到这个时节就完全结冰了，但据想象力一向太丰富、脾性暴烈的赫格伦说，他们还可以上那儿溜冰去。

"是谁说的，白白浪费宝贵时间去溜冰？你们同意这个主意？"拉特勒相当挖苦地指摘说，因为按照他的观点来看，去的目的并不在于体育娱乐，纯粹是谈情说爱罢了。

"真浑蛋，这主意就算是挺可笑的，也犯不着马上挖苦嘛！"出这个主意的人反驳说。

这一拨人里除了斯帕塞以外，只有克莱德一人对这件事表示疑惧不安。因为，他觉得要使用的这辆汽车并不是斯帕塞的，而是他东家的，首先就令人不安，几乎引起很大反感。他反对随意使用别人的东西，哪怕暂时借用也不行。说不定会出什么岔子，他们很可能一下子就被揭出来了。

"我们把这辆车子开出城去，难道说你不觉得有危险吗？"出发前一两天，当他闹明白这辆车子的来龙去脉后，就这么问拉特勒。

"哦，我可不知道。"拉特勒回答说。对于类似这样的点子和把戏，他早就习以为常了，所以也并不感到什么不安，"反正寻找这辆车子的人，不是我，也不是你，是吧？如果说斯帕塞要寻找这辆车子，那是他的事，是吧？如果说他要我去，那我就去。我干吗不去呢？我觉得最最要紧的，就是要准时把我捎回来。我最担心的，仅仅是这一件事。"

这时走过来的希格比，也说出了完全相同的看法。不过，克莱德心里还是忐忑不安。万一出了什么岔子，也许他仅仅因为类似这样的小事，就把自己的差使丢了。不过话又说回来，一想到自己同霍丹斯和其他少男少女一起乘坐漂亮的汽车出游，他就被迷住了，他毕竟抵挡不住这样的诱惑。

本星期五正午刚过，参加郊游的人已在约定的几个地点集合了。赫格伦、拉特勒、希格比和克莱德，在铁路调车场附近第十八街与西望处拐角处集合。赫格伦的女友梅达·阿克塞尔罗德，拉特勒的朋友露西尔·尼古拉斯，希格比的朋友蒂娜·科格尔，还有蒂娜·科格尔带来的准备介绍给斯帕塞的另一位女郎劳拉·赛普，在第二十街与华盛顿街拐角处集合。只有霍丹斯临时捎话给克莱德，说她要回家去取东西，请他们劳驾把车子开到第四十九街与詹尼西街交叉口她的住地，他们虽然照办了，但也不是一点儿怨言都没有的。

时值一月底的一天，烟雾弥漫，云霭低垂，特别是在堪萨斯城的郊外。有时甚至像要下雪了。对久居市区的这些人来说，这可是最耐人寻味的美景了。他们都很喜欢欣赏这种雪景。

"哦。我才巴不得下雪呢。"蒂娜·科格尔听到有人说可能下雪的时候大声嚷嚷着。露西尔·尼古拉斯找补着说："哦，有时候，我可真喜欢看雪景。"他们沿着西布卢夫街、华盛顿街、第二街，经过汉尼拔桥，到哈莱姆，再从那儿顺着迂回曲折、两旁层峦叠嶂的沿河公路，到达伦道夫高地和米纳维尔。再往前去，就经过莫斯比和利伯蒂，沿途路面比较好，还可以瞥见一些小小的农家宅地和一月里白雪皑皑的荒凉山岗，真是有趣极了。

克莱德虽然居住在堪萨斯城已有这么多年，却从来没有到过离堪萨斯城更远的堪萨斯州以西的地方，也没有到过斯沃普公园原始森林以东的地方。沿着堪萨斯河或是密苏里河，一头到阿根廷，另一头到伦道夫高地。因此，这次外出旅游——长途旅行，简直使他为之心醉神迷。它同他平日里刻板的生活该有多么不同啊。而且霍丹斯这一回对他简直情深似海。她坐在他身旁，紧偎着他。克莱德看到别人都把各自的女友拽到身边，亲昵地拥抱着，他就一手搂住她的腰肢，把她拉到身边，她倒也并没有特别表示什么不以为然的样子。与此相反，她抬起头来，说："我看，我还是把帽子摘下来吧。"大家哈哈笑了起来。她那机灵的活泼劲儿，有时真是惹人喜爱。此外，她头上那个新颖的发型，肯定使她显得更美了，因此，她也急于要大伙儿看看。

"我们去那儿有地方跳舞吗？"她大声问别人，却并不向四处张望。

"当然有啰，"希格比说。这时他已说服蒂娜·科格尔把帽子摘了，正紧紧地搂着她，"那儿有一架自动钢琴，一架维克多牌手摇留声机。真可惜，我没想到把自己的短号也捎来。我能吹《狄克西》[1]。"

---

[1] 此处指美国南北战争时南部联邦流行的军歌。

汽车正以令人头晕目眩的高速在白雪覆盖的公路和白茫茫的田野里飞也似的驶过。斯帕塞自诩开车的能手，眼下又是这辆车子的真正主人，正在大显身手，要看看自己在这种路面上到底能开多快。

景色如画的黑苍苍的树林子，从车子左右两侧掠过。田野一片接一片，两旁哨兵似的山峦有如波浪一般此起彼伏。一个伸出长长手臂的稻草人，歪戴着一顶高高耸起的破帽儿，伫立在附近的道路旁，在风中好像不断鼓动自己的翅膀。离稻草人不远处，有一群乌鸦惊飞了起来，径直朝远处雪地里依稀可辨的一片灰蒙蒙的树林子飞去。

斯帕塞坐在前座，劳拉·赛普紧挨着他。他开着车子，装出好像开这样一辆豪华的汽车对他来说一点儿都不觉得有什么了不起的样子。说实话，他对霍丹斯的兴趣更大，只不过眼前不得不向劳拉·赛普至少献上一点儿殷勤。向女人献殷勤，他是绝不落人之后的，所以，此刻他就一只手搂住劳拉·赛普，另一只手开车——这一开车技艺的表演，使克莱德深感困惑不安。随便使用别人车子是不是合适，至今他仍表怀疑。车子开得这样快，说不定大伙儿正面临同归于尽的危险。霍丹斯一心只注意的是斯帕塞显然很喜欢她，虽然不管他愿意不愿意，好歹还得向劳拉·赛普献上一点儿殷勤。所以，当他拥抱劳拉，趾高气扬地问她是不是经常在堪萨斯城周围开车时，霍丹斯就暗自发笑。

不过，拉特勒觉察到这一点了，他轻轻地推了一推露西尔·尼古拉斯的胳臂，露西尔·尼古拉斯又轻轻地推了一推希格比的胳臂，要他留神注意前座爱情场面的新发展。

"喂，怎么样，你在前座倒是挺舒服的，是吧？"拉特勒为了套近乎，和颜悦色地问斯帕塞。

"我说够舒服的了，"斯帕塞头也不回，乐呵呵地说，"你怎么样，小妞儿？"

"哦，我也好极了。"劳拉·赛普回答说。

克莱德心里却在想，这儿所有的姑娘，说真的，哪一个都比不上霍丹斯那样美，差得还远呢。她身穿一件红底黑花的衣服，还特意配上一顶深红色朝前撑起的宽边的女帽。她在抹口红的小嘴底下，模仿她所见过的一些银幕上美人儿的样子，给自己左颊上贴了一颗美人痣。事实上，在出游之前，她早就决定，要使所有在场的姑娘们都黯然失色，如今她心里非常清楚，她终于成功了。至于克莱德呢，也跟她的想法完全相同。

"你在这里是最俏的姑娘，"克莱德亲昵地搂住她，低声耳语道。

"嘿，你可真会给人灌蜜啊！小宝贝儿！"她大声嚷嚷着，别人也都随着笑了起来。克莱德脸涨得稍微有点儿红。

汽车驶过米纳维尔约莫有六英里光景，来了一个转弯，开到了一片低洼地。那里有一家乡村小店，赫格伦、希格比和拉特勒就在这儿下了车，买了一些糖果、香烟、蛋卷冰激凌和姜汁淡啤酒。随后开过利伯蒂，就在离至善泉几英里处，他们已经可以遥望威格沃姆小旅馆了。它不外乎是一所两层楼的乡村房子，蜷伏在一块高高隆起的土冈上。可是一边接出一长溜平房，样子比较新，开间也比较大，作为餐厅、舞厅，末梢还辟出一部分做酒吧间。偌大的壁炉里，炉火烧得正旺。公路对面低洼地那里，可以望得见本顿河，其实是一条小溪，如今早已严严实实地冰封了。

"那就是你喜欢的那条河啊！"希格比搀扶着蒂娜·科格尔下车的时候，乐呵呵地说。他一路上喝过好几回酒，早就兴奋极了。大家都下车歇了一会儿，欣赏那弯弯曲曲、穿过树林子的小溪。"我说，我们大伙儿该把溜冰鞋也带上，溜个痛快呗，"赫格伦叹了一口气说，"可他们不听我的话。唉，那就只好算了。"

这时，露西尔·尼古拉斯忽然看见旅馆里有一个小窗口映出闪烁不定的火光，就大声喊道："喂，快看，他们生火来着！"

汽车终于停妥了，他们成群结伙进了旅馆。希格比马上兴冲冲地奔了过去，扔入一枚五美分镍币，那架巨大的、震耳欲聋的旧式自动点唱机就开始响了起来。赫格伦一来是不甘落后，二来也是为了逗着玩儿，就走到了屋角里另一架维克多牌手摇留声机跟前，随手把旁边放着的一张名叫《灰熊》的唱片放了上去。

一听到那支熟悉的乐曲的调子，蒂娜·科格尔就大声嚷道："喂，大伙儿跟着跳，好吗？那个破玩意儿别放了，怎么样？"她又找补着说。

"当然啰，等它自己放完，"拉特勒哈哈大笑着说，"要它停下来，只有一个办法，就是别往里头扔镍币。"

这时，有一个侍者进来了，希格比问大家要些什么东西。就在这当口儿，霍丹斯为了炫耀自己的魅力，就站到房间中央，竭力模仿灰熊用后腿走路的样子，表演得很有味儿，优美极了。斯帕塞见她一个人在房间中央，就急巴巴地想勾起她的注意力，亦步亦趋跟在她后面，竭力模仿她的动作。霍丹斯见他技艺娴熟，自己也急急乎地想跳舞，终于不再模仿狗熊的动作，马上张开两条手臂，和他一块儿跳一步舞，跳得简直活灵活现极了。这时，怎么也称不上舞星的克莱德立刻炉火中烧，痛苦极了。他对她是那么热情如炽，而她一开始——欢乐才开始时就把他撇开一旁，他认为太不公道了。可是，霍丹斯对看来较有社会经验的斯帕塞很感兴趣了，一时间压根儿没有注意到克莱德，只是一个劲儿地同刚刚被她征服的人儿跳呀跳的。他的舞艺技巧，一举手，一投足，看来都堪与她相媲美。别人也不甘落后，立刻挑选舞伴，赫格伦同梅达跳，拉特勒同露西尔跳，希格比同蒂娜·科格尔跳。只剩下劳拉·赛普同克莱德配对了，可是克莱德并不很喜欢她。她人长得压根儿不美，身材矮胖，脸儿臃肿，一双富于性感的蓝眼睛总是没精打采似的——克莱德既然舞艺并不高超，当人家正跳出各种复杂的花样变化的时候，他跟劳拉·赛普就只好跳着老一套的一步舞。

眼睁睁地看着那个依然跟霍丹斯在一块儿的斯帕塞此刻把她搂得紧紧的，而且直勾勾地瞅着她的眼睛，克莱德简直苦恼得要发狂了。对此，她也完全听任他的摆布。他突然觉得好像一颗枪弹打中了自己的肚子。难道说她跟这个神气活现的开车的小伙子卖弄风骚吗？她还答应现在就同他克莱德亲热呢。他开始揣度到她这个人反复无常——也许她对他压根儿就冷漠无情。他欲设法使跳舞中断，把她从斯帕塞身旁拽走，不过现在毫无办法可想，只好让这张唱片放完了再说。

这张唱片刚放完，侍者托着一只盘子又回来了，把鸡尾酒、姜汁淡啤酒和三明治放到临时连成一块儿的三张小桌子上。大家都停止跳舞，朝这边走了过来，只有斯帕塞和霍丹斯除外——克莱德一下子就看出来了。她真是一个没心肝的骚货！她压根儿一点儿都不爱他。最近她却竭力使他相信她是爱他的，还撺掇他给她买了外套。让她见鬼去吧。他要给她一点儿颜色看看。他在等着她！这简直叫人忍无可忍了！不过，到头来霍丹斯和斯帕塞看见大家都围在壁炉跟前的小桌子四周，也就停止跳舞，款款走了过来。克莱德脸色煞白，快快不乐，站在一边，装出一副满不在乎的样子。劳拉·赛普早已觉察到他在恼火，也知道原因何在，所以就离开他走到蒂娜·科格尔那里，告诉她为什么他会这样动怒。

随后，霍丹斯觉察到他郁郁不乐的神色，就走了过来，依然还在模仿灰熊的步态。

"嘿，这可多开心！"她开口说道，"哦，跟着那种乐曲跳舞，我可喜欢哪！"

"当然啰，你可开心啦。"克莱德回答说，妒忌和失望的烈火却在心中燃烧。

"怎么啦，出了什么事？"她压低声音，几乎生气地问，装出猜不透他干吗要发火，其实，她早就心中有数了，"你不是因为我没有先跟你跳就发火了？是吧？嘿，多蠢！那你干吗自己不过来跟我跳呢？他正好在旁边，我怎能拒绝跟他跳，可不是吗？"

"不，当然啰，你不能拒绝，"克莱德讥剌地回答说，声音低沉、紧张，因为他正如霍丹斯一样，不乐意让别人听见他们谈话，"不过，你也用不着同他紧贴在一起，瞅着他的眼睛，有如陶醉在梦境之中，是不是？"他真的火冒三丈了，"你也不用否认啦，反正一切我都看在眼里。"

她听了以后，怪吃惊地瞥了他一眼，不仅因为听了他的生气话而感到万分诧异，而且因为他这是头一次对她如此大胆放肆。想必是他对她觉得太有把握了，而她自己对他也太过分殷勤了。不过，她也知道，现在还不是时候，不能向他表示她并不怎么爱他，眼下他得到的只是假象。因为那件外套已谈妥了，她很想得到它。

"喂，这不是叫人忍无可忍了吗？"她愤愤地回答说。因为他的话说对了，使她更加恼火，"刚才你真是好大的脾气。唉，要是你的妒忌心像刚才那样厉害，那我可也没办法啦。我不过跟他跳了一会儿舞罢了。我真没想到你就会大动肝火呢。"她一转身，好像要走开的样子，但忽然想到他们之间有一项默契，还得先抚慰一下他不可，要不然这事就吹了，所以，她就扯着他的上衣大翻领，走得远一些，不让那些早已在看他们、听他们讲话的人听见。接着，她就这么说："喂，你先听我说。你可千万别这样。刚才我可一点儿都没有别的意思。说实话，我一丁点儿都没有。反正现在谁跳舞都是这样的，所以说也谈不上谁有什么特别的用意。难道说你不要我跟你好吗？你记得不记得我跟你说过些什么话？"

她故作媚态，脉脉含情地直瞅着他的眼睛，仿佛所有在场的人里头，只有他才是她真心喜欢的。同时，她显然是别有用心的，还故意把她的小嘴令人动心地嘟了起来——这正是她常用的挤眉弄眼的一部分。接着，嘴唇翕动，看起来好像要亲吻他的样子，那一张诱使他心旌摇荡的小嘴啊。

"得了吧，"他软弱无力、俯首帖耳地望着她说，"就算我是个傻瓜，不过，你的一举一动，反正我是看见的。你也知道，我为你都快疯了，霍丹斯，简直疯啦！我可几乎克制不住自己啊。有时候，我也巴不得自己能克制住，不当傻瓜呢。"他两眼直望着她，露出伤心的样子。而她呢，反正知道自己完全可以左右他，要他回心转意也是易如反掌，就这样回答说："哦，你啊，你才不傻呢。要是你乖乖的，过一会儿别人看不见，我就跟你亲嘴呗。"就在这一时刻，她意识到斯帕塞两眼正直勾勾地瞅着她。她心中知道，他被她强烈地吸引了，而她自己也觉得，在她最近碰到的所有人中间，她最喜欢的就是他了。

Chapter 18　霍丹斯的虚情假意

这天下午高潮的来到，正是在跳累了、喝饱了这样的时刻，赫格伦向大伙儿重新提起了这条小河，以及河上种种乐趣。赫格伦往窗外一望，突然大声喊道："那边的冰凌，你们看怎么样？看那冰凌有多美啊。我说，咱们大伙儿一块儿溜冰去！"

他们一下子就乱哄哄地往外走了——拉特勒和蒂娜·科格尔手拉手奔跑着，斯帕塞和刚在一块儿跳舞的露西尔·尼古拉斯一对，希格比和他觉得换换花样也还相当有味儿的劳拉·赛普一对，此外还有克莱德和霍丹斯这一对。这不外乎是一条狭长的、弯弯曲曲的，从光秃秃的树丛中逶迤而去的小溪，有些地方积雪被风刮得干干净净。这一拨人一到冰凌上，就像古代希腊神话里年轻的森林之神和山泽林泉的女神，他们到处奔啊，跑啊，溜啊，滑啊，希格比、露西尔、梅达一下子摔倒了，但又哈哈大笑，爬了起来。

霍丹斯先是由克莱德搀扶着，婀娜多姿地踩着碎步。不一会儿，她就连跑带溜起来了，还故意佯装惧怕的样子尖声喊叫起来。这时，不仅斯帕塞，希格比也都对霍丹斯大献殷勤，根本不管克莱德在场。他们跟她一块儿溜冰，一个劲儿在她后面追，还假装想让她绊跤，当她快要倒下去的时候却紧紧地抓住了她。斯帕塞挽着她的手，看来就在众目睽睽之下，不管她乐意不乐意，一直把她拽到了小溪上游转弯处，在那儿人们就看不到他们了。克莱德决定再也不露出监视或嫉妒的神色，仍然待在后面不走。但他还是不由得在暗自寻思，斯帕塞也许正利用这个机会跟她约定幽会的日子，甚至跟她亲吻呢。她是完全有可能让他尽情亲吻的，哪怕她也许会装出很不乐意的样子。这多令人烦恼啊。

克莱德内心深处不由自主地感到一阵阵剧痛，深知自己无能为力，他真巴不得能看到他们就好了。不过后来，赫格伦要求大家手挽手，好像连成一条长鞭子，然后再将它挣断，于是他先带头挽起了露西尔·尼古拉斯的手。克莱德也一手挽着露西尔，一手挽着梅达·阿克塞尔罗德。而梅达的另一只手又挽着拉特勒。正当希格比和劳拉·赛普快要把尾巴接上的时候，斯帕塞同霍丹斯溜回来了，这时他还拉着她的手不放。他们俩就插在最后面了。随后，赫格伦等人就开始奔跑，加快速度，忽儿前进，忽儿后退，直到最后梅达后面的人一个个都摔倒了，这一条长鞭子终于挣断了。克莱德发觉，霍丹斯和斯帕塞摔倒时，两人滚撞在一块儿，一直滚到堆满积雪、败叶与枯枝的小河边。霍丹斯的裙子已经扎破了，一下子掀到膝盖以上。不过，她并没有像克莱德所想象和希望的那样窘困不安，恰恰相反，她在那里坐了一会儿，简直没羞没臊的，甚至还放声大笑。这时，斯帕塞同她在一起，依然拉着她的手不放。那时，劳拉·赛普猛地摔了一跤，把希格比撞倒了，希格比就索性横倒在她身上，他们俩也都哈哈大笑，躺卧在那里，还做出一种依克莱德看很能令人想入非非的姿势来。他又发觉劳拉·赛普的裙子已掀到膝盖上面。这时，斯帕塞坐了起来，正用手指指点点她那漂亮的大腿，开怀大笑，连牙齿全露出来了。周围的人也都哈哈大笑，发出一阵阵尖声和吼声。

"真该死的，"克莱德心中暗自思忖，"那个魔鬼干吗老是缠着她？他要是想玩得痛快，干吗自己不带一个姑娘来？他们有什么权利躲到谁都看不见的地方去？而她还以为，我会相信她这是没有什么别的用意呢。她跟我在一块儿，就从来没有那么痛快地笑过。她到底把我当做什么人，难道说我就可以任她牵着鼻子走吗？"他马上怒咻咻地皱紧了眉头。可是，不管他心里正在怎么想，那长长的行列亦即这一道长鞭子又重新组成了。这一回还是露西尔·尼古拉斯拉着他的手，斯帕塞和霍丹斯还是在最末尾。不过，赫格伦并没有揣测到克莱德的情绪，只是一心想着这个游戏，就大声喊道："最好换一个人排在最末尾，好吗？"拉特勒和梅达·阿克塞尔罗德、克莱德和露西尔·尼古拉斯都觉得这也很公道，就往后挪了，于是希格比和劳拉·赛普、霍丹斯和斯帕塞都在前头了。只不过克莱德发觉，霍丹斯还是拉住了斯帕塞的手，但她已挪到他前头，一手拉住了他的手。这时，他在她的右面，斯帕塞则是在她左面，紧紧地拉住了霍丹斯的另一只手。这使克莱德很恼火，他干吗不紧跟着那个特意为他请到这里来的劳拉·赛普呢？而霍丹斯居然还在给他鼓劲呢。

他不仅伤心透了，而且那样恼火、痛苦，几乎连玩游戏的兴致都没有了。

他恨不得不玩了，跟斯帕塞吵一架。不过，那时赫格伦是那么起劲，那么热心，克莱德甚至还来不及想，他们又开始玩了。

随后，他虽然竭力设法保持身体平衡，可他和露西尔、拉特勒、梅达·阿克塞尔罗德全都摔倒了，如同烫发钳夹在冰凌上不停地旋转。霍丹斯不早不晚，就在此刻把他的手一放，分明喜欢拉住斯帕塞似的。克莱德跟好几个人纠缠在一起，他们一个劲儿地滚过了四十英尺光溜溜、绿莹莹的冰凌子，一个又一个堆叠在积雪的河岸边。后来，他一发现露西尔·尼古拉斯躺在他膝盖上，脸儿朝下，好像玩得非常痛快似的，他禁不住哈哈大笑起来。还有梅达·阿克塞尔罗德，仰天摔了一跤，两脚朝天，也躺在拉特勒身边。克莱德心想，她这是故意的。依他看，她这个人太粗野放肆了。于是，不用说，立即响起了一片尖叫声、呼喊声、欢笑声——声音竟有这么大，半英里之外都能听得见。赫格伦平素最喜欢打打闹闹，这时几乎用加倍的力气在冰凌上匍匐爬行。一边拍打着自己臀部，一个劲儿地吼叫；还有斯帕塞张开自己的大嘴巴，咯咯大笑，扮着种种怪象，直到满脸通红。结果，感染力竟有这么大，克莱德一下子把嫉妒心全忘了。他看了以后也咯咯大笑起来，不过说实话，他的情绪也并没有改变，他还是觉得霍丹斯表现得不够意思。

这个游戏快要结束的时候，露西尔·尼古拉斯和蒂娜·科格尔觉得累了，就退了出去。霍丹斯也退出了。克莱德马上离队，走到了她身边。随后，拉特勒也跟着露西尔走了。别人也四散走开了，赫格伦把梅达·阿克塞尔罗德推到自己前头，一块儿溜到小河下游转弯处谁都看不见的地方去了。希格比显然从中受到暗示，就拽住蒂娜·科格尔一块儿到小河上游去了。拉特勒和露西尔好像看见什么有趣的东西，一块儿钻进了小树林，他们俩一路走，还一路谈笑呢。无拘无束的斯帕塞和劳拉这时也滑脚溜了，最后只剩下克莱德和霍丹斯在一起。

他们两个慢悠悠地向横倒在河边的一棵树桩走去，霍丹斯坐了下来。但是克莱德心中伤口依然未愈合，伫立在那里，一声不吭；她发觉后，就扯他外套的腰带，一个劲儿地拽他。

"喔——喔，马儿呀，"她闹着玩儿说，"喔——喔，我的马儿呀，现在该带我一块儿溜冰去啦。"

克莱德阴郁地直望着她，心里很恼火，刚才受到了那么大的委屈，可不能一下子全忘了。

"你干吗让斯帕塞那家伙老是围在你身旁呢？"他这样质问她，"刚才我看见你跟他一块儿到小河转弯处去的。他在那里跟你说了些什么？"

"他什么都没有说。"

"哦，没有，当然啰，没有，"他挖苦地，辛辣地回答说，"也许他也没有吻过你吧。"

"是的，当然没有啦，"她斩钉截铁而又恶狠狠地回答，"你把我当作什么人啦，我倒是要弄明白。你这个人真是自作聪明呀，我绝不会允许任何人第一次见面就吻我的，这一点我要向你说清楚。当初我也没有允许过你，是吧？"

"是的，当然啰，"克莱德回答说，"不过，那时候你对我也不像你现在对他那么喜欢嘛。"

"哦，怎么啦？哦，也许是这样，不过，请问你又有什么权利说我喜欢他。我倒是很想知道，我自己能不能也乐一乐，用不着你老是在监视我。我老实告诉你，你可真叫我腻味透了。"霍丹斯这会儿真的恼火了，她觉得他是在用主人的口吻来跟她说话。

克莱德被她这突如其来的反攻挫败了，不免有点儿惶悚，立刻决定，也许最好还是改变一下口气。她毕竟从来没有说过她真的爱他，即使她曾向他许下过含有特定意义的诺言。

"哦，得了吧，"过了一会儿，他阴郁地说，语调里不无一点儿悲哀的味道，"有一件事我是很清楚的：要是我说过我喜欢什么人，就像你有时说过你喜欢我那样的话，那么，我就绝不会像你刚才在这儿同别人卖弄风情。"

"哦，你真的绝不会吗？"

"不，我绝不会的。"

"那敢情好，到底是谁在这儿卖弄风情？我倒是很想闹明白呢。"

"就是你。"

"我可压根儿都没有。你要是只会跟我斗嘴吵架，那还是请你走吧，让我独自清静点儿。我只不过是在旅馆里跟他跳跳舞，你可没有理由认为我在卖弄风情呀。哦，一句话，你可真叫我腻味透了。"

"是真的腻味透了吗？"

"是的，你就是叫人腻味。"

"怎么啦，也许最好我还是走开，从此再也不来打扰你就得了。"他回答说，心中鼓起了类似他母亲的那么一点儿魄力。

"哦，要是你对我不能改变看法的话，你也许还是这样的好。"她回答说，随后用脚尖狠命地踢着冰凌子。不过，克莱德开始感到他可不能就这样离开她，他毕竟太热衷于她了，几乎完全被她迷住了。他开始心软了，忐忑不安地直瞅着她。而她呢，这时又想到那件外套，就决定对他要客气些。

"你没有直勾勾地望着他的眼睛，是吧？"他有气无力地问。他一转念又想到了她跟斯帕塞跳舞的事了。

"什么时候？"

"你跟他一块儿跳舞的时候，有没有？"

"没有，我可没有，反正我自己不知道。不过，就算我两眼望着他，那又怎么啦。我可没有什么特别意思。嘿，你这个家伙，要是有人想看看别人的眼睛，难道说不可以吗？"

"就像你那样看他吗？我说，你要是真的已喜欢某个人，那就要不得。"克莱德的眉头皱了一皱，眼皮也眯成一线了。

霍丹斯只是不耐烦地、愤愤地发出咂舌声："Tst！Tst！Tst！你可真是忍无可忍了吧！"

"还有刚才你同他一块儿去溜冰，"克莱德态度坚决，而又非常激动地继续说，"你从那儿一回来，并没有走到我身边来，而是跟他一块儿到最末尾去了。我看见你了。你一路上回来时，还拉着他的手。后来你们一块儿摔倒了，你就干脆同他坐在一块儿，还是拉着他的手。我倒是要请教你一下，这不是卖弄风情，又是什么呢？我敢说这准是斯帕塞的想法。"

"哦，反正我可没有向他卖弄风情，你爱怎么说就怎么说，我可不在乎。不过，你要是非得这么说，那就随你的便了。我也阻止不了你。这一切全得怪你那该死的妒忌心，依你看，总是这个也不行，那个更不行。如果说不是拉着手，在冰凌上又该怎么个玩法，我倒是很想请教。嘿，你这个家伙！你跟那个露西尔·尼古拉斯，又是怎么样呢？我看见她干脆躺在你膝上，还有你哈哈大笑那副德行。可我一点儿都没有什么想法呀。那么，此刻你究竟要求我怎么样？只是跑到这儿来呆坐着，就像树桩上的一个肿块？像尾巴一样跟在你背后？或是你跟在我背后？你到底把我看成什么玩意儿？一个傻瓜吗？"

她认为自己被克莱德嘲弄了，老大不高兴。她心里正在想着斯帕塞。此刻，他的确比克莱德更吸引她。相比之下，他不是那么富于幻想，而是更实际些，更直率些。

克莱德转过身来，摘下帽子，快快不乐地搔后脑勺，而正在瞅着他的霍丹斯此刻心里想的先是他，然后才是斯帕塞。斯帕塞更富有男子汉气概，绝不是一个只会哭鼻子的小娃娃。可以肯定，他绝不会这样老站着发牢骚。也许他马上撇下她，从此再也不同她来往。不过话又说回来，像克莱德这样的方式也有意思，有用处。有谁像他那样给她出过力呢？反正不管怎么说，别人都已纷纷

走开时，他可并没有逼着她跟他一块儿走到远处去；原来她很担心，在她计划
和愿望还没有想定以前，说不定他也会逼着她这么干的。现在由于这场争吵，
那件事总算得以避免了。

"得了吧，听我说，"她过了一会儿说，心想最好还是安慰一下他，反正
要对付他也并不那么难，"难道说我们整天就吵架吗，克莱德？这到底有什么
好处呢？你要是存心总跟我吵架，那又干吗约我出来玩儿？我要是早知道，我
就不来了。"

她侧过身去，用小小的鞋尖踢着冰凌。克莱德如同往常一样，又为她的魅
力倾倒，便伸出一双胳臂搂住她，同自己身子紧贴在一起，与此同时乱摸她的
乳房，还一个劲儿地同她亲嘴，很想抱住她，抚弄她。可是这会儿，由于她突
然对斯帕塞产生了好感，而对克莱德又很气愤，她就一下子挣脱出来，心中立
时萌生了一种既痛恨自己也痛恨克莱德来烦恼自己的想法。她扪心自问，为什
么现在就得听任他强迫她做自己不愿意做的事呢。她并没有答应如同他所希望
的那样就在今天对他亲热。还没有答应呢。不管怎么说，至少此刻，她不希望
他是这样对待她的，而且不管他会怎么干，她是决不会答应的。克莱德此刻已
觉察到她心里对他的真正想法，就往后退了一步，但依然快快不乐、如饥似渴
地直瞅着她。而她呢，仅仅是定神凝视他罢了。

"我想，你是说过你喜欢我的。"他几乎恶狠狠地说。他已看到，今天他
的这场愉快郊游的幻梦正要烟消云散了。

"是的，当你乖乖的时候，我是喜欢你的。"她狡诈而又闪烁其词地回答
说，心里正在琢磨，用什么办法务必使她当初对他所做的许诺不引起麻烦。

"是啊，你是喜欢我的，"他咕哝着说，"你是怎么喜欢我的，我算是看
到了。得了吧，我们一块儿上这儿玩，可你连碰都不让我碰一下你。我倒是要
请问你，过去你说的话到底是什么意思。"

"哦，过去我说了些什么？"她马上反问他，不外乎想赢得一点儿时
间罢了。

"好像你自个儿也都不知道似的。"

"哦，得了吧。不过，现在还不是时候，是不是？我好像觉得，我们原来
是说——"她说到这里，一迟疑就顿住了。

"我记得当时你是说过的，"他接下去说，"不过，我现在发现你并不
喜欢我，说穿了，就是这么回事。要是你真的爱我，那么，不论是现在就对我
好，还是在下星期、下下星期对我好，又有什么区别呢？在你看来，一切多少
取决于我替你做了什么，而并不是你爱不爱我。真是太圆滑了！"他在痛苦之

中一下子变得相当激烈和勇敢。

"不是这样的！"她听了很生气，马上尖声嚷了起来，因为他说对了，她一下子恼火了，"另外，我希望你不要再对我说这样的话。你要是想知道，那就老实告诉你吧，现在我压根儿也不想那件倒霉的外套了。你那些倒霉的钱，你尽管拿回去吧。我可不要。从今以后，你也别打扰我就得了，"她又找补着说，"我用不着你来帮忙，我要什么样外套，反正照样都能弄到。"说罢，她一转身就走了。

克莱德如同往常一样，急于抚慰她，马上追了上去。"别走啊，霍丹斯，"他恳求道，"等一会儿。说实话，我也不是这个意思呀，真的，说实话我为了你快要疯了。难道你就看不出来吗？喂，你别走呀。我给你钱，并不是要得到什么回报呀。随你高兴，你白白地拿走就得了。世界上除了你以外，任何人我都不爱，从来也没爱过。你把钱通通拿走吧。我压根儿不要了。只不过我早就以为你还是有点儿喜欢我的。现在你到底还爱不爱我，霍丹斯？"这时他显得胆怯、害怕，而她发现自己居然已能左右他，就想不妨稍微宽宏一些。

"那当然啰，还用说吗，"她一本正经地说，"不过，反正这也并不是说你就可以像你刚才那副德行对待我呀。看来你始终不懂得，一个女孩子永远也不会什么都顺从你，不会你要她怎么做她就怎么做。"

"你这是什么意思？"克莱德问，没有完全领会她的意思，"你的话我听不懂。"

"哦，也许你是听懂的。"她才不相信他听不懂。

"哦，我想，你刚才说些什么我懂了。我好像知道现在你要说些什么来着，"他失望地接下去说，"这是他们大家都讲过的荒唐事。我知道。"

这时，他几乎逐字逐句、绘声绘影地把酒店里别的侍应生——希格比、拉特勒、埃迪·多伊尔说过的话照背了一遍。他们对他讲过这类事的关键所在，说到有些女人为了渡过一时难关，有时也是这样撒谎的。他们使他完全懂得了那是怎么一回事。现在霍丹斯也知道他是确实懂了。

"嘿，你可一点儿也不害臊，"她装出一副受委屈的样子说，"简直什么都不能跟你说，反正你什么也都不相信。不过，不管怎么说，也不管你信不信，反正这是实话。"

"哦，现在我知道，你这是怎么一回事，"他虽然伤心，却有些高傲地回答说，仿佛这在他看来早已司空见惯了，"你不喜欢我，反正就是这么回事。现在我可看得清清楚楚了。"

"唉，你可一点儿也不害臊，"她一口咬定说，依然装出一副受委屈的样子，"我向你保证，这话千真万确。你信也好，不信也好，但是我可以发誓，确实就是这样。"

克莱德站在那里很尴尬。他知道，对于这个小诡计，他实在没有更多的话好说了。他可不能强迫她做任何事情。她要是想撒谎和装假，他也只好假装相信她。不过，他心里充满了一种巨大的悲哀。他是怎么也得不到她的爱了，那是一清二楚的。他想转身走了，可她明明知道自己撒谎已被他识破了，所以觉得现在不得不下一点儿工夫，把他再次掌握在她手里。

"得了，克莱德，得了，"她说话时技巧可谓非常纯熟，"我说的是真话。说实在的，是真的。你不相信我吗？不过，我一定会的，下个星期，你放心好了。真的，我一定会的。你相信我就得了。我说话是算数的。真的，是这样。我的确喜欢你，非常喜欢你。难道说你还不相信，是吗，是吗？"

这是虚情假意的最后一招，克莱德自头至踵感到浑身战栗，只好回答说自己相信她。于是，他脸上又露出笑容，一下子乐呵呵起来。由于开车时间已到，赫格伦已在招呼大家上车。当大家向汽车走去时，他还抓住她的手，吻了好几回。他深信：他的美梦肯定会实现了。啊，美梦一旦实现，该有多么开心！

Chapter 19　大祸临头

　　返回堪萨斯城的路上，开头一直安然无事，并没有破坏克莱德依然陶醉其中的美梦。他坐在霍丹斯身旁，霍丹斯头靠在他肩上。虽然斯帕塞在开车前等候大家入座时拧了一下她的胳臂，而她报之以脉脉含情的巧目一盼，可是这一切，克莱德并没有看到。

　　时间已经很晚了，赫格伦、拉特勒和希格比催促斯帕塞快开车，何况斯帕塞刚才有幸得到了霍丹斯的秋波，心里那种乐陶陶的快活劲儿就不用提了，所以没有多久，近郊灯光便开始在前方闪现了。汽车正以令人头晕目眩的高速在公路上疾驰而去。但是突然停车了，这里是东行的铁路主干线通往市内的必经之地，有两列货车正在这里交叉通过，出乎他们的意料，因此心烦意乱地等了好长时间。再过去，到北堪萨斯城时，开始下雪了，一大片、一大片柔软的、容易融化的雪片，如同鹅毛一般飘下来，给路面铺上了一层滑溜的泥浆，因此开车就得比刚才谨慎小心一些。这时已是五点半了。通常只要开快一些，八分钟就可以开到离酒店只有一两个街区的地方。不过，这会儿在汉尼拔桥附近火车交叉通过，耽搁了一阵子，因此驶过大桥，开到威恩多特街已是五点四十分了。这四个年轻小伙子仿佛早已对这次郊游失去兴趣，就是对他们身旁那些姑娘也不再觉得乐趣无穷了。此刻他们最担心的是能不能及时赶到大酒店。服饰整洁而又纪律严明的斯夸尔斯先生的身影，已在他们面前隐约可见。

　　"喂，要是再不开快一些，"拉特勒对正在忐忑不安地摸弄手表的希格比说，"恐怕我们就不能及时赶到了。我们连换衣服都来不及了。"

　　克莱德听到他的话，就大声嚷嚷着："嘿，那可要不得！我真巴不得车子开得更快。唉，要是今天我们不出来多好。要是我们不能准时赶到，那事情就坏了。"

　　霍丹斯发现了他突如其来紧张不安的神色，就找补着说："你说赶不到吗？"

　　"照这样的车速是赶不到的。"他说。赫格伦一直在欣赏车窗外的雪景，一个仿佛飞絮弥漫的大千世界，这会儿大声嚷道："喂，亲爱的威拉德，我们当然还得开快些才行。要是我们不能准时赶到，那就要了我们的命了！"

　　希格比素有赌徒本色，平时不动声色，这会儿也着急了，找补着说："我们要是编不出一点儿理由来，也许就通通被炒鱿鱼了。谁有什么高招吗？"克莱德只是在焦急不安地长吁短叹。

　　随后，仿佛故意一回又一回地折磨他们似的，几乎每到一个交叉路口，想不到都挤满了车子。这一窘况使斯帕塞很恼火。而在第九街和威恩多特街的交叉路口，交通警把手一举，向他示意禁止通行，这下子使他心中更加着急了。"交通警又在举手啦，"他大声嚷道，"这叫我怎么办！我可以拐入华盛顿街，不过，能不能省点儿时间，我可说不上来。"

　　过了整整一分钟，他才得到信号，车子可以往前开去。他马上向右一拐，飞也似的驶去，过了三个街区，才进入华盛顿街。

　　不过，这里情况也不见得好多少。挤得密密麻麻的车子，像两股洪流一般，按着各自相反方向奔驰不息。每个交叉路口都得花去一些宝贵的时间，等候横越而去的车子开走。随后，他们的车子飞快地开到另一个交叉路口，从别的车辆中间穿过，还得尽快超过它们。

　　在第十五街和华盛顿街的交叉路口，克莱德对拉特勒大声嚷道："我们在第十七街下车一块儿走回去，怎么样？"

　　"我要是能开到那里，你们走也省不了多少时间！"斯帕塞大声喊道。"反正车子快得多，我包管比你们先到。"

　　他让车子挤进车流中间，几乎连一英寸空隙也都不剩。在第十六街与华盛顿街交叉路口，他看见左面一条街好像空一点儿，就拐了进去，沿着这条大街径直往前驰去，这样又开到了威恩多特街。正当他快要开到交叉路口，打算加速拐弯，逼近路边石的时候，有一个约莫九岁光景的小女孩朝十字路口跑过来，正好冲到了汽车跟前。因为他已经没有机会拐弯躲闪，这个小女孩就被撞倒了，而且被拖了好几英尺远车子才刹住。这时候，至少有五六个女人尖声叫了起来，还有许多目击这次车祸的男人在大声喊叫。

他们一下子都向那个被汽车撞倒又被车轮碾过的小女孩奔去。斯帕塞往车窗外一望，只见人们围在一具动弹不得的躯体四周，心里顿时充满了说不出的惶恐，由此马上联想到警察、监狱、他父亲、车主，以及各式各样严厉的惩罚。车里所有的人都站了起来，一连声惊呼："啊，我的上帝呀！他撞倒了一个小女孩！""唉，他把一个小女孩轧死了！""啊，多吓人哪！"啊，我的主呀！"啊，老天哪，现在叫我们怎么办呀？"斯帕塞把车子一拐弯，大声嚷道："老天哪，警察！我非得开车逃跑不可。"

没有征得其他几个人（他们还弯着腰站在那里，吓得几乎说不出话来）的同意，斯帕塞便把汽车排挡杆扳到头一挡、第二挡，一直扳到第三挡，同时又给发动机加足汽油，飞也似的开往下一个路口。

不过，那里正像附近其他路口一样，也有一个警察在站岗。他看见西面路口乱糟糟的，就离岗去了解情况。这时，他只听到"拦住那辆汽车""拦住那辆汽车"的喊叫声。还有一个人从车祸现场一直跟在这辆汽车后面追奔，一面指着那辆车，大声叫喊："拦住那辆汽车，拦住那辆汽车，他们撞死了一个小孩！"

这时，警察才算闹明白，就转过身来，向那辆汽车奔了过去，一面吹起了警笛。斯帕塞一听见喊叫声，又看见警察离了岗奔来，便飞快地从警察身边一擦而过，拐入第十七街，几乎以每小时四十英里的车速疾驰而去，一会儿擦过一辆卡车的轮毂，一会儿碰上另一辆汽车的挡泥板，在仅有几英寸乃至于四分之一英寸空隙中与车辆和行人交臂而过；而坐在他后面的那些人，多半身子直挺着，心里紧张极了，眼睛睁得老大的，两手紧攥着，脸孔和嘴唇也都绷紧着。就拿霍丹斯、露西尔·尼古拉斯和蒂娜·科格尔来说，她们一连声地喊叫："啊，老天哪！""啊，这下子怎么得了？"

不过，警察和跟踪追奔的那些人毕竟不是一下子就能甩掉的。那个警察因为看不清汽车牌照号码，又见这辆汽车司机压根儿不想停车的样子，就吹起了警笛，那尖啸声经久不息。前面十字路口的警察，看见这辆汽车飞奔而去，知道这是怎么回事，也吹起警笛来，随后拦住和跳上一辆过路的旅游车，下令司机向前追赶。至此，还有三辆车子，一看出了岔子，在冒险精神的驱使下也奋起直追，一路上使劲儿地按喇叭。

可是帕卡德牌汽车的车速毕竟比后面追赶的汽车要快得多，在头几个街区还听得见"拦住那辆汽车！""拦住那辆汽车！"的呼喊声，到后来，由于帕卡德开得太快了，呼喊声很快就听不见了，只有从远处传来又长又尖、仿佛在绝望地号叫的汽车喇叭声。

　　这时，斯帕塞抢先开了好长一段路。他知道一直开下去，最容易被人赶上，就马上拐入麦吉街。这是一条比较冷清的大街，他就径直往前冲过了一两个街区，并开到了路面宽阔、迂回曲折向南而去的吉勒姆公园路。不过，他以吓人的速度开了短短一段路以后，又在第三十一街决定拐一个弯，远处的房子弄得他方向不明，而北面一带的郊区看来可以使他最容易躲过后面的追捕者。因此，他就让车子往左一拐，开进这条大街，心里暗想：到了这些比较冷僻的街道，他可以弯来弯去，甩掉追捕者——至少有足够的时间让车上的人在方便地点下车，随即把车子开回车库。

　　斯帕塞本来可以做到这一点，但由于这一带房屋稀少、看不见行人，一开到近郊的一条街以后，他就决定关掉车灯，让人们更不容易发现汽车的行踪。随后，他飞快地朝东、朝北，接着又朝东、朝南转弯，最后冲进一条街，不料一两百英尺以外，铺设的路面突然到了顶头。多亏在大约一百英尺开外，望得见另一条交叉的马路，所以，他心想，只要一拐进去，也许又能找到一条路面平整的大道。于是，他加速向前驰去，接着猛地往左急转弯，不料车子狠狠地朝一堆铺路的石子冲了过去（这一堆石子，原是铺路承包商存放在这里的），由于熄了前灯，事前他没有看清楚。在这堆石子斜对面，未来的人行道上还堆置了盖房木料。

　　他的车子开足了马力，先是撞上了铺路的石子堆，一下子又被撞了回来，差点儿翻了个儿，稍后径直冲进了对面的木料堆。只不过车子不是从正面，而是从边上冲了进去，木料一下子崩塌了，已是东倒西坍，正好使后面的车轮高高地跷起，把汽车完全抛向左面，陷入道旁杂草丛生的雪地里。在车上玻璃震碎和人体相撞的一片嘈杂声中，车里的人都被抛向前面和左面，乱七八糟叠成了一堆。

　　以后发生的情况，多少是一个谜，不仅对克莱德，而且对所有的人，也都是模糊不清的。因为，斯帕塞和劳拉·赛普坐在前面，同风挡玻璃车窗和车顶相撞，一下子昏厥了过去。斯帕塞的肩膀、臀部、左膝，由于伤势严重，不得不躺在车里，等救护车开来。如今汽车倾覆，车门朝天，也就没法儿从车门里把他们拖出来。克莱德坐在第二排座位上，离左边的车门最近，紧挨着他的是霍丹斯、露西尔·尼古拉斯和拉特勒。克莱德被挤压在他们下面，这几个人合在一起的体重总算还没有把他压碎。因为，霍丹斯摔倒时，不知怎的越过了克莱德，侧面半个身子完全被甩到车顶上，而现在车顶好像已成为左壁了。在她身旁的露西尔·尼古拉斯撞倒时，不知怎的只是压在克莱德的肩膀上。四个人里头躺在最上面的，却是拉特勒。他摔倒时，不知怎的被抛到了前面的一排座位上。不过，他一下子抓住了他前头的方向盘，也就是斯帕塞在车子猛撞时不得不放手扔下的方向盘。拉特勒由于紧紧地抓住了方向盘，多少摔得比较轻些。不过纵然这样，他的脸和双手也都受了伤，流血了。他的肩膀、胳臂、臀部受了一点儿轻伤，还不妨碍他搭救别人。拉特勒马上想到别人和他自己身陷困境，又听见他们的尖厉喊叫声，他就马上竭尽全力，从现在他头顶上的车门里爬了出来。他是好不容易从别人身上一直爬到车门口，最后终于把车门打开的。

他一爬出来，就爬到那辆倾覆的车子底盘横梁上，把手向下伸去，抓住了正在呻吟、挣扎的露西尔。露西尔同别人一样，正一个劲儿地往上爬，可就是枉然徒劳。拉特勒使出了浑身力气，大声嚷道："现在保持镇静，亲爱的，我会抓住你的。得了，我会把你拖出来的！"他终于把她拖了出来，让她坐在车门边，过了一会儿，要她坐到雪地上。她坐在那里抽抽噎噎地哭了，一面抚摩自己的胳臂和脑袋。露西尔获救后，拉特勒又帮着去拉霍丹斯。她的左颊、前额和两只手伤得够呛，在不断地淌血，不过算不上特别严重，虽然那时候她自己还一点儿都不知道。她正在唏嘘啜泣，浑身战栗，瑟瑟发抖，她先是被撞得昏了过去，几乎失去了知觉，接下来心里感到一阵寒栗。

这时，克莱德早已晕头转向，从车门里探出头来，他的左颊、肩膀和胳臂淌着鲜血，不过到处没有受伤，他心里想自个儿非得赶紧爬出去不可。轧死了一个孩子；一辆偷来的车子撞毁了；他在大酒店里的差使当然也丢了。警察正在追捕中，也许随时都会上这儿找到他们的。在车里，被挤压在他底下的是斯帕塞，趴在他摔倒的地方，不过，拉特勒已经在照料他了。在他身旁是劳拉·赛普，也已昏迷了过去。他觉得自己应该出一点儿力助拉特勒一臂之力。拉特勒正俯着身子，竭尽全力，想在不让她受到伤害的情况下把劳拉·赛普抓住。不过，克莱德脑子里早已乱成一团，要不是拉特勒气呼呼地喊道："克莱德，帮帮忙好吗？看咱们能不能把她拉出来。她已昏过去了。"他很可能会忙立在那里纹丝不动，谁也不去搭救呢。这时，克莱德一转过身来，先不是很费劲儿地爬出来，而是想方设法从里头把她托举起来。他站在车子一侧已被震碎的玻璃窗上，想把她的身子从斯帕塞的身子底下拖出来，然后再托举上去，可是怎么也不成。她身子太软又太沉重。他只能把她往后拖，先把她从斯帕塞身边拖开，然后让她留在车上第一、第二两排座位中间。

在汽车后面的赫格伦，离顶部最近，只是稍微晕过一阵，这时好歹爬到了离他最近的车门，把车门打开了。他由于爱好体育运动，身强力壮，就一点也不费劲儿地站了起来，爬了出去，还大声嚷道："啊，耶稣呀，我们就这样都来啦！啊，基督呀，真受不了！啊，基督呀，趁警察还没有赶到之前，最好还是溜之大吉吧！"

不过，他看见在他底下的那几个人，又听见他们的呼喊声，自己也就不想临阵脱逃了。相反，他一出来就转过去，看见了下面的梅达，大声嚷道："来吧，看在基督的分儿上，快把你的手伸给我。我说一、二、三，要快点儿爬出来！"他终于把梅达拉了出来，这时梅达还在抚摩自己受了伤的隐隐作痛的脑袋。赫格伦转过身来，又爬上车子底盘桁梁，俯下身子，抓住了蒂娜·科格尔。原来她只是昏迷了过去，沉甸甸地压在希格比身上，这时好不容易想坐起来。希格比呢，众人的重量从他身上一去掉，他便跪在那里，两手摸着自己脑勺和脸。

"把你的手给我，戴夫 ①，"赫格伦大声喊道，"快一点！！看在基督的分儿上，别耽误时间呀。你受伤了吗？我说，我们可得滑脚溜了。我看见有一个家伙正向这儿走过来，我可不知道他是不是警察。"他抓住了希格比的左手，不料，希格比把他推开了。

"住手！"他大声喊道："不要拉我，我没事儿，我会自个儿爬出来的。快去帮帮别人吧！"他站了起来，他的脑袋已从车门里探了出来，他两眼往车子里扫视一遍，给自己找一个落脚地方。后面的坐垫已被甩到前面去了，他就脚踩那个坐垫，让自己身子探出车外，坐在车门上，然后再把他的脚弄出来。接着，他举目四顾，只见赫格伦正在帮拉特勒和克莱德的忙，想要把斯帕塞拖出来，就走过去，助他们一臂之力。

这时，车外已发生了一些乱糟糟的怪事。因为，比克莱德先出来的霍丹斯突然摸了一下自己的脸，发现左颊和前额不但扎破了，而且在不断地淌血。她一想到她的美貌很可能被这一意外事故永远毁了，就马上感到一种纯属只顾自己的惶恐，以至所有一切都忘得一干二净。不论是别人的不幸受伤，还是有被警察发现的危险，还是那个小孩的惨死，以及这辆豪华汽车被撞毁，事实上，除了她自己和她的美貌有可能毁掉以外，她通通都忘了。她马上抽抽噎噎地哭了起来，两手还上下挥舞着。"啊，老天哪，老天呀，我的老天呀！"她绝望地呼叫着，"啊，多可怕！啊！多吓人！啊，我的脸被扎破了。"随后，她觉得现在要赶快想办法才行，于是，她突然不告而别，溜了，此时克莱德还在车里帮着拉特勒呢。霍丹斯沿着第三十五街往南，径直向灯光通明、行人如织的市中心区走去。她心中只有一个念头，就是赶快回家，先要好好照顾自己。

① 戴夫系戴维斯·希格比的昵称。

　　至于克莱德、斯帕塞、拉特勒，以及其他女友，说实话，她早都忘得一干二净了。现在，他们算得了什么呢？她只是在想到自己被毁了的美貌时，偶尔才想到那个被车轧死的小女孩。至于这一事故多么令人害怕，警察的追捕，被撞毁了的汽车并不属于斯帕塞，因此现在他们很可能全部被捕等等，她简直很少经心。她对克莱德只是这样想的：正是他邀她参加这次倒霉的郊游，所以，说真的，一切都得怪他。这些笨头笨脑的小伙子！唉，他们居然会把她也拉扯进去，瞧他们那副笨头笨脑的德行，能把事情办好吗？

　　别的几位姑娘，除了劳拉·赛普以外，哪一位的伤势都不算严重。一开头她们只是一个劲儿地叫、吓坏了罢了。可现在她们真的感到惊恐，生怕警察赶来把她们抓走，揭发出去，受到惩罚。因此，她们就站在汽车附近，大声喊道："喂，你们快一点儿，好吗？唉，老天哪，我们得一起溜呀。啊，这事太可怕了。"后来，赫格伦喊道："看在基督的分儿上，别吭声，好吗？我们使的劲儿可都到了顶，你看见了没有？你们这样乱嚷嚷，警察一下子就赶来抓我们啦。"这才把她们制住了。

　　一个孤独的郊区居民，住在离出事地点有四排房子的田野对面，这时，他仿佛是应声而至了。因为晚上他一听到撞击声和呼喊声，就款步踱过来，看看究竟出了什么事。此刻，他走到近处，站在一边，好奇地直瞅着这一伙遇难者和那辆汽车。

　　"出事了，嗯？"他态度相当温和，大声说道，"谁是重伤呀？嘿，多倒霉，还是一辆漂亮的车子啊。要不要我帮忙？"

　　克莱德一听见这个人的话音，就举目四望，哪儿都见不到霍丹斯。他只好把斯帕塞平放在车底，此外再也帮不上他的忙了。他闷闷不乐地朝四下里张望着。因为他一想到警察，一想到警察一定会来追捕他们，心里就难受极了。他非得脱身不可。不能在这里被抓走。只要想一想，他要是被抓走了，那就会怎么样——多丢脸，也许还会受到惩罚，说真的，他连一句话还来不及说，他那憧憬着的美好世界全被夺走了。他母亲也会知道，还有斯夸尔斯先生，一句话，所有的人都会知道。他一定会进监狱。啊，一想到这里，该有多可怕！真的，好像一个折磨人的旋轮在他肌体上碾磨似的。现在他们对斯帕塞已是无能为力了，在这里逗留过久，就有被抓走的危险。因此，他一面问："布里格斯小姐上哪儿去了？"一面开始往外爬，不一会儿，就在黑乎乎、残雪点点的田野里寻找她。他心中暗自思忖：首先要帮助她，她想上哪儿，就把她送到那儿。

　　就在这时，他听见远处传来的警笛声和嘎嘎声，至少有两辆摩托车正飞快地向出事地点的方向开过来。原来，那个郊区居民的妻子听到远处撞击声和呼喊声，就给警署打电话，说这里出事了。这时，那个郊区居民还在解释说："是他们来了。刚才我要妻子打电话去叫急救车的。"一听这话，他们都明白这是怎么回事，所以，大家就一下子都跑了。再说，他们抬头一望，田野那一头，只见车灯正在渐渐逼近。这两辆车一块儿到第三十一街与克里夫兰街的拐角处。然后，有一辆车掉过头来，往南沿着克里夫兰街直奔出事地点。还有一辆则在第三十一街往东驶去，为了这次事故担任巡逻。

"看在上帝的分儿上，大伙儿快跑呀，"赫格伦心情激愤地低声说，"散开！"他马上抓住梅达·埃克塞尔罗德的手，沿着汽车倾覆的第三十五街往东一个劲儿地直奔东郊。可是，不一会儿，他心里想这样也不行，因为沿着大街追捕他，这太容易了。于是，他转向东北，径直穿过旷野，从市区逃走了。

这时，克莱德突然意识到，一旦被抓住，就会导致怎么样的后果。他那醉心欢乐的美好的梦想，到头来必然落得个可耻下场，说不定甚至锒铛入狱，这时，他也开始逃跑了。只是他没有跟着赫格伦等人奔跑，相反，他往南拐入克里夫兰大街直奔南郊而去。不过，如同赫格伦一样，他也意识到，像这样走在大街上，不管是谁要追上他委实太容易了，所以，他就往旷野里飞奔而去。不过，他不像刚才那样往郊外跑，而是转向西南，直奔第四十街以南那些街道。只不过他先要走过一大片开阔的空地和附近一片矮树丛。摩托车的灯光已照到他背后的路面上了，他就马上奔进矮树丛，暂时躲藏起来。

只有斯帕塞和劳拉·赛普还留在车子里，她的神志渐渐清醒过来。那个陌生人一看到他们，简直惊骇万状，只好在车外站着。

"嘿，真有意思啊！"他突然自言自语地说，"这辆车子一定是他们偷来的。压根儿不像是他们自己的。"

就在这时，第一辆摩托车赶到了出事地点。从离他不远的藏身处，克莱德听到一个声音说："嗨，你们到底还是逃不了，是吧？尽管你们自以为巧妙得很，可你们并没有成功。我们正要找你们，你们那帮人上哪儿去了，嗯？他们究竟上哪儿去了，嗯？"

克莱德又听见那个郊区居民十分明确地声称本人同这次事故毫无关系。他说车子里那些人刚刚跑掉，要是警察想追捕的话，也许还来得及。虽然克莱德还能听见他们的说话声，但他马上开始在雪地里爬行，先是朝南，继而朝南偏西，始终朝着远处一些街道爬行。他往西南方向望去，有一片昏暗的灯光。这时，他心里在想，既然刚才没有抓住他，他就不妨在那里躲一躲，暂时销声匿迹——以后，只要时来运转躲掉这一灾难和惩罚，躲掉这没完没了的颓丧和不满——而所有这一切，如今他都得忍受。

BOOK 2

出人头地的梦想

Chapter 1　富豪伯父的家族

　　这是纽约州莱柯格斯城塞缪尔·格里菲斯的家。莱柯格斯是位于尤蒂卡和奥尔巴尼之间、人口约有两万五千的一个城市。开饭时间快到了，一家人纷纷走拢来，准备共进晚餐。这一顿晚餐准备得比往常更为丰盛，就是给一家之主塞缪尔·格里菲斯先生接风洗尘，因为他离家四天刚才回来。原来他是去参加芝加哥的一个衬衫与领子制造厂商的会议，西部一些突然暴富的劲敌宣告削价，逼使东部一些制造厂商妥协，也进行了调价。午后不久，他就打来电话，说他已经回来了，打算去工厂办事处，一直待到吃晚饭时才回家。

　　对于讲求实际而又充满自信的丈夫的脾性，格里菲斯太太早就摸熟了。此人很自信，认为自己的判断、自己的决定，绝无例外都是稳健可靠，几乎是不再变动的。因此，这一回她一点儿也不奇怪。到时候他自然会回家，会和她打招呼的。

　　格里菲斯太太知道自己丈夫最喜欢吃羊腿，在同她那位其貌不扬但办事很能干的女管家特鲁斯黛尔太太闲扯后，就关照她准备羊腿这道菜。等到与之相配的菜蔬、甜食也都选定以后，格里菲斯太太这才转念想到了大女儿麦拉。好几年前她从史密斯学院毕业，至今还待字闺中。至于原因嘛，格里菲斯太太虽然从不乐意公开承认，自己心里却很清楚，不外乎是麦拉长得不太好看，鼻子太长，眼睛挨得太近，下巴颏儿尚欠丰满——而丰满对一个女孩子惹人喜爱的模样儿来说，乃是万万不可或缺的。通常她总是显得太喜欢深思、好学，对本城上流社会的交际生活照例不感兴趣。眼下有些女孩子，尽管长得并不美，但生来就有一种圆滑手腕，更不用说那种吸引男子的特殊魅力了——这些特点，可惜在麦拉身上都欠缺。她母亲心里明白，她实在太爱挑剔，也太颖悟了；论才智，她确实凌驾于她那个小圈子里那些人之上。

她自幼在相当奢华的环境里长大，用不着为谋生这类琐事操心。不过，她想在社交上和爱情上获得成功确实有她的难处。要达到这两个目标，如果说没有美貌和魅力，那就好比要求叫花子变成巨富一样难啊。迄今已有十二年了——从十四岁起，她亲眼看到，在她那个小圈子里，许多少男少女都是生活得乐呵呵，无忧无虑，可她偏偏只知道读书和音乐，尽量让自己穿得整洁、吸引人，出门访友时希望能够同一个志趣相投并对她深感兴趣的人邂逅，但有时这也会让她感到悲哀，乃至于乖戾无常了，尽管父母，以及她自己的物质生活享受都是那么特别优越。

此刻她正经过母亲的房间往自己的房间走去。瞧她那副神态，好像对世界上一切都是漠不关心似的。她母亲正在想方设法引导她从这种心态中走出来。这时，刚从芬奇利家回来的小女儿贝拉，突然飞也似的奔进来了——她是在斯内德克学校放学回家路上，顺便上这个有钱的街坊邻居那儿去玩儿的。

如果说同她那个身材高高、肌肤浅黑、略带病黄色的姐姐相比，贝拉哪怕个儿矮一些，长得却要雅致得多，体格也很结实。她有一头深棕色几乎是乌黑的头发，棕黄或是说橄榄色的面孔，双颊透着红晕，一双和蔼可亲的棕色眼睛迸发出一种急于探索的光芒。除了她那刚中有柔的性格以外，她还虎虎有生气，充满了活力。她的四肢优美而又灵活。她简直对周围一切都喜欢，尽情地享受眼前生活乐趣。因此，同姐姐不一样，她在成年男子和小伙子——男女老少看来，都特别具有吸引力，这一点她父母当然也很清楚。到时候没人向她求婚这种危险性是压根儿不会有的。她母亲已经了解到，围着她转的成年男子和男孩子已经够多的了，因此，给她选择夫婿的问题已经摆在面前。现在，她已表现出一种广交朋友的倾向，不仅跟被誉为本城社会名流的一些比较保守的世家望族后裔交朋友，而且跟不久前才迁居本区、社会地位低微的一些人家的子女交朋友，她母亲对此极为不满。这些人家里头有熏咸肉的，做罐头的，有制造真空吸尘器的，也有做木器、藤器的，制造打字机的——他们虽已成为本城巨贾豪富，但在莱柯格斯也许还被看成"一帮子暴发户"。

格里菲斯太太认为，现在贝拉和这一帮子人跳舞、上餐厅、坐汽车到这个那个城市去玩实在太多了，缺少应有的监督。不过，同她姐姐麦拉一对比，贝拉该有多么轻松啊！正是为了细心地照管贝拉，以便日后准能按照宗教礼仪举行婚典，格里菲斯太太对她目前的广交朋友和醉心玩乐不时深感忧虑。她一心只想要保护她小女儿。

"刚才你上哪儿去了？"她女儿一奔进房间，就随手把书一扔，走到了生着火的壁炉跟前，这时格里菲斯太太才开口问。

"想想看，妈，"贝拉满不在乎，简直答非所问地说，"今年夏天芬奇利家要放弃他们在格林伍德湖畔的房子，搬到松木场附近第十二号湖去了。他们要在那儿盖一座新的别墅。桑德拉说，这回就盖在湖边，不像这里老宅离湖那么远。他们还要盖一条铺硬木地板的特大游廊。还有一个船坞，大得很，能停泊一艘三十英尺长的电动汽艇，就是芬奇利先生特意买给斯图尔特的。您说，这美不美？桑德拉说，要是您同意的话，我可以跟她一块儿上那儿去住上一个夏天，或者说我乐意住多久，就住多久。吉尔要是高兴，也可以去嘛。您知道，就在埃默雷小筑和东门旅馆的湖对面。就在范特别墅那边，您知道，尤蒂卡的范特家离沙伦家不太远。这真是太美了！太棒了！我真巴不得您跟爸下个决心，咱们也在那儿盖一座小别墅，妈。我说，眼下这里每一个有点儿身价的人，差不离都搬那儿去住啦。"

她就这样滔滔不绝地说着，不停地来回扭动身子，一会儿望着壁炉里的旺火苗儿，一会儿又走到两扇高高的窗子跟前，从这儿望得见屋前的草坪，以及冬日黄昏时分被电灯照得雪亮的威克吉大街全景。因为她一直在嘴上嘀嘀咕咕说个没完，她母亲简直插不上一句话，不过，最后总算说了一句："真的是吗？那么，安东尼家、尼科尔森家和泰勒家呢？我还没听说他们要搬走。"

"哦，我知道，安东尼家、尼科尔森家和泰勒家都没有搬。嘿，休想他们会挪窝！他们太老派啦。他们那号人是不会搬的。谁都不指望他们搬。不管怎么说，反正格林伍德湖跟第十二号湖不一样。这您自个儿也明白。凡是在南岸有点儿身份的人，包管都会搬过去的。桑德拉说，克兰斯顿家明年就搬了。打这以后，当然啰，哈里特家也要搬了。"

"克兰斯顿家、哈里特家、芬奇利家，还有桑德拉！"她母亲听后觉得既好笑但又很生气，"这些天来，我耳朵里听到的，净是克兰斯顿家呀，你呀，还有蒂娜呀，桑德拉呀！"因为克兰斯顿家和芬奇利家，这些不久前才搬来的新的暴发户虽然在莱柯格斯已经相当发迹，可是同别人相比，往往更容易成为人们飞短流长的话题。他们把克兰斯顿柳藤制品公司从奥尔巴尼迁到这里，把芬奇利真空吸尘器公司从布法罗迁到这里，在莫霍克河南岸盖起了大厂房，更不用说在威克吉大街造了富丽堂皇的新宅第，在莱柯格斯西北二十英里外格林伍德湖滨修建了消暑别墅。一句话，他们分明是在摆阔气嘛，因而也招致了莱柯格斯全城有钱人不满。他们喜欢穿最时髦的衣服，坐的汽车也都是款式最新的，使那些资财不多的人——原先他们认为自己的地位和生活方式都是固定不变，饶有兴味，引人瞩目的——很难同他们争一日之短长。可是，克兰斯顿家和芬奇利家太喜欢出风头，太咄咄逼人了，所以就成为莱柯格斯城里其他上流社会人士的肉中刺。

"我跟你说过多少回了，叫你别跟伯蒂娜，或是那个莱达·哈里特，或是她的哥哥多来往？他们这些人太傲慢了。他们整日跑来跑去瞎忙乎，乱弹琴，净给自己摆阔气。你爸对他们的看法同我一模一样。至于桑德拉·芬奇利，若是她既想同伯蒂娜来往，又想同你来往，那你就只好干脆不同她多来往。再说，我也拿不准你爸是不是一定会允许你没有大人的陪伴，就随随便便上哪儿去。你毕竟年纪还轻呢。至于你要到第十二号湖上芬奇利家去的事，得了，要么是我们一块儿都去，要么是我们干脆谁也不去。"格里菲斯太太打心眼儿里喜欢一些世家望族，同时也是殷实人家的生活方式与繁文缛节，如今气呼呼地两眼直盯着她女儿。

可是，贝拉听了这些话，既不感到羞惭，也不怎么恼火。相反，也知道她母亲的脾性，知道她母亲是疼爱她的，也知道她母亲同她爸一样，常常因为她长得又俊又俏，在本城交际界大出风头而沾沾自喜。他爸认为贝拉已是十全十美的了，只要她莞尔一笑，就能随意摆布他了。

"年纪还轻呢，年纪还轻呢，"贝拉大为不满地重复说，"你就听着，好不好？到七月，我就十八岁了。我倒是很想知道，在你和爸看来，我究竟要长到多大，出门才不用你们二老陪着。难道说你们二老想上哪儿去，我就非得跟着一块儿；而我想上哪儿去，你们二老也非得一块儿跟着不可？"

"贝拉！"母亲责备她说。沉默了半晌，女儿很不耐烦地伫立在那里。格里菲斯太太这才找补着说："那么，依你看，我们又该怎么办？要是你已二十一二岁，还没出嫁，那倒是应该让你一个人到外面去。不过你现在这个年纪，就断乎不该想这类事。"贝拉刚昂起了她那俏丽的头，这时楼下边门开了，他们家的独生子吉尔伯特·格里菲斯进来了，瞧他的脸孔和身材，活像他那个住在西部的堂兄弟克莱德，只不过风度和性格迥然不同，也就是说不像后者那么缺乏毅力。他一进来，就径直上楼去了。

他是一个强壮有力、以自我为中心、虚荣心很强的年轻人，现年二十三岁。同他两个姐妹相比，他似乎严峻得多，讲求实际得多。另外，在做生意方面，他很可能要精明强悍得多；两姐妹则对生意经丝毫不感兴趣。他做事干脆利索，可就是很不耐烦。他认为自己的社会地位已是固若金汤，除了经商发迹以外，他简直对什么都是不屑一顾。不过话又说回来，他对本城上流社会的交际动态确实深为关注，而且认为他和他的家庭就是它的最重要的组成部分。他时刻记住他这一家在当地已有很高名望和地位，因此他的一言一行也就特别谨小慎微。旁观者偶尔一看，无不感到此人相当精明而又傲慢，一点儿都没有年轻人爱玩的味道，其实，按他这个年纪，本该是活泼爱玩的。不过，他毕竟还年轻、漂亮而又吸引人。他还有一条三寸不烂之舌——这是他的一种禀赋，有时也能一下子说出一些挖苦话来，令人耳目为之一新。由于他的家庭和他本人的地位，他在莱柯格斯所有的未婚年轻人中是最最令人艳羡的一个。不过话又说回来，他毕竟太关心自己，在他的内心世界里，几乎已无余地对别人进行深刻而又真正颖悟的了解了。

贝拉听见他从楼下上来，走进他自己的房间——它在后楼，跟她房间只是一壁之隔，就马上走出母亲的房间，跑到门口，大声喊道："喂，吉尔，我能进来吗？"

"当然可以。"这会儿他口哨吹得正欢呢，因为要出门玩去，正打算换一身晚礼服。

"上哪儿？"

"哪儿也不去，换衣服吃晚饭呗。饭后上威南特家去。"

"哦，自然还有康斯坦斯啰。"

"不，没有康斯坦斯，当然没有啰。你从哪儿知道的？"

"好像我就不知道吗？"

"别扯淡了，你来就是为这个吗？"

"不，压根儿不是。你只要想一想，芬奇利家打算夏天在第十二号湖盖一座别墅，就在湖边，紧挨着范特家。芬奇利先生还打算给斯图尔特买一艘三十英尺长的汽艇，另外造一座船坞，还有日光浴室呢。那有多棒，嗯？"

"不要说'多棒'，不要说'嗯'。难道你不知道要把俚语通通都剔除掉吗？你说话时活脱儿一个女工。学校里教你的就是这一套吗？"

"听着，是谁在大谈特谈不要说俚语？那你自己呢？依我看，你在这儿就树立了一个好榜样。"

"得了，首先，我比你大五岁。其次，我是个男人。最好你向麦拉也学学，她究竟说过那些话没有？"

"哦，麦拉！够了，我们还是别谈那个吧。只要想一想，人家在盖新别墅，到了夏天，他们该有多乐呀。你想不想我们也一块儿去吗？只要我们心里想去，只要爸爸妈妈也同意，包管去得了。"

"哦，我并不觉得这有多了不起，"她哥哥这样回答，其实，他对此同样也深为关注，"除了第十二号湖，还有别的地方呢。"

"谁说没有呢？不过，都不是我们这儿的老相识。比方说，来自奥尔巴尼和尤蒂卡的著名世家全都到了那里。桑德拉说，第十二号湖那里要变成一个上流社会的交际中心，沿湖西岸净是最漂亮的别墅小筑。不管怎么说，反正克兰斯顿家、兰伯特家和哈里特家也很快就要搬过去了，"贝拉斩钉截铁而又不甘屈服地继续说道，"赶明儿格林伍德湖留下来的人就不多了，上流人士也不多了，即使说安东尼家和尼科尔森家还在这里不挪窝。"

"谁说克兰斯顿家也要搬去？"吉尔伯特问，此刻他已是饶有兴趣。

"嗯，当然啰，是桑德拉说的！"

"谁告诉她的？"

"伯蒂娜。"

"是啊，他们家家都是越来越乐和呀，"她哥哥怪腔怪调、不无眼红地说，"莱柯格斯的天地一下子变得太小，容纳不下他们啦。"他怎么也摆弄不好蝶形领结，最后猛一下子总算把它摆到中间，因为领结太紧，他皱了皱眉头，扮了个怪脸。

最近吉尔伯特虽然以生产制造的总监身份进入他父亲的衬衫与领子行业，而且日后很可能管理整个企业，但他对那个年轻的格兰特·克兰斯顿还是十分嫉妒。此人年纪跟他相仿，长得很漂亮，很惹人喜爱，在妙龄女郎的眼里，他确实更具有魄力和吸引力。克兰斯顿似乎认为，协助父亲管好产业同适当地享受交际乐趣是完全可以结合起来的，吉尔伯特对此却不敢苟同。事实上，年轻的格里菲斯，要是可能的话，真是恨不得责备克兰斯顿生活放荡，只不过迄至今日，克兰斯顿始终保持着头脑清醒，并无越轨之举。而且克兰斯顿柳藤制品公司显然一跃而成为莱柯格斯的重要制造业之一了。

"是啊，"过了一会儿，他找补着说，"要是我来管他们的企业，就不会像他们那样把摊子铺得太大。说到底，他们毕竟也不是全世界首屈一指的大富翁呀。"但不管怎么说，他心底里还是觉得，克兰斯顿一家跟他本人和他的父母不一样，尽管并没有那么热衷于猎取社会地位，但事实上表现得更具有魄力，真的令他艳羡不已。

"你知道，"贝拉兴致勃勃地继续说，"芬奇利家还准备在船坞铺上嵌木地板，造一个舞厅呢。桑德拉说，斯图尔特巴望你今年夏天上那儿，多玩一些日子。"

"哦，他真的巴望吗？"吉尔伯特回答说，既有一点儿妒忌，也有一点儿讽刺，"你是说，他巴望你去多玩一些日子吧。我可得忙上整整一个夏天。"

"可他没有说过类似这样的话，是你自作聪明。再说，我们要是真去的话，也不会有什么损失。依我看，格林伍德湖上没有什么好看的玩意儿。只有一些娘儿们扎堆闲扯淡。"

"真的是这样吗？妈妈听了会高兴的。"

"当然啰，你会告诉她的。"

"哦，不，我才不会呢。不过，我可不想我们马上就跟着芬奇利家或是克兰斯顿家上第十二号湖去。你如果想去你就去得了，只要爸答应你去。"

正在这时，听见楼下又有人在叩门，贝拉忘记自己同哥哥正在抬杠，就飞也似的奔下去迎接爸爸了。

Chapter 2　亲戚们对克莱德的态度

　　格里菲斯家族在莱柯格斯的这一支的家长，跟堪萨斯城那一支的相比，要引人瞩目得多了。他跟他的个子矮小、境况相当窘困、经办"希望之门"传道馆、已有三十年没见过面的弟弟不一样，他的个子比常人略高，身体很强壮，虽说比较清瘦，但两眼炯炯有神，举止谈吐也都深刻精辟。他历来自以为有着异乎寻常的洞察力与杰出的商人素质，这从他所取得的成就即可证明。所以，他对某些比不上他的人有时就有一点儿不耐烦了。他处世待人并非不厚道，也并不惹人不快，只不过始终竭力保持着一种镇静、审慎的风度。他为自己这种作风辩白说，他不外乎是接受人们对他，以及跟他一样发迹的人所做出的评价罢了。

　　二十五年前，他来到莱柯格斯，手头有些资金，就决意在有人向他建议过的一家新的领子行业中投资。后来，他竟然就此发迹，是始料未及的。当然，他也就沾沾自喜了。如今，二十五年以后，他的家毫无疑问是莱柯格斯全城最漂亮，同时也是造得最别致的宅邸之一。格里菲斯一家人，被尊为当地少数几个世家望族，即使说不上最古老，至少也是莱柯格斯最保守、最可敬、最发迹的家族之一。他那年纪还小的两个子女，如果说大女儿不算在内，他们的交际应酬常在年轻活泼的一代人中大出风头，到现在为止，还没有发生过什么事足以削弱他的威望，或者使他的威望为之黯然失色。

　　这一天他刚从芝加哥回来，因为他在那里签订了好几个合同，至少保证一年之内的生意可以得到协调发展，所以觉得心里很舒坦，对世界上的一切也都感到称心如意。也没有发生什么事使他这次旅行蒙受失败。他出门远行时，格里菲斯衬衫与领子公司一切照常，如同他在厂里一样，目前的订货很多。

他一走进家门，把一只沉甸甸的手提包和一件做得很时髦的大衣一扔，就转过身去，瞧着其实他早已料到的一个场面：贝拉急匆匆地朝他奔了过来。当然啰，她是他的心肝儿宝贝儿。在他看来，这是他整个生命给予的最心爱、最别致、最高超的艺术品，青春、健康、快乐、聪颖和爱情，所有这一切全都体现在这个漂亮女儿身上了。

"哦，爸爸，"她见他一进来，就非常甜蜜而又迷人地大声喊道，"原来是您呀？"

"是啊，至少眼下有一点儿像我吧。我的宝贝女儿，你好？"他张开双臂，迎接他这个活蹦乱跳奔过来的小女儿，"我说，这可真是一个又结实、又健康的好妞儿呀，"他同她亲吻一下之后这么说，"我走了以后，这个淘气的小姑娘表现怎么样？这回可不许撒谎呀。"

"哦，好得很呢，爸爸，不信您问就得了。我可表现得再好也没有了。"

"你妈怎么样？"

"她身体很好，爸。她在楼上自己房里，也许她没有听见您进来吧。"

"还有麦拉呢？她从奥尔巴尼回来了没有？"

"回来了。她也在自己房里。刚才我听到她在弹琴呢。我自己也才进门。"

"噢哟哟，又串门去啦，我知道你。"他乐呵呵地跷起食指警告说。贝拉一下子就挽住他的一只胳臂，跟他一块儿迈步上楼去。

"哦，没有，我可没有呢，"她狡黠而又甜蜜地喃喃低语，"瞧您，一个劲儿地挑剔我，爸。我只不过到桑德拉那儿去了一会儿。您觉得怎么样，爸？他们打算放弃格林伍德湖这边的房子，马上要在第十二号湖边盖一座漂亮的大别墅啦。芬奇利先生还特意给斯图尔特买了一艘大汽艇，他们打算到了夏天就住过去，也许从五月到十一月都在那儿。说不定克兰斯顿一家也要去了。"

格里菲斯先生对他小女儿的鬼花招早就见惯不怪了，可是这会儿他之所以听得如此津津有味，与其说是因为她提出的那么一个想法，第十二号湖这个上流社会的交际中心要比格林伍德湖更为高贵，还不如说是因为这么一个事实：芬奇利一家，仅仅为了享受上流社会交际乐趣，竟能突然不惜工本挥金如土了。

他没有回答贝拉的话，径直上楼，走进了妻子的房间。他亲吻了一下他的太太，瞅了一眼跑到门口来拥抱他的麦拉，接着就大谈芝加哥之行的收获。从他拥抱太太的场面可以看出，他们俩之间有一种令人满意的默契，一丝儿不协调都没有。再从他同麦拉打招呼的劲儿也可知道，他虽然对她的秉性和观点并不完全赞同，但还是至少对她倾注了无限爱心。

他们正说话时，特鲁斯黛尔太太进来说就要开饭了。吉尔伯特这时也换好衣服，走了进来。

"我说，爸，"他大声说道，"我有一件有趣的事儿，明儿早上要同你谈一谈。可以吗？"

"好吧，我在厂里。你正午来吧。"

"大家一块儿下楼吧，要不饭凉了。"格里菲斯太太一本正经地提醒大家说。吉尔伯特马上转身下楼，跟在后边的是格里菲斯先生，贝拉依然挽着爸的胳臂。最后，当然，是格里菲斯太太和刚从自己房里出来的麦拉。

一家人坐定以后，马上就谈到了最近以来莱柯格斯的一些新闻。贝拉是提供全家谈资的主要来源，这些新闻多半是从斯内德克学校收集来的。所有的社会新闻好像都以惊人的速度渗进了这所学校。这会儿她突然说："您觉得怎么样，妈？罗塞达·尼科尔森，就是迪斯顿·尼科尔森太太的侄女——去年夏天尼科尔森太太从奥尔巴尼来过这里，您知道的。那天晚上，她还参加了我们草坪上举行的女毕业生游园会。您记不记得，那个黄头发，蓝眼睛，有点儿斜白眼的姑娘，她父亲是奥尔巴尼一家大杂货批发店的老板——哦，她跟去年夏天来看望兰伯特太太的那个来自尤蒂卡的赫伯特·蒂克哈姆订婚了。您不记得他了，可我是记得的。他个儿高高的，皮肤黑黑的，多少有些忸忸怩怩，而且苍白得吓人，不过还是很漂亮的。哦，简直是电影里一个不折不扣的男主人公。"

"您听见了吧，格里菲斯太太，"吉尔伯特狡黠而又挖苦地对母亲说，"斯内德克女子学校列位小姐时常派出一些代表悄悄地溜出去看电影，以便不时掌握电影里男主人公的动态。"

老格里菲斯突然开了腔，说："这次我在芝加哥碰到一件怪事，相信你们各位一定也会觉得有趣。"他想到了两天前在芝加哥不期而遇的一个人，后来才知道此人原是他的小兄弟阿萨的大儿子。他还想到了自己对此人所下的结论。

"哦，那是怎么回事，爸？"贝拉马上催促说，"快快说呀。"

"快把这一条重要新闻讲出来，爸。"吉尔伯特接下去说。他知道父亲疼他，所以向来对父亲好像平起平坐，一点儿拘束都没有。

"哦，我在芝加哥，下榻在联谊俱乐部，碰到一个年轻人，是我们家的亲戚，孩子们，还是你们的堂兄弟，也是我弟弟阿萨的大儿子。我心里琢磨，如今阿萨是在丹佛吧。我没见过他，或者说没听到过他的消息，迄今已有三十个年头了。"他说到这里，就迟疑不语，陷入沉思。

"不就是在某个地方传道的那一个吧，爸？"贝拉昂起头来问。

"是啊，就是那个传道的。至少，我知道他离家以后有一阵子是传道的。不过，他的儿子告诉我，说他现在已经不干这个了。他在丹佛，我想，大概是在一家旅馆做事。"

"请问他那个儿子是什么样子呢？"贝拉问。她只认识按照她现在的社会地位和父母的监护许可范围内的那些衣冠楚楚和显然非常保守的年轻人与成年男子，因此，这一个新亲戚，西部一家旅馆老板的儿子，把她深深地吸引住了。

"一个堂兄弟？他有多大年纪？"吉尔伯特马上追问。他急于了解这个亲戚的性格、地位和能力。

"哦，依我看，他是个挺有意思的年轻小伙子。"格里菲斯多少有点儿迟疑，欲说还休。因为，直到此刻为止，他真的还说不上对克莱德有个一定的看法。"他模样儿长得相当漂亮，举止言谈也相当正派，依我看，年纪同你差不多，吉尔，乍一看，也很像你，像极了。眼睛、嘴巴、下巴颏儿，都是一模一样。"他仔细端详着自己的儿子，"如果要说有什么不同，那就是他个儿稍微高些，显得瘦削些，虽然我看他实际上并非如此。"

想到有一个堂兄弟很像他，可能各方面跟他一样漂亮、潇洒，又是同姓，吉尔伯特心里就打了个寒战，有一点儿反感。因为，到现在为止，在莱柯格斯这地方，人人都知道他是独生子，未来的厂主和继承人，姑且少说些，也是他父亲产业的三分之一的继承人。可现在呢，万一大家知道他有个亲戚，有一个年纪同他相仿，甚至外貌举止也跟他相像的堂兄弟——一想到这里，他禁不住怒火中烧（这是一种他既不了解，而又控制不住的心理反应）。他马上断定，他不喜欢他，无法喜欢他。

"他现在的职业是什么？"他质问时的语调减慢，而又有一点儿酸溜溜的味道，虽然他也竭力想使后者不要暴露出来。

"哦，他的职位算不上什么，我想应当这么说，"格里菲斯若有所思地微笑着说，"目前他只是芝加哥联谊俱乐部里的一名侍应生，不过，这孩子倒是很惹人喜欢，有点儿绅士派头，我想应当这么说。我倒是很喜欢他的。事实上，他告诉我，说他在那里没有什么晋升的机会，希望能够另找一个地方，以便有机会学到一点儿东西，日后也能出人头地。我对他说，要是他乐意上这儿来，他就不妨来碰碰运气吧，也许我们可以帮他一点儿小忙，至少给他一个机会，让他表现一下究竟有没有才能。"

开始，他并不打算把自己对侄儿如此的热心关怀一下子都讲出来，原是想等一等，跟妻儿商量几次后再说。殊不知，他觉得既然有这么一个合适的机会，何不先说了出来呢。现在，他既然讲了，自己也觉得很高兴，因为克莱德很像吉尔伯特，他的确很想帮帮自己亲侄子的忙。

不过，吉尔伯特听后有些恼火，心里不觉凉了半截。贝拉和麦拉对父亲的意见倒是相当赞成。格里菲斯太太却不以为然，她不论什么事，一概站在她的独生子一边，甚至宁愿他一个亲戚都没有，一个能跟他竞争的人也没有，她热衷于这么想。一个堂兄弟，也姓格里菲斯，长得很漂亮、潇洒，年纪跟吉尔伯特相仿，据爸爸说很惹人喜欢，举止言谈又很正派，这就使贝拉和麦拉很喜欢。而格里菲斯太太一发觉吉尔伯特阴沉的脸色，也就很不高兴了。这表明吉尔伯特不喜欢他啊。不过，为了尊重丈夫的权威和遇事果断的才干，这时她依然默不作声。

但贝拉并不这样。"哦，您打算给他一个位置，是吧，爸？"她说，"那多有意思。我希望他比我们其他的一些堂兄弟长得更漂亮、更潇洒些。"

"贝拉！"格里菲斯太太呵责她说。麦拉回想起好几年前有一个笨拙的叔叔和堂兄弟从佛蒙特来看望他们，在这里还待过一两天，就会心地笑了一笑。这时，深为恼火的吉尔伯特心里竭力反对父亲这个意见。他简直能不理会父亲的用心。"当然啰，只要有人想进厂来学咱们这个生意，我们怎么也不能马上回绝他们。"他尖刻地说。

"哦，这个我明白，"他爸爸回答说，"不过，堂表兄弟，叔侄外甥嘛，那就另当别论了。再说，依我看，他很聪明，很有抱负。如果说我们反正仅仅接纳个把亲戚，给个机会让他试试看，那也无伤大雅嘛。我真闹不明白，为什么我们就不能像雇用陌生人那样雇用他呢。"

"我可知道吉尔不喜欢莱柯格斯有人跟他同姓，外貌也像他。"贝拉佻巧地说，话里带着一点儿恶意，因为她哥哥动不动就当面数落她。

"嘿，胡扯！"吉尔伯特愤愤地回嘴，"你要是过一段时间能说上一句有点儿头脑的话多好？至于他跟我同不同姓，或者说他长得同我像不像，这些跟我又有什么相干呢？"这时，他的一言一语、一颦一笑，就显得特别酸溜溜的。

"吉尔伯特！"母亲带着呵责的口吻大声说道，"你怎么能说这样的话？还是冲着你自己的妹妹说？"

"得了，那我就不打算给这个年轻人出点子了，如果说要引起大家心里不愉快的话。"老格里菲斯接下去说，"我只知道，他父亲做事从来不是很能干的，我怀疑克莱德过去是不是有过一个正经八百的机会。"儿子一听见他父亲如此善意、亲切地称呼他堂兄弟的名字，不由得有点儿畏缩不前了，"我要他上这里来的本意，不外乎是要帮着他迈出第一步呗。至于以后他行不行，我可一点儿都说不准。也许他行，也许他不行。要是他真的不行……"他忽然一只手往上一扬，好像是说，"要是他真的不行，那时，我们当然就得把他抛开。"

"哦，依我看，你可真是个好心肠，孩子爸，"格里菲斯太太殷勤而又委婉地说，"我可巴望他能不辜负你的一番好意。"

"还有一点，"老格里菲斯经过深思熟虑之后，意味深长地找补着说，"要是他受雇了，那么，他在我厂里工作期间，我不希望仅仅因为他是我的侄儿，他的待遇就跟其他雇员有什么不同。他来这儿是做事的，可不是来玩的。他在这儿接受考验期间，我可不希望你们里头哪一位同他有来往，哪怕是一点儿也不行。反正他还不是一味依赖我们的那种人，至少他并没有给我留下这样的印象。再说他来的时候，心里也不会想到以后自己要跟我们里头任何一位平起平坐呗。要不然，那就太蠢了。往后要是他果然真的表现不错，能够自己照顾自己，知道牢守自己的岗位而又不出风头，如果说你们里头又有人也想照拂他一些——得了，到那时候还来得及，瞧着办，不过，在那以前可万万不行。"

特鲁斯黛尔太太的助手、女仆阿曼达正在把盘子撤去，准备上甜食。不过，格里菲斯先生平素很少吃甜食，除非有客人在座，通常他就利用这一空隙，看看放在书房小书桌里的股票，以及有关银行业务的报表。这时，他就把椅子往后一挪，站起身来，跟家里人说他有事，径直走进隔壁书房去了。其余的人仍然留下来吃甜食。

"我倒是很想看看这位堂兄究竟是什么样子。您呢，妈？"麦拉问母亲说。

"可不是啊。我真巴不得他能不辜负你爸爸对他如此厚望。要不然，会叫他伤心的。"

"我可怎么也闹不明白，"吉尔伯特说，"我们对原来已有的人，总算好不容易才给安置下来了，现在干吗还要另外添人？再说，只要想一想，要是一发现我们的堂兄弟上这儿来以前只不过是旅馆里一名侍应生，人们又会有怎样的风言风语！"

"嘿，他们不一定会知道，不是吗？"麦拉说。

"嘿，怎么会不知道？唉，我们怎能不让他自己说出来呢，除非我们特别关照他千万别说，又怎能不让在那里见过他的人上这儿来呢。"他眼里凶光闪闪，"一句话，我可希望他千万不要乱说一通。不用说，这对我们大家一点儿好处都没有。"

贝拉找补着说："但愿他别像艾伦伯父的两个孩子那样傻乎乎的。依我看，他们才是天底下最没有味儿的男孩子。"

"贝拉！"她母亲又一次规劝她。

Chapter 3　克莱德的流浪经历

　　塞缪尔·格里菲斯所说在芝加哥联谊俱乐部遇到的克莱德，早就不是三年前从堪萨斯城逃出来的那个年轻小伙子了。他现年二十岁，个子比头几年长得稍微高些，更为结实，但也不见得太强壮，不用说，阅历倒是较为丰富。自从丢掉了堪萨斯城的老家和那份差使以后，他不得不接触到许多人世间的艰辛——他体验到低贱累活儿、身居陋室的况味，身边又没有一个亲友，不由得竭尽全力给自己闯出一条生路来。久而久之，他就养成了三年前谁都不信他能具备的、一切依靠自己的品质，以及善于曲意奉承、很懂分寸的习惯。现在，他穿的衣服，虽然远远地比不上逃离堪萨斯城时那么讲究，可是，他身上总是流露出一种极为文雅的风度，哪怕不能一下子就引人注目，毕竟还是惹人喜欢的。更有甚者，他已变得非常谨慎，而又善于节制，跟当初爬上一辆敞篷货车从堪萨斯城逃出来时的那个克莱德，简直可以说判若两人了。

　　他从堪萨斯城出逃以后，就得施展出各种各样的诡计才得以勉强过活，由此他得出了一个结论：他的前程完全取决于自己。现在他终于认识到，家里人一点儿也不能帮助他。他的父亲、母亲、爱思达，他们通通都是太不能干，而且是太穷了。

　　这时，尽管他们处境艰难，他心中不由得非常惦念他们，尤其是他的母亲，还有他从孩提时就熟悉的往昔家庭生活——连同他的弟弟、妹妹和爱思达都在内。现在他才认识到，爱思达如同他自己一样，早已成为再也不受自己意志支配的现实环境的牺牲品了。他不时满怀痛苦地回忆过去。当初他对待母亲的态度，他在堪萨斯城的事业突然中断，失去霍丹斯·布里格斯，对他来说是一大打击；从那时起他心中感到的种种苦恼，以及想必由于他的缘故给母亲和爱思达带来的苦恼。

出逃后过了两天，他来到了圣路易。两个司闸员发现他躲藏在货车上，先是抄走了他的手表和外套，接着就在一个灰蒙蒙的冬天早晨，离堪萨斯城一百英里远的地方，把他推到了雪地里，情况简直惨不忍睹。后来，克莱德无意中捡到一张堪萨斯城的报纸——《星报》，这才知道车祸发生后叫他最揪心的忧虑早已成为事实。该报在两栏标题下面，就以满满的一栏半篇幅刊载了这一事件的始末经过。一个小女孩，堪萨斯城某小康人家的十一岁的女儿，被车撞倒，几乎立时毙命，过了一个钟头后，她果然气绝身亡；斯帕塞和赛普小姐现在医院诊治，同时已被逮捕，由一名警察在医院内守护，等待他们恢复健康；一辆豪华汽车早已严重损毁；斯帕塞的父亲，就是在那个出门未归的车主手下做事的，得知自己那个蠢儿子如此莽撞犯了罪，不由得愤怒填胸，悲痛难抑。

可是更糟的是，那个倒霉的斯帕塞早已以盗窃和杀人罪被控。毋庸置疑，斯帕塞希望减轻自己在这一起重大惨案中的罪责，不仅把所有同他在车上的人都招供出来了——特别说出了那些年轻的侍应生和他们酒店的地址，还提出指控说他们跟他同样有罪，因为当时他们一个劲地催促他开快车，那是违背了他的意志的。这个说法，据克莱德所知，也是符合事实的。斯夸尔斯先生在酒店里接见警方人员与各报记者采访时，早已说出了那些肇事者父母的姓名，以及他们的家庭地址。

就数这最后一招，对他打击最大。因为接下来就是一段令人不安的报道，写到他们的亲属在获悉他们的罪行之后，无不震惊。拉特勒太太就是汤姆·拉特勒的母亲，哭着说她的孩子是个好孩子，当然不会存心做坏事。赫格伦太太，也就是奥斯卡一向热爱的老母亲，说天底下再也没有比她儿子更老实、更厚道的人了，想必是他酒喝多了。写到他自己家里，《星报》上是这样说的，他母亲站在那里，脸色煞白，惊恐万状，茫然不知所措，一个劲儿地来回搓手，那样子仿佛她压根儿闹不清这是怎么回事，硬是不相信她儿子参加了这次汽车郊游。她还对众人说她儿子当然很快就回来的，一切都会说清楚的，她又说想必这里头一定是有些误会。

可是，克莱德并没有回去。后来，他再也没听到过什么别的消息了。因为他害怕警察，也害怕他母亲，害怕她那充满悲哀而又陷于绝望的眼睛，就一连好几个月没有写过家信。到后来，他才给母亲寄去一封信，也只不过说他在外一切很好，请母亲放心好了。他既没有署名，也没有留下通信处。后来，他一直在外流浪漂泊，想寻找到这样或那样的工干干，在圣路易、皮奥里亚、芝加哥、密尔沃基——在一家餐馆里洗盘子，在近郊一家小铺子里卖汽水，在皮鞋店、食品店学做小伙计。总之一句话，什么都干。不过样样不走运，不是被人家开除、歇生意，就是因为自己不爱干而辞掉了工作。有一回，他给母亲寄过十美元，另一次又寄过五美元，这是他好不容易才省下的。大约在一年半以后，他心里断定想必搜捕放松了，他应负的那份罪责很可能也被忘掉了，或者说到那时已被认为不必追究了——这时，他正在芝加哥送货车上当司机，生活还算过得去，每星期有十五美元收入，他就决定给他母亲写一封信。因为现在他可以告诉她说，他已有了一个体面的职业，而且长时间以来一直安守本分，循规蹈矩，虽然信末他并没有署上自己的真实姓名。

那时节，他正住在芝加哥西区波林那街一家寄宿宿舍里。下面就是他写给母亲的信：

亲爱的妈妈：

您还在堪萨斯城吗？我盼望您写信告诉我。我真巴不得又接到您的来信，我也会再给您写信的，如果说您真的要我写的话。说真的，我是会这样做的，妈。我在这里一直很孤单。不过您还得处处小心，千万别让任何人知道我现在什么地方。让人知道了不会有什么好处，还可能有很大的害处，特别是正当我竭尽全力，好不容易重新做人的时候。那次我自个儿可一点儿差错都没有。说真的，我一点儿差错都没有，尽管报上说我有错——我只不过跟着他们跑了一趟罢了。但我害怕人家会拿我并没有做过的事来惩罚我。那时候，我就只好不回家了。我虽然没有什么错，但当时我害怕您和父亲会有什么想法。不过话又说回来，是他们邀我去的，妈。我可并没有像他所说的要他开快车，或者是要他去寻找那一辆车子。是他自己开了人家的车，来邀我和另外一些人一块儿去的。也许把那个小女孩撞死了，我们人人都有罪责，不过，我们也并不是故意这样的。我们谁也没有这个意图。打从那时候起，我心里一直难过极了。想一想由于我的缘故，给你们增添了多少麻烦呀！何况又是正当您最最需要我帮助的时候。啊！简直太可怕了！但是我依然希望您能够饶恕我，妈。您真的能饶恕我吗？

我心中一直纳闷，真不知道您现在怎么样了。还有爱思达、朱丽娅、弗兰克和父亲。我心里很想知道您在哪儿，现在做些什么。您知道我有多么爱您，妈。现在我反正懂得的东西多了一些，我看问题也跟过去不同了。我就是要出人头地。我巴望自己碰上好运道。现在我有一个相当不错的职位，说真的，不

像堪萨斯城的那么好，不过还算说得过去，尽管不是过去的那个行业。我希望
能够得到更好的发展，要是这样的话，我也就不想回去干酒店这一行了。这一
行对我这样的年轻人来说，太不合适了，依我看，总觉得自己太了不起了。
您看，现在我比过去要聪明得多了。我在这儿工作，人家对我都很喜欢，不
过，我到社会上去一定要高人一等。再说，现在我赚的钱，真的并不比花的
多，刚够我付房钱、饭钱和穿衣的钱，不过，我还是尽量设法节省一些，因
为我还要给自己寻找一个合适的职业，到了那里，我可要好好工作，真的学
一点儿本领。现在这个时代，每一个人都得精通一行才成。这个道理我现在
才算明白了。

　　您会写信给我，说说你们大家的近况和眼下您正在做些什么吗？我很想知
道。请您向弗兰克、朱丽娅、爸爸和爱思达转达我的深情，要是他们还跟您住
在一块儿的话。我还是如同往日一样地爱您，我想您也有点儿爱我，不是吗？
我不能署上真名，因为也许还有危险性（我从离开堪萨斯城以来，就一直没有
用过真名）。不过，我会告诉您另一个名字，但愿这个名字不久我就要不用
了，又将恢复自己原来的姓名。我真恨不得现在就用自己的原名，不过，我还
是有些害怕。您要是愿意给我写信的话，请写：

　　　　　　　　哈里·台纳特
　　　　　　芝加哥　留局待领
　　我将在几天以内就去取。我之所以这样署名，是为了不给您，或是不给我
增添更多麻烦，明白了吧？不过，我完全深信，只要那件事风头一过，我当然
重新使用我原来的名字。

　　　　　　　　　　　　　　　爱您的
　　　　　　　　　　　　　　　儿子

　　他在应该署上自己真名实姓的地方画了一道线，下面写"知名不具"几个
字，就把信寄发了。

　　正是因为他母亲不知道眼下他在什么地方，心里本来就一直惦念着他，所
以此信发出后不久，他很快就收到了一封回信，信封上盖的是丹佛的邮戳，不
由得使他万分惊讶。因为他本来以为她至今还在堪萨斯城呢。

亲爱的儿子：

　　我接到我孩子的信，知道你太太平平地活着，我真是又惊诧，又高兴。
我无时无刻不在衷心希望和虔诚祷祝，愿你重新走上那正直的仁慈道路，那是

唯一可以引导你通往成功和幸福的道路，并且祈求上帝允许我得到有关你的消息，知道你平安无事，而且在诚实地工作和生活。由此可见，现在主已经垂听了我的祈祷。我知道主会垂听的。赞美主的神圣名字。

你前次身陷可怕的灾祸，并使你本人和我们大家深受痛苦和耻辱，对此我并不全都责怪你。因为我很明白，魔鬼是怎样诱惑和追逐我们所有的凡夫俗子，特别是像你这样的孩子。哦，我的儿子，要是你早就明白，你该如何保持警惕，以免坠入这些陷坑，该有多好！摆在你面前的，是一条漫长的道路。你从今以后能时刻警惕，始终恪守我们救世主的教旨，好吗？而你妈历来就给你们——我亲爱的儿女们心坎里灌输的，也正是主的这些教旨。你能停下来，仔细倾听跟我们永远同在的主的声音，按照主指引我们的方向，迈开步伐，平安地踏上通往比我们想象中更为壮丽的天国的那条崎岖不平的道路，好吗？你要向我保证，我的孩子，保证你将永远牢记你幼年时代所接受的教旨，心里念念不忘"正义就是力量"。还有，我的孩子啊，任何一种酒，永远永远喝不得，也不管是谁要你喝的。魔鬼就在那儿耀武扬威，主宰一切，随时准备征服意志软弱的人。要永远记住我一贯告诉你的话："酒是骗子，一喝就疯。"此刻我以最虔诚的心情祈祷，但愿你一受到引诱的时候，这些话就会在你耳际回响，因为现在我相信，发生那次可怕事件的真正原因也许就在这里。

我为了那事饱受痛苦，克莱德，而且正好发生在我为爱思达经受如此骇人的考验的时刻。我差一点儿就失去了她。那一阵子她真的好苦啊。这个可怜的孩子啊，她为了自己的罪孽付出了多么昂贵的代价！那时候，我们只好债台高筑，要工作很长一段日子才还得清呢。不过到头来，我们终于还清了，现在我们的境况早就不像往日里那么差劲儿了。

你已知道，现在我们都在丹佛。我们在这里有一个自己的传道馆，还有可供全家人居住的一所房子。此外，我们有几个房间可以出租，归爱思达经管。你知道，现在爱思达，当然啰，已是尼克松太太了。她有一个顶呱呱的小男孩。你父亲和我一见到这个小男孩，就常常回想到你小时候的情景。瞧他那淘气劲儿，活灵活现，跟你一模一样，我们简直觉得你又变成了小孩儿，重新回到了我们跟前。有时这也给我们一点儿安慰。

弗兰克和朱丽娅都长大了，好歹也是我的帮手了。弗兰克现在挨门逐户送报，也可以赚点儿钱贴补家用。爱思达希望能尽量让他们俩继续上学。

你父亲健康状况不大好，不过，当然啰，他毕竟上了年纪，可他依然尽力而为。

克莱德，你现在一个劲儿地让自己出人头地，我听了真有说不出的高兴。

昨天晚上，你父亲又说到你在莱柯格斯的伯父塞缪尔·格里菲斯很有钱，很发迹，我想你不妨给他写一封信，请他给你找个事由，好让你学一点儿本事。也许他会乐意的。我看他不会不答应的。说到底，你总是他的侄儿啊。你知道，他在莱柯格斯有一家规模宏大的领子工厂，而且很有钱，人们都是这么说的。你干吗不给他写封信看看，怎么样？我总觉得也许他会给你找个职位的。那你干起活儿来就有奔头了。要是你给他写了信，就请你告诉我，他是怎么回复你的。

我希望经常收到你的来信，克莱德。请你来信，谈谈有关你的一切情况，包括目前生活情况都在内。你说好吗？当然啰，我如同过去一样爱你，并且愿意永远引导你走正路。我们衷心希望你远比你想象的有更大发展。不过，我们同样希望你还是个好孩子，过着一种纯洁、正当的生活。因为，我的儿子啊，要是有一个人得到了整个世界却丧失了自己的灵魂，那样的人又有什么用处呢？

要给你妈妈写信，克莱德，时刻记住你妈妈的爱永远与你同在，引导着你，恳求你为了主的缘故走正路。

爱你的
妈妈

其实，克莱德在同他的伯父塞缪尔邂逅以前，早就想着伯父和他那规模宏大的企业了。当他获悉他父母目前经济状况已不像他出走时那么紧巴巴，而且生活起居也很平安，住的也许就是跟新传道馆有关系的一家旅馆，或者至少也是一家寄宿宿舍——他心里这才得到了极大宽慰。

他接到母亲头一次回信，已过去了两个月，这时，他心里几乎每天都在琢磨，应该马上有所作为才好。有一天，一个到芝加哥来的客人在他干活儿的店里买了一大包领带和手绢，正好要他送到杰克逊林荫大道联谊俱乐部去。殊不知，他一进去，突然撞见了什么人来着。不是穿着俱乐部雇工制服的拉特勒还会是谁呢？拉特勒专门负责入口处问讯和收转包裹杂品。开始，不管是他，或是拉特勒，谁都没有闹清楚他们俩如今又面对面地碰上了，但过了半晌，还是拉特勒先叫了出来："克莱德！"接着一把抓住他，虽然欣喜若狂，但还是小心翼翼地把声音压得很低，找补着说："乖乖，真想不到在这儿碰上了！你这机灵鬼！你是怎么啦？大包就撂在这儿。可你到底打哪儿来？"克莱德同样激动万分，大声喊道："哎哟哟，我的老天爷哪，这可不就是汤姆吗？你是怎么啦？你就在这儿工作吗？"

拉特勒（如同克莱德一样）在这一刹那，几乎忘掉了他们俩之间休戚相关的那个令人痛苦的秘密，随后才回答说："是啊，当然啰，这是千真万确的事。我在这儿差不多快一年啦。"说罢，猛地把克莱德的手一拉，好像是说："别吭声！"把克莱德拽到那个年轻人听不见的地方（因为刚才克莱德进门时，拉特勒正在跟这年轻人说话），找补着说："嘘！我在这儿工作，用的是真名实姓，不过，我可不让人们知道我是从堪萨斯城来的，你懂吗。所以人们都认为我是从克利夫兰来的。"

话音刚落，他又一次怪亲热地捏了一把克莱德的胳臂，从头到脚把他仔细打量了一番。克莱德同样无比激动，找补着说："当然啰，我懂。这就很好嘛。你还认得我，我很高兴。现在我的名字叫台纳特，哈里·台纳特。你可别忘啦。"两人一回想起往日情景，心里简直乐开了花。

不过，拉特勒一发觉克莱德身上穿的是送货员制服，便说："是开送货车，嗯？嘿，真是太逗人了。你也开送货车。想一想，真要笑死我了。你干吗要弄这个？"拉特勒发现自己一扯到克莱德目前的遭际，克莱德脸上就露出不快的神色。这时，克莱德马上回答说："唉，说心里话，我压根儿不想干这个活儿。"他又接下去说："不过，听我说，我们俩总得在一块儿扯一扯。可你住在哪儿？"克莱德把自己地址告诉了他。"这样就得了。我六点钟下班。你完事后干吗不过来坐坐？要不然，我再告诉你，比方说我们就在——嗯，在伦道夫街'亨利西'见面，怎么样？可以吧？比方说，七点钟。我六点钟下班，我也可以以七点钟上那儿去，只要你觉得方便就得了。"

克莱德由于同拉特勒重逢聚首，真是喜出望外，就乐呵呵地点头同意了。

他爬上了自己的车子，继续送货去，不过，这天下午，他心里始终想到自己马上就要跟拉特勒晤面这件事，五点半，他就急匆匆地赶到车房，然后再到他在西区的寄宿宿舍，换上出门穿的衣服，风风火火地赶到了"亨利西"。他刚站在大街拐角处，不一会儿，拉特勒也来了，他是那样乐呵呵，亲亲热热，特别是身上的穿着，比过去任何时候都要整洁。

"喂，老兄，我一看见你，就打心眼里高兴！"他一开头就这样说，"你知道吧，打从我离开堪萨斯城以来，咱们这一伙里就数你是我见到的头一个。一点儿没错。我离家以后，我妹妹写信告诉我，说好像谁都不知道希格比、赫吉①或是你的情况究竟怎样。斯帕塞那个家伙给抓起来关了一年，你听说过吗？真倒霉，嗯？不过，多半并不是因为撞死了那个小女孩，而是因为

---

① 赫吉是赫格伦的昵称。

私自开走别人的车子，没有驾驶执照开车，并且，不顾警察招手，他不肯停下来。他之所以挨罚，原因就在这里。不过听我说，"这时，他煞有介事地把声音压低，说，"我们要是给抓住了，可也都得挨罚啊。嘿，那时我真害怕，就拔脚跑了。"他又一次哈哈大笑起来，不过有一点儿歇斯底里似的，"简直就像马儿草上飞啊，嗯？我们还把他和那个姑娘扔在车厢里。哦，听我说。真够呛，嗯？不过，那时候你又有什么办法？我们犯不着个个都给警察抓走啊，嗯？她的名字叫什么来着？劳拉·赛普。我还没有看见，你就溜啦。还有你的那个小妞布里格斯，也跟着溜了。你陪她一块儿回家，是吗？"

克莱德摇摇头。

"不，我才没有呢！"他大声喊道。

"哦，那你上哪儿去了？"拉特勒问。

克莱德向他如实相告。听了克莱德流浪的经过以后，拉特勒说："嘿，你知不知道，出事以后不久，那个小妞布里格斯小姐就跟一个家伙到纽约去了，你知道了吗？路易斯跟我说，她跟一个烟铺里的伙计一块儿跑了。就在她出走以前，路易斯看见她身上穿着一件新的裘皮外套。"克莱德伤心地往后退缩了一下，"嘿，当初你跟她一块儿鬼混，才上了老当。她压根儿没把你放在心上，不论是谁，她也都是这样。不过，依我看，你倒是对她着了迷，嗯？"他乐呵呵地向克莱德露齿一笑，往他胳肢窝里捏了一把，还是照自己老脾气，把他逗弄一番。

至于他自己，拉特勒也讲了一个毫不跌宕起伏的历险故事，同克莱德所讲的简直大异其趣；他很少讲到内心紧张和忧虑重重，净讲顽强的勇气和对自己命运、前途的信心。最后，他"搞到"了他眼前这个工作，因为，用他的话来说，"你在芝加哥好歹总能寻找到一点儿事儿干的。"

打那以后，他就一直在这儿，"当然啰，相当安静。"从来就没有人责难过他。

随后，他又马上解释说，在目前，联谊俱乐部里还没有什么空缺，不过嘛，他倒是可以跟俱乐部总管哈利先生谈一谈。他又说，要是克莱德本人乐意，而哈利先生也知道有什么空缺的话，那么，他一定会设法打听到哪儿有一个什么样的空缺，或是可能会有什么样的空缺；要是果真有的话，克莱德就算是被录用了。

"不过，千万要把心里的烦恼通通抛开，"就在黄昏即将逝去的时候，他对克莱德说，"那对你可没有什么用处。"

在这次令人激动的谈话以后仅仅两天光景，克莱德正在暗自思忖，要不要辞掉他的这份工作，恢复自己的真实姓名，要不要到各个旅馆去兜揽一些活儿。就在这时，联谊俱乐部的一个侍应生把一张便条送到了他的房间。这张便条上说："请在明天中午前到大北旅馆同拉托尔先生晤面。该处现有一个空缺，虽然不算最理想，但是将来会有更好的机会。"

于是，克莱德马上给他那个部门的经理打电话，说他今天有病上不了班，然后穿上他最漂亮的衣服，径直前往那家旅馆。根据他的自我推荐，旅馆就同意他上工了，而且，用的是自己的真实姓名，使他深感欣慰。还有，让他满意的是，他的薪水规定每月二十美元，此外还供给膳食。他早就知道，每星期小费不超过十美元，可是，连膳食也算在内，比现在的收入反正要多得多，因此也足以使他聊以自慰了。何况，工作也要轻松得多。他心中至今仍害怕，要是他重操旅馆旧业，很可能一下子就被人发现，给抓了起来。

打这以后没多久——不出三个月，联谊俱乐部有了一个侍应生空缺。恰巧不久前拉特勒已担任了日班侍应生领班助理，跟领班很谈得来。他就对领班说，他想推荐一个最合适的人来填补这个空缺，此人就是克莱德·格里菲斯，现在大北旅馆工作。于是，拉特勒就把克莱德叫来，事前精心教给他一套如何进见新上司的规矩，以及应该说些什么话。这样，克莱德就得到了俱乐部这份工作。

克莱德一下子就发现，这儿跟大北旅馆竟然有天壤之别，从宾客的社会地位和高贵的物质设施来说，甚至还凌驾于格林-戴维逊大酒店之上。现在他又可以在这里就近观察另一种生活方式了，只是不幸这种生活方式又直接触及了他灵魂深处爱慕虚荣、急欲出人头地的毒瘤。在这个俱乐部里，经常来来往往都是他过去从没见过的上流社会各界杰出人物，他们正直无私，而又以自我为本位，不仅来自祖国各州，而且来自世界各国，来自五大洲。来自四面八方的美国政界人士——杰出的政治家、大亨，或是以他们地区政治家自居的一些人，还有外科医生、科学家、著名医生、将军、文坛巨匠和社会人士，不仅来自美国，而且还遍及全世界。

这里还有一个事实，给他印象很深，甚至激起了他的好奇和敬畏心理，那就是格林-戴维逊大酒店和最近大北旅馆的生活里彰明较著、屡见不鲜的那种性的因素在这里简直连一丝儿影子都没有。事实上，就他记忆所及，这种性的因素看来已经到处泛滥，而且在他迄今接触过的生活里，几乎所有一切也都是由它激发产生的。可是在这里，并没有性的因素—— 一丝一毫都没有。女人一概不许进入俱乐部。各种各样的著名人物照例是独自一人来来往往，显得精力饱满而又沉默寡言，这些性格特征，正是成就特别卓著的人所固有的。他们往往单独进餐，三三两两在一起低声交谈——自己看报、读书，或是坐上风驰电掣一般的汽车到各处去。可是，他们当中十之八九好像并没有听说过有那种欲念的因素，或者至少说根本不受到它的影响。如今，在他不成熟的心灵看来，就在包括他本人在内的那些微不足道的小人物的生活之中，好像有很多事情都摆脱不了这种欲念的驱使和困扰。

在如此超凡脱俗的一个环境中，一个人也许既不能达到，也不能保住他那卓尔不群的地位，除非他对性，这一个当然很不体面的东西表示极其冷淡。因此，克莱德认为，在这些人们面前，或是在他们的心目中，你的一举一动就不能不表现得好像你根本不存在这些思想似的，事实上，你却是不时受到这些思想的支配。

克莱德在这里工作了很短一段时间以后，在这个机构，以及来这里的各种人物的影响下，看来也渐渐具有一种地地道道的绅士风度了。只要他置身于俱乐部范围以内，他就觉得跟自己的过去相比，如今已是判若两人了——更能克制自己，更加讲究实际，也不再那么罗曼蒂克了。他相信，现在他就应该加倍努力，仿效那些头脑清醒的人，也只有仿效那些人，也许有一天他会成功，哪怕不是极大的成功，至少也要比他迄今为止好得多。有谁知道呢？要是他工作努力勤奋，只跟正派人交往，在这里举止态度特别谨慎小心，那么，也许在他见过的那些进进出出的大人物（俱乐部的宾客）里头不知是哪一位喜爱他，要他到什么地方去担任他从来没有担任过的一个要职，说不定也就让他一下子擢升到一个从来把他拒之门外的社会中去。

说实话，克莱德生来注定永远也不会成为一个完全成熟的人。他断乎缺乏的就是思想的明晰性与坚定的目的性——而这些特性，正是许多人所固有，并使他们能在生活里所有的道路与机遇之中给自己找出最合适的晋身之阶。

Chapter 4　社会俱乐部的偶遇

不过，克莱德生活中的种种不幸，如果按照他自己的解释，完全归咎于自己过去没有受过教育。他从幼时起经常随家从这个城市迁至那个城市，始终没让他在某个方面获得一些实际知识使他能够平步青云，成为那个高贵社会的一个成员，而这个高贵社会正是属于俱乐部里来来往往的那些客人所有。不过，如今他心中正热切地渴望自己能进入这么一个高贵社会。这些绅士住的是漂亮的府邸，出门下榻豪华的大酒店，还有斯夸尔斯先生和这里的侍应生领班这类人侍候他们，让他们得到舒适的享受。而他，克莱德，还只不过是一名侍应生，年纪快有二十一岁了。有时真够让他伤心的。他整日梦想能另觅一个什么事由，以便步步高升，做一个了不起的人物——总不能一辈子当侍应生啊。有时候，他一想到这里，就不寒而栗了。

当他对自己做出这么一个结论，心中暗自琢磨怎样才能使自己前途无量的时候，他的伯父塞缪尔·格里菲斯来到了芝加哥。本来他同俱乐部就有一些联系，这里对他又特别殷勤，当即邀请他入会了。他径直来到了俱乐部，一连好几天，就在这里跟前来拜访他的人交谈，或是来去匆匆，拜访了一些他认为必须拜访的有关人士和厂商。

他到后还不到一个钟头，白天在入口处专管旅客登记的拉特勒刚把写上克莱德伯父名字的牌子挂到留宿旅客一览牌上，就跟迎面走来的克莱德打了个招呼："你不是说你有个伯父，或是一个什么亲戚，也姓格里菲斯，在纽约州某某地方经营领子业，是吧？"

"是啊，"克莱德回答说，"塞缪尔·格里菲斯。他在莱柯格斯开设一家规模宏大的领子工厂。你在各报都可以看到他登的广告。也许你在密执安大街上已看见了他的灯光广告。"

"你要是见到他，还认得不认得？"

"不认得，"克莱德回答说，"我从来没见过他呢。"

"我敢打赌，那包管是他，"拉特勒一口咬定说，一面看着叫他登记的小字条，"你看，塞缪尔·格里菲斯，纽约州莱柯格斯。恐怕就是这个人吧，嗯？"

"千真万确！"克莱德接下去说，觉得挺有意思，乃至于很激动。因为有多少个日子，他朝思暮想的就是这个伯父啊。

"几分钟前他才打这儿走过，"拉特勒继续说着，"德沃埃把他的手提包送到K号房间去了。看起来是个时髦人物。你最好睁大眼睛，等他下来的时候，把他好好看个清楚呗。也许他就是你的伯父，他中等身材，相当瘦，蓄着灰色小胡子，戴一顶银灰色帽子，样子可神气呢。我会指给你看的，要是他真的是你伯父，你还得设法巴结巴结他。说不定他会帮你的忙——给你一两条领子什么的。"他一面说着，一面哈哈大笑。

克莱德也笑了起来，好像非常赞赏这个玩笑，其实，他心里却无比激动。他的伯父塞缪尔！就在这个俱乐部！啊，跟伯父相见的大好机会已到了。克莱德在这儿觅到职位以前，一直就想给他写信，如今伯父亲自来到了这个俱乐部，也许还会屈尊俯就跟他说说话呢。

不过，且慢！假定说他冒昧地自我介绍的话，那他伯父对他会怎么个想法呢？因为他到现在充其量还只是在这个俱乐部里当一名侍应生。比方说，对于当侍应生的小伙子，尤其是像他克莱德那样的年纪，他伯父又会持什么样态度呢？现在他已二十出头了，要是还想干别的事情的话，当这么一个侍应生，年纪已经大了一些。像塞缪尔·格里菲斯那样有钱有势的人，也许会把侍应生看成是下贱的，特别碰上这个侍应生正好是他的亲戚。也许他不愿意跟他来往，甚至还不愿意跟自己说话呢。他知道伯父来到这个俱乐部以后，整整一昼夜，心里始终这样迟疑不决。

可是，到了转天下午，他看见伯父已有五六次了，觉得印象很好。他伯父显得很活泼、机灵、果断，样样都跟他父亲迥然不同，何况又是那么富有，这儿每个人都尊敬他。克莱德心里开始纳闷，有时甚至感到害怕，担心自己会不会错过了这个难得的机会。依他看，他伯父毕竟还不像是个冷若冰霜的人，恰好相反，倒是非常和蔼可亲。后来，还是拉特勒出的主意，克莱德跑到伯父房间去取一封须交专门信差送出的信。殊不知，伯父几乎连看都没有看他，只把信和半美元一起递给了他，说："派一个人马上送去，这钱是给你的。"

当时克莱德心情非常激动，暗自纳闷伯父也许是没有猜到这是他的亲侄儿吧。显然，伯父确实没有猜到。克莱德就不免有点儿垂头丧气地走了。

不久，他伯父的信箱里已有了五六封信，拉特勒又关照克莱德："如果你心里想要再去找他，这就是你的机会啦。把这些信给他一起送去。我想，这会儿他在房间里。"克莱德迟疑了一会儿，终于拿了信，再次上他伯父那个套间去。

他伯父正在写东西，只不过说了一声："进来！"克莱德走进去，有点儿神秘莫测地微笑着说："有您几封信，格里菲斯先生。"

"谢谢你，小伙子。"他伯父回答说，一面往马夹口袋里找零钱。克莱德抓住这个机会说："哦，不，不，这点事儿就不用给啦。"他伯父正掏出一些银币想给他，可是还来不及说什么的时候，没想到克莱德接下去说："我觉得我好像是您的亲戚，格里菲斯先生。您就是莱柯格斯格里菲斯领子工厂的格里菲斯先生，是吧？"

"是啊，我想，我跟这家工厂有些关系。你是谁呀？"他伯父回答说，目光如炬地把他仔细端详着。

"我叫克莱德·格里菲斯。我父亲阿萨·格里菲斯，跟您是弟兄吧？"

塞缪尔·格里菲斯一听有人提到自己这个兄弟——格里菲斯家人人都知道他穷愁潦倒——脸上立时笼罩着一层阴影。多少年来他没有跟阿萨见过面了，如今一提到阿萨，令人不快的兄弟的身影马上映入他眼帘。塞缪尔还清楚地记得最后一次是在佛蒙特州伯特威克附近父亲家里见到他，那时他还是一个年纪跟克莱德相仿的年轻人。不过，两人长得多么不一样啊！克莱德的父亲，当时既矮又胖，无论体质与智力都很差劲儿，只会阿谀奉承，还有点儿黏黏糊糊。他长着一头鬈发，他那淡蓝色眼睛总是水汪汪的，他的下巴颏儿给人以缺乏坚强意志的印象。可是阿萨这个儿子，长得倒干净利落，很机警、漂亮，显然很懂规矩，头脑也聪明，如同他平时所看到的大多数侍应生。不用说，他倒是喜欢他。

塞缪尔·格里菲斯与他的长兄艾伦，继承了父亲菲薄财产的一大半。这是因为约瑟夫·格里菲斯对自己的小儿子怀有偏见的缘故。塞缪尔·格里菲斯历来认为这对阿萨也许是不公道的。因为他们的父亲发现阿萨既不能干，又不聪明，开始想把他赶出去，接着干脆不睬他，最后终于在他跟克莱德眼下年纪相仿的时候把他逐出了家门。后来，做父亲的将自己的财产（大约三万美元）留给了两个大儿子，由他们平分，而留给阿萨的就只有区区一千美元。

正是因为塞缪尔·格里菲斯想起了自己的兄弟，现在才十分好奇地直瞅着克莱德。他觉得，克莱德简直一点儿都不像很多年前被逐出父亲家门的小兄弟。还不如说克莱德更像他自己的儿子吉尔伯特。因为他觉得，他们两人长得非常像。这时，尽管克莱德心里很害怕，可是塞缪尔对他印象显然很好，认为克莱德居然能在这样时髦的俱乐部里觅到一个位置。塞缪尔·格里菲斯平时所接触到的，仅仅局限于莱柯格斯的活动环境，因而在他看来，联谊俱乐部的性质和地位的确令人可敬。侍候这里客人的那些年轻人，通常都态度谦逊、办事利索。所以，他看见克莱德伫立在他面前，身穿整洁的灰黑相间制服，至少举止风度很出色，因而对他产生了好感。

"嘿，你说到哪儿去了！"他很感兴趣地大声说道，"那么，你就是阿萨的儿子！真是太巧了！唉，真是怎么也想不到。要知道，我没见到你父亲，没接到他的信，至少有——哦，至少也有二十五六个年头了。最后一次接到他的信时，记得他正住在密歇根州大瀑布城那里，要不然就住在这里。我想，现在他不在这里吧。"

"是的，他不在这里，先生，"克莱德回答说，他能有回话的机会，心里觉得高兴，"全家都住在丹佛。只有我一个人在这里。"

"我想，你父母都健在吧。"

"是的，先生。都健在。"

"你父亲，他还在做宗教工作吗？"

"哦，是的，先生，"克莱德有点儿迟疑地回答说，因为他至今仍然认为，父亲所从事的宗教工作，在众人心目中乃是最穷酸、最不中用的，"只不过现在他的那个传道馆，"他接下去说，"附设一家寄宿宿舍，我看大约有四十多个房间。他和母亲在一块儿照管这家寄宿宿舍和传道馆。"

"哦，我明白。"

他恨不得让伯父留下更好的印象，因此在介绍家里境况时不免有点儿夸大了。

"现下他们光景很好，我很高兴，"塞缪尔·格里菲斯接下去说，对克莱德衣冠整洁、精力饱满的模样儿印象颇佳，"我想，你对眼前这份工作很满意吧？"

"哦，还说不上十分满意。不，格里菲斯先生，我可不满意。"克莱德马上回答说，深知伯父这一句问话的重要性，"当然啰，收入还不错。不过，我

不喜欢这儿赚钱的那种方式，老实说，与我所想象的压根儿不一样。我干上这一行，是因为过去我没有机会去学某一个专门手艺，或是上哪一家公司，在那里才有真正机会得到擢升，使自己成为一个了不起的人物。妈有一次要我给您写信，想问问贵厂有没有什么机会，好让我从头学起，但是我怕您也许会不高兴，因此也就没有写。"

他沉默无语，微笑着，不过眼里依然流露出探询的神色。

伯父严峻地瞅了他一会儿，对他的容貌，以及他提出这样恳求的方式心里都很满意，于是回答说："哦，那可很有意思。我觉得你就应该写嘛，要是你心里想……"随后，正如他在所有业务的谈话时常有那种谨慎的习惯，他沉吟不语了。克莱德觉察到伯父有些踌躇不定了，在思忖该不该鼓励自己的侄儿。

"我猜想，贵厂大概没有什么工作能让我做吧？"过了半晌，克莱德大胆问道。

塞缪尔·格里菲斯只是若有所思地两眼直瞅着他。对这样开门见山地提出要求，他心里虽然喜欢，但也有点儿不喜欢。不过，在他看来，克莱德好像少说也是个很合适的人。看来他很聪明能干，也有很大抱负——很像他自己的儿子，只要他熟悉了产品制造过程，也许他完全可以在他儿子手下当个某某部门的负责人或是助理。不管怎么说，不妨就让他试一试。说真的，不会有什么坏处吧。再说，这毕竟还是他小兄弟阿萨的儿子，他和艾伦大哥也许对他负有某种义务，如果说不是恢复遗产继承权的话。

"哦，"他过了半晌说，"这事我得考虑一下。我可一时还说不上有没有合适的工作。我们一开始给你的钱可不会像这儿那么多呢。"他提醒克莱德说。

"哦，那敢情好，"克莱德大声说。一想到他本人有可能在伯父手下任职，不消说，比啥都更让他动心了，"当然啰，在我还没有能耐赚这么多钱以前，我可不会指望那么多的。"

"再说，你一旦进入了领子业，也许会觉得你并不喜欢它，或者是我们也许会不喜欢你。在这儿顺便说一下，这个行业绝不是对每个人都适合的。"

"哦，到时候您不妨开除我，那就得了，"克莱德为了让伯父放心才这么说，"不过，打从我一听到您和您那个规模宏大的公司以后，我心里一直在想：我干这一行是适合的。"

这最后一句话，让塞缪尔·格里菲斯听了很开心。他本人和他的成就，显然已成为这个年轻人的理想了。

"好吧，"他说，"此刻我还没有更多时间来考虑这个问题。不过，反正我在这儿还得待上一两天，让我再想一想。也许我可以帮你一点儿忙。可现在我还说不准。"说罢，他突然回过头去看信了。

克莱德觉得自己在现有情况下已经给他伯父留下了一个尽可能好的印象，因此，也许会有一些结果，就一再向他道谢，随后匆匆地退了出来。

转天，塞缪尔·格里菲斯经过通盘考虑，觉得克莱德以他这般聪明伶俐的劲儿，来厂工作想必也绝不会比别人逊色，同时又考虑到自己家里情况以后，就对克莱德说，只要厂里一有什么空缺，他就很乐意马上通知他。不过，他还不能保证马上就会有空缺，克莱德必须耐心地等待。

这样，克莱德心里就在不时地想，要是伯父厂里可以给他一个职位，不知道多久才能实现。

就在这时，塞缪尔·格里菲斯回到了莱柯格斯，后来跟他儿子商量以后，就决定克莱德应该学点儿业务，要从最基层，至少在格里菲斯工厂的地下室里先干起来，制造领子所需用的坯布，都要送到这里下水防缩，凡是真的有志于掌握这一行制造技术的初学者，首先都得被安置在这里。伯父的想法是要让克莱德逐步精通这一行业务，而既然要他以一种与莱柯格斯格里菲斯家的地位相称的形式维持自己的生活，便决定一开始就付给他优厚薪金每星期十五美元。

当然啰，塞缪尔·格里菲斯和他儿子吉尔伯特都知道，这是小小不言的薪金（不是指一般的练习生，而是指克莱德来说的，因为他好歹还是个亲戚）。不过，他们父子俩都很讲究实际，对所有替他们做事的人不是一味仁慈为怀，他们认为，在本厂初学的人，越是接近生活最低水准就越好。有关资本家剥削的社会主义理论，他们俩谁都觉得不能容忍。他们俩都认为，应该有一些高贵的社会阶层，好让低微的社会阶层渴求逐步得到晋升。社会阶层是断乎非有不可的。要是过分照顾了某一个人，哪怕是一个亲戚，那就是愚蠢地破坏了必不可缺的社会标准。要是跟阶级地位、知识水平低下的人在商业上或是在钱财上发生关系，那就必须按照他们所熟悉的标准来对待他们。而最佳标准就是，要让地位低微的人清晰地认识到这钱来之不易，要让他了解到不管哪一个人，只要从事依他们父子俩观点来看乃是世界上唯一真正重要的建设性的工作，制造物质财富的工作，就必须在构成那一建设性工作的一切细部和一切过程中接受训练，而且要严格地、有系统地接受训练。懂得以上各点，方可适应一种天地虽然狭小，然而有节制的生活。这对他们的品格来说也有好处。这将使日后一定会按照社会阶层晋升的人在心灵上和精神上都得到更好的锻炼。至于那些没有能耐，得不到晋升的人，就得让他们依然留在原地不动。

　　因此，大约一周以后，克莱德的工作性质已经最后确定了，塞缪尔·格里菲斯就亲自给在芝加哥的克莱德写信，说如果他愿意，可在最近几周内随时前来报到。不过，他必须至少在十天前写信告知行期，以便及时给他做好一切安排。他一到莱柯格斯，应去工厂办公处找吉尔伯特·格里菲斯，届时后者会照料他的。

　　克莱德接到这封信后，简直欣喜若狂，马上给母亲写信，说他真的在伯父那里得到了一个位置，眼下就要动身到莱柯格斯去了。信上还说他准备奋力做事，以便将来真正发迹起来。她给儿子回了一封长信，勉励他举止和择友两事要特别谨小慎微。像他这样年轻有为的小伙子之所以误入歧途，其根源就在于交上了坏朋友，他只要能躲开那一伙好色的，或是愚蠢和任性的男孩子和女孩子，一切就相安无事。像他这样外貌和性格的年轻人，很容易被一个坏女人引入歧途。他在堪萨斯城闯下了什么样的大祸，谅他自己心里有数。不过，现在他还很年轻，正要给那个有钱有势的人做事了，此人只要乐意的话，也许会给他帮大忙呢。信上还说希望他经常写信，向她谈谈自己在那儿努力的成果。

　　克莱德遵照伯父的话事前通知了他以后，就动身去莱柯格斯了。不过，当初伯父关照他时，并没有说定必须在何时何刻到工厂里去，所以，他一到莱柯格斯，并没有马上就去，而是先找到莱柯格斯独一无二的大旅馆，亦即莱柯格斯大饭店那里。

　　他觉得眼下时间还很从容，同时，心中又急于想了解一下他即将在此工作的这个城市是个什么样子，还有伯父在本城的地位又是怎样，因此，他就出去游览市容了。那时，他认为，自己一旦报到，开始上班以后也许马上就不会再有这样的闲情逸致了。于是，他漫步来到了中央大道——莱柯格斯真正的闹市中心区，有好几条生意兴隆的街道都从这里通过；这些街道，连同中央大道两旁几个街区，组成了一个商业中心——莱柯格斯的交际中心与赏心乐事也都集中在这里。

Chapter 5　傲慢的堂兄

　　可是，克莱德在中央大道逛了一圈以后，就马上觉得这个地方跟他最近所熟稔的那个世界该有多么不一样。这里的一切，在他看来规模要小得多了。半个钟头前下车的那个火车站是那么小，那么死气沉沉，他一看就很明白压根儿没有多少车马的喧嚣声。工厂区正好位于这座小城闹市中心区对面，莫霍克河对岸也不过是一片红色和灰色的建筑物，偶尔才有一根烟囱森然矗立。那儿有两座桥，相距五六个街区，跟市区连接起来，其中有一座桥直接通往火车站。这是一座路面宽阔可以通车的大桥，有一条有轨电车通过这里，然后沿着两旁稀稀落落、点缀着商店和小小家园的中央大道转弯而去。

　　不过，中央大道上的车辆、行人、汽车倒是相当热闹。他下榻的这家饭店，临街有一长溜大块玻璃窗，窗后可以看到一些棕榈树和高大圆柱，以及散放其间的许多椅子。它的斜对面是斯塔克公司的棉毛纺织品商场，规模很大，有四层楼，由白砖砌成，至少有一百英尺长，在它的明亮、有趣的橱窗里，陈列着一些到处可见的眼下最时髦的模特儿。此外还有好几家大商店，一家普通旅馆，几个汽车样品间和一座电影院。

　　他往前走啊走的，突然发现自己又走出了市区，置身于街道宽敞、浓荫蔽日的住宅区。那一带的房子，不管是哪一幢，看来地面都很开阔，有草坪，一般还有一种舒适、静谧和庄严的气派，甚至比他所见过的任何一幢房子还要有过之无不及。总之，他只是走马观花地逛过了这座小城中心区以后，就觉得它别具一格，虽然是区区一座小城的街道，却也说得上富丽奢华了。那么多威

风凛凛的铁栅栏，两旁栽上花的小径，成片树林子和一簇簇灌木丛，还有漂亮的豪华汽车，有的停放在门廊里，有的奔驰在户外宽阔的大道上。邻近有一些商店，离中央大道和商业中心区最近，这条宽敞、漂亮的大道就从这里开始，这些商店里陈列着豪华、漂亮的商品，诸如汽车、珠宝、女用内衣、皮货和家具，而且只有讲究享受的有钱人才感兴趣。

不过，他的伯父和伯父的家又在哪儿呢？是哪一所房子？在哪一条街上？是不是比他在这条街上见到的更宽大、更漂亮？

他转念一想，他非得马上回去，上伯父那儿去报到。他还得找到工厂地址，大概是在河那边吧，他也得上那儿看他去。见面时他该说些什么呢？举止态度又该怎样呢？伯父会给他一个什么样的位置呢？他的堂兄弟吉尔伯特是个什么样的人呢？他对他可能会有什么个想法？伯父在最近一封信里就提到过自己的儿子吉尔伯特。他沿着中央大道朝火车站往回走，没多久就来到了他正要寻找的那家很大的工厂墙根前。这是一幢用红砖砌成、高六层的大楼，差不多有一千英尺长。四面几乎都是窗子，至少最近增设的专做领子的那一部分是这样。后来，克莱德知道，老厂区已通过几座桥与新建的大楼连成一片。河沿着两座厂房南墙，跟莫霍克河平行。他发现里佛街还有好几扇大门，相距一百英尺以上，每一扇都有一个身穿制服的工人把守。一、二、三号门上都标着"只准职工出入"，四号门上写着"办公处"，五、六号大门看来是装卸货物专用的。

克莱德径直往办公处大门走去，发现并没有人拦阻他。他通过两重转门，走到坐在铁栅栏后电话桌旁的一个接电话的女士跟前。铁栅栏上有扇小门，显然是通向总办公处唯一的一扇门，而这扇门就归这位女士把守。她身子又矮又胖，三十五岁，长得一点儿都不好看。

"您有什么事？"她一见克莱德就大声问。

"我要见吉尔伯特·格里菲斯先生，"克莱德一开头不免有些心神不安地说。

"什么事？"

"哦，我是他的堂兄弟。我的名字叫克莱德·格里菲斯。这里是我伯父塞缪尔·格里菲斯的信。我想，他会见我的。"

他把那封信一放到她面前，发现她那相当严峻、非常冷淡的表情一下子就变了，变得与其说是和蔼可亲，还不如说是肃然起敬了。她之所以对他产生很深的印象，显然不仅仅因为他所说的话，而是因为他的仪态风度。她佻巧、好奇地开始仔细打量着他。

"让我看看他在不在呢，"她彬彬有礼地回答他，一面接通了吉尔伯特·格里菲斯办公室的电话。回话显然是说吉尔伯特·格里菲斯现在很忙，不能打扰他；她也回话说："来客是吉尔伯特先生的堂兄弟——克莱德·格里菲斯先生。他还带着塞缪尔·格里菲斯先生的一封信。"随后，她对克莱德说："请坐吧。也许吉尔伯特·格里菲斯先生马上就接见您。现在他正忙着呢。"

克莱德注意到她说话时对他异乎寻常地恭敬，这是他一辈子都没领受过的，因而感到异常激动。只要想一想，他就是这样有钱有势的人家的近亲、堂兄弟啊！偌大的工厂！厂房有这么宽、这么长、这么高——他看清楚了有六层楼。刚才他从河对岸走过，从好几个敞开的窗子里望见许多宽敞房间里许许多多姑娘和妇女在紧张地工作。他情不自禁地一下子激动起来。因为，这幢大楼高高的红墙，仿佛体现了活力和真正的物质成就，这种成就在他看来简直是无懈可击。

他两眼望着这个接待室的灰色墙壁——里面一道门上有这么几个字：

格里菲斯领子衬衫公司
总经理：塞缪尔·格里菲斯
秘书：吉尔伯特·格里菲斯

他心里纳闷，真不知道厂里是个什么样子，吉尔伯特·格里菲斯又是个什么样的人，冷淡呢，还是和气？友好呢，还是不友好？

克莱德正坐在那儿沉思默想的时候，那个女人突然侧过脸来对他说："现在您可以进去了。吉尔伯特·格里菲斯的办公室在这一层楼最里面，是对着河边的，里面每个职员都会指给你看的。"

她欠了一下身子，仿佛要给他开门，但克莱德一望而知她的想法，就打她身边匆匆地走过。"谢谢你，不打扰你了。"他非常热情地说，同时推开玻璃门，两眼注视这个差不多有一百来个工人的房间——里面多半是青年男女，所有的人显然都在专心干活儿。他们大多戴着绿色遮护罩，几乎人人穿着短的羊驼呢工作服，或者衬衫袖子上罩着防护袖套。年轻的女工，差不多个个都穿着整洁、漂亮的格子布衣服，或是工作时穿的套裙。这个大房间中间不隔开，有许多白色圆柱，举目四顾，都是办公室，上面写着厂内各部门负责人的名字——斯米利先生、拉奇先生、戈特博伊先生、伯基先生。

接电话的女士说过吉尔伯特·格里菲斯先生的办公室在最后一间，克莱德就毫不犹豫地沿着有铁栅栏的过道径直往前走去，只见一扇半敞开着的门上写着："吉尔伯特·格里菲斯先生，秘书。"他迟疑了半晌，心里真不知道该进去呢，还是不进去，随后才轻轻地敲了一下门，马上听见一个尖细刺耳的声音喊道："进来。"克莱德就走了进去，迎面看见一个年轻人，个儿也许比他矮小些、年纪稍微大些，当然头脑比他要冷静、精明得多。总之，正好就是克莱德梦想自己也能成为那样的年轻人——精通管理业务，显然很威严，很能干。克莱德马上发觉，他身穿一套淡灰色长条子西服，因为春天快要到了。他的头发颜色比克莱德淡一些，从太阳穴和额角往后梳去，而且搽得油光锃亮。克莱德一开门，就觉得他那明亮、澄澈、淡蓝色的眼睛仿佛钻孔似的盯住自己。他戴着一副只在办公时才戴的大型角质边框眼镜。那对透过镜片窥探着的眼睛一下子就把克莱德仔细打量了一番，从他的鞋子，一直到他手里拿着的圆形棕色呢帽。

"你——大概就是我的堂兄弟吧？"克莱德走上来，一站住时，他冷冰冰地说，嘴边露出当然不太友好的微笑。

"是啊，我就是。"克莱德回答说。这种故作镇静，乃至于冷冰冰的接见，不由得使他扫兴和困惑不解。他顿时觉得，眼前这家大工厂，毕竟是伯父以其非常卓越的才干建起来的，他可不能像自己尊敬伯父那样尊敬他的堂兄。他内心深处倒是觉得：眼前这个年轻人，至多只不过是这个大厂商的继承人，别的没有什么了不起，要不是由于他父亲的才干，他压根儿就没法儿神气活现，摆出一副顶头上司的架子来。

可是，克莱德要求在这里得到器重，本来就是毫无特别理由，同时也无足轻重的。而他对人们可能做到的一切，是非常感激的。所以，他早就觉得深深地欠了人情债，就竭力表现出一种奉承讨好的笑容来。殊不知，吉尔伯特·格里菲斯似乎一下子把这副笑脸当成一种傲慢无礼的标志，对此断乎不能容忍，再说，克莱德只不过是一个堂兄弟，况且是一个向他父亲恳求帮助的人。

不过话又说回来，既然父亲不怕麻烦，对自己的侄子发生兴趣，并使吉尔伯特毫无选择的余地，所以，他就一面继续讽刺地笑着，心中暗自琢磨堂兄弟，一面说道："我们都是这样认为，你在今明两天会来的。一路上很愉快吗？"

"哦，是的，很愉快。"克莱德回答说。这一问让他心里感到有点儿别扭。

"这么说，你很想学做领子这一行，是吗？"瞧他那语调和态度，简直已是大大地降贵屈尊了。

"我当然很想学点儿本领，赶明儿好歹让我也能出人头地。"克莱德和颜悦色地回答说，心想尽可能地抚慰一下这位堂兄弟。

"哦，我父亲已把他在芝加哥跟你的谈话说给我听了。不过，从他的话里，我觉得你不论在哪个方面都是没有实际经验的。比方说，管账你就不懂，是不是？"

"是的，我不懂。"克莱德有些遗憾似的回答说。

"你也不会速记，或是类似这样的工作吧？"

"不会，先生，我不会。"

克莱德说话时，深感自己不论在哪个实际知识领域都严重缺少训练，颇有切肤之痛。吉尔伯特·格里菲斯两眼直瞅着他，仿佛在说，从本公司的观点来看，他简直是一点儿用处都没有的。

"哦，我看，你最好是，"吉尔伯特接下去说，好像只是此刻做出这样的决定，事前父亲并没有对他做出过明确指示似的，"先到防缩车间去工作。本厂产品制造过程是从那里开始的，你不妨从头学起就得了。我们先让你在下面试试看，往后了解清楚了给你再做安排。你要是多少熟悉办公室的工作的话，也许这里就用得着你了。"克莱德一听这话，脸就一沉。这表情立即被吉尔伯特所察觉并使他感到高兴，"不过，无论你做什么事，这一行的实际方面学会了，同样也好嘛。"他冷冰冰地找补着说，压根儿不想安慰克莱德，只不过是实话实说罢了。他见克莱德没有吭声，又接下去说，"我看，你上这儿来工作以前最好先在什么地方安顿下来。你还没有租好房间，是吧？"

"没有，我是赶中午的火车才到的，"克莱德回答说，"一路上有点儿脏，需要洗一洗，因此，我就借宿在一家旅馆。我想，过后另找个地方。"

"那敢情好啊。不过，你自己不用去找了。我会关照总务给你找一家好的寄宿宿舍。本城的情况他可比你熟悉。"这时，吉尔伯特心里想克莱德毕竟是近亲、堂弟，让他随便住在什么地方总是不很合适。同时，他也非常担心，生怕克莱德会以为吉尔伯特家对自己住在哪儿也很关注似的。但他自己心里明白实际情况并不是这样。最后，他暗自寻思，既然自己轻而易举地已把克莱德安排好、控制住了，克莱德就不论在吉尔伯特家里，还是在他父亲，以及所有在厂里工作的人心目中，都不会得到非常器重了。

他伸手撂了一下桌上一个电钮。一个身穿绿格子布衣服、正经八百、沉默寡言的姑娘走了进来。

"请惠甘先生来一趟。"

她告退后不一会儿，走进来一个中等身材、惴惴不安、但身体相当结实的人。瞧他那副神气，仿佛心情紧张到了极点，他大约四十岁，从来俯首听命，唯唯诺诺，这时好奇而疑惑地东张西望着，好像心中纳闷，不知哪儿又出了新的差错。克莱德马上发觉，此人的头总是朝前耷拉着，当他的眼睛抬起来的时候，那神情仿佛他真的不敢仰望他的主子呢。

"惠甘，"年轻的格里菲斯威风凛凛地开口说，"这位是克莱德·格里菲斯，是我的堂弟。你记得上次我跟你谈到过他吧。"

"是的，先生。"

"这样吧，他暂时分配到防缩车间。你不妨先给他说说该怎么做。随后，你最好让布雷莉太太告诉他，上哪儿能找到一个房间。"所有这一切，吉尔伯特和惠甘在一周前就已经谈定了，可他现在说起来就像是他此刻出的主意似的，"还有，你最好让考勤员把他的名字登记入册，从明天上午算起。明白了吗？"

"是，先生，"惠甘毕恭毕敬地鞠了一躬，"就这些吗？"

"是的，就是这些，"吉尔伯特神气活现地结束了这场谈话，"你跟惠甘一块儿去，格里菲斯先生。一切他都会关照你的。"

惠甘侧过身去对克莱德说："跟我一块儿走，格里菲斯先生，"克莱德发觉此人说话很客气，尽管堂兄对自己显然持屈尊俯就的态度。惠甘一走出办公室，克莱德就跟在他后面。年轻的吉尔伯特马上神采奕奕地掉过头去办公，一面还直晃着脑袋。这时，他认为论智力，克莱德也许只不过跟大酒店里的侍应生不相上下，要不然他又干吗上这儿来。"我真不知道他想在这儿做些什么？"他继续想道，"他又打算在这儿得到些什么呢？"

克莱德跟在惠甘后头边走边想：吉尔伯特·格里菲斯先生的地位可真了不起啊。他无疑是来去全凭自己高兴，来得迟，走得早，而且在城里什么地方，跟他的父母姐妹住在一幢很漂亮的府邸里，那是不消说了。可是他自己呢，吉尔伯特的堂兄弟，富翁塞缪尔·格里菲斯的侄子，此刻被打发到这家大厂一个极小的部门去干活儿。

到了吉尔伯特·格里菲斯先生视听范围以外的地方，克莱德已被这家大厂的种种景象和声响吸引，他的心情倏然为之一变。就在这同一层楼上，他刚走过的宽大的办公室的另一边有一个更大的房间，里面堆满了一排排箱子，每排箱子之间只留出宽不足五英尺的过道。据克莱德看见的，箱子里有大量领子，依照尺码大小分装在小纸盒里。这些箱子有时由装卸工用大型木板车从装盒间把许多装盒的领子推到这儿，再把箱子装得满满的；有时也有订货员推着装盒的小车进来，依照他们手里拿的清单副本来取货，一下子就全提空了。

"我说，也许您以前没有在领子工厂工作过吧，格里菲斯先生？"惠甘先生一到吉尔伯特·格里菲斯先生看不见的地方，多少就有点儿精神了。克莱德顿时发觉自己被尊称为"格里菲斯先生"了。

"哦，没有，"他连忙接话说，"过去我从没有在这么一个地方工作过。"

"我说，大概您很想逐步了解清楚本厂产品的全部制造过程吧。"他一边说话，一边兴冲冲地走过一条长长的过道，但是克莱德注意到此人狡黠的目光正在到处扫视着。

"我可巴不得这样。"克莱德回答说。

"是啊，虽然有人说这可没有什么好学的，其实，真的学起来可也真不易呀。"他打开另一道门，穿过一个阴暗的过道，走进另一个房间，那里就像刚才所看见的，箱子码得高高的，每个箱子里头都装着一卷卷白布。

"您既然先从防缩车间做起，就得对这个东西了解一些。领子和里子就是用这个东西做的，它叫作坯布。每一卷布都是坯布。我们把这些坯布送往地下室，先要落水防缩，因为不防缩是不能就这样去剪裁的。要不然，领子裁好之后都会皱缩的。不过，赶明儿您自己就会明白的。我们要把这些东西浸湿泡透，然后再把它们烘干。"

他严肃地往前大步走去，克莱德再一次感到自己在这个人的心目中绝对不是做一名普通工人。他不时地使用那个"格里菲斯先生"的尊称，他认为克莱德愿意了解清楚产品全部制造过程的想法，以及他屈尊俯就、不厌其烦地介绍了坯布的性质——所有这一切，早已使克莱德确信：惠甘就像看待一个至少应该受到相当尊敬的人那样来看待自己了。

克莱德跟在惠甘后面，心里暗自琢磨这一切意味着什么。他们在第三个过道尽头下了楼，突然来到一个偌大的地下室。在这里，借着长长的四排令人耀眼的灯光，他方才看清楚一排排瓷缸或是瓷槽，其长度和房间相同，头尾相接，从这头墙根一直延伸到那头墙根。浸泡在这些瓷缸里的，就是刚才他在楼上看见的大批坯布，瓷缸里显然都是热气腾腾的开水。就在一排排瓷缸的南北两头，跟这些瓷缸并排架设着与这个房间全长一百五十英尺相同的一长溜、一长溜巨大的烘干架，或是活动钢骨台架，四周围都有滚烫的蒸汽管道，这些烘干架中间滚轴上，就像悬灯结彩似的挂着许许多多坯布，以充分利用四周围蒸汽管道，但像上面所说的那样，一卷卷都打开，湿漉漉地垂挂在那儿，通过滚轴从地下室的东头向西头缓缓地移动。克莱德看到，坯布移动时，棘轮吊杆就发出吱吱嘎嘎的噪声。这些棘轮吊杆可以自动转动，把长长的坯布从东头缓慢地送到西头。坯布就在移动过程中烘干了，并在西头烘干架上自动卷起来，在一根木轴上又成为一卷卷形状，随后由一个年轻小伙子专门负责把它从这些活动台架上卸下来。克莱德看见一个年轻小伙子从西头这些轨道上把两卷布一块儿卸下来；而在东头，另一个跟他年龄相仿的人正在"投料"。那就是说，此人把已经浸泡过的、湿漉漉的坯布一头搭在缓缓移动中的挂钩上，看着坯布慢慢地、一丝不错地全部展开，铺在烘干架上，沿着整个轨道向前伸展过去。一俟坯布完全通过了，再把另一卷坯布搭在挂钩上。

在地下室中央，每两排瓷缸中间，有很多转动着的脱水机亦即烘干机。坯布在瓷缸里浸泡二十四小时以后，就一堆堆地码在那里，由脱水机尽量把水分吸出来，然后再把它们铺开在烘干架上。

开头，克莱德只知道这个房间外部环境特点：它的噪声、热度、蒸汽，以及十几个年长的男子和小伙子在各个工段忙活的劲儿。他们个个穿着无袖衬衫、旧裤子，腰里扎一根带子，没有袜子的脚上穿一双帆布面、树胶底运动鞋，没有一个例外。这样穿戴，显然是被满屋子里这么多的水和潮气，以及这么炎热逼出来的。

"这是防缩车间，"他们一走进去，惠甘就这样说，"说真的，这儿没有别的车间舒服，不过，本厂产品制造过程，是在这儿开始的。凯默勒！"他大声喊道。

走过来一个身体矮胖、胸脯厚实的人，长着苍白的圆脸膛，身穿一条皱巴巴的脏裤子、一件无袖法兰绒衬衣。如同惠甘在吉尔伯特面前，此人在惠甘面前也显得毕恭毕敬。

"这位是克莱德·格里菲斯，是吉尔伯特·格里菲斯的堂兄弟。上星期我跟你说到过他，你记得吗？"

"记得，先生。"

"他先从这儿做起。明儿早上他就来。"

"是，先生。"

"最好把他的名字记入花名册。他根据通常规定的时间开始工作。"

"是，先生。"

克莱德发觉，惠甘先生的头昂得比刚才更高了，话儿说得更坚决、更威严。现在看来他就像是主人，而不是下属了。

"在这里，早上七点半开始干活儿，"惠甘先生继续对克莱德说，"不过，大伙儿来得总要早一些，大约在七点二十分，好有时间换衣服，来到机器跟前。"

"现在您要是乐意的话，"他找补着说，"趁您还没有走，凯默勒先生可以把明天您应该做的事情告诉您。这样也许可以省一点儿时间。不过，您不妨也可以留到明天再说。反正对我都是无所谓的。只不过您要是在五点半左右到大门口接电话小姐那里，我就会派布雷莉太太到那里去。我想，她可以领您去看一看您的房间。我自己不会去了，但您不妨向接电话小姐打听一下布雷莉太太就得了。她会知道的。"他掉过身来，找补着说，"哦，我得先走了。"

　　他点一点头以示告别，很快大步流星地走了。这时，克莱德才开口说："哦，我实在非常感谢您，惠甘先生。"他并没有答话，只是稍微抬起一只手，冷冰冰地摆了一下就走了——打从两排瓷缸中间走向西头的出口处。这时，凯默勒先生，依然心神紧张不安，显然带着敬畏的神色，开始说道："哦，说到您的工作嘛，那您可不要着急，格里菲斯先生。明天你开始上班，我只叫您把坯布从上面卸下来。不过，要是您找得到旧衣服，还是穿上的好。像眼前这样的衣服，在这儿是穿不了多久的。"他两眼古里古怪地直瞅着克莱德身上那套非常洁净但又不太昂贵的衣服。他对待克莱德的态度，很像对待惠甘那样，可以说半信半疑和稍感敬畏，极端尊敬和私下里又有些犯疑掺杂在一起，而这种怀疑心理，只有随着时间推移才能加以解决。在这里，一个姓格里菲斯的人，显然非同小可，哪怕他仅仅是一个堂兄弟，而且可能不是有钱有势的亲戚十分欢迎的人。

　　克莱德看到地下室之后得到的印象，跟自己原来对伯父这个厂的种种梦想大相径庭，就有点儿恼火了。他在这儿见到的那些年轻人和年长的男子，依他看，一望可知比他原先想象的要粗野得多；论才智和机警，跟联谊俱乐部和格林-戴维逊大酒店那些侍应生相比，更要差远了。最糟的是，他觉得他们更加低三下四、更加狡黠、更加愚笨，说真的，不过是些机器罢了。克莱德还发觉，他和惠甘先生一进去的时候，他们假装没看见，实际上对这一切都看在眼里。说实话，他和惠甘先生已成为他们偷偷地观察的中心人物。他们如此爱惜衣服与切合实际的作风，又给了他原先以为这儿工作该有多么高雅的想法以致命打击。他就是因为过去没有受过专门训练，如今不能在办公室里，或在楼上担任什么工作，该有多么不幸啊。

　　他跟着凯默勒先生往前走，凯默勒先生不厌其烦地跟他说，这些是瓷缸，坯布都要浸泡在里面过夜，这些是脱水烘干机，这些是台架式烘干机。随后，凯默勒先生关照克莱德可以走了，这时才三点钟。

　　克莱德从最近的一道门走了出去，心里一想到自己能在这家大公司做事，自然深感高兴。同时，他又担心自己能不能让凯默勒先生和惠甘先生感到满意。要是不能呢？或者说，这一切他要是受不了呢？这活儿实在不轻啊。他暗自寻思，好吧，反正最糟的话，他还可以回芝加哥，或是，比方说，到纽约去，另谋工作。

不过，塞缪尔·格里菲斯为什么没有亲自接见他，欢迎他呢？这位年轻的吉尔伯特·格里菲斯为什么对他一个劲儿地冷笑呢？这个布雷莉太太，又是个什么样的女人呢？他上这儿来，是不是明智之举？现在既然他已到了这儿，格里菲斯一家人肯不肯助他一臂之力呢？

他就这样一边想，一边顺着还有一些别的工厂的里佛街往西走去，随后又朝北走去一些街道，那儿工厂更多了，有制造马口铁的，编织柳藤的，还有一家制造真空吸尘器的大厂，一家地毯织造公司等。后来，他闯进了一个可怜的贫民窟，虽然很小，可是他在芝加哥或堪萨斯城郊外都没看到过这种景象，使他心中感到激愤与压抑，因为这里居民的贫穷与粗鲁，以及社会地位的低下，这一切他觉得全都体现出了社会的不幸。于是，他马上折返，走过西边一座桥，又过了莫霍克河，来到了迥然不同的另一个地区。这一带的房子，同他去工厂前不胜羡慕过的那些房子一样。再往南走，又来到那条两旁有树的宽阔的大街，就是他刚到此地时观赏过的。单就这条大街的外观，一望可知是莱柯格斯主要的住宅区。路面很宽敞，铺得很讲究，两旁都是一排排令人瞩目的府邸。他马上对住在这条街上的人发生了惊人的兴趣，因为他立时就想到，他伯父塞缪尔·格里菲斯必定是住在这条街上。这里的府邸差不多都是法国式、意大利式，或是英国式的，而且是集各个时代最佳式样的大成，虽说这些玩意儿克莱德都是一窍不通。

这些府邸美丽、宽敞，给他留下很深的印象。但他还是往前走去，还不时地东张西望，被这种高门鼎贵的情景深深地激动，心想真不知道自己伯父究竟住的是哪一座府邸。每天早上，他的堂兄吉尔伯特从这类府邸步出大门时，想必是够神气活现的。

不一会儿，他就在一座府邸前停步不前，看到宅园里有树木、有小径，花坛新近整修过，虽然眼前花朵还没有吐蕊。屋后有一大间汽车房，左边有一座大喷泉，喷泉中央，有一个小孩双手抱着一只天鹅。屋子右侧有一头铁铸的公鹿，被几只铁铸的狗紧追不舍。这座府邸原是仿照古老英国形式而又稍有变异建成，富有一种庄严的气派，他不由得艳羡不已，乃至于完全倾倒，便开口问一个过路行人——一个衣衫褴褛、好像工人模样的中年人："先生，您知道这是谁家的公馆？"

那个人回答说："怎么你不知道？这是塞缪尔·格里菲斯的府邸啊。此人就是河对岸制造领子的大工厂的老板。"

克莱德身子马上震颤一下，好像被浇上了一阵凉水似的。是他伯父的！他的府邸！那么，屋后汽车房前停着的，就是他的汽车中的一辆。透过汽车房敞着的门，还看得见另外一辆呢。

是的，在克莱德还没有成熟的、实质上愚昧混沌的心灵里，突然一下子触发了他类似玫瑰、芳香、色彩和音乐的奇思遐想。多美！多豪华！在他自己家里，有哪一位做梦都不会想到他伯父过着如此的生活！如此富丽堂皇！可是回过头来，看看他自己的父母，是那么可怜，那么穷困潦倒，如今正在堪萨斯城沿街传道，在丹佛当然也是这样，经办一个传道馆！虽说这个巨富之家迄今还没有一个人出面接见过他，除了他那个冷冰冰的堂兄（还是在工厂里），如此无动于衷地指派他去干这种下贱的工作，即使这样，他依然感到扬扬自得。反正说到底，他不是也姓格里菲斯吗？他还是莱柯格斯两个大人物名正言顺的堂兄弟和亲侄子吗？但不管怎么说，如今他已开始为他们干活儿了。难道说这不意味着——等待着他的，将是比他所能想象得到的更好的前途吗？只要想一想，莱柯格斯城的格里菲斯是何许人也，而在堪萨斯城或是比方说在丹佛吧那里的格里菲斯又是何许人也，真有天壤之别啊！这事可非得想方设法隐瞒起来不可。想到这里，他马上又垂头丧气了，因为，万一此地的格里菲斯——他的伯父，或是堂兄，或是他们的一些朋友或是职员现在要调查他的父母和他的过去，那该怎么办？老天爷哪！堪萨斯城那个小女孩惨死案啊！他父母颠沛流离的悲惨生活啊！还有爱思达啊。他马上满脸愁云，他的梦想正在化为乌有。他们要是突然猜到了呢？他们要是突然发觉了呢？

哦，见鬼去吧！他到底算什么人呢？说真的，他又算得上什么？一旦他们知道了他干吗要投奔这里，那么，他能指望从这么一个富丽堂皇的世界得到些什么呢？

克莱德掉过头去，按原路折回。他心里有些懊恼，有些沮丧，因为他突然觉得自己完全微不足道。

Chapter 6　克莱德进入工厂

　　克莱德在布雷莉太太的帮助下当天就找到的那个房间，坐落在索普街上。
这条街虽说和他伯父府邸的那条街相隔不算太远，可就社会层次来说差得太
远了。这种差异，完全足以抑制他自以为毕竟同伯父有近亲关系那种日益增
长的想法。这个房间前面，都是一些棕色、灰色、褐色的普通房子，已烟熏
火燎，破败不堪。一些树木在严冬的摧残下早已光秃秃，不过，虽然笼罩在烟
尘之中，好像依然透出一线生机，预报五月花繁叶茂的日子不太远了。不过，
他和布雷莉太太一走进去时，有一大拨灰不溜丢的普通男女，以及类似布雷莉
那样的老处女，正从河对岸一些工厂回家转。在大门口招呼布雷莉太太和他自
己的，是一位不算太文雅的女人，身上穿着一件深褐色衣服，外面罩着一条很干
净的细格子布围裙。这个女人引领他们到二楼一个房间，面积不算太小，室内
陈设也不错。她对克莱德说，不供膳食的话，每周房租四美元；如果供膳食的
话，每周七块半美元。据布雷莉太太说，他在其他地方肯定找不到比这更加公
道的价钱，所以他就决定租下来了。他向布雷莉太太道谢以后，当即决定留下
来，随后就跟一些商店和工厂的职工们一起坐下来吃晚饭，这些人就像他进入
联谊俱乐部上流社会以前在芝加哥波林那街时面熟能详的那一类人。晚饭后，
他款步来到莱柯格斯各主要大街，只看见一大群难以名状的工人，如按这些大
街在白昼的光景来看，他绝不会想到入夜后这里竟然麇集着这么多人，少男少
女与成年男女，他们国籍不同，类型殊异——有美国人、波兰人、匈牙利人、
法国人，以及英国人。如果说不是指全体，至少大部分人都有一种特征——愚

昧无知，或是心灵上，或是形体上作风粗鲁，或是缺少某一种风雅、机警或胆量，看来所有这一切，都是属于他当天下午在地下室所见到的那个社会底层里的人物标志。不过，在某些大街上，某些商店里，特别是靠近威克吉大街的地方，他看到另外一类青年男女，衣着整洁，举止活泼，他们毫无疑问，一定是河对岸各大公司里的职员。

克莱德就这样在莱柯格斯城里来回徜徉，从八点钟一直到十点钟。仿佛事先约定似的，那些人群杂沓的大街上，这时突然连人影儿都不见了，显得空荡荡的。克莱德每走一步路，总要把这里所见的一切，跟芝加哥和堪萨斯城进行比较（拉特勒要是现在看见他，看见他伯父的大公馆和大工厂，又会做何感想呢？）。也许因为莱柯格斯这个地方很小，克莱德也就喜欢它了。莱柯格斯大饭店整洁、明亮，看来就是当地活跃的社交生活的中心。一幢邮政局大楼、一座有漂亮的尖顶的教堂，以及一块古老而又耐人寻味的墓地，紧挨着一个汽车样品间。在一条小巷拐角处，有一家新盖的电影院。一些少男少女和成年男女，正在大街拐角处溜达，克莱德看到其中有些人在卖弄风情。荡漾在这一切之上的是希望、热情和青春，而希望、热情和青春正是全世界所有一切创造性活动的基础。后来，他回到索普街自己房间时，心里已有了谱：他喜欢这个地方，他愿意在这里待下去。多美的威克吉大街！他伯父的工厂气派又有多大！他看到大街上又有多少来去匆匆，美丽、热情的年轻女郎！

现在再说说吉尔伯特·格里菲斯吧。这时，他父亲正好有事去纽约。此事克莱德并不知道，吉尔伯特也不想告诉他。吉尔伯特就对母亲和姐妹们说，他已经跟克莱德见过面了；还说，克莱德如果不是天底下最无聊的人，当然也绝不会是天底下最有意思的人。吉尔伯特是在克莱德到达此地的当天下午五点半回家的，一碰到麦拉，就漫不经心地说："喂，我们芝加哥的堂兄弟，不知怎的今儿个给风刮来啦。"

"怎么啦！"麦拉说，"他什么模样儿？"因为听爸爸说过克莱德颇有绅士风度，人也很聪明，这就使她很感兴趣。要说莱柯格斯和厂里生活情况，以及那些替他父亲那样的厂主干活儿的人前途如何，她心中都是一清二楚，但她就是暗自纳闷，不明白克莱德干吗要上这儿来。

"嘿，我可看不出他有什么了不起，"吉尔伯特回答说，"尽管人相当聪明，长得也不难看，可是，说到做生意，他自己就承认从没受过什么专门训练。他压根儿就像在旅馆里做事的那些年轻小伙子。依我看，他认为人生在世，就数穿衣打扮最重要。他穿了一套淡褐色衣服，配上一条褐色领带，一顶褐色圆形帽子，还有一双褐色鞋子。他的领带色彩太鲜艳了，他那件色彩鲜艳的粉红色条子衬衫，就像人们三四年前穿过的那种货色。此外，他的衣服做工也很差劲儿。现在我不想再说些什么，因为他毕竟新来乍到，能不能待得很久，我们也还不知道。不过话又说回来，要是他待下去，老是摆出像是我们亲戚的那副样子，那他的高兴劲儿还是收敛点儿好，要不然，我就得让爸爸数落他一顿。再说，我想过一阵，他总可以在哪个部门当上一个领班什么的。依我看，赶明儿他甚至还可以当上一个推销员。不过，他为什么要上这儿来，我就闹不明白了。其实，我想当时爸爸也许没有跟他说清楚，在这儿，不管是谁，除了真的有杰出才干的人以外，要出人头地的机会本来就很少的。"

吉尔伯特背靠着大壁炉，伫立在那里。

"是啊，你知道有一天妈妈提到过他的父亲。她说，爸爸觉得他老是运气不好。也许爸爸总得帮帮他的忙，能不能把他安插在厂里。妈还告诉我说，爸爸总觉得祖父在世时多少亏待他的父亲了。"

麦拉说到这儿顿住了，吉尔伯特虽然在这以前从他母亲那里也听到过同样暗示，但现在偏偏装得不懂这句话的含义似的。

"哦，这事可不归我管的，"他接过话题说，"要是爸爸乐意把他留下来，也不看他合适不合适去做什么工作，那是爸爸的事。不过，爸爸自己一向说过，聪明能干的人每个部门都要，但素质不好的人，通通要开除掉。"

后来，吉尔伯特看见母亲和贝拉，就把克莱德到厂的消息和自己对他的看法告诉了他们。格里菲斯太太叹了一口气。说来说去，像莱柯格斯这样一个地方，像他们这样有社会地位的人家，凡是跟他们沾亲带故又同族同姓的人，都应该非常谨小慎微，同时还应该具有与之相应的举止、情趣和观点才成。现在，她丈夫把很不符合这样要求的年轻人带进厂里来，总不是明智之举。

可是，贝拉听了哥哥所描述的克莱德后，压根儿就不以为然。她并不认识克莱德，但她对吉尔伯特是了解的，她知道他会一下子就找出某某人身上所有缺点来，其实，依她看，完全是子虚乌有。

"哦，"吃晚饭时，贝拉听到吉尔伯特又把克莱德的种种怪癖数落了一顿，终于开口说，"如果说爸爸要他，我想，反正总会把他留在厂里，或是早晚还要帮他一点儿忙的。"吉尔伯特听了心里很不高兴，因为他自以为在父亲厂里拥有权力，贝拉的话对他是一种直接的打击。而他的这种权力正是他急急乎想要全面扩张的，这一点其实妹妹心里也明白。

转天早上，克莱德回到厂里，发现他的姓，或是他的外貌，也许两者都有关吧——这就是说，他的长相跟吉尔伯特·格里菲斯先生十分相似——对他特别有利，不过对此他一时还不能做出正确的估计。当他走到一号门时，那看门的警卫好像大为惊诧。

"哦，您是克莱德·格里菲斯先生，是吧？"他问，"您将到凯默勒手下做事，是吧？是的，这个我知道。哦，您的号牌，对面那个人会给您的。"说完，他用手指着一个躯体臃肿、自命不凡的老头儿。后来，克莱德才得知老头儿名叫老杰夫，负责按时给工人考勤卡打孔，每天七点半到七点四十分，在这过道那一头收发号牌。

克莱德走到他跟前，说："我叫克莱德·格里菲斯，我在楼下跟凯默勒先生一块儿工作。"老头儿也吓了一跳，说："当然，当然。是的，先生。您来啦，格里菲斯先生。凯默勒先生昨儿个跟我谈起您啦。第七十一号牌是您的。我给您的是杜维尼先生的老号牌。"克莱德已经下楼，来到了防缩车间，这时，老头儿掉过头来，冲迎面走来的看门的警卫大声喊道："嘿，这个家伙怎么会活脱儿像吉尔伯特·格里菲斯先生？怎么啦，简直跟他一个模子里浇出来的呀。你说说他是谁？亲兄弟？堂兄弟？还是什么亲戚？"

"别问我啦，"看门的警卫回答说，"以前我从没见过他。不过，当然啰，他跟格里菲斯一家是亲戚，准没错。我正想向他脱帽行礼呢，后来，定神一看，原来不是他。"

克莱德一走进防缩车间，发现凯默勒先生还是如同昨天那样，既毕恭毕敬，又模棱两可。凯默勒如同惠甘一样，对克莱德在这个公司里的真正地位至今还不能加以断定。前天，惠甘曾经告诉凯默勒说，吉尔伯特先生没有说过一句话使惠甘先生认为对克莱德可以特别放宽要求，但也绝不是认为对他就可以特别严格。恰好相反，吉尔伯特先生说过："在上班时间和工作性质上，他应该跟所有职工完全一样，绝无例外。"不过，吉尔伯特给他介绍克莱德时说："这位是我的堂弟，他想要学学我们这一行呢。"言下之意，就是说，克莱德在这儿待不长久的，他将从这一个部门调往另一个部门，直到他对本厂产品制造过程完全了解为止。

因此，克莱德走了以后，惠甘就对凯默勒等职工低声说，也许克莱德是老板的心腹，所以，他们可得"小心防备"，至少在目前还没有弄清楚他在厂里的地位以前。克莱德也觉察到这一点，便相当得意扬扬。他不由得暗自思忖，先不管他的堂兄吉尔伯特对他态度如何，就凭这一好兆头，也许他伯父就会帮助他，使他得到一点儿好处。所以，当凯默勒先生向他解释，说他要干的工作并不太艰苦而且暂时不要他干太多的事情时，克莱德听了，不免就带着一点儿优越感了。因此，凯默勒对他也就更加毕恭毕敬了。

"您的帽子和衣服，挂在那边的柜子里就得了，"他语调温和，甚至于奉承讨好地说，"随后，您可以在那里拉出一辆小车，推到一层楼去，把一些坏布车下来。上哪儿去车，他们会指给您看的。"

随后的那些日子，克莱德觉得既有趣又烦恼不堪。先说这个特别含辛茹苦的社会阶层，以及他自己在这里所处的地位，有时就使他感到困惑不安。比方说，在厂里，他周围的那些人，他未必乐意跟他们交朋友——远远不如任何地方的侍应生，或是汽车司机，或是职员。如今他看得非常清楚，他们在智力上与生理上个个都是笨头笨脑，或是粗手粗脚。他们身上所穿的衣服，只有最低贱的苦力才穿，只有把自己的仪表看成是最不重要的人才穿，他们心心念念的只是干活儿和艰苦的物质生活条件。此外，他们不知道克莱德何许人也，或者也不知道他的来临将对他们的个人地位有何影响，因此，他们对他都持怀疑态度。

果然，一两个星期以后，他们知道克莱德是本公司总经理的侄子，秘书的堂弟，因此，看来不可能在这儿长期从事低微的工作，他们就对他更加和气气了。但因这事在他们身上又引起了自卑感，所以对他表示得又妒忌，又怀疑。说到底，克莱德毕竟不是他们里头的一员，而且，在现有条件下，他也绝不可能成为他们里头的一员。他尽管可以对他们笑，对他们完全客客气气，但他也经常跟地位比他高的人接触，可不是吗——至少他们就是这么想的。他在他们心目中是属于富裕、优越阶级的一分子，而每一个穷人都懂得这就意味着什么。穷人不论到哪儿都得站在一块儿啊！

就克莱德来说，开头几天坐在这个怪别扭的房间里吃午饭，心里纳闷，真不知道这些人干吗老是对一些在他看来索然无味、无聊透顶的事情深感兴趣，比方说，运下来的坏布质地如何，在分量和质量上有哪些小毛病，最近一批二十卷坏布，与前一批十六卷坏布相比，紧缩程度还很不够；或是克兰斯顿柳藤制品公司本月份缩减职工名额；或是安东尼木器公司贴出了一道通告，说星期六工作半天，去年始自五月中旬，今年却要自六月一日起才实行，如此等等，不一而足。看来他们全都醉心于单调琐碎的日常工作之中了。

于是，他心中常常回想到往昔那些快乐无比的情景。有时，他真巴不得自己又回到芝加哥或是堪萨斯城。他回想到拉特勒、赫格伦、希格比、路易斯·拉特勒、拉里·多伊尔、斯夸尔斯先生、霍丹斯，这一伙无忧无虑的年轻人，而他正是他们里头的一员。他暗自思忖，此刻他们正在干些什么呢？霍丹斯现在怎么样？反正那件裘皮外套，最后她弄到了——也许就是那个烟铺里伙计给她掏腰包的，随后就跟他一块儿出走了，可她不久前还对克莱德表示过那么多的感情。好一个小畜生，把他的钱通通都骗走了！有时候，只要一想到她，要不是他们后来出了事故，真不知道她对他又会怎么样了，克莱德马上心里就感到难过。如今，她正在向什么人献殷勤呢？她离开堪萨斯城以后，情况又如何呢？现在她要是看见他在这儿，或者她得知他有这么一个阔亲戚，她又会做何感想呢？嘿！还是让她头脑清醒点儿吧。不过话又说回来，按他现在的职位，她是不太喜欢的。这是显而易见的。然而，她要是看见他的伯父、他的堂兄弟，看见这个工厂，以及他们的大公馆，也许就会更加尊敬他吧。她就会跟他重归于好的——这才符合她这个人的脾性。唉，他要是再碰上她，就要给她好看——叫她碰一鼻子灰，当然，那时他一定会叫她碰一鼻子灰。

Chapter 7 在莱柯格斯的平淡生活

再说克莱德在柯比太太家的生活，也并不是很快活的。那仅仅是一家普通的供膳寄宿宿舍，至多只能把工厂和商店里一些相当保守的人吸引过来。这些人都认为，他们的工作、工资，以及莱柯格斯中产阶级的种种宗教观念，就是维持当今世界秩序和幸福的最重要的基础。一般说来，这里是一个沉闷透顶的地方，毫无娱乐消遣或是赏心乐事可言。

由于这里有个名叫沃尔特·迪拉特的人——最近从方达来的一个愣小伙子，因此，克莱德觉得这里也并不能说是索然无味了。这个迪拉特是克莱德的同龄人，同样也热衷于社会地位，只不过对自己周围的生活并没有像克莱德那样具有机智圆通或是善于识别的能力。他在斯塔克公司男用服饰部做事。此人活泼、热切，长相也还算漂亮，浅色头发，一撮淡淡的小胡子，完全是小镇上花花公子那副气派和德行。他既没有什么财产，又没有什么社会地位，父亲原是小镇上的绸布商，后来商店倒闭了，他血液里不知怎的却有祖辈那股子冲劲儿，急急乎想攫取到一个令人瞩目的社会地位。

不过，到目前为止，迪拉特一直没有成功，因此，他对那些高门鼎贵的人就特别关注和嫉妒，甚至比克莱德还要强烈。莱柯格斯城里那些名门世家——尼科尔森家、斯塔克家、哈里特家、格里菲斯家、芬奇利家等他们的光荣和他们显赫的活动，给他留下很深印象。克莱德到后几天，迪拉特得知克莱德跟上述这个圈子多少有那么一点儿不伦不类的关系，不由得使他来了很大劲儿。乖乖！好一个姓格里菲斯的！莱柯格斯城里的大富翁塞缪尔·格里菲斯的侄子就在这个寄宿宿舍里！还跟他是在同一餐桌上！他决定务必尽快跟这个陌生人交上朋友。这对他来说，真的好比是三生有幸，是敲开巨富鼎贵的大门，使他得以进入莱柯格斯城里最最声名显赫的人家的一条线索啊！何况克莱德不是很年轻，长得也漂亮，说不定就像他一样心怀奢望——如果说要玩儿，克莱德还不是一个好伙伴吗？看来迪拉特几乎觉得自己的运气好得不敢相信，马上就开始向克莱德套近乎了。

首先，迪拉特向克莱德提议，不妨出去逛一逛，还说离莫霍克河不远，正在放映一部什么影片，真是顶呱呱的——简直太迷人了。难道说克莱德不想去吗？由于迪拉特衣冠楚楚，时髦漂亮，自有一点儿风度，跟工厂和寄宿宿舍里那种单调沉闷迥然不同，所以，克莱德也就同他一见如故了。

不过，克莱德想到这里有他了不起的亲戚，他的一举一动务必谨慎小心才好。像他这样轻易随便地结交新朋友，说不定自己会犯大错误呢。格里菲斯这一家正如他们那个圈子里的所有人一样，根据他接触过那些人的一般作风来看，想必跟这里老百姓相隔得很远。更多是出于本能，而不是出于理性，克莱德同样自视甚高，不接近众人。而且，他越是用这样的态度对待人家（包括迪拉特这个年轻人在内），人家就越是尊敬他，因此，他越要摆出这副高人一等的派头来。虽然在迪拉特的热忱邀请，甚至还可以说是在恳求之下，克莱德终于跟这个年轻人一起出去了，可他的举止言谈还是小心翼翼的。对他那种超尘绝俗、降尊纡贵的态度，迪拉特马上解释为"阶级"和"亲戚"的标记。只要想一想，在这个沉闷无聊的寄宿舍里，他居然碰上了这么一个人，何况还是在他刚刚到这里，正好他在这里的事业才开始。

因此，迪拉特就对克莱德一味溜须拍马——虽然同克莱德相比，眼下他的地位要高，赚的钱也多，每星期二十五美元。

"我想，您大概要花去不少时间，跟您的至亲好友在一起吧？"他们头一次外出散步时，迪拉特斗胆这么说。当他已经探听到许多克莱德乐意透露、其实几乎毫无内容的事之后，迪拉特只好转换话题，谈起自己的身世来，向他添枝加叶地讲了一些事情。现在他父亲开一家绸布商店。他本人上这儿来，为的是学习这一行业新方法，如此等等。他在这里有个叔叔，在斯塔克公司做事，他在莱柯格斯已有几个——说真的，目前还为数不多——好朋友，因为他来这儿时间不太长，加起来才不过四个月。

可是克莱德的亲戚，该有多帅！

"您说，您伯父的家私想必在一百万美元以上，是吧？人家都是这么说的。威克吉大街上那些华屋，简直太令人垂涎了。您在奥尔巴尼、尤蒂卡，甚至在罗彻斯特，都不会见到更阔气的房子了。您是塞缪尔·格里菲斯的亲侄子吗？一定没错！嘿，那您在这里可就非同小可啦。我真巴不得也有那么一门阔亲戚。那我包管要尽量利用啊。"

他热乎乎地笑着瞅了克莱德一眼。克莱德从而觉察到他这种血亲关系该有多么重要，只要想一想这个陌生的年轻人对它看得有多重。

"哦，我可不知道，"克莱德迟疑地回答说。不过，既然人家推想他跟此地格里菲斯家有如此亲密的关系，克莱德心里还是感到挺美滋滋的，"你知道，我上这儿来就是为了要学会做领子这门手艺，可不是来玩的。伯父要我认真地把它学好。"

"哦，当然，当然。这个我也明白，"迪拉特回答说，"我叔叔对我也是这样的意思。他要我在这里好好干，不要光想着玩儿。您知道，他在斯塔克公司是专管采买的。不过话又说回来，一个人也不能老是干活儿呀。有时也还得乐一乐呗。"

"是啊，是这样。"克莱德破例头一遭带有点儿屈尊俯就的口吻说。

他们默默无语地走了一会儿。

"您跳舞吗？"

"跳。"克莱德回答说。

"哦，我也跳。这儿有不少低级舞厅，可我从来都不去。您千万别去那些地方，如果说您想跟上流社会人士交际应酬的话。据说，在这个城市里，上流社会真是惊人地不与外人相互往来。要是您不属于他们这个圈子，上流社会人士简直就不会跟您来往。在方达也是这样。您必须'属于'上流社会，不然您就根本哪儿都去不了。我看，恐怕这也是应该的。不过话又说回来，这儿还是有不少好姑娘，可以跟她们跳跳舞，乐一乐。姑娘来自上等家庭，当然啰，并不是来自上流社会，反正人们也还没有说过她们什么坏话，您懂吗？再说，她们也不都是那么迟钝不灵。恰好相反，她们里头有些人还真的火热得够呛呢。可您也不见得就必须跟她们里头随便哪个结婚。"克莱德暗自思忖，此人对自己在这里的新生活也许有点儿太渴求了吧。与此同时，他也有点儿喜欢迪拉特。"再说，"迪拉特继续说道，"这个星期日下午，您打算干什么？"

"哦，好像没有什么特别的事，我一时还不知道，"克莱德回答说，感到他面前出现了新情况，"我可不知道到时候会干些什么事，不过，现在我什么也说不上来。"

"哦，您要是不太忙，就不妨跟我一块儿去吧。我来这儿以后，认识了好几个姑娘。全是好姑娘。您要是高兴，我包管把您捎去，介绍您跟我叔叔家里的人认识认识。他们个个都是挺不错的人。我认识两个姑娘，我们可以找她们去，真是迷人的小娘儿们。她们里头有一个曾经在一家铺子里做过事，可现在她走了，她什么事儿都不干了；而另一个是她的知心好友。她们有一台手摇留声机，她们俩一块儿跳舞呢。我知道，星期日在这里是不让跳舞的，但只要不让人知道就得了。姑娘她们的父母倒是并不介意。随后，我们不妨带她们去看电影什么的——要是您高兴的话——不去工厂附近电影院，而是要到高级电影院去，您懂吗？"

克莱德暗自思忖，对于迪拉特提出的那些建议，他究竟该怎么办呢。在芝加哥——出于在堪萨斯城出了事故的原因——他一向都尽量谨小慎微，很少抛头露面。因为，自从那次事故之后，他到俱乐部任职以来就心里想，务必让自己的生活尽量符合由于那里严肃的氛围而使他领悟到的以下理想目标：举止稳健，工作努力，勤俭节约，仪表整洁，富有绅士风度。那就是一个没有夏娃①的天堂。

如今，他在这里的环境虽然很清静，可是，从这个城市的气氛来看，似乎还是令人联想到这个年轻人正在谈论的娱乐消遣——其方式或许最简单也不过，但照样还是有姑娘们，可以跟他们做伴取乐——他亲眼看到这里就有许许多多多姑娘。晚饭后，大街上热闹非凡，有漂亮姑娘，也有年轻小伙子。不过，如果按照这个年轻人所暗示的方式去玩儿，万一给人看见，那他新近攀附的亲戚对他会有怎么个想法呢？他刚才自己不是说过，莱柯格斯城里人际关系惊人地狭隘，谁在干什么，大家几乎心里都有数。他沉吟不语，马上犯疑了。但他现在又非得当机立断不可。不过，他委实太寂寞，急急乎想找个伴儿，于是回答说："是啊，哦，我想这敢情好。"然而，他又不免有点儿疑虑地找补着说，"当然啰，你知道，我这里的亲戚——"

"哦，没问题，这我知道，"迪拉特应答如流，"当然啰，您可要小心留神才好。哦，我也得那样。"只要他能跟着一位姓格里菲斯的人（哪怕此人还是新来乍到，认识的人也不多）在哪儿露露面，那不就使得他脸上很有光彩吗？一定会这样，依他看，他自己脸上已经很光彩了。

迪拉特马上就请克莱德抽烟卷，问他喜欢不喜欢喝汽水。可是，克莱德还是感到非常别扭和心里没有底，过了一会儿就跟新朋友告别了。由于这个年轻人如此扬扬自得地崇拜社会地位，克莱德不觉对他感到有点儿腻味，于是径直朝自己的住地走去。他早就答应给母亲写一封信，心想最好回去写信，顺便还得想一想结交这样的新朋友是否值得。

---

① 《圣经》上说，亚当偷吃智慧果，被逐出伊甸园是受到夏娃诱惑的缘故。此处指克莱德希望自己只要回避女人，就好比登上天堂。

Chapter 8　克莱德再陷情网

转天正好是星期六，照例只工作半天（格里菲斯厂里全年星期六半日工作）。惠甘先生拿了薪金袋冲他走过来。

"请您收下，格里菲斯先生，"他说，那口吻仿佛克莱德是厂里一位大人物。

克莱德收下薪金袋，听到"先生"这个尊称，心里很高兴，就走到自己衣柜跟前，马上拆开口袋，把钱放进口袋。随后，他换好衣服，戴上帽子，走到自己的住地吃午饭。但他觉得自己非常寂寞，迪拉特（因为还要上班）也不在，他就决定搭电车游览格洛弗斯维尔。那是一座约有两万人口的城市，据说相当热闹，虽然比不上莱柯格斯。格洛弗斯维尔之行，克莱德觉得兴味盎然，因为他看到了一个社会结构跟莱柯格斯迥然不同的城市。

可是转天星期日，他真可以说是百无聊赖，就独自一人在莱柯格斯闲逛。这天迪拉特有事，不得不回方达去，星期日也就不能履约了。星期一晚上，他碰到克莱德时说，星期三晚上，在迪格比大街公理会教堂的地下室将举行交谊会，另备茶点招待。据年轻的迪拉特说，值得一去。

"我们不妨上那儿去，"他对克莱德说，"就跟姑娘们咬耳朵叨咕叨咕。我还要您跟我叔叔、婶婶见见面。论人品，他们都是顶呱呱的。姑娘们也是顶呱呱的。她们才一点儿都不叫人腻味呢。大约到十点钟光景，您知道吧，我们就不妨溜出来，上泽拉家或丽达家去。丽达家里好唱片多得很，不过要跳舞，就数泽拉家里最宽敞了。再说，您的晚礼服并没有从芝加哥带来，是吧？"迪

拉特问。因为迪拉特趁克莱德不在家时，早就打量过他的房间（克莱德正好
住在他上面，亦即三层楼上），发现他只有一只手提箱，没见什么大箱子，
看来也不会有什么晚礼服。他就断定虽然克莱德的父亲开一家旅馆，克莱德自
己又在芝加哥联谊俱乐部做过事，可克莱德对自己交际时穿着打扮一定满不在
乎。要不然，想必他决心独立奋斗，不需要任何人帮助，以便锻炼自己坚强的
性格。这一切让迪拉特感到老大不高兴。要知道这些交际必需品，不拘是谁，
万万不可掉以轻心啊。不过，克莱德毕竟来自格里菲斯大户人家，这一点就足
以使迪拉特对什么几乎都可以睁一只眼闭一只眼了，至少是目前这一次。

"是的，晚礼服我没带，"克莱德回答说，尽管自己非常寂寞，但对这次
逸游到底值得不值得，即便在此刻，他也没有完全的把握，"不过我打算买一
套。"他早就不止一次地想过自己在莱柯格斯这晚礼服实在是不可缺少的，正
打算从最近辛辛苦苦积攒下来的钱里，至少拿出三十五美元来购置一套。

迪拉特还在絮絮叨叨：泽拉·舒曼家里并不富裕，但他们住的是自己的房
子，她还跟这里的不少漂亮姑娘时有来往。丽达·迪克曼也这样。泽拉的父亲
在方达附近埃克特湖边有一座小别墅。克莱德要是喜欢丽达的话，今年夏天，
赶上假日和愉快的周末，他跟克莱德两个人就不妨上那儿做客，因为丽达和泽
拉几乎如影随形，寸步不离。而且，她们俩长得都很俏。"您瞧，泽拉肤色黑
黑的，丽达白白的。"他兴冲冲地找补着说。

克莱德听说姑娘们长得都很俏，心里不消说美滋滋的，这好像正当他感到
寂寞之际从天而降的福祉，何况这个迪拉特又缠住不放地怂恿他。不过，克莱
德又想，自己跟他过分接近，是不是明智之举呢？这的确是个问题，因为说真
的，克莱德对他毕竟一点儿都不了解。现在，迪拉特的举止态度，及其对这次
约会表现出轻浮而又兴奋那种劲儿，克莱德知道，迪拉特自己对这些姑娘最感
兴趣的，是她们原来已有的某种自由自在，无拘无束，乃至于某种深藏不露的
放荡不羁的作风，而不是她们所隶属的那个社会阶层。难道说不就是它导致克
莱德在堪萨斯城垮掉了吗？现在，特别是在莱柯格斯这个地方，他断乎不能忘
掉它，如今他正为争取更美好的前途而努力呀。

话虽然这么说，星期三晚上一到八点半，他们还是照样出去了，克莱德心
里充满了热乎乎的希望。到九点钟，他们早已置身于这么一个集宗教、世俗、
慈善性质之大成的聚会了。此次聚会的目的，就是给教会筹款，实际上是利用
这个机会，让年纪大的人碰碰头、聊聊天，年轻人则喜欢吹毛求疵，悄悄地谈
情说爱，卖弄风情。这里有好几个售货摊位，从馅儿饼、蛋糕点心、冰激凌，
一直到花边、洋娃娃和各色各样的小小装饰品，都是教友们自动奉献的，转手

卖掉的钱通通捐给教会。牧师彼得·伊斯雷尔斯偕同他的太太也都莅会。迪拉特的叔叔、婶婶也在场，他们两口子虽然轻松活泼，但是毫无风趣可言，克莱德揣测他们在这里恐怕不会有什么社会地位。他们几乎一团和气，而且对人过分熟不拘礼，虽然格罗弗·威尔逊作为斯塔克公司的采买有时候还要装出一副正经八百和神气活现的派头来。

格罗弗·威尔逊是个矮胖个儿，看来他并不知道怎样给自己穿得体面些，也许是没得钱买不起。要是跟他侄子身上几乎洁净无瑕的衣服相比，那他的衣服简直就差得远了。既没有熨烫，又有些油渍。他的领带也是这样。平时他动不动就像小职员那样来回搓手，有时候皱紧眉头，一个劲儿地搔后脑勺，仿佛他要说的话都是经过深思熟虑，重要到了极点似的。其实，就连克莱德也很清楚，此人所说的没有一句是重要的。

那位胖墩墩的威尔逊太太也是这样。当她丈夫在贵客克莱德面前竭力摆出神气活现的派头时，她正伫立在他身边。她那胖乎乎的脸上只是一个劲儿地笑。她的身子简直笨重得很，两颊绯红，下巴颏儿差不多变成双的了。瞧她老是笑个不停，多半是因为她生来一团和气，在这儿好歹也得懂点儿规矩，附带说一下，还因为克莱德是那样一个人物。反正克莱德自己也看出，沃尔特·迪拉特死乞白赖地要他的亲戚注意到，他是格里菲斯家族的人，还有迪拉特早已跟这位新的格里菲斯家族成员结成好友，此刻正在当地社交界追随他。

"沃尔特刚才告诉我们说，您上这儿来是给令伯父做事的。我听说您住在柯比太太那里。我虽然不认识她，可我老是听人说起她那个地方很好，样样井井有条。住在那里的帕斯利先生过去是我同学，不过现在我再也没见过他了，您还不认识他吗？"

"是，我还不认识。"克莱德回答说。

"您知道吧，我们本来巴望您上星期日来吃饭的，可是沃尔特非要回家不可。不过，您可得一定要早些来啊。不管什么时候都行。我可非常高兴您来啊。"她笑了，她那褐色小眼珠在闪闪发亮。

克莱德看到，由于他伯父的深孚众望，他真的被威尔逊夫妇看成交际场合中的一大发现了。而其他所有人，不管年龄大小，对待他的态度也都是这样。彼得·伊斯雷尔斯牧师和他的太太，本地印刷油墨商迈卡·邦珀斯夫妇和儿子，干草、种子、饲料暨卖零售商马克西米利安·皮克夫妇，花铺老板威特尼斯先生，以及本市地产商思鲁普太太，他们个个都知道塞缪尔·格里菲斯和他声名煊赫的家族，而这样一个富翁的侄子克莱德居然出现在他们中间，不由得感到有点儿离奇诧异了。唯一叫他们扫兴的是，克莱德的态度太随和，而没有摆出应有的派头来——并不是那么颐指气使和傲慢无礼。他们这些人绝大多数对傲慢却是尊敬的,哪怕是口头上假装指摘它。

这一点,从年轻的姑娘们作风上看,表现得就更明显了。现在,迪拉特到处在讲克莱德那种重要的亲戚关系,好让人人都知道。"这位是克莱德·格里菲斯,塞缪尔·格里菲斯先生的侄子,吉尔伯特·格里菲斯先生的堂兄弟,知道吧。他是新来乍到,就在他伯父厂里学做领子这一行。"克莱德分明知道这样的吹嘘该有多么肤浅,可对这些话给听众所产生的效果还是很高兴。这个迪拉特,真是厚颜无耻啊。他因为仗着克莱德撑腰,竟然胆敢以屈尊俯就的口吻对所有的人说话,真是无耻之尤。他一刻都离不开克莱德,总是把他一会儿带到这里,一会儿又带到那里。事实上,他显然已经决定,要让他所熟识和相好的青年男女全都知道克莱德是何许人也,而且,正是他,迪拉特,把克莱德引至本地社交界。还有,凡是他看不顺眼的人,应该尽量跟他少见面——压根儿不给介绍。"她呀,算得了什么。她父亲只不过在这儿开一家小小的汽车修理行。我要是您,就不跟她浪掷光阴啦。"或是说,"他在这里算什么。只不过是我们店里一个小伙计罢了。"与此同时,他对有些人就满面笑容,满口恭维,或者至少也要在克莱德面前为他们低微的社会地位竭力辩解。

随后,他把克莱德介绍给泽拉·舒曼和丽达·迪克曼。她们两人由于自出机杼,故意来得迟些,不外乎表示她们对交际应酬要比别人聪明老练一些。后来,克莱德发现她们果真不一样,不像迪拉特刚向他介绍的所有姑娘那么朴实、拘泥。她们在恪守教规和道德上也不像前面那些姑娘稳重。克莱德一见到她们就发觉:她们简直急巴巴想马上得到异教徒式的欢乐享受,可自己对此又不愿承认,当然啰,她们要竭力做到绝不有损于自己的名声。因此,她们的举止态度,乃至于介绍时她们的那种神情,使克莱德立时感到跟别的年轻教友迥然不同。她们并不见得都是离经叛道,只不过是比别人要求更多的自由,同时也不是那么拘泥、节制罢了。

"哦,您就是克莱德·格里菲斯先生,"泽拉·舒曼说,"我的老天哪,您可活脱儿像您的堂兄弟,是吧?我常常看见他开汽车经过中央大道。您的情况沃尔特全都告诉我们了。您喜欢莱柯格斯这个地方吗?"

她一提到"沃尔特"这个名字时那种口吻,以及在她语调里特有的那股亲热劲儿,让克莱德马上感到,她跟迪拉特的关系,肯定要比迪拉特自己说过的更加亲密、更加随便。她脖子上系一个猩红色法兰绒小蝴蝶结,两侧挂上一副石榴红小耳环,身上穿一套非常整洁、紧贴身子的黑衣裙,裙子下摆缀有荷叶边饰。看来这一切都足以说明:她并不反对显露一下自己的身姿,而且对它居然非常珍爱。她的这种心态，要不是因为她善于装出一副假正经的羞答答的样子，不消说，一定会在这样一个地方引起人们议论。

丽达·迪克曼是一位体态丰腴的金发女郎，粉红色脸颊，淡褐色头发，一双淡蓝色眼睛。她虽然不像泽拉·舒曼那样富有挑逗性的漂亮，可她身上还是流露出某种在克莱德看来跟她女友一致的表面上节制、实则放荡不羁的神态。克莱德觉察到，她的态度虽然很少令人想到伪装的虚张声势，可还是表示出那么顺从，对他是故意如此，而且自然富有挑逗性。她们俩早已事前约定，要由丽达来逗引他。丽达对泽拉·舒曼非常崇拜，样样都要模仿她，她们如影随形，寸步不离。当克莱德出现在她面前时，她嗲声嗲气地冲他一笑，让他非常心慌意乱。当时他正在告诫自己，在莱柯格斯这地方，与人交往务必非常小心留神。但不幸的是，丽达如同霍丹斯·布里格斯一样，激起了他要求有进一步亲密行动的念头，哪怕这种念头是不会引起问题也好，还是虚无缥缈也好，反正使他感到困惑不安。可他一定要小心翼翼啊。他之所以在堪萨斯城遭到不幸，正是如同迪拉特眼前这种放荡不羁的态度，以及这一类女郎的举止作风所促成的。

"好吧，我们就先来一点儿冰激凌和点心，"迪拉特说了一些开场的话后才说，"随后，我们可以悄悄地溜走。你们俩最好到各处先转转，见人就得招呼一下。然后，我们在卖冰激凌的地方见面。以后，要是你们高兴，我们就从这儿溜了，嗯？你们看怎么样？"

他两眼望着泽拉·舒曼，好像是在说："我们该怎么办最好，反正你心里有谱。"

她却笑着回答说："是啊。可我们不能马上就走。我看见玛丽表妹在那边，还有妈妈，还有弗雷德·布鲁克纳。丽达跟我先去那儿转一圈，以后跟你们碰头，明白了吧。"说罢，丽达·迪克曼向克莱德妩媚动人地一笑。

迪拉特和克莱德在大厅里转悠了二十来分钟，泽拉给了迪拉特一个暗号，他就跟克莱德一块儿走到大厅中央摆上椅子卖冰激凌的地方。不一会儿，泽拉和丽达好像不约而同地来了，他们就在一块儿吃了一些冰激凌和点心。然后，今晚任务全都完成了，而且好多人早已纷纷溜走了，迪拉特就说："得了，我们也溜吧。就上你那儿去，好吗？"

"当然，当然，"泽拉低声说，他们俩就一块儿上衣帽间去了。该不该跟他们一块儿去？克莱德心里还是迟疑不决，因此只好闷声不响。他连自己都闹不清楚是不是对丽达一见倾心了。一走到街上，在看不到教堂和那些返家的寻找快乐的人们时，克莱德却发现自己跟丽达在一起，泽拉和迪拉特早已走到前头去了。克莱德挽着丽达的手臂，心想这准没错儿，可她硬是挣脱出来，用她那一只暖和而温柔的手放在他的肘弯里，紧紧地偎着他，肩并肩，几乎全靠到他身上，喋喋不休地谈论莱柯格斯的生活。

她的话音里，有一种甜蜜得令人迷醉的味道。这使克莱德很喜欢。她的身子显得有些慵倦无力，仿佛放射出一种光或电子，吸引他，迷住他，因而使他身不由己。他很想抚摩她的胳臂，他觉得只要自己高兴，这是做得到的，甚至还可以搂住她的腰肢，即使认识还不太久。不过，他心里总算还想到，他是格里菲斯家族的一员，还是莱柯格斯的格里菲斯家族的一员，毕竟身价不同，正是这个原因，这次教堂主办的交谊会上所有的姑娘全都对他这样深感兴趣，这样大献殷勤。可是，他尽管有这样的想法，到头来还是轻轻地捏了一下她的胳臂，她也并没有表示不以为然的样子。

舒曼的家，是一幢方方正正的老式木结构大房子，顶上有一个方方正正的小阁楼，屋前有一块草坪，四周有些树木，显得很僻静。他们一进门，就来到了陈设漂亮的大客厅，这儿当然远远胜过克莱德过去见过的那些房子。迪拉特马上挑选唱片，然后把两块相当大的地毯卷了起来，露出很光滑的硬木地板。

"这幢房子四周围因为有一些树木，再加上这些唱针特别讲究，只发出很轻的声音，"他说这话，自然是说给克莱德听的，因为这时他还有一个印象，觉得克莱德也许是个很精明的人，每走出一步，都是小心留神的，"所以，街上一点儿都听不见留声机的声音，是吧，泽尔？使用这些唱针，嘿，连楼上都听不见。我们在这儿玩过、跳过不知道好多次了，都是一直玩到凌晨三四点钟，可楼上的人全都不知道，是吧，泽尔？"

"是啊。不过我爸爸耳朵有些背。妈妈只要一进房里看书，就什么都听不见了。不过，一般地说，要听见也很难啊。"

"怎么啦，难道说这里的人都这么反对跳舞吗？"克莱德问。

"哦，他们并不反对，厂里的人并不反对，压根儿不反对，"迪拉特插嘴说，"不过信教的人十之八九是反对的。我叔叔、婶婶就反对。今儿晚上我们在教堂里碰上的人，几乎个个都反对，除了泽尔和丽达，"他向她们递去一个非常赞许的眼色，"她们气量挺大的，不会把这么一点儿小事都记在心上。是吧，泽尔？"

这个年轻姑娘本来早就被他迷住了，这时微微一笑，点点头说："哦，当然啰。我可看不出这有什么不好。"

"我也看不出这有什么不好，"丽达插嘴说，"爸爸妈妈也这样。只不过他们不愿提这件事，因为他们不希望我对跳舞入了迷。"

这时，迪拉特已放了一张唱片，片名《棕色的眼睛》。克莱德跟丽达一对，迪拉特跟泽拉一对，马上翩翩起舞。克莱德发觉自己跟这位姑娘之间不知不觉产生了一种亲密感，它将预兆着什么，几乎连他自己都说不上来。她跳得那么热火，那么有劲儿，从她那迂回曲折、来回摇摆的舞姿里，仿佛宣泄着种种被压抑着的热情。她的唇边马上挂着如痴似醉的微笑，显示出她对罗曼蒂克趣事的无限渴求。瞧她长得美极了，一边跳一边笑，要比以往任何时候都美。

"她太迷人了，"克莱德心想，"虽然有点儿太随和。尽管我跳得并不比别人高明，但看得出她喜欢我，就因为在她心目中我好像是个了不起的人物。"差不多就在这当口儿，她说："真痛快，不是吗？您跳舞可真是内行，格里菲斯先生。"

"哦，我可不内行，"他回答说，直瞅着她的眼睛笑，"您跳舞才是内行呢。我所以跳得好，多亏是跟着您一块儿跳啊。"

此刻他感到：她的手臂是丰腴柔软的，她的胸脯，对这么年轻的姑娘来说是很丰满的了。瞧她如痴似醉地跳呀跳的，早已使克莱德入了迷，她那一举手、一投足的姿态，几乎是在撩拨他似的。

"得了，现在就放《爱之小舟》，"迪拉特在《棕色的眼睛》一曲结束时说，"您就跟泽拉跳一会儿，丽达跟我去跳一圈，好吗，丽达？"

他本来就非常喜欢跳舞，此刻又十分想炫耀一下自己的舞艺，等不到新的一支舞曲放出来，就急急忙忙地挽起丽达的手臂，一下子跳起来，跳着各式各样的舞步和各种不同花样的舞姿，简直是满场飞。所有这些都叫克莱德望尘莫及，从而很快就证实了迪拉特确是跳舞的行家。一曲舞罢，他才点头示意克莱德把唱片《爱之小舟》放上去。

但是克莱德跟泽拉跳了一个曲子以后，才闹明白，参加今晚舞会的原意就是要使两对伴侣一起玩儿，不但互不干预，相反，大家还应想尽种种方法，让另一对伴侣玩得痛快。当泽拉跟克莱德一块儿跳，而且跳得很好，跟他说了很多的话时，克莱德心里始终很清楚，她仅仅对迪拉特一个人感兴趣，特别喜欢跟迪拉特一块儿。跳了几支舞曲以后，克莱德跟丽达靠在一张长沙发上聊天，泽拉和迪拉特就离开这儿，上厨房寻找什么饮料去了。不过，克莱德发现，他们待在厨房里要比喝一口饮料的时间长得多呢。

就在这时，丽达仿佛故意要让他与她更进一步接近。她觉得他们俩靠在长沙发上闲聊得差不多了，就站了起来，而且这么突兀——既没有乐曲，也没有说话——便向他伸出手来，要他再跟她多跳一会儿。原先她跟迪拉特跳过好几种舞步，现在她就好像想再跳给克莱德看看。不过，由于那些舞步样式的规定，他们之间贴得比过去更紧了，非常紧。她跟克莱德贴得那么紧，还用胳臂肘做出各种手势给他看，指点他该怎样跳，她的脸和两颊几乎就贴近他的脸颊了，竟然使他的意志和决心也都没法儿抗拒了。他按捺不住，把脸颊贴在她脸颊上，她却抬起双眼，脉脉含情地直望着他。他的自我克制能力一下子消失了，他吻了她的朱唇。接着，他吻了又吻，吻了又吻。他原以为她会推开他，殊不知，她并没有这样做，她完全听任他亲吻，她始终保持同一个姿态，好让他继续一个劲儿地吻自己。

他感到她那滚热的身子温顺地紧贴着他，她回过来也用自己朱唇吻他的嘴唇。这时，他才猛地明白，他这是明明让自己陷入这样一种关系，这种关系也许并不是那么容易就可加以改变，或者加以回避的。他心里也明白：要自己顶得住真是难上难啊，因为现在他已经喜欢她了，显然，她也喜欢他。

Chapter 9 家宴的大好机会

　　这次除了给克莱德一阵子激动和兴奋劲儿以外，到头来还使得他重新考虑自己在这里该怎样走正路这个问题。眼前这个姑娘，正以如此坦率，乃至于挑逗性的方式亲近他。可在不久以前，他明明向自己和妈妈保证，说他在这里循规蹈矩，与过去迥然不同，绝不跟导致他在堪萨斯城栽跟头的那一号人接近，或是发生什么关系。可是啊，可是啊！

　　现在他所受到的诱惑，是不可抗拒的。跟丽达一接触，他就感觉到，她正期待他做出进一步表示，而且刻不容缓。可是，如何表示呢？又在哪儿表示呢？反正不是在这个陌生的大房间里。除了迪拉特和泽拉假装要去的厨房以外，这里自然还有别的房间。不过，要是他们之间一旦确立这样一种关系，那以后又该怎么办呢？对方会希望他继续保持这种关系。要是他把它一刀两断，岂不是让自己陷入难以解决的纠葛吗？他一边跟她跳舞，大胆放肆地抚摩她，一边却在心中思忖："我不应该这么干，可不是吗？这里是莱柯格斯。在这里，我是格里菲斯家族的一员啊。我知道，这些年轻姑娘乃至于她们的父母对我要求什么。难道说我真的爱这个丽达吗？也许说不定是她太迅速、太轻易地就向我不战而降吧？即使说对我在这里的前途不会真的构成危险，那也是令人心中感到不快的，这种亲密关系不是来得太快了吗？"这时，他的心境竟跟堪萨斯城冶游时不无相似之处——一方面他被丽达迷住了，另一方面又引起了反感。如今，他至多只能稍加克制地吻她，抚摩她，直到迪拉特和泽拉又回来了，也就不可能再那样亲亲密密了。

不知哪儿的时钟敲了两下，丽达突然想到自己非走不可了——她回家这么晚，她父母会感到不满的。既然迪拉特丝毫没有离开泽拉的迹象，自然该由克莱德护送丽达回家。这本是一大乐事，只因他们两人都有一种朦朦胧胧的失望，乃至于失败的感觉，此刻双方不免有些败兴了。他暗自寻思：他刚才辜负了她的期待。可她暗自思忖：显然，他还没有胆量在她乐意奉献以后再越雷池一步。

一路上，他们谈话时提到后会有期，那时也许会玩得更好等等。甚至到了她家门口（她家住得不算太远），此时她的态度显然还是意味深长的。他们分了手，可是克莱德还在心里告诫自己：这样一种新的关系发展得太快了。他心中没有把握，该不该在这里发展这样一种关系，而且如此之快。他上这里来以前所下的那些美好的决心，现在都上哪儿去了？他应该怎么办呢？可是，由于丽达富于肉感和魅力，他对当初自己的决心与现在自己又不敢越雷池一步（其实他大可不必如此），都觉得很恼火。

后来接连有两件事，终于使克莱德把这个问题解决了。一是与格里菲斯一家人的态度有关。除了吉尔伯特以外，他们全家人并不反对他，也不是完全不关心他，但是，不论塞缪尔·格里菲斯也好，还是家里其他成员也好，他们都没有认识到：他们一家人应该对他表示哪怕是一丁点儿关注，或是不时真心诚意地对他进行劝告，要不然的话，即便克莱德在这里不是真的感到寂寞，也会觉得挺别扭的，所以，不妨说他们全家对克莱德的态度是一个失败。塞缪尔·格里菲斯一向非常忙，没得空闲，至少在头一个月里几乎一点儿都没想到过克莱德。他听说克莱德一到，住处早已安顿好了，以后也有人会好好照料他的——那么，至少暂时没有什么事需要为他做了吧？

因此，整整五个星期里，对于克莱德什么事都没有做，吉尔伯特·格里菲斯对此感到很满意。克莱德只是在地下室里过着糊涂日子，心里纳闷，真不知道关于他的将来人家已经做了怎样的安排。周围一些人（包括迪拉特和那些年轻姑娘在内）的态度，终于使他在这里的地位看起来有点儿莫名其妙了。

但是，克莱德来这里已有一个多月（主要因为吉尔伯特好像不乐意提到他），有一天老格里菲斯才这么问道："哦，你的堂兄弟怎么啦？现在，他干得怎么样？"吉尔伯特不免有点儿担心，不知道父亲这一问会预示着什么，便回答说，"哦，他一切都好。我让他到防缩车间先干起来。这样安排好吗？"

"是啊，我想可以。依我看，让他从头学起，这个工作可比别的合适得多了。不过，现在你对他评价怎么样？"

"哦。"吉尔伯特回答时态度很稳健,而又很有独立见解,这一特点历来为他父亲所赞赏,"评价不太高。我看,他还不错。也许他还对付得了工作。不过,依我看,他在这里不像会有很大出息似的。您也知道,他没有受过什么教育。这一点,谁都看得出来。再说,他好像不肯卖力似的。我看他这个人太软弱。不过,我还是不想净找他的碴儿。也许他还不错。您喜欢他,可我也许把人看错了。不过,我总觉得,他上这儿来的真正意图,是认为您照顾他会比别人多得多,因为他跟你是近亲。"

"哦,你以为他有这样的想法。嘿,他要是有这样想法,那就错了。"可是,老格里菲斯还有点儿戏谑地笑着继续说,"不过,也许他不像你所想象的那么不能干吧。他在这里时间还不长,我们对他也还难说,可不是吗?他在芝加哥给我的印象可不是这样。再说,我们这里还有不少小小的职位可以安插他,不算多大的浪费,反正他也不是世界上最有天分的家伙,是不是?他要是安于一辈子就干这样的小差使,那是他的事啦。我也阻拦不住。不过,不管怎么说,反正现在我还不想把他打发走,而且,我不指望他打零工去。这也不行。说到底,他毕竟跟我们是亲戚。暂时让他到防缩车间干一阵,看看他在哪儿有能耐呗。"

"好的,爸爸。"他儿子回答说。他心里真是巴不得父亲会心不在焉地让克莱德待在目前这个地方,待在厂里所有工作中最低贱的职位上。

然而,塞缪尔·格里菲斯又找补着说,使他儿子深为不满:"最近得请他上我们家吃饭,好不好?这件事我早就想过,可就是一直没得着空。事前我早就该跟你妈说一声。他一直没来过这里,是不是?"

"没有,先生,我可没听说过,"他态度冷峻地说。这事他压根儿不喜欢,但他为人八面玲珑,不便立刻表示反对,"我想,我们个个都在等您的意见呢。"

"那敢情好,"塞缪尔接下去说,"你们最好了解清楚他住在哪儿,就去请他来吧。定在这个星期日得了,反正我们没什么别的事。"他发觉儿子的目光里有一丝儿迟疑乃至于不赞成的神色,就找补着说,"不管怎么说,吉尔,他总是我的侄子,你的堂弟,我们可不能压根儿不睬他。你知道,那是要不得的。今儿晚上,你最好跟你妈说一声,要不然我来说,这事就由我来安排。"他在桌子抽屉里找了一会儿文件,这时关上抽屉,站了起来,取下帽子和大衣,走出了办公室。

这次谈话后,他们给克莱德送去了一份请帖,邀他星期日下午六点半到格里菲斯家吃顿便饭。通常星期日中午一点半,他们照例设宴,邀请本地或是别处来访的一两位至亲好友。到六点半，这些客人差不离都走了，格里菲斯一家人里头有时也有一两位走了，那时，格里菲斯夫妇和麦拉就在一起共进便餐，而贝拉和吉尔伯特往往上别处赴约去了。

可是这一回，格里菲斯太太、麦拉和贝拉一起商量后决定，到时她们都准备参加，只有吉尔伯特一人例外，因为一是他反对这件事，二是他另有约会。他说，到时他在家最多只能待一会儿。这么一来，吉尔伯特就很高兴地看到招待克莱德仅仅限于本家族小圈子内，不会跟午后或许突然来访的重要亲友碰头，因而也用不着把克莱德向客人们进行介绍和说明了。此外，还可以有机会让他们完全不受任何约束地亲自观察一下他，看看究竟该如何看待他。

这时，克莱德觉得自己跟迪拉特、丽达和泽拉的关系已成为棘手的问题，突然间又受到了格里菲斯家这次决定的影响。那天晚上在舒曼家里聚会以后，尽管当时克莱德心中犹豫不决，可他们三个人（包括丽达本人在内）还是认为他一定为她的魅力倾倒，因此，向克莱德做出了各种各样的暗示。最后，由迪拉特出面直接向他提出了邀请，也可以说是一种提议，大意说：既然他本人和克莱德跟那两位姑娘已建立了同志般的友情，他们不妨去哪儿做一次周末旅行，最好去尤蒂卡或是奥尔巴尼。姑娘们，当然啰，一定会去的。他可以通过泽拉跟丽达事前说定，如果克莱德心里对这事能不能谈成还有疑虑或是担忧的话。"您知道，她是喜欢您的。前天泽拉跟我说，她认为您很帅，是姑娘们的宠儿。怎么样？"他怪亲热地轻轻推了一推克莱德的胳膊肘，这种亲热的关照，要是在过去，克莱德恐怕绝不会放过的，可现在并不喜欢，因为他认为自己隶属于一个新的、更高贵的圈子，而且深知自己在莱柯格斯是何许人也。是的，真可以说，这些家伙只要觉得你比他们高出一头，就这么起劲儿！

再说，迪拉特这个建议，虽然从某个观点来看很带劲儿，很迷人，但也可能给他招来无穷的麻烦。可不是吗？首先，他没有钱，到现在为止，一星期才只有十五美元。要是指望他这样大手大脚地花钱出去旅行，那他当然是办不到的。车费、饭费，以及旅馆住宿费，也许两个人还要坐坐小汽车。这么一来，他就得跟他几乎还不了解的丽达变得关系很密切。以后，说不定她就觉得在莱柯格斯这里也可以继续这么亲亲热热的，还指望他经常去看她，带她到处玩儿去。然后，唉，老天哪，万一让格里菲斯一家人、他堂兄吉尔伯特听说了，或是看见了呢？泽拉不是说过，她老是在莱柯格斯街上碰见吉尔伯特吗？说不定在什么地方，说不定什么时候，正当他们俩在一块儿时，恰巧被吉尔伯特撞见了？这样，吉尔伯特不就会认定克莱德跟迪拉特这样一个微不足道的商店小伙计过往很密切吗？说不定他在这里的终生事业也就此完蛋了！谁知道这样下去还会招致什么样的后果？

克莱德咳了一声，说的净是各种各样的托词。现在他工作多，没有空。此外，像那样担风险的事，他可得先考虑一下。他的那些亲戚，你也清楚嘛。再说，星期日与下星期日，他厂里还有不少紧急工作，使他没法儿离开莱柯格斯，看来还得过了这一阵再说。其实，有时他也会想到丽达的魅力，他心中困惑不安。这时，由于他摇摆不定的性格，直接违背自己先前做出的决定，心里又在盘算另一种计划——是不是在两三个星期内应该尽量节省自己的开支，然后照样出去玩儿。他早已在积攒一些钱，打算买一套新晚礼服和一顶折叠式大礼帽。这笔钱能不能动用一部分呢，虽然他也知道这么一个计划完全是错误的。

那个俏丽、丰腴、肉感的丽达啊！

可是以后，正好在这个时刻，格里菲斯家的请帖来了。有一天，傍晚时分，他下班后回来，已很困累，可心里还在盘算迪拉特这个诱人的提议，发现自己房里桌子上有一封信。是重磅纸，很漂亮，是他不在家时由格里菲斯家一个用人送来的。信封封口处浮凸出 "E.G." 的缩写字样，特别引起了他的注意。他马上把信拆开，急忙读起来：

我亲爱的侄儿：

自从你来这儿以后，我丈夫经常去外地出差。我们虽然一直希望你来，可是总觉得最好还是等他有空时再说。最近他比较空些，要是你觉得方便，能在星期日下午六点钟跟我们共进晚餐，那我们将感到非常高兴。我们的晚餐非常随便，只有家里人，因此，不论你能来，或是不能来，你用不着再写信，或是打电话。而且你也用不着特别穿上什么晚礼服。不过，还是请你尽可能来。见到你，我们一定很高兴。

你诚挚的伯母
伊丽莎白·格里菲斯

克莱德读了这封信，心中又充满了罗曼蒂克的梦想，因而还不切实际地用它来激励自己。最近他一直默默无语，在防缩车间干他最腻味的活儿，这时，有一个念头使他心中越发困惑不安，也许他的探求到头来只不过是一场空，他那显贵亲戚也不会真的跟他建立什么关系。可现在，看吧，这儿就有这么一封堂堂正正的信，上面还写着"见到你，我们一定很高兴"。这封信好像说明他们对他的看法也许并不是那么坏。塞缪尔·格里菲斯经常去外地出差。问题就在这里。现在，他就可以见到他的伯母、他的堂兄妹，还可以到那座大公馆里去。一定非常了不起。往后，也许他们会关心他的命运，有谁知道呢？正当他几乎认定他们不会关心他的时候，他们却忽然惦念起他来了，该有多走运啊。

他对丽达的迷恋一下子就烟消云散了，至于他对泽拉和迪拉特的兴趣，就更不用提了。乖乖！跟社会地位远远低于他——一个格里菲斯家族成员——的那些人厮混在一起，甘冒危及他跟这一名门世家关系的风险，那可要不得！这是天大的错误。眼前及时送来的这封信，不就证明了这一点吗？幸亏他一直很明智，（多么运气啊！）始终没有同意这次旅行。因此，从现在起，他必须不声不响地逐渐中断同迪拉特的这种亲密关系，要是必要的话，甚至还要从柯比太太家搬出来。要不然，就干脆说他伯父已提醒过他。说到底，只有一句话，断乎不可再跟这拨人厮混在一起了。像那样再厮混在一起，是万万不可的。它将危及由于新近来了伯母邀请信而维系着的个人前途。现在，他已不再想到丽达和尤蒂卡之行等事了。相反，他心里又开始琢磨起格里菲斯一家人的生活情景，他们常去玩儿的那些迷人的地方，以及在他们周围那些有趣的人物等等。他马上想到，他要上伯父家做客，就非得有一套晚礼服，至少也得有一套无尾长礼服。于是，转天上午，他得到凯默勒的许可，十一点就下班，到一点钟再上班。在这段时间里，他就用自己的积蓄买了一套无尾常礼服、一双漆皮鞋，还有一条白色丝围巾。他这才放心了，觉得自己经过这么一打扮，谅必给人留下一个好印象。

从那时起，一直到星期日傍晚，在这整段时间里，他早已不再去想丽达、迪拉特，或是泽拉，净在想这次大好的机会。有幸亲临如此高门鼎贵的府邸，显然是一件了不起的大事。

现在他看得很清楚，这件事中唯一的障碍还是这个吉尔伯特·格里菲斯。此人不论在何时何地，始终用那么严肃、冷峻的目光打量他。到时，也许他就在那里，恐怕他又要摆出一副唯我独尊的派头，逼使克莱德感到自己地位低下。克莱德有时不能不承认，吉尔伯特果然是常常得逞的。毫无疑问，要是他（克莱德）在格里菲斯一家人面前表现得太神气，事后吉尔伯特准在厂里的工作上找碴儿来报复他。比方说，他可以在他父亲面前说些净是对克莱德不利的话。当然，如果老是把克莱德放在这个糟透了的防缩车间，也不给他表现机会，那他还有什么出人头地的指望呢？克莱德一到这里，就同这个长相简直跟他一模一样，但不知怎的总是容不了他的吉尔伯特撞见了，这真可以说是他倒霉透顶。

不过，尽管心中有这么多疑虑，克莱德还是决定要充分利用这次大好的机会。于是，星期日傍晚六点钟，他就动身去格里菲斯府邸，因为即将面临一次考验，心里也就非常忐忑不安。他走到大门口，经过一道拱形的大铁门，走上一条迂回曲折、路面宽敞的砖砌过道，径直来到了主楼正门入口处。他几乎感到有如探险时的心惊胆战，举起了大铁门上沉甸甸的门闩。当他沿着过道径直往前走去的时候，心里想，他很可能成为一双双犀利而又严厉的眼睛注视的对象。说不定是塞缪尔先生，或是吉尔伯特·格里菲斯先生，或是格里菲斯两姐妹里头的一个，正从挂着厚厚的窗帘后面仔细地看着他。从楼下窗子里，有好几盏灯正迸射出一种柔和、诱人的亮光。

不过，克莱德这种惴惴不安的心境毕竟是瞬息即逝。因为不一会儿，一个仆人打开了门，接过他的外套，请他走进那个给他印象很深的大客厅。即便克莱德见识过格林－戴维逊大酒店和芝加哥联谊俱乐部，也照样觉得这个大客厅非常华丽，厅内的陈设精致漂亮，还有富丽堂皇的地毯、挂幔等等。一座又高又大、火苗儿正旺的壁炉前，围着一些沙发和椅子。此外还有几盏灯、一座高高的座钟和一张大桌子。这时客厅里一个人也没有。不过，就在克莱德坐立不安、东张西望之际，只听到从客厅后面大楼梯上传来绸衣窸窣的响声。但见格里菲斯太太，一个秉性温和、瘦骨嶙峋、脸色苍白的妇人，正下楼朝他走来。但她步履轻盈，态度可亲，虽说跟她往日一样不免有些拘谨。寒暄之后，他觉得在她面前心情相当轻松自在。

"我的侄儿，可不是吗？"她微笑着说。

"是的，"克莱德回答得很简短，但由于心里紧张，就显得异乎寻常地一本正经，"我就是克莱德·格里菲斯。"

"见到你，我很高兴，欢迎你上我们家里来，"格里菲斯太太一开头就这样说，语气显得相当泰然自若，这是她多年来跟本地上流社会人士交际应酬的结果，"当然啰，我的孩子们也很高兴。贝拉和吉尔伯特正好都不在家，不过，我想他们马上就会回来的。我丈夫此刻正在休息，但我刚才听到他走动的脚步声，大概一会儿就下楼了。请你在这里坐坐，好吗？"她指着他们中间的一张大沙发，"星期日晚上，我们通常仅仅家里人在一块儿吃饭，所以，我想，要是你能来，跟我们一家人叙叙，那才敢情好呀。你觉得莱柯格斯怎么样？"

她在壁炉前一张大沙发上坐下，克莱德为了表示尊敬她，就怪别扭地坐在离她有相当距离的座位上。

"哦，这座城市，我可非常喜欢它，"他尽量模仿她的口吻笑眯眯地回答说，"当然啰，我去过的地方还不太多，不过，就我所见到的来说，我是喜欢这座城市的。我一辈子所见过的大街，就数你们这条街最漂亮了，"他兴冲冲找补着说，"房子都这么大，院子又这么美啊。"

"是啊，我们莱柯格斯人常常把威克吉大街引以为豪，"格里菲斯太太微笑着说。这条大街上她自己府邸那种显赫荣光她历来是赞不绝口的。她和她丈夫一直不断地往上爬了这么长时间，才到达了这条大街，"不管是谁，见了这条大街，好像都有同感。这条大街是很多年前修建而成的，那时，莱柯格斯只不过是一个村子罢了。不过，只是在最近十五年内才变得像现在这样漂亮。"

"哦，现在，你一定得给我谈谈你妈妈、爸爸的情况。你也知道，我跟他们从没有见过面。当然啰，我时常听我丈夫谈到他们，那就是说，谈到他的弟弟，"她给自己纠正说，"我想，他也从来没有见过你妈妈吧。你爸爸近来好吗？"

"哦，他身体很好，"侄子回答得很简短，"妈妈也很好。目前他们住在丹佛。从前，我们在堪萨斯城住过，但三年前全家都搬到那边去了。最近，我还接到妈妈的一封信。她说一切都很好。"

"这么说，你和她一直通信，是吗？那很好。"她微笑着说，因为克莱德的模样儿使她很感兴趣，而且，就总体来说，她相当喜欢克莱德的模样儿。他长得那么雅致，举止仪态，又是那么落落大方。最主要的是，他长得活像她自己的儿子。开头她大吃一惊，继而却被他吸引住了。要说还有哪儿不像的话，那就是，克莱德长得比她儿子高大些、结实些，因此也就更潇洒些，这一点只怕她绝不肯坦白承认罢了。因为她觉得，吉尔伯特虽然性格倔强，有时甚至对妈也要怠慢无礼，这种情况确实存在，但也是一种习惯性的矫揉造作。在她心目中，吉尔伯特依然是个精明强悍、干劲儿十足的青年人，善于护卫自己和自己所做的结论。而克莱德就比较软弱，模棱两可，畏缩不前。她儿子的才能，想必是由她丈夫的天赋和她的家系中跟吉尔伯特十分相像的某些亲戚的血统造成的。至于克莱德，他的性格之所以软弱，也许因为他父母乃是市井细民的缘故吧。

格里菲斯太太解决这个问题时，完全祖护自己的儿子。随后，正当她要打听一下克莱德的兄弟姐妹的情况时，塞缪尔·格里菲斯突然走了进来，把她的话打断了。这时，克莱德早已站了起来。老格里菲斯再一次用犀利无比的目光把他打量了一遍，发现他至少在外表上还令人十分满意，就开口说："哦，是你在这儿，嗯？后来我就再没有见你，他们已把你安置好了，是吧？"

"是的，先生，"克莱德回答说，并在这位大人物面前毕恭毕敬地鞠了一躬。

"啊，那敢情好。请坐！请坐！他们把你安置好了，我很高兴。我听说现在你在底下防缩车间工作。说不上是一个令人愉快的地方，不过，要从头学起嘛，也不算是一个坏地方，都得从基层做起。顶呱呱的人，有时候就是这样开始的。"他微微一笑，找补着说，"你来的时候，我正好去外地，要不然，我早就跟你会面啦。"

"是的，先生，"克莱德回答说。直到格里菲斯先生已坐在长沙发旁边一张宽大的椅子里，克莱德才敢再坐下来。格里菲斯先生见克莱德身穿一套普通的常礼服、一件打褶的漂亮衬衫，系上一条黑领带，跟前次在芝加哥看到他所穿的俱乐部制服相比，就觉得他甚至比过去还漂亮些，根本不像他儿子吉尔伯特所说的那样不显眼和微不足道。不过话又说回来，他又何尝不知道做生意需要魄力和才干，发觉克莱德无疑缺乏这些素质，因此，他倒是很希望能从克莱德身上看到更多的活力和干劲儿。这就更富于格里菲斯家族的特色，也许会让他的儿子更高兴呢。

"喜欢你现在的工作吗？"他屈尊俯就地问。

"哦，是的，先生，说得更确切些，我并不是特别喜欢，"克莱德如实相告，"不过，我并不介意。依我看，要从头学起，不论干啥工作都好。"这时，他心里很想给伯父留下好印象，好让他觉得自己完全可以干更好一些的工作。再说，他的堂兄吉尔伯特并不在场，也给了他敢于陈述个人意见的胆量。

"哦，应该有这种精神，"塞缪尔·格里菲斯相当满意地说，"可我得承认，在整个工艺过程中，这一部分并不是最让人喜欢的。不过，要从头学起的话，这倒是顶基本的，不能不了解。现在，不论是哪一行，谁都不能一下子出人头地，当然啰，都得需要经过一段时间。"

克莱德听了这句话，就扪心自问，真不知道他在楼底下那个阴沉沉的地下室里还得待多久呢？

正当他在暗自寻思，麦拉走进来了。她好奇地瞅了他一眼，发现他并不像吉尔伯特所描述的那样索然无味，心里很高兴。她发觉，克莱德的目光里仿佛有些紧张不安，而且多少有些鬼鬼祟祟、苦苦哀求，或是有所寻求似的——这一下子引起了她的兴趣，也许还让她联想到自己性格里也有某些相似之处。因为，她自己在上流社会交际应酬方面也不见得十分得意。

"麦拉，这是你的堂兄，克莱德·格里菲斯，"克莱德站起身来时，塞缪尔漫不经心地说，"她是我的女儿，麦拉，"他又对麦拉找补着说，"他就是我常常跟你们谈到的那个年轻人。"

克莱德鞠了一躬，随后，握了一下麦拉伸给他的冷冷的、没有活气的手，但还是觉得她对他的态度要比别人更为友好、更为周到。

"哦，既然现在您已经来了，我希望您会喜欢这个地方，"她和颜悦色地开始说话了，"我们大家都喜欢莱柯格斯。只是您到过芝加哥，我想，您就会觉得这里太寒碜了。"她微微一笑。克莱德却在所有高门鼎贵的亲戚面前感到很拘束、很生硬，所以只好回了她一句客套话"谢谢你"。他正要坐下来，这时门敞开了，吉尔伯特迈开大步走了进来。在这以前，克莱德只听见外面一辆汽车呜呜响，停在东头大门口。"就这么一会儿，道奇，"他向外面一个什么人打招呼说，"我可待不了多久的。"随后，他对自己家里人说："请各位原谅，我马上就回来。"他冲上后面的楼梯，不一会儿又回来了。

他那种冷若冰霜、无动于衷的目光，曾经使克莱德在厂里感到惴惴不安，这时又向克莱德扫了一遍。他身上穿的是驾车兜风时穿的亮条纹、中间系腰带的行装，还戴上了一顶黑色皮帽子和宽口大手套，看起来倒是颇有军人气概。他生硬地向克莱德点了一下头，又添了一句"你好"，接着把一只手神气十足地搭在父亲肩头上，说："您好，爸。您好，妈。非常抱歉，今儿晚上我不能跟你们在一块儿，不过，我跟道奇和尤斯蒂斯刚从阿姆斯特丹回来，要去找康斯坦斯和杰奎琳。布里奇曼家里还有点儿事。不过，天亮前我会回来的。反正不管怎么说，明儿早上我会上办事处去的。爸爸，您一切都很好吧？"他对父亲说。

"是啊，我可没有什么好嘀咕的，"他父亲回答说，"不过，我觉得你好像打算玩个通宵，是吗？"

"哦，我可没有这个意思，"他儿子回答说，压根儿就把克莱德撇在一边，"我的意思是说，如果两点钟不回来，那我就在那里过夜啦。就是这么回事，明白吧？"他怪亲热地又轻轻拍拍父亲的肩膀。

"但愿你开车可千万不要像平时那么快，"他母亲咕哝着，"那样太不安全啦。"

"一小时十五英里，妈。一小时十五英里。行车规定我知道。"他自命不凡地微微一笑。

克莱德不能不注意到吉尔伯特同父母说话时那副屈尊降贵的权威语调。显然，在这里，如同在厂里一样，他是一个数得着的重要人物。这里，除了他的父亲，也许没有人可以得到他的尊敬了。他的态度多么傲慢——克莱德心里这么想。

做一个富翁的儿子，用不着自己辛辛苦苦去发家立业，可照样是那么傲气，自以为了不起，又掌握了那么大的权势，这该有多好啊！是的，这个年轻人对克莱德说话时的语气，当然，也很傲慢，很冷淡。不过，只要想一想，这样一个年轻人，他手里掌握了那么大的权力啊！

Chapter 10　克莱德初见名媛闺秀

这时，一个女用人进来说晚饭准备好了，吉尔伯特立时起身走了。一家人也都站了起来，格里菲斯太太问女用人："贝拉来过电话没有？"

"没有，太太，"女用人回答说，"还没有呢。"

"那就告诉特鲁斯黛尔太太打电话到芬奇利家去，看她在不在那儿。你跟她说，是我说的，要她马上就回家。"

女用人走了出去，大家都朝客厅后边西头的餐厅走去。克莱德发现，这里也是陈设华丽，全部淡褐色调，中间摆一张胡桃木雕的长餐桌，显然是在特殊喜庆节日才使用的。长桌子四周都是高靠背椅子，点燃一盏盏位置摆得非常匀称的枝形烛台。长餐桌对面，有一个天花板虽低但很宽敞的圆形凸室，可以望得见南花园。里面还有一张可供六人就餐的小餐桌。他们就在这个凸室里吃晚饭，这是克莱德始料未及的。

克莱德好歹心情平静地坐了下来，就得不断地回答问题，主要是有关他家里生活情况，过去怎么样，现在又怎么样？他父亲多大岁数？他母亲呢？迁至丹佛以前，他们住过哪些地方？他有几个兄弟姐妹？他姐姐爱思达有多大了？她在做什么工作？还有别人呢？他父亲喜欢经营旅馆吗？他父亲在堪萨斯城是干哪一行的？他们一家子住在那里已有多久了？

在塞缪尔·格里菲斯和他太太一本正经地提出这一连串问题的压力下，克莱德真的感到有点儿窘困不安。从克莱德躲躲闪闪的回答看来，特别是谈到他家在堪萨斯城的生活时，他们俩都发觉某些问题使他感到很窘，使他怏怏不安。他们当然都归咎于他们这个亲戚委实太穷了。塞缪尔·格里菲斯问："依我看，你离开学校后，就开始在堪萨斯城干旅馆这一行，是不是？"克莱德一下子脸红了，心里就想到了偷车的事，还有他受的教育确实太少了。当然啰，他最不愿这里的人知道自己在堪萨斯城的旅馆业，尤其是在格林－戴维逊大酒店干过活儿。

多亏这时门开了，贝拉走了进来，后面还有两位姑娘陪着。克莱德一看就知道她们都是属于这个圈子里的人。瞧她们跟最近使克莱德心荡神移的丽达和泽拉相比，该有多么不一样啊。当然啰，在贝拉怪亲昵地招呼家里人以前，克莱德并不知道她就是贝拉。至于另外那两位——一位是桑德拉·芬奇利，贝拉母女俩时常提到她，她是克莱德从没见过的那么漂亮、自负而又可爱的一个姑娘，跟他过去认识的任何姑娘相比，迥然不同，而且高雅非凡。她穿一套剪裁非常讲究的衣服，再配上一顶浅黑色小皮帽，诱人地低拉到眼梢上，显得更美了。她脖子上套着一条同样颜色的皮领带，一手牵着一只用皮绳子拴住的法国种牛头犬。胳臂上搭着一件很讲究的灰底黑方格子外套，不大显眼，倒是有些像很时髦的男式外衣。在克莱德眼里，她是他迄今为止所见到过的最可爱的女性了。是的，她就像一股电流一下子贯穿他的全身上下，让他感到火辣辣的灼痛，产生一种心中悬渴一时难以得到满足的异样痛感。真是恨不能马上得到她，可又恼人地感到自己命里注定得不到，哪怕是她回首时迷人的一瞥。这就像在折磨他，可又使他如痴似醉。他一忽儿恨不得闭上眼睛，不去看她，可一忽儿又想看她个不停，他真的被她迷住了。

可是，桑德拉是不是看到了他，开头一点儿都看不出来，她只是在冲她的小狗大声吆喝："喂，比斯尔，你要是不老老实实，我就把你拖出去，拴到门外边！唉，你要是再不老实的话，我说，我在这儿也就一刻都待不下去了。"小狗看到一只小猫咪，就使劲儿地挣脱着要过去。

桑德拉身边是另一位姑娘，克莱德对她并不那么喜欢。可她也有自己的特点，如同桑德拉一样漂亮，而且在某些人心目中也许同样诱人。她是一位肌肤白皙的女郎，一头金色鬈发，一双明亮的杏圆形的灰绿色眼睛，一个小猫咪似的优美纤小的身段，还有一种像小猫咪似的悄没声儿的神态。她一走进来，就马上斜穿过房间，来到格里菲斯太太坐着的桌子跟前，紧偎着她，一下子就像小猫咪那样兴冲冲地低声耳语："哦，您好，格里菲斯太太！又见到了您，我简直太高兴了。我已有好长时间没来这儿，可不是吗？不过，那是因为妈妈和我全都出门去了。她和格兰特至今还在奥尔巴尼呢。我在兰伯特家碰巧遇见贝拉和桑德拉。我说，今儿个你们一家人安安静静地吃晚饭，是不是？您好，麦拉！”她一面招呼麦拉，一面手从格里菲斯太太肩膀上伸过去，熟不拘礼地碰了一下麦拉的胳臂，仿佛仅仅表示一下客套罢了。

依克莱德看，三个姑娘里头，桑德拉最迷人。这时，站在桑德拉旁边的贝拉正大声嚷道：“哦，我迟到了。对不起，妈和爸。就饶了我这一回，好吗？”随后，她好像是刚刚看到克莱德似的，虽说她们一走进来，他便站起来，直到此刻还站立在那里。她就像她的女友一样，半是嘲笑半是客气地停顿不语。克莱德本来对类似这样高傲的神态，乃至于优渥的物质生活特别敏感，还在等着人家介绍时候，早就明白自己微不足道，因而心里慌了神。他觉得，年轻貌美，再加上这样显赫的社会地位，不啻是女性的最大胜利。论漂亮，霍丹斯·布里格斯尽管不如这里任何一个姑娘，但她照样能叫他为之倾倒，丽达更不用说了，由此可见，只要是漂亮的女性，不论优点如何，对他都具有吸引力。

“贝拉，”塞缪尔·格里菲斯看见克莱德还站在那里，便慢条斯理地说：“这是你的堂兄，克莱德。”

“哦，是啊，”贝拉回答说，马上就发觉克莱德的样子酷肖吉尔伯特。“您好！妈对我说您这两天要来看我们。”她伸出一两个手指头，随后侧过身去，对着她的两位女友说：“这是我的朋友，芬奇利小姐、克兰斯顿小姐。格里菲斯先生。”

这两位姑娘鞠了一躬，瞧她们俩都是极不自然，拘泥虚礼，同时又直勾勾非常仔细地把克莱德上下打量了一番。“哦，他真的活脱儿像吉尔，可不是吗？”桑德拉对紧挨着她的伯蒂娜低声耳语道。伯蒂娜回答说：“再像也没有了。不过说真的，他长得好看得多，是吗，好看得多。”

桑德拉点点头。首先，她高兴地注意到：克莱德比吉尔伯特要好看得多，她不喜欢贝拉的哥哥。其次，他显然对她一见倾心。她认为这是理应如此，她一向就是这样让不少年轻人一见钟情。不过，看到克莱德老是目不转睛地死盯着她，她就认为，至少暂时用不着再留意他了。要征服他太容易了。

可是，格里菲斯太太对这些不速之客事先是没有预料到的。她对贝拉在此刻介绍她的女友也不免有点儿生气；因为这么一来，就马上引起克莱德在这里的社会地位问题。她建议说：“你们两位最好还是把衣服撂下，先坐下来，好吗？我马上叫纳丁在这一头再摆上两只盘子。贝拉，你坐在爸旁边，就得了。”

“哦，不，不必了。”她们回答说，“不，真的，我们该回家去了。我

们在这儿只待一会儿就走，"桑德拉和伯蒂娜都这么说。不过，她们现在既然来了，看到克莱德确实挺漂亮，她们就恨不得了解清楚他在上流社会里（要是他常去的话）是不是红得发紫的人物。她们俩心里都明白：吉尔伯特·格里菲斯在某些场所远不是很受欢迎的，比方说，她们俩就不喜欢他，尽管她们俩很喜欢他的妹妹贝拉。像这样的两个自尊心很强的美人儿觉得，吉尔伯特这个人太自信，太固执，有时也太瞧不起人了。而克莱德呢，如果从他的外貌来看，至少要比较随和一些。只要事实证明他是一个平等的成员，或者说格里菲斯一家人都是这样的看法，那么，他当然可以被当地上流社会接受。可不是吗？反正不管怎么说，了解一下他到底是不是有钱也很有意思。可是，她们上面这个想法几乎一下子就得到了回答，因为格里菲斯太太好像故意向伯蒂娜点明似的说："格里菲斯先生是我们的侄子。他从西部来这里，看自己能不能在我丈夫的厂里寻找个位置。他这个年轻人，就得靠自个儿闯出一条路来。我丈夫心眼儿太好，就给了他一个施展才能的机会。"

克莱德一下子脸涨红了，因为这段话显然告诉他，他在这里的社会地位，无可比拟地低于格里菲斯一家人，或是这些姑娘。同时，他还注意到，在只对有钱有势的年轻人感兴趣的伯蒂娜·克兰斯顿脸上，好奇心一下子变成了完全漠不关心。另一方面，桑德拉·芬奇利绝不像她的女友那么注重实际，尽管她在跟她相仿的这拨人里处于更为优越的地位（她毕竟出落得更为迷人，而她的父母则比克兰斯顿更加殷富），她还是再次仔细端详着克莱德，脸上分明表达出了她心中深为惋惜的看法。说实话，他是太漂亮了。

塞缪尔·格里菲斯特别疼爱桑德拉（他不喜欢伯蒂娜，正如格里菲斯太太也不喜欢她，认为她太淘气，太佻巧），塞缪尔·格里菲斯向桑德拉招呼说："来吧，桑德拉，把你的小狗拴到餐厅的一把椅子上。过来，坐在我身边，把你的外套扔到那椅子上，这里给你留着空座。"他随手就指给她看。

"可我怎么也不能坐了，塞缪尔大叔！"桑德拉大声说，显得熟不拘礼，但又有些嗲声嗲气，很想用这种矫揉造作的亲热劲儿来讨好主人，"现在已经很晚了。再说，比斯尔也不会老老实实的。说真的，伯蒂娜和我该回家去了。"

"哦，是的，爸爸，"贝拉马上说了一句，"昨天，伯蒂娜骑的马蹄子上扎了一根钉子，今天一条腿就瘸了。格兰特和他爸爸全都不在家。她想问问您，看看怎么办才好。"

"哪一条腿瘸了？"格里菲斯很关心地问。这时，克莱德趁机又继续把桑德拉尽可能地仔细端详一番，暗自思忖：她多么迷人啊，小小的鼻子有点儿往上翘，上唇又俏皮地往上拱起。

"左前蹄。昨天下午，我在东金斯顿路上遛马。杰里丢了一块蹄铁，肯定扎进一根刺了，可是约翰怎么也找不出来。"

"扎了钉子以后，你还骑了多久？"

"一路骑回来，我想大概有八英里吧。"

"哦，你最好还是让约翰先给它敷些药膏，包扎好，再去请兽医看看。马儿包管没事，你放心好了。"

她们俩并没有要走的迹象。暂时被撇在一旁的克莱德却在暗自寻思，想必在这儿的上流社会里一定是轻松愉快的。看来在这儿，人们个个都是无忧无虑的。他们所谈论的，不外乎是他们正在盖的房子呀，他们骑的骏马呀，他们遇到的朋友呀，他们准备去玩儿的地方呀，以及心中在想的那些赏心乐事呀，如此等等。还有那个刚刚离座的吉尔伯特，跟一拨年轻人开汽车上哪儿玩去了。还有贝拉，他的堂妹，就在这条街上漂亮的府邸跟这些女孩子闲聊天，他克莱德，却关在柯比太太寄宿宿舍三层楼上的一个小房间里，无处可去，每星期就靠这十五美元糊口。明天一早，他还得照常上工厂地下室干活儿去，而这些女孩子一起床，心里就在琢磨着怎样更痛快地去寻欢作乐。而在丹佛，他的父母则在惨淡经营他们的那个小小寄宿宿舍和传道馆，在这里他甚至都不敢据实相告。

蓦然间，这两位小姐说非走不可，她们也就走了。这时又只剩下他和格里菲斯一家人在一起，他觉得在这里很不合适，备受怠慢。因为塞缪尔·格里菲斯跟他太太和贝拉，反正麦拉除外，好像只是让他开开眼界，看看那个不属于他的上流社会；同时，又因为他穷，他也就不可能跻身进去，尽管他多么梦想要结交这样几位了不起的姑娘。他心中马上感到悲哀，非常悲哀，他的眼睛、他的心绪是那么阴郁，不仅塞缪尔·格里菲斯注意到了，就连他太太跟麦拉也都注意到了。只要他能够进入这个上流社会，找到出路，该有多好。可是，就在这一家人里，除了麦拉，没有一个人体察到他在目前的处境里很可能感到孤单，心情沮丧。因此，当大家都纷纷起身，回到那个大客厅时（塞缪尔则在呵责贝拉回家太晚，老是让全家人等着她吃晚饭），麦拉就走到克莱德身旁说："我说，不管怎么说，你只要在这儿再待一会儿，也许就会比现在更喜欢莱柯格斯。这一带有不少地方挺好玩的，可以去看看，有湖泊，艾迪隆达克斯山脉也不太远，在北面约莫七十英里的地方。到夏天，我们一家人都到格林伍德湖别墅去，我相信，爸和妈说不定欢迎你有时候也去玩玩。"

她父母是不是真的请克莱德去别墅消暑，她也远不是那么有把握，不过，她觉得，此刻在当前这种场合，不管怎么样，应该跟克莱德这么说的。经她这么一说，他觉得跟她在一起比较自在，所以只要不怠慢贝拉和她家里其他一些人，就尽管跟她多说说话儿。将近九点半光景，他突然觉得自己再待下去很不合适，也很孤单，所以就站起身来说，他该走了，明儿一早他还得早起。告别时，塞缪尔·格里菲斯领他到正门口，送他出门。到这时，老格里菲斯如同在他之前的麦拉，也觉得克莱德长得相当漂亮，只不过因为穷，从今往后很可能不仅受到他家里人，而且会受到他自己的忽视，于是，在告别时，为了褒奖一下克莱德，说了几句挺好听的话："出来走走很好，可不是吗？等着瞧吧，春天一到，威克吉大街这才更美。以后嘛，"他抬头仿佛望着天空寻找什么似的，吸了一口四月底新鲜的空气说，"过几个星期，我们一定要请你再来。那时候，所有的树上已是繁花似锦，你就可以看到这儿真的有多美。晚安。"

他微微一笑，而且说话时语调亲切极了。克莱德再次感到，不管吉尔伯特·格里菲斯的态度如何，伯父对他肯定不是漠不关心的。

Chapter 11　克莱德晋升领班

　　日子一天天地过去，虽说再也没有收到格里菲斯家的来信，可克莱德还是喜欢夸大这仅有一次的去有钱亲戚家的意义，不时地梦想再次跟那些姑娘愉快地见面，要是其中有一位爱上了他该有多好。她们生活的那个花团锦簇的世界该有多美啊！跟他自己的生活和他周围的环境相比，她们简直太豪华，太迷人了。迪拉特！丽达！呸！他觉得他们就像根本不复存在似的。现在他明白了，他需要的是别的东西，要不然宁可一无所有。于是，他开始跟迪拉特逐渐疏远。这种态度后来逐渐使那个年轻人跟他完全疏远了，因为迪拉特早已把克莱德看成势利鬼，其实，克莱德要是果真实现了自己的愿望，很可能就是这一号人。不过，克莱德后来逐渐认识到，时间一天天地过去，可他还是被撇在一旁，干那个累活儿。后来，由于每日上下班很呆板，工薪又菲薄，防缩车间里所接触到的也都是一些平庸之辈，他心里非常郁郁不乐，就不免转念一想，还不如回去找丽达或迪拉特。如今，他之所以想到他们，并不是因为想同他们重温旧情，而是因为自己想要放弃在这里的生计，索性回到芝加哥或是纽约去。他相信，必要时，他一定能在一家旅馆里找到事干。可是，就在这时，好像是为了恢复他的勇气，并证实他早先的梦想似的，有一件事发生了，使他认为：格里菲斯这一家人，父亲和儿子对他的估计已开始在提高，虽然他们并不愿意将他纳为自己圈子里头的人。因为，那时正好在春天，有一个星期六，塞缪尔·格里菲斯碰巧由乔舒亚·惠甘陪同下厂巡视。大约在正午时分，他来到了防缩车间，只见克莱德穿着背心裤衩在两台烘干机投料那头干活儿，可以说是破天荒地让他感到有些尴尬。这时，他的侄子早已学会了"投"和"卸"那一套基本功。他回想起，才不过一两个星期以前，在自己府邸，克莱德还是那么衣冠楚楚，颇有风度。这么一对比，无疑使他非常惶惑不安。他对克莱德总有那么一个印象，不管是在芝加哥也好，还是这回在自己府上也好，侄子的模样儿毕竟很整洁，很讨人喜欢。他几乎如同自己儿子一样，不仅珍惜他们的姓氏格里菲斯，而且在本厂职工乃至于莱柯格斯整个社会面前珍惜格里菲斯这一家人的社会威望。可是，如今看到克莱德在这里，尽管长得活脱儿像吉尔伯特，却穿着背心裤衩跟这拨人在一起干累活儿——此情此景，比过去任何时候都使他更尖锐地想到这样一个事实：克莱德毕竟是他的侄子，不该让他再干这种又脏又累的重活儿了。要不然别的职工说不定就会觉得，他，塞缪尔·格里菲斯，对这么一个近亲如此漠不关心实在很不应该。

不过话又说回来，当时他并没有跟萨姆甘或是任何人说过一个字。等到星期一早上，他儿子刚从城外回来，塞缪尔·格里菲斯就把他叫到办公室，对他这么说："上星期六，我下厂转了一圈，看见年轻的克莱德还在防缩车间的地下室里干活儿。"

"那又怎么啦，爹？"他儿子回答说。他好生奇怪，真不知道父亲干吗在这个时候特别提到克莱德，"以前，许许多多人也都在地下室干过活儿，可是并没有害了他们。"

"你的话可不错，不过，人家并不是我的亲侄子。人家的模样儿也并不长得活脱儿就像你嘛。"这句话真叫吉尔伯特感到老大不痛快，"再这样可不行，我这就正告你。我认为，我们这样对待克莱德很不公道。我担心，也许厂里其他一些人也会认为这样很不公道。要知道，人家也都看得出他长得多么像你，而且知道他就是你的堂弟，是我的亲侄子。这一点我开头并没有注意到，因为我一直没有去过地下室，可是我认为，再也不能让他继续留在那儿、干这类活儿，那是要不得的。我们就得变通一下，把他调到别处工作，让他看起来不会像现在那个样子。"

吉尔伯特眉头一皱，两眼顿时黑咕隆咚。他脑际留下这么一个很不愉快的印象：克莱德穿着破旧衣衫，额角淌下大颗大颗的汗珠。

"不过，我可要告诉您这是怎么回事，爸爸，"吉尔伯特坚持自己的看法，因为他打心底里对克莱德反感，要尽可能地把他留在原地不动，所以态度急躁而又坚决，"现在能不能在哪儿给他找一个合适的位置，我也说不准。至少，现在给他另一个位置，就不能不把在那儿干了很久，而且一直拼命地干活儿，好不容易才爬上那个位置的人调离。可他到现在为止什么专门训练都没接受过，所以也只能干他现在干的那种活儿。"

"反正这一切，我可不知道，也压根儿不感兴趣，"老格里菲斯回答说。他觉得自己的儿子心里有点儿妒忌，所以，对待克莱德就很不公平，"那不是他干活儿的地方，我可不要再让他这样干下去。他在那里干活儿也有相当长的日子了。直至今日，格里菲斯这个姓氏在莱柯格斯意味着谨慎、有魄力、有干劲儿和有头脑，我可不能让我们这个家族里任何一个姓格里菲斯的人不具备以上这些特点。这对做生意来说也是要不得的。何况妥善安置克莱德，至少也是我们应尽的义务。你明白我的意思了吗？"

"是的，我明白您的意思了，爸爸。"

"那敢情好，就照我说的去办吧。把惠甘找来，关照他设法安插一个什么工作，不是计件工，也不是普通工。一开头派他到地下室去压根儿就错了。也许本厂各车间科室能给他寻找到一个小小的职位，让他当个小头头，比方说，给那里的负责人当第一助手，第二助手，或是第三助手，这么一来，他身上就可以穿得干干净净的，看起来像一个人的样子。必要时，让他先回家去，照样领全薪，一直到你给他寻找到职位为止。我就是要把他的工作调换一下。再说，他目前工资有多少？"

"我想，大约十五美元吧。"吉尔伯特温顺地回答说。

"要是让他在这里保持一个体面的样子，那是不够的。最好给他二十美元。我知道他还不配拿这么多的钱，不过现在你也没有别的好办法。既然他到了这里，就得有足够的钱过日子。从现在起，我就是要给他二十块钱，这么一来，谁都不会说我们亏待了他。"

"好吧，好吧。爸爸，请您别生气，好吗？"吉尔伯特一见父亲恼火，就这样恳求他，"这可不能全怪我。我提出让他去地下室时，您一开头是同意的，是不是？不过，现在我想您的意见也是对的。就让我去办吧。我会给他寻找一个说得过去的职位。"他一转身就找惠甘去了。虽然他心中暗自琢磨，这件事既要办好，又不能让克莱德产生一个想法，好像自己在这里受到器重似的，恰好相反，要让他觉得，这样给他安排只是给他一点儿小恩小惠，怎么也不是说他本人有什么劳绩。

不一会儿，惠甘来了。吉尔伯特非常巧妙地表达了这番意思以后，惠甘就绞尽脑汁，直搔着后脑勺走了。不到一会儿又回来说，克莱德既然没有经过技术训练，他所能得到的唯一职位就是给利格特先生当助手。利格特是负责五楼五个大缝纫间的领班，除此以外，他下面还有一个规模虽小但专业性很强（当然绝不是指技术方面）的部门，需要专门有一个女助手或是男助手单独照管。

这就是打印间，位于缝纫间那一层楼的西头。每日楼上切布间送来七万五千打到十万打各种款式和尺码的尚未缝制的领子。女工们就照附在领子上的款式和尺码的小条子（或者说明）在这里打印。吉尔伯特心里很清楚，给这里负责的领班当助手，只不过是照管一下打印工作，使之按部就班、井然有序、不致中断罢了。此外，在这七万五千打到十万打领子一一打好，送交外面那个大间里的缝纫工以后，还要登记入账。而且每一名女工打过多少打领子，都得登记清楚，以便日后据此发工钱。

为此，这里置放着一张小桌子，还有依照尺码和款式分开的各种登记簿。切布工的小条子则由打印工从一捆捆领子里取下来，将一打或好几打叠在一起，最后汇总交给这位助手过目。说实话，这只不过是一个小小办事员的工作，过去有时还按当时的实际需要分别由男女青年，或是老头儿，或是中年妇女担任。

惠甘所担心的是：克莱德由于年轻和缺乏经验，一开头还不能应付自如，不能马上就成为这一部门得力的负责人。这一点惠甘当场就跟吉尔伯特点明了。而且，在那里工作的，只有年轻的姑娘们，有几个长得还颇有吸引力。再说，像克莱德这般年纪和模样的年轻人被安插在这么多的姑娘中间，是不是明智呢？如果说他和她们当中的哪一个相爱了，在他这个年龄来说也是十分自然的，也许他就会随随便便，一点儿也不严格。姑娘们可能会利用他这一点。万一这样，他在那里就可能待不长。不过，毕竟这是一个暂时的空缺，也是眼下全厂唯一的空缺。干吗不可以暂时调他到楼上去试一试呢？要不了多久，利格特先生和惠甘自己就知道还有没有其他的职位，以及他对那儿的工作是不是合适。要是不合适，再撤换也很方便。

因此，就在这个星期一，大约下午三点钟光景，他们把克莱德叫来了。先是让他等了一刻钟左右（这是吉尔伯特的老规矩），小格里菲斯方才正颜厉色地接见了他。

"啊，你在那儿工作怎么样啦？"吉尔伯特冷冰冰地仿佛在审问他。本来克莱德一见堂兄就垂头丧气，但这时强颜欢笑地回答说："哦，差不多还是那样，格里菲斯先生。可我没有什么不满意的。这个工作我很喜欢。我觉得自己学到了一些东西。"

"你觉得？"

"哦，我知道，我，当然啰，稍微学到了一点儿东西。"克莱德接下去说，脸有点儿红，心中感到非常反感，但还得露出半似奉承、半似歉疚的微笑。

"哦，这才有一点儿说对了。不管是谁，只要像你那样在地下室待过一长段时间，就不会不知道自己有没有学到什么东西。"说完后，他觉得自己也许太严厉，就稍微改变了一下口气，找补着说："不过，我可不是为了这事才叫你来的。我另有一事想跟你谈一谈。告诉我，过去你有没有管过别人，或是管过任何一个人？"

"恐怕我还没有听清楚呢。"克莱德回答说。这时他因为有些心慌意乱，没有领悟堂兄提问的意思。

"我是说，过去有没有人在你手下工作过，是在什么地方，什么部门，有几个人听你发号施令？也许你在什么地方当过领班，或是领班助手？"

"没有，先生，我还从没有当过，"克莱德回答说，但因心太紧张，说话的几乎有些结结巴巴的。因为吉尔伯特的口气很严厉、冷峻，极端瞧不起人。同时，由于问题的性质已十分清楚，克莱德终于懂得了问话的含义。尽管他堂兄的样子很严厉，对他态度很坏，但他还是看得出，他的东家正在想叫他当个领班，让他管理某个人或某些人。当然啰，就是这个意思！由于激动，他的耳朵里、手指上立时产生一种愉快的感觉，连头发根也都有些热辣辣的，"不过，我见过俱乐部和大酒店里领班是怎么使唤人的，"他马上找补着说，"我想，要是让我试一试，也许我也干得了。"他的脸颊一下子涨红了，两眼也在闪闪发亮。

"不一样，不一样，"吉尔伯特一个劲儿地厉声说，"看人家做和自个儿做完全是两回事。没有什么经验的人可以想得很多很多，可是一做起来，就什么都不行了。反正不管怎么说，这个工作就是需要真正懂行的人。"

他两眼严厉而又古怪地直瞅着克莱德。克莱德暗自寻思，原以为堂兄就要提拔他，一定是他想错了，这时也就镇静下来。他的脸颊又恢复了平时灰白的颜色，两眼的闪光也倏地不见了。

"是的，先生，我心里估摸这也是千真万确的。"他就这样表达了自己的意见。

"不过，这件事用不着你心里估摸了。"吉尔伯特坚持着自己的意见，"你要知道，一无所知的人就都有这个毛病，他们老是在心里瞎估摸。"

事实上，吉尔伯特觉得现在自己非得给堂弟寻找职位不可，尽管克莱德压根儿没有做出什么业绩来，因而不能受之无愧。所以，吉尔伯特一想到这里，就很反感，也无法掩饰自己心中的激怒。

"你说得对，我知道，"克莱德心平气和地说，因为他至今还在指望刚才暗示过的提升问题。

"哦，事情原来是这样，"吉尔伯特接下去说，"当初你来的时候，要是具备专门技术素养，本来我也许就可以把你安置在本厂的会计科室。""具备专门技术素养"这几个字，让克莱德感到既敬畏而又惧怕，因为他压根儿不懂那是什么意思，"情况既然是这样，"吉尔伯特冷漠地说，"我们对你已是竭尽全力了。我们知道地下室并不是一个很舒服的地方，可是，那时候又没法儿给你找到更好的去处。"他用手指在桌子上弹了一下，"不过，今天我叫你上来，就是这样：我想跟你商量一下，我们楼上有个部门正好暂时有个空缺，我们——家父和我——正在琢磨，能不能就让你来填补这个空缺。"克莱德听了，心情异常兴奋。

"家父和我两人，"他接下去说，"最近一直在考虑，我们愿意帮你一点儿小忙。不过，正如我刚才所说的，你不论在哪个方面都缺乏实际训练，使我们感到事情非常棘手。你压根儿没有受过任何商业或技术教育训练，这就使得事情更加难办了。"他停顿了很长时间，好让那句话使对方心领神会，逼使克莱德感到自己确实是个不速之客，"可是，"过了一会儿，他又找补着说，"既然我们都认为有必要叫你上这儿来，我们就是决定要让你到比目前更好一些的职位上试试。再也不能让你无限期地待在地下室了。现在，你就听着，让我给你讲一下我的打算。"于是，吉尔伯特开始把五层楼上工作的性质解释了一遍。

过了一会儿，惠甘被请来了，跟克莱德互致寒暄之后，吉尔伯特说："惠甘，我刚才已把我们今天早上的谈话，还有我跟你说过的，就是我们打算让他试一试担任那个部门头头一事，告诉了我的堂弟。所以，就请你领他到利格特先生那儿去，让利格特先生本人或是别人，把那儿的工作性质跟他讲一讲，谢谢你。"说完，吉尔伯特转身走到办公桌跟前，"过后，请你把他再带回来，"他找补着说，"我要跟他再谈一次。"

随后，他神气活现地站了起来，把他们俩都打发走了。惠甘对这次试验依然有些犯疑，不过，急于想讨好克莱德（往后此人将成为怎样的人物，惠甘实在还说不准），就把他领到利格特先生那一层楼去。到了五层楼以后，就在机器的轰鸣声中，克莱德被领到大楼的最西端，走进一个规模比较小的部门，中间只有一道低矮栅栏，与大房间隔开。这儿有二十五名女工，还有她们带着篮筐的助手。一扎扎尚待缝制的领子从来自楼上的好几条泻槽里源源不绝地送下来，看来已使这些人竭尽全力，穷于应付。

克莱德被介绍给利格特先生以后，就马上被带到一张由栅栏隔开的小桌子跟前。那儿坐着一个矮胖姑娘，年纪跟他相仿，长得不太动人。他们一走过去，她就站起身来。"这位是托德小姐，"惠甘一开口就说，"安吉尔太太不在，由她负责已有十天左右了。托德小姐，劳驾把你这儿所做的工作讲给格里菲斯先生听听。请你尽可能讲得快些、清楚些。随后，下午他上这儿来的时候，我要你帮助他，直到他熟悉情况自己可以独立工作为止。你总能办得到，是不是？"

"哦，当然啰，惠甘先生，非常乐意。"托德小姐满口应允，马上把登记簿册取下来，指点克莱德收货、发货怎样登记，后来又告诉他打印怎么个打法，管篮筐的女工怎样把泻槽里送下来的一扎扎领子收集起来，按照打印工的需要量均匀地分配给他们；过一会儿，打印好以后，另有一些管篮筐的女工，又怎样把这些领子发送给外面的缝纫工。克莱德很感兴趣，觉得这工作他一定能胜任愉快，只不过在这一层楼上，他跟这么多女人在一起，不免感到非常奇怪。有这么多的女人，多达好几百人，一长溜、一长溜地一直延伸到白墙壁、白圆柱的大房间东头。从落地长窗里射进一大片确实令人目眩的亮光。这些姑娘并不是个个都很标致。先是托德小姐，后来是惠甘，甚至于利格特给他一一详细解释的时候，克莱德就已经用眼梢斜乜过她们。

"最要紧的是，"过了一会儿，惠甘又解释说，"送到这儿打印的成千上万打领子，数目可不能弄错。再有，打印的时候也好，发送给缝纫工的时候也好，都不能发生阻滞停留现象。最后还有，每个女工干活儿的记录都要写得准确无误，以便给她们发工钱时不致出差错。"

最后，克莱德终于明白他们对自己的要求是什么，就说他一切都明白了。他虽然非常激动，但是一个闪念想到，既然这个活儿姑娘都干得了，那他肯定也干得了。由于利格特和惠甘知道他是吉尔伯特的近亲，因此谈吐态度都是非常和气，故意在这儿多待了一会儿，还说他们相信他不论干什么事情，准能应付自如。随后，克莱德跟惠甘一起回到吉尔伯特那里。吉尔伯特见他一进门，就马上问："哦，你说怎么样？行，还是不行？依你看，到底干得了，还是干不了？"

"哦，我心里想，我是干得了的。"克莱德鼓足勇气回答说。不过心中暗自担忧，除非碰上好运气，说不定他可能干不好。要考虑的事情太多了，要同他的那些上司，以及在他周围的那些人搞好关系，再说，他们会不会一直小心照顾自己呢？

"那敢情好。你先坐一会儿，"吉尔伯特接下去说，"我还要跟你再谈一谈楼上工作的事。依你看，这工作很省力，可不是吗？"

"不，我可不能说这一工作我觉得非常省力，"克莱德回答说，心情很紧张，脸色有些发白。由于自己缺乏经验，他觉得这对他来说是一个绝好机会，得拿出自己全部本领和勇气来紧紧地抓住不放，"尽管这样，我觉得我还是干得了的。事实上，我相信自己干得了，我也愿意试一试。"

"得了，好吧，这话才多少说到了点子上。"吉尔伯特干脆利索地说，语气比刚才显得亲切，"现在，我还要进一步跟你谈一谈这件事。我说，你可没有想到这一层楼面上竟有那么多的女人，是不是？"

"没有，先生，我可没有想到，"克莱德回答说，"我知道厂里有女工在干活儿，但不知道是在什么地方。"

"你说得对，"吉尔伯特继续说道。"本厂从地窖起一直到顶楼，实际上是女人在撑场面。拿从事制造业务的部门来说，我敢说，女工和男工的比例就是十比一。因此，凡是在本厂工作的各部门负责人，我们非得对他们的道德品质和宗教信仰了解得一清二楚之后，方才给予信赖。要不是我们觉得因为你是我们亲属，所以对你多少有些认识，其实，在我们还没有充分了解以前，我们也不会让你在本厂哪个部门主管哪一个人的。不过，你绝对不要认为自己是我们的亲属，我们对你就上面所说的每一件工作，以及你的一言一行不会有严格的要求了。不，我们对你是要严格要求的；因为你是我们亲属，所以要求也就更加严格。我说的这些，你听明白了吗？还有，格里菲斯这个姓氏在这里的特定含义，你明白了吗？"

"明白了，先生。"克莱德回答说。

"那敢情好，"吉尔伯特接下去说，"我们不论派哪一个人到哪一个负责岗位上去以前，必须绝对相信他的举止言行始终如同绅士那样端庄稳重，对待厂里工作的女工，必须始终彬彬有礼。年轻人也好，甚至是老头儿也好，要是他一到这里，以为周围净是娘儿们就玩忽职守，恣意跟她们调情取乐，或是来一点儿恶作剧，那么，这个家伙在这里注定待不长。在厂里给我们工作的男男女女必须认识到，他们首先是本厂职工，归根到底是本厂职工，自始至终都是本厂职工，而且出厂时，他们这种态度作风得一块儿带出去。要是我们了解到他们忘掉了这些，那么，不管是男是女，他们跟我们的关系就算全完了。我们绝不会要他们，也不会留下他们。我们一旦跟他们断绝往来，那就是永远跟他们断绝往来了。"

他缄口不语，两眼直瞅着克莱德，仿佛是在说："我觉得，我已经把话说得明明白白了。我们不希望今后从你身上再碰到什么麻烦啦。"

克莱德回答说："是的，我明白了。我想，这是对的。事实上，我也知道非得这样做不可。"

"而且，应该这样做。"吉尔伯特又补充一句说。

"而且，应该这样做。"克莱德也随口应了一声。

可就在这时，他扪心自问，吉尔伯特所说的话是不是真实呢？他不是听到过人们轻蔑地议论厂里的女工吗？不过，此时此刻，他心里确实没有把自己跟楼上任何一个女工连在一起。当时他的心态是：由于他对女孩子特别感兴趣，因此，他最好压根儿不睬她们，绝不跟她们里头哪一个说话，保持一种极其疏远而又冷淡的态度，如同吉尔伯特要求他的一模一样。如果说他想要保住这个新的职位，最低限度就非得这样做不可。现在，他决心要保住新的职位，并且按照他堂兄所希望的那样注意自己的行为。

"那就好。"吉尔伯特接下去说，仿佛就克莱德对这件事的想法再做一些补充。"我想向你了解这么一个问题。比方说，现在我费了这么大劲儿把你安置在那个部门，即使说暂时的性质，我能不能就相信，你会始终保持清醒的头脑，尽心尽责地去工作，不会因为在一大堆女人、姑娘里头工作，从而昏头昏脑，或是心神不宁吧？"

"是的，先生，我想您尽可以信任我，"克莱德回答说，堂兄这样简明扼要的要求虽然给他留下很深印象，但一想到丽达，他对自己的品行还是有些犯疑。

"要是我不信任你，那现在就得把话给你说清楚。"吉尔伯特斩钉截铁地说，"从血统来说，你是我们格里菲斯家族里的一分子。从我们委派你到那个部门当助手来说，特别是你处在这样一种地位，你就是我们家族的代表。不管什么时候这里发生不正当的事情，我们都不希望跟你有牵连。因此，我要求你自己提高警惕，从今以后每当你迈出一步，都得小心留神。哪怕是在一些琐屑小事上，也不要被别人说闲话。你听明白了吗？"

"是的，先生，"克莱德一本正经地回答说，"这些我全都明白了。我一定严格要求自己，否则把我撵走就得了。"这时，他认真地思索过，认为自己是说到就能做到的。他觉得楼上那么多的姑娘、女人，现在好像跟他离得很远很远，而且都是那么微不足道。

"那好极了。现在，我就再关照你一些事情。我说你今天就不要上班，干脆回家去，上床后把我所说的各方面好好地想一想。要是你依然不改初衷，那么，你明天早上再来就上楼工作去。从现在起，你的周薪是二十五美元。我还希望你要穿得整齐洁净，成为其他部门负责人的榜样。"

他冷淡、傲慢地站起身来。克莱德由于薪资骤增，以及有关他穿着整洁体面的嘱咐，感到非常受鼓舞，不由得对堂兄无限感激，心里真恨不得跟他更亲热些。当然啰，吉尔伯特严厉、冷峻、十分自负，不过，如同伯父一样，还是没有忘掉他，要不然他们就不会这么快地帮了他的大忙。只要克莱德能跟他交上朋友，博得他的青睐，想想吧，赶明儿克莱德在这里又会怎样飞黄腾达，什么工商界、社交界的殊荣，还不是一块儿冲他而来？

　　这时，他的心情那样亢奋，就不由得兴冲冲大步流星地走出了这座规模宏大的工厂。从今以后，不管碰上什么情况，他都决心要在生活和工作中考验自己，一定不辜负伯父与堂兄显然寄予他的厚望。他对这个部门里的女人或是姑娘就得冷淡，甚至冷峻，必要时还得严酷无情。至少在目前，再也不跟迪拉特或是丽达，或是那一类人交往了。

Chapter 12　克莱德招聘罗伯达

一星期能挣到二十五美元！身为一个拥有二十五个女工的部门的头头！同时又穿上了一套漂漂亮亮的衣服！坐在角落里一张办公桌前，望得见迷人的河上风光，克莱德心里的感觉是，在那个寒碜的地下室几乎待了两个月以后，终于在这家巨大的工厂里成了一个相当重要的人物！由于他是格里菲斯的亲属，新近又得到擢升，惠甘和利格特不时簇拥在他身边，殷勤地向他提出忠告，以及善意而又有益的意见。还有其他部门的一些经理，甚至包括总办事处里一个审计员、一个广告经纪人，偶尔走过也停下来向他寒暄致意。如今，他对新的工作各个细节全都十分熟悉，就可以不时留心观察周围的情况，开始了解全厂的动态、全厂的生产过程，以及原料供应的情况——比方说，大批麻布、棉布是从哪里来的；楼上大切布间是怎样把面料切开的，那里拥有好几百个工资很高而又富有经验的切布工；此外还有一个职工介绍所，一位厂医，一所厂医院；大楼里专门设有一间餐厅，以供本厂职员在那里进餐，可是对外恕不招待。而他身为一个部门的头儿，只要他高兴，而且钱出得起，就可以在那个特设餐厅跟各部门的头头共进午餐。他很快又听说，离莱柯格斯几英里，在莫霍克河畔一个名叫范·特罗普的村子附近，有一个厂际乡村俱乐部，周围各厂的部门负责人绝大多数都是会员。不过，遗憾得很，据他所知，格里菲斯公司说真的并不很赞成他们的职员跟其他一些公司职员互有来往，对此很少有人敢于掉以轻心。不过，他呢，身为格里菲斯家族里一成员，正如利格特有一回对他说的，要是他高兴，也许可以去那儿申请入会。但考虑到吉尔伯特有过强烈的警告，以及他同这一家族有着高贵的血亲关系，他便决定自己还是尽可能地保持疏远些为好。于是，他脸上总是挂着微笑，跟所有的人尽可能做到和蔼可亲。不过，他还是觉得自己本来不会感到很寂寞，无奈他要回避迪拉特及其同伙，下班后经常回到自己的房间里，每逢星期六、星期日下午，则到莱柯格斯各广场和附近城镇走走，越发显得形单影只。他甚至还开始到本城一个主要的长老会教堂——第二教堂，亦称高街教堂去做礼拜，因为他早就听说过，格里菲斯一家人常去那儿做礼拜。他想，他这样做也许可以取悦伯父和堂兄，让他们更加器重他。殊不知，他连一次都没有碰到过他们，因为从六月至九月，他们照例都到格林伍德湖畔度周末，莱柯格斯所有的上流社会人士多半也上那儿消暑去了。

事实上，莱柯格斯上流社会盛夏的生活是很沉闷的。本城一直都没有推出什么特别有趣的活动节目来，虽然在这以前，亦即在五月间，格里菲斯一家人和他们的朋友曾经主持过好几次社交活动。这些新闻克莱德或是从报上读到过，或是远远地望见过——在斯内德克学校举行过一次毕业晚会和舞会，接着，在格里菲斯府邸的草坪上办过一次游园会，草坪的一头还搭了一座带条纹的帐篷，园内树枝头上悬挂着许许多多中国宫灯。有一天晚上，克莱德在城里独自一个人闲逛时碰巧看见了。他由此好奇地联想到格里菲斯这个家族，他们很高的社会地位，以及他跟他们的亲属关系诸多问题。不过，格里菲斯家已把他安置在一个小小的但工作并不吃力的职员的岗位上，也就开始把他忘掉了。他现在的境况很不错，也许往后他们再来帮他的忙吧。

没过多久，他在莱柯格斯《星报》上看到一条消息，说每年六月二十日有一次市际（方达、格洛弗斯维尔、阿姆斯特丹、谢内克塔迪）传统花会与汽车竞赛，今年则在莱柯格斯举行。据《星报》说，在有条件可去的殷实人家一年一度纷纷移居湖山胜地消暑以前，这将是本地上流社会最后一次的重要活动了。贝拉、伯蒂娜和桑德拉的芳名，都提到了，吉尔伯特的大名，当然更不用说了，说他们既是竞赛的参加者，又是莱柯格斯荣誉的捍卫者。这次碰巧赶上星期六下午，克莱德虽然穿上了最漂亮的衣服，但他还是决定不出头露面，只当一名普通观众。可他又一次看到了那位他一见倾心的女郎，那样子显然是象征着在撒满玫瑰花瓣的银白色小溪上破浪前进；她手里握着缀满黄水仙花的一把桨，在划她的船，这种黄水仙花饰使人想起了与莫霍克河有关的某个印第安人的传奇故事。桑德拉，她那乌黑的头发梳成印第安人的发式，插上了一支黄翎毛，前额束上一条缀着棕色针眼的缎带。瞧她那么迷人，不仅足以轻取桂冠，而且再一次使克莱德顿时为之心荡神移。要是能跻身于那个上流社会，该有多幸福！

也是在这个队伍里，克莱德还看到了吉尔伯特·格里菲斯，他随身有一位绝色女郎交际花陪伴，正在驾驶代表一年四季的四辆彩车中的一辆。他驾驶的那辆车代表冬季，还有本城的交际花身穿银鼠皮袭大衣，亭亭玉立在白玫瑰花丛里，以此象征皑皑白雪。紧挨在他们后面的，是另一辆彩车，则由贝拉·格里菲斯作为春天的象征，这时她身披薄如蝉翼的轻纱，正俯靠在宛如一道瀑布的深色紫罗兰旁边。此情此景确实动人心弦，克莱德又马上想起了甜蜜的但又使他非常痛苦的爱情、青春和罗曼史来。说到底，当初他也许真的不应该同丽达分手。

这一阵子克莱德的生活还是如同往昔，只不过他的思想活动增多了。薪资提高后，他首先想到，自己最好还是迁出柯比太太的寄宿宿舍，在某个私人住宅寻找一个好一些的房间，要坐落在一条漂亮的大街上，哪怕出行不便也行。只要他一迁出，就可以跟迪拉特完全断绝来往。现在，既然伯父把他提升了，伯父或吉尔伯特有时也许会派人来看他。要是发现他还住在目前这个小房间，人们会有怎么个想法呢？因此，提薪过了十天以后，多亏他这个响当当的姓氏，克莱德便在漂亮的街道上，漂亮的住邸里觅到了一个房间。那是在杰斐逊大街上，与威克吉大街平行，相隔只有一两排房子，是一位工厂经理的遗孀的房子。眼下她只出租两个房间，不供膳食，旨在保养这幢房子。在莱柯格斯，就像她这样人家的地位，这幢房子已是在一般水平之上，佩顿太太住在莱柯格斯已有很长时间，早就听人说起过格里菲斯这一家族。不仅格里菲斯这个姓氏，而且克莱德的模样儿长得活像吉尔伯特，她也全都知道。这一点连同克莱德的仪表风度，她都非常感兴趣，因此马上租给他一个特别漂亮的房间，每周酌收房金五美元。对此，克莱德马上满口同意。

说到他在厂里的工作，虽然他坚决不理睬在他手下干活儿的女工，但是，要他专心致志地去做非常刻板的日常工作，或是对那些姑娘（何况至少其中有几位长得很动人）压根儿熟视无睹，那他可办不到。再说，时值盛夏，正是在六月下旬。全厂上下，尤其在午后，从两点到三四点钟之间，看来人人都对没完没了的，重复的机械动作早已感到腻味透顶，一种实质上是满不在乎与慵倦懒怠、有时竟与声色犬马相去不远的气氛，好像在四处弥漫着。眼前就有那么多各种不同类型和不同气质的女人和姑娘，她们跟男性又离得那么远，简直毫无乐趣可言，说实话，成天只跟他一个男人在一起。再说，室内空气总是很沉闷，让人身心松懈。从许多敞开的落地长窗望出去，可以见到莫霍克河上卷起了一个个漩涡，向两岸散开了一片片涟漪，波堤上绿草如茵，有些地方还在树木掩映之下。这一切景象仿佛暗示着人们在两岸闲游时的乐趣。本来工作就很呆板乏味，这些女工的心里早已飘飘忽忽，想到种种赏心乐事上去了。她们十之八九想着自己的事，以及她们该怎么个玩法，假定说她们不是因为这里呆板的日常活儿脱身不开的话。

由于她们的心态是那么活泼热情，她们往往动不动就盯紧了离她们最近的目标。克莱德在这里既然是独一无二的男性，这些日子里又常常穿着最漂亮的衣服，不消说，她们就盯住了他。的确，她们脑子里充满着各式各样胡思乱想，比方说，克莱德跟格里菲斯一家人，以及类似这样的人物私下关系怎么样，他住在哪里，生活情况怎么样，以及他对什么样的女孩子也许会感兴趣等等。回过头来再说说克莱德，只要吉尔伯特·格里菲斯对他所说的话已在他记忆中冲淡了，这时，他往往就会想到她们，特别是那几位姑娘，同时萌生了近乎情欲的念头。尽管吉尔伯特·格里菲斯对他寄予厚望，他自己也把丽达甩掉了。或者说也许正是因为这个缘故，渐渐对这儿的三位姑娘感到了兴趣。她们这三位，本来爱好玩乐，压根儿不受那一套教规约束。而且她们觉得克莱德这个小伙子长得漂亮极了。罗莎·尼柯弗列奇是一个俄裔美国姑娘——一个体态丰满、富于性感的金发女郎，水汪汪的褐色眼睛，肉嘟嘟的狮子鼻，胖乎乎的下巴颏儿，却把克莱德吸引住了。只是因为他老是摆出那副正经八百的样子，她也就不敢存有非分之想。克莱德的头发那么光洁地往两边分开，身上穿着一件亮条纹衬衫，因为天热，袖子卷到胳臂肘上，在她看来，已是十全十美，简直让人不敢相信。甚至他那双一尘不染、擦得锃光瓦亮的棕色皮鞋、他那条扣子发亮的黑皮带，以及他那条松松的、打着活结的领带，都使她惊喜不止。

还有玛莎·博达罗，一个胖墩墩、活泼的加拿大-法国混血姑娘，身段和脚踝长得都很匀称，虽然也许有些肥壮。她还长着一头略带红色的金黄头发，一双蓝里泛绿的眼睛，两片胀鼓鼓的粉红色脸颊，一双肉头得很的小手。这个姑娘天真无知，放荡不羁，她认为，只要克莱德愿意，哪怕一个钟头，她也会欣喜若狂。同时，由于她生性刁滑泼辣，不拘是谁，只要胆敢向克莱德眉目传情，她就憎恨谁。也因为这个缘故，她就瞧不起罗莎。因为玛莎看见，只要克莱德一走到罗莎身旁，罗莎总是竭力设法碰一碰他胳臂肘，或是将自己的身子向他靠过去。同时，罗莎自己还设下种种诱人的圈套：把宽松的上衣敞开，让她雪白的酥胸袒露无遗；干活儿时索性把罩裙撩到小腿肚上；她那滴溜滚圆的胳臂一直袒露至肩膀，为的是给他看，至少从肉体上来说，他在她身上消磨一些时光也是很值得的。所以，只要他一走过来，玛莎就刁滑地唉声叹气，露出一副慵倦无力的神态，有一天竟惹得罗莎大声嚷了起来："瞧那头法国猫！他一个劲儿地直瞅着她！"罗莎心中气呼呼的，为了克莱德，真是恨不得揍她一顿。

最后是那位个儿矮胖但又轻佻放荡的弗洛拉·布兰特。一望可知，她是地地道道一个俗不可耐但又诱人的美国下层社会女郎。一头黑黑的鬈发，一对浓浓睫毛覆盖下水汪汪、乌溜溜的大眼睛，加上狮子鼻，两片丰满、富于肉感但又很美的嘴唇，以及虽然壮硕仍不失其优美的身体。不管哪一天，只要克莱德走过来一会儿，她总是目不转睛地瞅着他，好像是在说："怎么啦！你不觉得我很好看吗？"还露出一种神色，仿佛在说："你怎能老是不睬我呢？老实告诉你吧，许多小伙子要是也像你这样走运，可真要乐死呢。"

过了一些日子，克莱德对这三个女人有了一个想法，那就是：她们跟别的姑娘迥然不同。依他看，她们头脑比较简单，既不那么拘谨古板，也不那么小心提防，交友时压根儿不受传统习俗束缚。也许他可以跟她们里头随便哪一个玩玩，外人包管不会知道。赶明儿他要是进一步对此发生兴趣的话，那就不妨跟她们三人逐个轮流玩过来，而且包管不会被人发现，只要事前让她们心里明白，哪怕他向她们瞥上一眼，也就算是他给她们的最大恩赐了。从她们的一举一动来判断，他认为她们肯定乐于酬谢他，听凭他的随意摆布，即使他为了保住在厂里的位置事后照样不理不睬她们，对此，她们心里也不存芥蒂。不过话又说回来，他已经向吉尔伯特·格里菲斯立下过誓言，眼下还不想自食其言。这些只不过是他在心中极端难受时瞬息萌生的稍纵即逝的思绪罢了。克莱德生来就是这么一种人，只要一见女色，便欲火中烧。说实话，他顶不住性的吸引；至于性的呼唤，就更不用说了。有时候，这几位年轻女郎轮流献媚调情，当然使他感到诱惑，特别是在这么暖和、慵倦的夏天，简直无处可去而又无人谈心。他时常按捺不住，很想凑近这几个故意向他卖弄风骚的女郎，尽管在她们挤眉弄眼和碰肘子的时候，他努力装出一种对他的性格来说是很不寻常的无动于衷的态度，而且有的时候并没有十分成功地掩饰住自己的真实情绪。

就在这时，订货纷至沓来，正如惠甘、利格特两人所说的，克莱德手下非得另增几个额外的女工不可。这些女工必须同意依照目前的计件工资比率只拿很少工钱，等到她们掌握了工艺技术，那时，自然就可以多挣一些。大楼底层办事处的招工部经常有很多应聘者。而生意清淡时，对所有求职者一概谢绝，或是干脆挂上"不招工"的牌子。

克莱德对这一工作毕竟还是个新手，直至今日既没有雇过，也没有开除过哪一个人，于是，惠甘和利格特商定，所有送给他选用的工人，应该先由利格特考察。因为利格特此时还正在物色一些缝纫临时工，要是有适合于当打印工的，就转给克莱德，让克莱德通知她们不妨先试一试。不过，利格特事前曾经向克莱德非常仔细地介绍过有关临时工雇用和解雇的规章制度。对于新工人，不管他们工作干得多么出色，绝不能让他们感到自满，尤其不能在他们的能力还没有经过充分考验以前就认为自己干得够好了。这对临时工的发展前途是有妨碍的，使他不可能取得更大的成就。再说，为了应付本厂订货激增的情况，不妨尽量多招女工，以后旺季一过，就可以随意裁掉她们，除非在这些新工人里头偶尔发现个别手脚特别勤快的女工。遇到这样的情况，通常总要把这个女工留下来，不是把一个工作差劲儿的人撤下来，就是把某一个人调往另一个部门，以便给新血液、新活力让路。

获悉订货骤增后第二天，分批来了四个女孩子，每次都由利格特陪着来，总是对克莱德这么说："这位姑娘备不住对您还合适。她就是廷代尔小姐。您不妨就让她先试一试吧。"或是说："这位姑娘，您看看对您合适不合适。"克莱德就问她们过去在哪儿干过活儿，一般都做过什么样性质的工作，在莱柯格斯是和家里人一块儿住，还是一个人单独住（厂方不大乐意接纳单身姑娘），然后把打印工性质和工资讲一讲，再招呼托德小姐把她们带到休息室，让她们把外套锁进存衣柜，引领她们到一张桌子跟前，指给她们看一看制作工艺过程。以后即由托德小姐与克莱德考查她们的干活儿情况，决定值得不值得把她们留下来。

直到这时为止，抛开他多少喜欢的上面那三个姑娘不谈，克莱德对这儿干活儿的女工印象确实不太好。依他看，这些女工十之八九长得粗手粗脚、笨头笨脑。他心里一直琢磨，说不定能寻找到稍微漂亮些的姑娘吧。谁说寻找不到呢？难道整个莱柯格斯连一个漂亮的女工都没有吗？可眼前这么多的打印工，都是脸大手胖、踝大腿粗。有几个甚至一张口说话还土腔土气——她们是波兰人，或是波兰裔的姑娘，都住在工厂北面的贫民窟里。她们一个劲儿地只想给自己抓住一个"小伙子"，跟他一块儿上什么跳舞厅去，如此等等。克莱德还注意到，这里的美国籍姑娘显然与众不同：她们都要瘦削些，敏感些，绝大多数呆板拘谨，而种族、道德、宗教方面的种种偏见不仅使她们态度一般都很含蓄，而且不允许她们接近其他姑娘，或是哪一个男人。

不过，这一天，以及随后几天里给他送来的临时工和试用工里头，最后来了一个姑娘，竟使克莱德对她要比他对厂里所有姑娘更感兴趣。他一见就觉得她要聪明得多，可爱得多，更要超凡脱俗。她身子长得优美匀称，但体质上并不比别的姑娘羸弱。说实在的，他第一眼看见她，就觉得她身上具有一种眼前哪个姑娘都没有的魅力，一种充满沉思和惊异的神情，可又跟一种自信的勇气和决心融合在一起，由此一下子显示出她是一个具有坚强意志和信心的人。不过，正如她自己所说的，她对这一工作缺乏经验，因此对自己在这里工作能不能做好，她说非常没有把握。

她的名字叫罗伯达·奥尔登。她一开头就说明，她早先是在莱柯格斯以北五十英里，名叫特里佩茨米尔斯的镇上一家小针织厂里做过工。她头戴一顶并不很新的棕色小帽，拉得低低的，掩映出一张美丽、端正的小脸蛋，配上一头亮闪闪的淡褐色鬈发，仿佛笼罩着一轮金色光圈。她的一双眼睛，是晶莹透明、灰蓝色的。她身上那套短小的衣服也是时下很常见的。她的鞋仿佛并不太新，鞋底钉得相当结实。看来她很能干、认真，又是那么聪明、整洁、真挚，充满了希望和活力。克莱德如同先跟她谈过话的利格特一样，马上就喜欢上了她。显然，她比这儿打印间里的女工要高出一等。他一边跟她谈话，一边也不由得对她暗自纳闷，因为她露出那么紧张的神色。对这次面试的结果有点儿忐忑不安，仿佛她到这儿来这件事对她非常重要似的。

据她自述，她至今跟父母一块儿住在一座名叫比尔茨的镇上，但目前在这里是跟朋友同住在一起。她讲得那么朴实、真挚，克莱德听了对她深为同情，因此决心要帮助她。同时，他心里却在暗自思忖，论她的人品，说实话，也许凌驾于她正在寻找的工作之上吧。她的眼睛是那么圆圆的，蓝蓝的，显得很内秀，她的嘴唇、鼻子、耳朵和双手都是那么小巧玲珑。

"这么说来，要是你在这儿找到了工作，就要住在莱柯格斯，是吗？"克莱德这一提问，不外乎是想跟她多说几句话。

"是的。"她非常坦率地说，两眼直瞅着他。

"再说一下你的名字？"他说着，把记事本打开。

"罗伯达·奥尔登。"

"在本市的通讯处呢？"

"泰勒街二百二十八号。"

"这是哪儿，连我也都不知道。"他对她这么说。可以看得出，他就是喜欢跟她说话。"你知道，我到这儿也不久。"后来，连他自己也觉得诧异，干吗一下子把自己的什么事都告诉她？随后，他找补着说："关于这里的工作情况，我不知道利格特先生有没有都对你介绍过，不过，想来你也知道，这是计件工作，就是在领子上打印。你过来，我指给你看看。"说罢，他就把她领到附近一张打印工正在干活儿的桌子跟前。让她看过以后，他并没有招呼托德小姐，就捡起一条领子，把不久前人家对他讲过的一股脑儿都讲给她听。

她那么全神贯注地看着他，看着他的一招一式，对他所说的每一句话，仿佛听得很认真，克莱德反而不免有点儿慌神。她向他投来的每一个眼色里，都富有一种仔细探寻、洞察入微的神态。随后，他又重新解释给她听，每打印一捆领子可挣工钱多少，为什么有的人挣得多，有的人挣得少。末了，她说她乐意试一试。克莱德当即招呼托德小姐，托德小姐就领她到衣帽间，让她先把帽子、外套挂好。不一会儿，他看见她回来了，几丝秀发垂在额前，双颊略呈绯红色，两眼全神贯注，显得认真极了。只见她一听完托德小姐关照的话，就把衣袖往上一将，露出两条美丽的手臂。于是，她开始工作了，克莱德一看她的姿势，心中就知道赶明儿她做起工来必定干脆利索。显而易见，她真是恨不得马上找到这个职位，并且保住这个职位。

她干了一会儿以后，克莱德走到她身旁，看着她从堆在她身边的领子里把领子一条条取出来，挨个儿打印，然后再扔在一边。他还注意到她干起活儿来既麻利，又准确。后来，她猛地回过头来，只看了他一眼，向他报以天真但又愉快、勇敢的一笑，他高兴极了，也向她报以一笑。

"哦，依我看，你准干得了。"他大胆地这么说，因为他情不自禁地觉得她干得了。谁知道只不过短短的一刹那，她又回过头来，向他微微一笑。克莱德禁不住感到浑身上下激动不已。她一下子就迷住了他，只是因为他在这里的地位关系，当然，还有他向吉尔伯特立下过保证，他马上决定，对这儿打印间里任何一个女工，自己都得特别谨慎小心，即便像眼前这样一个可爱的姑娘，也不能例外。不然就要不得。他对她如同对别人一样，也得小心留神。只不过对此他连自己也都觉得有点儿奇怪，因为他早已深深地被她吸引了。她是那么漂亮，那么可爱。不过，他忽然又记起来，她是一个女工，厂里的一个女工，吉尔伯特会这么说，而他是她的顶头上司。不过话又说回来，她确实是那么漂亮，那么可爱。

一转眼，他就去处理当天送给他选用的其他女工。后来，他又要托德小姐马上向他汇报有关奥尔登小姐工作的情况——他想了解一下，她对这儿的工作究竟适合不适合。

就在他跟罗伯达说话，罗伯达向他报以微笑的时候，离她两张桌子远的、正在干活儿的罗莎·尼柯弗列奇，轻轻地推一下自己身边那个姑娘的胳臂肘，趁人不备之际，先是眨眨眼，随后微微点头，指着克莱德和罗伯达。她要她的女友仔细观察他们。等克莱德一走开，罗莎如同刚才干活儿时那样，把身子侧转过去，低声耳语道："他说她早就行啦。"说罢，她眉毛一扬，咬紧嘴唇。她的女友用低得让人听不见的声音回答说："这事情好快，嗯？再说，在这以前，他好像对谁都不愿看一眼似的。"

她们会心地一笑，两人之间有着极好的默契。罗莎·尼柯弗列奇心里有点儿酸溜溜的。

Chapter 13　穷女工的身世

　　像罗伯达这种类型的姑娘，为什么在此时此刻到格里菲斯公司厂里来求职（还是一个小小不言的职位），毕竟是事出有因。原来罗伯达同克莱德的生活际遇和他同家庭的关系多少有些相似，她也对自己的命数感到大为失望。她是泰特斯·奥尔登的女儿。泰特斯是个庄稼汉，住在比尔茨附近。比尔茨是米米科县一个小镇，离莱柯格斯以北大约五十英里。罗伯达幼时起就净跟贫穷打交道。祖父埃弗雷姆·奥尔登早就在这里务农，她父亲是埃弗雷姆三个儿子里头最小的一个，由于命途多舛，到了四十八岁时，依旧住在父亲传给他的老宅里。那座老宅当时已经破旧不堪，急待修缮，到如今快要塌下来了。过去，这种类型的房子曾被看作情趣高雅的典范，由此造出了不少令人喜爱的、有山墙的屋宇，点缀着新英格兰各地城镇和街道。可是如今，这所房子由于油漆剥落，缺少屋顶板和大石板（过去，从大门口直达大楼前门那条曲折的通道，就是用这类大石板砌成），早已呈现出一派凄凉景象，仿佛一位老人在一连声地咳嗽，说："哦，我的日子可不好过哪。"

　　屋内陈设跟户外几乎相差无几。天花板、楼梯板都已松散，不时发出吱嘎吱嘎的怪声。窗前有的垂着窗幔，有的就没有。家具既有老式的，也有新式的，全都有几分坏了，混杂在一起，显得乱七八糟，就不用多说了。

　　罗伯达的父母，就是那种美国精神的典型代表人物，他们否认事实，崇尚理想。泰特斯·奥尔登就是这样芸芸众生中间的一个。他们从呱呱落地起，一直活到与世长辞，到头来连活着的意义都没有闹明白。他们刚见世面，就误入歧途，最后如堕五里雾中，倏然消失。泰特斯如同那两个跟他差不多一样稀里糊涂的哥哥，他之所以当庄稼汉，仅仅因为他父亲是个庄稼汉。如今，他之所以守着这座农场，就是因为他父亲把这座农场传给了他，同时，留在农场播种耕耘，比上别处去碰运气要容易得多。他入了共和党，因为他的父亲生前就是共和党，而且全县都是支持共和党的。他脑子里从来没有过与之相反的想法。他的政治和宗教观点，以及一切有关好坏是非的概念，都是从他周围的人那里借来的。这一家子人，从来没有一个读过一本严肃，富有启发性，或是内容正确的书，简直一个都没有。不过，从传统道德与宗教观点来说，他们毕竟是无与伦比的——诚实、正直、敬畏上帝、品行端正。

如此一对父母生下的这个女儿，虽然她天生具有凌驾于自己出身阶层之上的素质，但在她身上至少还部分地反映出当时流行的一些宗教和道德的观念，也反映出本地牧师，乃至于凡夫俗子的思想观点。同时，由于她富于想象力，具有热情似火、性感丰富的气质，当她刚到十五六岁的时候，脑子里就充满了从最丑到最美夏娃的女儿们的如同混沌初开时一样古老的梦想，认为有朝一日——而且，也许不会多久——她的美貌，或是她的魅力，说不定会以不可抗拒的魔术般的力量征服某一个或者某一些男人。

虽然，在她的幼年时代和少女时代，她不得不听到过、自己也挨过这种一贫如洗的生活，可是，她因为天生富于想象力，心里总要想到更美好的日子。说不定在哪一天，有谁知道，她会进入一座如同奥尔巴尼，或是尤蒂卡的大城市！进入一种新的美好的生活。

随后，有多少美妙的梦想啊！从十四到十八岁，在暮春时节的果园里，五月初的太阳已使每一棵老树成为一片粉红色，落下来的香喷喷、粉红色的花絮铺满了一地。她伫立在那里，深深地吸了一口气，有时候放声大笑，有时候甚至长叹一声，她那两只胳臂往上伸展，也许是敞开胸怀，去拥抱生活。活着多么美好，她要享受青春，以及展现在她面前的整个世界。她乐意想到住在附近的某个年轻人的眉眼和微笑，因为这个年轻人只是偶尔走过她身边，向她匆匆投以一瞥，说不定从此再也见不到她了，可就是这么匆匆一瞥啊，依然惊扰了她那年轻的心中的梦境。

不过话又说回来，她非常怕羞，因而常常退避三舍——她害怕男人；尤其是在这里常见的那些平庸、无能之辈。反过来说，这些人一见她高雅、羞涩的神态，也就往往望而却步，虽说她已长得非常婀娜动人，但在这一带地方来说，毕竟还是嫩了一点儿。不料，她在十六岁那年来到了比尔茨镇，是为了进阿普尔曼绸布店工作，每星期可挣五美元。她在那里见到过很多她所喜爱的年轻小伙子。不过，因为她觉得自己家庭的社会地位不高，加上自己阅世不深，认为那些年轻人身价似乎都比她高得多，深信他们绝不会对她发生兴趣。再说，又因为她那种气质，几乎同他们完全疏远了。不过，她照样还是在阿普尔曼先生那里工作，一直到十八九岁。她总是觉得这样说真的对自己一点儿帮助都没有，因为她同自己家里过于紧密地连在一起了，看来家里确实急需她的帮助。

大约就在这时候，发生了对这个世界一隅来说几乎是具有革命性质的一件事。由于这一带纯属农业区，有着丰富的廉价劳动力，在特里佩茨米尔斯就开设了一家小型针织厂。虽然根据当地一致公认的看法和标准来看，罗伯达也觉得这一类工作仿佛有失自己的身份，可是一听说厂里给的工钱多，她还是动心了。于是，她迁居特里佩茨米尔斯，寄住在原是比尔茨的邻居的家里，每星期六下午回家。她打算积攒一些钱，将来到霍默或是莱柯格斯，或是到有助于她长进的哪一个地方，在商学院选一门课读读——比方说，簿记或是速记。

为了实现这个梦想和尽可能地积攒一些钱，至今已有两个年头了。尽管她挣的钱要比过去多一些（后来每星期挣到十二美元），可是，一家老小几乎样样东西都需要添置，她想尽可能地减轻他们衣食匮乏的困难（个中况味她自己也尝过啊），因此，她一人挣来的钱几乎都涓滴归家了。

这里如同比尔茨一样，在小镇上同她志气相投的一些年轻人，十之八九依然认为，厂里这些女工在各方面都不如他们。虽说罗伯达压根儿不是这种类型的女工，不过，她经常跟她们交往，也就不免沾上了她们看待自己的心理。诚然，直到如今，她方才领悟到：在这里，凡是她喜欢的人，没有一个人会对她感兴趣，至少还没有表示出一本正经的意思。

随后又发生两件事，使她不仅要认真地考虑结婚问题，而且得考虑到自己的前途，不管她结婚也好，不结婚也好。她的妹妹艾格尼斯今年二十岁，比她小三岁，不久前又跟一个年轻的校长见面了。此人早先在奥尔登农场附近办过一所区属学校，她妹妹觉得他现在比她在校读书时更为中意，因此决定嫁给他。罗伯达心里明白，现在她要是还不快一点儿结婚，恐怕就要被人看成老处女。不过，她依然不知道该怎么办才好。直到后来，特里佩茨米尔斯的小针织厂突然关闭，永远也不重新开业了，为了帮助她母亲，也为了帮助她妹妹准备婚事，罗伯达就回到了比尔茨。

不料，后来又发生了第三件事，使她的计划与梦想受到了决定性影响。原来，她在特里佩茨米尔斯认识的姑娘格雷斯·玛尔到了莱柯格斯，几星期之后，在芬奇利真空吸尘器公司找到了工作，每周薪资十五美元。玛尔立刻给罗伯达写信，说现在莱柯格斯有可能寻找到工作。她每天要走过格里菲斯公司工厂，有一回看到东头招工部门口挂了一大块招牌，上面写着"招雇女工"，一问才知道，这家公司的女工薪资开头总是先拿九或是十美元，很快就可以学会一门专门技艺，往后只要熟练了，根据她们技术熟练程度，往往可挣到十四至十六美元。玛尔的膳宿开支只要七美元，因此，她非常高兴地通知她的好友罗伯达，巴望她也能来，要是她乐意，不妨就同她合住一个房间。

事到如今，罗伯达觉得农场生活再也受不了了，她非得再一次自谋出路不可。最后，她终于说服母亲放她走，让她日后靠挣工资更直接地周济她母亲。

罗伯达一到莱柯格斯，即被克莱德录用，就在这次巨大变化的影响之下，尽管她心中体会到一种瞬息即逝的利己主义的乐趣，可是，她很快又感到，她在这里的生活，不论在物质方面，还是社交方面，依然如同在比尔茨时一样枯燥乏味。诚然，格雷斯·玛尔对罗伯达打心眼儿里感到很亲热，可是毕竟长得比不上罗伯达那么吸引人。所以，格雷斯·玛尔总是希望这位漂亮和快乐的罗伯达（她的快乐多半是装出来的）能给她的生活里增添一些她本来就很缺少的东西——快乐和友谊。尽管如此，罗伯达刚被引入的这个圈子，并不见得比她的出生地更加丰富多彩，或者更加富有自由思想。

先说跟她同住的牛顿夫妇，他们就是格雷斯·玛尔的姐姐和姐夫。虽说他们待人也很和气，可还是小镇上极其常见的一些工人，有时甚至比她过去在比尔茨，或是特里佩茨米尔斯常见的那类人还要虔信教规，思想更加狭隘。乔治·牛顿，一望而知是个乐呵呵的人，虽然不是多愁善感或者富有罗曼蒂克情调。各种有关他本人及其前途的小小计划，在他眼里都是无比重要。他在克兰斯顿厂里工作，如今他正从他挣到的薪资里尽可能积攒下一些钱来，打算将来做自己认为合适的生意。因此，为了使他少得可怜的积蓄能不断地增加，他就跟妻子一起设法先将泰勒街上一所老式房子拿过来，然后把好几个房间租出去，以便收取房租，此外还给自己一家人和五个寄宿的人提供膳食，对于自己这样辛辛苦苦地工作，牛顿夫妇从来也都不计较。再说格雷斯·玛尔，如同牛顿太太一样，乃是属于到处都见得到的那类女人，她们的兴趣往往局限于极其狭小的框框里，比方说，要是她们能够组织自己的小家庭，要是她们在地位低下但又极端保守的街坊邻居中间提高了自己的威信，要是通过极端狭窄的宗派信念的透镜来审视人间众生相的话，那么，她们也就会感到自己完全心满意足了。

罗伯达寄住在牛顿夫妇家以后，没过多久就觉得，且不说整个莱柯格斯吧，至少这一家人实在是狭隘、保守得够呛——跟比尔茨那些狭隘、保守的人家差不离。在牛顿夫妇及其同类人看来，这些条条框框必须严格地遵守，一旦破坏了，就不会有好结果。你要是在一家工厂里工作，那你就应该完全适应虔信基督的职工里头的上等人那个生活圈子，以及他们的风俗习惯。因此，每天都是一样——她到了这里没多久早就这样——她起身以后，便在牛顿家的餐室里好容易吞下了一顿味儿不怎么样的早餐。跟她一起进餐的，通常有格雷斯，以及两个年龄跟她相仿的姑娘奥帕尔·费利斯和奥利夫·波普——她们两人全都在克兰斯顿公司工作；另外还有一个年轻的电工，名叫弗雷德·舒洛克，是在市内发电厂做工。罗伯达吃过早餐，马上出门，挤进了这个每天此时此刻照例向河对岸的工厂区进发的长长的行列。她刚迈出大门，总会撞见从附近街道左邻右舍拥出来的，一大群跟她年纪相仿的已婚或未婚男女，更不用说许许多多样子疲惫不堪、与其说像人还不如说像鬼魂的老妇人了。来自各条街上的人流，都拥向中央大道，所以一会合到了这里，也就挤挤挨挨，水泄不通了。在这股人流中，经常有一些男工向漂亮姑娘们目送秋波，他们并不认识她们，但罗伯达看得出，他们还是一心想跟她们无节制地来往，乃至于有更坏的打算。可是，也有一种类型的姑娘，远不是像她在别处见到的姑娘那样严于律己，往往向他们报以傻笑和假笑，这使她大吃一惊！

　　傍晚，还是这股人流，又在各工厂里聚拢来以后，就在车站附近过了桥，返回原地。罗伯达因为有良好道德教养和固有气质，尽管长得品貌端正，富有魅力，也有强烈的欲念，但她依然感到很孤单，始终没有引起人们注意。啊，你瞧这个世界上是那么快乐，她却是这么孤寂，该有多难过。她总是在六点过后才回到家。晚饭后，说实在的，一点儿事都没有，除非她跟格雷斯一块儿上这一家或那一家电影院去，或是她出于无奈，只好答应跟牛顿夫妇和格雷斯一块儿上美以美会教堂去做礼拜。

　　不管怎么说，自从她成为牛顿夫妇家的一员，并在克莱德手下干活儿后，她对自己生活中这一变化还是心满意足的。偌大的一个城市，多美的中央大道，两旁商店林立，还有电影院呢！这些大工厂！还有这位格里菲斯先生——那么年轻、漂亮、笑容满面，而且对她颇感兴趣呢。

Chapter 14　脉脉含情的罗伯达

克莱德同她邂逅后，心里也同样非常激动。他跟迪拉特、丽达、泽拉的往来早已中断了，后来，又似乎毫无意义地被请到了格里菲斯府上，在那里匆匆瞥了一眼诸如贝拉、桑德拉·芬奇利和伯蒂娜·克兰斯顿那样上流社会里的名媛闺秀；说实话，他依然还是很孤寂。那个上流社会啊！显然不准克莱德登堂入室。正因为他对此抱有幻想，便跟所有其他朋友断绝了来往。可是结果又怎样呢？如今，他不是反而比过去更加孤寂了吗？只跟佩顿太太打交道，他每天上班、下班，只不过见人点点头，或是偶尔扯上几句，或是跟中央大道上主动打招呼的商店掌柜寒暄几句，或是索性就跟厂里一些女工招呼一下，尽管对这些女工，他既不感兴趣，又不敢进一步跟她们交朋友。这究竟是怎么回事？其实，还是什么事都没有。不过，话又说回来，他不是姓格里菲斯吗？单凭这一点，他不是就有权受到他们大家的尊敬，乃至崇拜吗？真的，这有多微妙啊！那又该怎么办呢！

再说说这位罗伯达·奥尔登。自从她就这样在莱柯格斯落脚后，对当地的情况与克莱德在厂里的地位都已有所了解，她发觉克莱德很动人，还对她脉脉传情，但她对自己的前途却感到困惑了。从她住进牛顿夫妇家后，懂得了当地的种种清规戒律，看来绝对不让她对克莱德，或是对厂里任何一个职位比她高的人表示什么兴趣。因为，这里有一条禁令，就是不许女工对上司存有非分之想，或者使上司对她们发生兴趣。凡是虔诚、正派、谨慎的女工，都不会这么做。不久，她又发现在莱柯格斯，贫富界限就像用一把刀子切开，或是用一堵高墙隔开，分得清楚极了。再有一条禁令，是有关所有外国移民家庭里男男女女的——他们都愚昧无知，低人一等，伤风败俗，压根儿不是美国人！不管是谁，最要紧的是，绝对不要跟他们有什么来往。

罗伯达又发现，她自己和她所有的知己，全都属于虔信上帝、恪守道德、地位较低的中间阶层，而在这些人中间，诸如跳跳舞，或是上大街溜达、看电影等在当地要冒风险的娱乐消遣，也都是禁止的。不过，她自己正是在这时对跳舞发生了兴趣。最糟的是，她跟格雷斯·玛尔最初去做礼拜的那个教堂里，有一些男女青年，好像并没有平等地对待罗伯达和格雷斯，因为他们绝大多数是出身于莱柯格斯相当发达的古老世家。事实上，她们上教堂做礼拜，参加圣事活动已有一两个星期，但她们的处境跟开始时相比并没有得到改变。尽管她们循规蹈矩，无懈可击，已被教会这个圈子里的人接纳，可是娱乐与交际活动，照例只是同一个教会里社会地位较高的那些人的事，她们始终没有份。

罗伯达同克莱德不期而遇后，料想他是属于上流社会的，同时又被他的魅力深深地吸引。就这样，曾使克莱德感到痛苦的爱好虚荣而又焦灼不安的这种病毒此刻也传染给她了。她每天去工厂上班时，就不由得感到向她投来的，正是他那种默默追求但又迟疑不定的目光。不过，她还感到，他也不敢对她做出亲近表示，生怕她会拒绝，或是让她产生反感。然而，她在这里做工已有两个星期以后，有时也巴不得他能跟她说说话，先让他开个头吧；有时，她却认为他不应该如此大胆，这太可怕了，断乎不行，别的姑娘会一下子看到的。她们分明都知道，他这个人太好了，或者离她们太远了，可她们马上注意到他对她是另眼相看，也免不了议论纷纷。而罗伯达知道，在格里菲斯厂内打印间做工的这类姑娘，她们对这种事只有一种解释，那就是放荡。

与此同时，在克莱德方面，尽管他对她有偏爱，但他并没有忘掉吉尔伯特所定下的那一套规矩。为了循规蹈矩，克莱德至今一直佯装对哪一个姑娘都不注意，不特别垂青。不过，现在只要罗伯达一到，他几乎是情不自禁地走到她桌子边，伫立在她身旁，看看她是如何操作的。如同他一开头就预料的那样，她是个聪明伶俐的女工，用不着多点拨，就很快掌握了工作中所有诀窍，此后赚的钱便跟人家一样多——每星期十五美元。瞧她那副神气，总是好像很喜欢在这里工作，而且，能在这里工作她觉得很幸福似的。再有，哪怕是来自克莱德一丁点儿的青睐，她心里也是喜滋滋的。

同时，他觉察到她身上洋溢着一种欢快的神情，它不仅出自内心情感，而且含有一种淡淡的诗意，乃至于丰富性感的情调。这不免使他大吃一惊，特别是因为原先他觉得她是那么温文尔雅，那么与众不同。他还觉察到，尽管她与众不同，谨小慎微，可她居然能够跟和她迥然不同的绝大多数外国移民姑娘交朋友，似乎还能了解她们的思想观点。听她谈论这里的工作（她先是跟莉娜·希莉克特、霍达·佩特卡娜斯、安吉利娜·皮蒂谈，接着跟很快又来和她搭讪的其他姑娘谈）之后，克莱德心中认定，她远不是像大多数美国姑娘那么保守、傲慢。不过，看来她们对她还是相当尊敬的。

有一天正好是午休时分，他在楼下刚进过午餐，比往常早一点儿回办公室去，这时他看见她正跟好几个外国移民姑娘，还有四个美国姑娘，把波兰姑娘玛丽团团围住。玛丽是外国移民姑娘里头最爱逗乐，也最粗里粗气的一个，正扯着大嗓门冲她们说，前天晚上她碰到一个"小伙子"，送给她一只饰有小珠子的手提包，真不知道他有什么用意呢。

"他想我拿了这玩意儿，就成了他的心上人呗。"她自吹自擂，一边把手提包在爱看热闹的众人面前来回直晃荡，"我说，这个可得想一想。够帅的手提包，嗯？"她找补说，一边把手提包高高举起，在空中来回打转。"你说说，"她把手提包冲罗伯达来回直晃荡，两眼露出挑逗性的同时也许只是假正经的样子，"我该怎么对付他？收下吧，跟他走，就成了他的心上人？还是干脆退还他？说真的，我可挺喜欢他，还有这只手提包呢。"

克莱德心中琢磨，根据罗伯达的教养，听了这一套，按说一定大吃一惊。可他仔细地观察，她并没有这样，压根儿都不震惊。从她脸上的表情看，可以知道她打心眼儿里觉得挺好玩。

她马上粲然一笑，说："哦，这可全得看他模样儿漂亮不漂亮，玛丽。要是他长得很漂亮，我想我就糊弄他，反正糊弄一阵再说。至于手提包，我就照收不误啦。"

"哦，可他等不及呢。"玛丽顽皮地说，显然深知在这种情况下要冒一些风险，同时两眼向走过来的克莱德眨巴了一下，"要是我，就把手提包退还他，要不然今儿晚上干脆当他的心上人去。这么帅的手提包，反正我一辈子都买不起，"她顽皮而又没好气地瞅了一下手提包，鼻子一皱，样子挺滑稽的，"我究竟该怎么办呢？"

"嘿，这对奥尔登小姐这么一个乡下小姑娘来说，是太过分了。也许她不喜欢这一套。"克莱德暗自寻思道。

可是此刻他发现罗伯达好像应付自如，她故意佯装面有难色。"嘿，你可进退两难啦，"她说，"我也不知道你该怎么办才好，"她睁大眼睛，装出深为关注的样子。不过，克莱德一眼看出，她只不过是装着玩儿的，但她就是能装得惟妙惟肖。

　　这时，那个鬈发的荷兰姑娘莉娜俯过身子说："要是你不要他，说真的，我就把手提包连同他那个小伙子一块儿都要。上哪儿找他去？这会儿我正没有小伙子呢。"她伸出一只手，好像要把手提包从玛丽手里夺走似的。玛丽马上就把手提包收了回去。屋子里几乎所有的姑娘对这种古怪的、粗鄙的逗乐都觉得挺好玩，兴高采烈地尖叫起来。甚至罗伯达也放声大笑了，对此，克莱德也感到很高兴，因为他本来就很喜欢这种粗俗的诙谐，觉得它只不过是无伤大雅的玩笑罢了。

　　"是啊，也许你说得对，莉娜，"正当汽笛长鸣，隔壁房间里好几百台缝纫机一齐响起来的时候，他听见罗伯达继续说道："好男人可不是每天都能碰上的。"她那双蓝眼睛在闪闪发光，她那非常诱人的嘴唇大笑时张得很大。克莱德心里明白，她这是在开开玩笑，虚张声势，但是，他也觉得，她压根儿不像他原先担心的那样心胸狭隘。她富有人情味，总是乐呵呵的，待人宽厚，心眼儿挺好。显然，她还最爱逗乐儿。尽管她身上穿着挺差劲儿，头上戴的还是她初来乍到时那顶褐色小圆帽，穿的依然是那件蓝布连衣裙，可在所有女工里头，就数她最漂亮。她用不着像那些外国移民女郎一个劲儿地抹口红，涂脂粉，以至有时候她们的脸看上去就像一块块粉红色蛋糕。瞧她的胳臂和脖子，该有多美，又丰腴，又雅致！她全神贯注地工作着，仿佛她从这一工作中获得真正的乐趣似的，这时候，她身上自然流露出一种美与乐此不疲的神态。在一天之中最炎热的几个钟头里，由于她紧张工作，这时候，她的上唇、下巴、前额上渗出细如珠玑的汗水，她免不了把活儿放下，用手绢将汗水擦去。而在克莱德看来，这些汗水真的就像珠宝一样，只会使她变得更美了。

　　这真是使克莱德美不滋儿的日子啊。现在，他终于又有了一位姑娘。就在这儿，他可以整天守在她身边。他可以仔细端详她，打心眼儿里喜爱她，久而久之，他就倾其所有的热情渴求她，如同当初他渴求霍丹斯·布里格斯一样，只不过他觉得如今更为满意，因为他知道，相比之下，罗伯达更单纯、和蔼、可敬。虽说罗伯达开头好像（或是故意装成）对他很冷淡，或是不理睬他，其实，一开头这就不是真的。她只是不知道自己该怎么表态才好，瞧他漂亮的脸儿和手，乌黑而又柔软的头发，还有忧郁而又迷人的黑眼睛！他呀长得很动人，哦，非常动人。她觉得，说真的，他可是一个美男子。

　　后来没过多久，有一天，吉尔伯特·格里菲斯从这儿走过，跟克莱德谈了几句话，因此，她心里就琢磨克莱德是一个有钱有势的人物，比她过去想象的确实还要优越得多。正好吉尔伯特走近时，在罗伯达身边干活儿的莉娜·希莉克特身子就俯过来跟她说："吉尔伯特·格里菲斯先生来啦。整个工厂都是他父亲开的。人家说，老头儿一死，就全归他啦。他就是吉尔伯特的堂弟，"她冲着克莱德点头示意说，"他们俩模样儿长得很像，是不是？"

"是的，真像啊，"罗伯达回答说，把克莱德和吉尔伯特偷偷地打量一番，"只不过我觉得相比之下，克莱德·格里菲斯先生还要好看，你说呢？"

坐在罗伯达另一头的霍达·佩特卡娜斯一听见最末这句话，便哈哈大笑，说："这儿人人都有这么个看法。何况他也不像吉尔伯特·格里菲斯先生那么傲气呢。"

"那他也有钱吗？"罗伯达心里在想克莱德，就开口这么问道。

"我可不知道。人家说他没有钱。"她不以为然地嘴唇一噘说。她跟其他女工一样，对克莱德倒是也很感兴趣，"他原先在防缩车间做过。依我看，那时他干的只是按日计工。不过，听说他是要熟悉这一行，不久前才上这儿来的。也许他在这里也待不了多久的。"

罗伯达一听到最后这句话，突然心慌了。迄至今日，她总是竭力告诫自己：她对克莱德不存任何罗曼蒂克的幻想。可是如今听说他随时有可能调走，以后她永远也见不到他了，不由得心乱如麻。瞧他那么年轻，那么活泼，那么迷人。而且，对她很喜爱。是的，那是明摆着的事。可是，说实话，她是不应该有这个想法的，也不应该吸引他的注意，因为他在这里是那么重要的一个人物，比她可高得多呢。

罗伯达一听说克莱德有如此显贵的亲戚，甚至还可能很有钱，也就不敢肯定他会对她真正感兴趣，这原是符合当时她复杂的心态的。她不是一个穷苦的女工吗？他不是大富翁的亲侄子吗？当然，他是不会跟她结婚的。那么，他还想跟她建立什么样的正当关系呢？不，她千万要小心提防他。

Chapter 15　克拉姆湖上的邂逅

　　这些天来，克莱德一想到罗伯达，以及他自己在莱柯格斯的处境，多半就心慌意乱了。吉尔伯特不是警告他不准跟这里的女工交往吗？另一方面，就他每天的实际生活来说，跟以前并无不同。除了他迁入佩顿太太的家，现在住的这条街道和周围环境层次较高之外，说实话，他并不见得比借住在柯比太太家时好多少。在那里，他至少还可以跟那些年轻人相聚在一起，只要他认为跟他们接近也是无伤大雅的话，那么，他们这伙人都会逗乐儿，不至于使他感到十分孤单。如今，除了佩顿太太有一位年龄跟她相仿的单身兄弟，还有她的一个三十岁的儿子——瘦骨嶙峋，沉默寡言，在莱柯格斯一家银行里任职——以外，他就寻找不到一个能够或是愿意使他开开心的人了。他们同他平日里接触到的那些人一样，认为既然他在此地有亲戚，也就用不着跟他套近乎，要不然反而有一点儿不知趣了。

　　另一方面，尽管罗伯达并不是出身于他如今一心想跻入的上流社会，但她身上还是具有一种使他无限迷恋的魅力。由于他非常孤单难受，尤其是他天生具有一种日益强烈的本能，驱使他成天两眼离不开她了。同样，她也两眼离不开他。他们俩的目光，不时偷偷地但是紧张而又炽烈地相遇在一起。要是克莱德向她递了一个眼色，那么，罗伯达往往也马上偷偷地投去一瞥，压根儿不希望他发觉，哪知道他只觉得先是浑身酥软无力，接下来便有一种热辣辣的感觉。瞧她那张俊俏的嘴巴，那双迷人的大眼睛，还有她那熠熠生辉但又往往羞羞答答、躲躲闪闪的微笑！啊，她有那么漂亮的胳臂，还有她的身姿仪态，又是那么端庄、柔软、多情，轻盈矫捷。只要他胆敢跟她交朋友，先跟她谈谈，然后就在什么地方同她会面，但愿她一口应允，但愿他有这股子胆量啊。

惶惑！热望！那些炽烈的渴念的时刻！他在这儿生活有违背常理和自相矛盾之处，说实话，这使他不仅感到困惑，而且为之恼怒——如今，尽管他还是如此孑然一身，忧心忡忡，可是熟识他的人照例臆想他在上流社会出入，该有何等春风得意。

因此，为了个人适当地娱乐消遣，既要保住自己现有身份地位，而又不让那些臆想他一定忙于上流社会交际应酬的人发现，近来他常在周末下午与星期天去格洛弗斯维尔、方达和阿姆斯特丹等地观光游览。还去过格雷湖和克拉姆湖，那儿都有湖滨浴场、更衣室，还出租游泳衣和游船。他心里常常在想，要是碰巧他博得格里菲斯一家人青睐，那他就必须尽可能地具备上流社会交际酬酢的各种修养。他无意中结识了一个人，此人对他很有好感，而且游泳、跳水都会，因此，游泳、跳水这两项，克莱德已经学得顶呱呱了。不过，说实话，他对划小划子入了迷。穿上一件旅游衬衫、一双帆布鞋，以及衬托出他那潇洒风度的夏装打扮，划着一只鲜红色或是深绿色、天蓝色的计时收费的小划子，荡漾在克拉姆湖上，这才叫他开心呢。这时，眼前的夏日风光，犹如悬在空中的仙山琼阁，特别是当一两朵云飘过蓝天的时候，克莱德也就沉浸在白日梦里：仿佛他是那些殷实的公司里头的一员，时常去莱柯格斯以北那些有名的游览胜地——拉凯特湖、斯克隆湖、乔治与张伯伦湖，跟莱柯格斯的富人（只有他们才有钱来此游览）一起跳舞，玩高尔夫球，打网球，划划小划子。

大约就在这时，罗伯达跟她的女友格雷斯也发现了克拉姆湖，而且认为附近小湖虽多，但就数它最秀丽、最幽静，对此，牛顿夫妇也表示同意。因此，她们往往喜欢也在星期六或星期日午后来到这里，顺着西边湖滨一条早就被行人踩出来，一直通往丛林的小道漫步。有时她们坐在树荫下，尽情地欣赏湖上风光，因为她们都不会划船、游泳。周围还长着许多野花和野生浆果可以采撷。二十步开外，从一些低湿的岸边，还可以攀摘到花蕊嫩黄的洁白睡莲。这些睡莲真是太诱人，已有两回，她们这两位采花女把几大抱从田野里和湖边采到的花送给了牛顿太太。

七月里第三个星期天下午，克莱德如同往日里一样孤单憋闷，正坐在一只深蓝色小划子里，沿着离租船处大约一英里半的湖的南岸向前划去。他早就把外套和帽子脱掉，心里不免有点儿悻悻然，沉溺于他确实心驰神往的生活方式的梦幻之中。放眼湖上，到处可以见到许许多多小划子，或者样子比较笨拙的游船上，都有年轻的和年长的男男女女。偶尔从湖面上传来了他们的欢声笑语。远处，还有别的一些小划子和幸福地相爱着的梦幻者，此情此景，克莱德总觉得跟他的孑然一身恰好形成了强烈的对照。

不拘是哪一个年轻人，只要跟他的姑娘卿卿我我在一起，这一情景照例会激起克莱德那种与生俱来的被压抑而又反抗着的性本能冲动。那时，他心中会呈现出另一幅图景：要是他有幸出生在另一个家庭，那么，此时此刻，他也许就在斯克隆湖上，或是在拉凯特湖上、张伯伦湖上，跟桑德拉·芬奇利或是别的像她那类姑娘一起坐在小划子里，操着桨，欣赏比这里更美的湖边景色。要不然，他也许正在遛马，打网球，或是傍晚上舞会，或是开了一辆大马力的汽车到处兜风，而桑德拉就紧挨在他身边，可不是吗？他不禁感到非常孤独和坐立不安，何况他眼前所见到的这一切使他更加苦恼。因为他放眼望去，好像到处都是爱情啊，罗曼史啊，心满意足啊。怎么办？该上哪儿呢？他可不能一辈子这么孤零零啊。他呀，太可怜了。

回忆和思绪使他又回想到骇人惨事发生以前，他在堪萨斯城那些屈指可数的快乐、幸福的日子，想到了拉特勒、赫格伦、希格比、蒂娜·科格尔、霍丹斯、拉特勒的妹妹路易斯，一句话，想到了惨案发生时他与他们不分你我的那一拨放荡不羁的伙伴。接下来就是迪拉特、丽达、泽拉，同他们在一起，当然啰，要比现在这样孤零零的好得多了。难道说格里菲斯家再也不会给他更多的照拂了吗？他上这儿来，就仅仅为了让他的堂兄嘲笑，被有钱的伯父的子女，以及他们那个上流社会甩在一边、压根儿不理不睬吗？从许许多多有趣的事例中，他一眼就可看出，上流社会那个圈子里头的人过着享有特权、逍遥自在、当然也是非常幸福的生活。即便现在，时值沉闷的夏季，本地各报差不多每天都刊登他们四出观光游览的消息。塞缪尔·格里菲斯、吉尔伯特·格里菲斯来莱柯格斯时，他们的豪华型大轿车就停在办公大楼门前，偶尔，在莱柯格斯饭店酒吧间或是威克吉大街府邸门前，也会看到一群上流社会的年轻人，他们这些人回城里来只不过待上个把钟头，或是至多一个晚上罢了。

再说吉尔伯特和塞缪尔，不论他们哪一位，只要一到厂里，他们身上准穿着最漂亮的夏装，不是斯米利、拉奇、戈特博伊，就是伯基克，全是公司里的高级职员陪同，在这家规模宏大的工厂里，做一次非常严肃、乃至于有如皇上圣驾出巡一般的视察，跟下面各部门的负责人商量工作，或者听取他们的报告。他呢，就是这个吉尔伯特的嫡堂兄弟，这个大名鼎鼎的塞缪尔的亲侄子，却被扔在一边，独自漂泊，形容憔悴。而这一切，现在他已看得很清楚，不外乎是因为，在他们看来，他还不够理想。他父亲不像他这个了不起的伯父那么精明能干，他母亲（但愿上帝保佑她）不像他这个冷冰冰的、目空一切、漠不关心的伯母那么显赫，或是那么老练。离开这儿，不就是最好不过？他上这儿来，说到底不是很蠢吗？也许，这些显贵的亲戚压根儿都不想帮他大忙吧？

孤独、怨恨、失望，使他先是想到格里菲斯家和他们那个世界（特别是一想到那个美丽的桑德拉·芬奇利，至今他心中还是热辣辣的），继而又想到罗伯达，以及她和他自己目前的那种境遇。尽管她是一个贫苦的女工，但跟他每天接触到的任何一个姑娘相比，要动人得多呢。

格里菲斯一家人坚持认为，像克莱德这样身份地位的人不应该跟罗伯达这一类姑娘来往，无非因为她是在厂里做工的，这有多么不公道，多么可笑。因此，他甚至不能跟她交朋友，带她一块儿游湖去，或是上她那个小小的家里做客去。可他又无法结识比他身价更高的人，也许一来是没钱，二来是没有接触机会吧。再说，罗伯达长得又是那么漂亮，简直非常漂亮，依他看还特别迷人呢。这时，他仿佛看见她正在机器旁动作敏捷而又优美地干活儿，看见她那长得匀称的胳臂和双手、她那光滑的肌肤，以及她向他微笑时那一双明眸。这时，经常在厂里使他激动不已的情绪正好涌上了他心头。不管穷也好，不穷也好，她只不过是运气不好才当女工的，他认为，他要是能跟她在一起，只要不是非同她结婚不可，就会很幸福。因为，现在他对婚姻的愿望已被格里菲斯那个上流社会深深地影响了。可是，罗伯达又使他欲火中烧。要是他能鼓足勇气跟她多谈谈，哪天从厂里送她回家，星期六或是星期天，同她一块儿来到湖上划划船，只是跟她一块儿消磨时光，沉醉在那梦幻之中，该有多好！

他绕过突入湖面的一块岬角，那里有一片高大树木和灌木丛，浅滩处漂着好几十朵睡莲，偌大的叶子一片片地浮在静止不动的水面上。左边湖岸上，有一个姑娘伫立在那儿，正凝望着那些睡莲。由于阳光直照着她的脸，她就摘下帽子，一手遮在眼前，低头俯视着湖面。她的嘴唇微微张开，漫不经心露出诧异的神情。他停了桨望着她时，心里思忖："她长得多美啊。"一件淡蓝色胸衣，袖子只到臂弯上。那条深蓝色法兰绒裙子，越发显出她身姿秀拔，"难道这是罗伯达吗？不，绝不会的！啊，这果真是她！"

克莱德还没来得及思索，就快要划到她跟前，离岸边大约二十英尺光景。他抬头望着她，脸上就像始料不及、突然实现了梦想的人那样放出光彩。而对于罗伯达呢，他好似一个突然显现的欢乐的精灵，一个从烟雾缥缈之中，或是生生不息的活力中形成诗意一般的产物。于是她伫立在那里，凝神俯视着他，嘴边情不自禁地泛上笑意，流露出她在心情愉快时常有的一种美。

"天哪，奥尔登小姐！原来是您呀？"他大声嚷了起来，"我心里正在纳闷究竟是谁呢？我在靠岸前还说不准是不是您呢。"

"哦，就是我呀！"她哈哈大笑起来，既感到不好意思，又因为果真是他，不免有些羞赧。她又见到了他，显然很高兴，尽管一开头多少还得掩饰一下，可是继而一想到跟他来往看来会惹起麻烦，她又马上感到困惑不安。因为这样一见面，就意味着跟他有了来往，也许就有了交情；但她心里再也不会拒绝他了，让人家爱怎么想就怎么想吧，反正这儿还有她的女友格雷斯·玛尔。要不要向玛尔说说克莱德的事？让玛尔知道她对克莱德很感兴趣呢？这时，她已心乱如麻。不过，她还是禁不住露出坦率、喜悦的微笑，两眼直瞅着他。她一直在朝朝暮暮地想念他，而且梦想着自己能高高兴兴地、不用担心地见到他，给他留下好印象。如今，他已来到了她跟前。他就在这里，她也在这里，再无伤大雅。

"您只是出来溜达溜达吧？"他终于迫使自己说出了这么一句话。虽然见她伫立在面前，但由于惊喜交集，他不免感到有些尴尬。他一想起她一直在凝视着湖面，便找补着说："你要采摘一些睡莲吗？我觉得，你是在寻找睡莲吧？"

"哦，哦，"她回话时依然在微笑，两眼直瞅着他，因为他那乌黑的头发正被微风吹拂，淡蓝色衬衫敞着胸口，两袖高高地卷起，他在漂亮的蓝色游船上操着一把黄色划桨，此情此景简直使她销魂。她要是能把这样一个年轻人征服了，就归她一人所有，对于他，除了她以外全世界谁都没有份，该有多好！要是这样，就好比进了天堂，她只要能得到他，世界上任何东西她都不稀罕了。此刻他就在她脚下，正当晴朗的盛夏七月里一个下午，他坐在一只漂亮的小划子里——这一切，她觉得都是那么新鲜，那么可爱。就在这时，他抬起头来，惊喜地直冲着她笑。她的女友格雷斯正在后面很远的地方寻觅菊花，可是她会怎样呢？她究竟又该怎样呢？

"我正在看看有没有路可以到达那儿，"她心情不免有些紧张地接着说，话音几乎在颤抖，"在这儿的岸边，我至今还没见过有睡莲呢。"

"您要多少，我就给您多少，！"他兴高采烈地大声嚷道，"您只要待在这儿不动。我马上就给您送来。"可他转念一想，要是把她接到船上，跟自己在一块儿，岂不更美？于是，他找补着说："不过，听我说——您干吗不到我的船上来？船上足够两人坐的，您要上哪儿，我就可以把您送到哪儿。离这儿湖面不远，睡莲更好看，就是那一边也还有呢。绕过那个小岛，我还见过许许多多睡莲。"

　　罗伯达纵目眺望湖上。就在这时，蓦然间蹿出来另一只小划子，操桨的是一个年纪跟克莱德相仿的年轻人，还有一个年纪跟她自己相仿的姑娘。这个姑娘身穿一套白色连衣裙，头戴一顶粉红色帽子；可那只小划子是一色的绿。远处的湖上，也就是克莱德刚才说过那个小岛附近，还有一只小划子，是金黄色的，船上也有一男一女。她心里琢磨，最好不带她的女友，只让她自个儿上船。实在万不得已，就只好让女发一起上船。她心里多么想独个儿跟他在一起啊。要是她独自一人来到这儿，该有多好。此刻要是招呼格雷斯·玛尔一起上船，那么，这次见面的事她就会知道，日后倘再听到有关他们俩的事，格雷斯·玛尔说不定会瞎说一通，或是会胡思乱想一番。要是她一口回绝呢，生怕克莱德从此就再也不会喜欢她——甚至会厌弃她，或是从此对她压根儿不感兴趣，那可就太可怕了。

　　她伫立在那里，两眼凝望前方，暗自思忖着；克莱德一见她这样迟疑不定，又想到自己形单影只，少不得越发需要她，心中不免万分苦恼，于是，他突然高声喊道："喂，请您千万别说不行！只管上船，好吗？您准会高兴的。我要您上船嘛。那您要的睡莲我们就都可以寻找到。随您高兴，十分钟内反正我可以划到那儿，让您在那儿上岸。"

　　她注意到"我要您上船嘛"这句话，它使她既感到慰藉，又给自己增添了力量。依她看，他并没有存心捉弄她的意思。

　　"不过，我这儿还有个女友在一块儿呢。"她几乎有些犯愁而又迟疑地喊道，因为至今她还是巴不得独自一人上船，反正此时此刻她最最不需要格雷斯·玛尔。刚才自己干吗把她一块儿带来？她的模样儿长得不好看，克莱德也许不喜欢她，这样事情也就糟了。"再说，"她几乎上气不接下气地找补着说，心里还在斗争，"也许，我最好还是不上船。那不是有危险吗？"

　　"哦，不，当然没有危险啰，不过，您最好还是上船吧，"克莱德一见她已在让步，就微笑着说。"万无一失。"他急急地加上一句。说罢，他把小划子靠拢湖岸。湖岸离水面还有一英尺，他抓住一条树根让小船停稳后，就说："当然啰，您用不着害怕什么。随您高兴，把您的女友叫来也好，我就给你们俩划船。这儿坐得下两个人。瞧那边，到处都是睡莲。"他朝着湖的东岸点点头。

　　罗伯达再也抗拒不了，就抓住一根高悬湖面的树枝，使自己身子稳住，同时开始大声喊道："喂，格雷斯！格雷斯！你在哪儿？"因为她最后还是决定，把女友带到自己身边为好。

　　远处马上传来了一个回音："喂！什么事呀？"

"上这儿来。快快来吧。我有话跟你说。"

"哦，不，最好还是你过来吧。这儿的菊花简直太漂亮啦。"

"不，最好还是你过来。有人要带我们去划船呢。"这句话她原想高声喊道，但她嗓门儿不知怎的偏偏提不高，她的女友也就只管继续采花去了。罗伯达皱了皱眉头，真不知道该怎么办才好。"哦，那就得了，"她猛地拿定主意，挺直身子，找补着说，"我看，我们就干脆划到她那边去，好吗？"

克莱德兴冲冲地大声说："哦，那敢情好啊！当然啰，可以。请上船吧。我们先在这儿采一些花，过一会儿她不来，我就索性划到她那儿去。只要迈开两脚，站在当中，就平稳了。"

他身子稍微往后一靠，抬眼直望着她；罗伯达心里惴惴不安，可目光又跟他的目光热切地相遇在一起。说真的，她觉得仿佛欢乐就像一团玫瑰色的雾霭突然把自己裹住了。

她跨上一只脚，试试看稳不稳。"万无一失吗？"

"当然啰，当然啰，"克莱德一个劲儿地说，"我会把小船稳住的。只要抓住这根树枝，您就站稳了。"她一脚踩到小船上时，克莱德早已把小船拴得四平八稳。随后，小划子轻轻侧向一边，她一声尖叫，扑通摔倒在一张有软垫的座位上。克莱德觉得，她简直就像一个小丫头。

"这就行啦。"他要她尽管放心，"只要坐在当中。小船儿准翻不了。嘿，真有意思。我始终都闹不明白。您知不知道，我从那边划过来的时候，心里正惦着您，也许您什么时候会喜欢上这儿来玩。可是眼前，您和我两人都在这儿，这一切真是来得太凑巧了。"他把手一挥，手指一捻噼啪作响。

罗伯达听了他的心里话，既陶醉又有点儿惧怕，就接过话说："是真的吗？"她回想到，刚才她心里也正惦念着他呢。

"是真的，不仅这样，"克莱德找补着说，"而且，说真的，我整天都在惦着您。这才是老实话。我心里真巴不得今儿早上就能碰到您，把您一块儿捎到这儿来。"

"哦，您怎么啦？格里菲斯先生。您知道您自己不是那个意思。"罗伯达恳求道，生怕这次湖上的邂逅会使他们马上变得太亲热，太动感情。她可不喜欢那样，因为她既害怕他，也害怕她自己。这时，她两眼直望着他，竭力现出冷淡、至少也是无动于衷的神情，只不过佯装得很不成功罢了。

"反正这是千真万确的。"克莱德坚持说。

"哦，我也觉得这真是太好了。"罗伯达承认说，"这儿我和我那个女友也来过好几次啦。"克莱德心里一下子又感到很高兴。瞧她莞尔一笑，该有多迷人啊。

"哦，您来过了吗？"他大声嚷道，接下去谈到他为什么喜欢上这儿来，在这儿还学会了游泳，"想想吧，我把小船划到这儿的时候，您正好在岸边望着睡莲。真的，怪不怪呀？我差点儿从船上落到了水里。我从来没见过像刚才您伫立在岸边时那样好看。"

"哦，格里菲斯先生，"罗伯达又在小心地恳求道，"请您千万别这样说。恐怕您真是太会恭维人了。您要是动不动这么说，我就不得不把您当作那一号人啦。"

克莱德再一次顺从地直瞅着她，她却微微一笑，因为她觉得，这时他比过去可要漂亮得多。不过，她转念一想，要是跟他说，在他绕过岬角以前，她心里也正在惦着他，巴不得他跟她，而不是跟格雷斯在一起，那他又会做何感想呢？那时候，她还梦想着，他们俩会坐在一起聊天，也许两人手拉着手呢，甚至于她也许会听任他搂住自己的腰。她知道，这里备不住有人会看见的，那就太可怕了。不过，无论如何也不应该让他知道这些，说什么都不行。这样一来，关系就太密切了，太大胆了。不过，说到底，反正她梦寐以求的就是这些。然而，要是莱柯格斯有人在这儿看到她，让他捎带她泛舟湖上，那么，对她和他又会有怎么个想法呢？他是厂里某个部门的负责人，而她则是他手下的工人。这就是人们得出的结论！甚至也许还会说成是丑闻呢。不过，幸亏格雷斯·玛尔和他在一起，好在她马上就会来的。当然啰，罗伯达都会向她解释清楚的。他是出来划船时遇到她的，既然他乐意帮她采摘几朵睡莲，为什么就不可以呢？这种情况几乎已是不可避免的，可不是吗？

克莱德早就操起桨，让小船往前驶划去。不一会儿，他们已经置身在睡莲花丛中了。他把划桨搁在一边，一面说话，一面伸出手去，把睡莲连根都拔了起来，随手扔到她脚底下。她身子斜倚在座位上，就像她见过的那些姑娘那样，也把一只手伸进湖水里。瞧他的头、胳臂，还有垂在他眼前的几丝乱发，都是那么帅，她心中的疑虑立时冰消瓦解。他多帅啊！

Chapter 16　克莱德意乱情迷

那天下午的湖畔邂逅给他们俩都留下了美妙的印象，随后一连好几天，谁都情不自禁地，频频怀念，不觉对他们这么美妙的机缘感到万分惊讶，可是他们又心照不宣，因为雇工与上司之间是不应该那么过分亲近的。

他们在小船上说笑了一会儿。克莱德谈到这些睡莲有多美，能给她采撷睡莲感到很高兴。他们也让格雷斯上了小船，最后又回到了租船的地方。

他们俩一上岸，都有点儿犯疑，真不知道下一步该怎么办。因为明摆在他们面前的问题就是，是不是一块儿回莱柯格斯去。罗伯达认为这样似乎不妥当，可能引起风言风语。而克莱德呢，也想到了吉尔伯特和他自己所认识的一些人，以及由此可能招来的麻烦。吉尔伯特要是听到这件事，又会怎么说呢？因此，克莱德、罗伯达和格雷斯一时都有些迟疑不定，真不知道一起乘车回去是否明智。格雷斯要为自己的名誉操心，还知道克莱德对她不感兴趣，因而怄着气。罗伯达一眼看出了女友的心思，就说："依你看，我们该怎么办？同他告辞，好吗？"

罗伯达立刻暗自思忖，她们怎样才能落落大方地脱身，但又不让克莱德扫兴。就她自己来说，她对他已是那么入迷，要是格雷斯不在身边，她本来乐意同他一起搭车回去。不过，眼前有格雷斯在场，加上她自己又是那么谨小慎微，这就断乎不好办了。她非得想出一个脱身之计不可。

这时，克莱德也在暗自寻思，该怎么办才好。同她们一起搭车回去，冒着风险，万一被人撞见了，报告给吉尔伯特·格里菲斯一家人呢，还是另找一个什么借口同她们分手告别？无奈他什么借口托词都找不到，正想转身陪她们上电车站，就在这时，寄宿在牛顿夫妇家里，恰好在一个阳台上的年轻电工舒洛克突然向他们大声招呼着。舒洛克正好跟一个朋友（此人有一辆小汽车）打算一起回城去。

"哦，真是太巧了，"他大声喊道，"您好，奥尔登小姐？您好，玛尔小姐？你们二位是不是跟我们同道？要是同道，我们可以把你们一块儿捎去。"

这句话，不仅罗伯达，甚至连克莱德也听见了。她马上回答说，时间不早了，她跟格雷斯还要陪牛顿夫妇去教堂，因此，坐小汽车回去的确方便些。不过，她似乎还希望舒洛克邀克莱德一起上车，希望克莱德会接受他的邀请。后来尽管舒洛克邀请了他，克莱德却马上谢绝了，说他要在这儿多待一会儿。因此，罗伯达临走时看了他一眼，借以充分表达了她心中的喜悦和感激之情，刚才他们在一起度过了多么愉快的时光。至于他呢，尽管对这一切是否正当尚有疑虑，却在暗自思忖：他跟罗伯达不能在这儿多待几个钟头，真够伤心的。他们走了以后，他也马上独自一人回城了。

转天早晨，他比往常更加急于见到罗伯达。虽说厂里的工作都是在众目睽睽之下进行的，使他不可能表达出自己的感情来，可是，从他脸上和眼里一闪而过的爱慕和试探性的微笑里，罗伯达知道，他的心情如果说不是更加强烈的话，至少还是如昨天一样兴奋。那她自己呢，虽然觉得好像某种灾难就要临头，而且这一切必须保守秘密，当然使她很不高兴，可她还是情不自禁地向他回送热情、温顺的秋波。瞧他已被她吸引住了！真是多么叫人惊心动魄！

克莱德马上断定：他献的殷勤还是受欢迎的，往后如有什么合适的机会，他准备冒险跟罗伯达说说话。因此，他等了个把钟头，正好她两旁的女工一走开，这时，他便抓住机会来到了她身边，从她刚才打印过的领子中拿起一条，仿佛是专门在谈领子似的对她说："昨儿晚上不得不跟您分手，真是非常抱歉。我巴不得今儿个我们俩再上那儿去，而不是待在这里。而且只有您和我两个人。您说怎么样？"

罗伯达侧过身来，心里明白，此刻就得决定：对于他的盛情邀请，她是鼓励呢，还是一口回绝。同时，她心中又几乎有点儿昏昏迷迷，急急乎要接受他献的殷勤，对于他们俩会发生什么问题，她也全都不管了。瞧他的眼睛！他的头发！他的手！她不但没有责备他或是冷淡他，反而一个劲儿地凝望着他，眼里是那么软弱无力、令人动怜，却又露出温顺和茫然若失的神情。克莱德见她已情不自禁地，倾心于他，的确如同他也钟情于她那样，于是马上决定，一有机会就跟她再说几句话，问问她也许在什么地方让两人见面，不要有旁人在场。因为很显然，她如同他一样，也不乐意让别人看见。今天，他比往日里更深切地意识到：他正走的是一条危险的道路。

现在他算账时开始出差错了。他感到，只要罗伯达在他身边，他干什么工作也都专心不起来。他觉得，她简直是太迷人，太令人倾倒了。她是那样热情、快活、可爱。他觉得，他要是能赢得她的爱，那就可以成为天底下最幸福的人了。不过，毕竟还有吉尔伯特说过的那个厂规呢。虽说昨天在湖上他就下过这样的结论，他在厂里的处境并不是那么称心如意，可是，只要有希望罗伯达能在他身旁，那么，他继续在厂里待下去岂不是有更大的乐趣吗？难道说格里菲斯一家人的冷淡，他就不能——至少目前——再忍受一下吗？只要他不去干冒犯他们的事情，说不定将来他们会对他感兴趣，并将他纳入他们上流社会那个圈子去呢！不过，现在他一心想做的事正好是断乎做不得的。而吉尔伯特告诫他的那一套训谕，又算得上什么呢？只要他能够说服她，也许她会暗地里跟他幽会，这样也就完全可以不被人家议论了。

这时，克莱德不论坐在桌旁办公，还是在车间里走路，心心念念的都是这些。甚至在厂里上班时，他差不多都时时刻刻惦念着她，再也不去考虑其他的事情。他决定向她提议，如果她乐意，他们就在莱柯格斯城西、莫霍克河上第一座郊外游人常去的小公园里会面。不过，这一天女工们都挨挤在一起干活儿，他没有机会跟她说话。午休时，他下楼用午餐，比往日早一点儿回来，希望这时她已独自一人，好让他低声耳语告诉她，他心里巴不得在什么地方跟她见见面。可她四周还是围着一拨人，整整一个下午就这样过去了，始终没有说话的机会。

到最后离厂时，他心里还在琢磨，要是碰巧遇到她独自一人在街上，他就会走过去跟她说说话。她也巴不得他这样做，这一点，他心里很清楚，哪怕她嘴上说的不是那样。他就得想方设法务必使他们的见面在她或者别人看来好像完全是巧遇，因而也是无伤大雅的。不过，汽笛一响，她走出厂门时，正跟一个姑娘一块儿。这样，克莱德就得另想办法了。

往常一到傍晚，他不是憋闷在佩顿太太家里，就是上电影院（这是近来他常去之处），或者独个儿出去散散步，聊解愁怀。但那一天傍晚，他一反常态，决定去泰勒街寻访罗伯达的寓所。他认定那不是一所令人喜爱的房子，远不如柯比太太的房子或是现在他住的房子那样吸引人。房子太破旧，而且黑不溜秋，街坊邻居顽固不化简直难以形容。不过，天色还早，各个房间里已掌了灯，就给人一种亲切感。门前两三棵树，克莱德也还喜欢。那么，此刻罗伯达正在干什么呢？为什么她不在工厂附近等一等他呢？为什么她没有想到他已来到这儿，不出来接接他呢？是的，他真恨不得有办法能让她觉到他已来到这儿，因此就出来接他。可她并没有感觉到。恰恰相反，他只看见舒洛克走了出来，冲中央大道走去，一下子就没影儿了。随后，家家户户都有人出来，沿着大街往中央大道走去。于是，他急忙离开罗伯达所远远的，免得惹人注目。这时，他免不了长吁短叹，因为正当一个美好的夜晚——大约九点半，一轮满月在冉冉上升，黄澄澄地高悬在家家户户烟囱之上。他有多么孤单啊。

不过，到了十点钟，月光变得越发明亮，还不见罗伯达出来，他就决定走了。在这儿滞留太久很不妥当。不过，夜色那么美，他才不想回到自己房间去呢。于是，他在威克吉大街上徘徊徜徉，举目张望那里漂亮的房子——包括他伯父塞缪尔的府邸在内。这时，所有这些府邸的主人都到他们的避暑别墅去了。窗子里一点儿灯光都没有。桑德拉·芬奇利、伯蒂娜·克兰斯顿，以及所有那一伙人，在这样的一个夜晚，他们都在干些什么呢？他们在哪里跳舞呢？在哪里超速开车兜风呢？还是在什么地方谈情说爱呢？穷人嘛，没有钱，没有地位，就没法儿随心所欲地生活，该有多么难受。

翌日早上，他比往日更加急不可耐，六点四十五分就走出佩顿太太家的大门，心里急于想出一个办法来再向罗伯达大献殷勤。这时，正有一大群工人沿着中央大道往北走去。大约在七点十分左右，当然啰，她也一定是在这股人流之中。不过，他这回去工厂路上，还是没碰到罗伯达。因为，他在邮局附近一家小餐厅急匆匆地喝了一杯咖啡，走完整整一条通往工厂的中央大道，到了一家烟铺门口歇歇脚，看看罗伯达会不会碰巧独自一人在走路，结果呢，只见她又是跟格雷斯·玛尔走在一起。他心里马上就想到，当今这个世界该有多么可怜，多么丧心病狂；就在这么一座可怜巴巴的小城里，要跟一个人单独见面，该有多难啊。不管是谁，差不多人人都认识。再说，罗伯达也知道他正在设法找机会跟她说话。那她为什么不独自一人走呢？昨天，他老是朝着她举目四望。现在呢，她却跟格雷斯·玛尔走在一起，还显得好像心满意足似的。她到底是怎么个意思？

他进厂时心里可真是灰溜溜的。不过，一看到罗伯达正坐在自己的座位上，对他笑吟吟亲昵地说了一声"您好"，这才使他心里宽慰不少，觉得还有些希望。

到了下午三点钟，由于午后天气转热和不停地干活儿疲乏，大家都有些昏昏欲睡的样子。窗外骄阳似火，满屋子都是骄阳照在河面上的反光，令人目眩。几十条领子打印时一齐发出的嗒嗒声，平时在外间缝纫机的咔嚓声以外依稀还能听得见，可此时此刻比往常更加微弱了。这时，有人领头唱了一支叫作《情人》的歌，罗莎·尼柯弗列奇、霍达·佩特卡娜斯，玛莎·博达洛、安吉利娜·皮蒂、莉娜·希利克特一下子都跟着唱了起来。罗伯达却一个劲儿地注意着克莱德的眼神和心态，暗自思忖他还要多久才会走过来，跟她说些什么呢。她心里真巴不得他能这样，从他昨天的低声耳语里，她相信，要不了多久他就会来的，因为他早已身不由己了。她从昨天晚上他的眼神里已经看出来了。不过因为这里诸多不便，她知道，他要设法跟她说话一定也是煞费苦心的。可是，有时她又觉得高兴，因为她感到自己置身于这么多姑娘中间有一种安全感。

她一面在想心事，一面跟别人一起给领子打印。蓦然间，她发现有一捆领子，她虽然打了"16"，其实不是那个尺码，还得小一些。她焦急不安地瞅着这一捆领子，心里想，只有一个办法——先把这一捆摞在一边，听候不知道是哪一个领班（包括克莱德在内）来批评她，要不然，干脆现在就把这捆领子直接送到他那儿去。说实话，也许这个办法好一些，因为这样可以不让别的领班比他先看到。大凡姑娘们出了什么差错，也都是这样照办不误。类似这样的差错，就是训练有素的女工们，也在所难免。

尽管眼下她对他正怀着强烈的欲念，此刻却又迟疑不定了。因为她这一去直接找克莱德，无异于给了他一个正在寻找的机会。但更可怕的是，这也给了她自己正在寻找的机会。她心里摇摆不定。一方面应该向作为监工的克莱德负责，另一方面还得恪守她那老一套传统观念，尽管这些传统观念跟她此刻新的压倒一切的愿望，以及她竭力压制下去的、要让克莱德跟她说话的希望大相径庭，但到头来她还是拿起这捆领子走了过去，放到他桌子上。不过，她把领子放在桌子上时，两手在瑟瑟发抖。她脸色煞白，嗓子眼儿发紧。这时，克莱德正好根据桌子上的存根，仔细地统计女工们打印过的件数，但因为他心不在焉，所以感到很别扭。过了一会儿，他抬眼一看，原来是罗伯达正俯身伫立在他跟前。他的神经一下子紧张极了，连嗓子眼儿和嘴唇也都发干，因为他梦寐以求的机会终于来了。同时，他还看到罗伯达心神也紧张极了，几乎都透不过气来，显然她明白自己这种举动太大胆，而且是在欺骗自己。

"楼上送下来的这一捆，早就弄'岔'了，"（本来她是要说弄"错"了）她一开口，就语无伦次地说，"差不多都打完了，我才发现。应该是15.5，我差不多都给打上16了。请您原谅。"

克莱德发觉她说话时有点儿强作笑颜、故作镇静的样子，可她两颊几乎煞白，她的手特别是拿着那捆领子的手在瑟瑟发抖。他马上明白，尽管她上他这儿来，说明她工作认真、恪守厂规，可其中还包含着更多东西。瞧她软弱、害怕，但又为爱情所驱使，她这是来向他求爱的，给了他一个求之不得的机会，巴望他能好好地利用它。这眼前突然出现的景象，一时间让他感到既窘迫，又

震惊。可他还是振作起来，索性厚着脸皮，大献殷勤。在过去，他对她从来都不是这样的。她迷上了他，这是明摆着的。她对他真有情意，她聪明得很，让她有机会跟他说说话。真了不起！瞧她这种大胆，该有多可爱！

"哦，这算不了什么，"他说话时对她装出勇敢而又大胆的样子，其实，即使在此刻，他在她面前也并不见得真的这样大胆，"我送到楼下的洗布间去漂洗一下，再看能不能重新打上，就得了。说实话，这并不是我们的差错。"

他非常热情地向她微微一笑，她也很勉强地向他报以一笑，身子早就转了过来，生怕她的来意太外露了。

"不过，您先别走，"他马上找补着说，"我想问您一件事。打从星期天起，我一直想找机会跟您说话。我希望您我在什么地方见见面，好吗？固然，这儿有厂规，说一个部门的负责人不得跟本部门女工有任何来往——可我是说在厂外嘛。不过，不管怎么说，我还是希望您和我见见面，好不好？你要知道，"他迷人而又诱哄地冲她的眼睛笑着说，"打从你来这儿之后，我一直在想您，几乎快疯了，而在那个星期天之后，也就更糟了。现在，我可不让在您我之间还有什么老的条条框框了。那您说呢？"

"哦，我也不知道……"罗伯达回答说。如今，她如愿以偿之后，反而对她自己的这种胆大妄为感到害怕。她忐忑不安地举目四望，觉得打印间里每一只眼睛都在直瞅着她，"我住在牛顿夫妇那里，您知道，他们就是我那个女友的姐姐、姐夫，而且他们循规蹈矩，严格得很。要是在——就不一样了。"她原来想说"要是在我自个儿家里"，可是，克莱德把她的话打断了。

"哦，千万请您别说不，好吗？请您千万不要这样说。我非要见您不可。我不会给您添什么麻烦，这就得了。要不然，我也乐于上你家去找您。您明白就是这么回事。"

"哦，不，您千万别那样，"罗伯达提醒他，"反正现在还不行。"这时，她心里乱糟糟的，无意中却让克莱德知道，她正巴不得他过一阵子去看她。

"好吧，"克莱德微微一笑。他看出她已经部分让步了，"如果您愿意的话，我们不妨在这儿街上，就在您住的那一条街上溜达溜达。反正街的尽头也没有什么房子了。不然的话，就去那座小公园——莫霍克——正好在莫霍克街上'梦乡'以西。就在河边。您不妨上那儿去。我会在电车站等您。您说这样好吗？"

"哦，我觉得有点儿害怕，我是说，走得太远了。我从来都没有这样过。"她说话时显得那么天真坦率，克莱德不由得为她迷人的神态倾倒。只要想一想，他这是在跟她约定幽会啊，"在这儿，不管上哪儿，我就怕独个儿去，您知道吧。人们都说，这儿的人净爱说风言风语，而且，不用说，肯定会有人看见我。不过——"

"是啊，不过怎么啦？"

"我担心我在您这儿待的时间太久了，您说是吧？"她说这话时，真的有点儿上气不接下气了。克莱德心里明白，她说这些话够坦率了，尽管其中并没有什么异乎寻常之处，就急忙用一种强有力的语调说："好吧，那么，就在您住的那条街的尽头见面，好吗？今天晚上，您能不能去那里，只待一会儿，比方说，半个钟头左右，好吗？"

"哦，今天晚上我去不成，我说，不要那么快。您知道，我首先得想一想。也就是说，要安排一下。不过，改天再说。"她这次异乎寻常的冒险举动已使自己显得那么激动不安，她脸上的神情，如同克莱德那样，一忽儿在微笑，一忽儿却又蹙紧眉头。连她自己都不知道脸上所出现的这些变化。

"得了，那么，星期三晚上八点半，或是九点钟，怎么样？这样您总可以来吧？那就一言为定。"

罗伯达可真是惴惴不安地考虑了一下。这时，她的举止仪态早已使克莱德神魂颠倒，因为她往四下里张望了一下，她意识到，或者她觉得，人家都在直瞅着自己呢，她第一次上这儿来，时间待得太长了。

"依我看，现在我还得回去干活儿啦。"她回答说，但并没有真正回答他的问题。

"等一会儿，"克莱德恳求道，"我们还没有讲定星期三具体时间呢。您不是要来见我吗？讲定九点或是八点半，或是依您看什么时间得了。反正八点以后，我就在那里等您。您说好吗？"

"好吧，那么，就定在八点半，或是在八点半到九点之间，要是我来得了的话。这样总可以吧！您知道，要是我来得了，我一定会来的；要是临时有什么事的话，明早我就会告诉您，好吗？"她一下子脸红了，又往四下里张望了一下，现出愚不可及而又惊慌失措的神色，就急急乎地奔回到自己座位上，从头到脚，浑身上下震颤，好像正在犯罪作案时当场被人抓住似的。这时，克莱德坐在办公桌旁，兴奋得几乎喘不过气来。他就是那样跟她谈了话，她也一口答应了。在这个人人都知道他的莱柯格斯，他跟她约定了幽会的时间，这不是奇迹吗！多么让人激动！

至于她呢，这时却在暗自思忖，跟他在月光下散散步，谈谈心，感到他的胳臂正挽着她，同时倾听他那温言款语，该有多美啊。

Chapter 17　夜晚的幽会

　　星期三晚上，罗伯达偷偷地溜出来跟克莱德幽会时，天已经黑下来了。在这以前，尽管她甘心乐意去会面，但她毕竟感到有些疑虑不安。因为，不仅是很难克服自己内心深处种种顾虑，她置身在牛顿夫妇家里，那里庸俗、虔诚和狭隘的气氛，也会引起种种麻烦。自从她来到这里以后，要不是格雷斯·玛尔同去的话，她几乎哪儿也不去。殊不知这一次，她跟克莱德说话时却忘记了。她原来说好跟牛顿夫妇、格雷斯一起上吉迪恩浸礼会去的，那儿每逢星期三做礼拜，礼拜以后还有一次团契聚会，有各种游戏，以及茶水、点心和冰激凌招待。

　　因此，这一晚到底该怎么安排，就叫她煞费苦心。到后来，她才回想到，一两天前，利格特先生觉察到她的工作做得又快又好，曾经跟她说，不管什么时候，只要她想学隔壁缝纫车间的活儿，他就会关照布雷莉太太教她。现在，克莱德的约会跟上教堂做礼拜正好碰在同一天晚上，她就决定告诉牛顿夫妇说，她跟布雷莉太太有约在先，要上她家里去。不过，她还决定要等到星期三吃晚饭以前，才说布雷莉太太约自己上她家里去。这么一来，她就可以跟克莱德相会去了。而且，她可以赶在牛顿夫妇和格雷斯到家以前先回来。啊，再一次听到他跟她说话，如同前次他在小船上说过那样，说他从没见过谁能像她伫立在湖畔凝望睡莲时那么漂亮，该有多美！她心头一下子涌起许许多多想法，模糊的、可怕的、异彩纷呈的想法。只要她能跟他交朋友，不论对她自己或是对他本人都是无伤大雅的话，那么，从现在起，不管哪儿他们都可以去，而且可以不时地相会，相亲相爱。现在她还决定，必要时，她干脆从这家厂辞职，上别处另觅一个工作，这样一改变，克莱德也就用不着替她承担任何责任了。

不过，这一切还牵涉到另一个心理侧面：那就是跟她的衣着打扮有关。自从她到莱柯格斯以后，她就知道，这里许多聪明得很的姑娘，在衣着打扮上若与比尔茨和特里佩茨米尔斯的姑娘相比，都要讲究得多。不过，她一向把自己所挣的钱大部分寄给妈妈，现在她知道，她要是把这笔钱给自己留下，就够自己穿得非常漂亮的了。但如今克莱德已完全征服了她，她就对自己的模样儿很担心了。她跟他在厂里说话后的那个晚上，她在自己小小的衣柜翻检一遍，挑出了克莱德从没有见过的一顶淡蓝色帽子，还有一条带格子的蓝白法兰绒裙子，和一双白帆布鞋，都是去年夏天在比尔茨买的。她打算等到牛顿夫妇和格雷斯上教堂去后才赶快换装，然后出门去。

到了八点半，天已经全黑了，她沿着泰勒街往东走去，到中央大道，然后绕了道走，往西来到了约定的地点。克莱德早就在那儿了。他身子斜靠围着五英亩玉米田的旧木栅栏，正回头望着这个有趣的小城市，以及透过树木忽闪忽闪的城里的万家灯火。空气里弥漫着香气，很多花草掺杂在一起的芳香。一阵微风掠过克莱德背后一簇簇细长的玉米秆，以及他头顶上的树叶子。天上还有许许多多星星，北斗七星和小北斗星，以及银河，这些星辰现象，很早以前他妈妈就指点给他看过。

克莱德心里琢磨，他在这里的地位跟在堪萨斯城时相比，已是不可同日而语。在那里，他对霍丹斯·布里格斯，是的，不论对哪一个姑娘，总是那么怯生生的，几乎怕跟她们说一句话。可在这里，尤其是他主管打印间以后，看来他才恍然领悟到这样一个事实：现在他实际上比他过去估计的要漂亮得多。还有姑娘们向他频送秋波，他也不怎么怕她们了。今天，罗伯达的眼睛就告诉他，她对他该有多么一往情深。她就是他的姑娘啊。她一来了，他就会搂住她，亲吻她。她已是无力抗拒他了。

他伫立在那里，侧耳倾听，举目四望，浮想联翩，他身子背后沙沙作响的玉米勾起了他对往昔的回忆，就在此刻，他突然看见她走过来了。她显得很整洁活泼，只不过心情有些紧张，在街的尽头歇了一会儿，往四下里张望，活像一只受惊的、胆小的动物。克莱德急忙冲她走过去，低声招呼说："哦，您来了，真好。您碰上什么麻烦来着？"他心里想，她可比霍丹斯·布里格斯或是丽达·迪克曼更要惹人喜爱，因为后面两个女人，一个太工于心计，另一个则过于放荡不羁。

"我有没有碰上什么麻烦？哦，好像我没有碰上。"于是，她详详细细、绘声绘色地谈了起来；不仅谈到她约好同牛顿夫妇上教堂的事都忘掉了，而且谈到格雷斯·玛尔一个劲儿地扯着她非去教堂参加团契聚会不可。此外还有她如何不得不撒了谎，哦，多么可怕，撒谎说她要上布雷莉太太那儿去学缝纫。利格特向罗伯达提起过的这个事情，克莱德至今还不知道。因此，他对此事非常关注，因为，这一下子让他想到：利格特可能打算要把她从他手下调走。他便先询问她这件事，随后再让她继续谈她自个儿的事。罗伯达觉察到他对这事很感兴趣，因此她也很高兴。

　　"不过，您也知道，我来这里时间不能待得太久，"她一开口就活泼、热乎地向他这么说。克莱德抓住她的胳臂，转过身来朝河边走去，往北那一带几乎还无人居住呢，"浸礼会团契聚会结束从不超过十点半或是十一点的，他们一会儿就要回来了。在他们回来以前，我就怎么也得先回去。"

　　随后，她列举出许多理由，说明为什么十点钟以后还不回家对她来说是很不恰当的。这些理由尽管让克莱德很恼火，可又让他不能不信服。本来他希望她多待一些时间。不过，他一知道会面时间很短，就更加恨不得跟她马上亲热起来。于是，他开口称赞她那漂亮的帽子和披肩，说她戴上这些该有多么好看。他想马上用手搂住她的腰，不过，她觉得这样来得太快了，便把他的手挪开，或者说，她竭力要把他的手挪开，并且用非常温柔而又甘言劝诱的声调说："哦，哦，这样不好吗？难道说您挽住我的胳臂，或是我挽住您的胳臂，不好吗？"不过，他觉察到，她说服他不再搂住她腰以后，她就马上挽住他的胳臂，紧紧地依偎着他，肩并肩地往前走去。他一下子感到她的态度那么自然，一点儿都不做作，说明他们俩早已融为一体了。

　　她一说起话来，总是滔滔不绝！她喜欢莱柯格斯，只不过觉得在她所到过的城市中就数这里最最恪守宗教教规了，从这一点上说，莱柯格斯可比特里佩茨米尔斯、比尔茨差劲儿。随后，她还得把比尔茨、特里佩茨米尔斯的情况讲给克莱德听，以及她家里的境况也要讲一讲，不过讲得很少，因为她压根儿不乐意多讲。以后又讲到牛顿夫妇、格雷斯·玛尔，以及他们都在怎样密切地注视她的一举一动。在她谈话时，克莱德暗自思忖，她跟霍丹斯·布里格斯、丽达或是他认识的任何一个姑娘相比，该有多么不一样！她可要单纯得多，诚实得多，完全不像丽达那样淫逸放荡，不像霍丹斯那样轻率、爱好虚荣与装腔作势，可说真的，她还那样漂亮，而且更要美得多。他不由得想到，她要是穿得漂亮些，看起来一定更加可爱。他又在暗自寻思，她要是知道霍丹斯其人其事，并且跟他现在对她的态度相比的话，那么，她对于他本人，以及他对霍丹斯的态度又会做何感想呢？

"您知道，"他一抓住机会就说，"自从您来厂里以后，我就一直想跟您说话。不过，您自己也知道，每个人都是瞪起两眼直瞅着。这真是太气人啦。我刚走上这个岗位时，人家跟我说，对在这里干活儿的女工，不论是哪一个，我都不得动念头，我也就照办不误。不过这一回，我自己实在也按捺不住了，是不是？"

他怪亲昵地捏了一下她的胳臂，接着突然一松手，让自己的胳臂抽了回来，又一下子搂住了她。"你知道吗，罗伯达，我为了你简直想疯了。真的就是这样。我觉得你是天底下最最迷人、最最可爱的人。哦，你听着，先别生气，我就老实告诉你，好吗？自从你上这儿以后，我简直连睡觉都睡不好。这是实话，实实在在就是这样。我总是想啊想，想着你。你的眼睛、头发，就是这么漂亮。今儿晚上你太迷人了，我说，太可爱了。哦，罗伯达！"他突然两手捂住她的脸儿，亲吻起来，实在使她躲闪不及。亲吻以后，他紧紧地搂住她，她竭力挣扎着，其实，她怎么也都挣脱不了。恰好相反，她心里似乎很想用双手紧紧地搂住他，或是希望他紧紧地搂住她。她这种心态，连她自己也都觉得困惑不安。这可太可怕了。比方说，人家要是知道了，那又会怎么想、怎么说？当然啰，她就是一个坏姑娘啦；不过，她心里巴不得就是这样，紧紧地依偎在他身边，过去她从来没想到会这样。

"哦，千万别这样，格里菲斯先生，"她恳求说，"说实在的，您别这样，好吗？高抬贵手吧。说不定会有人看见我们。好像我听见有人走过来。得了，得了。"她举目四望，显然很害怕似的，克莱德却兴高采烈地大笑起来。生活终于送给了他一个可爱的美人儿。"听我说，过去我从来没有做过类似这样的事，"她继续说道，"说实话，我从来没有过。请您快撒手。这就是因为您说了——"

克莱德把她紧紧地抱住，一句话也没有回答。他那苍白的脸孔，饥渴的黑眼睛，紧紧地逼视着她。他一次又一次地亲吻她，不管她再三挣扎反抗；她那张小嘴、她的下巴，她的两颊，就是太美了，太诱人了，随后，他只好恳求似的轻声耳语，因为这时他早已被勾魂摄魄，没有力气再大声说话了。

"哦，罗伯达，我最亲爱的人儿，得了，我求求你，就说你爱我。我求求你快说呀！我知道你是爱我的，罗伯达。这我很清楚。我求求你，现在你就跟我说吧。我为了你简直都快想疯了。我们会面的时间，又是这么短暂。"

他又一次亲吻她的双颊、她的小嘴。蓦地，他觉得她全身已酥软下来。她伫立在那里，一声不响，在他怀里一点儿也不抗拒。他体味到一种奇妙的感觉，可就是说不出是什么滋味儿。他突然觉得她脸上泪水涟涟，她的头靠在他肩头上；他听见她说："是啊，是啊，是啊。我是爱你。是啊，是啊。我是爱你啊。我是爱你啊。"

从她的话里听得出呜咽声，不知是出于痛苦呢，还是出于喜悦，反正克莱德已觉察到那一点。瞧她是这样诚实、单纯，他深为感动，禁不住热泪也夺眶而出。"哦，一切都会好的，罗伯达。一切都会好的。请你千万别哭。哦，我说，你真的太可爱了。真的，真的，罗伯达。"

他一抬眼，瞧见东边城里一片低矮的屋脊上，悬着七月间冉冉升起的一弯黄澄澄的月牙儿。在这一瞬间，他仿佛觉得生活把一切——他完全可以向生活索取的一切，已经给予他了。

Chapter 18　起舞在星光乐园

　　这次会见的高潮，不论克莱德也好，还是罗伯达也好，他们都认为只不过是永无尽头的将来一系列新的交往和欢乐的序幕罢了。毕竟他们找到了爱情。他们都感到说不出的幸福，姑且不管眼下要使爱情得以实现，还可能会遇到哪些难题。不过，采取什么样的方式方法，使爱情继续下去，是另一回事了。就克莱德来说，不仅罗伯达跟牛顿夫妇的关系是他们正常交往的一大障碍，格雷斯·玛尔也是另一个性质不同的问题，她思想上所受的束缚要比罗伯达多得多，她不仅长得丑，在早年的社会、宗教生活中还受过狭隘的偏见和家教熏陶。不过，她也希望自己能得到快乐和自由。虽然罗伯达喜欢乐呵呵的，有时候不免爱好自夸，可是她并没有违反禁锢着格雷斯的传统观念。所以，格雷斯认为，罗伯达就是一个并没有越雷池一步的人。也正因为这样，她就紧紧地抓住她，罗伯达却觉得这就不免有点儿腻味了。格雷斯以为，她们俩可以对恋爱生活和她们各自的梦想交流一下看法，谈一谈、乐一乐，那也无伤大雅。迄至今日，这就是她在这个灰溜溜的世界上唯一的慰藉了。

　　可是罗伯达，哪怕在克莱德闯进她的生活以前，也压根儿不希望和格雷斯这样黏附在一起。这是一个累赘。后来，她觉得断乎不能对格雷斯谈有关克莱德的事。因为，她不但知道格雷斯对自己突如其来地甩开她会产生反感，而且知道，她自己这种突然叛变的心态虽然现在占了上风，可是说心里话并不想毅然决然地付诸实现。如今遇见了他，一下子爱上了他，她却很怕去想，因为她跟他的关系，好歹也得保持一定分寸。贫富之间类似这样的交往，在这里不是受到禁止吗？这一点她是知道的。因此，她就压根儿不愿向格雷斯谈论他了。

正好在星期天湖畔邂逅以后第二天，亦即星期一傍晚，当格雷斯兴冲冲、热乎乎地问起克莱德时，罗伯达马上就决定佯装出自己对他的兴趣也许并没有格雷斯想象的那么大。所以，她只是说他对她很客气，还问到格雷斯。格雷斯一听到这句话，就偷偷地乜了她一眼，心里纳闷，真不知道她说的是不是实话。"瞧他那股子亲热劲儿，我说，莫非是他看中了你不成？"

"哦，胡扯！"罗伯达很乖觉地回答说，不免也有一点儿吃惊，"嘿，他才不会看我一眼呢。再说，厂里有厂规，只要我在厂里干活儿，就不准他跟我接近。"

最末这句话比什么都灵验，一下子消除了格雷斯对克莱德和罗伯达的种种疑虑，因为她这个人传统观念很深，根本不可能想到有人会违反厂规的。尽管如此，罗伯达心里还是忐忑不安，唯恐格雷斯以为她与克莱德有什么暧昧关系，因此，她暗自决定，凡是一涉及克莱德，就要加倍小心，佯装她好像对他完全无动于衷似的。

不过话又说回来，这一切只是随之而来的困惑、懊恼和恐惧的引子。这些困惑、懊恼和恐惧跟过去并无关系，而是后来紧接着立刻发生的困难所引起的。因为她跟克莱德完全情投意合以后，就知道，除了幽会以外，再也没有别的办法跟他会面；何况那种幽会机会又是那么难得、那么没有把握，就连下一次何时能再见面，她也说不上来。

"您知道，事情是这样的，"她向克莱德做了说明。那是在几天以后的一个晚上，她偷偷地溜出来一个钟头的时候跟他说的。他们正从泰勒街的尽头走向莫霍河边，那儿有一些空旷的田野和在令人悦目的河边隆起的一道低堤。"牛顿夫妇不管上哪儿，非得邀我一块儿去不可。而且，即便说他们没有邀请我，那么，我不去，格雷斯也从来不肯去。这就是因为过去我们住在特里佩茨米尔斯时相处很好，所以，直到现在她还是那样，仿佛把我当作他们自己家里人一样。尽管现在情况不同了，可我就是看不到一下子解决的出路。我真不知道该怎么说，我上哪儿去了，或是我跟什么人一块儿去的。"

"亲爱的，这个我明白，"他撒娇似的回答说，"这全都是事实。可是现在我们究竟该怎么办呢？难道说你认为我只要在厂里把你看个饱就得了，是不是？"

他是那么严肃而又充满渴望地凝视着她，使她不由得对他满怀同情。为了抚慰他那沮丧的心情，她就找补着说："不，亲爱的，我可不愿意你那样。你也知道我不会这样的。不过，叫我怎么办呢？"她把一只温柔、恳求的手按在克莱德瘦长而又紧张不安的手背上。

"得了，我告诉你，"她沉吟一会儿以后说，"我有一个妹妹住在纽约州的霍默，从这里北面去大约三十五英里就到了。我说，也许我说不准在哪个星期六下午或星期天就上那里去。她过去来过信要我去，可我以前一直不想去呢。不过现在，也许我会去，那就是说也许我会去的。"

"哦，干吗不去呢？"克莱德热乎乎地喊道，"那敢情好！真是个好主意！"

"让我想一想，"她接下去说，并没有理会他的大声嚷嚷，"要是我记得不错，你就得先到方达，然后在那里换车。不过我可以随便什么时候搭乘电车离开这里。而星期六方达只有两班车，一班车在两点钟，另一班车是七点钟。这就是说，我可以在两点钟以前随便什么时候离开这里，然后，我要是不搭乘两点那班车，也没有关系，你说，是不是？反正我可以搭乘七点钟的车。你不妨先到那里，或者在路上跟我碰头，这样就不会让这儿的人看见我们俩在一起。到时候，我可以去找妹妹，而你就可以返回莱柯格斯。我相信，一切我都可以跟艾格尼斯安排好。那我就得先写封信给她呗。"

"那么，从眼前起到那天以前，这一大段时间，怎么办？"他气呼呼地问，"这段时间可长啊，你说是吗？"

"哦，那我就得想想办法看，不过，我可说不上有没有把握。亲爱的，我得想想。你也得想想才行。不过，现在我就得往回走了，"她心神不安地说，马上站了起来，于是，克莱德也跟着站了起来，看了一下表，不觉快到十点钟了。

"可是，我们该怎么办呢？"他坚持说，"干吗你不在星期天找个借口，说是上别的一座教堂去，那你也就可以在某某地方跟我碰头？难道说他们非得知道不可吗？"

克莱德顿时觉察到罗伯达的脸色有点儿阴沉，因为，他这是触犯了她自幼时起即受到熏陶，而且不容违背的信念了。

"哦，哦，"她极其严肃地回答说，"那个我不能做。我觉得不应该那么做。事实上，也是要不得的。"

克莱德一觉察到自己踏上了危险道路，就马上把他刚才的建议收回了，因为他压根儿不想惹她生气，或是吓唬她。"哦，那么，得了吧。就照你说的办吧。刚才我只不过因为你好像找不到别的好办法，才有这样的想法。"

"不，不，亲爱的，"她温柔地恳求道，因为她发觉了他生怕她会生气。"这可没有什么，只不过我不愿意这样做罢了。我可不能那样做啊。"

克莱德摇摇头。他一想起自己年轻时学过的一些规矩，就觉得刚才建议也许是很不对头的。

这时，他们又折回泰勒街，除了谈到拟议中的方达之行以外，一路上并没有想出任何具体的解决办法来。相反，在他一次又一次亲吻了她才让她离去以前，他所能提出的，不外乎是他们俩要继续动脑筋，想出办法在这以前尽可能再见一次面。她用双手搂了一会儿他的脖子后，就顺着泰勒街往东走去，克莱德目送着她那月光底下忽隐忽现的纤小的身影。

不过话又说回来，只有一个晚上，罗伯达推说她跟布雷莉太太有第二次约会，才又跟克莱德相会一次。除此以外，在星期六罗伯达去方达以前，他们俩就一直没能再次见面。到了星期六那天，克莱德先弄清了确切的时间，然后提前搭乘电车离城，在西行的第一站跟罗伯达碰头。从这时起，一直到晚上她不得不搭乘七点钟的那班车为止，他们俩始终在一起，就在他们俩几乎都很陌生的那座小城附近闲逛，真有说不尽的快乐。

他们俩来到了离方达一两英里远的一个名叫"星光"的露天游乐场。那里有一些颇有噱头的娱乐设施，比方说，拴在铁环圈上的一些小飞机、一台费里斯大旋车①、一架旋转木马、一座老式磨坊和一座跳舞厅。此外，还有一个可供游人泛舟的小湖。这是一个颇有田园牧歌风味的理想场所，湖心岛上有一个小小的音乐台，岸边一座笼子里还关着一头垂头丧气的熊。罗伯达到莱柯格斯以后还没有光临过那里的一些粗俗的娱乐场所，那些地方跟这儿差不离，只不过还要俗不可耐。他们一见到"星光"乐园后，禁不住大声嚷了起来："喂，看啊！"克莱德马上接着说："我们就在这儿下车，你看好不好？反正快到方达了。我们在这儿会玩得更痛快。"

他们赶紧下了车。他先把她的手提包寄放好，就在前头领路，来到卖腊肠的摊位跟前。这时，旋转木马正转得起劲，看来罗伯达非得陪他一块儿玩不可。于是，他们兴高采烈地爬了上去。他让她跨上一匹斑马，自己紧紧地站在旁边，以便搂住她，搀扶她。他们俩都竭力想把铜环抓住。这一切其实都很俗丽、喧闹、平凡乏味，不过，他们俩终于能够在一起尽情地玩儿而没有被人看见，这一点也就足以使他们俩完全心醉神迷了，这种情绪跟这里的那些低劣、无聊的场面是极不调和的。他们在嘎嘎作响的轮转机上来回不停地旋转，眼前还可以看见三三两两泛舟于湖上的游客。在这里，有些游客坐在俗艳的绿白两色的拴住的小飞机里来回盘旋，或是坐在费里斯大旋车悬空的笼子里一会儿朝

---

① 即摩天轮，1893年由费里斯首创而得名。

上、一会儿朝下不停地运转。

他们俩抬眼望去，只见湖边小树林和天空；还有舞厅里头许多游客正在翩翩起舞，沉醉于幻梦之中。克莱德突然开口问道："你会跳舞，是不是，罗伯达？"

"哦，不，我不会，"她回答说，话里听得出有一点儿伤心的味道。因为，这时她正也眼望着那些幸福的舞伴，心里不免有点儿酸溜溜的，想到过去一直不准她跳舞，真太可惜。也许跳舞是要不得的，或是不道德的，她信奉的教会就是这么说的。不过，不管怎么说，现在他们都在这里，而且是在热恋着，人家是那么快乐，那么幸福——在那褐绿色衬景掩映下，在不停的转圈中只见异彩纷呈，目不暇接——这一切，她觉得并不都是那么坏。那么，为什么就不让跳舞呢？像她这样的姑娘，像克莱德这样的年轻小伙子，为什么就不让他们跳呢？不管爸爸妈妈怎么规劝，她的弟弟妹妹早就扬言，赶明儿要有机会，他们就是要学跳舞。

"哦，那不是太可惜了吗？"他大声嚷了起来。心里琢磨，要是搂着罗伯达跳，该有多美，"你要是会跳，才带劲儿呢。我几分钟就教会你，要是你让我教你的话。"

"我可不知道该怎么才好，"她探询地回答说。从她的眼神里可以看出，他这个主意正说到了她心坎上，"也许学跳舞我并不是很灵巧。您知道，在我们家乡，人们压根儿不让跳舞。我们教会里也不赞成跳舞。我知道，爸爸妈妈也不喜欢我去跳的。"

"嘿，呸！"克莱德傻乎乎地、乐呵呵地回答说，"胡扯，罗伯达。现在大伙儿都跳舞，也可以说差不多人人都跳。怎么你还说跳舞的坏话呢？"

"哦，我知道，"罗伯达有点儿尴尬地回答说，"你们这个圈子里的人也许可以跳。当然啰，我知道厂里女工们十之八九也跳舞。依我看，只要有钱有势，什么都办得到。可是，像我这样的女孩子，情况就不一样了。我想，你的父母就没有我的父母那么严格吧。"

"哦，真的吗？"克莱德哈哈大笑起来。他一下子注意到她所说的"你们这个圈子里的人"，以及"只要有钱有势"这些话。

"哦，那就是你对我父母的看法啰。"他接下去说，"我敢说，他们跟你的父母一样严格，也许更要严格呢。可我还不是照样跳舞？嘿，这可没有什么害处，罗伯达。来吧，让我来教你，就得了。这可美极了，说实在的。你乐意吗，我最亲爱的？"

他一手搂住她的腰，眼巴巴地直瞅着她的眼睛，她被感动了，又因为按捺不住对他的欲念，这时早已浑身无力了。

正在这时，旋转木马戛然而止，他们漫无目的、好像顺其自然地溜达到舞厅那边去。那里，跳舞的人并不很多，但是很起劲儿，正在舞步轻捷地跳着。一支有相当规模的乐队正在演奏狐步舞曲和一步舞曲①。一道旋转栅门已把舞厅另一头隔开，有一个长得很俊的检票员坐在那里收入场券，一对舞伴跳一次收十个美分。这儿艳丽的色彩、动人的乐曲，以及舞伴们和着节奏的优美舞姿，早就使克莱德和罗伯达两人都入迷了。

乐队演奏停止，舞伴们正在往外走。不过，他们还没有走出舞厅，又开始出售五个美分跳一首新曲子的入场券了。

"我看我跳不了，"克莱德领她向检票处走去时，罗伯达向他恳求道，"我怕自己也许跳得很难看。你知道，我从来没有跳过舞。"

"你难看，罗伯达？"他大声嚷道，"哦，胡扯！你这个人再漂亮大方也没有啦。回头你就会知道。你跳起舞来一定顶呱呱。"

他付了钱，他们就一块儿进去了。

克莱德故意摆出一副英勇的姿态（她认为这多半是因为他来自莱柯格斯上流社会，有钱有势吧）。他把罗伯达带到舞场一隅，马上把有关的舞步动作做给她看。这些动作根本不难，对罗伯达那样天生娴雅、热心好学的姑娘来说，自然一学就会。乐曲一开始，克莱德就搂住她，她也毫不费劲儿地踩着步子，于是，他们俩和着节奏，好像天生在一起地跳起舞来了。她觉得，让他搂抱着，带着她来回驰骋舞场，这是一种愉快的感觉，对她是如此富有吸引力，他们俩早已浑然一体，融合在美妙的节奏之中了。

"哦，亲爱的，"他低声耳语道，"你不是跳得很漂亮吗？你一下子就全学会了。真是太了不起。简直叫我难以相信。"

他们再跳了一次，接下来又跳第三次，一直到乐曲声停止为止。这时，罗伯达感到自己陶醉在从来没有体会过的一种快感之中。只要想一想，她这是在跳舞呀！而且，想不到会有这么美妙！又是跟克莱德一块儿跳的！他那么灵巧，那么潇洒大方，她觉得这儿年轻人里头就数他最漂亮。他呢，也觉得自己从来没有见过像罗伯达那么可爱的人儿了。她是那么快活，那么可爱，那么百依百顺。她绝不会平白无故地折磨他的。至于那个桑德拉·芬奇利，得了吧，她既然不睬他，那他就干脆把她全忘掉吧，但是，即便此时此地跟罗伯达在一起，他也没法儿把桑德拉完全忘怀。

---

① 也属于狐步舞的一种。

到了五点半，乐队因为舞客不多就停止演奏，挂出了"下一场七点半开始"的牌子，可是他们俩还在跳个不停。后来，他们先去喝汽水、吃冰激凌，然后去餐厅吃饭。时间飞快地过去，他们又得赶紧上方达火车站去搭乘下一班车了。

他们快到终点站时，克莱德和罗伯达两人对明天活动如何安排，心中都有了谱。因为明天罗伯达还要回来，要是她星期日从她妹妹那里早一点儿动身，他就可以从莱柯格斯上这儿来跟她相会。他们在方达至少可以逗留到十一点钟，那时从霍默南行的最后一班车刚好到站。她可以推说是搭乘这一班车回来的；要是回莱柯格斯的车上没有什么熟人的话，他们也可以结伴同行回城。

后来，他们就按约又会面了。他们在那座小城镇近郊黑咕隆咚的街上一边走，一边谈，一边在商讨计划。罗伯达还讲了她在比尔茨家里生活的一些情况给克莱德听，虽然她讲得并不是很多。

抛开他们相亲相爱及其在亲吻、拥抱上直接表现以外，目前最大的问题就是今后在哪儿会面，以及会面的方式。他们必须寻找出一个办法来。不过，正如罗伯达所预见，那个办法想必要由她来寻找，而且很快就能寻找到。因为，尽管克莱德显然急不可耐，心里恨不得马上就跟她在一起，可是，看来他提不出切实可行的办法来。

不过话又说回来，她也知道，切实可行的办法并不容易找到。要是第二次去看望住在霍默的妹妹，或是住在比尔茨的父母，那在一个月以内完全是没法儿考虑的。除此以外，还能找到别的借口吗？工厂里、邮局里、图书馆里、基督教女青年会里新结识的朋友，那时克莱德全都想过他们。不过，所有这些至多只能让克莱德逍遥自由一两个钟头。而在克莱德心里，巴不得再一次重温如同眼前这样的周末。可惜眼下夏日里的周末早已所剩无几了。

Chapter 19 危险的关系

他们这次返回莱柯格斯，以及他们双双结伴出游，罗伯达和克莱德心想总算没有被别人瞧见。从方达回莱柯格斯的车上，他们并没有碰见一个熟人。到达牛顿夫妇家时，格雷斯早已入睡了。她只不过迷迷糊糊地向罗伯达问了两句有关这次出门的事，都是信口道来、不痛不痒的话。比方说，罗伯达的妹妹好吗？她是整天都待在霍默，还是去过比尔茨，或是特里佩茨米尔斯？（罗伯达当即回答说自己一直待在妹妹那里。）格雷斯说，不久她自己也得上特里佩茨米尔斯去看望父母。说完，她又一下子睡着了。

可是，转天晚上吃饭时，奥帕尔·费利斯小姐和奥利夫·波普小姐也都入了座。她们从方达，以及罗伯达星期六下午消磨过的那些地方回来得太晚了，没能赶上吃早饭。罗伯达一进去，她们说了几句乐呵呵而又出于善意的话，可是，罗伯达一听这些话，肯定就非常窘困不堪。

"哦，你来啦！瞧！逛星光乐园的人回来啦。奥尔登小姐，在那里跳舞，你很喜欢吗？我们看见了你，只不过你没看到我们罢了。"罗伯达还来不及考虑如何应答，费利斯已接过去说："我们巴不得你看上我们一眼，可是，我心里估摸，除了你的骑士以外，你好像谁都看不见。我说，你跳得可真棒。"

罗伯达一下子脸红起来。过去罗伯达跟她们哪一个都不熟识，平素她既不会厚颜无耻，也不会急中生智，使她能在真相突然一下子全被揭开以后摆脱困境。这时，她哑口无言，只好两眼发呆，顿时想到她昨夜跟格雷斯说过，她不是整天都待在妹妹那里吗？殊不知，格雷斯就坐在对面，两眼直瞅着她，嘴唇微微张开，仿佛要大声喊道："嘿，想不到事情可真不少！居然还跳舞！而且跟一个男人跳！"坐在餐桌主人座位的乔治·牛顿，此人瘦骨嶙峋，谨小慎微，好奇心重，眼睛犀利，鼻子尖削，下巴颏儿向外突出，这时也转过身来瞅着她。

罗伯达心里一下子明白她非得说明一下不可，就回答说："哦，是的，一点儿都不错。我去过那里，只待了一会儿。那天我妹妹来了几个朋友，我就跟他们一块儿去了。"原来她还打算说，"我们在那里并没有待多久，"但她没有说下去。因为这时，前来拯救她的就是从她母亲那里一脉相承、并在这以前跟格雷斯相处时常常流露出的一种顽强不屈的气质。说穿了，只要她喜欢去星光乐园，那她干吗就不能去呢？牛顿夫妇、格雷斯，或是任何人，他们究竟有什么权利追问她那件事？她靠自己挣钱过活，她对自己负责嘛。不过话又说回来，她也知道，她的谎话一下子被揭穿了。这都是因为她住在这里，时常受人盘问，连她的一举一动也被人们监视。波普小姐还好奇地找补着说："依我看，他可不是莱柯格斯的年轻人吧。我在这里好像压根儿没见过这个人。"

"是啊，他不是当地人。"罗伯达冷冷地回答了这么短短一句。她一想到谎话已在格雷斯面前被人拆穿，心中不由得感到震惊。她又想到，格雷斯对这种鬼鬼祟祟的交际活动，以及自己被甩在一边，一定感到非常气愤。这时，她心里真恨不得马上站起来，离开这儿，永远不回来。可是，她并没有这样做，反而竭尽全力让自己镇静下来，泰然自若地望了这两个素昧平生的姑娘一眼。与此同时，她富于挑战性地瞅了格雷斯和牛顿夫妇一眼。要是有人继续追问的话，她就打算胡编乱造一两个人的名字，说成是她妹妹在霍默的朋友，要不然最好干脆什么也都不说。干吗她非说不可呢？

不过，当天晚上她就知道，绝口不谈还是不行的。晚饭后一回到房间，格雷斯就马上责备她："我好像记得你告诉过我，说你一直待在你妹妹家里，可不是吗？"

"哦，我是说过，那又怎么啦？"罗伯达回答说，语气富有挑战性，甚至还带着尖酸刻薄的味道，但并没有说过一句给自己辩白的话。这时，她心里琢磨，毫无疑问，格雷斯会装模作样，从维护道德的立场出发向她盘问一通。其实，她大发雷霆的真正原因却是罗伯达偷偷地躲开她，因而也就是疏远了她。

"得了吧，今后，你也用不着哄骗我。你爱上哪儿去，看什么人，一概悉听尊便。我并不乐意跟你一起去。而且，我再也不想知道你上哪儿去，或是跟什么人在一起。不过，我希望你别跟我谈到一件事，后来却被乔治和玛丽揭穿说并不是这么一回事；实际上，你只不过存心躲开我。要不然，为了保护自己，我也不得不对他们撒谎。我可不希望你使我竟然也落到那样境地。"

她受到了很大委屈，因而很难过，真想争论一番。罗伯达也为自己着想，觉得要摆脱这种难堪局面，只好自己从这里搬出去。格雷斯就好像一条水蛭，吸别人的血来养活自己。她并没有自己的私生活，即使想有，她也办不到。只要她们俩在一起，格雷斯就要求罗伯达献身于她，乃至于每一个想法、每一种心态，都得向她和盘托出。可是，如果说罗伯达把克莱德的事告诉她，那她一定会大为震惊，严加批评，最后毫无疑问跟她决裂，甚至揭发她。因此，她只好回答说："哦，得了吧，要是你爱这么想，就随你的便吧。我可不在乎。我可不打算把什么事都说出来，除非我高兴这么做。"

格雷斯立马想到，罗伯达再也不会跟她和好，而且不愿跟她有什么来往了。她马上站了起来，昂起头、挺直背从房间里走了出去。罗伯达知道，如今格雷斯已成了她的敌人，她恨不得马上从这儿搬出去，离得越远越好。说到底，他们这里的人思想太狭隘了。对于她跟克莱德这种秘密的关系，他们既不会谅解，也不会宽容。可是这种关系，正如克莱德所说的，对他显然是断乎不可缺的，而对罗伯达来说，虽然是恼人的，甚至丢脸的，但她依然觉得弥足珍贵。她确实爱他，非常非常爱他。如今，她总得想个办法来保护她自己和他，那就是非搬家不可。

不过，搬家需要更大的勇气和决心，远不是她一口气就鼓得起来的。搬到谁都不认识你的屋子里，无人保护，该有多么别扭？怎么会不觉得别扭？也许往后还得向她妈妈、妹妹解释一番。不过，打这以后再待在这儿，也是要不得的，因为格雷斯和牛顿夫妇，特别是格雷斯的姐姐牛顿太太，他们的态度依然和早期清教徒，或是教友派信徒对待一个犯了大罪的"兄弟"或是"姐姐"一模一样。她跳过舞，而且是偷偷地，嘿！怎么还跟一个年轻人在一起？这次她又回了家，这些事她都说不清楚，更别提她到过星光乐园了。此外，罗伯达心里还想到，往后人家肯定会密切地侦察。格雷斯那种令人不快的专断态度更不在话下了，因此，她一定很少有机会跟克莱德相会，如同现在一样。她如饥似渴地希望有这样的机会。于是，她冥思苦想了两天，又跟克莱德商量，克莱德完全赞同她不再看人脸色，马上搬到一个无人相识、无人监视的新住处去。接着，她便请了一两个钟头假，径自觅房去了。她心里估摸，到了本城东南区那一带，也许不会再跟牛顿夫妇和在牛顿家里见到过的人碰面，所以她就到那里去打听。经过一个多钟头的寻找，她找到了一个很合她心意的住处。这是埃尔姆街上一幢老式砖头房子，里面住了一位家具商和他的妻子，此外还有两个女儿，一个在当地专营女帽生意，一个还在学校里念书。让给罗伯达的房间，是在底楼小门廊的右面，窗子朝着大街。小门廊有一道门通往小客厅，把这个房间跟所有其他房间隔开，这样进进出出也就各不相干。因为她一心想跟克莱德幽会，对这一点也就看得特别重要。

再说，从她跟这一家主妇吉尔平太太的谈话里得知，这一家人不像牛顿夫妇那么严格、那么喜欢问这问那。吉尔平太太是个大块头，五十岁上下，很爱清洁，但是不太机灵。她告诉罗伯达，说她通常不收房客，因为他们一家子的收入除去开销原是绰绰有余。不过，前面这一间跟其他房间是完全隔开的，在平时空着不用，再加上她丈夫也并不反对，所以，她才决定把这一间租出去。再说，她也希望房客最好就像罗伯达那样，有固定工作，要姑娘不要男人，而且乐意跟他们一家人共进早餐、晚餐。吉尔平太太并没问到她家庭或是她亲戚的情况，只不过怪有趣地望着她，看来对她的模样儿印象还不错。罗伯达由此推想，这里大概没有牛顿夫妇家里那一套清规戒律。

不过，她一想到搬家，心里就犯疑了。她觉得，这种偷偷摸摸的行径总有一种不吉利的甚至犯罪的感觉，发展到顶点，就是最终跟她迄至今日在这里的女友格雷斯·玛尔——自然也还牵扯到牛顿夫妇——吵架，最后决裂。其实，罗伯达心中也很清楚，她能在莱柯格斯站住脚跟，完全仰仗格雷斯的帮助。万一她妈妈或是在霍默的妹妹从格雷斯的熟人那里听到了这件事，发现她很奇怪，怎么会孤零零一个人在莱柯格斯过日子呢？这样做是对头，还是不对头呢？她怎么会做这样的事，何况来到这儿时间也还不久。她好像觉得，她迄至今日那些无懈可击的道德标准正在崩溃。

可是，眼前有克莱德在这里。她能舍弃他吗？

经过很多次痛苦的内心斗争之后，她决定不能舍弃。因此，她付了押金，约定近日内迁入，就回去上班了。当天晚上吃过饭后，罗伯达便向牛顿太太说明她要搬出去住。她根据事前想好的那一套，说最近她一直想要她的弟弟、妹妹上这里来，跟她一块儿住。大概他们马上就会来，也许来一个，也许两个都来，因此，她觉得还是及早给他们准备住处为好。

牛顿夫妇和格雷斯都认为，这完全是因为最近罗伯达新结识了一些朋友，便跟格雷斯越发疏远了，因此，他们也巴不得她搬走。显然，她已开始沉溺在他们不敢苟同的冒险事业之中。而且往后，她显然不会像他们当初想象的那样对格雷斯有什么用处了。可能她也知道她正在做的是什么。不过，更可能的是，她已被一些寻欢作乐的邪念引入歧途，这跟她在特里佩茨米尔斯循规蹈矩的生活已是不可同日而语了。

至于罗伯达自己呢，她一经迁出，在这个新环境安顿下来以后（除了住在这里她跟克莱德来往可以更加自由以外），就对她目前所走的道路感到疑惧不安。也许，也许搬家她太急促了，何况又是在一怒之下，说不定她会后悔不及。不过，时至今日，也无法挽回了。因此，她想，还是不妨先试试看再说。

多半为了抚慰自己的良心，她立刻写信给自己的母亲和妹妹，振振有词地把她不得不从牛顿夫妇家里迁出的理由告诉了她们。格雷斯这个人变得太专断，太自私，太跋扈，简直让人受不了。不过，妈妈用不着发愁。现在她住的地方很称心。她自己有一个房间，汤姆、艾米莉、妈妈和艾格尼斯要是上这儿来看望她，就可以招待他们了。那时，她不妨让他们跟吉尔平一家人见见面。接着她对这一家人做了详细介绍。

可是，她一想到克莱德也好，还是他对她的热恋，或是她对他的热恋也好，她心底就深深地意识到：她的确是在玩火，往后说不定身败名裂。尽管她思想上还不肯承认她开头一看这个单独隔开的房间就正中下怀，但在潜意识里她还是知道得一清二楚的。现在她走的正是危险的道路，这个她也知道。有时，她心里一有某种欲念跟她注重实际和社会道理的观念发生对抗，她通常总要反躬自问："她该怎么办？"如今，她又在这样反躬自问了。

Chapter 20 罗伯达的拒绝

几周来，罗伯达和克莱德在近郊交通线上各个极易到达的地点频频相会以后，很快就发现还有一些缺点，这主要是由罗伯达和克莱德对这个房间的看法，以及他们俩对这个房间如何利用而引起的。一般年轻人对他的姑娘都怀着传统的尊重心理，克莱德对罗伯达也是如此，虽然他至今没有公开承认过，可是现在，既然她已搬进了这个房间，他就不免激起了一种欲念：这种欲念是根深蒂固的，也许应该受到指责，但又是非常合乎人性、几乎是不可避免的，那就是说——要进一步跟罗伯达发生更为亲密的关系，并在各个方面控制罗伯达，以及她的全部思想和行动，以至她这个人最后整个儿都属于他了。不过，怎样才算是属于他的了呢？是通过结婚，通过婚后通常必然有的那种常见的、传统的、长久的生活方式吗？对此，他至今还从没有这么想过。因为，克莱德不管是跟罗伯达也好，还是跟任何一个社会地位低于格里菲斯家（比方说，远不如桑德拉·芬奇利、伯蒂娜·克兰斯顿那样）的姑娘调情时，都认为自己绝不可能跟她结婚，主要是由于他新近攀上的亲戚的态度，以及他们在莱柯格斯声望显赫的缘故。要是他们一旦知道了，又会是怎么个想法呢？如今，他总觉得自己在这里的社会地位要比罗伯达这一类人高，对此，他当然也就想充分地加以利用。再说，他在这里还有许多熟人，至少有一些人可以跟自己说说话。另一方面，因为她的性格对他具有一种异乎寻常的魅力，他暂时还不敢说她可配不上他，或者说要是他可以或者决定跟她结婚，也许婚后不见得幸福的这类话。

这时，另有一件事，又使情况变得更加错综复杂。这就是风霜夜严寒相逼的深秋季节日益临近了。一转眼就是十月初。九月中旬以前，离莱柯格斯不远的一些露天游乐场还可供人玩赏，如今由于季节关系，早已纷纷关闭了。至于跳舞，附近各城市的舞厅里虽然还有，但因为对那些地方看不惯，他们不肯去，所以，这项娱乐也只好暂时放弃了。至于莱柯格斯的教堂、影院、餐厅，由于克莱德在这里的身份地位，哪能让人们在大庭广众看到他们俩在一起呢？他们俩商议后认为：那些地方他们万万去不得。因此，尽管现在罗伯达的行动早已获得自由，但他们照旧还是没有地方可去，除非他们两人之间的关系经过适当地调整，那时才允许他到吉尔平家来看望她。不过，她也知道，这一点她是怎么都想不到的，而且，一开头，谅他也没有胆量先向她提出来。

她迁入新居后，大约过了六个星期，十月初的一个晚上，他们俩正徘徊在一条街的尽头。这时，星光灿烂。夜凉似水。落叶开始在空中飞舞了。罗伯达已按季穿上了一件奶白底、绿条子的冬大衣。她那棕色的帽子，帽檐缀上一道棕色皮边，其款式也跟她很相称。他们一次又一次地接吻——从他们初次见面以来一直是那么狂热，如今只不过是更加狂热罢了。

"天冷起来了，不是吗？"克莱德说。这时已近十一点钟，寒气袭人。

"是啊，我说真够冷。我马上就得穿厚一点儿的外套了。"

"我真不知道往后我们该怎么办，你说呢？简直没什么地方可去，每天晚上到街上这样溜达，真不带劲儿。你看，有时能不能也让我到吉尔平家去看你，怎么样？反正吉尔平家跟牛顿夫妇家里可不一样。"

"哦，我也知道，不过，每天晚上他们都要用那个小客厅，一直到十点半，或是十一点钟。再说，他们家里两个女儿老是出出进进，总要到十二点，而且她们总是寸步不离地守在家里。我看，我可毫无办法。再说，我还记得你不希望有人看见你跟我在一起。要是你来，我就不得不把你介绍给他们。"

"哦，可我并不是这个意思，"克莱德大胆地说。他暗自思忖罗伯达未免太过于拘谨，她要是真像她说的那么爱他，就应该对他更随便些。于是他说："干吗我不能来看看你，只待上一会儿呢？这事也犯不着让吉尔平家知道，可不是？"他掏出表来，划一根火柴，发觉已是十一点半了。他把表给她看了一下，"这会儿客厅里总不见得有人，可不是吗？"

她摇摇头，表示反对。这个想法不仅让她害怕，而且让她厌恶。克莱德真够大胆，竟然敢向她提出这个要求。再说，这个要求本身就包含了迄今她虽说明知存在、但还是不愿承认的全部隐秘的惧怕，以及主宰她的心绪，里面还掺杂了一些罪恶、下贱、可怕的东西。不，这个她可不干。这是肯定了的。与此同时，在她心灵深处，她那主宰一切的欲念——对此她一向加以遏制、一直感到害怕，却在大声要求得到认可。

"不，不，我可不能同意你这个要求。这可不妥当，我不同意。说不定有人会看见我们，说不定也有人认得你。"这时，她从道德上产生的反感竟然那么强烈，使她下意识地竭力从他怀抱里挣脱出来。

克莱德感到，她这种突然的反抗是多么深挚。可是要占有但此刻深恐又占有不了的欲念，在他心中越燃越旺了。十几种勾引她的借口从他的嘴里喷泻出来。"哦，深更半夜，有谁看得见我们？周围一个人都没有。只要我们高兴，干吗不上那里待一会儿呢？谁也不会来听我们说话的。我们说话轻轻地，就得了。哪怕在街上，一个人也都没有啦。我们就一块儿走，看看屋子里有什么人没有。"

她一直不让他走近她的房子，照例要他隔开半个街区。这时，她不仅心情激动，而且坚决有力地表示反对。不过，这一回克莱德显得非常倔强。罗伯达平素对他怀着敬畏之情，不仅把他当作情人，而且把他看成顶头上司，这时也阻拦不住他了。他们一直走到离那幢房子只有几英尺的地方，这才驻足不前。除了一条狗在吠叫以外，四下里已是万籁俱寂了。屋子里一点儿灯光都看不见。

"你看，一个人都没有呢，"克莱德说，分明让她放心，"只要我们高兴，干吗不进去歇一会儿？有谁知道呢？我们说话轻轻地，就得了。再说，这又有什么要不得的？许多人都这么做的。一个姑娘要是高兴，带一个男朋友上她房间坐一会儿，这可没有什么可怕的。"

"哦，你说是吗？哦，也许在你们这个圈子里并不可怕。不过，我知道什么是要得的，什么是要不得的；依我看，那就是要不得的，我可不那样干。"

罗伯达说这句话时，感到心在痛苦地抽搐着。她说这些话时，显露出过去他从没见过的更多的个性，乃至于挑战性。即便她自己，也不会想到她是这么对待他的。对此，连她自己也大惊失色。往后她要是还那样跟他抬杠，也许他就不会像现在那样爱她了。

他心里顿时变得灰溜溜的。她干吗要这样呢？她太小心翼翼了。她对能得到的一点儿人生乐趣，或是寻欢作乐的事，也太害怕了。别的姑娘可不像她那样，比方说丽达，还有厂里那些女工，而她还自称爱他呢。她让他在大街尽头树荫底下搂抱她，亲吻她，可是，只要他稍微要求再隐秘些，或是再亲热些，她就怎么也不同意了。她到底是哪一类的姑娘呢？追求她，到底有什么用处？会不会又是像过去霍丹斯·布里格斯那样躲躲闪闪，要弄花腔吗？当然啰。罗伯达一点儿都不像霍丹斯，不过，毕竟她是那么固执啊。

尽管看不清他的脸孔，可是她知道他在恼火，而且，像这样恼火，还是头一遭。

"那么，得了吧，你要是不愿意，也就不必勉强，"他脱口而出，显然带着一种冷冰冰的口气，"这里去不得，我还可以上别处去。我发觉，你就是从来不愿照我的意思去做。往后我们怎么再见面，我倒是很想知道你的想法。反正我们可不能老是每天晚上遛大街吧。"他说话的语调阴沉，预示着凶多吉少。过去他跟她说话时，从来没有像这一回那么冒火，那么尖刻。他刚才说到上别处去的那些话，罗伯达听后又是震惊，又是害怕，使她自己的情绪几乎一下子就改变了。在他那个圈子里，毫无疑问，他时不时会看到别的姑娘们！厂里那些姑娘也老是跟他挤眉弄眼！她不知有多少回见过她们老是这样向他送秋波。那个罗莎·尼柯弗列奇，尽管粗俗得够呛，可还是很迷人。还有那个弗洛拉·布兰特，还有那个玛莎·博达洛，唉！瞧那些骚货竟在紧追像他这样的美男子。不过，也因为想到这一层，她心里很害怕他认为她这个人太难说得来，如同他在上流社会里早已司空见惯的那种既没经验，又没胆量的人，因此他便将目标转向她们里头哪一个姑娘，那时她就失去了他。罗伯达一想到这里，就很害怕。她原先倔强的态度倏忽消失了，于是向他恳求规劝道："哦，克莱德，千万别跟我生气，好不好？你也知道，我只要做得到，就一定会同意的。但在这里，我可不能做那样的事。难道说你还不明白吗？你自己也明白的。当然啰，人家一定会发现的。万一有人看见我们，或是把你认出来，那你自己该怎么办？"她以恳求的姿态，先是用一只手抓住他的胳臂，接着又搂住了他的腰。他感觉到，尽管刚才她激烈反对，她却是忧心忡忡，痛苦到了极点。"请你别向我提出这样的要求了。"她苦苦哀求道。

"那么当初你干吗要从牛顿家里搬出来呢？"他闷闷不乐地问，"你要是不让我有空便来看看你，那我就不知道，往后我们还可以在哪儿见面？我们哪儿都去不了。"

克莱德这一问，罗伯达不知道怎么回答才好。要继续保持他们这种关系，显然就得冲破传统界限。与此同时，她又觉得自己断乎不能同意。这太不合传统，太不道德，真是要不得。

"我想当初我们把房间租下来，"她竭力宽慰他，就有气无力地说，"正是因为我们在星期六、星期天可以去别处走走。"

"可是现在星期六、星期天，我们能上哪儿去呢？到处都关门了。"

这一大堆使他们俩都束手无策的难题，又把罗伯达难倒了。她只好无可奈何地大声说，"啊，但愿我知道怎么办就好了！"

"哦，我的老天哪，只要你愿意去，那还不容易吗？可问题就在于你老是不肯去嘛。"

她伫立在那里，夜风使沙沙作响的枯叶在空中飞舞。她对他一直担心的问题现在显然向她步步逼来。过去她受过良好的教养，现在她能不能就照他所说的那样做呢？这时，她心里有两股强大的针锋相对的力量在抗争，使她一直摇摆不定。她一会儿准备让步，尽管从道德观念和社会习俗来说，她觉得这很痛苦；可是一会儿，她又想干脆一下子拒绝这种在她看来乃是大胆而又荒唐的建议。不过话又说回来，尽管她既有后一种想法，又由于对他的依恋不舍，于是，她觉得只好如同往日一样温顺地恳求他。

"可我不能同意啊，克莱德，我不能同意。要是我可以的话，我一定同意，可是我不能同意。这样做要不得。要是我认为可以的话，我一定同意，可是我不能同意。"她抬起头来端详着他的脸，只见黑夜中一个灰白的卵形物，她使劲儿地留心观察他是不是有所领悟，表示同情，改变初衷，从而赞成她的意见。可是一见到她这种显然是坚决的拒绝，他就很生气。现在他再也不会心软了。在他看来，这一切颇有他向霍丹斯·布里格斯献殷勤时屡遭失败的味道。老实说，像这样的事，现在他是怎么也受不了了。如果她要这样做，那就请吧，随她去做得了，与他一概无涉。现在他可以挑选到更多姑娘，要多少就有多少，而且对他百依百顺极了。

他很生气，耸了耸肩膀，一面转身要走，一面还对她说："喂，你只要还是这样的想法，那么，随你的便吧。"罗伯达一见此状，吓得呆若木鸡，伫立在那里。

"请你别走，克莱德。请你别离开我，"她突然可怜巴巴地喊了出来。她那坚强不屈的勇敢气概倏忽消失了，心中深深地感到痛苦，"我可不要你走。我是这样爱你，克莱德。要是我可以的话，我一定会同意。这个你也知道。"

"是啊，当然啰，我知道，不过，你用不着对我说这个。"这是因为他过去跟霍丹斯和丽达打交道时的经验，才促使他采取这种态度。他猛地一转身，从她的胳臂弯里挣脱出来，就在黑夜中大街上快步走去。

这一突如其来的变化，让他们俩都感到莫大痛苦，罗伯达一下子就惊恐失色了。她大声喊道："克莱德！"接着，她就在他后面紧追不舍，心里巴不得他会停下来，让她再宽慰他一番。可他就是不肯回来，反而加快步子往前走。这时，她只有紧紧地追上他，必要的话，还得使出全部力气抓住他——她的克莱德呀！她跟在他后面紧追了一阵，可是她又转念一想，她这是平生头一次那样低声下气，向人苦苦地哀求，不由得大吃一惊，于是，她突然停住了脚步。

因为，一方面过去她受过的传统教育要求她坚定不屈，不要这样轻贱自己，可是另一方面，她企求爱情、了解、友谊的种种欲念要求她在时间还来得及、趁他没有走开之前追上他。他那漂亮的脸、漂亮的手啊，他的那一双眼睛啊，她耳畔还听得见他脚步的回声。可是，时至今日一直向她灌注、并且束缚她的那些传统观念，依然是那样强大，因此，尽管她心里剧痛不已，但这两股力量终于构成了不分高下的均势。她停下来，只觉得往前走不行，停下来也不行，眼看着他们美好的爱情这一突然决裂，她既不理解，又忍受不了。

她的心儿被痛苦折磨着，她的嘴唇也一下子煞白了。她麻木地伫立在那里，默不作声。她一句话都说不出，甚至连平时挂在她嘴边的"克莱德"这个名字也说不出来了。她心里只是在想："哦，克莱德，请你别走，克莱德。哦，请你别走。"殊不知，他早已听不见了。他一个劲儿地疾走着，他那渐渐远去的脚步的回声，显然在她充满痛苦的耳朵里，也越来越模糊不清了。

这是她有生以来头一次受到使她为之焦灼、目眩、流血的爱情创伤。

Chapter 21　较量与妥协

　　要描绘这天夜晚罗伯达的心境，可真不易。要知道，这是真挚和炽烈的爱情，而对年轻人来说，真挚和炽烈的爱情也就最难忍受。此外，跟爱情结伴而来的，还有对克莱德在当地经济、社会地位最令人激动乃至于大肆铺张的种种幻想。这些幻想却很少跟他本人的举止言谈有关，多半是以他无法控制的众人的推想和闲言闲语作为根据。她自己家里，还有她个人遭际，全都是那么时运不济，如今她的全部希望都和克莱德连在一起。可是，她突然跟他吵嘴，一下子把他气走了。不过另一方面，他这不是头脑过分发热，硬要采取那些令人烦恼的、无疑是很可怕的冒昧和放肆的行动吗？对此，她平素受过道德熏陶的良心绝不会将之视为正当的行动。现在，她该怎么办呢？对他又该说些什么才好？

　　她慢条斯理地、沉思默想地脱去衣服，一声不响地爬上那张老式大床，就在她黑咕隆咚的房间里自言自语道："不，这个我可不干，我一定不干。我可不能那么干。要是我干了，那就变成一个坏女人啦。我不该为了他这么干，哪怕是他要我干，吓唬说我要是拒绝，他就永远甩掉我，我也不干。他对我提出这样的要求，应该感到害臊。"可是就在同一个时刻，或是过了一会儿，她又反躬自问：在目前情况下，他们还有没有别的事情可做？克莱德说，现在他们真的无处可去，到哪儿都会被人看见，毫无疑问，这话至少是部分说对了。那个厂规该有多么不公平啊。除了这个厂规以外，格里菲斯一家人也一定认为她是怎么都高攀不上克莱德的；牛顿夫妇和吉尔平一家人，要是听到和得知克莱德其人其事以后，也一定会有同样看法。这个消息只要一传到他们耳里，就一定对他不利，对她也不利。她绝不做——永远也不做任何对他不利的事。

这时，她忽然一个闪念，想起一件事，那就是她应该在别处找个工作，这个问题也就迎刃而解了，它跟目前迫在眉睫的、克莱德想进她房间的问题好像并没有什么关系。不过，这就意味着，她整个白天都见不到他，只好到晚上才跟他见面。而且不是说每天晚上都见得到他。这就使她把另觅事由的念头甩在一边了。

继而她又想到，明儿天一亮，在厂里就会见到克莱德了。万一他不跟她说话，她也不跟他说话呢？不可能！太可笑了！太可怕了！她一想到这里，就从床上坐了起来，眼前浮现克莱德冷若冰霜地直瞅着她的幻象，真是让人心烦意乱。

她立刻下了床，把悬在房间中央的那盏白炽灯打开。她朝角落里挂在老式胡桃木梳妆台上的那面镜子走过去，两眼直盯着自己。她仿佛觉得，她看见自己眼底的几道黑圈了。她感到麻木、寒冷，于是，她无可奈何地、心乱如麻地摇摇头。不，不，他不可能这么卑鄙下流。他也不可能对她这么残酷，可不是吗？哦，只要他知道他要求她的这件事很难办到，也不可能办到就好了！哦，但愿快快天亮，她又能见到他的脸！哦，但愿明天夜晚早早到来，她就可以握住他的手，拉住他的胳臂，感到自己正偎在他怀抱里。

"克莱德，克莱德，"她几乎在轻声呼唤着，"你不会这样对待我的，是吧——你不可能——"

她朝房间中央一张褪了色、破旧的、鼓鼓囊囊的老式软椅走过去。这张软椅旁边，有一张小桌，桌上放着各种各样的书报杂志，有《星期六晚邮报》《芒赛氏杂志》《通俗科学月报》《贝贝花卉种子一览》等等。为了躲开那些令人心烦意乱、五内俱裂的念头，她就坐了下来，两手托住下巴颏儿，胳臂肘支在膝盖上。可是，那些令人痛苦的念头在她脑际里始终不绝如缕，她觉得一阵寒战，就从床上拿来一条羊毛围巾，兜住身子，随即把种子目录打开，但没有多久，又把它扔在一边。

"不，不，不，他可不能这样对待我的，谅他不会这样的。"她绝对不让他这么做。哦，他再三对她说他为了她简直想疯了，还说他爱她爱得快疯了。多少好玩的地方他们都一起逛过啊。

这时，她几乎一点儿都没有意识到自己在做什么，她一会儿从软椅上站起来，坐到床沿，胳臂肘支在膝盖上，两手托住下巴颏儿；不一会儿，她站到镜子跟前，心神不安地朝窗外一片黑暗窥看有没有一丝曙光的迹象。到了六点钟、六点半，刚露出一点儿亮光，快到起床的时刻了，她还是没有躺下，一会儿坐在软椅里，一会儿坐在床沿，一会儿又站到角落里的镜子跟前。

可她得到的唯一确切的结论，就是她务必想方设法不让克莱德离开她。想必不会那样吧。那么，她就得说些什么话，或是做出一些什么表态，使他依然如同往日里一样爱她。即便，即便，哦，即便她必须让他经常到这里来，或是到别处去。比方说，事前她可以设法安排，在别处可供寄宿的地方寻找一个房间，说克莱德是她的哥哥，如此等等。

然而，主宰着克莱德的是另一种心境。若要正确认识这次突然产生争论的来龙去脉，以及他那固执阴沉的脾性，就必须回溯到他在堪萨斯城时期，以及他阿谀奉承霍丹斯·布里格斯结果却落了空的那一段生活经历；还有他不得不放弃丽达，因而也是一无所得的事。因为，尽管目前条件和情况跟过去不同，而且，他无权在道义上指责罗伯达如同过去霍丹斯对待他那样不公平。可是，事实上，姑娘，包括所有的姑娘在内，显然全都很固执，处心积虑地保护自己，总是跟男子保持距离，有时甚至置身于男子之上，希望迫使他们百般讨好她们，她们自己却一点也不回报他们。拉特勒不是常常对他这样说：他自己跟姑娘们打交道，简直是一个傻瓜，太软弱，太心急，一下子就摊牌，让她们知道他已被她们迷上了。拉特勒还对他说过，克莱德长得很漂亮，那才是"踏破铁鞋无觅处"，除非姑娘们真的非常疼爱他，否则他没有必要老是跟在她们后面紧追不舍。拉特勒这种想法和赞词当初给他留下了很深印象。因为过去他跟霍丹斯、丽达交往都败得很惨，现在他心里就更要认真对付了。但是，他跟霍丹斯、丽达交往时遇到的结局，如今又有重演的危险了。

同时，他心里也不能不责备自己，觉得自己这样的企图，显然会引向一种非法的、将来肯定危险的关系发展。这时，他心里模模糊糊地在想：如果他要求得到的正是她的成见和教养视为邪恶的那种关系，那么，他不就使她将来有权要求有所考虑，那时他要是置之不理，也许并不那么容易了。因为，说到底，进攻的是他，而不是她。正因为这一点，以及将来由此而可能发生的事，她不就可以向他提出比他愿意给予的更多要求了吗？难道说他真的打算跟她结婚了吗？在他心灵深处，还隐藏着一种思想，即便此刻，它还在向自己暗示说，他是绝不愿意跟她结婚的，他也绝不能当着这里高贵的亲戚的面跟她结婚，所以，现在他到底应不应该再提出这个要求呢？要是他再提出来的话，他能不能做到使她将来不提出任何要求？

他内心深处的思想情绪还不是这么清晰，不过大致上包含这样的意思。可是，罗伯达的性格和体态毕竟富有那么大的魅力，尽管他心里也发出一种警告的信号，或是类似这样一种心境，好像在暗示说，他要是坚持自己的要求，那就很危险；殊不知，他还是照样不断地对自己说，除非她允许他到她房间去，否则他就从此跟她断绝来往。占有她的欲望，还是在他心中占了上风。

凡是两性之间最初结合，不管结婚与否，都包含着一场内心斗争，而这样一场内心斗争，转天就在厂里展开了。不过，双方谁也没有说一句话。因为克莱德虽然自以为热恋着罗伯达，事实上，他的感情还没有深深地陷进去，他那天生自私自利、爱慕虚荣和贪图享乐的性格，这一回却决心寸步不让，定要主宰所有其他的欲念。他决心装出受害者的样子，除非她能做出一些让步，满足他的愿望，否则他坚决不再跟她交朋友，坚决不妥协。

因此，那天早上他一走进打印间，就流露出自己正为许许多多的事忧心忡忡的神态，其实，这些事跟昨儿晚上根本没有丝毫联系。不过，他这种态度，除了失败以外，还能引出什么结果来，连他自己也没有把握。他在内心深处，还是受压抑，很别扭。后来，他终于看到罗伯达翩然而至，虽然她脸色苍白，神情恍惚，可还是像往日里那么可爱，那么富有活力。这一景象就未必能保证他很快取得胜利，或是最后一定取得胜利。直到此刻，他自以为了解她，正如过去他很了解她一样。因此，他抱着很小的希望，觉得她也许会让步。

他动不动就抬眼望着她，这时她并不在看他。而她呢，开头只是在他并不在看她时才不断地看着他。后来，她发觉他的目光，不管是不是直接盯住她，肯定也是围着她转的，不过，她还是丝毫找不到他要向她打招呼的迹象。让她特别伤心的是，他不但不想理睬她，而且相反，从他们彼此相爱以来可说还是头一回，他向别的姑娘们献殷勤了，虽然不算太露骨，但是至少相当明显，而且故意这样向她们献殷勤。那些姑娘平日里对他总是很赞赏，罗伯达一直这样认为：她们在一个劲儿地等着，只要他做出一丁点儿表示，她们就心甘情愿听任他随意摆布。

这时，他的目光正从罗莎·尼柯弗列奇背后扫了过来。她那长着塌鼻子、肉下巴的胖脸儿，一下子卖弄风骚地冲他转了过去。他正在向她说一些话，不过显然不见得跟眼前的活儿有什么直接关系，因为他们两人都是在优哉游哉地微笑。不一会儿，他就走到了玛莎·博达洛身边。这个法国姑娘胖墩墩的肩膀和整个儿祖裸着的胳臂差点儿没擦着他呢。尽管她长得十分肥硕，肯定还有异国姑娘的气味，可是须眉十之八九照样很喜欢她。克莱德也在想跟她调情呢。

BOOK 2
出人头地的梦想 301

克莱德的目光并没有放过弗洛拉·布兰特，她是一个非常肉感、长得不算难看的美国姑娘。平日里罗伯达看见过克莱德总是目不转睛地盯住她。尽管这样，过去她始终不肯相信这些姑娘里头哪一个会使克莱德感兴趣，克莱德肯定不感兴趣。

可是现在，他压根儿连看也不看她一眼，也没有工夫跟她说一个字，尽管对所有其他的姑娘，他是多么和颜悦色，谈笑风生。啊，多么心酸！啊，多么心狠！这些娘儿一个劲儿地向他挤眉弄眼，公然想从她手里把他夺走，她压根儿仇视她们。啊，多么可怕。现在想必他是与她作对了，要不然，他不会对她如此这般，特别是在他们经过了那么多接触、恋爱、亲吻等等以后。

他们俩觉得，时间过得太慢了，不论克莱德也好，还是罗伯达也好，都是心如绞痛了。他对自己的梦想总是表现狂热和急不可待的，对延宕和失望却受不了，这些主要特点正是爱慕虚荣的男子所固有，不管他们性格各不相同。他担心自己要么失掉罗伯达，要么就向她屈尊俯就，才能重新得到她，这个想法在时时刻刻折磨着他。

如今使她心肝俱裂的，并不是这一回她该不该让步的问题（因为，时至今日，这几乎已是她的忧念里头最最微不足道的问题了），而是多少怀疑，她一旦屈服，让他进入房间后，克莱德究竟能不能感到心满意足，就这样继续跟她交朋友。因为，再要进一步，她就不会答应，万万不答应。可是，这种悬念以及他的冷淡使她感到的痛苦，她简直一分钟都忍受不了，更不要说一小时、一小时地忍受了。后来，她自怨自艾地想到，这一切苦果正是自己招来的。大约下午三点钟，她走进休息室，从地板上捡到一张纸，用自己身边的一支铅笔头，写了一个便条：

克莱德，我请求你千万别生气，好吗？请你千万别生气。请你来看看我，跟我说说话，好吗？说到昨儿晚上的事，我很抱歉，说真的，我非常抱歉。今晚八点半，我一定在埃尔姆街的尽头跟你见面，你来吗？我有一些话要跟你讲。请你一定要来。请你千万来看看我，告诉我你一定会来，哪怕是你在生气。我不会让你不高兴的。我是那么爱你。你知道我是爱你的。

你的伤心的
罗伯达

她好像痛苦万分，急急乎在寻找镇痛剂，她把便条折好，回到打印间，紧挨克莱德的办公桌走了过去。这时，他正好坐在桌旁，低头在看几张字条。她走过时，一眨眼就把便条扔到他手里。他马上抬头一看，这时，他那乌溜溜的眼睛还是冷峻的，里面还掺杂着从早到晚的痛苦、不安、不满和决心，可是，一见到这个便条和渐渐远去的罗伯达的身影，他心里一下子宽慰了，一种莫名其妙的满意和喜悦的神情顿时从他眼里流露了出来。他打开便条一看，刹那间，感到浑身上下已被一片虽然温暖但微弱的光芒照亮了。

再说罗伯达回到自己桌子旁，先停下来看看有没有人在注意她，随后小心翼翼地往四周张望了一下，眼里流露出一种惴惴不安的神色。可她一见到克莱德这会儿正瞅着她，流露出一种虽然胜利但顺从的目光，嘴边含着微笑，向她点头表示欣然同意，这时，罗伯达突然感到头晕目眩了，仿佛刚才由于心脏和神经收缩而形成的瘀血已经消散，血液猛地又欢畅地奔流起来。她心灵里所有干涸了的沼泽，龟裂、烧焦了的堤岸，以及遍布全身的那些干涸了的溪流与饱含痛苦的湖泊，顷刻间都注满了生命与爱的无穷无尽、不断涌来的力量。

他要跟她会面了。今儿晚上他们要会面了。他会搂住她，同从前那样亲吻她了。她又可以直瞅着他的眼眸了。他们再也不会争吵了，哦，只要她想得出办法来，他们就永远不会吵架了。

Chapter 22　罗伯达甘心顺从克莱德

　　他们之间建立起了一种新的更亲密的关系，她也不再抗拒，顾虑重重，这时真有说不出的快乐！尽管他们俩在白昼里枉然徒劳地反对私通，但谁都知道对方是甘心顺从的，后来也终于两相情愿了。他们俩都心焦如焚地等待夜晚的到来，简直如同发热病那样难熬，可又充满恐惧不安。从罗伯达来说，毕竟深感疑虑不安，一再抗拒；克莱德十分坚决，但也并非丝毫没有意识到这就是邪恶、诱奸、欺骗。不过，一旦偷香窃玉以后，一种奇异的几乎令人痉挛的快乐在激发他们。然而，在这以前，罗伯达并不是没有得到保证，说：不管将来发生什么事（她心里一直在想，这样狂热的私通自然必定会有后果），他绝不会遗弃她，因为如果没有他的援助，她就只好徒呼奈何。不过，当时并没有直接提到要结婚。克莱德被欲念彻底征服后，就不假思索地明确表示：他永远不会遗弃她，永远也不会。至少这一点，她尽管可以放心好了，即使在此刻他心里压根儿都没有想到要结婚。这个他可不愿意呢。眼看着一夜复一夜，所有一切顾虑暂时都置诸脑后了，哪怕一到白天，罗伯达也许会沉思默想，责备自己，可是他们俩都夜夜沉溺于自己强烈的情欲之中。过后，他们还如痴似醉地梦想着夜间的乐趣，每天都在眼巴巴地盼着漫长的白昼快一点儿过去——那遮天盖地、补偿一切、有如发热病似的夜晚快一点儿来临。

　　其实，克莱德心里所想的跟罗伯达毫无二致。他坚决地、甚至痛心地深信，这就是一种罪恶，一种能使灵魂死亡的大罪。因为这是他母亲和父亲不止一次地说过的诱奸者，是奸夫，总是越过神圣的婚姻界限使人受害无穷。罗伯达心里则惴惴不安地展望着渺茫的未来，深恐万一克莱德变了心，遗弃她，她又该怎么办。可是，夜晚又回来了，她的心情也就改弦易辙了。她如同他一样，急匆匆地赶到约定地点幽会去，直到万籁俱寂的深夜，才一块儿偷偷地溜进这个黑灯瞎火的房间，他们觉得这里仿佛就是他们一辈子只有一次才能得到的天堂。青年人的狂热劲儿，就是那么疯狂，而又不可复得啊。

尽管克莱德还有种种疑虑和恐惧，可是，由于罗伯达这样突然屈从了他的欲念，有时他会有生以来头一次感到，说真的，在这些狂热的岁月里，他终于成为一个富有经验的人，一个开始真正懂得女人的汉子了。瞧他那副神气或者派头，再也清楚不过地在说："你看，我可不再是几星期前那个没有经验、毫不显眼的蠢小子啦。现在，我是一个多么了不起的人，一个稍微懂得人生况味的人了。那些神气活现的年轻人，还有我周围的那些放荡不羁、卖弄风骚的姑娘，我才一点儿都不稀罕呢！只要我高兴，哪怕我不是那么忠贞不渝，还有什么事我做不到的呢？"他跟罗伯达的交往向他证明，他这个想法实在是错的（这种想法在他跟霍丹斯·布里格斯交往后已在心里根深蒂固，更不用提最近他跟丽达来往而最后以惨败告终的事了），那就是说，他跟姑娘们打交道，不是受了挫败，就是运气不好。尽管过去屡遭失败、屡受禁止，可是说到底，他毕竟还是唐璜，或洛萨里奥①这一类型年轻人啊。

如果说罗伯达分明就是这样心甘情愿地为他献出了自己，那么，别人也不见得做不到这一点吧？

尽管最近格里菲斯一家人对他漠不关心，但如今他走起路来，比过去更加神气活现了。即使他们和跟他们有关系的人，谁都不承认他的地位，可他还是满怀着过去从没有过的信心，时不时对着镜子孤芳自赏。现在，罗伯达感到她个人的前途真的完全取决于他的旨意和奇想了，因此，她就经常恭维他，向他百般献殷勤，给方便。事实上，根据她自己的观点，现在她已经是属于他的了，而且仅仅是属于他的人了，就像妻子永远属于丈夫一样，事事对他都要百依百顺。

克莱德就这样暂时忘掉了自己在这里被亲戚瞧不起的情况，乐滋滋地专心挚爱她，压根儿没去想将来的事。只有一件事有时使他烦恼不安，那就是一想

---

① 此处均指登徒子、引诱妇女者。唐璜原是欧洲（比如西班牙）传说中的风流汉子，拜伦、莫里哀与普希金都写过以唐璜为故事题材的作品，从而使唐璜举世闻名。洛萨里奥在英国俗称"快活的洛萨里奥"，是尼古拉斯·罗的作品《漂亮的悔罪人》中一个残酷的、淫逸浪荡的人物。

到他们建立关系后可能带来的后果，对此她一开头便向他表示过惧怕，因为既然现在她全心全意地忠于他了，一旦出了差错，肯定非常尴尬。不过，他对这件事压根儿也没有深思下去。反正现在罗伯达已归他所有了。他们俩准都认为（或者推想），他们这种关系乃是严守秘密的事。他们这种门第不相当的婚配蜜月中的快乐，还正处在高潮呢。十一月底微风轻扬，往往是阳光灿烂、暖人心窝的那些日子，还有十二月初那几天，如今全都过去了，真的如同在梦里幻然逝去一般，在这个单调、平庸、卑贱，虽然胼手胝足地干活儿，工资却少得可怜的小天地里，这个梦就像是令人神魂颠倒的天堂一般。

格里菲斯一家人自从六月中旬离城以来，一直没有回来。克莱德心里老是想到他们，想到他们在他自己的生活和莱柯格斯生活中所具有的重大作用。他们那幢巨邸的大门关着，寂然无声，只是他有时候走过，偶尔看见几个花匠，或是难得看见一个司机或用人。他觉得，这幢巨邸如同一座神圣的殿堂，也是他还在希望自己有一天时来运转，说不定就能攀到那么高的地位的象征。他心里有一个念头总是萦绕不去：他的前途在某种程度上，必须跟呈现在他眼前的那种高贵气派融为一体。

关于格里菲斯一家人，以及在社会地位上跟他们旗鼓相当的人们在莱柯格斯近郊的生活动态，克莱德经常从当地两家报纸的上流社会交际新闻栏目里了解到一些，除此以外则一无所知。上述两家报纸对莱柯格斯著名世家望族的来去行踪，几乎总要溜须拍马地加以描述一番。有时，他看了这些报道，心里禁不住浮想联翩（即使在他去事先不知道的地点跟罗伯达幽会时，也这样），吉尔伯特·格里菲斯怎样开着他那辆大汽车飞也似的疾驰而去；贝拉、伯蒂娜和桑德拉怎样在一起跳舞，打网球，在月光下泛舟，并在两报所说的漂亮别墅那一带遛马。这种对比刺痛了他的心，几乎使他受不了，有时还启发他，让他无比清晰地看透了自己跟罗伯达的这种关系。罗伯达到底是何许人也？厂里的一个女工！她的父母就是住在农场上干活儿的，女儿为了自己温饱，不能不干活儿啊。可是他呢？他的运气稍微好一些！难道说他向往自己未来在这里过上高贵生活的种种梦想，就这样破灭了吗？

有时，他心绪不好，特别在她委身于他以后，他心里就是常常这样想的。说实话，她的出身跟他不同，至少跟他还在热切渴慕的格里菲斯这家人不同。可是，不管他看了《星报》上这类新闻报道以后心里如何激动，他还是照样回到罗伯达身边，既然他被她吸引住的那种喜悦心情至今并未消退，同时，从美丽、欢快、甜蜜的观点来看，他觉得她依然非常可爱、迷人，特别值得爱。根据以上这些特性与魅力，一望可知，她就是快乐的源泉。

　　不过，格里菲斯一家人和他们的朋友们如今又回来了，莱柯格斯又现出了生气勃勃的活跃景象，通常每年至少有七个月都具有这样的特色。于是，克莱德又被莱柯格斯上流社会的生活迷住了，甚至比过去更加入迷。威克吉大街及其毗邻街上，各式各样的房子有多美！那一带的人们生活多么不寻常，又多么诱人啊！啊，如果说他也是其中一员，该有多好！

Chapter 23　与桑德拉巧遇

　　十一月里，有一天傍晚，克莱德正沿着中央大道西头的威克吉大街走去。威克吉大街是莱柯格斯有名的通衢大街，从他迁居佩顿太太家以后，上下班经常路过这里。殊不知，这时出了一件事，并由此引起了一连串不论是他，还是格里菲斯一家人谁都始料不及的事。当时他心儿好像在欢唱，这正是爱慕虚荣的青年人天性使然，岁暮残景不但没有压低它，反而使它好像变得更强烈了。毕竟他有一个好的职位。他在这里受到人们的敬重。除去食宿费用，每星期他还有不少于十五美元，足够他本人和罗伯达开销。这笔收入当然比他在格林－戴维逊大酒店或是联谊俱乐部时挣的钱要差得远，可是在这里，毕竟跟在堪萨斯城的时候不同，他不再与家境贫困连在一起了，而且，过去他在芝加哥时那种孤独的苦恼现在都没有了。此外，罗伯达还偷偷地钟爱于他呢。这事，谢天谢地，格里菲斯一家人不仅一点儿都不知道，而且说什么也不可以让他们知道。虽然他连想都没有想过，要是万一出了差错，怎么才能保守秘密，不让他们知道。他这个人的脾性是，除了眼前最迫切的烦恼以外，压根儿不喜欢多想想。

　　尽管格里菲斯一家人和他们的那些朋友不愿意让他进入自己的圈子，可是，越来越多不属于当地社会精英的其他知名人士给予了他青睐。正好就在这一天——也许因为今年春天他被提升为部门负责人，最近塞缪尔·格里菲斯还停下来跟他说过话——公司副经理之一鲁道夫·斯迈利先生这一重要人物，就套近乎地问他打不打高尔夫球，还说要是打的话，明年春天是否有意加入阿莫斯基格高尔夫球俱乐部，这是离市区几英里的两个有名的高尔夫球俱乐部之一。这不正说明斯迈利先生开始把他当成未来的大人物了吗？这不正说明斯迈利先生和厂里其他人全都开始知道，他跟格里菲斯这家人是有些重要关系的，虽然他在厂里并非身居高位。

这时，他除了这个想法以外，还另外想到晚饭以后，他又可以跟罗伯达会面了，地点是在她房间里，时间定在十一点，也许还可以更早些。他不由得喜从中来，走起路也格外精神抖擞、兴高采烈了。他们俩经过这么多次幽会以后，连自己都不觉得胆子越来越大了。时至今日，他们一直没有被人发觉，因而也就自以为往后可能也不会被人发觉。万一被人发觉，她不妨暂且推说克莱德是她的哥哥或是表哥，以免马上丑闻外扬。他们商量过后还决定：为了免得别人议论或往后被人发觉，以后罗伯达索性搬到别处去，这样，他们还可以照旧来往。反正搬一次家很容易，至少也比不能自由来往要好。对此，罗伯达不得不表示同意。

不过，这一回正好接上了一个关系，插进了一段打岔的事，使他的想法完全转向了。他走过威克吉大街极其豪华的住宅区头一幢巨邸（虽然他一点儿都不知道是谁的住邸），两眼好奇地透过一道高高的铁栏杆，直瞅着暗淡的街灯光照向里面整齐的草坪。他依稀看见草坪上一堆堆刚落下来的枯黄的树叶，被一阵风刮得狂飞乱舞起来。他觉得巨邸里这一切庄严、宁静、肃穆、美丽，使他对它那种富丽堂皇的气派感到非常惊心动魄。正门居中点着两盏灯，向四周投下了一道光圈。当他走近正门时，一辆车身又大又结实的轿车径直开到正门口，停了下来。汽车司机先下车，把车门打开，克莱德马上认出车里俯身微微向前的正是桑德拉·芬奇利。

"走边门，大卫，通知米丽亚姆，说我不能等她了，因为我要去特朗布尔家吃晚饭，不过，九点钟我总可以回来。她要是不在，就把这张条子留下，快一点儿，好吗？"瞧她的声调和神态里，依然有着今年春天迷住他的那种颐指气使但又惹人喜爱的派头。

桑德拉这时却以为是吉尔伯特·格里菲斯正从人行道走过来，便大声喊道："喂，今儿晚上你出去溜达吧？要是能等一下，不妨搭我的车一块儿去。刚才我叫大卫送条子进去。一会儿他就回来。"

桑德拉·芬奇利尽管跟贝拉很要好，又承认格里菲斯一家人有钱有势，可是她压根儿不喜欢吉尔伯特。原先她很想向他献殷勤，殊不知，他一开始就对她冷淡，直到现在依然这样。他伤了她的自尊心。这对她这样爱慕虚荣、自视甚高的人来说，简直是奇耻大辱，她怎么也不能原谅他。既然别人身上有一丁点儿自私自利她都不能容忍，也不会容忍，所以，她对贝拉这个爱慕虚荣、待人冷淡、以自我为中心的哥哥，尤其不能容忍。她觉得，他觉得自己太了不起了，这种人简直是狂妄不可一世，因此，除了自己以外，对谁连想也不会想到。"哼！多蠢！"她一想到他，就有这么个看法，"他究竟以为自己是怎样一种人呢？当然啰，他以为自己是这里的什么大人物呢。简直就是洛克菲勒，或是摩根！可是，依我看，他身上一点儿都看不出有吸引人的东西，一点儿也没有。贝拉我是喜欢的。我觉得她很可爱。可是那个自作聪明的家伙，我估摸他也许还想姑娘们来巴结讨好他呢。得了吧，我才不巴结讨好他呢。"只要有人告诉她有关吉尔伯特的举止谈吐时，桑德拉大致上就做出这样的评论。

至于吉尔伯特呢，他一听到贝拉讲起桑德拉自以为是的那套派头和她的雄心壮志，就常常这样说："嘿，这个小丫头！瞧她究竟把自己看成什么样的人呢？不外乎是个狂妄的小傻瓜……"

不过，在莱柯格斯，上流社会这个圈子本来就很窄，真正够格的人很少，因此，凡是"圈子里"的人见面时都得彼此寒暄一下。也正因为这样，桑德拉才向她看错了的吉尔伯特打招呼。正当她把身子从车门口挪一挪，给他空出座位时，克莱德面对这一突如其来的招呼几乎愣住了。这时他简直茫然不知所措，自己也闹不清是不是耳朵听错了，于是往前走了过去。瞧他那副神态，简直活像一只驯顺的哈巴狗，既讨人喜欢，而又在渴望着什么。

"哦，晚上好，"他大声说，一面摘下帽子一鞠躬，一面又说，"您好吧？"他心里却在估摸，这真的就是好几个月前在伯父府上见过一面的美丽娴雅的桑德拉啊。今年夏天，他在报上不断地看到有关她的交际活动的消息报道。这会儿她依然同往日一样可爱，坐在这辆漂亮的汽车里，显然是在向他打招呼呢。可是，桑德拉一下子发现她自己弄错了，此人并不是吉尔伯特，因而感到很窘，一时间真的不知道该怎么样才能从少说也有点儿棘手的困境中脱身。

"哦，对不起，您是克莱德·格里菲斯先生吧，现在我才看清楚了。我想是我把您弄错了，当成吉尔伯特了。您站在灯光下，真叫我看不清楚。"好半晌，她显得非常窘困不安，迟疑不决。这一点克莱德早已看在眼里了。同时，他还注意到这是因为她认错了人，显而易见，对他来说，简直是太丢脸了，而对她来说，也是很扫兴的。因此，他心里也很尴尬，恨不得马上走开。

"哦，对不起。不过，这可没有什么。我并不想打搅您。我原先以为——"他脸一红，往后退去，心里真的感到很窘。

不过，这时桑德拉一下子看到克莱德毕竟比他的堂兄长得更漂亮，更谦虚，对她的美貌和社会地位显然也印象很深，她的态度顿时就变得很随和，粲然一笑说："这可没有什么。请上车吧。您上哪儿去，我就送您。哦，请您别客气。我乐意送您去，得了。"

克莱德知道她看错了眼才招呼他，他的态度也马上改变了，因而她知道此刻他很伤心、很羞愧、很失望。他眼里露出委屈的神色，嘴边却颤动着饱含歉疚而又伤心的微笑。

"哦，是啊，当然啰，"他结结巴巴地说，"我是说，要是您觉得方便的话。我也明白刚才是怎么回事，这可没有什么。不过，要是您不乐意，那就大可不必了。我原先以为——"说完，他刚转身想走，但被她深深地吸引住，实在脱身不了。这时，她又说道："哦，您务必上车，格里菲斯先生。您上车，我心里就很高兴。您要去的地方，大卫包管一眨眼就把您送到了。刚才的事，我很抱歉，真的非常抱歉。不过，您知道，这也不是说因为您不是吉尔伯特，我就——"

他迟疑了一会儿，然后受宠若惊地向前走去，上了车，在她身边落了座。她对他很感兴趣，立马开始端详着他，心里一想到多亏不是吉尔伯特，就很高兴。为了要把克莱德看个仔细，再向克莱德露一露她自以为能摄人心魄的那种魅力，她就把车厢顶上一盏灯打开。汽车司机一回来，她就问克莱德要上哪儿去。他出于无奈，只好把住址告诉了她，反正他那个地方跟她住邸所在的这条街相比，简直不可同日而语了。汽车径直往前飞也似的驰去，他心里急急乎想充分利用这一短暂的时刻，让她对他留下一个好印象。谁知道呢，也许让她勉强愿意在往后什么时候跟他再见面。他真的恨不得让自己成为她那个圈子里的一员啊。

"您用车子送我，真是太好了，"他侧转脸来向她微笑说，"我可没有想到您是在招呼我的堂兄，要不然我也不会走上来。"

"哦，这可没有什么。别再提它了。"桑德拉戏谑地说，声调里带有一股甜丝丝、软绵绵的味道。这时，她觉得，她头一次对他的印象绝没有像此刻这样鲜明，"这是我的错，不是您的错。不过，弄错了，我反而觉得很高兴。"她接下去说，语气很肯定，脸上露出迷人的微笑，"反正我呀宁可捎上你，也不愿意捎上吉尔。您知道，我们俩——他跟我总是合不来。我们一见面，就抬杠。"她微微一笑，刚才的窘态已完全消失了。她雍容大方地往后一靠，两眼好奇地打量着克莱德端正的面貌。她心里琢磨，他的那一双眼睛总是笑吟吟，该有多么温情脉脉。她心里还在这么想，毕竟他是贝拉和吉尔伯特的堂兄弟，看来很春风得意呢。

"哦，这可太要不得。"他说话很生硬，本想在她面前伪装自己信心十足，甚至精神抖擞，结果反而显得拙劣无力。

"哦，说实话，这也没有什么了不起。说穿了，我们有时抬杠，纯粹全是为了一些鸡毛蒜皮的事。"

她看见他在她面前很紧张、害臊，不消说，也很别扭，想到自己居然能把他弄得这样窘困不安、晕头转向，禁不住扬扬得意了。"您还在您伯父那儿办事吗？"

"哦，是的。"克莱德赶紧回答她，仿佛他要是不在他伯父那儿办事，就会被她瞧不起似的，"现在我还主管一个部门呢。"

"嗯，是真的吗，我还不知道呢。您也知道，从上回碰面以后，我压根儿没有再见过您呢。依我看，也许您没得空出来走走，是吧？"她意味深长地望了他一眼，仿佛要说："您的这些亲戚，对您并不怎么感兴趣啊。"不过，现在她真的有些喜欢他了，就只好改口说："我说，你整整一个夏天都没有出过城，是吧？"

"哦，是的，"克莱德乐呵呵地据实相告，说，"您也知道，我可不得不这样。我被工作拖住了。不过，我在各报不时看见您的芳名，还看到您参加赛马、网球赛的消息。六月里的花会我还看见过您呢。当然啰，我觉得您真美，几乎活脱儿像一位天使。"

他眼里闪耀出一种惊喜、爱慕之情，使她差点儿完全为之倾倒。好一个惹人喜爱的年轻人，完全不像吉尔伯特那种人。只要想一想，她不过偶尔一下子对他感兴趣，他呢却那么露骨、死乞白赖地迷上了她。这就使她着实替他感到有一点儿难过，因而也就对他稍微和气一些。再说，吉尔伯特要是知道他的堂弟已被她完全征服了，又会做何感想？他一定会怒气冲冲的。他这个人，明明把她看成傻丫头。要是有谁能助克莱德一臂之力，让他比他（吉尔伯特）所希望的更加出人头地，这才算是好好地教训他一顿。她一想到这个，就喜从中来。

不过，可惜就在这节骨眼儿上，汽车已经开到佩顿太太家门口停下来了。这次巧遇，不论对克莱德来说，还是对她来说，看来就这样结束了。

"承蒙您夸奖。我可不会忘记的。"汽车司机打开车门，克莱德下车时，她戏谑地微笑着。他下了车，心中却为这次极不寻常的邂逅感到万分紧张。

"哦，您就住在这里呀。您打算在莱柯格斯过一冬，是吧？"

"哦，是的。我想准是这样。至少我希望是这样。"他若有所思地找补着说，这一层意思也在他眼里充分表达无遗。

"好吧，也许，下次我还会跟您再见面。至少我是这样希望。"

她点点头，非常迷人，但又圆滑地微微一笑，向他伸出手来。而他呢，这时心里已经急得快要发疯似的，马上说："哦，我也是这样。"

"再见！再见！"车已开动了，她大声喊道。克莱德眼望着这辆车远去，心里纳闷，真不知道他还能不能像刚才那样亲密无间地跟她再见面。啊，真想不到此刻他竟然这样跟她不期而遇！而且，她跟头一次见面时完全不一样。克莱德还清楚地记得，那时她对他压根儿不感兴趣。

他满怀希望、若有所思地转过身来，朝自己的住处走去。

那么桑德拉呢，汽车径直往前驰去时，她心里暗自寻思，为什么格里菲斯一家人看来对他一点儿也不感兴趣呢？

Chapter 24　桑德拉引荐克莱德

　　这次偶然的巧遇，真的意味深长地起了强烈的破坏作用。尽管现在他从罗伯达那里得到了安慰和满足，可是，他在这里究竟能不能达到很高的社会地位，这个令人入迷的问题又非常具体地摆在他面前了。说来也真怪，这个问题还是跟上流社会里一个姑娘巧遇而引起的。在他看来，她是最能体现和弘扬上流社会本身所包含的全部意义的。这个美丽的桑德拉·芬奇利！她那可爱的脸庞、漂亮的衣服，还有她那快活而又高贵的仪态风度！要是仅仅在初次见面时就能引起她的注意多好，要不然，哪怕是现在能也好。

　　正当桑德拉这样一位姑娘，以她的气质和想象力，以及她所代表的一切吸引他时，现下他跟罗伯达的那种新关系显然也就无足轻重，微不足道了。试想，温布林格·芬奇利电气吸尘器公司乃是这里最大的制造厂商之一，它位于莫霍克河畔，高高的围墙和烟囱直插云霄。再说，芬奇利的住邸就在威克吉大街上，与格里菲斯家毗邻，是那一长溜最新式、最讲究，亦即意大利文艺复兴的建筑风格，奶白色大理石与达切斯县沙石砌成的住宅里头最引人瞩目的一家。而且，芬奇利这一家，又是属于本城人们谈论得最多的人家之一。

　　啊，要是跟这个十全十美的姑娘有更亲密的交往多好！要是博得她的欢心，也许就能进入她所隶属的那个辉煌世界。难道说他不也是格里菲斯——外貌上跟吉尔伯特·格里菲斯一样漂亮吗？他要是也有那么多钱，哪怕是只要其中一部分，岂不是一样地富有吸引力吗？要是他也像吉尔伯特·格里菲斯那样穿着打扮，坐上漂亮的汽车到处兜风，多美！要是果真这样，当然啰，哪怕是像桑德拉这样的姑娘，包管垂青他；谁知道呢，说不定还会爱上他，简直是《天方夜谭》里的奇迹①啊。可现在呢，他在闷闷不乐地想，他只好盼呀盼，盼呀盼！

去它的！今儿晚上，他不打算上罗伯达那儿去了。他只消胡编一个什么借口——明儿早上对她说是伯父或是堂兄叫他去办什么事。现在他心里既然这么激动，他就不想去罗伯达那里，也不能去了。

他孜孜以求的财富、姿色与特殊的社会地位，给予他这种有如流水一般浮动不定的性格，就有这么大的影响。

至于桑德拉，她事后回想她跟克莱德的这次巧遇，自己完全为他的魅力倾倒，特别是因为，他对她的态度跟他堂兄那种傲慢作风已形成了鲜明对比。他的穿着打扮、他的举止谈吐，以及他自己提到在厂内所担任的职务，仿佛是在说明，他的处境也许比当初她想象的要好些。不过，她也回想到，尽管整个夏天她都是跟贝拉在一起，不时地碰到吉尔伯特、麦拉和他们的父母，可从来没有听他们提到过克莱德一个字。其实，有关他的情况，她所知道的，不外乎是原先格里菲斯太太所提供的，说他是他们的穷侄子，是她丈夫把他从西部叫来的，想给他一点儿帮助。不过，这一回她亲自观察克莱德之后，觉得他好像绝对不是那么微不足道，或是穷困潦倒。相反，他显得非常有趣，相当漂亮，相当吸引人，而且，她一眼看出，显然，他恨不得就被像她这样的大家闺秀看中。要知道，他是吉尔伯特的堂弟——同是格里菲斯家族里的一员——这也是很有光彩的事。

后来，她到了特朗布尔家。一家之主格拉斯·特朗布尔是个殷富的律师和鳏夫，在这一带又是一个投机商人。此人得助于他的儿女，以及本人温文尔雅，富有办案才能，因而才能跻身于莱柯格斯的上流社会。她马上就对这位律师两个女儿里头年长的杰尔·特朗布尔说："你知不知道，今天我碰上一件怪有趣的事。"说完，就把刚才发生的事原原本本地讲给她听。杰尔好像觉得挺有意思，晚饭后，就再转述一遍给特朗布尔家的小女儿格特鲁德和独生子特雷西听。

"哦，是啊，"正在他父亲的事务所里熟悉律师业务的特雷西·特朗布尔

---

① 原文为"阿拿兹乔尔和一托盘玻璃杯子"。按：阿拿兹乔尔乃是《天方夜谭》里的一个穷光蛋，整天想入非非，沉溺于梦幻之中。有一天，他忽然手舞足蹈，竟把他谋生的一托盘玻璃杯子全打碎了。

说，"我敢打赌说，我在中央大道上碰到过那个家伙已有三四次啦。他模样儿长得很像吉尔，是吗？只不过没有吉尔那样神气活现。今年夏天，我有两三次向他点过头，因为那时我还以为他是吉尔呢。"

"哦，我也看见过他，"格特鲁德说，"有时，他头戴一顶帽子，身穿一件束腰带的外套，活像吉尔伯特·格里菲斯，是吗？有一次，阿拉贝拉·斯塔克指给我看过。后来，有一次，是在星期六下午，杰尔和我看见他走过斯塔克公司。依我看，反正他长得要比吉尔漂亮得多。"

这无异于肯定了桑德拉对克莱德的想法，于是，她接下去说："今年春天有一个晚上，伯蒂娜·克兰斯顿和我在格里菲斯府上见过他。那时候，我们还觉得他这个人太羞答答了。不过，我希望现在你们再好好看看他一眼，他确实漂亮，还有他那温情脉脉的眼眸和微笑。"

"哦，不过，听我说，桑德拉，"杰尔·特朗布尔大声说（除了伯蒂娜和贝拉以外，在这里就算她最接近桑德拉，因为在斯内德克学校她们都是同班同学。），"我知道有一个人要是听到你这么说，心中一定会酸溜溜的。"

"要知道，吉尔伯特·格里菲斯不见得喜欢听人说他堂弟长得比他漂亮。"特雷西·特朗布尔附和说，"哦，比方说——"

"哦，他呀，"桑德拉悻悻然地哼了一声，"他以为自己多了不起！我敢打赌说，就是因为他，格里菲斯一家人才不愿意跟他们家堂弟来往。现在，我越是这样想，越觉得错不了，肯定是这么一回事。贝拉当然是愿意的，因为今年春天我听她说过她觉得他长得很漂亮。至于麦拉呢，她是从来不得罪人的。要是我们里头哪一位什么时候把他带来，请他到各位府上做客——当然是偶一为之，对吧——只不过为了闹着玩儿，看看他表现怎么样，那才棒呢。从中也看一看格里菲斯一家人态度怎么样。我敢说，格里菲斯先生、麦拉、贝拉是不会说什么的，可是吉尔准恼火。我自己嘛不便出面，因为我跟贝拉太熟了，但我知道有一个人准可以办到——"这时，她沉吟不语，心里却想到了伯蒂娜·克兰斯顿，也知道她不太喜欢吉尔和格里菲斯太太，"我心里纳闷，他到底会不会跳舞、遛马、打网球这一类玩意儿。"说到这里，她停住了，津津有味地陷入了沉思，而周围的人在仔细地打量着她。杰尔·特朗布尔这个姑娘虽说跟她一样闲不住、急性子，但是长得远没有她那么漂亮，那么光彩照人，这时却开口说："这不是存心恶作剧吗？依你看，果真不会引起格里菲斯一家人的反感吗？"

"他们反感，那又怎么啦？"桑德拉接下去说，"除了不睬他以外，他们还能怎么样，是不是？再说，有谁在乎，我倒是很想知道。邀请他的那些人肯定不会。"

"你们各位都怎么啦，真的想闹得满城风雨是不是？"特雷西·特朗布尔插嘴说，"我敢说最后就是这样而告终。老实跟你们说，吉尔·格里菲斯绝不会高兴的。我要是他，也绝不会高兴的。你们要是存心鼓捣什么玩意儿，那就请便吧，不过，我敢打赌说，你们就等着瞧后果吧。"

桑德拉·芬奇利天性使然，特别喜欢这一类奇思异想。不过，当时她虽然觉得挺有趣，要不是因为在这次谈话以后，她又跟伯蒂娜·克兰斯顿、杰尔·特朗布尔、帕特里夏·安东尼、阿拉贝拉·斯塔克提及此事，本来也不见得就会付诸行动。但后来不知怎的，这次晤面的消息，以及对吉尔伯特·格里菲斯的议论，终于传到了吉尔伯特的耳朵里（不过只是通过康斯坦斯·威南特才传到他的耳朵里），城里谣传说他就要订婚了。原来康斯坦斯希望日后跟桑德拉结婚，现在听说桑德拉对克莱德很感兴趣，并且觉得桑德拉毫无理由地扬言说克莱德比吉尔伯特还漂亮，因此就很生气。于是，为了自己出气，同时也为了尽可能地设法向桑德拉进行报复，康斯坦斯便把这事向吉尔伯特和盘托出。吉尔伯特也马上说了一些关于克莱德和桑德拉的尖刻的话。他的这些话再加上康斯坦斯一渲染，后来又传到了桑德拉耳朵里，果真达到了康斯坦斯预期的效果。这便迫使桑德拉恨不得向吉尔伯特马上进行报复。反正只要她高兴，她当然可以向克莱德表示好感，还可以促使别人向他表示好感。这也许就意味着，吉尔伯特将在上流社会交际界遇到类似劲敌的一个人，而且这个人正是他的那个虽然穷但也许让他更招人喜欢的堂兄弟。这可多么有趣啊！这时，她心里忽生一计，不妨将克莱德引入本城上流社会，还得让人看不出自己插手其中。结果要是跟她预期的相反，反正对她本人也不见得会有多大坏处。因为莱柯格斯一些比较时髦的人家都将自己的子女送往斯内德克学校读书。这些子女有一个没有实体、只是偶尔在一起聚聚餐、跳跳舞的组织，名曰"不定期俱乐部"。这个俱乐部没有一定的组织、办事人员或会址。不拘是什么人，只要他的阶级出身、社会关系合格，本人自愿加入，都可以邀请别的会员到自己家里聚会、吃饭、跳舞，或是喝茶。

桑德拉心里琢磨着怎样才能找到一个合适方式，好把克莱德引见给大家，她想要是鼓动俱乐部里某某人（但不是她自己）发起，再由她附议，把克莱德也请来，该有多方便。比方说，由杰尔·特朗布尔发起一次聚餐舞会招待"不定期俱乐部"成员，克莱德也就可以邀请来了，岂不是很方便？借此机会，她就可以跟他再次见面，看看他究竟喜爱她到何种程度，他这个人究竟又是什么样的。

于是，十二月头一个星期四定为这个俱乐部及其朋友们的小型聚餐日，杰尔·特朗布尔为女东道主。被邀请的有桑德拉、她弟弟斯图尔特、特雷西·特朗布尔、格特鲁德·特朗布尔、阿拉贝拉·斯塔克、伯蒂娜和她的弟弟，以及来自尤蒂卡和格洛弗斯维尔等地的人。此外还有克莱德。不过，为了不让克莱德有闪失，或招人非议，事前她们说好，不仅桑德拉，而且伯蒂娜、杰尔、格特鲁德，都要对他殷勤招待，照顾周到。她们务必要使克莱德跳舞时每次都有伴儿，而且，不管是进晚餐也好，还是跳舞也好，绝不让他孤零零一个人，而是很有技巧地挨个儿轮流款待他，直至晚会结束为止。经过这样的安排，其他人就可能对他感兴趣了。这样，外界不但不会产生流言蜚语，说莱柯格斯上流社会里只有桑德拉一人对他好，还能使吉尔伯特——如果先不说贝拉和格里菲斯家里其他人——心里加倍难受。

这事便按计划进行了。

十二月初一个傍晚，即在他跟桑德拉不期而遇过了约莫两个礼拜后，克莱德从厂里回来，一看见他柜子上靠着镜子竖着一个乳白色信封，心里就大吃一惊。字迹很粗，很潦草，是陌生人写的。他拿起来，翻过来看看，还是闹不明白是从哪儿寄来的。背面是B.T.或J.T.的缩写字体——他还是看不清楚，因为这些花体字母是如此令人费解地缠在一起。他撕开信封，抽出来一份请柬，全文如下：

> 兹订于十二月四日（星期四）
> 不定期俱乐部假座威克吉大街135号
> 道格拉斯·特朗布尔寓所
> 举行首次冬季聚餐舞会
> 恭请光临，并祈赐复
>
> 　　　　　　　　杰尔·特朗布尔小姐

背后字迹，如同信封上一样的乱涂，写道：

> 亲爱的格里菲斯先生：
> 　我想，您也许会来的。这儿的一切都是不拘形式的。相信您一定喜欢。如同意，请告知杰尔·特朗布尔！
>
> 　　　　　　　　桑德拉·芬奇利

克莱德简直是惊喜交集地伫立在那里看信。因为，他第二次跟她见面以后，比过去更加想入非非，梦想着将来总有办法摆脱目前自己卑微的地位，跻身于上流社会。是的，眼前这种碌碌无为的环境，依他看，是跟他这个人极不相称的。如今果然时运来了，"不定期俱乐部"发来了请柬，这个俱乐部尽管他以前从没有听说过，但肯定是有来头的，因为入会的都是这些了不起的人物。而且，在请柬背后不就是桑德拉的手迹吗？实在太妙了！

他是那样大吃一惊，委实掩饰不住自己心里的高兴劲儿，就马上在房间里踱来踱去，一会儿对着镜子左顾右盼，一会儿又洗手又洗脸，一会儿觉得领带也许不太合意，要换上另一条，继而想到这次他应该穿什么样的衣服，一会儿又回想起上次桑德拉怎样望着他的一颦一笑。同时，即便在眼前这个时刻，他心里还在不禁纳闷，要是罗伯达有特别的视觉能力，目睹他一看到这份请柬就乐成这副样儿，又会做何感想呢。当然啰，因为现在他再也不受他父母的传统观念的束缚，所以对待她的态度也就变了，要是她知道他现在这种想法，她心里肯定非常痛苦。尽管他想到这里，连自己都困惑不解，但怎么也改变不了他对桑德拉的万种思绪。

那个多了不起的姑娘！
那个美人儿！
还有她置身于其中的那个有钱有势的上流社会啊！

他这一切的想法，都是与生俱有的异端邪说，跟传统格格不入，因此竟然一本正经地反躬自问，既然一想起桑德拉就能使他心中获得更大快感，那他为什么不能将自己的一腔情思从罗伯达转移到桑德拉身上呢？料想罗伯达也不会知道。她怎么都看不透他的心思。她不会知道这种意外的变故，除非他自己告诉她。当然啰，他压根儿不想告诉她。他又反躬自问，像他这么一个穷小子，一心想往上爬有什么不好呢？不是也有跟他一样的穷小子，照样跟桑德拉那样有钱的小姐结婚吗？

尽管他跟罗伯伯达之间发生了这么多的事情，至今他仍记忆犹新，但他从没有说过要娶她，他要娶她恐怕只是在某种情况之下。可是这种情况，他心里想，特别是因为他在堪萨斯城早已学到了乖巧，现在也就不见得会发生了。

如今桑德拉突然再出现在他面前，又激活了他那狂热的幻想。这一尊金光闪闪的女神，原是完全使他心旌动摇的，此刻却屈尊降贵，以公开直接的方式念叨他，建议把他也请来。毫无疑问，她本人也将到场。他一想到这里，简直就乐不可支了。

既然吉尔伯特和格里菲斯一家人肯定会听说他这次赴会的事，那他们又会做何感想呢？他们要是在桑德拉邀他去别处赴会时碰见他，又会做何感想呢？哦，只要想一想！那会使他们恼火呢，还是高兴？使他们觉得他更好呢，还是更坏？归根到底，这事当然跟他完全无关。正式邀请他的，正是在莱柯格斯身份地位跟格里菲斯一家人相同的人（对于他们，格里菲斯一家人显然也不能不表示尊敬），可不是吗？而且，那不是由于他耍了花招，而是一切纯属偶然，这些事实当然不能说明他是强求的。至于人际关系的细微差异，固然他历来不善于识别，但此刻他心里带点儿挖苦地暗自喜悦，现在吉尔伯特与格里菲斯一家人，不管愿意不愿意，可能不得不看重他了，甚至说不定请他到他们府上做客去。事实上，只要别人邀请了他，他们作为亲戚，怎能把他赶走呢？哦，这真让人高兴！也不管吉尔伯特对他是多么瞧不起。他一想到这里，差点儿哈哈大笑。他觉得尽管吉尔伯特会有反感，可他伯父与麦拉未必会不高兴吧。因此，他也没有什么可害怕的，即使吉尔伯特为此暗中向他进行报复。

这次邀请该有多妙啊！桑德拉要不是对他感到有一点儿兴趣，干吗还给他偷偷地乱写一通呢？为了什么呢？这个想法使他如此激动不已，连当天晚饭差点都没吃好。他拿起请柬，亲吻着桑德拉那些字迹。可他并没有像往日里那样上罗伯达那儿去。他决定要像头一次同她重逢前一样，只是先去溜达一会儿，然后回到自己房间，早点儿睡觉。明天一早，他照例找个借口，说他上格里菲斯家或是厂里某某负责人家去，听取有关工作的汇报，反正这类会议倒是常有的。因此，今儿晚上他压根儿不想去看罗伯达或是跟她聊聊天了。这些他本办不到，可是继而一想到桑德拉，以及她对他感兴趣，也委实太诱人了。

Chapter 25　克莱德参加冬季聚餐舞会

不过，在这段过渡时期，他对罗伯达只字不提桑德拉，虽然哪怕是在厂里或是在她房间里，紧挨着她身旁的时候，他心中仍禁不住会想到桑德拉此刻也许又在跟上流社会人士如何应酬交际。罗伯达有时也感到他的思想和态度有些飘忽、冷淡，好像一下子把她完全忘掉似的，于是，她暗自纳闷，真不知道最近他为什么如此心事重重。可他呢，每当罗伯达不看他的时候，心里就在不断地琢磨。假定说（反正是桑德拉煞费苦心，让他不时回想起她来的）他真的使像桑德拉这么一个姑娘对他感兴趣呢？那时对罗伯达该怎么办？怎么办？要知道现在他们俩已是这样亲密无间！天哪！真该死！说到罗伯达，他是喜欢她的（是的，他是很喜欢她的），可现在，沐浴在这颗崭新的星辰的直接照耀之下，由于它的光线是如此强烈，他几乎再也看不见罗伯达了。难道说是他全错了吗？这样做就会造孽吗？他母亲准会这么说的！还有他父亲也会这么说的！也许每一个有正确人生观的人都会这么说的，说不定包括桑德拉·芬奇利，也许还有格里菲斯一家人，以及所有一切的人，全都会这么说的。

殊不知，这年第一次下着一点儿小雪，克莱德戴着一顶新圆筒礼帽和一条洁白的丝围脖（这些都是他新结识的、一个名叫奥林·肖特的杂货店老板撺掇他买的，此人对他颇有好感），手里还撑起一把新绸伞挡雪，径直朝着威克吉大街上特朗布尔家那幢虽然算不上很神气，可还是很有味儿的寓所走去。这幢房子怪矮的，布局又很凌乱，内部灯光照在拉下来的一块块窗帘上，仿佛就像圣诞卡似的。即使他准时来到，此刻门前早已停了五六辆各种牌子、各种颜色的漂亮小汽车，纷纷扬扬的一片片雪花都飘落到车顶上、脚踏板上、挡泥板上。他一看见这些汽车，就深感自己财力不足，看来一时恐怕还无法加以弥补——他毕竟没有足够的钱去置备类似小汽车这种必需品。他一走近门口，就听见里头一片说话声、欢笑声。

一个身材瘦长的仆人，把他的帽子、外套和绸伞接过去了。克莱德劈面就见到了显然在引颈等候他的杰尔·特朗布尔，她是一个温柔的、长着卷曲的金发的碧眼姑娘，说不上美得令人黯然销魂，但是活泼、漂亮，穿一身白缎子连衣裙，袒裸着胳臂和肩膀，她前额上还用丝带束着一颗假钻石。

"不必自我介绍了吧，"她走过来跟克莱德握手时，高兴地说，"我叫杰尔·特朗布尔，芬奇利小姐还没有到。不过，我想，反正我和她一样，也可以做东道主吧。里边请，大家几乎都在里头。"

她领着他走过好几个似乎互成直角、连在一起的房间，一面走，一面找补着说："您长得活像吉尔·格里菲斯，是吧？"

"是真的吗？"克莱德只是淡淡地一笑。这一对比，让他心里觉得美滋滋的。

这儿天花板很低。一盏盏漂亮的灯，透过彩绘灯罩将柔和的灯光投射到幽暗的墙壁上。两个连在一起的房间里，壁炉的火苗正旺，给配有垫子的舒适的家具蒙上了一层玫瑰色的反光。房间里有画、有书，还有精美的小摆设。

"喂，特雷西，你先通报一声客人已到，好吗？"她大声喊道，"我的兄弟，特雷西·特朗布尔，格里菲斯先生。喂，各位来宾，这就是格里菲斯先生。"她找补着说，举目环顾四周所有的人，他们也以不同的眼光直盯着他，这时特雷西·特朗布尔正握住他的手。克莱德觉察到众人都在打量着他，不免有些别扭，但还得热情地报以一笑。与此同时，他发觉他们至少暂时中断了谈话。"请不要因为我，各位就中断了谈话，"他大胆地笑着说，让所有在场的人几乎都觉得他很是从容自若和随机应变。特雷西接下去说："我不给您挨个儿介绍了。我们都站在这儿，指给您看就得了。那边跟斯科特·尼科尔森说话的，就是我妹妹格特鲁德。"克莱德看到一个身材矮小、肌肤黝黑的姑娘，身穿粉红色套裙，长着一张漂亮、莽撞、够泼辣的脸蛋儿，正在向他点头。紧挨在她身旁的，是一个很有分寸的年轻人，身体结实，两颊透红，一个劲儿地向克莱德点头。"您好。"离他们一两英尺，有一个深深的窗龛，旁边站着一位细高挑个儿、举止娴雅的姑娘，长着一张黝黑而并不怎么迷人的脸蛋儿，正在跟一位个子比她矮，但是肩膀宽阔、胸脯厚实的年轻人谈天。有人告诉克莱德，他们就是阿拉贝拉·斯塔克和弗兰克·哈里特。"他们正在就最近康奈尔、锡拉丘兹两大学这场足球赛抬杠呢。伯查德·泰勒和来自尤蒂卡的范特小姐。"他继续说道，说得简直太快了，克莱德几乎什么都记不住，"珀利·海恩斯、范达·斯蒂尔小姐……得了，我看也都全了。哦，不，还有格兰特和尼娜·坦普尔这会儿刚到。"克莱德迟疑了一下，定神一看，只见一个身材高大、打扮得有点儿像纨绔子弟的年轻人，削尖的脸儿，灰溜溜的眼睛，挽着一个穿着齐整、体态丰盈的年轻姑娘（她身穿淡黄褐色衣服，额前有意垂下一绺淡栗色的头发），一块儿走到房间中央。

"你好，杰尔。你好，范达。你好，威南特。"他一面打招呼，一面向克莱德介绍这两位，可他们对克莱德好像都不怎么特别注意。"本来没想过我们也来得了，"年轻的克兰斯顿继续对大家说，"尼娜不想来，可我答应过伯蒂娜和杰尔，要不然我也不来了。刚才我们到过巴格利家里。斯科特，你猜是谁在那里呀。范·彼得森和罗达·赫尔，他们总共只待了一天。"

"是真的吗？"斯科特·尼科尔森大声说道，从他的外貌，一望可知是一个意志坚决、颇有主见的人。这里人人身上显然都有一种无忧无虑的优越感，使克莱德大吃一惊。斯科特说："为什么你不把他们一块儿带来。我很想再见到罗达，还有范。"

"我可办不到。他们说还得早点儿回去。也许以后他们会上这儿待一会儿。哦，晚饭还没有开吗？我可巴望一坐下来就吃晚饭。""这些律师啊！难道说你不知道有时候他们根本吃不上饭？"弗兰克·哈里特立刻加以说明。他是一个身材矮小，可是胸脯很宽、笑容可掬的年轻人，显得很和蔼、很漂亮，还长着一口雪白、匀称的牙齿。克莱德挺喜欢他。

"得了，不管他们吃不吃，我们是要吃的，要不我就走了。你们听说过，有人正在秘密地打听明年康奈尔划船比赛谁当指挥吗？"有关康奈尔这种大学里常常没完没了的话题，哈里特、克兰斯顿等人都参加了，可是克莱德压根儿听不懂。许许多多大学，对这拨年轻人来说都是非常熟悉，可他几乎很少听见过。不过，他毕竟还有自知之明，深知自己这一缺点，凡是涉及有关大学的任何问题或是话题，他都尽量回避。但也正因为这一点，他顿时感到自己在这儿确实格格不入。这些年轻人知道得比他要多，而且都上过大学。本来最好他也来讲一讲自己进过哪一个学校呢。在堪萨斯城，他听说过堪萨斯州立大学，离城不很远。还有密苏里大学。在芝加哥，他还听说过芝加哥大学。他能不能说说自己进过其中的哪一所大学，比如说，堪萨斯州立大学，哪怕是就读的时间很短，怎么样？他转念一想，万一有人问起，他干脆这么说就得了。但接下去怎么办呢？要是有人突然问他，比方说，问他在那儿学过什么。反正他不知从哪儿听到过数学这个词儿，干吗就不说这一个呢？

　　幸好他一下子发觉，这些年轻人只是对他们自己太感兴趣了，因此对克莱德并不怎么理会。也许他作为格里菲斯家族的一员，在外界某些人看来说不定很有分量，可是在这儿，就算不上什么了，这看来也是理所当然的。这时，正好特雷西·特朗布尔回过头去，跟威南特·范特说几句话，克莱德就觉得孤零零的，好像被人抛弃了，露出无可奈何的神态，找不到人可以说话了。可是就在这当口儿，那个身材矮小、肌肤黝黑的姑娘格特鲁德走到了他身旁。

　　"这拨人都是有点儿姗姗来迟。总是这样。要是说定八点，他们照例要八点半或是九点才到。还不总是老样子吗？"

　　"是啊，那当然。"克莱德很感激地回答说，尽量显得活泼而一点儿也不拘束。

　　"我叫格特鲁德·特朗布尔，"她又作自我介绍说，"是漂亮的杰尔的妹妹。"一种讥讽而又逗人的微笑从她的嘴边、眼里掠过，"您跟我点过头，可您并不认识我。不管怎么说，反正我们听人说起过您许多事情。"她故意嘲弄地说，想要让克莱德露出一点儿窘态来，"莱柯格斯那儿出了一个神秘的格里菲斯，此人仿佛谁都也没见过。不过，有一回，我在中央大道见过你。那时你正走进里奇糖果店。自然啦，你并不知道。您喜欢吃糖果吗？"

　　"哦，是啊，我喜欢吃糖果。哦，怎么啦？"克莱德问，他一下子发觉受人嘲弄而感到有点儿尴尬，因为他是给女朋友买糖果的，而这位女朋友就是罗伯达。同时，他又不禁感到，倘若跟别人相比，跟这个姑娘在一起要来得稍微自然一些，尽管她喜欢嘲弄人，长得也并不很吸引人，可她的举止态度是乐呵呵的，如今毕竟是她使他摆脱了孤单冷落的困境。

　　"也许您只是随便这么说说罢了，"她莞尔一笑说，眼里露出挑逗的神色，"多半是给哪一位姑娘买的吧。您有个女朋友，是吗？"

　　"嗯……"克莱德沉吟了一会儿。因为她一问到这里时，他心里顿时想起了罗伯达，脑海里同时闪过了一个问号："莫不是有人见过我跟罗伯达在一起？"但他同时又觉得眼前这个姑娘好泼辣，爱逗弄人，也挺聪明，跟他过去认识的哪一个姑娘都不大一样。不过，他迟疑了没多久，就找补着说："不，我可没有。您干吗问这个问题？"

　　他嘴里说这句话，心里却在嘀咕，罗伯达要是听见了，又会有怎么个想法。"可是这一问，您问得好怪，"他有些紧张不安地继续说，"您就喜欢逗弄人，是不是？"

　　"谁呀？是我？哦，不。逗弄人这种事，我才不干呢。不过，反正我相信您还是有的。有时我喜欢提问题，无非是看看人家尽管不愿把真心话说出来，可嘴上又是怎么说一通的。"她直瞅着克莱德的眼睛，既逗笑，而又带一点儿挑衅笑吟吟地说，"不过，我知道您还是有女朋友的。凡是长得漂亮的小伙子都有。"

"哦，我长得漂亮吗？"他不觉激动得笑了起来，感到挺好玩，可又是很得意扬扬，"这是谁说的？"

"好像您自个儿还不知道似的。哦，各种各样的人都这么说。-比方说，我就是一个。还有，桑德拉·芬奇利也认为您长得可漂亮呢。她是对漂亮的小伙子才感兴趣。说到这件事，我姐姐杰尔也是这样。只有长得漂亮的小伙子，才叫她喜欢。可我不一样，因为我自个儿长得就不怎么漂亮。"她嘲弄地、逗人地冲他直眨眼，一下子使他茫然不知所措。这么一位姑娘，他委实对付不了，同时，在她竭力恭维之下又觉得挺好玩。"不过，您是不是也认为自己长得比您堂兄更漂亮些，"她言辞犀利，甚至武断地接下去说，"有些人觉得就是这样。"

格特鲁德这一问，尽管他也巴不得自己相信确是事实，让他心里既感到美滋滋的，但又不免有些惊愕。而且，让他更加好奇的是，这个姑娘居然对他也感兴趣。可是，哪怕克莱德对此深信不疑，也不敢把自己明确的看法说出来。想到这里，他眼前就栩栩如生地浮现出吉尔伯特那种咄咄逼人、坚决泼辣，有时甚至面露凶色、力图报复的形象。吉尔伯特要是一听到这样的传闻，当然就毫不迟疑地要惩罚克莱德。

"哦，我可从没想过这样的事，"他哈哈大笑说，"说真的，我可没想过。当然啰，我可没想过。"

"嘿，得了吧，就算您没想过吧，反正事实上您长得还是比他要漂亮。但这对您也帮不了什么大忙，除非您有钱。那就是说，如果您想要进入有钱人的上流社会的话，"她抬眼直望着他，语气相当温和地继续说，"人们爱钱，甚至胜过爱俊美的容貌。"

好一个厉害的姑娘啊，他暗自寻思，她这话该有多么冷酷无情，扎得他心痛如绞，哪怕她并不是存心要这样。

正在这时，桑德拉本人跟一个克莱德不认得的年轻人走了进来。此人是瘦高个儿，穿着打扮很漂亮。跟在他们后面的，还有伯蒂娜和斯图尔特·芬奇利。

"她来了。"格特鲁德带着一点儿轻蔑的口吻说。她之所以产生如此反感，就是因为桑德拉长得远比她们姐妹俩漂亮，而且表示对克莱德感兴趣，"这会儿她就要看看您有没有发觉她长得很美，因此，您可千万别让她失望啊！"

这句话很有分量，说的固然是事实，但有些多余了，克莱德早就全神贯注，甚至急巴巴地直瞅着桑德拉。姑且不谈她在本地的社会地位、财富，以及服饰、举止如何高雅，桑德拉恰好是最能迷住他的这种类型的女人——也许就是霍丹斯·布里格斯，只不过相比之下，她显得更加优雅（因为她有钱有势），并不那么粗野，但同样也是以自我为中心。不过，从本质上说，她倒是一个热情奔放的小阿佛洛狄忒①，不管怎么样，她竭力要向每一个长得相当漂亮的男人显示出她那姿色所具有的毁灭性的魅力，同时，她还要保住自己的人格与个性，不受任何纠缠不休的婚约，或是姑息妥协的约束。可是，出于各种各样连自己都说不清楚的原因，克莱德倒是使她一见倾心。也许他根本谈不上什么有钱有势，但桑德拉对他很喜欢。

因此，现在她恨不得马上把事情了解清楚。首先，他来了没有，其次，千万不能让他感觉到是她先看到他的，最后，还要竭尽全力去迷住他——而正是霍丹斯那一套路数和想法，最能打动他的心。他目不转睛地直瞅着她，她时不时地来回走动，穿一身薄如蝉翼的跳舞衣裙，上面从最浅的淡黄色一直到最深的橘黄色，各种不同的色彩应有尽有，越发衬托出她那黑眼睛和黑头发的美。她跟人相互寒暄，说过十来次"你好"，又跟这人那人谈过这条那条本地的要闻，直到最后，她才屈尊降贵地发觉原来克莱德就在旁边。

"哦，您就在这儿。说到底，您还是决定来了。至于您认为自己这次来究竟值得不值得，我可说不准了。当然啰，每个人都给您介绍过了吧？"她举目环视四周，仿佛在说，要是还没介绍过的话，她自己可以给他介绍。别人原先对克莱德印象并不怎么深，但如今看来桑德拉对他很感兴趣，他们便产生了莫大的兴趣。

"是的，我想，差不多每个人我都见过面了。"

"除了弗雷迪·塞尔斯。他刚才跟我一块儿进来的。喂，弗雷迪，"她大声招呼一个身材瘦高的年轻人过来，此人脸颊柔软，头发显然卷过，身穿一套很合身的礼服，这时走了过来，低头俯瞰着克莱德，就像一只小公鸡低头望着一只小麻雀。

"这位是克莱德·格里菲斯，刚才我跟你谈起过的，弗雷迪，"她很活泼地开始说道，"他长得是不是很像吉尔伯特？"

"哦，长得真像！"这个态度和蔼的人大声喊道。好像他的眼睛有点儿小毛病，因为他要俯身凑近克莱德，方才看得清楚，"听说您是吉尔伯特的堂

① 阿佛洛狄忒是古希腊神话中爱与美的女神，相当于罗马神话中的维纳斯女神。

弟。我对他很熟悉。我们在普林斯顿①一块儿念过书。我去谢内克塔迪的通用电气公司以前，老上这儿来。不过，我现在还是常常来。我说，您好像是在厂里工作，是吧？"

"是的，我是在厂里工作，"克莱德回答说。在这个论文化教养显然大大超过他的年轻人面前，他觉得自己真是低人一等。他心里害怕此人会跟他谈到正是他一窍不通的事情，也就是由于他没有受过任何连贯教育，因此从来没有听说过的那些专门的技术问题。

"也许您主管一个部门，是吧？"

"是的，我是主管一个部门的。"克莱德谨小慎微，紧张不安地说。

"告诉您，"塞尔斯先生对生意和技术问题很感兴趣，因此兴冲冲地继续说道，"我一直纳闷，领子这个行业，当然啰，姑且先不谈赚钱问题，此外究竟还有什么好处。这个问题在大学里念书的时候，吉尔老是跟我抬杠。他常常要说服我，说制造和销售领子具有相当大的社会意义，可以使这样一些人（要不是领子价钱便宜，本来他们也就买不起的）温文尔雅、彬彬有礼。我想，这肯定是他从哪一本书上看到的。我可老是笑话他。"

克莱德正想不妨一试，给他一个回答，虽然这一切都已越出了他的知识范围。"社会意义"——塞尔斯到底要说明什么意思？一定是他在大学里学到的什么高深的科学知识。如果说桑德拉不出来解了他的围，恐怕他的回答一定是含糊其辞，或者完全是牛头不对马嘴；说实话，桑德拉既没有想到，也不会知道克莱德此时此地早已陷入了窘境。桑德拉大声喊道："得了，别抬杠啦，弗雷迪。这可一点儿意思都没有。再说，我还要让他跟我的弟弟和伯蒂娜见见面呢。克兰斯顿小姐，您记得吧。今年春天，她跟我一块儿去过您伯父家的。"

克莱德侧转脸来。弗雷迪碰了一鼻子灰，只是默默地瞅着桑德拉，说实话，他非常爱慕她。

"是的，当然记得。"克莱德开始说话了，刚才他一直在仔细地打量着她们这两个人。在他心目中，除了桑德拉以外，就数伯蒂娜显得特别动人，虽然他压根儿不了解她。她这个人心境不外露，不真诚，而又诡谲，只是让他在她那个小圈子里诚惶诚恐地感到自己微不足道，因而忐忑不安，无非就是这样罢了。

"哦，您好吧？又跟您见面了，很高兴。"她故意拖长调子说。她那双灰绿色眼睛冲他全身上下打量着，同时向他投去一种含着笑但又淡漠、古怪的目

---

① 美国一所著名大学。

光。她认为他长得很漂亮，不过，她倒是巴不得能看到他更加精明干练。"我想，您工作一定很多，忙得够呛吧。不过，如今您既然开始出来走动，我想，以后我们一定可以常常见面了。"

"是的，我也希望这样。"他回答时，露出一口整齐匀称的牙齿。

她那双眼睛似乎在说，尽管她刚才说的话连自己都不相信，同样他也不会相信，不过非得这样说不可，也许是逗着玩儿吧。

桑德拉的弟弟斯图尔特敷衍克莱德时所说的那一套，与姐姐刚才差不离，只不过词儿稍加改变罢了。

"哦，您好？见到您，很高兴。刚才姐姐跟我谈起过您。打算长期待在莱柯格斯吧？希望您长期待下去。我想，我们以后会不时见面吧？"

克莱德对此却并不那么相信，不过，他很喜欢斯图尔特咯咯大笑露出一口整齐匀称的洁白牙齿时那种轻松、浅薄的神态。他笑得豪爽、愉快，但又无动于衷。他也很喜欢威南特·范特走过时、斯图尔特一转过身来，就挽住她白净的胳臂的那种派头。斯图尔特说："等一会儿，威①。我有事要问你。"他跟她一块儿走进了另一个房间，他俯身紧挨着她，兴高采烈地谈开了。克莱德还发觉他的礼服做工讲究极了。

克莱德心想，他们的日子过得多么快活，多么生动活泼啊！这时，杰尔·特朗布尔开始大声喊道："来吧，请各位就座。这可不能怪我呀。厨师正在发脾气呢，何况你们各位也都迟到了。我们吃完了，再跳跳舞，嗯？"

"等特朗布尔小姐安排大家入座停当之后，您就不妨坐在我和特朗布尔小姐中间。"桑德拉郑重其事地说，"这样挺好，对吗？现在，您就可以领我进餐厅去。"

她把自己雪白的胳臂插在克莱德的胳臂底下。于是，他觉得自己好像慢慢悠悠地，可是稳稳当当地径直向天上乐园走去了。

---

① 这是斯图尔特对威南特的昵称。

Chapter 26　桑德拉的挑逗

晚餐期间自始至终是闲扯，不外乎一大堆地名、人物、计划啊，多半跟克莱德个人毫无关系。可是，他凭借自己的魅力，很快就使周围某些人不再对他感到陌生，以及不再有由此产生的冷漠，尤其是那些年轻的姑娘对桑德拉·芬奇利喜欢他这件事很感兴趣。坐在他身边的杰尔·特朗布尔很想知道他是哪个地方的人，他家里的生活境况和亲友往来联系，以及他为什么决定到莱柯格斯来。以上这些问题，都是在令人可笑地嘲弄各式各样的姑娘和她们的求爱者时突然插入的，简直让克莱德茫然不知所措。他觉得，千万不能把自己的家庭境况和盘托出，所以就说他父亲在丹佛开一家旅馆——虽然不很大，但毕竟还是旅馆吧。他自己到莱柯格斯来，就是因为他的伯父在芝加哥撺掇他上这儿来学做领子生意的。他对这一行是否真的感兴趣，以后是否继续干下去（除非是很合适），眼下连自己都还说不准。不过，他倒是很想弄明白这个行当对他未来前途到底意味着什么。这一句话，使在旁侧耳倾听的桑德拉和他正在与之交谈的杰尔·特朗布尔都做出了这么一个结论：不管吉尔伯特造了多少谣言，想必克莱德多少还是个有钱有势的人，万一他在这里不得意，照样可以回老家去。

这一点不仅对桑德拉和杰尔，而且对所有别的人都至关重要。因为，尽管克莱德长得很俊，又很吸引人，在这里还有显贵的亲戚，可在众人眼里，他仅仅是个小人物，按康斯坦斯·威南特的说法，他只是竭尽全力攀附他堂兄这一有名世家罢了。这样的说法确实令人不安。一个穷职员或是领养老金过活的人，哪怕他有好亲戚，最多不过是令人同情罢了。然而，他要是还有一点儿钱，在老家又有一定社会地位，那就完全是另一回事了。

现在桑德拉已考虑过这一点，又看到他比她原先想象中更要合意，心中就得到了不少宽慰，因此乐意向他多献一点儿殷勤。

席间正谈到哪儿即将举行一次舞会，桑德拉和蔼地向他一笑，克莱德这时对她说："晚饭以后，您会同意我跟您一块儿跳舞吗？"

"怎么啦，哦，当然啰，如果您要跟我跳的话。"她撒娇地回答他，很想进一步勾引起他对她的一片痴情。

"只跳一次？"

"您想跳多少次？您知道，这儿有十几个年轻小伙子。您进来时拿了节目单没有？"

"不，我什么都没有看见。"

"哦，别介意。吃过晚饭，您就可以拿到一份。第三个舞曲、第八个舞曲，您不妨跟我跳。这样，您还有时间可以跟别人跳，"她迷人地一笑，"您应该对每一个人都要殷勤，明白吗？"

"当然啰，我明白，"他还在目不转睛地瞅着她，"可是，打从今年四月，我在伯父家见到了您以后，心里就一直巴望能跟您再见面。我常常在各报上寻找您的芳名呢。"

他露出恳求答复的神情，两眼直勾勾地望着，桑德拉却情不自禁地被他这样天真的心里话迷住了。凡是她去过的地方，或是她做过的事情，显而易见，他怎么也去不了，做不到，可他还是不厌其烦地在各报上跟踪寻找她的芳名，以及有关她的全部动态。她禁不住也想跟他多谈谈这件事。

"哦，真的吗？"她接下去说，"您心眼儿太好了，可不是吗？不过，您看到过有关我的什么消息报道呢？"

"是说您到过第十二号湖上和格林伍德湖上，还去沙伦湖参加游泳比赛。我还看到您上保罗·史密斯家的消息。这里的各报好像都认为您对住在斯克隆湖的某某人很感兴趣，还说您也许打算跟此人结婚呢。"

"哦，难道是真的这么说吗？多无聊。这里的报纸常报道这样无聊的消息。"听她的语气，克莱德明白刚才的话说过了头，便显得很窘。这样一来，反而使桑德拉心平气和了。过了一会儿，她又兴冲冲地像原先那样谈开了。

"您喜欢遛马吗？"她亲昵而又抚慰地问道。

"我从没有遛过马。您知道，过去我从没有这样的机会，不过，我总觉得自己只要练一练就会了。"

"当然啰，这可并不难。您只要练一两次，那时候，"她多少压低声音继续说，"我们就不妨一块儿慢慢地遛马去。我们家马厩里有许多好马，我相信您一定喜欢。"

克莱德简直大喜过望，浑身激动无比。这就是说，桑德拉已经邀请他什么时候跟她一块儿遛马去，还答应可以骑她家的马。

"哦，我太高兴了，"他说，"这可太棒了。"

这时，大家都从餐桌旁站了起来。几乎谁都无心继续进餐了，因为四人室内乐队已到，隔壁小客厅里传来了开场的狐步舞曲的弦乐声。那个小客厅又长又宽，除了四壁周围的椅子以外，所有碍手碍脚的家具都通通搬出去了。

"您最好先看看节目单，还得趁早请人跳舞呢。"桑德拉提醒他说。

"是的，我马上就看，"克莱德说，"可是，难道说您跟我总共就只跳两次？"

"好吧，那就说定上半场跳第三支、第五支、第八支舞曲。"她乐呵呵地向他摆摆手走开了，他就急匆匆地去找舞会节目单。

大家跳的都是那时节流行的、热情奔放的狐步型舞，舞伴们还可以按照自己的心境和脾性相应加进去一点儿新的变化。这种舞上个月克莱德跟罗伯达一块儿跳过很多，因此今儿个他的舞姿帅极了。他一想到自己终于跟桑德拉这么一个了不起的姑娘结识交往，甚至产生了感情，心里简直兴奋到了极点。

虽然他竭力想对所有跟他跳舞的姑娘显出自己的彬彬有礼、殷勤周到，可是，只要桑德拉在他脑际一闪过，他马上就头晕眼花了。桑德拉正被格兰特·克兰斯顿搂抱着，如痴似醉地满场飞时，偶尔向他这边投去一个眼色，可又装出好像没看见的样子，让他意识到她所有的一切总是那么优雅、浪漫，充满了诗意，她真是一朵艳丽的生命之花。正在这时，跟他一块儿跳舞的尼娜·坦普尔对他说："瞧她，真的是优雅极了，可不是？"

"谁呀？"克莱德开口问道，佯装不知道，殊不知，欲盖弥彰，因为他早已满脸通红了，"不知道您说的是哪一位？"

"您不知道，那您又干吗脸红？"

这时，他才知道自己脸红了，并且觉得自己企图避而不答简直很可笑。他刚转过脸去，可就在这时，乐曲声戛然而止，舞伴们纷纷走向自己的座位去了。桑德拉跟格兰特·克兰斯顿一块儿走了。克莱德伴着尼娜朝图书室靠窗一张软椅走去。

下一个舞他就跟伯蒂娜一块儿跳。当他向她献殷勤时，她那种冷淡、讥诮、超然的神态让他感到有点儿慌了神。克莱德之所以引起她注意，不外乎因为桑德拉好像对他感兴趣。

"您跳得真不赖，不是吗？我想，您上这儿来以前一定跳过很多吧！是在芝加哥，是不是？要不然还是在什么地方呢？"

她说话时，慢条斯理，不痛不痒的。

"我来这儿以前是在芝加哥，可我在那儿跳得并不怎么多。我还得上班工作呢。"这时，他暗自揣摩，像她这样的姑娘要啥就有啥，可是像罗伯达那样的姑娘偏偏一无所有。不过相比之下，此时此刻他觉得自己更喜欢罗伯达。她毕竟更可爱、更热情、更善良，而不是这么冷冰冰的。

乐曲声又开始了，偶尔夹杂着一支萨克斯管嘹亮而又忧郁的声调。这时，桑德拉走了过来，右手握住他的左手，让他搂住她的腰肢。这一切都很自然、亲切、舒坦，使日日夜夜梦想着她的克莱德不由得心花怒放了。

她佯作撒娇地直瞅着他的眼睛，露出一种温柔的、诱人的，但又似有无限深情的微笑，使他心儿怦然乱跳、嗓音发紧。她身上透出一股淡淡的香味，有如春天的芳香，沁入鼻内，使他顿时黯然销魂。

"玩得高兴吧？"

"高兴，特别是在瞅着您的时候。"

"这儿可有这么多漂亮的姑娘，可供您欣赏呢！"

"哦，可哪一个姑娘都比不上您漂亮。"

"而且，我跳得比哪一个姑娘都好，而且，在这儿，就数我长得最漂亮。得了吧，您要说的，我替您全说了。那您还有什么要说的？"

她用挑逗的神态抬眼直望着他，克莱德感到，跟她说话若同罗伯达相比，简直迥然不同，因而茫然不知所措，就刷地脸红了。

"我明白了，"他一本正经地说，"原来每一个人都对您这么说，所以您就用不着听我这么说了。"

"哦，不，并不是每一个人，"桑德拉一听到他干脆利索的回答，就觉得既好奇，可又败下阵来了，"有好多人并不觉得我长得很漂亮。"

"哦，他们不觉得您漂亮吗？"他乐呵呵地问，因为他立马觉察到，她这可不是跟他逗着玩儿的。但他还是不敢再向她说什么恭维话了。他赶紧另换话题，又回到席间提及遛马、打网球的题目上，便开口问："所有户外游戏和运动，您都喜欢，是不是？"

"哦，哪有不喜欢的？"她马上兴冲冲地回答，"说实话，没有比这更喜欢的了。遛马、打网球、游泳、乘汽艇、滑水板，我简直喜欢得快发疯了。您也游泳，是吧？"

"哦，当然啰。"克莱德自豪地说。

"您打网球吗？"

"哦，我才开始学。"他说。他不敢招认他自己根本不会打。

"哦，我就是喜欢打网球。什么时候我同您一块儿打网球玩玩？"

克莱德听了以后，精神一下子全提起来了。这时，桑德拉踩着一支流行情歌哀怨的节拍，跳得如同一缕晨曦那样轻轻袅袅，一面还在继续说道："贝拉·格里菲斯、斯图尔特、格兰特与我一起打起双打来可真带劲。今年夏天，在格林伍德湖、第十二号湖上，我们差不多获得全胜。至于滑水板与扎猛子，那您就该瞧我的了。我们在第十二号湖就有一艘速度最快的汽艇，是斯图尔特的，每小时可以开六十英里。"

克莱德心里顿时明白，他谈到的这个话题，不仅让她入了迷，甚至还使她感到无比兴奋。因为这不仅是她心爱的户外运动，而且，在她与之交往的朋友们最喜欢的那些体育运动中，她都具有出奇制胜，因而稳取桂冠的本领。最后，还有一点（虽说这是他到头来才了解清楚的）就是，天底下她最感兴趣的，莫过于还可以借此机会经常更换行头打扮，向众人炫耀，甚至连她自己都眼花缭乱。瞧她身穿一件游泳衣，一套遛马的时候或是打网球、赴舞会、开汽车兜风时的装束，该有多帅！

他们俩一起继续跳下去，至少一时间彼此都感到情投意合、缠绵难分，因而心中激动不已，一种瞬间的热情或是狂喜表现于眉目传情，以及桑德拉做出的种种暗示之中，只要她这个圈子里的人认为克莱德在体育、财力等方面都已具备条件的话，也许她就会邀他一块儿上各处赴会去。克莱德心里想得也很宽，其实是一时欺骗自己，认为这些是有可能，而且一定会成为事实。可是实际上，就在他貌似确信和自信的背后，隐伏着一股根本不信任自己的心理潜流，从他眼里流露出一种急不可待但又有些悲哀的神采，在他说话时相当坚定自信的声音里，要是桑德拉善于洞察的话，也可以发现带有远不是真正有自信的调子。

"哦，可惜跳完了。"他不高兴地说。

"就叫他们再来一个吧，"她一面说，一面拍手鼓掌。乐队马上奏起了一支轻快的曲子，他们就又一块儿婆娑起舞，完全陶醉于乐曲的节拍之中，有如两块小木片在波涛翻滚、但是招人喜爱的大海上来回起伏着。

"哦，我真高兴，又跟您在一块儿。跟您一块儿跳，这可真美，桑德拉。"

"但是您可不能这样称呼我，知道吧？您和我还不怎么熟呢。"

"我是说芬奇利小姐。不过，谅您总不会再对我生气吧，是不是？"

他脸色煞白，一下子又悲哀起来。这一点却被她发觉了。

"不，难道说我对您生气了吗？说真的，我可没有生气过。我有点儿……喜欢您，在您不是情感冲动的时候。"

乐曲一终了，轻盈的舞步随之变成了漫步。

"我想看一看是不是还在下雪，好不好？"桑德拉开口问道。

"哦，好的。走吧。"

他们急匆匆地打从正在来回踱步的舞伴们身边挨挤过去，走出边门，来到了覆盖着轻柔、好似棉花一般的白雪的世界。只见一朵朵白雪寂寂无声地漫天落下来。

Chapter 27　除夕晚会的邀请

　　十二月还剩下的一些日子，给克莱德带来了一些令他高兴但又烦恼的复杂事态。桑德拉·芬奇利觉得，他作为一个爱慕她的人来说，她是很喜欢他的，一开头就不打算忘掉他或是冷淡他。可是，由于她所处的社会地位相当显赫，下一步究竟该怎么办，确实让她颇费踌躇。要知道，克莱德此人实在太穷，显然，甚至连格里菲斯一家人都瞧不起他，所以，她也就犯不着过分露骨地青睐他。

　　桑德拉一开头喜欢克莱德，其动机主要就是，她想通过自己同吉尔伯特的堂弟友好往来，好让吉尔伯特动火。除此以外，还有另一个原因：她喜欢他，瞧他长得是那么漂亮，而又崇拜她本人和她的地位，使她感到又得意又好奇。按照她的脾性，她需要的正是克莱德这样的奉承——真心诚意而又罗曼蒂克的奉承。同时，克莱德在形体上和智力上的特点，对她来说，正中下怀。他钟情于她，可又不敢过分惹她生气（反正至少目前是这样）；他崇拜她，可又把她看作一个活人；他整个身心充满了活力，可以跟她匹配成为伴侣。

　　因此，今后如何继续跟克莱德交往，而又不太过于引人瞩目而有损自己的声名，确实使桑德拉伤脑筋。这个问题从她回家以后，每到夜晚，老是在她点子挺多的小脑袋里萦绕不去。不过，那天晚上在特朗布尔家见过克莱德的人，都有很深的印象。看到桑德拉对他很感兴趣，同时，他的举止言谈也很招人喜欢，而且对人殷勤周到，因此，他们这些人，特别是姑娘们，也都乐于跟他应酬交往。

两星期以后，克莱德在斯塔克百货公司里给父母、弟妹和罗伯达选购价钱不太贵的圣诞节日礼物时，碰到了也来购物的杰尔·特朗布尔，她便邀请他去参加翌日晚上范达·斯蒂尔在格洛弗斯维尔家里举行的舞会。杰尔本人打算跟弗兰克·哈里特一块儿去，但是桑德拉·芬奇利去不去，她还说不准。仿佛还有人邀请她去别处赴会，不过只要能去，她还是想去的。杰尔又说，她妹妹格特鲁德要是由克莱德陪她一起去，就会感到很高兴，这是为格特鲁德配备男伴的一种彬彬有礼的方式。此外，她知道，桑德拉只要听说克莱德去，可能就把另一个约会放弃了。

"到时候特雷西乐意把车子拐过去接您的，"她继续说道，"要不然——"她迟疑半晌说，"我们临走以前，您上我们家吃晚饭，好不好？别客气，全是我们家里人，反正我们是很欢迎您的。范达家舞会要到十一点钟才开始。"

舞会定在星期五晚上，这天晚上克莱德事前就约定跟罗伯达在一起，因为转天她就要利用圣诞节三天假期动身去看望父母。直至今日，她还没有过那么长的时间离开过莱柯格斯。他也知道，她打算送给他一支新自来水笔和一支永久牌铅笔。此外，这个最后一晚，她心里真的巴不得能跟他一起度过，事实上，她也不止一次地关照过他。至于他自己呢，也打算在这最后一晚送她一套化妆用品，让她大吃一惊。

可是如今，他一想到可以跟桑德拉再次晤面，心中便喜不自胜，因此决定把最后一晚跟罗伯达的约会取消，虽然他对取消约会一事感到十分棘手和很不正当，也不是一点儿都没犯疑的。因为，尽管现在他被桑德拉迷住了，可是他对罗伯达依然一往情深，也不愿就这样使她伤心。他知道，那时她一定会非常失望。不过，与此同时，他对突如其来（哪怕是姗姗来迟）的上流社会的承认，还是扬扬自得、乐不可支，所以脑海里压根儿不会想到谢绝杰尔的邀请。怎么啦？眼前是压根儿不靠格里菲斯家帮助，而是跟特朗布尔兄妹一起去格洛弗斯维尔的斯蒂尔家做客的机会，难道说就能熟视无睹吗？这对罗伯达来说，也许是不免残酷、背叛不忠，但对他来说，岂不是又可以见到桑德拉了吗？

于是，他说他乐意去，不过心里马上就决定非得先到罗伯达那里去说明原委，编造一个合适的托词，比方说，格里菲斯家请他去吃饭。这一下子就足以使她怔住，难以反驳。不过，他到罗伯达住处时，发现她不在家。于是，他决定转天早上到厂里向她说明原因，必要时写个条子给她。为了事后抚慰她，他想不妨就答应星期六陪她去方达，到时候把礼物送给她。

可是，星期五上午在厂里，他并没有一本正经地向她解释清楚，甚至也没有显出早先那样老大不高兴的样子，仅仅是低声耳语道："亲爱的，今晚的约会不得不取消了。伯父家请我去，我就非去不可。事后能不能再来，我还说不准。要是时间不算太晚，我就争取来。不过，万一来不了，明天我就在去方达的车上跟你碰面。我有些东西想送给你，因此，请你不要生气。要知道，这个口信是今天早上才得到的，要不然我早告诉你了。你可不会生气，是不是？"他露出满脸愁容，两眼直望着她，竭力显示他心里也非常难过。

可是罗伯达不以为然地摇摇头，仿佛在说："哦，我可不会的。"她没想到，自己本来打算送些小礼物给他，跟他一块儿乐呵呵地度过这最后一晚，结果却被他满不在乎地撇在一旁了，这还是头一遭呢。她神情沮丧，暗自纳闷，这时候突然把她抛弃，真不知道是什么前兆。因为直到目前为止，克莱德对她一直是体贴入微的。最近他跟桑德拉交往一事，因被他佯作一如既往的柔情蜜意掩盖，早就把她蒙骗过去了。依他的说法，盛情难却，因而是万不得已的事，这也许是实话。可是，她那个朝也盼、暮也盼的夜晚呀！他们将有整整三天再也不能待在一起了。在厂里也好，后来回到自己房间也好，她心里觉得很难过，暗自纳闷，克莱德至少也得对她说在伯父家吃过晚饭后再来看她，好让她把那些礼物送给他呀。不过，他后来又推托说晚饭结束时可能太晚了，他说不准还有没有时间。他们谈起过晚饭后要到某个地方去的。

这时候，克莱德是先到特朗布尔家，再去斯蒂尔家，到处受到人们垂青，这在一个月前他是怎么也梦想不到的。这使他感到既得意，又颇具信心。在斯蒂尔家，他一下子结识了许多头面人物。他们见他是由特朗布尔家里人陪同的，又与格里菲斯同姓，便赶紧邀请他上他们家叙一叙，或是暗示说不久如有聚会，也许要请他光临。最后，他不觉发现竭诚邀请他参加的，就有格洛弗斯维尔的范达姆家的新年舞会，以及莱柯格斯的哈里特家将在圣诞前夕举行的宴会和舞会（届时吉尔伯特和他的妹妹贝拉，还有桑德拉、伯蒂娜等人，都将应邀赴会）。

最后，大约到了午夜时分，桑德拉翩然而至，斯科特·尼科尔森、弗雷迪·塞尔斯、伯蒂娜都是跟她一起来的。开头，她还佯装压根儿不知道他来，直到最后才屈尊降贵地向他寒暄道："哦，您好，我可没想到您在这儿呀。"她身披一块深红色西班牙围巾，特别诱人。不过，克莱德一开头就觉得她分明知道他也在这儿，所以一有机会，便来到她身边，无比爱慕地问："今晚您压根儿不高兴跟我一块儿跳吗？"

"怎么啦，当然跳啰，只要您邀我跳的话。我还以为也许您早就把我忘了。"她以嘲弄的口吻说道。

"我哪能忘得了您呢！今天晚上我上这儿来，唯一的目的就是也许又能跟您见面。自从上一次见到您以后，不论什么人，什么事，我都不去想了，就是一个劲儿地想您啦。"

说实话，他一下子被她的绰约风姿迷住了，对她的佯装冷淡并不反感，相反使他更加入迷了。现在，他那烈火似的真挚感情差点儿把她征服了。他两眼几乎眯成了缝，闪现着一种炽热的欲念，简直使桑德拉心慌意乱。

"我的天哪，您可真会说最漂亮的话。"她整一整头上那一把个儿挺大的西班牙梳子，微笑着说，"还会说得跟真的一模一样。"

"您这是说您不相信我，桑德拉？"他几乎发狂似的问。他又一次直呼她的名字，一下子让她和他心中都感到无限激动。虽然她本想斥责他太放肆，但她心里毕竟很欣赏，因而也就作罢了。

"哦，是的，我是这个意思。"她跟他说话头一回心里有一点儿犯疑了。现在她开始觉得，要使自己十分明确地对他保持恰当分寸，不免有点儿困难，"不过，您还得说说您哪一个舞要跳。要知道有人来邀我了。"她俏皮而又迷人地把她那张小小的节目单给他看，"您不妨选第十一支舞曲。快啦，也就是下一个呗。"

"就这一曲？"

"得了吧，那就再跳第十四支舞曲，如果说您还不过瘾的话。"她冲着克莱德的眼睛哈哈大笑，瞧她，这一颦一笑几乎把他征服了。

后来，她跟弗兰克·哈里特跳舞时听说他邀请克莱德上他家去一同欢度圣诞前夕，又得知杰西卡·范特请他除夕到尤蒂卡去。她马上觉得他注定要获得真正成功，并且暗自思忖，他在上流社会应酬周旋时，显然不会像她当初担心的那样成为赘疣了。他长得很吸引人，这是毫无疑问的，何况对她又是那么赤胆忠心。因此，她心里暗想，要是有哪个姑娘一看到各地名门世家都垂青于他，就对他温情脉脉，乃至于被他吸引住，恨不得去夺他对她的一片忠心，这是完全有可能的。她生来爱慕虚荣，而又很傲慢，便决心不让这样的事情发生。因此，她第二次跟克莱德跳舞时，就开口问他："圣诞前夕，哈里特邀您去他家，是吗？"

"是的，这也是托您的福，"他热乎乎地大声说，"您也去那儿？"

"哦，我非常抱歉。他们是邀请我去的，我心里也巴不得去，可是，您知道，我有约在先，要去奥尔巴尼，然后再到萨拉托加去过节。明天我就动身，新年前赶回来。不过，弗雷迪有好几个朋友打算在谢内克塔迪举行盛大的除夕晚会。您堂妹贝拉和我的弟弟斯图尔特，还有格兰特、伯蒂娜都准备去。您要是高兴，不妨跟我们一块儿去就得了。"

原来她想说"跟我"，可一下子改成了"跟我们"。她心里琢磨，这么一改口，当然就向所有的女友显示出自己有足够力量控制他，因为她们将看到克莱德就是为了桑德拉才拒不接受范特小姐的邀请。于是，克莱德马上一口应允，心里还感到很高兴，因为这样又可以跟她见面了。

不过，这也让他大吃一惊，几乎怔住了，就是说经她这么随随便便但又非常坚决的安排，他就又要跟贝拉碰头，而贝拉马上会把他跟桑德拉等女友一起玩的消息告知她的家里人。不知道那又会出什么事呢？直至今日，格里菲斯家始终没有请他去串门，甚至过圣诞节都没请过他。桑德拉让克莱德搭车一事，还有后来不定期俱乐部也邀请他的消息，尽管也传到格里菲斯一家人耳朵里，可是他们并没有采取什么行动。吉尔伯特·格里菲斯火冒三丈，他父母呢，因为不知道该怎么办才好，至今仍避而不谈。

然而，根据桑德拉的意思，他们一行人不妨在谢内克塔迪过一夜，这事她开头并没有详细地告知克莱德。如今，他早已把另一件事忘得一干二净。罗伯达这时已从比尔茨度假回来了，既然过圣诞节时他让她孤身一人了，当然，她指望他能够跟她在一起欢度除夕。这个难题，他后来才想到，但为时已晚。此刻，他只是因为桑德拉关心他而感到幸福，心中喜不自胜，便马上一口答应了。

"不过您要知道，"她再三叮嘱他说，"不管到了哪个地方，要是我没有向你先做出表示的话，您万万不可对我显得过分殷勤，也不要见怪。要不然，也许我就没法儿跟您常常见面了。这事改天我再跟您谈。您要知道，我爸爸妈妈都怪得很。我这儿的一些朋友也是这样。可是，您只要表现得恰到好处，甚至不妨冷淡一些，明白吧？也许这一冬我还能跟您多见几次面。您明白了吗？"

这时，克莱德露出热切企求的神色直瞅着她，这些知心话让他欣喜若狂，甚至连言语也都无法形容。他明白，这些知心话是因为他心急如焚，她才说出来的。

"那么，您是有点儿疼我，是不是？"他用又像是询问，又像是恳求的口吻说，眼里闪烁着诱人的光芒，竟然使她为之心醉神迷。这时，桑德拉一面是谨小慎微，一面又是销魂摄魄；一面是欲火中烧，一面又是吃不准自己该怎样表现才算是理智行事。她就只好回答说："得了，我就告诉您吧，我是疼您的，可我又不是疼您的。这就是说，现在我心里还弄不清楚。我很喜欢您。有时候，我觉得就数您我最喜欢了。您要明白，我们彼此不太了解，可您毕竟会跟我一块儿去谢内克塔迪，是吧？”

　　"哦，难道说我会不去吗？"

　　"这件事我会写信详细地告诉您，要不然，我打电话给您。您有电话，是吧？"

　　他把电话号码给了她。

　　"要是万一发生变化，或是我不得不取消约会，千万不要见怪。以后我会在别处跟您再见面，那是没有问题的。"她粲然一笑。克莱德觉得嗓子眼儿一下子哽住了似的。只要一想到她对他这么坦率，还说有时她很疼他的话，就足以使他乐得神魂颠倒了。只要想一想吧，这么一个美丽的姑娘，这么一个了不起的姑娘，被那么多的朋友和爱慕者包围，本来她可以从他们里头随意挑选自己的意中人——如今她却恨不得尽可能把他纳入自己的生活圈子去。

Chapter 28　与罗伯达不欢而散

　　转天早上六点半。克莱德从格洛弗斯维尔回来后才歇了个把钟头，一起身，就心乱如麻，真不知道怎样调整一下他跟罗伯达之间的关系。今天她要到比尔茨去了。他原先答应把她一直送到方达的，可现在他不想去了。当然啰，他就得编造一些借口呗。可是编什么样的借口呢？

　　多亏前天他听到惠甘对利格特说，今天下班后要在斯米利办公室召集各部门负责人开会，届时利格特也应到会。虽然并没有通知克莱德开会，因为他这个部门只是附在利格特手下的一部分。可是，他决定以要开会作为托词。于是，大约在正午前一个钟头，他在她桌上留下一张便条，全文如下：

　　亲爱的：非常抱歉，刚通知我务必参加下午三点在楼下召开的各部门负责人的会议。那就是说，我不能跟你一块儿去方达了，不过，我下班后会马上赶到你住处待上几分钟。我有一点儿东西要送给你，请你务必等我。不要太难过。我可实在没有办法。等你星期三回来，我一准来看你。

　　　　　　　　　　　　　　　　　　　　　　　　　　　克莱德

　　开头，罗伯达一看到便条，因为没有马上拆看还很高兴，心里琢磨里头一定有什么好消息呢。可是几分钟后，她到女盥洗室把它一拆开，脸马上沉了下来。姑且不谈这件事，克莱德昨天晚上就没有露面，今天早上又是那么茫然若失，甚至冷若冰霜的，在她看来，如果说不上疏远，至少也是极端自私吧。

她心里开始纳闷，到底为什么出现这样突然的变化呢？说不定开会一事，他是非去不可的。正如他伯父家叫他去，他就不得不去一样。不过，如果说现在他知道她要走，而照旧爱她的话，那么，前天他对她说过那天晚上不能跟她在一起以后，恐怕就不能还是那么高兴和平静了。毕竟他知道她这一去就要三天时间。他也分明知道，她心里最难过的就是离开他，不管时间长短。

她心中原是满怀希望，可现在一下子变成极度沮丧、无限忧愁。她一生中总是碰到这样不顺心的事。就说眼前吧——离圣诞节只有两天了，现在她就得动身去比尔茨了，那里一点儿乐趣都没有，全在指望她能不能带点儿好消息去，让大家乐一乐。如今看来她就得孤身一人上路，临走前连跟他多待一分钟也都不行。她回到自己的座位上，脸上露出突然遭到不幸的神色，没精打采，心不在焉。这一变化尽管克莱德也注意到了，可是，由于他突然丧心病狂地惦念着桑德拉，他心中实在也谈不上有一丁点儿悔恨之意了。

下午一点钟，附近各厂巨大汽笛长鸣，告知人们星期六下班了。克莱德和罗伯达两人分开走，但是都来到了她的房间。他在路上一面走，一面心里在嘀咕，该说些什么呢。该怎么办？当爱情突然变成冰冷、苍白，而且自己毫无情义时，该怎样装出一副温情脉脉的样子来？两人关系半个月前还是如火如荼，可如今已经骤然降温，显得惊人的黯然失色，又该怎样把它继续下去呢？既不照实直说，也不能用任何方式向她表示如今他再也不疼她了——因为这样不免太残酷，而且，谁知道罗伯达对此又会做出什么样的回答，或是做出什么样的行动来呢；另一方面，如今他既然已把全部梦想和希望都寄托在桑德拉身上，那就不能再用一些甜言蜜语和虚情假意去抚慰罗伯达，因为这样做的结果只能使他们原有的关系照旧保持下去。那可要不得！再说，既已初露端倪，暗示出桑德拉钟情于他，那他当然恨不得一下子就把罗伯达抛弃！为什么他不这样呢？罗伯达真的能给他些什么呢？难道说她能跟桑德拉的地位、美貌相比吗？如果说罗伯达要求他，或是自以为他应该对她继续保持一种深挚专一的爱情，而克莱德为了她拒绝了桑德拉所能给予他的种种关系和无限的前途，难道说这是公允的吗？不，说实在的，这是不公允的。

一路上，他心里就是这样揣摩着。可是比他早一脚踏进自己房间的罗伯达，心里也在反躬自问：为什么克莱德突然对她这样冷淡？这种突如其来的变故，到底是怎么一回事啊？为什么他会在圣诞节前失约，那天晚上不来会面？如今，当她马上就要动身回家时，为什么整整三天里，还包括圣诞节这一天，见他一面也见不到，他甚至连近在咫尺的方达都不愿陪她去？他自然会说因为要开会，这是真的为了要开会吗？必要时，她可以等他，一直等到下午四点再动身，可她觉得这也很难，因为在他的举止言谈之中——有些疏远与躲闪的味道。啊，这一切究竟意味着什么？要知道，他们之间的这种关系还是在不久前才建立啊。这种关系一开头，至少直到目前为止，好像要把他们不可分离地连在一起。难道说这一变化，预示着他们美妙的恋爱之梦将要遇到危险，甚至于破灭？哦，老天哪！她给了他那么多；如今，他的忠贞不渝就意味着一切——她的前途，她的生命。

她伫立在房间里，暗自思忖着这个新问题。这时，克莱德来了，腋下夹着他要送给她的圣诞礼物，尽管心里还是毅然决定改变目前他跟罗伯达的关系，但是脸上尽可能不露出异样的神色来。

"哦，我实在非常抱歉，伯特①，"他兴冲冲地开了腔，装出一副乐呵呵、富于同情，可又迟疑不决的样子，"我一点儿都不知道，直到两个钟头前才来通知说要开这个会。不过，你会明白这样的事是常有的。就是想推，也推不了的。亲爱的，你不会太难过吧？"因为，他一看到她此刻的脸色，以及她在厂里的神情，就知道她心里难过极了，"幸亏我还有机会能把这个东西捎给你，"他一面把礼物递给她，一面继续说下去，"我原想昨儿晚上带来的，只是因为有赴宴一事。哦，为了这件事，我总是感到非常抱歉。真的非常抱歉。"

要是在昨天晚上送给她，说不定她会多高兴呀，可是现在，罗伯达只是把礼盒往桌子上一撂，本来这件礼物也许会激起她的全部热情，此刻早已消失殆尽。

"亲爱的，昨儿晚上你过得很快活吗？"她开口问，心里急于知道把他从她身边夺走的这件事的具体细节。

"哦，蛮不错，"克莱德回答时，竭力装出满不在乎的样子，因为这一夜对他来说是那么意味深长，对她来说却将招致巨大的危险，"我原以为只是到伯父家去吃晚饭，正如当时我对你所说那样。不料我一到了那儿，才知道他们实际上要我陪贝拉和麦拉去格洛弗斯维尔赴会呢。那儿有一户巨富人家斯蒂尔家，是开手套厂的大老板，你知道吧？哦，反正他们要开个舞会，他们就是要我陪她们一块儿去，因为吉尔去不了。不过到了那儿并不觉得特别有趣。我很高兴这舞会好歹结束了。"他提到贝拉、麦拉、吉尔伯特时都是直呼其名，仿佛他是叫惯了的。他跟格里菲斯家这种亲密的关系，一定给罗伯达留下了深刻印象。

---

① 罗伯达的昵称。

"那你就不能早点儿走，上这儿来看我吗？"

"不，我可走不了，因为我得等她们，跟这一拨人一块儿回来。我就是脱不开身呀。哦，难道你还不想把礼物打开看一看？"他找补着说，恨不得把她的心思从他昨晚失约一事岔开。他知道她一想到这件事，就很伤心。

她开始把礼物的缎带解开，心里却在琢磨，他不得不提到的舞会究竟还有什么事。除了贝拉和麦拉以外，还有哪些姑娘也参加斯蒂尔家的舞会？除了她自己以外，最近他会不会爱上别的姑娘，并且跟这个姑娘在那里见面呢？他动不动就讲到桑德拉·芬奇利、伯蒂娜·克兰斯顿、杰尔·特朗布尔，也许她们也参加了这次舞会呢？

"除了你的堂妹以外，还有谁赴会？"她突然开口问。

"哦，有好多人你可不认得。附近各地来了二三十个人。"

"除了你堂妹以外，还有什么人是从莱柯格斯来的？"她一个劲儿地追问。

"哦，有好几个。我们跟杰尔·特朗布尔她们姐妹俩一起去的，因为这是贝拉的意思。我们一到那儿，阿拉贝拉·斯塔克、珀利·海恩斯早已在那儿了。"他就是只字不提桑德拉，或是其他对他很感兴趣的人。

可是瞧他说话时那种神色，他的语气和目光里都让人觉得有些异样的东西。因此，他这个回答并不能使罗伯达感到满意。她虽然对这一新的事态发展的确深感不安，但是，要在眼前继续盘问克莱德，她觉得也不太合适。也许他会恼火的。毕竟从她认识他以来，他总是和这些上流社会的人连在一起。可她并不希望他会猜疑她好像企图控制他，尽管她内心深处确是这么想的。

"昨天晚上，我可巴不得跟你在一起，好把礼物送给你。"她改换了口气回答说，一来是想驱散自己的忧心，二来是希望唤起他对她的同情。克莱德听得出她语气里伤心的味儿，如同往日里一样顿时使他心软下来，只不过现在他已不可能也不能容忍它像过去那样支配他了。

"不过，你也明白这是怎么一回事，伯特，"他简直是在虚张声势地回答说，"刚才我都告诉你啦。"

"我知道。"她伤心地回答说，竭力掩饰此刻自己心里真实的情绪。与此同时，她撕开包装纸，把装着化妆品的盒子盖打开了。这时，她的心绪稍微起了点儿变化，因为这样珍贵、这样别致的东西，过去她还从来没有过。"哦，这可有多美呀！"她大声嚷了出来，情不自禁感到很喜爱，"我没指望你会送这样的东西。相比之下，我那两个小小的礼物也就算不上什么啦。"

她立刻走去拿她的礼物。可是，克莱德也看到，尽管他的礼物不同凡响，但还是不足以驱散罗伯达心中由于他那冷淡态度所产生的沮丧情绪。他忠贞不

渝的爱情远比任何礼物珍贵得多。

"你喜欢吗？"他开口问她，妄想这件礼物能把她的注意力引开。

"当然喜欢啰，亲爱的。"她一面回答说，一面兴致勃勃地看着礼物，"不过，我的东西也就太寒碜啦。"她郁郁不乐地找补着说。她为自己的全盘计划落了空而很难过，"不过，这些对你还是很有用的，而且常常在你身边，在你胸口，这就是我的本意所在。"

她把一只小盒子递给了他，小盒子里面有一支永久牌金属铅笔，一支缀有银饰的自来水笔。是她特地为他选购的，觉得他在厂里工作时就用得着。要是在两星期以前，说不定他还会热烈地搂住她，为了他给她带来痛苦而竭力安慰她。可是现在呢，他只是伫立在那里，暗自寻思怎样去安慰她，既不显得太疏远，又不流露出过去那种缱绻柔情。因此，他就对她送的礼物说了一通热情而空洞的话。

"哦，说真的，这些东西太好了，亲爱的，正是我最最需要的。当然啰，说真的，没有比你送的东西更好的了。我经常用得着它们。"他故意装得满意极了，仔细端详着这两支笔，随后就插在自己口袋里，以备随时使用。看到她此刻在他面前垂头丧气、陷入沉思的神情——这是他们过去关系中全部魅力的缩影——他搂住了她，亲吻她。她长得很迷人，这是毫无疑问的。当她搂住他脖子呜咽哭泣时，他就紧紧地搂住她，劝说她不必如此伤心，反正星期三她就回来的，往后一切照旧。这时，他心里却在想，刚才他说的不是真话，而且真怪，就在不久以前，他还是那么疼着她呢。令人惊讶的是，另外一个姑娘居然一下子就把他俘获了！反正事实就是这样。尽管她也许以为他还是一如既往地疼着她，但事实上，他并不是那样，而且，他永远不会疼她了。因此，他心里真的替她难过呢。

此时此刻他的心情中似有一种异样的感觉，连罗伯达都发觉了，尽管她正在听他说话，一任他的抚摩抱吻。但这些爱抚连一丝儿真挚诚意也没有啊。瞧他的神态太不安详，抱吻冷淡，说话听不出有一点儿真正温柔的语调。还有一点也可以佐证，过了一会儿，他就拼命地从她的搂抱中脱身出来，看看表说："我看我该走了，亲爱的。现在三点差二十分，而会议订在三点钟开。我真的巴不得陪你一块儿去，但是现在没办法。反正你一回来，我就再来看你。"

他俯下身来吻了她一下，这一回罗伯达终于觉察到他对她的感情已经变了，比以前冷淡得多。尽管他表现得还算温和客气，可他的心离她远去了。也是正当这一年中这么一个特定的季节里，永远地离她远去了。她竭力振作起精神来，唤起她的自尊心，这好歹也算做到了。最后，她相当冷漠而又果断地说："好吧，我可不会让你迟到的，克莱德。你还是赶紧走吧。不过，我在家可不会待得太久的。要是提早在圣诞节下午回来，你说，你能来吧？我可不希望星期三上班迟到。"

"怎么啦，当然啰，亲爱的，我一定来。"克莱德乐呵呵地，甚至热乎乎地回答说，因为他知道那时候自己没有什么约会，何况自己也不愿那么显眼地就一下子回避她，"那你估摸一下什么时候到？"

她说八点钟回来。他暗自思忖，反正借此机会同她再幽会一次也未尝不可。他又把表掏了出来，看了一下说："不过，现在我该走了。"说着，径直朝门口走去。

这一切到底是怎么回事，前途又会是怎样，她心里确实忐忑不安，于是朝他走过去，揪住了他的衣襟，直勾勾地望着他的眼睛，像是恳求又像是质问："现在就说定你在圣诞节晚上来我这儿，是不是？克莱德，到时候你不会再去别处赴会吧？"

"哦，你尽管放心得了。要知道，你是了解我的。你也知道，昨儿晚上我可实在没办法，亲爱的。不过星期二我一定来。"他回答说。他吻了一下她，急匆匆地往外走了，心里也许觉得自己表演得还不够高明，不过，除此以外，他也闹不清究竟还有什么其他绝招。一个男人倘若想要跟一个姑娘断绝往来，如同现在他这样设法去做，或者至少想要这么做，克莱德心里琢磨，那就非得要一点儿滑头或是外交手腕不可。说实话，他既没有道理，更谈不上真有能耐。当然了，也许还会有其他更好的办法吧。这时，他的心儿早已飞向桑德拉，和她一起欢度除夕。他要跟她一块儿到谢内克塔迪赴会去，那时他就有机会看清楚她到底还会不会像前天晚上那样疼着他。

他走了，罗伯达转过身来，伤心地、沮丧地探出窗外直望着他的背影，心里纳闷，真不知道自己寄望于他的前途将会怎样。万一他不喜欢她了，该怎么办？要知道，她已经给了他那么多，而她的前途全由他和他忠贞不渝的爱情决定。难道说现在他已经对她厌倦了，再也不想见她了吗？哦，那多可怕！那她该怎么办，而事实上又能怎么办？要是她没有马上屈从他的要求，轻易地委身给他，那就好了。

她两眼凝望着窗外光秃秃的挂着点点残雪的树枝，叹了一口气。节日啊！她就是怀着这样的心情动身回家。啊！再说，克莱德在当地社会地位已是那么高，而且前途无限光明、美好，试问她自己又能给他些什么呢？

她疑惧不安地摇摇头，对着镜子端详了一下自己的脸，便提着她要捎回家去的一点点礼品之类的东西出门了。

Chapter 29　罗伯达的家乡旅行

　　罗伯达见识过克莱德和莱柯格斯以后，再来看看比尔茨和它四郊的农场，就足以泄气了。因为这里的一切都跟贫困分不开，从而使人们常有的怀旧心态为之黯然。

　　她一下火车，来到那座年久失修、单调简陋、已被改成车站的瑞士农舍式的小屋，一眼就看见了她的父亲。他老人家还是穿着那件已经穿了十多个冬天的旧外套，正傍着他们家那辆旧马车止在等候她。这辆四轮单座马车，虽然很旧，但还完整，那匹马瘦骨嶙峋，疲乏困顿，就跟她父亲一模一样。罗伯达脑海里始终记得她父亲那副困乏不堪的倒霉相。他一见到心爱的女儿罗伯达，就顿时眉开眼笑。她登上了马车，偎坐在他身旁，他就兴高采烈地喋喋不休。他们一掉过车头，便沿着通往农场的大路径直驶去。虽然这时节漂亮的公路到处都有，可眼前这条大路还是坑坑洼洼、弯弯曲曲。

　　一路上，罗伯达禁不住暗自核对着她一向熟悉的每一棵树、每一个拐弯处、每一块里程碑。不过，她心里并不愉快。周围的一切都是那么灰不溜丢的。就拿农场来说吧，由于泰特斯有慢性病，又没有能耐经营，小儿子汤姆和妈妈实际上也帮不上大忙，因此，这个农场如同往昔一样，对全家来说成了一个沉重的负担。几年前，这个农场以两千美元抵押了出去，但是债款从来没有拨还过。北边的烟囱坏了，至今仍旧未修，阶沿石级下陷得比过去更厉害了。墙壁、栅栏，以及户外一些棚屋，还是一概照旧，只不过入冬后在大雪覆盖之下反而显得好看了。甚至家具摆设依然如同往日里一样杂乱无章。在这儿等着她的，还有她母亲和弟弟妹妹，他们一点儿都不知道她跟克莱德真正的关系。克莱德在这儿，只不过是一个微不足道的名字罢了。他们满以为她回家来跟亲人们再次聚首团圆，想必打心眼儿里感到高兴。其实，她一想到自己那段生活，以及克莱德对她这种犹豫不定的态度，现在内心深处比以前任何时候都要沮丧。

事实上，的确是这样。尽管最近以来她表面上好像诸事顺遂，可是实际上，她已做出了有损自己的事情，除非跟克莱德结婚，她才有可能使自己的所作所为完全符合她父母所理解和赞同的那个道德标准。要是她不能帮助全家人不紧不慢地逐步提高社会地位的话，那么，她也许就让一家人蒙受奇耻大辱，败坏了家风，这一切足以使她的心情更加消沉。她一想到这里，便感到无比沮丧、五内如焚。

最难堪，也是更加折磨她的就是她心里有这么一个想法：由于她一开始就对克莱德抱有种种幻想，所以一直没能向她母亲或任何人吐露过有关克莱德的秘密。罗伯达担心母亲会认为她一心妄想高攀。此外，母亲还可能向她提出有关他和她的一些问题，反而使她很窘。与此同时，要是她寻找不到一个她完全信得过的人，那么，凡是有关她本人与克莱德的所有一切恼人的疑虑，也就只好仍然秘而不宣了。

她跟汤姆和艾米莉聊了一会儿以后，便到厨房去了。她母亲为准备过圣诞节正在那里忙活。她本想先谈一谈有关农场和自己在莱柯格斯生活的一些感受，好歹作为铺垫，可她一走进去，母亲就抬起头来冲她说："宝芭 ①，回到乡下你觉得怎么样？我想，现在你在乡下，跟莱柯格斯相比，总觉得什么都很寒碜吧？"她母亲有点儿忧心忡忡地说了一句。

说罢，她向女儿投去一个颇为赞赏的眼色，单凭这个眼色和她母亲说话的语调，罗伯达心里就明白，母亲认为她在城里的地位已令人艳羡不已。她马上走到母亲身边，怪亲热地搂住她，大声嚷道："哦，妈妈，您在的地方就是最快乐的地方！这个您明白吗？"

母亲只是向她投去一个充满深情和良好祝愿的眼色，看了她一眼，拍了一下她的后背。"得了，宝芭，"她心平气和地添一句，"你也知道我多么疼你。"

母亲的口吻里有一种意味深长的东西，让罗伯达回想起多年来母女俩之间的情深意笃和充分理解。这种充分理解，不仅仅建立在彼此都能得到幸福的共

---

① 罗伯达的昵称。

同愿望之上，而且表现在彼此之间历来推心置腹、开诚相见的基础之上，因而使她感动得几乎掉下泪来。她的嗓子眼儿发紧，眼睛也湿润了，尽管她竭力使自己感情不要太激动。她真的巴不得把所有一切都向母亲倾诉。无奈她至今依然不得不屈从于克莱德，并且事实上她已做出了有损自己名声之事，她清楚地看到，正是她自己竖起的一道屏障，不是轻轻一推就能推倒的。此间乡下的传统观念实在根深蒂固，即便对她母亲来说，也不例外。

　　她迟疑了一会儿，本想把自己心中的积愫索性向母亲一吐为快，即使得不到帮助，至少也可博得她的同情，可是到头来她只能这么说："哦，我多么希望您跟我一块儿长住莱柯格斯，妈妈。也许——"她突然为之语塞，心里明白，自己稍不谨慎，就差点儿说漏了嘴。其实，她心里的意思是说，倘若有母亲守在她身旁，她也许就能挡住克莱德胡搅蛮缠的要求吧。

　　"是啊，我想，你也一定很惦念我，"母亲接下去说，"不过，你还是住在城里的好，你说对不对？我们在这里的生活光景你是知道的，而且你很喜欢在那里工作。你对自己的工作很喜欢，我没有说错吧？"

　　"啊，这工作挺不错，我喜欢。我很高兴自己好歹给家里帮上了一点儿忙，不过孤零零一个人生活真没意思。"

　　"那你为什么要从牛顿家搬出去呢，宝芭？难道说格雷斯这人真的是那么讨厌吗？我还以为她总可以跟你做伴呢。"

　　"哦，一开头她还不错，"罗伯达回答说，"只是因为她自己连一个男朋友也都没有，所以，要是有人对我稍微献上一点儿殷勤，她心里就觉得怪酸溜溜的。我简直是哪儿也去不了，因为她总得跟着我一块儿去；要不然，她就老是要我跟她在一块儿，因此，我一个人哪儿也都去不了。您也明白，妈妈，两个姑娘总不能跟一个年轻小伙子溜达去吧。"

　　"是啊。这个我也明白，宝芭，"母亲扑哧一笑，找补着说，"那他是谁呀？"

　　"是格里菲斯先生，妈妈。"她迟疑了一下才补充说。仿佛一道突如其来的闪光在她眼前一晃而过，使她深切地感受到，她所结识的新知，若与这里平淡无奇的乡村相比，该有多么不同凡响。尽管她心中怀着种种恐惧，可是，她的生活有可能和克莱德的生活连在一起，哪怕是仅仅有一点儿的可能性，也是令人惊羡不止。"不过，我希望您先别跟任何人提起他的名字，"她找补着说，"他可不让我向人提他的名字。您知道，他的亲戚很有钱。这个公司就是他们开的，我说，就是他伯父开的。可是公司里专门有一条厂规，就是说，不管是给公司办事的职员也好，还是各部门的负责人也好，都不许他们跟任何一个年轻女工来往。而他也从来不愿跟哪一个年轻女工接触。可是他偏偏喜欢我，而我也很喜欢他，这就算是另一回事了。再说，我正打算马上就辞职，上别处另找活儿干，我想，这么一来，厂规就对我们没有约束作用了。到时候，我们就用不着隐瞒，我和他的关系可以向任何人公开了。"

罗伯达心里马上想到，所有这一切，至少在目前，恐怕还说不上是千真万确的。因为最近克莱德对她的态度大变，而且，她委身给他时又极不谨慎，并没有讲定将来通过结婚的方式，最后给她恢复名誉。也许他——一个模模糊糊、几乎没有形状的令人恐怖的形象，并不允许她现在告诉任何人，而且他永远不允许她告诉任何人。除非他继续爱她，并且跟她结婚，也许她自己也不希望任何人知道这件事。所有这一切，使她陷入何等悲惨、可耻的窘境！

奥尔登太太无意中听到这么一种古怪、似乎有点儿暧昧的关系之后，心里不仅困扰不安，而且迷惑不解，因为她对罗伯达的幸福简直是昼夜操心啊。是的，她暗自揣摩，虽说罗伯达是这么一个善良、纯洁、谨慎的姑娘，在她子女里头数罗伯达最出色、最聪明、最不自私，但是不是也会——不，大概未必有谁会那么轻易或是稳稳当当地污辱，或是玩弄罗伯达。她是一个极端循规蹈矩、品德优良的姑娘啊。因此，奥尔登太太找补着说："你说他是老板——也是你信里说的塞缪尔·格里菲斯先生的一个亲戚，是吧？"

"是的，妈妈，他就是老板的侄子。"

"这个年轻人，就在厂里做事？"她母亲问，暗自纳闷罗伯达怎么会迷住了一个像克莱德这样有地位的人。因为她女儿一开头就明白无误地说，此人是厂里老板塞缪尔·格里菲斯家里的一员啊。这本身就是麻烦。至于这类关系将来会有什么样的结果，走遍天下总是一个样。因此，她自然而然地为罗伯达似乎正在进行的那种人际交往担惊受怕。不过话又说回来，她也还是觉得，像罗伯达这样容貌秀美、办事干练的姑娘，说不定能在不使自己受害的情况下继续保持这种人际交往。

"是的。"罗伯达爽快地回答说。

"他是个什么样的人，宝芭？"

"哦，实在是顶呱呱的。他长得可漂亮了，对我一直很好。要不是有他这样一位高雅的人，我对那个地方也就不会感到那么满意了。他在厂里就是专管那些女工的。他是公司经理的侄子，您知道吧，所以，女工们自然就得对他毕恭毕敬。"

"哦，那就敢情好。我觉得在高雅的人手下做事，甚至比在某些老板手下做事还要好得多。你对特里佩茨米尔斯那边的工作不满意，这我也知道。他常来看你吗，宝芭？”

"哦，是啊，他常常来。"罗伯达回答说，不觉有些脸红。因为她感到没法儿向母亲和盘托出。

这时，奥尔登太太抬眼一看，发觉女儿脸红，还误以为她是难为情呢，就干脆逗着玩儿似的问她："看来你很喜欢他，是吧？"

"是的，我很喜欢他，妈妈。"罗伯达爽快地如实回答说。

"那他怎么样呢？他也很喜欢你吗？"

罗伯达走到了厨房的窗前。窗下是斜坡底下一片平地，可以通到井台边的小屋①，以及整个农场上物产最丰盛的地块。那里有不少东倒西塌的房子，比周围任何景物更能说明奥尔登一家经济窘迫的境况。事实上，最近十年以来，这些破烂不堪的房子早已成为经营不善和穷困潦倒的象征了。这时，通过它们展现出来的积雪压顶、满目荒凉的残景，在她心目中却跟她所渴望的一切完全相反。其实，这也用不着大惊小怪。她心中所有的渴望都跟克莱德相关。正如忧郁是同快乐相对立的——要么恋爱成功，要么就恋爱失败。假定说现在他真心爱她，把她从那儿带走，那么，她和她母亲也许就不会再在这里过凄楚的日子了。假定说他并不是这样真心爱她的话，那么，她所渴求的也许就是要不得的梦想所产生的全部恶果，不仅落到她自己头上，还要落到亲人们的头上，首先是落到她母亲的头上。她心中十分困惑，真不知道该怎么说才好，但最后还是回答说："哦，他说他是很喜欢我的。"

"依你看，他是真心实意想娶你吗？"奥尔登太太怯生生但又满怀希望地问她。因为在所有的子女里头，她最心疼罗伯达，所以她对罗伯达也就特别寄予厚望。

"得了吧，我会告诉您的，妈妈……"话音未落，这时，艾米莉从大门口急匆匆地进来，大声喊道："啊，吉福来了！他是坐汽车来的，我看他是搭了别人的车。他还带了四五个大包呢。"

紧接着，汤姆和他哥哥走了进来。哥哥穿了一件新大衣，这是他到了谢内克塔迪通用电气公司做事后取得的头一个成果。他怪亲热地先是向母亲，接着向罗伯达招呼。

"哦，吉福德，"他母亲大声说，"我们原以为你九点钟才到！怎么会到得这么早？"

"哦，我也没想到呗。我在谢内克塔迪碰巧见到了里立克先生，他说要不

---

① 此处指筑在泉水、小溪或井台边的小屋，便于冷藏肉类、乳品等。

要跟他同车走。"他转过身冲着罗伯达说,"我看到了特里佩茨米尔斯的老波普·迈尔斯,他到头来给自己房子盖上二层楼啦,宝芭。不过,盖上屋顶,依我看,他还得在一年之后呢。"

"我想也差不离。"罗伯达回答说。她和这位特里佩茨米尔斯的老友很熟。与此同时,她从哥哥手里把大衣和大包接过来,堆在吃饭间的桌子上,这时就被好奇的艾米莉两眼盯住了。

"不许动手,艾姆①!"吉福德对他妹妹说,"圣诞节早上以前,怎么也不许动一动。圣诞树谁准备了没有?这在去年就是我干的活儿。"

"今年还得你干,吉福德,"他母亲回答说,"我关照汤姆等你回来再说,因为你包管寻找得到漂亮的圣诞树。"

这时,泰特斯扛着一棵树走进了厨房。他那消瘦的脸、纤细的肘和膝,跟富有朝气的年轻的下一代恰好形成鲜明的对照。他伫立在儿子跟前微笑的时候,罗伯达就发觉了这一点。因为她心里恨不得大家生活得比过去更好,便走了过去,用双手搂住了爸爸。"我知道,圣诞老人带来的东西准叫爸爸喜欢。"那是一件深红色方格子厚呢大衣,她相信爸爸穿了它,即使到户外干活儿,也会觉得身子挺暖和的。她巴不得圣诞节早晨快点儿到来,好让爸爸亲眼看到这件厚呢大衣。

随后,她找了一条围裙,想帮着母亲做晚饭。母女俩一直没得空去谈谈私房话,也没有机会再谈谈她们俩都感兴趣的,也就是有关克莱德的事。只是过了好几个钟头以后,她方才抓住时机说:"是的,不过您还是不要对任何人讲。我跟他说过,我自己绝不对别人讲,所以您也绝不要对别人讲。"

"哦,我绝不会讲的,亲爱的。虽然依我看,这事有点儿奇怪,可是我希望你会知道自己该怎么办。现在你早已不是小孩儿,应该也懂得自己关心自己,宝芭,是不是?"

"是的,我懂得,妈。不过,您千万不要为我担心,亲爱的。"她找补着说。这时,她发觉她亲爱的妈妈脸上掠过一层阴影,不是不信任的阴影,而是忧心忡忡的阴影。母亲为了农场上的事已经殚精竭虑了,必须特别小心,千万别让母亲再揪心呀。

星期天早上,妹妹艾格尼斯偕同丈夫加贝尔来到了家里,谈不完的是他们在霍默的生活,以及他们在经济上和社会地位上有所发迹的消息。尽管妹妹长得不及她那么漂亮,弗雷德·加贝尔也不是当时罗伯达会对他感兴趣的人,不

---

① 艾米莉的昵称。

过，在她脑际越想到克莱德就越是烦恼之后，此刻又亲眼见到艾格尼斯结婚以后，哪怕是这么一位中庸之辈的丈夫，也能给她安排一个安全无虞的小天地，让她在思想感情上、物质生活上都感到心满意足、轻松愉快——这一切足以使罗伯达从昨天早晨起便折磨着自己的那种疑惧不安的心情，一下子又强烈起来。她心里想，嫁给哪怕是像弗雷德·加贝尔那样既不能干又不漂亮，可是老实可靠的男子，也比现在她因为自己跟克莱德的关系处于名不正言不顺的境地要好一些。可不是吗？你听，加贝尔正在眉飞色舞地大讲特讲结婚一年以来他本人和艾格尼斯日益美满的生活。现在他已辞去了在霍默的教职，跟人合股开了一家小型图书文具店，生意一直很好，不过收益主要来自玩具部和汽水柜。要是一切顺顺当当的话，到明年夏天，艾格尼斯就可以给客厅添置一套家具了。弗雷德已给她买了一台留声机，作为圣诞节的礼物。为了证明他们的生活美满幸福，他们还给奥尔登家里每一个人都送了一些令人相当满意的礼物。

加贝尔随身还带来了一份莱柯格斯的《星报》。因为今天早上来了客人，所以早餐就开得特别迟，他便在进早餐时看看有关该市新闻消息。因为莱柯格斯有一家批发店，他还是股东呢。

"依我看，贵城闹得正红火呢，宝芭，"他对罗伯达说，"《星报》上说，格里菲斯公司仅仅从布法罗一地就接到十二万件领子的订货。看来他们可要发大财啦。"

"我那个部门活儿多得怎么也忙不过来，这我可清楚。"罗伯达兴冲冲地回答说，"我不知道公司生意是好还是坏，可我们好像两手从来没有闲着。我想，公司一年到头做的都是好生意。"

"这些老板真惬意。他们什么也都不用操心。有人对我说，他们打算在伊利翁开一家新厂，专门制造衬衫。你在厂里听说没有？"

"不，我没听说过呀。也许是另一家厂商吧。"

"再说，你提过的那个年轻人，也就是你那个部门的负责人，他叫什么名字来着？仿佛他也是格里菲斯家族的吧？"他挺起劲儿地问，一面在翻报纸，两眼瞅着刊登有关莱柯格斯上流社会交际新闻的这个版面。

"是的，他叫格里菲斯，克莱德·格里菲斯。怎么啦？"

"我觉得他的这个名字好像刚才还看到过呢。我就是想知道是不是这个人。肯定是的，不信，你看。不就是这一条消息吗？"他把报纸递给罗伯达，一只手还指着那一段新闻，全文如下：

来自格洛弗斯维尔的范达·斯蒂尔小姐，星期五晚在该市小姐府上举行舞会，莅会者有莱柯格斯上流社会知名人士，包括桑德拉·芬奇利小姐、伯蒂娜·克兰斯顿小姐、杰尔·特朗布尔小姐、格特鲁德·特朗布尔小姐、珀利·海恩斯小姐，以及克莱德·格里菲斯先生、弗兰克·哈里特先生、特雷西·特朗布尔先生、格兰特·克兰斯顿先生、斯科特·尼科尔森先生。此次舞会如同时下年轻人聚会一样，照例至深夜始散。来自莱柯格斯的客人们拂晓前才乘坐汽车回去。据传，此次舞会参加者绝大多数准备除夕在谢内克塔迪的埃勒斯利府上，再次欢聚一堂。

"好像此人在那儿还相当出风头啊。"加贝尔在罗伯达还看着报纸时插话说。

罗伯达读了这段新闻以后，首先想到的就是，这次莅会人员跟克莱德过去所说的到会那些人似乎毫无关系。第一，报上根本没有提到麦拉·格里菲斯或是贝拉·格里菲斯。第二，近来克莱德常常提到，因而使她耳熟能详的那些名字，报上却说她们通通莅会了，她们就是桑德拉·芬奇利、伯蒂娜·克兰斯顿、特朗布尔姐妹、珀利·海恩斯。他还说过什么索然无味的话，报上却说是充满了欢乐的气氛，并且说他将在除夕——其实，也就是那个夜晚，她原想跟他一起欢度的——与他们再次欢聚一堂。但是有关这次新年约会，他竟然对她只字不提。说不定他临了照例找个什么借口，如同上星期五晚上那样。啊，老天哪！这一切究竟是怎么回事呀！

原来她觉得回家过圣诞节颇有一点儿罗曼蒂克的魅力，这时一下子消失殆尽。她心中开始纳闷：克莱德到底是不是像他嘴上所说的那样真的疼她。由于她对他怀着一片痴情，如今落到了这般悲惨的境地，不由得心痛如绞。因为要是得不到他，结不了婚，没有家庭和孩子，在她一向熟悉的当地社会上也没有一个体面的职位，那么，像她这么一个姑娘活在世界上还有什么意思呢？再说，即使他继续爱她——就算是他真的继续爱她吧，但遇到类似这样的事件，她又凭什么可以保证他最终不会把她抛弃呢？要真的是这样，那么，等待她的就是：她既不可能跟别人结婚，又压根儿不能依赖他。

她一下子默不作声。虽然加贝尔问她："准是这个人，是吧？"但她也不回答，就站起身来说："对不起，失陪了。我要到旅行袋里寻找东西去。"说完，她就急奔楼上她从前住的那个房间。一进房，她在床沿上坐了下来，双手托住下巴颏儿——每当她心事重重，或是不得不冥思苦想的时候，照例就有这么一种姿态——两眼凝视着地板。

此刻，克莱德又在哪儿呢？

要是他从那些姑娘里头果真带了一位去参加斯蒂尔的舞会呢？他是不是很喜爱她呢？直至今日，正因为克莱德对她一贯忠诚不贰，所以，他有可能向别的姑娘献殷勤这等事她压根儿还没有想过呢。

可是现在呢，现在呢？

她站起来，走到窗前，两眼望着窗外的果园。她还是个小姑娘时，不知有多少回在果园里对生命之美感到激动不已。可眼前这儿是一片光秃秃的荒凉的景象。稀疏的、冰挂的树枝，灰沉沉的树枝在颤抖，一片孤零零的枯叶正发出沙沙声。还有那雪，还有亟待修葺的那些破烂不堪的小棚屋，还有克莱德对她越来越冷漠了……她猛地想起来：她再也不能在这儿待下去了，应该尽快离开。如果可能的话，哪怕是今天，也得走。她必须回莱柯格斯去，守在克莱德身边，即便只能起到唤起他往日对她的柔情蜜意的作用，要是这一点儿作用也起不到，那至少也可以因为在他身边转悠，防止他向别的姑娘大献殷勤。像现在这样一走了之，哪怕是为了回来过圣诞节，显然不妥当。要是她不在，他可能把她完全抛掉，而索性去疼别的姑娘了。要是果真这样，那岂不是她咎由自取吗？她心里马上开始考虑，不妨寻找个借口，干脆今天就回莱柯格斯去。可是，她又想到，既然节日前做了那么多准备，现在到了节日前夕，她却执意要走，这对全家人，首先是她母亲来说，就会觉得不近情理。因此，她决定只好一直忍受到圣诞节下午，到那时候，正如她事前说定的就回去，从今以后，她再也不那样长时间地离开克莱德了。

然而，她在这一段时间里几乎绞尽脑汁地思考一个问题：怎样（用什么方法）才能保证（如果说可以做到的话）克莱德继续疼她，支持她，并且将来跟她结婚。万一他诓骗她，那她又该怎么劝说他（如果说可以做到的话）往后不再诓骗？怎样让他感到，在他们俩之间诓骗是要不得的事？怎样确保她在他心中所占的稳固地位，让别的女人的妖冶媚态使他坠入其中的幻梦通通破灭？

怎样做到这些呢？

Chapter 30　格里菲斯家的讨论

可是圣诞节晚上罗伯达回到莱柯格斯，回到她在吉尔平家自己的房间以后，既见不到克莱德的影子，也得不到任何只言片语的解释。因为就在这时格里菲斯家发生了一件事，克莱德和罗伯达倘若知道的话，一定都会深为关注。原来罗伯达看到有关斯蒂尔家举行舞会的那段新闻报道，也被吉尔伯特看到了。舞会后的星期天早上，吉尔伯特坐在进早餐的桌子旁，正要喝咖啡时，碰巧看到了这段新闻，顿时气得他把牙齿咬得咯吱乱响，就像表盖打开时发出的那种响声。他连咖啡都不喝了，把杯子往桌上一撂，就仔细研读着报上那段新闻报道。这时，餐室里别无他人，只有他和他母亲。他知道，家里人就数他母亲最附和他对克莱德的看法，所以便把报纸递给了她老人家。

"看呀，是谁在上流社会大出风头？"他用犀利、挖苦的口吻说，眼里露出恶狠狠、瞧不起人的凶光，"他马上就到我们这儿抛头露面来啦！"

"是谁呀？"格里菲斯太太一面询问，一面拿起报纸，心情平静、态度公允地仔细读着那段新闻报道，不过，一看到克莱德这个名字，她不免大吃一惊，但是她竭力克制，这才没有在脸上显露出来。因为，不久前桑德拉让克莱德搭乘她的车，后来他又被请去参加特朗布尔家举行的舞会等事，尽管最近才传到他们家里，可是，克莱德在《星报》的上流社会交际新闻中出现那就非同小可了。"我真纳闷，不知道他怎么会被邀赴会的？"格里菲斯太太若有所思地说。她儿子对所有这些事情的态度，她心里一向很清楚。

"当然了，除了芬奇利这个喜欢装腔作势、自作聪明的小丫头，还会有谁呢？"吉尔伯特恶狠狠地大声说，"不知道她是从哪儿得来的想法，据我所知，她是受贝拉的影响，好像觉得我们压根儿不睬他。她以为这是打击我的一大绝招，就我得罪过她的事，或是她自以为好像我得罪过她的事进行报复。不管怎么说，反正她认为我不喜欢她。不过，这也说对了，我才不喜欢她呢。这个，贝拉也知道。不过，这事没有那个爱出风头的小丫头克兰斯顿帮衬，可也不行哪。她和桑德拉老是跟着贝拉转悠。她们这一拨人，净爱出风头，摆阔气，挥霍浪费，个个都是这样，连她们的兄弟们——格兰特·克兰斯顿和斯图尔特·芬奇利也不例外。我敢打赌说，这一帮子人不知哪一天就要倒霉了。您记住我的话就得了！他们什么事也不干，这一帮子人一年到头净是玩啊，跳舞啊，开着车子到处兜风啊，好像世界上除了玩就一点儿事都没有似的。再说，您和爸爸干吗让贝拉老是跟在这一拨人后头跑？我可真不明白。"

母亲听了他这些话，很不以为然。要阻止贝拉跟当地上流社会里这一部分人完全断绝往来，限定她只能跟另一部分人里头哪几户人家应酬交往，这个母亲可办不到。她们个个都无拘无束地相互交往，常常晤面。何况贝拉也长大成人，可以自己做主了。

不管母亲进行百般辩解，也丝毫没有减少吉尔伯特的敌意，因为他对克莱德千方百计要跻身于上流社会的做法非常反感，何况从已发表的那段新闻报道来看，可能性又是极大，简直叫他难受死了。这个可怜的穷小子堂弟实在罪该万死，罪名有二，一是模样儿长得活像他吉尔伯特；二是投奔莱柯格斯，一头闯入了这个声名显赫的大户人家。吉尔伯特一开始就明白无误地向他表示过自己既不喜欢他，也不想收留他。倘若吉尔伯特自己能做主，那么连一刹那也不会容忍他的。

"他连一个铜子儿都没有啊，"后来他怒气冲冲地对母亲说，"他却使出浑身解数，想跻身于这儿的上流社会。为了什么呢？要是这儿的上流社会里头的人都跟他交往，那他以后又该怎么办？当然了，他不可能像他们那样胡乱花钱，毕竟他没有钱。就算他行，他在这儿的工作也帮不了他的大忙，除非有人愿意替他掏钱。他怎么能做到两不误，一面干自己的工作，一面又跟着这一拨人胡混，我可真不明白。要知道，这帮年轻人是整天开着车子到处乱转悠的。"

事实上，现在他心中暗自纳闷：从今以后，上流社会会不会就公开接纳克莱德。要是接纳的话，那又该怎么办才好？万一他就这样被纳入上流社会，那么，他吉尔伯特也好，还是他家里也好，又岂能不给予他青睐呢？显而易见，他的父亲并不乐意把他打发走，一开始和后来的事实早就证明了这一点。

格里菲斯太太同儿子谈话以后，便把报纸递给了与她同一张早餐桌上的丈夫，还把吉尔伯特的意思转告了他。不过，塞缪尔·格里菲斯对克莱德仍旧持同情态度，并不同意儿子的看法。相反，据格里菲斯太太看来，他好像认为，这段新闻报道所列举的事实，恰好证明他早先对克莱德所做的估计是颇有道理的。

"我不得不这样说，"他仔细听完了太太的意见后开始说，"哪怕是他身无分文，可有时候克莱德在什么宴会上露露面，或是这儿那儿有人邀请他去，依我看，这也并没有什么要不得的。老实说，这对他本人也好，对我们也好，都是很有面子的事。至于吉尔对他的态度怎么样，我也很明白。不过，依我看，克莱德好像比吉尔的估计还要高一些。不管怎么说，我对这件事既不会去干涉，也不愿去干涉。既然我要他上这儿来，我至少也得给他一个出人头地的机会。好像他的工作干得还蛮出色嘛。再说，要是我不这样办，那又会是什么样子呢？"

随后，因为吉尔伯特又向母亲说了一些另外的事，父亲便找补着说："当然啰，我巴不得他跟一些上等人来往，不要跟那些下等人一块儿厮混，那是毫无疑问的。他这个人衣冠楚楚，彬彬有礼，根据我在厂里听到的各种反映来看，他的工作也挺不错嘛。其实，应当听我的，去年夏天就请他到我们湖上别墅去玩，哪怕是只有一两天时间。要是在眼下这情况我们不赶紧做出一点表示，那么，结果必然是这样：好像只有我们认为他表现还不够好，可是人家全都觉得他确实够好的了。不妨听听我的忠告，就在圣诞节或是新年里请他到我们家来，好歹也表示我们对待他的规格绝不会比我们的朋友给的还低。"

吉尔伯特一听到母亲所转达的父亲这个建议，就高声喊道："嘿，让他见鬼去吧！得了，不过，你们休想我会向他溜须拍马！说来也真怪，爸爸既然觉得他挺有能耐，那他干吗不上别处寻找一个好差使？"

他们这样议论了一番之后，要不是因为贝拉这一天正好从奥尔巴回来，跟桑德拉、伯蒂娜通了电话，又碰过头，得到了一些有关克莱德的消息，本来很可能什么结果也没有。贝拉还获悉，克莱德已接受邀请，陪她们去谢内克塔迪参加埃勒斯利府上的除夕舞会。而在他们想到邀请克莱德以前，贝拉早就列为被邀请的客人之一了。

这一突如其来的消息，确实意味深长。贝拉把它告知母亲以后，格里菲斯夫妇就不顾吉尔伯特表示反感，决定在显然迫不得已的情况下尽量争取主动，索性邀请克莱德到家里来，时间定在圣诞节这一天，是一个应邀宾客很多的盛大的宴会。他们认为，这就一下子昭示天下：他们并没有像有些人所想象的那样，压根儿不睬克莱德。迟至今日，这是唯一合情合理的办法了。吉尔伯特听到这件事以后，深知自己吃了败仗，就乖戾地大声嚷道："哦，那敢情好！要是你们乐意请他，要是您跟爸爸认为这么办好，那你们就尽管请吧。而我呢，直至今日，还看不出真正有邀请的必要性。不过，你们爱怎么办就怎么办得了。反正康斯坦斯和我要去尤蒂卡一整天，我即使乐意来，到时候恐怕也来不了。"

他心中暗自寻思，像桑德拉这么一个他最最不能容忍的姑娘毅然决然使出了一些花招，迫使他不得不接受自己的堂弟，让他就是想阻挡一下也阻挡不了，真叫他敢怒而不敢言。而克莱德呢，好一个下流坯！他明明知道自己不受欢迎，却还是那样使劲儿地黏附在一起。这个年轻的家伙究竟是个什么货色啊？

克莱德就这样在星期一早上又接到了格里菲斯家的来信，这一回是由麦拉出面，请他圣诞节下午两点来家赴便宴。既然这个时间跟当晚八点钟和罗伯达的约会好像并不发生冲突，他心中真有着说不出的高兴。如今，他在上流社会里终于获得了一席之地，说真的，绝不是低人一头啦！尽管现下他还是身无分文，可你们瞧吧，人家照样宴请他，甚至连格里菲斯府上也宴请他呢。而对他脉脉含情的桑德拉呢，说真的，从她的举止谈吐来看，仿佛打算跟他谈情说爱似的。吉尔伯特呢，却由于克莱德获邀莱柯格斯上流社会的青睐而败下阵来。你们觉得那封信怎么样？在克莱德看来，那封信证明至少他的亲戚还没有把他忘掉，要不然就是由于他最近在社会上不断地取得成功，他们就认为非得跟他套近乎不可。克莱德想到这些，正如一个斗士头上戴了一顶胜利的桂冠，这时，他心里那么美滋滋的，好像同他的亲戚关系方面从来就没有过裂痕似的。

Chapter 31　克莱德安抚罗伯达

　　偏巧圣诞节应格里菲斯夫妇邀请赴宴的宾客里头，包括斯塔克夫妇和他们的女儿阿拉贝拉、威南特夫妇（因为他们的女儿康斯坦斯跟吉尔伯特一起去尤蒂卡，所以他们便来格里菲斯府上赴宴了）、阿诺德夫妇、安东尼夫妇、哈里特夫妇、泰勒夫妇，以及莱柯格斯其他知名人物，给克莱德留下了非常强烈甚至无比惊愕的印象。因此，尽管到了五点钟，直至六点钟，他还是脱不了身，也没有迫使自己清醒地想到他与罗伯达幽会的诺言。甚至快到六点钟时，客人们绝大部分早已尽兴，开始纷纷离座，向主人鞠躬告别了（这时，本来他也应该同样行告别礼，同时想到自己跟罗伯达还有约会），但偏偏在这时候，年轻客人里头的维奥莱特·泰勒走过来跟他搭讪。泰勒告诉他今儿晚上安东尼家还有一些联欢活动，竭力撺掇他说："您跟我们一块儿去吧？当然啰，您一定会去。"他马上就默许了，尽管事前他给罗伯达的诺言使他不能不想到，此时此刻她也许早已回来，正在引颈企盼着他呢。不过，他想也许还来得及，不是有的是时间吗？

　　殊不知，一到了安东尼家，跟姑娘们聊聊天，跳跳舞，同罗伯达约会一事就渐渐淡忘了。到了九点钟，他心中开始有点儿惴惴不安。因为这时她想必已在自己房间里，暗自纳闷，真不知道他本人和他的许诺会不会出了什么事？而这又是在圣诞节夜晚，何况与她离别已有三天了。

　　尽管他在内心深处越发困惑不安，但从表面来看，他依然如同他午后那样兴高采烈。幸亏这一帮子人在上个星期每个夜晚必到舞厅，寻欢作乐，早就精力不逮了，所以今晚他们不知不觉都感到困乏不堪、难以为继，便在十一点半纷纷离去。克莱德把贝拉·格里菲斯一送到她府上大门口，就急奔埃尔姆街，但愿这时罗伯达最好还没有入睡。

　　他一走近吉尔平家，就从枝丫稀疏、又有挂雪的矮树丛的缝隙里看见了她房间里那盏孤灯的亮光。他心里一阵不安刚过去，就马上暗自琢磨：他应该对她说些什么话才好——他该如何给自己这次怎么也说不清的过失进行辩解——他停在路旁一棵大树边，心中再三斟酌自己究竟应该对她说些什么话才好。他反躬自问：要不要一口说定，这次他又去格里菲斯家或是去别处了？因为，照他前次所说，上星期五他曾经去过那里。好几个月前，他压根儿还没有涉足上流社会，对此充其量也只不过是想入非非罢了。那时，他向罗伯达胡扯一通，自己一点儿也不觉得有什么内疚。他编出来的那一套反正不是真的，实际上既没有占去他的时间，也没有影响他们两相情愿的交往。可是如今这已经变成现实，而且认为新近自己在上流社会的交往对个人的前途至关重要，所以心中反而犹豫不决了。但很快他就决定，不如说他之所以没有来，是因为后来收到伯父家的第二次请柬；同时还要让罗伯达相信，既然格里菲斯家主宰着他的一生幸福，因此，只要他们啥时叫他去，他就得去——对他来说，这是责无旁贷的，而绝不是他一味玩乐，存心回避她。除此以外，他还有什么别的办法？等这一套似是而非的理由在他心里想定后，他便踩着积雪，走过去，轻轻地叩她的窗。

　　灯一下子熄了，随后窗帘也放了下来。不一会儿，忧心忡忡的罗伯达开了门，让他进来。事前她照例点燃了一支蜡烛，免得灯光太亮，被人发觉。克莱德马上低声耳语道："唉，亲爱的，这里的交际应酬简直弄得我晕头转向。像这样的城市，我可一辈子都没见过。只要你跟这些人一块儿上某处赴会去，他们回头总会千方百计地邀请你也到他们舍间便宴去。他们一天到晚地宴会啊，舞会啊，总是没个完！星期五我去的时候（他在这里提到的，就是他前次撒谎说自己上格里菲斯家去了），我原以为这是节日结束前最末一次应酬了，哪知道，昨天正当我动身去别处的时候，我却收到了一张便条，说伯父他们巴望我今天务必再去那儿吃饭。"

　　"今天呢，本来我以为两点钟总可以开饭，"他接下来就自我辩解道，"一结束，我还来得及正像我所说的八点钟准到这儿来，可是实际上三点钟才开始，一直拖到现在才散席。这不是叫人太难办了吗？这四个钟头里，我委实脱不了身。哦，你还好吧，亲爱的？你过得很痛快吧？但愿如此。我送的东西，你的父母喜欢吗？"

他絮絮叨叨地说了一连串问题，她只好简明扼要地做了回答，但是自始至终两眼直瞅着他，仿佛在说："哦，克莱德啊，你好意思这样对待我呀？"

而克莱德呢，只是一心注意自己胡编的那一套辩解，以及怎样让罗伯达信以为真，因此，在他脱下外套、围巾、手套，再掠了一下头发前，他都没敢正面地，甚至温存地看她一眼，的确也没有对她做出任何动作表示自己跟她重逢真有着说不出的高兴。相反，这时他显得特别心神不安，还有点儿窘态。因此，尽管刚才他做了那一套辩白和举动，她却一眼就看出，除了跟她再次见面略感高兴以外，他最关心的还是他自己，以及他刚才解释为何失约一事，而根本不是关心她。虽然不一会儿，他搂住了她，亲吻她，可她还是像星期六那样觉得，他思想感情上跟她只是三心二意罢了。此外还有一些事，就是星期五和今天晚上不让他前来跟她相会的那些事，这时都使他和她心乱如麻。

她两眼直望着他，虽不是真正地相信他，但也不是压根儿不愿相信他。说不定正如他所说的，他确实在格里菲斯府上，也可能是他们把他拖住不放。可是也有可能他压根儿就没有去。因为，她不禁想到，上星期六他对她说星期五在格里菲斯他们家吃饭，而与此同时，报上偏偏说他是在格洛弗斯维尔。不过，现在问他这些事，也许他就会火冒三丈，或是再次向她撒谎……这时，她不禁暗自思忖，说真的，她毕竟也没有权利向他提出任何要求，除了要求他爱她以外。可是，他的感情一下子变得这么快，倒是她始料未及的。

"这就说明了你今儿晚上为什么没有来的原因，是吗？"她反问时充满了激愤的语气，是过去她跟他说话时从来也没有过的。"我好像记得，那时你跟我说过，你绝不让任何事情干预……"接着，她心情有些沉重地说。

"哦，我是说过的。"他一口承认，"要不是来了那封信，我也绝不会那么办。你也知道，除了我伯父以外，我绝不会让任何人来干预。可是，如果伯父他们叫我在圣诞节那天去，那我就没法儿谢绝呀。这可是太重要的了。看来也不应该谢绝，不是吗，特别是今天下午你还没有回到这里呢？"

他说话时那种态度和语调，跟他过去所说的相比，让罗伯达更加清晰地认识到，他把自己显贵的亲戚关系看得何等重要；对他们俩之间的关系，尽管她觉得无比珍贵，他却看得多么微不足道。这时，她悟出了一个道理：不管一开始谈恋爱时他表现得多么易动感情，多么炽烈似火，但在他的心目中，恐怕她比她自己的估价还要低得多。这就是说，她过去的种种梦想、种种牺牲，都是枉然徒劳了。想到这里，她心中也就不寒而栗。

"哦，反正不管怎么说吧，"她疑惧不安地继续说，"难道你就没想到自己不妨留个条子在这儿，克莱德，让我一进来便看到？"她质问他时口气温和，不想让他恼羞成怒。

"可我刚才不是早告诉你了吗，亲爱的，我没想到会滞留在那里这么晚。原以为六点钟无论如何就散席了。"

"是啊……得了……反正……我明白……可是还……"

她脸上露出迷惑不解、困扰不安的神色，可又掺杂着惧怕、悲哀、沮丧、怀疑，以及一点儿反感和绝望，都一股脑儿地在她眼里映现出来。这时，她那双圆圆的大眼睛严肃地直盯住他，不由得使他痛苦地感到：是他虐待了她，污损了她的品格。她的眼睛仿佛也指出了这一点，他顿时只觉得脸上发烧，平时很苍白的两颊上红一块、紫一块的。可是罗伯达偏偏佯装没看见，也不想马上给他点明。所以，过了一会儿，她才找补着说："我看过《星报》了，上面提到了星期天格洛弗斯维尔的晚会，不过并没有提到你的堂妹也都在那里。那她们到底去了没有？"

虽然她在不断地质问他，但这还是她头一次带着怀疑的口吻，好像她也许不太信任他一样。这一点，克莱德始料未及，因而特别困惑、恼火。

"当然啰，她们也去了，"他又说了假话，"我早就对你说她们也去了，你干吗还要问这个呀？"

"哦，亲爱的，我可没有什么别的意思。我只是想知道罢了。不过，我看见报上提到了你常常讲起的莱柯格斯的另一拨人：桑德拉·芬奇利、伯蒂娜·克兰斯顿等。你总记得吧，你只跟我说过特朗布尔姐妹，此外你哪一位都没提过呢。"

她顿时发现，她刚才说话的语气好像就要惹得他发火了。

"是的，这我也看过了，不过与事实有出入。要是说她们也在那里的话，但我并没有看见她们啊。报纸上刊登的事不见得件件都正确嘛。"尽管他因为被她揭了底，不免有点儿恼羞成怒，但他的举止神态并不令人信服，这一点就是他自己也明白。那时，他最反感的是她竟敢这样质问起他来了。她为什么要这样质问他？难道说他自己已经很有身价，可以随心所欲地在这个新天地里周旋，但还得事事受到她牵制吗？

罗伯达并没有进一步反驳他或是责备他，只是两眼直瞅着他，脸上露出受委屈后沉思默想的神色。现在，她既不是完全信任他，也不是完全不信任他。他说的话也许部分是真实的。最要紧的是，他应该疼她，既不诓骗她，也不亏待她不过，要是他对她不怀好意，表现得不忠实，那又怎么办呢？她往后退了好几步，露出无可奈何的神态对他说："哦，克莱德，你完全用不着给我胡编一通啦。难道说你还不明白吗？你上哪儿去，本来我也无所谓，只要你事前跟我说一声，别撇下我一个人过圣诞夜，怪孤零零的。正是这一点，才让人最伤心。"

"可我并没有胡编一通呀！伯特，"他怒冲冲地顶嘴说，"即使报上是这么说的，报道失实了，现在叫我也没有办法啊。格里菲斯姐妹俩确实去过那里，我个人就可以做证嘛。今天，我一脱身，就尽快赶到这儿。你干吗一下子就生这么大的气？事情的来龙去脉我早已跟你说过了。我在那里真是身不由己呀。你要知道，正是伯父他们临时通知我，关照我非去不可。而后来，我实在也没法儿脱身啊。生这么大的气，有什么用呢？"

他两眼露出挑战的神色，直盯着她。罗伯达的气势一下子输了下去，真不知道下面该怎么周旋。她心里记得报上说的有关除夕晚会一事，但又觉得现在再提它也许很不合适。这时，她比过去任何时候都更痛心地认识到：他经常沉溺于那种寻欢作乐的生活之中，而这种生活仅仅与他有缘，对她却是可望而不可即的。但即使在这时，她还是有点儿犹豫，不想让他知道自己正被妒忌心折磨得多么剧痛。他们——不论克莱德也好，还是他相识的熟人也好——在那个美好的世界里，个个都是多么快乐，她，罗伯达，却是这么……再说，现在他嘴上老是说到桑德拉·芬奇利、伯蒂娜·克兰斯顿，报上也是常常提到她们。他会不会爱上了她们里头的哪一个呢？

"你非常喜欢芬奇利小姐吗？"她突然问他，在昏暗的烛光里抬眼直瞅着他。她很想知道一些真相——能对她眼前种种苦恼的原因多少有点儿了解——她的这个念头至今还在折磨着她。

克莱德一下子感到这个问题的严重性——她流露出一点儿被抑制住的急于了解的欲望、嫉妒和无可奈何的神情，这在她说话的声调里要比在她的神态里体现得更加明显。她说话的声音有时很温柔、很诱人、很忧郁，特别是在她心情沮丧的时候。与此同时，她好像一下子就盯住桑德拉不放，这就使克莱德对她的这种洞察力感到有点儿吃惊。他马上觉得这件事断乎不该让她知道——要不然就会惹她生气。殊不知，由于他在这里的社会地位显然日益稳定，他那种爱慕虚荣的心理终于使他说出了这些话：

"哦，当然啰，我是有点儿喜欢她。她非常美，跳起舞来也帅极了。而且，她非常有钱，穿戴可阔气啦。"他本想再补充说，除了这些以外，桑德拉并没有给他留下什么印象，这时罗伯达却觉察到，他也许真的爱上了这位姑娘。想到她自己跟他的上流社会之间有鸿沟，她突然又大声嚷道："是啊，像她这样有这么多的钱，谁还不会穿得阔气呢？我要是有这么多的钱，我也会这样啊！"

就在这个节骨眼儿上，她说话的声音突然开始颤抖，跟着变得沙哑起来，像在呜咽抽泣似的，这使他大吃一惊，甚至惊恐丧胆了。他亲眼看到和感受到，她伤透了心，痛苦极了，又痛心，又嫉妒。他一开头就想发火，再次露出挑战的神色，可突然一下子心软下来。因为一想到迄今他一直那么心爱的姑娘为了他饱尝嫉妒的痛苦，他自己也觉得很难过。他自己从霍丹斯一事也深知嫉妒的痛苦。出于某种原因，他简直没想自己好像处在罗伯达的地位，因此非常温存地说："哦，得了吧，伯特，难道说好像我跟你一提到她或是随便哪个人，你就非得生气不可吗？我可不是说我对她特别感兴趣。刚才你问我喜欢不喜欢她，我便把自己认为你想要知道的事情通通告诉了你，就是这么一回事嘛。"

"哦，是的，我知道。"罗伯达回答说，紧张不安地伫立在他跟前，脸色也一下子变得煞白。她猛地紧攥着双手，抬起头来，疑惧而又恳求地望着他说，"可是人家什么都有。你自己也知道人家什么都有。可我呢，说真的，什么都没有。我要糊口过活已经够难的了，现在还要对付她们一伙人，何况她们本来就什么都有啊。"她说话的声音颤抖了，她突然为之语塞，眼睛里噙满泪水，嘴唇也开始翕动起来。她马上用双手捂住自己的脸，掉过身去，这时连肩膀也在抽搐。由于极端绝望而痉挛似的呻吟哭泣，她浑身上下都在哆嗦着。她那长时间受压抑的强烈的感情骤然迸发出来。克莱德一见此状，便感到困惑、惊异、茫然若失，后来连他自己也突然深受感动了。因为，显然，这不是在要弄花招，或是故意装腔作势，企图给他施加影响，而是突然透过惊人的幻象（这一点他能感觉得到），罗伯达发现自己只不过是一个孤苦伶仃的姑娘，没有朋友，没有前途，根本比不上现在他非常喜欢的那些姑娘（她们事实上个个都是富足有余的）。而她的过去，是孤独、离愁的岁月，断送了她的青春；这一印象，由于她最近返回家乡，在她脑际里依然挥之不去。罗伯达痛心到了极点，而且孤苦无告，确实陷入绝望了。

她从心坎里发出了呐喊："要是我能像某些姑娘那样也有这么一个机会，要是我也到过什么地方，见过什么世面，该有多好啊！可惜长在穷乡僻壤，既没有钱，也没有衣服，什么都没有，更没有人来点拨你呀。哦，哦，哦，哦！"

话音刚落，她马上觉得自己是那么软弱，就把自己骂了一通，真丢脸。毫无疑问，克莱德之所以对她表示不满，原因正在这里。

"哦，罗伯达，亲爱的，"他搂住了她，马上温柔地说，并且对自己大大咧咧的态度真的感到很后悔，"你千万不要那样哭，最最亲爱的。千万不要那样。我可不是存心叫你难过，亲爱的，千真万确不是的。说实话，真的不是，亲爱的。我知道你这一阵子很难过，亲爱的。我知道你心里是怎么难过，也知道你是怎么顶过来的。当然啰，我知道，伯特，你千万不要哭，最最亲爱的。我还是照样爱你。真的，我爱你，而且我永远爱你。我要是委屈过你，我也非常痛心，真的是这样。今儿晚上我没有来，还有上星期五也没来，说实话，那是我身不由己啊。哦，真的，我是身不由己啊。可是从今以后，我再也不会这么言而无信了。说实话，今后我再也不会那样了。你是我最最心疼、最最亲爱的姑娘。瞧你的头发、你的眼睛，是那么可爱；你那娇小玲珑的身段，又是那么动人。真的，你确实是这样，伯特。你也会跳舞，一点儿都不比别人差。你呀长得那么美，真的，你确实是这样，亲爱的。得了吧，亲爱的，现在你别哭，好吗？千万别哭了。我要是在哪儿委屈了你，亲爱的，我也是非常痛心的呀。"

正如几乎每一个人遇到类似上述情况会想到自己生活中所经历过的遭际、挫折和苦难，从而产生怜悯心一样，有时，克莱德身上，说真的，也有一点儿柔情。每当这种时候，他说话的声音就很温柔，而且使人深为感动。他的举止谈吐也温馨柔和，有如慈母爱抚小孩一般。这就把罗伯达这样的姑娘一下子住了。与此同时，他那股激情，虽然来得非常强劲，但是一瞬间就消失得无影无踪了，有如夏日的暴风雨，哪怕是翻江倒海，骤然而至，可是去时也像一溜烟儿。因此，这一回也足以使罗伯达感到他是完全了解她、同情她的，因此今后他也许就会更爱她。反正眼前的事态并不是那么坏。不管怎么说，克莱德是属于她的，还有他的爱、他的同情，也都是属于她的。因为一想到这里，她便感到无限安慰，再加上他劝慰她的那些话，她开始擦去眼泪，埋怨说自己刚才好像是个爱哭的小娃娃，此外还希望他原谅她，因为她的眼泪弄湿了他那洁净的白衬衫的衣襟。她还说这一回只要克莱德原谅了她，从今以后她绝不再那样了——他真的没想到她内心深处竟然会有这么一股激情，禁不住非常感动，于是，他不断地亲她的手，亲她的脸，最后亲她的嘴。

他就这样一面爱抚她，哄逗她，亲吻她，一面又最荒唐、最虚伪地要她千万放心（如今，他真的爱上了桑德拉，方式虽然不同，但也是强烈极了——说不定还有过之无不及呢）。他说她永远是自己头一个，也是最后一个、最最亲爱的心上人——这么一说，使她觉得刚才自己也许冤枉了他。她还觉得，自己眼下的处境虽说不见得比过去更美妙，至少也是比较安稳的了——甚至远远地胜过别的姑娘，她们也许在交际场合见得到他，可也从来尝不到他那妙不可言的爱情的滋味。

Chapter 32　克莱德耽于迷恋

今冬莱柯格斯上流社会所开展的各项活动，真的已经离不开克莱德了。格里菲斯家介绍他跟他们的亲友们见面后，自然而然地，本城几乎所有名门世家照例都殷勤地招待他。不过，就在这么一个狭窄的圈子里，凡是有点儿地位的人，对别人底细全都了如指掌；而每个人钱袋的盈亏，倘若跟他的社会地位相比，都被视为同等的重要，有时也许更为重要。本地这些名门世家都坚信这么一条不容置辩的真理：不仅家庭出身要好，而且要拥有财富——这才是所有美满安逸的婚姻的最终目的。因此，他们虽然认为，克莱德毋庸争辩地已被上流社会认可，但因外界谣传说他的钱财少得可怜，所以并不把他看成堪攀他们名媛的入赘人选。这样一来，他们一面纷纷向他发出请柬，一面为了预防万一，又暗示自己的孩子和亲戚不宜跟他过往太密。

可是，桑德拉这一拨人对他很友好，他们的朋友和父母对他的观察和批评也暂时没有成为定论，所以，克莱德照例不断地收到一些请柬，邀他赴会，这些会常常以跳舞开始，最后又以跳舞结束，正是他最感兴趣的乐事。尽管他常常囊中羞涩，可也还算过得去。桑德拉对他发生兴趣后不久，了解到了他的收入情况，便想方设法让他在跟她交际应酬时尽量少破费。正因为她持有这种态度，伯蒂娜·克兰斯顿、格兰特·克兰斯顿等人也就竞相仿效。因此，克莱德到各处赴会，特别是在莱柯格斯举行的，根本用不着花什么钱。即便不在莱柯格斯开，他又答应过要去，别人也往往会派车来接他一块儿去。

除夕的谢内克塔迪之行，在克莱德和桑德拉的关系上真可以说起了极其重要的作用，因为这一回看得出，她对他比过去亲热得多了。打这以后，往往是桑德拉自己要他搭乘她的车子。事实上，他已给她留下了强烈的印象。而且，他的殷勤奉承既满足了她的虚荣心，同时又触动了她性格中一个最大的优点，就是她巴不得身边能有克莱德这样的年轻人，长得既漂亮，家庭出身又好，但是要完全依赖她。她也知道，她父母不会赞成她常常接近克莱德，就是因为他穷的缘故。跟他接近这类事，虽然开头她连想都没有想过，可如今倒是有点儿求之不得了。

　　然而，后来他们并没有机会进一步倾心相谈，直到除夕舞会开过大约两周后的一天晚上。他们在阿姆斯特丹欢聚后，正要动身回去，贝拉·格里菲斯、格兰特·克兰斯顿、伯蒂娜·克兰斯顿都已各自开车回家了。斯图尔特·芬奇利大声喊道："来吧，我们就送你回去，格里菲斯！"这时，桑德拉跟克莱德在一起，心里正乐不可支，还不愿马上分手，所以就抢着说："您要是乐意先上我们家，我就给您喝热巧克力饮料，完了您再回家。同意吧？"

　　"哦，当然啰，同意。"克莱德乐呵呵地回答说。

　　"得了，那就走吧，"斯图尔特说，掉过车头，直奔芬奇利家，"可是我呀，我可要上床啦。现在三点钟都过了。"

　　"这才是呱呱叫的好兄弟啊。哪个不知道，你就是我们家的'睡美人'呀。"桑德拉回答说。

　　车子关进汽车房以后，三个人就从后门走进厨房。她的弟弟先走了，桑德拉请克莱德坐在仆人餐桌旁，自己配巧克力饮料去了。克莱德一见到这么一套厨房设备，不禁大吃一惊，因为过去他从没见过。这时，他就东张西望，暗自纳闷：要维持这么一间厨房，真不知该要多大的财力啊。

　　"天哪，这间厨房真大！"他说，"你们要烹煮的东西一定很多，是吧？"

　　从他这话里，她才知道他来莱柯格斯以前还没见过这类设备，因此特别容易感到吃惊。于是，桑德拉回答说："哦，我也不知道。是不是所有的厨房都像这么大？"

　　克莱德心里想到自己深知的穷困况味，又从她话里推想她根本不会知道天底下还有比这差劲儿得多的环境，因此，他更加被她那个豪华世界惊呆了。多大的财富啊！只要想一想，倘能跟这么一位姑娘结了婚，不就每天可以安享如此豪华的生活吗？那时，你便会有一名厨师、好几个仆人、一幢大公馆、一辆汽车，用不着给谁干活儿，只管发号施令就得了。这一闪念简直使他大大动心了。何况桑德拉装腔作势，故意做出的种种姿态，越发使他六神无主了。这时，她也看到这一切对克莱德极有吸引力，便乐得夸大其词，说眼前这一切都跟她密不可分。依她看，他比谁都更要觉得，她就是豪华富丽和高门鼎贵的化身，宛如一颗明星在天际闪闪发亮。

她在一只普通铝制平底锅里把巧克力饮料调配好以后，便从隔壁房间端来一套精雕细刻的银茶具，让他开开眼界。她把巧克力饮料斟入一只雕饰精美的咖啡壶里，搁到桌子上，再放到克莱德面前。随后，她轻盈地来到他身边，说："哦，这就算是熟不拘礼，是吧？我最喜欢像这样偷偷地溜到厨房里，不过只能是在厨子外出的时候。赶上他在的时候，不拘是谁，他都不让进。"

"哦，真的吗？"克莱德问，大公馆里厨师的情况，他简直是一无所知。他这一问，使桑德拉确信他是贫苦家庭出身。不过，好在如今他对她来说已是那么至关紧要，她也绝不会有后退之意了。因此，当他终于大声喊道："这会儿我们在一块儿有多美！是吧，桑德拉？只要想一想，整整一晚上，我几乎没有机会单独跟您说过一句话呢。"她并没有觉得他说话太放肆而恼火，还是回答说："您是这样想的吗？那我可高兴。"说完，她微微一笑，略带着高傲而又温柔的神色。

她穿一套亮闪闪的白缎子礼服，怪亲昵地坐在他身边；她那穿上便鞋的双脚正在晃悠，一阵阵香气扑鼻而来，克莱德不由得心荡神移了。事实上，是她让他的春心真的有如烈焰一般燃烧起来了。在他眼前就是青春、美丽、财富的化身——这不是具有巨大的魅力吗？她也感到他是那样炽烈地爱慕她，至少部分地受到了他一片狂热的痴情感染，因而无比感动地认为，她可以深深地爱他。瞧他的眼睛是那么亮闪闪，那么乌溜溜，那么脉脉含情啊！还有他那漂亮的头发啊，低垂在他白净的前额，显得多么迷人！她真的恨不得这会儿就抚摩他的头发，用她的双手摩挲他的头发，抚摩他的脸颊。还有他的一双手，那么纤细，那么敏感，那么秀逸！正如在她以前的罗伯达、霍丹斯、丽达一样，她同样也发觉了他所有的这些美。

可他这时默不作声，竭力遏制自己，不敢把心里话讲出来。因为他心中正在思忖："哦，只要我能对她说我觉得她真美；只要我能搂住她，亲吻她，亲吻她，亲吻她，而她同样也亲吻我，该有多美啊。"说来真怪，跟他初次接近罗伯达时的心态很不相同，这时他心里想的却一点儿都不带贪欲成分。他只是恨不得把这个完美无缺的美人儿紧紧地搂在自己怀里，尽情地爱抚她。他的眼里果真进发出炽烈欲念的闪光。桑德拉也发觉了这一点，因而不免有些疑惧。要知道，克莱德这种激动表现，正是她最最害怕的，但是也使她完全入了迷，很想知道下一步将意味着什么。

于是，她挑逗地说："好像您有什么非常重要的事要说吗？"

"我有许许多多的事要跟您说，桑德拉，只要您让我说，"他热切地回答说，"可您关照过我不要说。"

"哦，我是说过的。而且很一本正经的呢。您就这么听话，我很高兴。"她嘴边露出俏皮的微笑，两眼直瞅着他，仿佛在说："不过，你也不见得真的相信我是一本正经的，是吧？"

克莱德一见她脉脉含情的眼色，不由得心荡神移，便站起身来，握住她的双手，直望着她的眼睛问："那您并不是一本正经的，是吗，桑德拉？反正不见得全是这样。哦，我真恨不得把我这会儿所想的通通告诉您。"他这分明是在用眉目传情。桑德拉虽然又深深地意识到，倘要使他欲火中烧，简直是太容易了，但她还是巴不得让他自己说下去，就身子微微后仰一下，对着他说："哦，是啊，当然了，我关照过您不要说。您什么事都太当真，是吧？"不过，说到这里，连她自己也忍俊不禁了。

"我实在按捺不住自己，桑德拉，我按捺不住自己，我按捺不住自己啊！"他开始说了，带着热乎乎甚至有点儿激越的调子，"您可不知道您对我的影响多大。您是那么美。哦，您就是美呀。这您自己也知道。我时时刻刻都在想着您。我真是这样想您的，桑德拉。您简直让我快要为您发疯啦。晚上，我简直睡不着，老是在想您。唉，我简直快要发疯了！不管到什么地方，不管在什么地方见了您，事后便老是整天想着您。就说今儿晚上吧，我一看见您跟这一伙年轻人跳舞，我简直受不了。我便巴不得您只跟我一个人跳，再也不跟别人跳。您的眼睛长得真美啊，桑德拉，还有那么可爱的小嘴、下巴颏儿，连同那么迷人的微笑。"

他举起手来，仿佛想轻轻地爱抚她，却一下子缩了回去。就在这时，他恍若梦幻之中直凝望着她的眼睛，有如一个虔诚的信徒凝望着圣人的眼睛，猛地用双手抱住了她，紧紧地搂在自己怀里。她一下子紧张得心儿怦然乱跳，至少已被他的话激动得春心荡漾，要是在其他场合，她肯定会拒绝的，但在这时，她只是两眼直凝视着他，简直被他那股狂热劲儿弄得勾魂摄魄了。他对她那种炽烈的情爱，已经使她坠入情网而神魂颠倒了，这时，她好像觉得或许自己也会像他渴望似的爱他。也许她还会非常非常爱他，只要她有这胆量的话。在她心目中，他毕竟还是那么美，那么迷人啊。说真的，他还是挺可爱，尽管他很穷。在他身上更多的是激情和活力，那是她在这里认识的哪一个年轻人都比不上的。要是她父母不干预，她又不失自己身份，无忧无虑地跟他一起沉醉于如此美妙的爱恋之中，该有多好啊！同时，她心里忽然又想到，要是她父母知道了，也许她就没法儿使这种关系采取任何形式继续保持下去，更不用说使它进一步得到发展，或是在将来仍能继续享用它了。这一闪念不禁使她为之愕然，因而自己的情绪有所克制，可是没一会儿，她依然还是迷恋着他。她眼里早已柔情似水，她嘴边挂着淡雅的微笑。

"我说，我刚才不应该让您如此放肆地跟我说这些话。当然啰，真的不应该，"她有气无力地表示异议，但她还是温情脉脉地望着他，"这样做不好，我知道，可是——"

"为什么不好？您说说哪儿不好呢，桑德拉？我既然这么爱您，为什么我就不可以——"桑德拉一见他眼里顿时好像愁云密布似的，就大声说："哦，得了吧！"接着又顿住了一下，"我——我——"她差一点儿要说出来，"别以为他们会让我们继续下去啊。"但她还是马上改口回答说："我觉得自己对您了解得还不够呢。"

"啊，桑德拉，可您要知道，我是那么爱您，为了您快要发疯了！难道说您竟然对我无动于衷吗？"

她犹豫不决，真不知道如何回答才好。这时，他眼里却流露出恳求、惧怕和悲哀的神色，顿时使她非常动心。她只是不无疑惧地瞅着他，心里却在纳闷，像这样耽于迷恋之中，真不知道会有什么结果。而他也发觉她眼里动摇不定的神色，便把她跟自己贴得更近，一个劲儿地亲吻她。她不但没有生气，反而满心高兴地倒在他怀里，但是，不一会儿，她突然将身子挺立起来，意识到自己让他如此放肆，这样亲吻她，对此他将又会做何解释，这一下子使她头脑冷静了。"我说，现在您最好还是走吧，"她说话时语气坚决，但也并不生气，"是吧？"

克莱德对刚才自己的大胆放肆先是吃惊，随后有些害怕，所以也就软下来，不由得胆怯而又柔顺地恳求她，说："您发火了吗？"

而她反过来看到他这种柔顺的态度，有如奴仆在主人跟前一模一样，因而，她也就感到有些喜欢，但是又有些反感。因为，即便是她吧，也如同罗伯达和霍丹斯一样，宁愿被人征服，也不愿去制伏别人。这时，她便摇摇头以示否认，心里却不免有点儿悲哀。

她就只说了"时间很晚了"这么一句话，向他温柔地一笑。

克莱德心里也明白，他不该再说什么话了。他既没有胆量（或是那种韧劲儿），也没有基础可以同她继续周旋下去。他便走过去取自己的外套，回过头来悲哀而又柔顺地望了她一眼，就转身走了。

Chapter 33　令人惊骇的意外

　　罗伯达不久就发现，她对这一切的直觉看法很快得到了具体的证实。如同过去一样，如今克莱德还是照样临时变卦、随便失约，尽管事后总是一迭连声说实在出于无奈，如此等等，不一而足。有时，她虽然埋怨他，或是恳求他，或是索性默不出声，暗自悲伤，可是事实上情况依然不见好转。现在，克莱德已死心塌地迷恋着桑德拉，不管罗伯达做出任何反应，他怎么都不会有所收敛，甚至一点儿也不会感动。毕竟桑德拉太迷人了。

　　每天上班时，罗伯达总是整天跟他在同一个房间里，因此，他不能不直觉地感受到萦绕她脑际的一些凄楚、忧郁、绝望的思想情绪。这些思想情绪有时确实也刺痛了他的心，好像就在提出控诉，或是在呼冤叫屈，使他非常难堪，因此，他禁不住想方设法好歹也得使她消消气。比如说他很想见见她呀；只要这天晚上她在家，他就一准来呀，等等。可她呢，尽管精神上有些恍恍惚惚，心里还是那么迷恋着他，委实不好意思不让他来。克莱德到了她那里，只要回想到过去乃至于这个房间里一切的一切，旧日的爱情就又迸发出了新的火花。

　　然而，克莱德正痴心妄想，巴望自己能有个更为光辉的未来，完全不顾此间实际情况，因此深恐现下他跟罗伯达的关系到头来会危及他的前途。万一什么时候桑德拉一发现了他跟罗伯达的事，怎么办？那就通通完蛋啦！反过来说，罗伯达要是知道他爱上了桑德拉，因而引起强烈的愤懑，甚至告发他，或是揭露他，那又怎么办呢？自从除夕约会以后，每天一早他到厂里上班，少不了向罗伯达解释一番，说什么格里菲斯府上啊，哈里特府上啊，或是别的显赫府邸啊，反正总是有人家邀请他赴宴，因此，他今儿晚上实在没法儿来同她会面，其实，这个约会原是一两天前他自己讲定的。后来，一连有三次桑德拉开了车子来叫他，他连一句话也没向罗伯达交代就走了，心想，转天找个借口糊弄过去就得了。

不过，看来好像不正常，虽然也不能说绝无先例，那就是说，他不能容忍这种同情与厌恶混为一体的事态，后来终于拿定主意，决定不管怎么样，他好歹也得设法斩断这一种关系，哪怕是把罗伯达折磨至死（他干吗要爱她？反正他从来也没有对她说过要娶她），不然的话，只要她不是毫无怨言地同意放了他的话，那也将危及他在厂里的地位。可是，有的时候，他又深深地感到自己是个狡猾、无耻、残酷的人，要知道，是他诱骗了这个姑娘，要不然，她怎么也不会惹他的麻烦。由于这后一种想法的存在，尽管有时他怠慢她、诓骗她，或是明明讲定了，但故意失约，甚至就干脆不来跟她会面——人类的"利比多"可真怪啊——昔日炼狱里或天国里对亚当及其后代所制定的律令还是再一次被执行了："你必恋慕你丈夫。"①

关于他们俩的关系，还有一点必须指出，由于克莱德和罗伯达缺乏经验，他们仅仅懂得，或是仅仅采用了最最简单而又往往无效的避孕方法。大约在二月中旬，说来也怪有意思，克莱德因为继续得到了桑德拉的宠爱，快要下决心不仅在肉体上，而且在所有关系上都要同罗伯达一刀两断；就在这时，她也看清楚了，尽管他一直还在动摇不定，她自己却照旧迷恋他，因此，像她这样追求他是完全徒劳的。也许为了维护她的自尊心，如果说不是为了减轻自己心里的痛苦，她最好还是离开这里，去别处另找活路，既可养活自己，还能照旧帮助她的父母，并且尽可能把他忘掉就得了。殊不知真倒霉，这时又出了事。有一天早上，就在她进厂时，让她感到非常惊恐的是，她心里怀有一种比过去折磨过她的更严重、更可怕的疑惧，并且在脸上也表现了出来。除了她对克莱德得出了这么一个痛苦的结论以外，昨天晚上她又突然陷入一种异常骇人的恐惧，因此，刚才她决定要走，如今，至少在目前恐怕也走不了。因为，他们俩都是太犹豫不决和易于一时感情冲动的，再加上她遏制不住自己对他的情爱，如今正当他们俩关系处于最恶化的时

---

① 详见《圣经·旧约·创世记》第3章第16节，系上帝对女人所说的话，全文是："你必恋慕你丈夫，你丈夫必管辖你。"

刻，她却发现自己怀孕了。

从她屈从于他诱人的魔力以来，她经常掐指算着日子，高兴的是一切总算都很顺顺当当。可是这一次，经过准确无误地算过的时间已过去了四十八个钟头，还是连一点儿表明情况正常的迹象都没有。而在前四天里，克莱德甚至都没有来过她身边。他在厂里时的态度也比过去更加疏远、更加冷淡了。

偏巧就在眼前，却出了这件事！

除了他以外，她再也没有别人可以交谈了。可他如今持疏远、冷淡的态度。

她害怕的是，不管克莱德能不能帮助她，她自己要摆脱如此危险的困境殊非易事。眼前她仿佛看到了她的家、她的母亲、她的一些亲戚，以及所有一切认识她的人，万一她真的遭殃，他们对她又会做何感想呢？罗伯达最害怕的还有社会舆论和人们的风言风语。那是非法姘居的烙印！私生子的耻辱！从前，她听一些娘儿们谈起人生、婚姻、通奸，以及先是屈从于男人、后遭遗弃的一些姑娘的不幸身世，当时她心里老是琢磨，要做一个女人可真难啊。本来，一个女人太太平平地一出了嫁，就得到了男人的保护和爱情。比方说，像她妹夫加贝尔对她妹妹的爱情，以及毫无疑问，在开头几年里，她父亲对她母亲的爱情，还有克莱德在他狂热地起誓说自己爱她的时候所给予她的爱情。

可是现在呢，现在呢！

不管她对他过去或目前的感情有什么想法，但时间再也不能延宕下去了。哪怕是他们俩的关系发生了变化，他非得帮助她不可。她真不知道该怎么办，该往哪儿走才好。克莱德，当然啰，他会知道的。反正早先他说过，出了纰漏，他包管帮助她。虽说一开头，甚至在第三天到厂里时，她还安慰自己，也许把严重性估计得过高了，说不定是生理上失调，或是出了什么毛病，自己终究会好的，殊不知，到了那天下午还不见任何好转的迹象，她心里就开始充满一种莫可名状的恐惧。到目前为止，她仅仅剩下的一点儿勇气也开始动摇、崩溃了。现在要是他不来帮助她，她就是孤零零一个人了，而她最最需要的是忠告和好主意，满怀深情的主意。啊，克莱德！克莱德！但愿他对她再也不这么冷淡！他万万不应该这样！要想个什么办法，而且万万迟疑不得，就是要快，不然的话，老天哪，一下子就会使人吓坏啊！

午后四五点钟，她马上把工作放下，赶紧到更衣室，用铅笔写了一张便条。她又是急，又是歇斯底里，写得潦草极了。

克莱德：今晚我一定要见你，一定、一定要见。你一定要来。我有话跟你说。请你一下班就马上来，或在什么地方跟我碰头。我并没有发火或生气。不过，今晚我一定要见你，一定要见。请速告我在哪儿碰头。

罗伯达

克莱德一看完便条，就发觉里头有新的令人惊骇的事情，马上回过头来望了她一眼，只见她脸色煞白，还示意他跟她碰头。他一看她的脸色，心里就明白，她要告诉他的，肯定是她认为此事极端重要，要不然，她干吗这样紧张激动呢？尽管他心情不安地想起了今天另有约会，要去斯塔克府上赴宴，可是刚才罗伯达求见一事还得先办。不知道究竟是出了什么事啊？也许是有人死掉了、受伤了——还是她的母亲、父亲、弟弟、妹妹遇到了不幸？

五点半，他动身到约定的地点去，心里在揣摩，真不知道她干吗如此忧心如焚、脸色惨白。可他同时又自言自语道，他跟桑德拉的美梦很可能成为事实，因此，他绝不能对罗伯达表示过多同情，给自己徒增麻烦。他必须做出新的姿态，跟她保持一定的距离，让罗伯达心里明白，他对她的关系再也不像过去那样了。他六点钟到达约定的地点，发觉她伤心地背靠树干，伫立在阴处，显得心情沮丧，精神错乱。

"喂，怎么一回事，伯特？你干吗这样害怕？出了什么事？"

由于她显然急需帮助，他甚至连那显然熄灭了的爱情之火也重新点燃起来了。

"啊，克莱德，"她终于开口说，"我真不知道该怎么跟你说才好。如果真的证实了的话，那我就觉得太可怕了。"她说话时那种紧张、低沉的语调，显然说明了她心中的痛苦和不安。

"喂，怎么一回事，伯特？干吗不跟我说话？"他很谨慎地又说了一遍，竭力佯装一副超然自信的神态（不过这一回佯装得不很成功），"出了什么纰漏？你干吗这样紧张？你在浑身上下发抖啊。"

他一辈子都没有碰到过类似这样的窘境，这时压根儿猜不透罗伯达碰到了什么不幸。同时，由于他最近以来对她态度冷淡，此刻他就显得相当疏远，甚至有点儿尴尬。罗伯达显然出了什么纰漏，但他真不知道该表什么态才好。他这个人对传统或道德方面的刺激毕竟是很敏感的，每当他做了不太体面的事，哪怕要连累他那很大的虚荣心，他也会照例做出一些悔恨表现，至少还有一点儿羞耻之心。再加上此刻他急于应约赴宴，在此不要再纠缠不清，因此，他的举止谈吐就显得极不耐烦。这一切全都逃不过罗伯达的眼睛。

"你自己也记得，克莱德，"她认真而又热切地向他恳求道。正是眼前困境促使她更加大胆，更加苛求，"你说过，出了纰漏，你包管帮助我的。"

克莱德这才想起他最近到她房间里去过几次，现在据他看，都是很傻的。由于他们俩旧情难忘，再加上欲火难抑，又使他虽属偶然，但是显然很不聪明地跟她发生过肉体关系。如今他才马上懂得到底是哪儿出了问题。他还了解到，如果真的证实了的话，那他觉得就是极其严重、令人瞩目，而且有危险的一大难题。一切都得怪他，目前这一窘境必须加以解决。而且，为了不让危险扩大，还必须马上解决。但同时，根据他最近对罗伯达极端冷淡的态度，他几乎暗自估摸：也许这不外乎是一种骗术，或是失恋后的诡计或花招，旨在不顾他本人意愿，千方百计非要把他缠住不放，让他重新爱她——只不过上述这种想法很快就被他推翻了。瞧她，神态显得太忧郁、太绝望。他这才模模糊糊地开始意识到，这个麻烦可能对他将是一大灾难，因此，他心中顿时涌起更多的是惊恐，而不是恼怒了。

"是啊，可你怎么知道准是出了纰漏呢？你总不能一下子就肯定，是吗？你究竟根据什么就能肯定呢？说不定到明天你就什么事都没了，是吧？"不过，听他说话的语气，就知道连他自己也都说不准。

"哦，不，我可不是这么想，克莱德。我也巴不得一切都顺顺当当的。可整整两天已经过去了，这样的事在过去是从来没有的。"

她说话时显然露出心情沮丧和哀怜自己的神态，他不得不把怀疑罗伯达跟他要花招的想法马上打消了。可他还是不愿马上接受如此令人沮丧的事实，就找补着说："哦，得了吧，也许什么事都没有呢。有的娘儿们还不止晚两天呢，可不是吗？"

他说话时这种语气，显然表明他在这方面一点儿把握都没有，甚至表明他没有这方面的知识，只是在过去从没暴露出来这些罢了。如今，罗伯达听了惊恐万状，不由得嚷了出来："哦，不，我可不是这么想！不管怎么说，要是真的出了问题，那不就太可怕了，是不是？依你看，我该怎么办呢？你知不知道我能吃些什么药？"

当初克莱德心急如焚，要跟罗伯达发生这样一种关系时，给她留下的印象是：他是个老练到家的年轻人，生活阅历远比她丰富得多；至于这样一种关系可能包含的所有一切风险和麻烦，只要有他在，包管绝对安全无虞。可现在呢，他一下子茫然不知所措了。其实，正如现在他认识到，对于性的秘密，以及由此可能产生的一些难题，他跟其他同龄年轻人一样，可谓知之甚少。不错，克莱德来这里以前，确实在堪萨斯城和芝加哥跟着拉特勒、希格比、赫格伦等一拨旅馆里的侍者头儿开过一点儿眼界，也听过他们胡扯淡，乱吹牛，不

过，现在据他暗自估摸，但尽管他们吹起牛来无边无际，但他们知道的那一套玩意儿想必是从那些跟他们一样大大咧咧、无知无识的娘们那里听来的。他模模糊糊地觉得，他们晓得的东西简直少得可怜，不外乎是跟他们这一档次的人打交道的江湖医生，以及令人可疑的杂货铺掌柜、药房老板们瞎说一气的那些什么特效药和避孕秘方。尽管如此，这类东西在莱柯格斯这么一座小城市里哪儿能寻找得到呢？从他跟迪拉德断绝来往以后，他已没有什么亲近的人，更不用说能在患难之中鼎力相助的知心朋友了。

眼前他能想得到的最好办法，就是向本地或附近某地杂货铺老板求助。他们只要赚钱，也许会交给他一个值得一用的药方或是一点儿信息。不过这要卖多少钱呢？这种疗法，有没有什么危险呢？人家会不会说了出去呢？还会不会提出什么问题？会不会把你求医觅药的事再告诉给别人听呢？克莱德的模样儿长得活像吉尔伯特·格里菲斯，而吉尔伯特又是莱柯格斯大名鼎鼎的人物，要是有人把克莱德误认为吉尔伯特，流言蜚语就会一下子传开去，最终引起麻烦。

这一可怕的事态，恰好发生在他跟桑德拉的关系发展到这么一个关键时刻。她已经允许他私下里亲吻她，令人更高兴的是，她还经常送他几条领带、一支金铅笔、一盒极其精美的手绢，借此聊表寸心。这些小小礼品都是趁他出门不在家时送上的，还附有她亲笔签名的小卡片。这就使他觉得信心日增，由于他跟她的关系，他的前途将会得到越来越大的保证了。他甚至还觉得，只要她的家庭对他不是太敌视，只要她依然迷恋着他，并继续施展她那圆熟机智的手腕，那么，他同她结成姻亲未始不是不可能的事。当然啰，对此连他自己也都说不准。她真正的感情和意图至今仍隐藏在逗人的、不可捉摸的态度之中，因而也就使她显得更加可爱。不过，也正是这一切使他认为，眼下必须尽可能地漂亮大方，而又不引起对方反感，赶快让自己从他跟罗伯达的亲密关系中解脱出来。

因此，现在他佯装信心十足地说："哦，我要是你的话，今天晚上就不会为这事担心。说不定你压根儿就没事，你明白吧。这连你也说不准呀。反正我总得有点儿时间，再看看我还有什么办法。我想，我总可以给你寻找一些东西，只不过希望你别这么紧张。"

他嘴上说得这么稳当，可心底里并没有那么安定了。实际上，他已是惊恐万状。本来他决心尽量离她远一些，现在就很难办到了，因为他面临着真正危及自己的困境，除非他能找到一种论据或是托词把他的一切责任通通推卸掉。可是，由于现在罗伯达还在他手下工作，他还给她写过几封信，哪怕她只讲一句话，他就会受到查问，这对他来说将是致命的打击。因为有这样的可能性，就足以使他认识到：他必须马上帮助她，而且，千万不可以让消息泄露出去。与此同时，还应该给克莱德说句公道话，反正看在他们两人过去的情分上，他并不反对尽自己的一切力量去帮助她。可是，万一他实在无力相助（就是这样，他的思路很快得出了一个完全可能有害的结论），得了，那么就——至少也许有可能，如果不是他自己，那不妨由别人出面，否认他跟她有过任何类似这样的关系，他自己也就脱尽干系了。也许这可能是唯一的出路，只要他不是像现在自己这样四面受敌，那就得了。

　　然而，眼前他感到最苦恼的是，这事除了向医生求助以外，他简直一点儿都想不出其他切实可行的办法。再说，这也许就得花钱，花时间，冒风险。真不知道还有什么花头呢？他打算明天早上来看她，那时她要是还不见好，他就开始行动了。

　　而罗伯达呢，她生平头一回遭到这样的冷遇，而且是在如此危急的关键时刻。她满怀着一辈子从没有过的那种令人心胆欲裂的疑惧思绪，向自己的房间走去。

Chapter 34　郎心似铁

可是，在这么复杂的情况下，克莱德能找到的办法是不多的。因为，除了利格特、惠甘和一两位固然很随和，可是相当疏远、业务范围很小的部门主任（现在他们都把他看作顶头上司，几乎不敢跟他过分套近乎）以外，他再也找不到什么人可以商量了。至于现在他急急跻身进去的那个上流社会圈子里的人，他要想从他们那里打听一点儿信息，哪怕使用极巧妙的办法，也未免太荒唐。当然啰，这个圈子里头的年轻人都是随心所欲，到处游逛，利用自己的外貌、嗜好和钱财，成天沉溺于放浪形骸的生活之中，纯属年轻人婚前纵情享乐，正是克莱德以及类似他这等人所不敢梦寐以求的。事实上，若论亲密关系，他跟这些年轻人还差得远呢，所以也不想去求教他们。

他刚离开罗伯达，马上转念想到，千万不能向莱柯格斯什么杂货铺掌柜、医生或是任何一个人求教，尤其是医生。因为他觉得这里所有的医生，跟别处一样，都是那么疏远、冷酷、毫无同情心，而且，对这一类不道德的行为可能索价甚高、态度极坏，因此应该到附近各城市，最好是谢内克塔迪走一趟。因为谢内克塔迪那儿地面大些，离得也近，不妨上那儿打听一下有什么办法可以摆脱目前的困境。反正他非得想个办法出来不行。

同时，他一决定下来，还得尽快付诸行动。因此，他去斯塔克府邸的路上，虽然还不知道自己该去怎样求药觅方，可是就在这时已经决定明天晚上动身去谢内克塔迪。不过，后来他继而一想，这样一来，还没有给罗伯达想出个办法来，整整一天就过去了。而且，不管是罗伯达也好，还是他本人也好，他们都觉得，要是时间稍有耽误，对她来说可能危险性更大。因此，他决定尽自己一切力量马上就干；只好向斯塔克府邸表示歉意，趁谢内克塔迪的杂货铺还没打烊，搭车赶到那儿。可是到了那儿以后，又怎么办呢？怎么向当地的杂货铺掌柜或是伙计开口呢？又该问些什么呢？他心里苦恼不堪地猜测着杂货铺掌柜会怎么想，又会露出怎样的脸色，还会说出些什么来呢？要是拉特勒或是赫格伦在这儿该有多好！当然啰，他们一定懂得，而且一定乐于帮助他的。哪怕是希格比在这儿也好。可现在呢，就他孤零零一人，因为罗伯达压根儿什么都不懂。不过，当然啰，办法总会有的。万一他到了谢内克塔迪那儿还是一事无成，他就回来，干脆给芝加哥的拉特勒写信，只不过尽可能不要连累自己，不妨推说是替一个朋友写的。

一到谢内克塔迪，反正谁都不认得他，当然，他就说他是刚新婚不久（这就算是他灵机一动吧），干吗不能这么说呢？论年龄，他早该当上新郎官啊。就说他的老婆"过了时间"（他想起来了，从前希格比就用过这个说法），但因眼前还养不起孩子，他很想买些什么让她躲过这个难关。诚然，这个主意挺不错！本来嘛，像这一类尴尬的事，年轻夫妇常常会碰到。而且，杂货铺掌柜既可以应该对此表示一点儿同情心，乐于给他指明出路。为什么不会呢？那压根儿谈不上是什么真正犯罪的行为呀。当然啰，也有这个人、那个人可能不乐意，可是第三个人说不定就乐意了。那时，他也就可以说问题迎刃而解了。往后，在他还没有比现在更精于此道以前，永远也不再让自己掉进如此窘境了。永远也不！这毕竟太可怕了！

他心里就是这样忐忑不安地来到了斯塔克府邸，而且他越来越紧张不安，晚宴刚结束，才不过九点半钟，他便说下班前厂里要他写一份整整一个月的业务工作报告，写这样的报告很麻烦，办公室里没法儿写，他不得不带回家去要把它写出来。在斯塔克府上的人看来，这种有志于实业的青年人所表现的干劲儿是值得称赞和同情的，克莱德也就乐呵呵地告辞出来了。

但到了谢内克塔迪以后，他刚去各处转了一圈，那儿开往莱柯格斯的末班车就要开出了。他不由得慌了神儿。瞧他那模样儿像不像已婚青年？人家信不信呢？再说，人们不是都认为这类避孕药有极大危险性？即便是杂货铺掌柜，不也是这样看法吗？

他在直到此刻依然灯火辉煌的那条很长的大街上，从这一头走到那一头，看了这一家，又看了那一家杂货铺橱窗里的陈列药品，但由于各种各样的原因，他总觉得都不符合自己的要求。有一家杂货铺，他一眼看见有一个大约年过半百、神情严肃、胡子刮得光光的矮胖男人伫立在那里，不过，克莱德一看他那双戴眼镜的眼睛和一头铁灰色头发，便觉得此人当然一定拒绝像他这样年轻的主顾，不相信自己是结过婚的，要不然就不肯说他这里卖这一类药的，还怀疑自己跟未婚年轻小姑娘发生了不正当关系。此人神情严肃，敬畏上帝，特别循规蹈矩，而且墨守成规。不，跟此人是断乎说不得的。克莱德压根儿没有胆量进去跟这么一个人打交道。

在另一家杂货铺，他看见一个身材矮小、皱皮疙瘩，但是衣冠楚楚、精明老练的人，年龄大约三十五岁光景，克莱德觉得好像此人还合适。不过，他从店门口望去，看见里头有一个十五到二十岁左右的少妇正麻利地帮着他忙活。如果是她而不是掌柜的来招呼他，该怎么办呢？那就很窘，真叫人受不了，要不然，即使是那个男人来接待他吧，可她不是可能也听得见吗？结果，这一家杂货铺他也只好放弃了。随后一连转了第三家、第四家、第五家，由于虽然各不相同但都是同样有理，也都一一放弃了——原因不外乎是店堂里头有主顾呀；店门口汽水柜前有一个女孩子、一个男孩子呀；有一个老板站在门口，当克莱德探身往里瞅时就仔细打量过他，使他还没想好值不值得进铺子去便把他气跑了，如此等等。

但经过一连串碰壁之后，他终于决定非要好好地想想办法不可，要不然就会空手回去，他的车钱呀，时间呀都白白地扔了。这时，他又踅回到小巷里头一家比较小的杂货铺，刚才他看见铺子里头有一个身材矮小的药剂师正闲着无事，就走了进去，鼓足了勇气开口说："我想向您求教一件事。不知道您能不能告诉我。哦，您知道，事情是这样，我刚结婚不久，我太太过了时间，可现在我还养不起孩子。请问有没有什么办法，或者有没有什么东西好帮帮她的忙？"

他说话时轻快利索，充满了自信，尽管还有点儿紧张不安，心想眼前这个杂货铺掌柜一定觉得他这是在撒谎。其实，他根本不知道，这个掌柜原是一个虔诚的美以美会教徒，一向不赞成有碍天性的主旨或是冲动的做法。凡是这类轻率的行为，都是违反上帝的律令的。何况他铺子里也没有这一类有违造物主旨意的货色。但他同时又是一个精明透顶的商人，不愿随便得罪一个将来可能来此惠顾的买主，便说："非常对不起，年轻人。你这件事嘛，我恐怕也帮不了你什么忙。我铺子里头没有这一类货色，从来不卖这一类货色，因为我不相信这些玩意儿。不过，市内别的铺子里头也许有卖这类货色的。可我也说不准。"他说话时态度很严肃，充满了那种深信自己正确的道德家诚挚笃信的口吻和神态。

克莱德心里马上明白，此人分明是在责备他。他一开头打听时的那么一丁

Public Board of Health Station

点儿信心，也就骤然为之大减了。不过，好在这个商人并没有直接责备他，甚至还说别家杂货铺子掌柜可能置备这类货色。所以，不一会儿，他又壮起胆来了。他又来回转悠了半晌，这一家橱窗，那一家橱窗，都张望了一会儿，终于窥见第七家杂货铺，只有一个人在站柜台。于是，他走了进去，照例说明来意以后，那个又黑又瘦、滑头透顶的伙计——并不是掌柜——鬼鬼祟祟但又漫不经心地对他说，本铺是专门备有这一类药品的。是有的。要买一盒吗？每一盒（因为克莱德问了价钱）六美元——对这个靠工薪过活的克莱德来说，不啻是一个惊人的数目。不过，看来这一项支出是不可避免的，如今毕竟觅到了，让他大大地舒了一口气。他马上说他要买。那个伙计就拿来给了他，还向他暗示说这是"特别灵验"的，也就随手把它包了起来。就在此刻以前，他心里一直紧张透顶。如今，他真的高兴得手舞足蹈起来。药终于到了他手里，而且，当然啰，是很灵光的。看来索价过高，甚至高得气死人的价钱，就足以证明这一点。不过，事到如今，这个价钱他不是认为还不算太大吗？要知道，有了它，他不是可以毫不费劲儿地摆脱困境了吗？不过，克莱德忘了问伙计能不能给他一些其他也许是很有价值的信息或是特别用法说明。他把这包东西放进了自己口袋，暗地里庆幸自己在如此危急关头碰上好运道，同时居然还表现得如此有魄力、有本领。他马上回到莱柯格斯，就直奔罗伯达寓所。

　　而她呢，如同克莱德本人一样，原先他们俩都担心压根儿没有这种药，或是虽然有但很难觅到，此刻他终于觅到了，她也就不由得大大地松了一口气。事实上，他那高效率的办事能力再一次给她留下了很深的印象，至少直到目前为止，她依然认为他是具有这些优良品质的。而且，在目前情况下，他居然还表现得慷慨大方，体贴周到，确是她始料不及的。至少他并没有冷酷地把她遗弃，让她听天由命。而原先她曾惊恐万状，以为他也许会下这一手的。不管最近以来他是那么冷淡她，但是仅仅这一件事，就足以使她心平气和了。这时，她欣喜若狂地把纸包打开，确实对这些药丸寄予了厚望，就看了看服用说明，向他表达了自己的感激之情，还说她一辈子都忘不了他在危难时刻对她那么好。可是，就在她打开纸包的时候，她脑际突然掠过一个闪念：万一这些药丸不起作用呢？那该怎么办呢？对此，她又该怎样跟克莱德商量对策呢？不过，她转念一想，既然这次药觅到了，至少暂时她应该感到满意了。于是，她马上吞服了一粒药。

　　然而，她一表示自己的万分感激之情，克莱德便感到，也许罗伯达认为这就是他们俩有可能重新发生亲密关系的表示，于是，他马上又装出最近这些天来在工厂时的那种冷淡态度。在任何情况之下，他都不会再让自己在这儿向她讨好卖乖，或是自作多情了。要是药丸正如他满心希望的那么灵光，那么，这也许就是他们俩最后一次见面了。当然，除此以外，以后还会有纯属偶然的碰面。因为这次非常危急的事故证明，他们两人的关系对他实在威胁太大，损失也太大了，一句话，一切都牺牲了，换来的只是担忧、麻烦和花销。

　　因此，他又恢复了从前他很有节制的冷淡态度。"得了，现在你准保没事了吧，嗯？反正但愿如此，嗯？那上面说，在八小时或十小时以内，每两小时吞服一粒。还说，要是感到有点儿不舒服，也不要紧。也许你得向厂里告假一两天，只要这东西能解决你的问题，你也不在乎，是吧？明天要是在厂里见不到你，那我明天夜里就再来看看你有什么反应。"

　　他蔼然一笑。罗伯达两眼直盯着他，觉得此刻他这种轻率的态度跟他先前那种热情和深切的关怀，怎么也联系不起来。他以往的热情啊！而现在呢！不过，此时此刻，她心里委实很感激，就衷心地向他报之一笑。他也是一样。可是，罗伯达一看他走出去，随后门也关上了，连一点儿亲昵的表示都没有，她就又卧到床上，不胜惊疑地直摇头。因为万一这药压根儿不灵呢？而克莱德对她态度依然还是那么轻率、疏远，那时怎么办？瞧他是那么冷淡，要是这个药不灵，他可能就再也不帮助她。或者他还会帮助她？难道说他真的会这样做吗？要知道，正是他使她遭到这样的灾难啊，而且，当初就是他违逆了她的心愿。他还一个劲儿地向她保证过，说不会出纰漏的。可现在，她不得不孤零零一个人躺在这里，心事重重，除了他，她再也没法儿向别人求助了。他留下的只是空口白话，说她准保没事，就这样一下子把她抛开不管了。其实，这一切，罪魁祸首是他啊！事情不正是这样吗？

　　"哦，克莱德啊！克莱德啊！"

Chapter 35　一再失灵的药丸

　　可是罗伯达哪会料到，他买的药并不灵光。由于恶心呕吐而又听从他的劝告，罗伯达没有去厂里，只是心急如焚地躺在床上。因为后来她发现不是立见功效，就从每小时服用一粒增至每小时服用两粒，不惜任何代价，恨不得快点儿逃脱那场看来早已落到她头上的厄运。结果，她身体反而变得虚弱极了。六点半，克莱德一进来，看见她像死人似的脸色惨白，两腮深陷，瞪着一双惊恐万状的人眼睛，眼珠子大得特别吓人，说真的，他也不由得很感动。显然，她这是在遭罪，而且全是为了他的缘故。这一下子把他吓坏了，便又替她感到难过。这时，他心里早已乱成一团，万一她仍然不见好转，他眼前就又冒出许多新的难题，会急得他去拼命想象药丸失灵后可能产生的种种后果。显然，还得上别处向医生求教去！不过，该去找哪一个医生呢？上哪儿去找呢？真不知道怎样才找得到？此外，他在反躬自问，一旦需要这样办时，又叫他上哪儿弄钱去呢？

　　显然一时想不出别的好办法，他就只好马上再去找那家杂货铺，问问还有没有别的新药，或是别的切实可行的办法。要不然，干脆上哪儿去找一个极不高明、私下专做这种生意的医生，给他一笔小小酬金，或是答应分期付款，也许可以使罗伯达不再吃苦头了。

　　但哪怕是这件事如此十万火急，几乎还带有悲剧色彩，谁能料到克莱德一出了房间，他的精神就马上来了。他想起自己跟桑德拉约好一起上克兰斯顿家去。他、她，还有别的一拨人，约定九点钟在那儿碰面，照例在一块儿玩，开"派对"。可是，一到了克兰斯顿家，尽管桑德拉迷人极了，病容憔悴的罗伯达的形象还是有如幽灵一样在他眼前萦绕不去。万一今天来这儿欢聚的纳丁·哈里特、珀利·海恩斯、维奥莱特·泰勒，杰尔·特朗布尔、贝拉、伯蒂娜、桑德拉这些人里头，有哪一位对他刚才的行为知道了一点儿蛛丝马迹，那怎么办呢？尽管他一进去的时候，正弹着钢琴的桑德拉回过头来迎着他嫣然一笑，可是，他心里还在牵挂罗伯达呢。这里一结束，他还得再去一趟，看看罗伯达又怎么样了，她要是见好一些，那时他也可以放心些。要是还不见好转，那他就只好立刻给拉特勒写信求助了。

他尽管心里烦恼不安，但还是竭力显得如同往日里一样乐呵呵，无忧无虑——先是跟珀利·海恩斯跳，接下来跟纳丁跳，后来，在等机会跟桑德拉一块儿跳的时候，他向那边的一群人走了过去。原来他们正在帮范达·斯蒂尔猜一个新画谜，他便说，写在纸片上的谜底，虽然封进信封里，他照样也能念出来。这是一种老式的联拼字码的游戏，他在佩顿家书架上找到过一本老掉牙的书，书名《家庭游戏》，里头就有玩法说明。以前他很想通过玩这种游戏向众人显示一下自己那种从容自如的聪明劲儿，可在今儿晚上他只不过想借此忘掉压在他心头的更大难题罢了。虽说他偷偷地先告诉了纳丁·哈里特，然后靠她的帮助，他玩的这套游戏竟把别人全都蒙住了，可他还是心不在焉，罗伯达的形象老是浮现在他眼前。万一她真的出了事，他不能帮她渡过这个难关，那怎么办？说不定她甚至会指望自己娶她；要知道，她对父母及周围的人是最害怕的。那时，他该怎么办？他就会失掉美丽的桑德拉，而桑德拉甚至还可能了解清楚他是怎么和为什么会失掉她的。不过，罗伯达如果说要他娶了她，那才是疯了。不，他既不会这么办，也根本办不到。

但有一件事是肯定的，他非得帮她逃脱这个难关不可。他非得帮她不可！只不过该怎么个帮法？怎么帮？

到了十二点钟，桑德拉示意她准备走了，他要是高兴的话，不妨送她到她家大门口（甚至还可以进去玩一会儿）。在大门口藤萝缭绕的棚架的阴影下，她还允许他亲吻了她，还跟他说，她觉得自己是最最喜欢他的，春天一到，他们全家人都到第十二号湖去，到时候她看看能不能想出个什么办法，请他上那儿去过周末，然而，克莱德因为想到罗伯达的问题如此紧迫，实在让他揪心，所以也就无法充分享受这种来自桑德拉新的爱情的表示。这对他真可以说是心荡神移，怡然自得，是他在社交和感情方面取得的一次惊人的新胜利。

今晚，他必须把写给拉特勒的信发出去。不过，他还得像他先前答应过的那样，先上罗伯达那儿去，看看她好些了没有。明天早上，他怎么也得上谢内克塔迪找那家杂货铺去。因为他已毫无办法可想，非得找杂货铺掌柜不可，除非她今晚有所好转。

于是，当他嘴唇上还能感到桑德拉的亲吻的时候，他跟她告别，径直看罗伯达去了。他一进她的房间，她那张苍白的脸、她一双痛苦的眼睛，就告诉了他一点儿都没有好转。她甚至感到比先前更恶化、更痛苦，由于服药剂量过大，身体简直虚弱到了极点。不过，她说只要这药能起作用，一切她都顶得住。又说如果要她生孩子，她宁可去死。克莱德理解她说这些话的意思，说真的也替自己担心，就佯装有些替她难过的样子。不过，他过去的态度既然是那样冷淡，在今天晚上也还是一走之，撇下了她孤零零一个人，因此，她一点也不觉得他是真的关心她。想到这里，她不由得感到痛心极了。因为如今她已经发觉，他真的再也不疼她了，尽管嘴上还劝她放心，又说这药要是不灵，他会另找更灵的药，还说他明天一清早上谢内克塔迪去找那家杂货铺掌柜，看他有没有别的好办法。

可是吉尔平家没有电话，加上白天他从来不敢去她房间，同时又从来不让她上佩顿家找他去，因此，现在他打算明天清早上班前，特意路过她的住地转一转。倘若她一切顺顺当当，前面两块窗帘就一直拉到顶上；不然只要垂在中间就得了。这样，他一看心里会明白，就给利格特打电话，说一声到外面办公事去了，然后马上动身去谢内克塔迪。

尽管这样，他们俩还是心惊胆战，生怕这会使他们都遭了殃。克莱德最拿不准的是，万一罗伯达不见好，那他能不能一点儿都不补偿她的损失，自己就溜之大吉。因为她对他提出的要求可能不仅仅是临时性帮助她一下，而是更大的，说不定就得娶了她。要知道，她早已提醒过他，说他答应过要对她一帮到底。不过，现在他反躬自问，他当初说这话时的真意究竟是什么呢。当然啰，不是指结婚，这是绝对肯定的，因为他从来没有想过跟她结婚，只不过是跟她谈谈恋爱，寻寻开心罢了。尽管他也很明白，罗伯达对他当时那种炽烈的感情是并不了解的。他不得不承认，也许她以为当时他说话是算数的，要不然她压根儿就不会向他屈服了。

可是，克莱德回到家里，给拉特勒写好信并且发出去以后，挨过了一个困扰不安之夜。转天一早路过罗伯达住所时，一看窗帘垂在中间，他就上谢内克塔迪去找杂货铺掌柜。可是这一回，那个掌柜再也没有说起有什么别的灵方妙药，只是说，不妨洗一个热水澡，备不住病情就会减轻些，说他在前一次忘了提这件事。他还说不妨做一些令人疲乏的运动。可他一发觉克莱德困扰不安的神色，断定他心事很重，便说："当然啰，你太太错过了一个月，并不是说就出了什么严重问题，明白了吧？这样的事女人是常有的。反正到第二个月结束以前，你怎么也肯定不了。不拘是哪个医生，都会对你这么说的。她要是还很担心，那让她试试这个就得了。不过，要是连这个都不灵，你也不能就因此下了定论呢。过了下个月，说不定她就好了。"

克莱德听了掌柜这番安慰，心里稍微高兴一些，就准备走了，因为罗伯达也有可能弄错了。也许他们俩都是在自寻烦恼吧。不过，据他看来，自己生来考虑问题比较全面，说不定真的有危险，要是再等到第二次，那就是什么事都没有做，只不过白白地浪费一个月时间。一想到这里，他心里不由得冷了半截。于是，他说："万一服用后还不见好，您知不知道她应该找什么样的医生？这对我们俩来说都是性命交关的事，我总想尽自己一切力量帮助她。"

克莱德说话时的举止语调，极其慌张的神色，以及任意滥用不正当的疗法，使这位药剂师犯了疑，因为按照药剂师的逻辑，上述这种病急乱投医的态度跟希望服药以收到效果是大不一样的。他用怀疑的眼光直望着克莱德，脑际忽然掠过一个念头：可能克莱德压根儿还没结婚，而且，这种事眼下屡见不鲜，也就是说，由于放荡不羁的小青年勾引，涉世不深的年轻姑娘倒了霉。因此，药剂师的情绪一下子改变了。他再也不乐意帮助他，只是冷冰冰地说："嗯，这儿说不定能找到这么一个医生，不过就是有的话，我也是一点儿都不知道。而且，我也不愿就这样随随便便地介绍哪一个人去找这样的医生。这是违法行为。这儿不拘是哪一个医生，只要一被发现在做这类事，那就倒霉了。当然啰，你要是乐意，还是可以去找找看，那就是你自个儿的事啦。"他神情严肃地找补着说，满怀疑虑地向克莱德投去一瞥，并且决定最好别再跟这个家伙多啰唆了。

因此，克莱德只好照旧又配了一些药，回到罗伯达那里。对此，她当然坚决反对，说既然头一盒药丸不灵验，即使服得再多，也是不管用的。但是他一再坚持，她便愿意再试服一下这种药丸。不料克莱德找到借口，说一切也许都得怪她着了凉，或是精神太紧张的缘故。反正他上面这类话，只能让她相信：就她这件事来说，他已经到了山穷水尽的地步，要不然，他还是压根儿不了解这对他们俩都是性命交关的大事情。万一这新配的药还是不起作用，那又该怎么办？他会不会干脆就到此为止，撒手不管她了？

不过话又说回来，克莱德的性格也真怪，他既担心毁了自己的前程，又因为这么着拖累折腾妨碍了他其他方面的利益，心里感到老大不高兴，因此，他乐于相信过了一个月、一切自然都会好转的说法，所以要等也就等，还是满不在乎地等吧。说不定是罗伯达搞错了。也说不定她只是庸人自扰罢了。他还得看看她服用新配的药以后到底见效了没有。

不料新配的药还是不灵。罗伯达还是照样上班，故意折磨自己的身体，后来，同班组全体姑娘都对她说，她一定是病得很重了，她的样子那么难看，而且自己明明也感到病得够呛，就不该再来上班，但是一点儿效果都没有。而且，克莱德竟然听信了杂货铺掌柜所说一个月不来不要紧的话，聊以自慰。这就使她越发恼火、越发惧怕了。

事实是，在这个危急关头，他只不过是一个怪有趣的事例，从中可以让人看到，愚昧、年轻、穷困和惧怕造成的危害该有多大。比方说，"产婆"这个词是什么意思，产婆究竟承揽哪些活儿，他压根儿都不懂（当时在莱柯格斯的外侨居住区里就有三个产婆）。再说，他毕竟来莱柯格斯时间很短，除了上流社会里的年轻人，早已断绝往来的迪拉德，以及厂里几个部门头头以外，他什么人都不认得——此外仅有偶尔点点头、招呼一下的一个理发师、一个男子服饰用品店掌柜、一家雪茄烟铺的老板这一类的人，依他看，这些人十之八九不是太乏味，就是太愚蠢，帮不上他的忙。

不过，在他决定找医生以前，有一个问题使他颇费踌躇，那就是由谁去找，以及怎么找。要他克莱德亲自去找，根本不在考虑之列。首先，他的外貌酷似吉尔伯特·格里菲斯，而吉尔伯特在这儿名声毕竟太响了，人们很可能把他误认为吉尔伯特。其次，他穿得这么讲究，医生开价很可能超过他的经济能力，还会向他提出一连串尴尬的问题来。倘若通过别的什么人，在罗伯达不在场的时候先将详细的情况交代清楚，啊，为什么不让罗伯达自己去呢！为什么不可以呢？瞧她的模样儿始终都是那么老实、天真、诚挚，而且令人动怜呢。特别是像她现在那么沮丧、忧郁，真的……说到底，他暗自狡辩说，反正现在遇到这个非得解决不可的难题的，是她而不是他呀。

他心里继而一想，何不由她自己去，不是价钱可以更便宜些吗？凭她现在这副倒霉样儿，心神恍恍惚惚的，只要他能说服她，让她说自己被一个什么样的年轻人抛弃了，至于这个年轻人尊姓大名，当然，她就得绝口不谈。那么，不拘是哪一个医生，见她这样孤零零，怪可怜的，无人照料，还有谁会把她拒之门外呢？也许人家会帮助她，完全是尽义务，这也说不定。有谁能未卜先知呢？到那时，他克莱德也就从此脱尽了干系。

于是，他去找罗伯达，想跟她提出这么一个办法，假定他能给她物色到一位医生，但因他目前处境的关系，还得由她自己出面跟医生谈。但还没有等他开口，她就已经先问他打听到了什么消息，还做了一些什么事，哪儿还有什么别的药可买到？克莱德趁此机会向她讲开了："哦，我几乎向所有的药房都打听过了，也亲眼看过了。人家都对我说，这个药要是不灵，那就再也没有别的什么灵药。这就让我有些束手无策了。现在只有一个办法，就是你去找医生。但你要知道，麻烦的是，肯想一切办法而又守口如瓶的医生很不容易觅到。我跟几个人谈过，当然没有说出是谁要找，可是要在这儿找到这么一个医生很不容易，因为他们全都太胆小。这是违法的，明白了吧？不过，现在我想要知道，万一我物色到一位医生乐于干这样的事，你有没有胆量去看他，把毛病说给他听？我要了解清楚的，就是这个问题。"

她头昏目眩地直瞅着他，不明白他这是不是在暗示说她单独一个人去，但仍然以为他当然会陪她一块儿去。她心里忐忑不安地想到，一定要在他的陪同下一起去看医生，所以抢先嚷了起来："哦，亲爱的，一想到我们非得像这样去看医生，不是怪可怕的吗？这就是说，我们的事他全都知道了，可不是吗？再说，这也很危险，是吧。虽然，依我看也许不见得比这些破药丸更坏。"她接下去还想了解得更详细些，比方说，他做了些什么事，事情经过怎么样，可克莱德没能给她说清楚。

"哦，用不着为这事太紧张呀，"他说，"这怎么也不会叫你受不了的，我知道。再说，我们要是能寻找到一个乐意干这类事的医生，就算是走运了。现在我想知道的是，假定说我寻找到一位医生，你愿不愿意自己一个人去找他？"她一听这句话，就仿佛触电似的，他却还是没羞没臊地往下说："你明白吗，明摆着我不可能陪你一块儿去，这是肯定的。在这儿，知道我的人太多了。此外，我长得跟吉尔伯特太像了，而他又是人人都认得的。万一人家把我误认是他，或是认作他的堂兄弟或是其他亲戚什么的，那么一切都完了。"

这时，他眼里流露出来的，不仅仅是害怕——一旦他的真面目在莱柯格斯人面前被揭穿，该有多么狼狈，而且隐藏着一个阴影，可以看出，他打算在对罗伯达的关系上扮演一个卑鄙下流的角色——趁她正在危急之际，自己却躲在背后不露面。现在他最害怕的是他这个计划万一不成功，那他真不知道有什么大祸就要临头了。因此，不管罗伯达怎么想或者怎么说，他决心坚持己见。这时，罗伯达知道他一心想打发她一个人去，简直难以置信地嚷道："不，绝不能一个人去，克莱德！哦，不行，这个我可不干。哦，亲爱的，不行！哦，这可快要把我吓死呀。哦，亲爱的，不行。哦，我真的会吓得不知道该怎么办呢。只要你想一想，让我独自一人把这一切说给人听，那时我会变成什么样。这个我就是不干。再说，我又怎么知道应该向此人说些什么，怎么开头呢？头一次你非得跟我一块儿去不可，那就得了，好歹还得由你自个儿说给人家听。要不然，我怎么也不去啦。至于将来会怎么样，反正对我也无所谓。"瞧她的眼睛睁得圆圆的，仿佛烈火在燃烧似的；她的脸色刚才还露出沮丧、忧郁的样子，现在因为坚决反对，一下子都变了。

可克莱德还是绝不动摇。

"你也知道我在这儿所处的地位，伯特。我可不能去，就是这么回事。只要想一想，万一我被人看见了，万一有人认得我呢？那怎么办？自从我来这儿以后，哪儿我都去过，这你也知道。哦，你以为我能一块儿去，简直是发疯了。再说，你自个儿去，比我一块儿去要好办得多呢。你去，特别是你一个人去，哪一个医生都不会对你有太多怀疑的，只不过认为你碰到了不幸，又没有人帮助你，但是，如果说我去，赶上人家又知道我是来自格里菲斯家族，那后果就吓坏人啦。人家马上会想我一定有的是钱。再说，我要是事后不照他的要求付钱，那他就会去找我伯父或是堂兄。那时，再见吧！我就完蛋啦。要是现在我丢掉了这里的职位，又没有钱，还卷入了这场丑闻，那时你想想看，叫我该怎么办，或是你又该怎么办？到了那时候，我当然没有力量来照顾你了。那你怎么办？我相信，你一定会清醒过来，明白目前的处境非常严峻。我的名字要是一卷进去，那么，我们两人都要碰上麻烦。所以，我的名字断乎不能卷进去，就是这么一回事。而要我不卷进去，唯一的办法就是别让我跟任何一个医生见面。此外，相比之下，人家对你只会更加同情。你怎么也不能把我的名字说出来呀！"

他眼里充满痛苦而又坚决的神色。罗伯达从他的神态里看出，他每一个姿势都显露出某种冷酷无情，至少也是某种倔强劲儿——是他心里惧怕的结果。不管怎么说，他要坚决保护自己的名声——对于这一点，由于她到目前为止一直予以默认，所以此刻在她心里依然极为重要。

"哦，老天哪！老天哪！"她慌张地、伤心地嚷了起来。她开始清楚地意识到情况越发可怕了。"我可不知道我们该怎么办才好。我真的不知道。因为这个，我可坚决不干，我就是这么一句话。一切都是那么无情，那么可怕。要是我一个人去，真的叫我害羞和害怕死啦。"

可是，即使在她说这些话时，她已开始觉得，必要时，也许只好她一个人去，甚至她自己也愿意一个人去。因为，除此以外，她还能有什么别的办法呢？克莱德既然那么害怕，又感到有那么大的危险，那她怎能逼着他要拿他在这儿的地位来孤注一掷呢？这时，克莱德更多的是为了保护自己，而不是出于其他目的，又开始说话：

"再说，还得想方设法使钱不要花得太多，伯特，要不然，我还不知道该怎么张罗这一笔钱呢。说真的，我可不知道该怎么张罗。我挣的钱并不怎么多，你也知道吧，至今仍然只有二十五块美元。"迫于形势，他终于对罗伯达说老实话了，"而且，平时我一点儿积蓄都没有，一个子儿也没有。至于为什么会这样，你跟我一样知道得清清楚楚。我挣来的几乎全都被我们一块儿花掉了。再说，要是我一块儿去了，人家就以为我很有钱，开价会大大的，远不是我付得起的。要是你一个人去，就如实地相告，说你什么都没有，你干脆说我跑掉了，或是别的什么，你明白了吗？"

他迟疑了片刻，因为他在说这些话时，看见羞耻、轻蔑与绝望的神情在罗伯达的脸上突然——闪过，这是由于她意识到自己将要做如此卑鄙下流的事而引起的。不过，尽管他是那么狡猾，甚至存心糊弄她——而现实所具有的那种令人启迪和无话可说的力量是如此之大——罗伯达还是觉得他的那一套说法不是没有道理的。也许他很想把她当作一个幌子、一个面具，这次他们俩都可以躲在背后了。不过，不管怎么说，可耻固然是可耻，现实却有如严峻的、光秃秃的海岬一般矗立在她面前，而在海岬底沿，命运掀起的毁灭一切的浪头正在汹涌澎湃着。她听见他低声说："你犯不着说出自己的真实姓名，明白吗，也不用说明你是打哪儿来的。我可不打算在莱柯格斯这儿随便找一个医生，明白了吗？你只要跟他说你没有多少钱，拢共就是每周挣来的工资。"

她有气无力地坐了下来，暗自琢磨着。这时，他还在唠叨不休地谈着自己那一套颇具说服力的骗术，其中的道理多半可谓深中肯綮。因为，尽管这一套骗术是那么虚伪，那么不道德，可她还是认识到，她自己和克莱德都已到了走投无路的境地。尽管她平日里说话做人都是老老实实，一丝不苟，可是如今分明卷进了一场现实生活的暴风雨，平时衡量道德的那些标准一时都不管用了。

因此，他们最后决定到离莱柯格斯远一些的地方，也许是尤蒂卡或是奥尔巴尼，去找医生。这就是说，她仍答应自己一定去找医生，谈话到此结束。克莱德因为自己可以不卷进去而得胜了，少说也来了劲儿。他心里在想，必须不择手段马上找到一位医生，好把罗伯达打发过去。那时，这一切可怕的烦恼也就一溜烟儿似的消散了。在这以后，她就可以——当然啰，她也非得走她自己的路不可。而他，既然已经为她尽到了自己的一切力量，那么，只要眼前一切安排妥当，他也可以走他自己的路，等待着他的是光辉灿烂的前程。

ARS
ET
SCIENTIA

Chapter 36　克莱德探听医生的信息

　　好几个钟头，甚至好几天过去了，后来，一个星期，乃至于十天时间也都过去了，克莱德却只字未提哪儿有医生可以去找。尽管他跟她说了那么多话，她还是不知道该去找哪一位医生。而每一天，每一个钟头，不论对他自己或者对她，同样都是莫大的威胁。她的神色和她的询问，无不说明她陷入灾难该有多么深重，她有时甚至难以忍受而不免吵嚷起来。甚至克莱德也因为想不出迅速有效的方法来拯救她，急得差点儿连神经都崩裂了。上哪儿才能找到一位医生，以便他可以打发她去，好歹也能治好她呢？而这样的医生他又该怎样才能打听到呢？

　　他把自己所认识的人都想了一遍，后来终于把他的一线希望寄托在一个名叫奥林·肖特的年轻人身上。此人在莱柯格斯开了一家"男士服饰用品商店"，顾客清一色都是本市有钱的年轻人。据克莱德揣摩，肖特在年龄和爱好上都跟他十分相似。自从克莱德来到莱柯格斯以后，凡是有关眼下服饰时装方面，此人常常暗中提醒他，因而觉得很有帮助。

　　最近克莱德发觉，肖特这个人天性活泼，喜欢打听各种消息，善于阿谀奉承。他除了喜欢年轻姑娘以外，也对他的主顾极有礼貌，尤其是对他认为社会地位超过自己的那些人，其中克莱德包括在内。这个肖特发现克莱德跟格里菲斯家是亲戚，希望借此提高自己的地位，便竭力想跟克莱德拉关系。只不过克莱德有他自己的看法，又因他那些高贵的亲戚的态度，所以至少直到现在，他对这种套交情的问题还没有认真考虑过。然而，不管怎么说，他觉得肖特此人很随和，也乐于助人，因此，至少也得和他保持表面上还算是融洽的关系，对此肖特似乎也很高兴。事实上，肖特待人接物还是先前的态度，殷勤周到，有时不免有点儿溜须拍马。因此，在他曾经有过泛泛之交的所有的人里头，肖特几乎是独一无二的一个人了，也许不妨向肖特打听一下，备不住能得到一些有用的消息吧。

克莱德既然从这个角度想到了他，每天早晚路过肖特店铺时，就得特别友好地点头微笑（至少前后三天都是这样），后来，他觉得按照目前的情况来看预备工作已做得差不多了，于是径直走进了他的店。不过这头一回能不能就谈到这个危险的题目上来，他还完全没有信心。原先他打算跟肖特谈的是，厂里有一个年轻工人不久前才结婚，可能有生孩子的危险，但因赡养不起，就来找他打听一下哪儿可以找到一位医生帮他妻子的忙。克莱德本来想加进去怪有意思的一个细节，就是这个年轻人穷得很，胆子又小，也不太聪明，所以不会给自己说好话，更不会照顾自己。此外还想说一说，他，克莱德，虽然自己懂得多一些，来到这里不久，无法指点这个年轻工人去找哪一位医生（这一点是他后来才想到的，目的是让肖特知道，他自己从来不是一筹莫展的，因此也用不着别人帮忙），可他还是给这个年轻工人介绍过一种临时用药。不过，照他编造的故事说法，倒霉的是这种药根本不灵光。因此，就得另找一个更靠得住的办法——就是去找个医生呗。肖特在莱柯格斯这儿的时间已经很久，而且，听他自己说过，早先还是从格洛弗斯维尔迁来的。克莱德自己心里想，当然，肖特至少一定认识个把医生。不过，为了不让人家对他发生怀疑，克莱德还想再添上那么一句话，说原来他当然可以从他的熟人里头打听这件事，只是因为情况特殊（在他那个圈子里一提到这类事，可能会引起他们的风言风语），所以，他还是觉得不如问问像肖特这样的人，还希望肖特不要张扬。

刚好这一天生意做得极好，肖特心里格外高兴，谈锋甚健。看见克莱德一走进来也许借口买一条短裤吧，便这样开了腔："哦，又见到您了，很高兴，格里菲斯先生。您好啊？我心里正在想，该是您屈尊光临的时候了。我想给您看一批货色，这是在您上回惠顾以后我又进了的一批货。格里菲斯公司里的情况怎么样？"

肖特的举止谈吐一向和蔼可亲，这一回对克莱德尤其殷勤周到，因为他确实喜欢克莱德。不过此刻克莱德心里老是想着自己大胆的意图，因而显得很紧张，怎么也没法儿保持平日里常常喜欢佯装的那种派头。

不过，他既然一走进店堂，好像自己的计划就已经付诸实现了。这时，他开口说："哦，还不错啊。没什么可抱怨的，我的事总是多得忙不完，这你也知道。"同时，他局促不安地用手指掐摸着挂在可移动的镀镍架上的一些领带，但是不一会儿，肖特转过身来，从背后的货架上取下几盒做工特别精美的领带，一一铺在玻璃柜台上，说："千万别看架上的那些领带，格里菲斯先生。请看这儿的。我特意要给您看的就是这些，对您来说，这价钱算不上什么。这是今儿早上刚从纽约到的货。"一束领带有六条，他一连拣了好几束，一个劲儿地说这是最最时髦的款式，"在莱柯格斯，见过这一类货色吗？我敢打赌，您绝没有见过。"他笑嘻嘻地直瞅着克莱德，心里想，这么一个年轻人，虽有好亲戚，但又不像别人那么有钱，真巴不得能跟他交个朋友才好。这将在莱柯格斯居民心目中抬高自己的地位。

克莱德用手指掐摸着这些领带，心想，肖特刚才说的话完全是实话。不过，此刻他心里早已乱成一团，几乎没法儿照他原先设计好的那套话说出来。"当然啰，挺漂亮，"他说话时，一面把领带翻来翻去，一面心里在想，如果说换在别的时候，他倒是很乐意买的，少说也要买两条，"我看，得了吧，我就买这一条，还有这一条。"他拣好了两条，拎起来看看，心里却在琢磨，该怎样开口提出他专程而来的重要得多的那件事呢？既然他心里要问肖特的是那一件事，干吗要买什么领带呀，还得这样胡扯呀？可眼前这事，有多难办，就多难办。然而，他又不得不说，只是不要说得人突如其来就得了。他不妨先看看，免得对方起了疑心，就问短袜子好不好。不过话又说回来，既然他什么东西都不需要，又干吗问这个呢。最近桑德拉还送过他一打手绢，几条领子、领带，还有好几双短袜子。无奈他每次决定要开口说了，肚子里便感到一阵隐痛，生怕自己说得不自然，不能令人信服。一切都是那么可疑、靠不住，备不住一下子就导致真相大白，身败名裂。也许今儿晚上他还没法儿向肖特开口谈呢。可是，他心里在反躬自问：那他什么时候还有更合适的机会呢？

肖特刚去店堂后头，不一会儿又出来了，脸上露出非常殷勤、甚至阿谀奉承的笑容，开口说道："我看见您上星期二晚上大约九点钟光景去芬奇利府上，是吧？他们的公馆、园子可真漂亮。"

克莱德知道肖特对自己同这儿上流社会的关系确实印象很深，从他话里听得出既是不胜仰慕，而又带了一点儿低三下四的味道。因此，克莱德马上提起精神来了，觉得自己既然处在这么优越的地位，那就可以爱怎么说就怎么说。反正他说的每一句话，这个仰慕他的人少说也一定会洗耳恭听。

他看了一下短袜子，心想，就买一双吧，至少也可以打破眼前的尴尬场面，于是，他接着说："哦，想起来了，真的差点儿忘了。有件事我一直老想问问你呢。说不定你可以指点指点我。我们厂里有个伙计，是一个年轻小伙子，结婚才不久，依我看大约四个月吧，正为妻子的事非常操心呢。"他迟疑了半晌，因为他发现肖特的表情稍微有点儿变化，就对自己这一回能不能成功深表不安。不过，话儿已经说出了口，再也没法儿缩回去了。于是，他只好尴尬地笑了一笑，接下去说："真的，我可不知道，他们干吗老是带着他们的麻烦事来找我。不过，我估摸，也许他们以为这类事我就应该全知道吧。"他又笑了笑，"只是因为我在这儿完全是个陌生人，简直不知道该怎么说才好。但是，我觉得你在这儿年头比我长得多，所以，我想就不妨来问问你。"

他说话时神态尽量装出满不在乎的样子，心里却明白这一招完全错了，肖特肯定把他当成一个傻瓜或是疯子呢。让肖特大吃一惊的是，克莱德居然亲口对他提出了这类性质的问题，他不由得感到有点儿奇怪。这时，他也发觉克莱德的举止谈吐突然显得很拘谨，还有一点儿紧张不安。不过一想到对方如此信得过他，连这么棘手的事都告诉他，他又不禁沾沾自喜了，因此，肖特马上就恢复了刚才泰然自若的态度，曲意奉承地回答说："哦，当然啰，只要能为您效力，格里菲斯先生，我简直太高兴了。这是怎么一回事？尽管说下去好了。"

"你听着，事情是这样的，"克莱德这才开了腔，肖特这一热忱的反应一下子使他精神为之大振。不过，他说话时还是尽量压低声音，让这个可怕的话题应有一些神不知、鬼不觉的味道。

"他妻子早已过了两个月，目前他还养不起小孩，可又不知道该怎么弄掉它。上个月他头一次来找过我，我劝他不妨先试服一种药，通常这种药是很灵的。"他这么说，是想让肖特觉得，即使碰上类似情况，就他个人来说，也有的是主意和办法，因而暗示和证明他的女朋友确实无罪，"不过嘛，依我看，他使用药品很不得法。不管怎么说，现在他为很这件事着急，想寻找一个乐意帮帮她的医生，明白了吧。偏偏这儿的医生，连我自己都不认识。毕竟是新来乍到嘛。要是在堪萨斯城或是芝加哥，"他慢悠悠地插了那么一句，"我就有的是办法了。那儿我倒是认识三四个医生。"为了加深肖特的印象，他意味深长地笑了一笑，"可是在这儿，就不大一样哪。要是我向我那个圈子里的人去探探口风，万一传到了我亲戚那儿，他们说不定就误会了。可是我想，也许你认识什么人，尽管告诉我得了。老实说，这事跟我原来也毫无关系，只是因为我挺可怜这个家伙罢了。"

说到这儿，他顿住了一会儿，主要是因为肖特露出乐意相助、深切关注的神情，他自己脸上的表情也说明比刚才开始时更有信心了。这时，肖特虽然还是很惊诧，但非常乐意尽力相助。

"您说现在已经过了两个月？"

"是的。"

"还有您说的那个玩意儿不灵，是吧？"

"不灵。"

"第二个月她又用过了，是吧？"

"是的。"

"哦，这就糟了，准定是这样。我担心她肯定很糟。格里菲斯先生，您得知道，问题是我来这儿的时间也并不太长。我不过是一年半以前，才把这铺子盘下来。要是在格洛弗斯维尔的话——"他顿住了一会儿，好像如同克莱德一样，也在怀疑详细地谈论这类事是不是聪明。不料好半晌以后，他又说："您知道，这类事不管到哪儿都是很棘手的。医生总是怕惹出麻烦来。不过，说真的，有一回，我在那儿确实听到过这么一回事，是一个年轻姑娘去找一位医生，这家伙住在好几英里以外。不过，这个姑娘毕竟也是个大家闺秀出身。陪她一块儿去的那个年轻小伙子，在那儿几乎人人都知道。因此，这个医生愿不愿意给陌生人看病，我可就说不准了，虽然说不定他也许会愿意的。反正我知道这类事经常发生，您不妨去试试看。您要是打发那家伙去看医生，要关照他不准提我的名字，也不准说是谁打发他去的。因为那儿认得我的人真不少，万一出了纰漏，我可不愿掺和在里头。反正您也明白这是怎么一回事。"

于是，克莱德万分感激地回答说："哦，当然啰，这个他一定明白。我会关照他断乎不提到任何人的姓名。"他一得知医生的名字以后，就从口袋里掏出一支铅笔和一个日记本，马上记了下来，以免把这个重要人物的地址忘记了。

肖特发觉克莱德舒了一口气，心里就纳闷，真不知道是不是确有这么一个工人，还是克莱德自己陷入了困境。他干吗非得给厂里年轻工人打听不可呢？不管怎么说，肖特还是乐于帮助克莱德，同时又想到，要是日后他高兴把这件事声张出去，这将是莱柯格斯全城最最精彩的新闻呀。肖特还想到，也许克莱德自己在这儿玩弄某个姑娘，使这姑娘倒了霉，要不然，克莱德乐意为别人——特别是一个工人——这样出力也未免太傻了。他包管不会这么出力的。

不管有多少想法，肖特还是又讲了一遍这个医生的姓及名字首字母；又讲到他迄今能记得起来的周围环境，以及到哪一个汽车站下车；末了则把医生寓所又描述了一番。这时，克莱德方才如愿以偿，便向他道谢后往外走了。

这个杂货铺掌柜虽然乐呵呵的，但是有点儿怀疑地两眼直望着他的背影。他心里在思忖，瞧这些有钱的纨绔子弟啊。说来也真怪，这么一个家伙居然不耻下问，还带来了好一个令人发噱的问题。他在这儿有那么多的熟人和朋友，肯定认识比我更快给他递点子的人。不过，说不定就是因为这样，他才害怕他们会不会听到。真不知道他使哪一家姑娘遭到了不幸，甚至就是芬奇利府上那位年轻小姐也说不定啊。谁都难说啊。我有时常看见他和她在一起，而她又是够放荡的。不过，哦，这不就是……

DEUS SPES MEA

Chapter 37　罗伯达深感绝望

　　克莱德这样打听到的消息让人仅仅是部分地舒了一口气。如今对克莱德和罗伯达两人来说，在这个问题未获得最终解决以前，根本就说不上是真正的如释重负。克莱德一打听到消息后，就马上赶到罗伯达那儿，说他终于了解到了也许能帮助她的医生的名字。不过眼前他另有更为重要的任务，就是要鼓励她独自一人去见医生，并且要在医生面前说假话，完全为克莱德开脱，与此同时，还要赢得医生极大同情，因此到时候只向她收取极少一点儿费用。

　　本来克莱德一开头就担心罗伯达大概会反对，可是这一回她马上默许了。自从圣诞节以来，就克莱德的态度来说，已有那么多的事情让她深为惊诧，致使她心乱如麻、束手无策，只好一心希望自己尽可能地安然脱身，不使这一丑行连累她或是他，然后走她自己的路——尽管这也许是很悲惨、很痛苦的事。既然他好像再也不会疼爱她，显然想要甩掉她，那么，她也就完全不想硬逼他去做他所不愿做的事。让他走好了。她就是一个人，她也能活下去。是的，只要她能安然渡过了这个难关，那么，即使没有他，她也能照样活下去。

　　不过，当她在心里自言自语时，清楚地意识到这一切对她实在至关紧要，幸福的日子从此一去不复返了，她便用双手捂住眼睛，擦掉她那夺眶而出的泪水。她怎会想到自己居然落到了这样的下场啊？

　　克莱德从肖特那儿回来后就去看她的那个晚上，他那扬扬自得的神态仿佛建立了殊勋似的。她倾听了他的解释以后只是说："你究竟弄清楚是在哪里呀，克莱德？是不是坐上了汽车就到？还是要再走一长段路？"他便说明该地离格洛弗斯维尔不远,其实还是在近郊,公共汽车站离那医生寓所才不过四分之一英里。她接着又说:"他晚上是不是都在家?还是我们非得大白天去不可?我们要是能晚上去,那敢情好。也许就不会有被人看到的危险。"克莱德安慰她,说从肖特那里获悉,医生晚上常在家的。她就继续问道:"可你知不知道他是上了年纪,还是年纪轻轻的?要是他上了年纪,那我就会觉得更自然些,更靠得住。年纪轻轻的医生,我可不喜欢。我们家里常常找一位老医生,跟这种老医生说说话,我觉得一点儿拘束都没有。"

这件事克莱德原来并不知道,所以当时也没有想到要问问肖特,不过,为了安慰她,便说此人是个中年人。好在这的确也跟事实不谋而合。

转天傍黑时分,他们俩就动身去方达了,不过照例是各走各的。到了方达后,还得换车。车子开到了医生寓所附近地区,他们便下了车,沿着一条路往前走去。虽然时值冬季,但天气稳定,路上还覆盖着一块块干毯似的残雪。他们走在路上,简直可以说是快步如飞,因为现在他们之间再也不像过去那样如胶似漆、慢悠悠地溜达了。

不久前,罗伯达心里老在想:要是他们一块儿来到像眼前这样寂静无声的地方(当然不是这一回),他一定会很喜欢,放慢步伐,用手搂住她的腰肢,乐呵呵地东拉西扯,比方说,那天夜晚怎么啦,厂里的工作啦,利格特先生啦,他自己的伯父啦,最近的新电影啦,以及可能的话他们打算要去哪个地方啦,他们俩喜欢一块儿干些什么啦,如此等等。

可现在呢……尤其是在眼前,也许就是最后一回,她特别需要得到他的全部忠诚与支持啊!不过,她看得出,此刻他最最惶恐不安的是,她就这样一个人去会不会吓坏了,"临阵脱逃",以及到时候她能不能想到什么时候该说什么话,说服医生帮助她,而且只收极少一点儿费用。

"哦,伯特,觉得怎么样?没有什么吧?不会觉得胆怯,是吧?啊,但愿如此,因为这是个好机会,一下子把这件事彻底解决啦。而且,这一回你去找的那个人,并不是从来都没有干过这类事的,明白了吧?过去这人干过。这一点我是知道得一清二楚的。现在你只要说,哦,明白了吧?说你碰到了麻烦,明白了吧?再说要是他不来帮你忙,你真不知道该怎样才能渡过这个难关,因为你在这儿连一个可去投奔的朋友也都没有。再说,事实上,即使你想去投靠他们,也没法儿去呢。人家一下子会声张出去的,明白了吧?要是此人向你问到我在哪儿,我是何许人也,那你便说我是这儿的一个年轻人,不过我已经跑掉了,随便你说上一个某某名字得了,不过一定得说我已经跑掉了,你也不知道我上哪儿去了,是偷偷地跑掉了,明白了吧?还有,你最好说一说,原来你不会来找他的，但因为你听说他曾经帮助过某某姑娘，这是那个姑娘本人告诉你的，明白了吧？只不过你千万别说你薪水很多，我意思是说，因为你要是这么一说，那他开出的价钱我就出不起了，明白了吧。最好求他宽放我们几个月，分期拨还，或是采取其他类似的办法，明白了吧？"

克莱德心里想，现在既然已把她领到这里，不禁万分紧张，非得拼命地给罗伯达鼓劲儿打气，才能胜利地完成既定任务。其实，他一点儿都不了解，不管对罗伯达的困境或是医生的心态脾性来说，他说给她听的各种各样忠告和一些傻主意，该是多么不起作用和不痛不痒。

罗伯达呢，她心里却在想，他只是站在一边出出点子，这有多轻巧，可她还得一个劲儿地往前走，独自一人去完成任务。说真的，他想得更多的还是他自己，而根本不是她——只是想怎样少花钱，不给他添麻烦，让她摆脱困境，就算了。

但不管怎么说，即便在此时此地，她的心还是被他那白净的脸、纤巧的手，以及紧张的神态浑浑地吸引住了。尽管她知道他硬是逼着她去做他自己没有胆量和能耐去做的事，可她还是一点儿也不生气。她只是对自己说，不管他点拨她应该如何如何，她是不会听他的，不会太多地听他的。她压根儿不想说自己被人抛弃了，因为这对她自己来说，简直是太难听，太难为情了。她将要说的是：她是已婚妇女，她跟年轻的丈夫还太穷，暂时养不起孩子。她回想起来，这么个说法，跟克莱德向谢内克塔迪杂货铺掌柜胡编出来的恰好合辙。说穿了，他哪会知道此时此刻她心里有多难过？而且他不肯跟她一块儿去，让她心里好受些。

可是，出于很想依赖对方给予支持的这种纯属女性的本能，她把身子侧向克莱德，抓住他的两只手，一声不响地伫立在那里，心里恨不得他搂住她，抚摩她，对她说一切都会好转，用不着害怕。尽管他再也不疼爱她，但在她情不自禁地表示她一如既往地对他信任的时候，他也就伸出自己的两只手把她搂住，多半是给她鼓鼓气罢了。他说："哦，勇敢些，伯特。哦，你这么个样子可要不得，这你也明白。现在我们既然人都来了，你自己怎么就没了勇气，是吧？只要一到了那儿，就什么都不用害怕啦。你尽管放心好了。你只要上了门廊，按一按门铃，明白了吧？见到他或是别的人出来，只要说你希望跟医生单独谈话，明白了吧？那他一下子就知道这是个人的私事，接下来的事情就更容易了。"

类似这样的劝告，他还念叨了一些。她一看到他眼前对她那么缺乏热情的神态，便知道自己已经处于绝望的境地，不由得鼓足劲儿说："那么，就在这儿等，好吧？别走远了，好吧？也许我马上就回来的。"说完，她就在幽暗中匆匆地进了大门，沿着通往前门的小路走过去。

她按了一下门铃，出来开门的就是医生本人，一位不论从外貌或从脾性来看都很庄重审慎的小镇医生。跟克莱德和肖特的推想截然相反，此人是一个典型的、十分保守的乡村医生——严肃、谨慎、恪守道德，甚至虔信教规。尽管此人认为自己的见解相当开明，但在更为开明的人眼里是非常狭隘、顽固。因为他周围的人都是那么愚蠢、无知，所以他便自以为少说也是相当有学问的了。他经常接触到各色人等，既有愚昧无知、放荡不羁，也有严肃、能干、保守、发迹的一类人，因此，凡是遇到现实好像要推翻他原先的见解时，他宁可让它悬而不决，保留好人进天堂、坏人下地狱的观点，作为判断现实的准绳。从外貌来看，他长得矮小壮实，脑袋圆圆的，五官也很端正，还有一双滴溜溜转的灰眼睛，有着讨人喜欢的嘴巴和微笑。他那一头铁灰色短发，总有一小绺覆盖在额角上——乡巴佬学时髦的样子。他的胳臂和手，特别是他的手，胖乎乎，但是很敏感，有气无力地垂在两侧。今年他五十八岁，已婚，而且有三个孩子，其中有一个是儿子，已在学医，为的是日后继承父业。

他让罗伯达进入一间乱七八糟、极其普通的候诊室，请她稍候片刻，好让他吃完晚饭。不一会儿，他走到一个小房间门口。这也是一间很普通的内室，亦即他的诊疗室，里头摆着他的办公桌、两把椅子、一些医疗器械和书籍。好像前厅还放着其他一些医药用具。他摆摆手，让她坐在一把椅子上。罗伯达一看到他满头白发，身子壮实，神态冷淡，还有他老是不断眨眼的怪相，不由得吓了一大跳，虽然绝没有留下像她预料的那么不好的印象。至少他上了年纪，态度也许真的说不上很热情，或是富于同情心，虽然此人墨守成规，但好像颇有才智。他先是好奇地看了她一会儿，好像要认一认来人是不是附近乡里的人。随后，他开口问："哦，请问贵姓？有什么事我能帮助您吗？"他说话时声音挺低沉，让人听了也很宽慰，罗伯达对此深为感激。

可是，她一想到现在终于来到了此地，就得把自己的丑事如实相告，心里很害怕。她只是呆坐在那里，两眼先是瞅着他，然后俯视地板，手指开始摆弄她随身带着的那只小提包。

"知道吧，嗯，"她急切而又慌张地开口说话了，脸上突然露出她内心深处的极度痛苦，"我来……我来这儿……就是说……我不知道我自己的事对您能不能说得清清楚楚。没进来以前，我以为自己能对您说清楚的，可是，现在一到了这儿，见到了您……"她顿了一会儿，往椅子后背挪了一挪，好像要站立起来似的。又猛地接下去说："哦，天哪，这一切多可怕啊！我心里多慌，而且……"

"得了，听我说，亲爱的，"他说话时显得很温和，使她心中得到不少宽慰。她那动人而又端庄的模样儿，给他留下很深的印象。这时，他又在暗自纳闷，到底是什么事，让这么一个纯洁、质朴、娴静的姑娘心里如此发慌，因此，对她所说的"现在见到了您"这句话，觉得很耐人寻味。"现在见到了我，"他模仿她的腔调又说了一遍，"害得您那么害怕呀？我只不过是一个乡村医生，明白了吧？说真的，我可希望我千万不要像您想象中那么可怕。尽管放心好了，不管什么事，只要您乐意，全都可以跟我说，有关您自己的所有事情，您一点儿也用不着害怕。要是什么地方要我帮忙，我一定办到。"

罗伯达心里想，此人实在很和蔼，但又是那么严肃、审慎，也许还很保守。她要是向他说出了自己心里话，也许会把他吓一跳，那怎么办呢？他还会帮她一点儿忙吗？要是他乐意的话，她又该怎么寻找钱去呢？当然啰，这是个很大的问题。要是由克莱德或是别的什么人在这儿代她讲出来，该有多好。可现在她既然来到了这儿，那就非说不可了。她不能不说出来就走呀。她又一次挪动身子，忐忑不安地抓住自己外套上的一颗大扣子，在大拇指和食指之间来回地拨动，激动得声音嘶哑地说下去："不过，这……这……哦，可不一样，知道吧。也许跟您所想的可不一样……我……我……哦……"

她又顿住了，没法儿再说下去，她说话时脸色一阵白、一阵红。由于她神态羞涩不安，两眼明亮，前额白净，举止和服饰都很端庄，医生一时以为，至多只是她对有关人体诸问题——这对一些涉世不深的年轻人来说，有时是在所难免的——愚昧无知，或是缺乏经验罢了。因此，一开头，他很想把处理这类事的老套套再次搬弄一下，说不管碰上什么事，有什么就跟他讲什么，用不着犹豫害怕，他一看见罗伯达这么活泼可爱，也许是她心如潮涌，使他脑神经中枢受到了感应，于是，他转念一想，很可能自己想错了。说到底，也许这又是年轻人里头常有的那类麻烦事，不外乎是不道德、不合法的行为吧。她这么年轻、健美、迷人，何况这类事已是屡见不鲜，有时出了事的偏偏就是那些模样儿好像挺端庄的姑娘。医生们见到她们，照例感到又头痛又为难。由于种种原因，一是他自己秉性喜好隐逸，二是囿于当地上流社会所持的观点看法，他不喜欢跟这类事打交道，甚至连沾一点儿边都得再三踌躇。这类事是违法的，危险性极大，照例赚不到多少钱，甚至连一个子儿也没有。而且，他知道，地方舆论都是反对这类事的。再说，他本人对这一帮年轻的无赖男女多少有点儿生气，因为他们一开头就极其轻率地运用自己与生俱有的生理机能，随后又同样极其轻率地拒不承担由此引起的自己应负的社会责任。他们既不愿以后结婚，也不想要孩子。因此，过去十年里，虽说有过好几回，他考虑到家庭、邻居或是教规等原因，曾经帮助过好几个误入歧途、走投无路的好人家的姑娘，让她们免受自己的愚蠢行为带来的痛苦，然而，要是没有别人坚强有力的支持，对任何堕落等秽行，他还是不愿以自己的态度或技术来提供帮助。这毕竟太危险了。通常他总劝他们马上无条件地结婚；要是办不到（因为那个伤风败俗的犯罪者逃跑了）的话，那他还是按照自以为天经地义的规矩，压根儿不沾手。参与这类事情对于一个医生来说太危险了，因为从道德、社会观点来说，这不仅是邪恶，而且是犯罪行为。

因此，他这会儿极端镇静地望着罗伯达，自己心里在想，无论如何都不能感情冲动，否则就是自寻烦恼。所以，为了有助于他自己和她心情都能保持镇静，以便他们两人结束谈话时不致引起太多的麻烦，他便把他那黑皮子病历卡拿过来，打开后说："哦，现在就让我们瞧一瞧，毛病到底在哪儿？请问贵姓？"

"罗思·霍华德，霍华德太太。"罗伯达慌慌张张地回答说，她马上想起了克莱德劝她采用的那个名字。说来也挺有意思，医生听她说结过婚，连呼吸都顺畅得多了。不过，她为什么又要掉泪呢？一个年轻的已婚妇女，怎么还会羞怯、慌乱得那么厉害呢？

"那么，你丈夫的名字呢？"医生接下去问。

这个问题本来非常简单，要回答应该说也容易得很，不料，罗伯达迟疑了好半天，才说："吉福德。"这是她哥哥的名字。

"我想，你就住在本地吧？"

"住在方达。"

"哦，你多大年纪？"

"二十二。"

"你结婚多久了？"

这一问，跟眼前折磨她的问题是如此紧密相连，她又迟疑了一会儿，才回答说："让我想一想，三个月。"

格伦医生顿时心中又犯疑了，虽然并没有向她表示出来。她那迟疑的神色使他感到惊诧。为什么要这样迟疑不定？他心里又在纳闷，在他跟前的真的是一个规规矩矩的姑娘，还是他一开头的疑心现在得到了证实？于是，他问道："哦，您有什么问题呀，霍华德太太？跟我说话，用不着迟疑不定，不管谈什么事，是什么就谈什么嘛，这么多年来，我听得多了，也习惯了。倾听人们的疾苦，就是我行医的职责所在。"

"嗯，"罗伯达开口说。这时，她又慌了神。一想到要她把这可怕的真相坦白出来，她嗓子眼儿就好像堵住了，连舌头也压根儿不听使唤了。只见她又在拨弄自己外套上那颗大扣子，两眼俯视着地板。"事情是这样……我丈夫没有钱，我还得出去干活儿，帮助贴补家用，可我们俩都挣不了多少钱。"对此，连她自己都大吃一惊，她竟然会如此无耻地撒谎——她，平日里最最痛恨撒谎的人，"所以嘛……当然啰，我们养不起，眼前不能马上生……哦……小孩，知道了吧？不管怎么说，不能马上生，而且……"

她突然为之语塞，呼吸几乎也突然停止了，说实话，简直没法儿把一整套谎话说下去。

医生听了她的话，这才真的闹明白了，原来她是一个新婚才不久的姑娘，也许现在碰到的就是她刚才扭捏地说了一说的那类问题。不过，现在他既不愿意扯到任何不正当的治疗方法，也不愿让刚刚走向生活的年轻夫妇太泄气，便不由得相当同情地直瞅着她。这类年轻人，显然不幸地陷入困境，再加上尽管她囿于传统观念，但态度上还是很朴实，这一切都使医生为之动怜。这简直太惨了。眼下年轻人日子的确很难过，特别是开头难呀。毫无疑问，他们的经济状况都很窘迫。几乎所有的年轻人都是这样。不过话又说回来，避孕术也好，干预正常的或由上帝安排好的生命程序也好，哦，说得再好听也该算作是棘手的、不近人情的事，他还是尽可能地不沾边为好。再说，凡是年轻而又健康的人，哪怕是最穷吧，一结了婚，也该知道下一步是什么呀。他们都可以去打工嘛（至少是丈夫），这就是说，好歹也能对付过去。

医生在椅子里正襟危坐，显出非常冷静和威严的样子。他开口说："我好像已知道您想跟我说些什么了，霍华德太太。不过，我可不知道您想到过没有，您心中所想的是一件非常严肃、非常危险的事。不过，请问，"他突然又加了这么一句，因为另一个闪念正从他脑际掠过，他不知道外界有没有谣传以前他给病人做过什么手术，从而有损他在本地的声誉，"您怎么会来找我呢？"

他在发问时的那种语调，还有脸上的神态——他对这件事那么谨慎小心，只要有人怀疑他做过这类手术，他就可能马上恼火——这一切使罗伯达犹豫不决，觉得只要回答说她是听某某人说的，或是某某人打发她来的，尽管如果说是克莱德让她来的，也许情况会不一样——那可能就很危险了。也许她最好不说是某某人打发她来的。不然，医生就可能恼火，认为这污辱了他这位高尚的医生的人格。这一回，多亏天生的机智圆熟的本能给她解了围。她回答说："我多次走过您的府邸，看见过您行医的招牌，同时，我又听过好多人说您是一位好医生。"

　　他的疑团这才涣然冰释，说："第一，您想要做的事，正是我的良心不允许我撺掇您去做的。当然啰，我也知道您认为这是非做不可的。您跟你丈夫都还年轻，也许你们手头也很拮据，你们俩都生怕孩子给你们的生活增加很大的困难。毫无疑问，肯定是这样的。不过，依我看，结婚还是一件非常神圣的事，而孩子就是一种神恩，绝不是一种天罚。三个月以前，你们走向圣坛的时候，也许不是不知道可能就会碰到类似今天这样的情况。我想，所有的年轻夫妇全都是知道的。""圣坛"这个词儿，让罗伯达一想起来就很伤心。要是当时果真这样，该有多好。

　　"第二，我也知道，今日里好多家庭都求助于此，说起来是很令人痛心。是有一些人，他们觉得只要做一做这种手术，他们就可以甩掉天经地义的职责，而且一点儿不受到良心责备，这是非常危险的。霍华德太太，不仅在法律和道德上非常危险，在医德上也是非常要不得的。许多不想生孩子的女人，就是这样死去了。再说，任何一个医生，要是这样帮助人家，不管结果是坏是好，一律都得坐班房。我想，这一切您也都明白。

　　"总之，不管从哪个角度看，我个人就是坚决反对做这类手术的。我认为，唯一的例外只是，比方说吧，如果不马上动手术，母亲的生命就保不住了。除此以外，我是绝对反对去做的。

　　"上面这个结论，医学界人士的看法都是完全一致的。不过，就您这件事来说，我相信根本不需要这么做。依我看，您是一个身体很棒很健康的姑娘。生孩子对您来说不会很难受的。至于经济拮据问题，您尽管放心，生了孩子，您跟您丈夫一定会有办法对付的，您说对吗？好像您说过您丈夫是个电工，是吧？"

　　"是的，"罗伯达紧张不安地回答说。听了医生一本正经的说教以后，她禁不住被吓服了。

　　"哦，那敢情好，"他接下去说。"这一行挣的钱可多呢。至少所有的电工工资都相当高。您不妨想一想，而且您必须好好地想一想，现在您想要做的事将有多么严重。实际上，您是想毁灭一个幼小的生命，而这个幼小的生命，如同您自己一样，也有他生存的权利……"他顿住了一会儿，让他所说的话深深地镌刻在她的心坎里，"哦，得了吧，我想，你们应该严肃认真地再想一想，不管是你，还是你丈夫，反正是你们夫妇两口子。再说，"他又很策略地找补着说，同时还带着长辈甚至是很动人的口吻，"依我看，有了小孩固然给你们带来一些小困难，可是小孩肯定会带给你们俩更大的补偿。"

　　说到这儿，他突然好奇地问："告诉我，您丈夫知不知道这件事？还是您自己想让他和您免受经济过分拮据之苦？"他以为，这一问不仅抓住罗伯达的畏惧心理，而且抓住她纯属女性注意节俭的特点，因而这时他几乎眉开眼笑地直望着她。他认为，要是果真这样，自己就很容易使她摆脱目前的心态。

罗伯达也觉察到了他这个思路，觉得谎话多说一些也好，还是少说一些也好，反正既没有好处，也没有什么坏处，就爽爽快快地回答说："他知道。"

"哦，那么，"医生接下去说，因为刚才他猜错了，有点儿扫兴，不过，他还是决心要让他们夫妇俩打消这个念头，"依我看，你们俩对这件事还真的得认真地权衡一下利弊，方可决定下一步怎么办。我知道，年轻人头一回碰上类似这样的情况，往往只看到了它最阴暗的一面，可事实上后来并不见得都那么坏。我记得，我太太跟我盼着头一个孩子的时候也有这种想法。可是我们好歹也对付过来了。我相信，现在你们只要心平气和地谈一谈，就一定会有与现在完全不同的看法了。往后您也不会受到良心上的责备了。"话音刚落，他就相当笃定地自信，罗伯达刚来找他时满怀的恐惧和决心早已被他驱散了。她是一个常见的通情达理的妻子，当然不会固执己见，而是会放弃她原先那一套打算回家去。

不过，她既没有像医生所预料的那样兴冲冲地默认他的话，也没有站起身来告辞。她只是睁大眼睛，怪可怕地直瞅着他。不一会儿，她突然号啕大哭起来。因为在他刚才高谈阔论的影响下，一般社会公认或是沿袭旧俗对她目前处境的看法从来也没有像现在那么清晰地在她的思想意识里复活了，而这些看法正是她过去竭力不去思考的。要是在平常的情况下，假定说她真的正式结了婚，那她的做法当然就会跟医生刚才所规劝的一样，可是如今，她终于悟出了这么一点儿道理：她这个问题是压根儿——至少是这位医生——解决不了的。因此，形容此时此刻她的心态，就数恶性恐慌最恰当不过了。

蓦然间，她的手指一会儿松开，一会儿攥紧，同时又使劲儿地捶着自己的膝盖，她的脸也由于痛苦和恐怖而扭曲了。她大声嚷道："可您不了解啊，医生，您可不了解呀！不管用哪一种方法，我一定得摆脱目前的困境！我非得这样不行啊。我刚才给您说的全是假话，我并没有结过婚，我压根儿就没有丈夫。啊，您可不知道这对我该有多么重要。我有我的家呀！我的爸呀！我的妈呀！我可没法儿跟您说清楚呀！可我非得摆脱不可，我非得摆脱不可！非得摆脱不可！哦，可您不明白，您可不明白呀！我非得摆脱不可！我非得摆脱不可！"她身子摇来晃去，一会儿冲前，一会儿往后，一会儿向左，一会儿向右，仿佛神志昏迷似的。

　　格伦医生看到她突然迸发的绝望表现，不由得感到既吃惊而又动怜。但他同时发觉一开头他的猜想是对的，罗伯达刚才所说的也都是谎话。这件事要是他不想卷进去，就得马上采取坚定甚至无情的态度。于是，他严肃地问："您是说您并没有结过婚，是吧？"

　　罗伯达没有回答，只是摇摇头，不停地哭泣。格伦医生终于懂得她的困境的全部含义，便站起身来，脸上露出激动不安、谨慎小心而又同情的神色。不过，开头他并没有说什么，只是两眼直望着她在呜咽抽泣。过了一会儿，他才找补着说："哦，哦，这可太惨了。我真替您难过。"然而，他还是生怕自己沾上边，就顿了一会儿，才不无疑惧地安慰她说："您别哭呀。这可不管用呀。"然后，他又顿了一会儿，心里依然还是坚决不愿沾手。不过，他倒是巴不得自己能了解一下这件事的真相，终于开口问道："哦，那么，那个闯了祸的年轻人现在在哪儿呢？是不是在这儿？"罗伯达顿时觉得太害羞、太绝望了，连话儿都说不出口，只是摇摇头表示否定的回答。

　　"可是他知道您倒了霉，是吧？"

　　"是的。"罗伯达声音微弱地回答说。

　　"他愿意跟您结婚？"

　　"他跑掉了。"

　　"哦，我明白了。这个小流氓！那您知不知道他上哪儿去了？"

　　"不知道。"罗伯达有气无力地说了谎话。

　　"他离开您有多久了？"

　　"大约一星期。"她又一次说了谎话。

　　"您知不知道他现在哪儿？"

　　"不知道。"

　　"您不舒服有多久了？"

　　"已有两个多星期了。"罗伯达唏嘘啜泣地说。

　　"早先您来时都很准吗？"

　　"是的。"

　　"哦，第一，"他说话时的语调，比刚才更让人感到安适、欣慰，仿佛抓住了一个冠冕堂皇的借口，以便自己从只有倒霉、一无好处的这件事中解脱出来，"这可能并没有像您所想象的那么严重。我知道，也许您已经吓坏了，不过，妇女经期错过一个月也是常有的事。不管怎么说，不经过特殊的检查，也就没法儿加以确诊。即便您是这样吧，最好还是再等上两个星期。到时候也许您会发现自己什么事都没了。这我可一点儿都不觉得奇怪。看来您好像神经太过敏，心情太紧张了。而有时正是因为心情太紧张导致了经期挪后。反正您只要听我的话，不管您想怎么办，现在您怎么也不能胡来一气。先回家去，等到您真正弄清楚了再说，在那以前，您最好千万别采取任何措施。"

"可我早已服过一些药丸，但一点儿都不起作用。"罗伯达恳切地说。

"什么样的药丸？"格伦医生深切关注地问。听了她的说明以后，他只是这样指出，"嘿，这些药丸呀。得了吧，您要是真的有了身孕，那些药丸恐怕对您也并不会有真正功效。不过，我还得再一次劝您等一等为好。您要是发现第二次经期又没有来，到那时再想办法也还来得及。不过，即便那样吧，我还是衷心地劝告您最好打消这种念头。因为这会妨碍自然的法则，我认为是要不得的。您要是生下了孩子，好好地关心他，这就要好得多了。那时，您在良心上就不会因残害了一个小生命而感到罪孽深重了。"

他说这些话时，态度很严肃，自以为言之有理。可罗伯达正面临着（看来医生根本理解不了的）恐怖，于是像刚才那样富于戏剧性地大声嚷道："但我可不能这么办，医生，我跟您说，我可不能这么办呀！我可不能这么办呀！您不会明白的。哦，除非我能设法把它摆脱掉，否则我真不知道该怎么办才好。我可真不知道呀！我可真不知道呀！"

她摇摇头，紧攥着拳头，身子却在摇来晃去。格伦医生见她如此惊恐万状，心里也很难过，觉得这正是她自己一时胡闹，才落到今日里这么可怕的下场。可是，作为一个自由职业者，他对这类事的态度一向非常冷淡，因为这类事只会给他招惹麻烦。

所以，他的态度还是像刚才那么坚决，找补着说："刚才我早跟您说过——"他慢条斯理地说，"霍华德小姐，如果这是您的真名字，我是坚决反对做这类手术的，正像那些年轻男女放荡不羁，最后到了他们都觉得非做这类手术不可的时候，我也是坚决反对做的。这一类事，做医生的断乎不会过问，除非他乐意坐上十年班房。而且，依我看，这一项法令是很公正的。别以为我不了解您目前的处境对您该有多么痛苦。不过，尽管放心，总有人愿意帮助像您这样的姑娘，只要您再也不想做有违道德与法律的事。

"因此，此刻我可以给您的最好劝告，就是不论现在也好，还是往后任何时候也好，千万不要病急乱投医。最好回家去，找您父母把这件事如实告知他们。我敢对您说，这个办法好得多，真的好得多。绝不会像您现在想象的那么难受，也不会像您过去另有打算时那么邪恶。要是真的像您所想的，那么别忘了，这是关系到一条人命的问题，一条您要残害的人命，对此我绝不能助您一臂之力呀。说真的，我怎么也不会的。也许有一些医生，这种人我知道到哪儿都是有的，他们看待自己的医德可远远不像我那么严格，但是，我可不能随波逐流，也变成他们那号人。因此，我感到很抱歉，非常抱歉。

"所以嘛，此刻我可以奉劝您的就是：回家去找您父母，如实告知他们。现在，也许您觉得很难受，可是慢慢来，您会觉得好一些。要是他们乐意的话，不妨让他们上这儿来，跟我谈一谈。我一定会想办法使他们相信这压根儿不是世界上最可怕的事。不过，对于您请求的那件事，我非常非常抱歉。不管怎么说，我是不能做的。我的良心也不会答应的。"

话音刚落，他同情地望着罗伯达，但眼里流露出一种坚决不改初衷的神色。罗伯达一见自己寄予医生的全部希望骤然破灭，也就惊呆了。这时，她终于认识到，不仅仅是克莱德提供的消息使她找错了门，而且，不管她使出种种解数也好，还是想得到医生怜悯也好，全都失败了。这时，她踉跄地朝门口走去，未来的恐怖又袭上她的心头。医生非常客气、非常遗憾地送别了她，随即把门关上了。她一走到大街上，置身在茫茫的黑暗之中，孤苦无告地偎依在一棵树干上，她整个身心的力量一下子丧失殆尽。他已拒绝帮助她！他已拒绝帮助她！现在该怎么办？